百年红学经典论著辑要 [第一辑]

主编 叶朗 刘勇强 顾春芳

吴恩裕卷

时代出版传媒股份有限公司
安徽教育出版社

图书在版编目（CIP）数据

百年红学经典论著辑要. 第一辑. 吴恩裕卷 / 叶朗主编. —合肥：安徽教育出版社，2020.12
ISBN 978-7-5336-9268-1

Ⅰ.①百… Ⅱ.①叶… Ⅲ.①《红楼梦》研究—文集 Ⅳ.①I207.411-53

中国版本图书馆 CIP 数据核字（2020）第 258389 号

百年红学经典论著辑要（第一辑）·吴恩裕卷
BAINIAN HONGXUE JINGDIAN LUNZHU JIYAO DI-YI JI WU ENYU JUAN

出 版 人：费世平
策划编辑：钱 江
责任编辑：钱 江 付 婕 徐 宇
装帧设计：袁 泉
技术编辑：陈善军

出版发行：时代出版传媒股份有限公司 安徽教育出版社
地　　址：合肥市经开区繁华大道西路398号 邮编：230601
网　　址：http://www.ahep.com.cn
营销电话：(0551)63683012,63683013
排　　版：安徽时代华印出版服务有限责任公司
印　　刷：安徽新华印刷股份有限公司

开　　本：700×1000　1/16
印　　张：39.75
字　　数：510千字
版　　次：2020年12月第1版　2020年12月第1次印刷
定　　价：138.00元

（如发现印装质量问题，影响阅读，请与本社营销部联系调换）

1	总序 / 叶朗	
3	本卷导读 / 陈维昭	

辑一　曹雪芹丛考

13　自序

卷一　曹雪芹的佚著

19　第一篇　曹雪芹的《废艺斋集稿》概述
29　第二篇　曹雪芹《南鹞北鸢考工志》残卷校补
41　第三篇　《此中人语》中关于肥扎燕画法的一页
43　第四篇　曹雪芹的《题自画石》诗

卷二　新发现的曹雪芹传记材料

45　第一篇　《南鹞北鸢考工志》董邦达序校补
47　第二篇　《南鹞北鸢考工志》的附录敦敏《瓶湖懋斋记盛》残文校补
57　第三篇　《瓶湖懋斋记盛》阙文钩沉

卷三　曹雪芹佚著和传记材料浅诂

67　第一篇　《南鹞北鸢考工志》的成书年代
73　第二篇　曹雪芹的《题自画石》诗解
85　第三篇　《南鹞北鸢考工志》董邦达序书后
90　第四篇　关于敦敏的《瓶湖懋斋记盛》

卷四 曹雪芹生平事迹杂考

94　　第一篇　曹雪芹和右翼宗学——"虎门"考

113　　第二篇　结合文献和传说看曹雪芹

127　　第三篇　曹雪芹在北京西郊的居处

145　　第四篇　敦敏、敦诚和曹雪芹

153　　第五篇　记张永海关于曹雪芹的传说

卷五 曹雪芹卒年考辨存稿

161　　小引

163　　第一篇　曹雪芹的卒年问题

168　　第二篇　曹雪芹卒于壬午说质疑
　　　　　　　　——答陈毓罴和邓允建两同志

178　　第三篇　考证曹雪芹卒年我见
　　　　　　　　——再答陈毓罴和邓允建两同志

卷六 有关曹雪芹诗文考略

186　　第一篇　敦诚挽曹雪芹诗的两首初稿
　　　　　　　　——乾隆抄本《鹪鹩庵杂诗》和《四松堂诗钞》的
　　　　　　　　　发现

196　　第二篇　敦敏的《懋斋诗钞》稿本考

201　　第三篇　新获《延芬室集》底稿残本
　　　　　　　　——永忠吊曹雪芹三首诗的发现

208　　第四篇　明义的《绿烟琐窗集诗选》及其《题红楼梦》二十
　　　　　　　　首诗

| 215 | 第五篇 敦诚的《鹪鹩庵笔麈》手稿残卷 |

卷七 现存己卯本《石头记》新探

218	前言
221	第一篇 《石头记》残抄本发现的经过和现存己卯本是弘晓过录本的证实
230	第二篇 现存己卯本《石头记》底本来源的推测
	——弘晓和曹家、曹雪芹及敦诚、墨香、明义等《石头记》早期抄本收藏者的关系
250	第三篇 弘晓过录己卯本《石头记》时的一些情况及其反映的问题
262	第四篇 据己卯、庚辰本《石头记》校《乾隆抄本百廿回红楼梦稿》看高鹗窜改《石头记》前八十回所反映的问题

卷八 早期抄本《石头记》批语试解

272	第一篇 读靖藏本《石头记》批语和《瓶湖懋斋记盛》谈脂砚斋、畸笏叟和曹雪芹
297	第二篇 甲戌本《石头记》中的孔梅溪和吴玉峰
309	第三篇 松斋考
	附记之一：答一粟同志
	附记之二：松斋并非杏斋
314	第四篇 "壬午九月索书甚迫"解
	——答吴小如同志

| 317 | 附录 敦诚《四松堂集》集外诗文辑（增补） |

341	辑二	曹雪芹佚著浅探
353	第一篇	新材料提出的新问题（代序）
358	第二篇	曹雪芹手迹和芳卿悼亡诗的发现及其意义
382	第三篇	曹雪芹在岫里湖中琐艺一册中所绘乌金翅图及其论光与画残篇
387	第四篇	曹雪芹讲编织印染的残文和江宁织造局的织机
399	第五篇	曹雪芹斯园膏脂摘录片断
405	第六篇	曹雪芹蔽帚馆鉴印章金石集残存
407	第七篇	乾隆时德荣泥塑曹雪芹像的照片
411	第八篇	曹雪芹所见之"如意平安图"
415	第九篇	跋裕瑞萋香轩文稿
422	第十篇	曹雪芹红楼梦琐记自序
424	第十一篇	曹雪芹红楼梦琐记
519	第十二篇	曹雪芹佚著及其传记材料的发现（附录一）
551	第十三篇	红楼梦的反儒和废艺斋集稿残篇中的近墨反儒思想（附录二）
567	第十四篇	论废艺斋集稿的真伪——兼答陈毓羆、刘世德两同志（附录三）
615	第十五篇	跋日本松枝茂夫教授关于访问高见嘉十教授的来信（附录四）
620	后记	

总　序

任何一门学术的研究,都要继承前辈学者的研究成果,这种成果表现为历史上积累下来的思想资料。这就是冯友兰先生说的"接着讲"。红学研究也不例外。红学之所以形成,就是因为一代又一代的研究《红楼梦》的学者,留下了无数珍贵的思想资料,后来的学者必须研究这些资料,才能将红学研究推向新的历史阶段。

我们在《红楼梦》研究的过程中发现,各类著述的版本杂多,使用起来不很方便,便萌生了编辑一套工具书的想法。但是因为百年来红学研究的论著卷帙浩繁,以我们有限的时间和精力,无法做到面面俱到。我与北京大学中文系刘勇强教授、北京大学艺术学院顾春芳教授商议后决定,整理编辑出版一套《百年红学经典论著辑要》,这样既能够方便红学学者的学术研究,也能突出百年红学研究的代表性论著,对红学研究有所推动。

2018年,我们正式启动了《百年红学经典论著辑要》的编辑工作。未料,这一工作困难很多,最费周折的就是原典的版权问题,幸有安徽教育出版社的大力支持、项目编辑的多方联络、原典著作权人的鼎力相助,这套书才能顺利出版。我们计划这套红学论著辑要分辑陆续编刊,使红学经典的阶段性、代表性得到尽可能全面的呈现。

我们聘请了多位红学专家为每本书撰写了导言,以方便读者尽快明了该书的好处和特色。这套书的编撰得到了来自红学界许多学者的关心和支持,在此我谨代表编写组,对所有关心这套书的编辑和出版的学者以及安徽教育出版社致以衷心的感谢。

叶　朗

2020年10月于燕南园

本卷导读

陈维昭

一

20世纪50年代初,俞平伯的《红楼梦研究》(1952年)与周汝昌的《红楼梦新证》(1953年)相继出版,红学正呈现出春潮涌动之象。吴恩裕于1954年即决定写一部曹雪芹的传记,于是开始致力于搜集曹雪芹生平资料,这一搜集过程长达二十五年,直至他去世。与大多数实证红学家不同的是,吴恩裕收集文献的视野不局限于文本、文物,他以非凡的毅力与热情查访口述历史。他因此而为红学界贡献了大量可能与曹雪芹有关的口述历史资料,但也因此而使得经他的文字介绍出来的曹学文献的可信性受到了质疑。

1954年以来,吴恩裕发现了《懋斋诗钞》手稿、永忠的《延芬室集》稿本、《鹪鹩庵笔麈》手稿、《四松堂诗钞》手稿等珍贵文献,这些手稿为学界提供了新的关于曹雪芹生平的直接文献,成为此后曹学的奠基式文献。在《红楼梦》的版本搜集方面,吴恩裕最早对历史博物馆所藏己卯本残本(三回半)进行研究,考证己卯本与弘晓的关系,是其版本研究方面的实绩。吴恩裕对这些文献进行整理研究,于1958年出版了《有关曹雪芹八种》,1963年增订为《有关曹雪芹十种》。1973年发表了《曹雪芹的佚著和传记材料的发现》一文,在红学界掀起了轩然大波,大批学人加入了讨论。1979年出版了《曹雪芹佚著浅探》,1980年出版了《曹雪芹丛考》。关于这四部专著的关系，吴恩裕自称，是一个不断增订、扩大的过程，讨论的内容相对集中，是其一生红学研究的主要内容。

吴恩裕在红学史上之成为关注的焦点，在于一方面，在红学界急需更多的文献去了解曹雪芹这位文化偶像的情况下提供了这么丰富而又甚为细致具体的文献，大大地拓展了曹学研究视阈；另一方面，则因为他所提供的曹学文献的真实性一直以来备受质疑。质疑者为陈毓罴、刘世德、朱家溍、郭若愚、陈诏、梅节、伊藤漱平等著名专家学者。另外一些研究者则宁愿相信其真实性，并以之为文献基础去进一步构建"曹雪芹生平"的更加完整的图景，诠释"曹雪芹思想"。尤其是2014年北京曹雪芹学会成立以来，新一轮的"信真"潮流重新卷起，吴恩裕所提供的文献的真实性再次受到审视。其备受争议的主要内容集中在《曹雪芹的佚著和传记材料的发现》一文和《曹雪芹佚著浅探》《曹雪芹丛考》二书中所涉及的由传抄者孔祥泽提供、吴恩裕文字传达的《废艺斋集稿》这一"曹雪芹佚著"。

二

《曹雪芹丛考》主要内容包括五个方面：对《废艺斋集稿》残篇进行介绍、整理；对曹雪芹生平进行新的考证；在他所发现的敦敏的《懋斋诗钞》手稿、永忠的《延芬室集》稿本、《鹪鹩庵笔麈》手稿、《四松堂诗钞》手稿的基础上对曹雪芹生平、诗文进行考辨；己卯本研究；利用新发现的"佚著"对早期《石头记》批语进行研究。

《废艺斋集稿》残篇的介绍、整理、辨析，是该书最令人关注的部分。早在1965年，吴恩裕即与孔祥泽认识，一开始孔祥泽向吴恩裕提供了一首曹雪芹《自题画石诗》。从1970年至1978年，孔祥泽又陆续向吴恩裕提供了曹雪芹《南鹞北鸢考工志》自序、董邦达序，双钩描录的曹雪芹《南鹞北鸢考工志》自序，曹雪芹关于光与画、织锦、印染、泥塑等的残文。吴恩裕在其论著中对《废艺斋集稿》的内容做了介绍：《废艺斋集稿》包括八种曹雪芹的稿本,分订为八册,第一册关于刻图章,第二册关于扎、糊、绘、放风筝,第三册讲编织工艺,第四册讲脱胎手艺,第五册讲织补,第六册讲印染,第七册讲雕刻竹制器皿和扇股,第八册讲烹调。据孔祥泽称,该书原由其日籍老师高见嘉十从日本商人金田氏处借得,孔祥泽与赵雨山、关广志、金钟年、杨啸谷、金福忠等人对其部分内容进行描抄。不到一个月,金田氏将《废艺斋集稿》带回日本,此书从此迷失。孔祥泽等人仅抄录了此书的第二册《南鹞北鸢考工志》风筝图式、歌诀、曹雪芹自序、董邦达序,又从金福忠处(而非《废艺斋集稿》)抄得敦敏《瓶湖懋斋记盛》小序及前半部分等部分内容。其他各册的书名及内容均由孔祥泽口述而得。

吴恩裕认为,这些"二百多年来在国内的首次重要发现",无论对于考订曹雪芹的生平事迹,还是研究他的思想变化,都有很大的帮助。孔祥泽所提供的《瓶湖懋斋记盛》,其中有敦敏与曹雪芹之间的详细具体的对话,清晰地表达了曹雪芹的志趣、情感、生活状况。吴恩裕认为这则《记盛》为我们提供了乾隆十九年至二十四年曹雪芹的生活状况,这是此前的曹学资料所极少提供的。《记盛》里还提到曹雪芹与董邦达、过子龢、端隽等人的聚会,这使我们对曹雪芹的交游圈有了全新的认识。后来的一些研究者(包括吴自己)也在这一新发现的"文献"基础上进行进一步的研究,如有人据此讨论曹雪芹的"近墨反儒思想"(吴恩裕),有人据此对曹雪芹的故居、曹雪芹的画论、曹雪芹的哲学倾向进行讨论(胡德平),有人据此讨论"云锦专家曹雪芹"(李建华)。

《丛考》第二个内容是卷四对曹雪芹生平事迹的考证,其中对曹雪芹与右翼宗学关系的考证,更正了周汝昌早期的一些考证结论。周汝昌在1953年初版的《红楼梦新证》中称:"'虎门',不详所指。"于该书的第三版则以"虎门"指"虎贲氏守王之宫"为据,推论曹雪芹当过侍卫。吴恩裕早在出版于1958年的《有关曹雪芹八种》中即引入《八旗文经》等文献,指出"虎门"指右翼宗学,并进一步推论曹雪芹在宗学中所担任的职务。《丛考》卷四进一步深化这一考证。这一结论为后来的学界所认同。

在描述曹雪芹最后在西山的日子时，吴恩裕采用文献与传说相结合的方法，把张永海等人的口述与当时流传的有关曹雪芹文献相结合，勾勒出更加具体的曹雪芹形象，勾勒出曹雪芹住处在西山的更加具体的位置：香山健锐营（采信舒成勋声称的其住处健锐营三十八号为曹雪芹故居的说法）。

该书卷六是吴恩裕对由其发现的敦敏的《懋斋诗钞》手稿等文献的集中讨论，这些文献的发现，为曹学提供了重要的证据，拓宽了学界对曹雪芹的认识，这是吴恩裕曹学文献搜集的主要贡献。自1921年胡适的《红楼梦考证》发表以来，关于曹雪芹的生平文献主要是《四松堂集》、《懋斋诗钞》和张宜泉《春柳堂诗稿》。吴恩裕发现的《四松堂诗钞》和《鹪鹩庵杂诗》保存了多篇影印本《四松堂集》所未收入的诗作，其相同诗作的异文也有助于对曹雪芹生平的考证。永忠《延芬室集》底稿残本保存了永忠读《红楼梦》之后所写的三首绝句以及弘旿的批语，对研究《红楼梦》的作者问题、主要内容以及该小说在当时的处境，都是最直接的证据。吴恩裕又通过比对《鹪鹩庵笔麈》手稿残卷的"麈"字与《懋斋诗钞》中《小雨访天元上人》、《春柳十咏》及小序、书末粘贴的三首诗的笔迹，判定其笔迹完全相同，均出自敦敏之手，从而论证《懋斋诗钞》，尤其是贴条的真实性。

《曹雪芹佚著浅探》一书的出版时间在前，但它主要是围绕《废艺斋集稿》以及在《废艺斋集稿》残篇发现之后新发现的文物而进行的研究。自1962年开始的纪念曹雪芹逝世二百周年活动引发了全国范围的搜集曹学文献的运动，"曹雪芹文物"的重要性已广为知晓。此后，"曹雪芹文物"便接踵现身，让学界近乎应接不暇。在《废艺斋集稿》残篇出现之后，又有曹雪芹书箱、香山健锐营曹雪芹故居的出现。在确信这些文物的真实性的前提下，吴恩裕的《浅探》以之为文献依据进一步勾勒曹雪芹生平的更详尽的情状，比如曹雪芹续娶"芳卿"；书箱上有"于"字，即指于叔度，曹雪芹死后，书箱归于叔度，于叔度因改业扎糊风筝，就把书箱赠张宜泉，书箱的现收藏者张行即"十分可能"是张宜泉的后代。可谓娓娓道来，生动至极。这些文物的发现和吴恩裕的解读究竟为我们呈现出一个更加符合历史真实的曹雪芹,还是演绎成一个20世纪五六十年代主流话语重塑下的曹雪芹?这首先要看这些文物的真实性如何。

三

吴恩裕所发现的这些文物之所以在红学界引起轩然大波,是因为一方面,随着曹雪芹的文化偶像地位的确立并逐步加强(今天仍在呈现这一趋势),学界亟需更多的、更直接的文物支持,而这些文物,包括1962年以来其他人发现的文物,往往是有针对性的,即针对此前某一曹学难题而出现,因而它们的出现似乎颇合时机地"解决了"红学界的难题,故为难题所困惑的学者倾向于信其为真。而另一批学者,从文物鉴别的常规程序出发,发现这些文物的出现往往以非常规的方式出现,经某位传述者、传抄者而现身,然后其原件又非常神秘地消失,从此人间蒸发,死无对证,故倾向于证伪。因而围绕这些文物的争论至今仍在延续。

周汝昌曾这样评价吴恩裕:"恩裕兄为了探研雪芹,一腔热诚,全力以赴,世无第二人。因心太切,意太痴,遂易为妄人所乘,将伪造'资料'向他'炫示',吊他的胃口。他太天真,识辨力又不足,一概深信不疑,又不喜听友人的忠直之言,于是在学术上受到损伤。每念及此,不胜嗟惜。"(周汝昌《天·地·人·我》)《废艺斋集稿》的全书结构、内容,是由孔祥泽转述的;《南鹞北鸢考工志》,是由孔祥泽提供的抄件;关于抄录过程,日本方面的当事人只提及有描风筝之事,而从未提及《废艺斋集稿》的书名;敦敏的《瓶湖懋斋记盛》小序,则来自孔祥泽后来提供的抄件。而孔祥泽的传述、吴恩裕的演述,又多有前后矛盾不一之处。孔祥泽近年又表示,一些据称是他提供给吴恩裕的文献,是由费葆龄直接提供的(费是孔的学生,保管其手稿)。他还声明,吴恩裕对他所提供的文献的叙述有吴个人想象、分析的成分,有错记。书箱收藏者张行断然否定他家祖上与张宜泉有任何关系。尽管近年有多位学者从新的角度回应陈毓罴、刘世德等学者的质疑,颇为成功地证明某些质疑之不具说服力,但在文物本身的真实性以及它们与曹雪芹的直接关系上,至今仍未有可靠的证据。

如果这些文物的作者或相关者真的是《红楼梦》的作者曹雪芹,那么吴恩裕的这些发现将为曹学的建构立下不朽功勋,将把红学研究的发展推上一个新台阶;如果这些文物与曹雪芹无关,甚至文物本身的真实性不可靠,那么它对于曹学的正常、规范研究来说,其价值与意义自应有另一番评价。

辑一 曹雪芹丛考

图一　曹雪芹像　　刘继卣　绘

图二 曹雪芹《南鹞北鸢考工志》自序手迹的孔祥泽双钩摹本，与
　　　新发现的曹雪芹两个书箱上的曹亲笔字完全相同

图三之一　比翼燕

图三之二　肥扎燕

图三之三　彩锦倒图

图三之五　曹雪芹七字风筝原迹摹本

图三之四　苍鹰风筝的鹰头——用脱胎法制

瓶湖懋斋记盛

图四　敦敏《瓶湖懋斋记盛》原抄本的孔祥泽摹本之一页

图五　北京瞻云坊北石虎胡同的右翼宗学校舍之一

图六　曹雪芹晚年居处白家疃的石桥

图七　白家疃的贤王祠现为白家疃小学

此章昉垧
幼弟红楼
梦作传奇小
说余闻之久
矣而终不
愿一见恐其
中有碍语
也

传神文笔足千秋　不是情人不泪流可恨
同时不相识　几回掩卷哭曹侯
颦々宝玉两情痴　儿女闺房语笑私　三寸
柔毫能写尽　欲呼才鬼一中之
都来眼底复心头　辛苦才人用意搜　混沌
一时七窍凿　争教天不赋穷愁

图八　永忠吊曹雪芹诗和弘旿的批语手迹

甲	乙	戊	己	庚
第一行之"曉"字最后一笔是朱笔,陶洙所加。	第一行之"曉"字最后一笔是朱笔,陶洙所加。	第二行之"眺"字缺笔。	第一行之"曉"字最后一笔朱笔,陶洙所加。	第二行之"眺"字缺笔。
见第十四回。	见第四回。	见第三十八回。	见第十三回。	见第三十三回。

图九　己卯本《石头记》书影之一：说明抄者甲、乙、戊、己、庚是弘晓的晚辈

丙	丙	丙	丙	丁	丁	丁
第二行之"玄"字最后一点。	第一行之"祥"字最后一竖。	"祥"缺一横。	"晓"字不缺笔。	第二行"弦"字缺最后一点。	"祥"字最后一竖回。	一、二两行"晓"字都不缺笔。
见第六十三回。	见第三十三回。	见《怡府所藏丙中府之书抄》一目一条	见第一回。	见第三十七回。	见第十八回最后一页。	见第二回第四页。朱笔,是陶洙加。

图十　己卯本《石头记》书影之二和《怡府书目》书影:说明抄者丙(参看《明善堂诗集》书影)是弘晓自己,抄者丁是丙的同辈

丙	丙
上面诸『為』字都是第二笔交接处到第五笔止，不过头。	第三行之『為』字第二笔到第五笔交接处止，不过头。
见第十五回。	如尚『多為』此写法，《明善堂诗集·自序》中刻本书诗均有。

图十一　己卯本《石头记》和《明善堂诗集》的书影：说明抄者丙是弘晓自己

成則王侯敗則賊	成則公侯敗則賊	成則王侯敗則賊
本庚辰	本己卯	本甲戌
作『王』侯。	作『公』侯。	作『王』侯。
见第二回。	见第二回。	见第二回。

图十二　甲戌、己卯和庚辰三个抄本所抄"王侯""公侯"之不同

自　序

今年我把我研究曹雪芹和《红楼梦》的文章,收集在两本书里。一本就是这《丛考》,另一本是天津人民出版社出版的《曹雪芹佚著浅探》。结合我的年龄和一九七八年大病之后的身体情况,虽然将来增补这两个集子不无可能,但再出一本将近三十万字的研究文字,恐怕种种条件都不许可了。因此,我有回顾一下从事这方面探讨过程的必要。

我本是学哲学的,后来改学了西方政治思想史,我的工作一直是教这方面的课程。在教学和研究过程中,我接触的是柏拉图、亚里士多德、马开维里、布但、洛克、卢梭这些人的著作。中国这方面的东西,我也搞些。解放前我在北京大学除了教西方政治思想史、西方政治学名著研究等课外,也准备开中国政治思想史。对于秦汉魏晋隋唐以及宋元明清的主要政治思想著作,也有些浅尝的知识。可是对于文学方面的东西,特别是小说,我只是一般地浏览。读的东西,不论是旧的、新的,也还不少,但从来没有对它们做过认真的研究。《红楼梦》我在青年时代就读过,但对它的兴趣不大。倒是王国维慨叹不知《红楼梦》作者的身世、胡适对于《红楼梦》的考证,引起了我对这部书——实际上是对研究它的作者——的兴趣。尽管如此,我在解放前除给《观察》杂志写过几条关于《红楼梦》的文言杂记外,并没有做什么这方面的工作。解放后一九五二年院系调整,作为政治系的教授,我当然被分配到集北大、清华、燕京几个大学的政治、法律系而建立的北京政法学院。该校本是为了培养公、检、法方面工作人员而建立的保卫政权的专门学校,虽然我在该校开过两次西方政治思想史的课程,后来在它存在的二十余年间,一直没有这门课。北京大学法律系和国际政治系三次调我讲这门课,但一直没有调成。在当时,三十多年从事的专业不能继续,心情的苦闷可知。恰好周汝昌同志的《红楼梦新证》、俞平伯先生的《红楼梦研究》相继出版了。特别是周汝昌的《新证》,搜集了远比胡适为多的曹雪芹家世的资料。对曹雪芹本人的经历虽然材料很少,但比起胡适的《红楼梦考证》来,却有进境了。

从一九五四年起,我决心要搞一本曹雪芹的传记,但直到现在我认为严格的曹雪芹传所需要的材料还远远不够,无法写成。可以说从那时起直到今天,我一直是一个从各方面访求、搜集关于曹雪芹生平材料的资料员。我的工作有以下几个方面:

第一,关于已有的文字材料,胡适、周汝昌所不得其解或错解了的,我下了一番推敲、考据的功夫求得其解。例如我整整用了一年多的时间请教老人、遍查有关书籍,考得了敦诚"当时虎门数晨夕"这句诗里的"虎门"就是右翼宗学,从而知道曹雪芹在右翼宗学任过事。这是我们在研究曹雪芹生平的过程中所知道他的第一件可靠而重要的事实。

第二,关于曹雪芹的居处,前人只从文字上推测,做不出较明确的论断。我则跑遍了北京西郊一带,访问了许多当地的老人,得到了不少可贵的传说。经过去粗取精、去伪存真之后,我才可能写出曹雪芹在西郊的居处问题的文章。

第三,从一九五四年以来,我也不断访求有关曹雪芹的著作和曹雪芹自己的佚著和遗物。二十多年来,我发现了《懋斋诗钞》手稿、永忠的《延芬诗集》稿本、《鹪鹩庵笔麈》手稿、《四松堂诗钞》手稿,介绍了明义的《绿烟琐窗集》诗选,介绍了《南鹞北鸢考工志》,考证了曹雪芹所用的两只书箱及其写在书箱上的亲笔字和他续妻的悼亡诗手迹,等等。听说有人提出这样的问题:"怎么这些东西都让某某人发现了呢?"这有什么奇怪?我口勤,不断地问;手勤,不断地翻阅和抄录;腿勤,我不是总坐在书斋里,而是各处访问口碑和遗迹。

第四,对版本,除了在《考稗小记》中有几条涉及以外,我本未想在这方面下功夫。一九七四年十二月王宏钧同志把历史博物馆收藏的一个孤本只有三回半的《脂砚斋重评石头记》送来给我看,经过一个月的探索,我先和冯其庸同志合写了那篇一九七五年三月二十四日发表在《光明日报》上的《己卯本〈石头记〉散失部分的发现及其意义》一文,后来我就写成了本书中的《己卯本新探》。

第五,近年来孔祥泽同志又不断地告诉我一些《废艺斋集稿》中其他各册的残篇断简,其中最重要的是曹雪芹论光与画,讲织锦、编织、泥塑、金石的残文。这些资料对于我们了解曹雪芹的后期生活及其思想都很重要,尤其是作为《集稿》附录的《瓶湖懋斋记盛》以及董邦达写的《南鹞北鸢考工志》序言,都是我们写曹雪芹传的极好材料。结合上面提到的书箱上的文字,可以说,我们已经对曹雪芹在北京西郊的生活,知道一个相当明确的轮廓了。

第六,我在一九七八年四月中到五月初、九月底到十一月中,两次去南方与曹家和曹雪芹有关的地方做访问故老和调查遗迹的工作。曾到南京、扬州、瓜洲、三汊河、镇江、无锡、苏州、上海、杭州等地,承各地学校、研究机构和宣传部门的协助,我得到不少可贵的材料。重要的有:

一,在扬州看到了曹寅当年的盐署、天宁寺和他的其他游踪所至之处。

二,在瓜洲看到了康、雍、乾时期的新、老渡口。老渡口是当时经运河由南到北和由北到南的必走之路。曹家被抄家后雍正五年北上和曹雪芹于乾隆二十四年南下,都得经过这个地方。

三，三汊河是康熙行宫所在地。高旻寺虽已拆除，但行宫和水榭仍在。其地北通运河、西通仪征、南通扬州。曹寅当年接驾就在那里。

四，在南京除了大家已经注意的织造府和织造局旧址外，我还到了织造府的花园旧址，其地经改建挖掘，只剩残砖片瓦而已。曹寅和康熙一起去过的香林寺倒还保存着一定的规模。天津桥近在汉府咫尺，是二百多年前的故物，应该是曹雪芹幼年经过之地。明孝陵有一康熙三十八年二月南巡为赈恤淮扬水患所建碑记，碑文中言及曹寅之名。但最重要的是发现了自明末以来就没有改变、一直沿用至今的曹家任织造时织造局所用木制织机。我由康、雍、乾时期这种织机的操作方法和嘉、道以后其操作方法之不同，证明曹雪芹《废艺斋集稿》中讲织锦一册的残文不伪，并从而断定雪芹离南京时是十三岁而非五岁，因此他在南京、苏州、扬州一带，当有较多的游踪。

五，苏州十分重要。李煦的织造府遗址现为苏州第十中学。院中旧囿内之花石纲为李煦时故物。曹雪芹十三岁前往苏州住织造府必为所见。阊门外的景象，由阊门到虎丘的七里山塘，当时岸上商店林立，富贵繁华；河中画舫连绵，歌舞不断，当是曹雪芹《红楼梦》中所称十里铺"最是人间一等富贵风流之地"所本。虎丘山门内的各种摊贩，如制风筝、塑泥人等等，也应该是曹雪芹少年时学这些东西的渊源。重要的是苏州名园对他的影响。近来还有人认为北京的这里、那里是《红楼梦》里讲的大观园。我认为大观园和贾宝玉一样，都是艺术的创造。说恭王府是大观园的人不见得比说贾宝玉是曹雪芹的人高明。这还是自传说的余毒。作为艺术构成的大观园，它的素材与其求之于北京的王府，远不如求之于苏州的名园。曹雪芹十三岁以前在南方所受的影响甚深。

六，《红楼梦》中提到的惠泉酒，是无锡产，现称二泉酒。曹雪芹可能到过无锡。镇江，脂评里提过；但是，曹雪芹少年时去过镇江与否，无确证。相传他于乾隆二十四年去江宁，行至瓜洲，为江涨所阻，不得渡镇转宁。他那次滞留瓜洲时还给一个接待他的沈家画了一幅天官图。我去镇江时,虽然只匆匆一日,却也与一九七三年告诉我这一消息的江慰庐同志和收藏该图人之弟晤面。进一步的线索还在访求中。

七,我认为当一些新材料(我不是说只限于我发现的材料,当然也包括旁人发现的有关曹雪芹生平的材料)发现之后,我们在对《红楼梦》及其作者的研究中就应该分析、利用这些材料,通过对这些材料的研究,来看看曹雪芹到底是怎样一个人,他的思想到底是怎样一回事。只根据《红楼梦》一部书来研究曹雪芹是不够的:说来说去用书中人物的行为和思想来比附甚至代替作者的思想,这是很不科学的。我们既然有直接表达曹雪芹的为人和思想的材料出现,为什么不以直接的材料为主而以间接的材料《红楼梦》为辅呢?根据曹雪芹的佚著及其传记材料所表明的,他不但是一位伟大的现实主义的文学家,也是一位杰出的工艺美术家,还是一位憧憬着美好的未来社会的政治思想家。

至于有人否定《废艺斋集稿》是真的,我在一九七九年《中华文史论丛》第四辑中作了答辩。我的答复也收在我的另一本书《曹雪芹佚著浅探》里了。

八,我这部《曹雪芹丛考》的基础是《有关曹雪芹十种》,而《十种》则是《有关曹雪芹八种》的扩大。关于《八种》和《十种》我都在两书的"序言"和"说明"里谈过了。但《八种》是从何而来呢?当我这本《丛考》几乎可以视为我的最后结集之际,有说明一下的必要。一九五五年,文学古籍刊行社要把《四松堂集》、《懋斋诗钞》、《绿烟琐窗集》、《枣窗闲笔》等书影印出版之前,他们约了几个人给这些书写跋。我的《懋斋诗钞》、《绿烟琐窗集》、《鹪鹩庵笔麈》等篇,就是给他们写的跋文。后来,他们改变了计划,一律不用跋文,而以一个极其简单的出版说明代替。我遂将这几篇文章和其他有关的文字收集在一起,就成为我的《有关曹雪芹八种》。经过几年之后又增加了新写的文章,就改为《有关曹雪芹十种》。现在的《丛考》是《十种》的扩大,是《八种》的再扩大。天津人民出版社出版我的《曹雪芹佚著浅探》一书,本来可以算是我的《八种》的第三次扩大,但因该稿本身已有二十三四万字,就不便放在一起了。在《八种》《十种》《丛考》《浅探》的各篇写作和结集的编定过程中,我得到了邓之诚、张国淦、叶恭绰、张次溪、"杭州一老人"诸先生和侯仁之、文雷、刘梦溪、赵国璋、吴新雷、魏绍昌、徐恭时诸位同志的鼓励和帮助。

如果今后我能再写出一些这方面的东西的话,那就不能不感谢邓广铭、季羡林、赵宝煦诸同志的热情鼓励和中国社会科学院有关同志的大力支持了。

最后,我对沈老雁冰的鼓励并为本书题签,谨在此致以感谢之意。

一九七九年七月二十八日于沙滩。

卷一　曹雪芹的佚著

第一篇　曹雪芹的《废艺斋集稿》概述

一　《废艺斋集稿》的发现

《红楼梦》的读者,从书中广泛涉及绘画、医学、建筑、烹调、小手工艺等等,很自然地会推测:作者是个多才多艺的人,除写小说外,他还有其他方面的艺术才能。过去二百多年来读《红楼梦》的人,不论赞成或反对它的,都认为作者是个"博于材艺"(见二知道人:《红楼梦说梦》)的人,是"于学无所不窥"(见洪秋蕃:《红楼梦抉隐》)的人。比较全面一些的,如说:"一部书(裕按:指《红楼梦》)中,翰墨则:诗词歌赋、制艺尺牍、爰书戏曲,以及对联匾额、酒令灯谜、说书笑话,无不精善。技艺则:琴棋书画、医卜星相,及匠作构造、栽种花果、畜养禽鱼、针黹烹调,巨细无遗。……"(见王希廉:《新评绣像红楼梦全传》)

可是，从曹雪芹逝世到现在已经二百一十多年了，他的著作，除《红楼梦》外，我们连一首完整的诗、一张字或画也没有发现。当然，他在当时不是一个闻人，《熙朝雅颂集》、《八旗人诗钞》（法式善编，未刊，我是在恩华氏藏书中看到的）、《八旗文经》这些书里没有他的诗文，是不足怪的。这样说，难道曹雪芹的诗文书画，就没有一些流传在民间的么？

据我们所知，敦敏在乾隆二十五年（庚辰，1760）就给曹雪芹写过一首《题芹圃画石》。乾隆二十七年（壬午，1762），曹雪芹又给敦诚写过《题琵琶行传奇一折》的诗。敦氏弟兄以及新材料《瓶湖懋斋记盛》中的白媪，都是直接接触过曹雪芹的人，他们都说曹雪芹贫居西郊时卖过画。在曹雪芹死后，敦诚在其所辑的《闻笛集》里，还搜集过曹雪芹给他的诗文书信。难道这些东西一点都没有流传下来么？

实则，有是有的。不过我们直到现在还没有看到。陶北溟先生告诉过我，抗日战争爆发之前，他在武昌看见过曹雪芹画的扇面《海客琴樽图》，上面还有他自题的一首绝句。张政烺同志对我说，他在一九四六年看见过署名"梦阮"画的一幅石，画旁有从上端直到下端的题诗。魏宜之先生说一九五四年有人以曹雪芹的书简求售，并看见过曹画的《抚松远眺图》。这些都是曹雪芹的遗作流传下来的证明。

我在一九七三年二月份《文物》上发表的《曹雪芹的佚著和传记材料的发现》一文中的材料，是二百多年来有关曹雪芹文献的首次重要发现。这项材料包括：曹雪芹的佚著《废艺斋集稿》里面的《南鹞北鸢考工志》的文字和图式残稿，讲烹调一种的几页残文。另外还发现了曹雪芹的一首《红楼梦》外的诗。这里先讲一下发现《废艺斋集稿》的经过及其大概内容。

这部包括曹雪芹八种遗著的《废艺斋集稿》手稿的内容，是抄录其中的一种——《南鹞北鸢考工志》的孔祥泽君在一九七一年告诉我的。关于原稿怎样在抗日战争时期在北京被发现，又怎样在抗战胜利后被一个日本商人带走的经过，大概如下。

大约在一九四三年,孔祥泽在北京的北华美术专门学校习绘画和雕塑。当时有个日本籍教雕塑的教师高见嘉十,曾偶然同孔祥泽谈起中国的风筝。高氏表示愿与孔君合作,编印一部风筝谱。后来就由孔君到各图书馆借这类书籍作为参考。在他们的研究过程中,孔祥泽自己也曾向以制风筝著名的赵雨山,画家关广志、金仲年和杨啸谷等人请教。赵于一九四六年在北京大学的图书馆工作。当时我正任教于该校,可惜没有什么接触。否则,很可能提早知道《废艺斋集稿》的消息。解放后北京大学的老人还有和赵熟的。他们都知道赵是北京一位著名的风筝爱好者和扎糊者。赵雨山于一九六七年逝世。关、金和杨三人,也在前些年相继逝世了。

孔祥泽与高见的工作开始不久,高见就从另外一个日本商人金田氏那里借到一部手稿。这部手稿共八册,锦套,封面题签"废艺斋集稿"。他们细检之下,才知道是《红楼梦》作者曹雪芹的遗著。由于他们当时主要目的是要搞风筝谱,所以便由赵、关、金和孔祥泽抄摹《废艺斋集稿》中讲风筝扎绘方法和风筝图的《南鹞北鸢考工志》。他们对其余七种,都没有十分注意。

据说,那个日本商人金田氏很看重《废艺斋集稿》,在他们描摹《南鹞北鸢考工志》的时候,金田氏每天都亲自把书送来,坐待到一定时间,又拿回去。为了怕损伤原稿,他还限制用铅笔描。在孔祥泽、赵雨山、金仲年、关广志、杨啸谷等人共同抄摹近一个月以后,金田氏就把《废艺斋集稿》收回去了。一九四五年日本帝国主义投降后,金田氏杳无消息,高见嘉十也回了日本。曹雪芹这部孤本手稿,也就不知下落了。

关于这部手稿是怎样到了日本人金田氏手里的,据孔祥泽说,金田氏是从清朝礼亲王的后人金鼎臣那里以重价买去的。当时一起售与日本人金田氏的,还有曹雪芹写的字、画的画和刻的几方图章。

据孔祥泽说,他们只把《南鹞北鸢考工志》中的风筝图式描摹下来十分之七八,文字材料抄得很少。《废艺斋集稿》中除他们抄下的《南鹞北鸢

《考工志》中的那些内容和烹调的残页之外。其余多种，现在都已无法详知。

我在《文物》上那篇文章发表以后，据知已由有关方面与日本文化界联系，希望他们把这项材料访求一下。一九七五年据日本松枝茂夫教授传来的访求消息：他们曾去日本富山县访问高见嘉十。高见已达八十高龄，尚能回忆起他在中日战争期间在北京教书时，确有一个中国学生抄摹过一部讲扎绘风筝的《南鹞北鸢考工志》。数月后，《红楼梦》的日文译者伊藤漱平教授给我来信说：高见嘉十现居其故乡富山县，已八十多岁。等到他们去访问时，高见已几乎完全丧失记忆力了。希望我们国内的收藏者，能把有关这一著作的材料，早日公诸大众。则对于全面评价《红楼梦》和研究其作者思想的工作，将是很大的贡献。①

二　《废艺斋集稿》的大概内容

据孔祥泽说，《废艺斋集稿》包括八种曹雪芹的稿本，分订为八册，大小相当于现在的十六开本。除讲做菜的一部分字迹是另外一个人写的外，其余的七册，都是一个人的笔迹，估计都可能是曹雪芹的亲笔。全书卷首有的有旁人写的序，笔迹各不相同，估计也应该是各该序者的亲笔。因为当时著者常有请给他们著作写序的人，亲笔把序文抄录在他们的著作稿本上面的习惯。如永忠给《四松堂集》写的序，便是敦诚请他本人给抄录在《四松堂集》的稿本上面的。各册书端还有不同笔迹的批语，孔祥泽现在只记得其中有董邦达的，旁人的批语，他已记不清楚了。

---

① 这里要说明两点：（一）一九七九年六月四日松枝茂夫教授来信告诉我他会见高见嘉十的情况。该函主要说高见因年老患脑动脉硬化症，已记忆不清。但当松枝茂夫教授把我在《文物》上那篇文中的风筝图片拿给他看时，他想了想，点了点头说："记得，我还会改一改了。"当地公民馆长告诉松枝茂夫教授说：他曾在高见住的屋里"看见过风筝图，现在可惜没有了"。这是我最近才知道的那次访问的真实情况，应在此申明。详看我的《曹雪芹佚著浅探》（天津人民出版社）一书中松枝茂夫教授给我的信和我的附言。（二）伊藤漱平先生现任日本东京大学文学部教授。

兹将八册的大概内容,略述如下。

第一册是关于刻图章的,据孔君回忆这一册原题名为"蔽芾馆鉴印章金石集"。作者自序中说,"蔽芾"即"弼废",是帮助残废人的意思,"馆鉴"是"管见"。书中讲如何选料、制纽、治印、刻边款,讲章法、讲刀锋等等。此外还有彩绘的图式,孔君当时曾描摹下少数几个图式。在这一册的卷首序言里,作者曾说明这册讲刻印章的东西,是他早已写了的,不是新编写的,当初原是自己遣兴。近年来接触一些因残废而生活无着的人,才感到刻图章也可以成为他们的一种谋生的手艺,所以才又整理成篇的。按刻图章本是封建文人的一种玩艺,曹家一向有文学艺术传统,故曹雪芹在读书的年龄就应该早已熟习刻印了。从近年所传曹雪芹的黄蜡石笔山底面的"高山流水诗千首,明月清风酒一船"的刻词和"曹霑"的印记等等,可以稍窥曹雪芹治印鳞爪。可惜孔君当时描摹下来的那几个图章多已遗失,《考稗小记》所记雪芹自刻的两方印章,惜已只知道其字句,否则倒是可以把实物拿来同笔山底面的刀法比较、印证一下的。

第二册原即题为"南鹞北鸢考工志",是讲扎、糊、绘、放风筝的。其中有各式风筝的彩图,有用诗的形式写的扎、绘风筝的歌诀,有曹雪芹一篇自序,董邦达一篇序,有通论风筝历史的一篇东西,还有敦敏的《瓶湖懋斋记盛》作为附录。

风筝是南北方都有的东西。北方流行软硬拍子风筝,因为北方多劲风,风力大。南方流行软翅风筝,因为南方的风力和缓。据《南鹞北鸢考工志》的"通论"部分所讲,我们得知:曹雪芹是第一个把软翅风筝介绍到北京来的人,大概他少年时就对放风筝以至扎绘风筝有兴趣。

《红楼梦》里讲风筝的地方,可以佐证他长于此艺。读《红楼梦》七十回讲到"软翅子大凤凰"、"大螃蟹"、"十分精致"的"美人"(洛神)风筝时,便不能不令人想到《瓶湖懋斋记盛》里所说:过子龢初看到那个宓妃风筝时,竟误认为是个真人!同回中的"一连七个大雁"、"一个门扇大的玲珑喜字"、"在半天"空发出的"如鸣钟一般"的"响鞭",就更都是在《瓶湖懋斋记盛》已残缺的部分中可以找到类似记载的了。特别是那"富非所望不忧贫"七字风筝,也可以拿来同那个"门扇大的玲珑喜字"风筝印证一下。此外,《红楼梦》里谈到风筝的地方还多,这些都可佐证作者对于风筝是十分内行的。

不过这第二册之所以重要是因为,曹雪芹之写《废艺斋集稿》,乃是由写《南鹞北鸢考工志》而引起的。他的朋友于景廉(叔度)从军伤足,退伍后无以为生,儿女辈啼饥号寒,去西郊向他求助,他遂教于以风筝的技艺,后来于竟能以扎绘风筝维持数口之家。这样,他才产生"以艺济人"的思想,而使那些因有废疾而丧失维生能力的人们有个生活的技艺,因而他才写《废艺斋集稿》一书的。《南鹞北鸢考工志》实际上是在他这种想法下所写的第一种,虽然在成书次序上是第二种。

据孔君说,以下各册的次序和名目,都不很准确。

第三册讲编织工艺,原题名已记不起了。此册是为盲人编写的。其中有各种图案花纹,按编织程序,上下、先后、间隔、位置写成有韵的歌诀,词句有些类似棋谱的那种术语。文字平易、通俗、顺口,既好读又好记。在操作时背诵口诀,配合动作。凭着口传心授,手扪指触,学会了操作之后,再由有眼的人把染成各种颜色的彩篾草条,分为几组,放在盲人的左右两侧,盲人就按歌诀进行操作。这样就可以组成图案精美、彩色绚丽的工艺品。

关于这册中的图案,我们现在只知道两个名称。一个是"万不断锦",另一个是"鸳鸯戏水锦"。孔君当时曾把它们临摹下来,并曾倩人挑了一个枕巾,用"万不断锦"做四边,中间是"鸳鸯戏水锦",彩色鲜明,形象生动。

这一册应该是继《南鹞北鸢考工志》之后的作品,当然也可能是和以下各卷穿插进行的。据孔君记忆,曹雪芹在这一册里有一篇《自序》,说明这一册是为盲人编写的。雪芹看到当时的盲人或是用算命、占卦这些迷信、骗人的方法,或是以说书、卖唱为谋生之路,认为不如教给他们一种维生的有用手艺。《自序》中还曾提到,在他教会了编织工艺的盲人中,有的已经由于他们的编织精良而著名。

《红楼梦》里谈到编织的地方也不少。用柳枝儿,用竹(第二十七回),用线(第三十五回)都能编织。花样则如:莺儿对宝玉所讲打络子的,什么一炷香、朝天蹬、象眼块、方胜、连环、梅花、柳絮、攒心梅花等等。配色的则如:莺儿所说,大红配黑色或石青,松花色配桃红。(同上回)第五十三回在谈到姑苏女子慧娘的"绣"品的图案和彩色时,说:"凡这屏上所绣之花卉,皆仿的是唐、宋、元各名家的折花卉。故其格式配色皆从雅,本来非一味浓艳匠工可比。"这些都可证明:无论从图案或从配色上,雪芹对编织这一工艺美术探究得很深。

最近故宫博物院明清档案馆编的由满文译出的曹家奏摺中,又发现曹寅、曹頫从南京给皇帝奉献奇珍异玩的奏摺。在他们送给皇帝的项目中,就有编织的东西。这就说明曹雪芹住在南京的时候,接触过这些东西,甚至有机会观察、学习这些技艺。当然,我们也不能排除他在北京上学时,也有观察和学习这些技艺的可能性。

《红楼梦》里讲的那么内行,他少年时又有接触这种工艺的可能,可见,曹雪芹之能够编写出这样一卷东西是没有什么值得奇怪的。

第四册是讲脱胎手艺的。把人或物塑成了之后,再制成阴阳模子,使盲人用纸浆按这些模子做各种形式的脱胎,然后再由有眼人来彩绘,即为成品。据说这一册也是为盲人编写的,其用意与第三册讲编织的略同。现在孔祥泽只保存了一个他当年摹制的、为做风筝用的脱胎鹰头。

关于脱胎,《红楼梦》里谈得虽然很少,但也谈过。如二十九回的"本地城隍多泥胎圣像",四十三回谈到水仙庵里供奉的"洛神"泥神像,等等。作者说那洛神的像"虽是泥塑的,却真有翩若惊鸿,婉若游龙之态,荷出绿波,日映朝霞之姿",似乎未免夸张了一些,但当时塑像脱胎的技术之高,可以概见。《瓶湖懋斋记盛》中所说过子鲧竟至把"宓妃"(即"洛神")风筝视为真人,也可见曹雪芹的脱胎手艺是多么高明了。从现存孔祥泽所摹制的苍鹰鹰头（参看本书附图）来看，的确做得十分逼真。

第五册是讲织补的。"织"和"补"有密切关系，但不是一回事。把"织补"连在一起，就是以织为补。不是打"补丁"，而是补得和原来料子的纹理一模一样。亦即要补得和织的原样一般。《红楼梦》五十二回写晴雯补裘时，补那"金雀呢"就是这么补的。所谓晴雯要"界线"就是编织工业中的"行"话。曹家久任江宁织造，曹雪芹在童年就有观察"织"的机会，看清了织，就懂得补了。《废艺斋集稿》中讲织补的一册大约既讲原理，也讲方法。《红楼梦》的"补裘"则是对晴雯的实践的描绘。曹雪芹的这种知识当然是从观察旁人的实践，甚或是从自己的实践中得来的。

第六册讲印染。我在《文物》上发表那篇文章之后，孔祥泽的看法，认为印染似与织补合起来是一册。如果那样，那么《废艺斋集稿》就不足八册之数了。那另外的一册又是什么呢？这问题无法解决。现在姑且认为印染是自成一册。

大家都知道，曹家的织造官就是管供给皇帝纺织、缝制衣服用的丝、绸、锦、缎的。据康熙时人孙珮编的《苏州织造局志》及其他人讲织造局的书，他家里一定管理或经营一些官办的特殊纺织工业。不但衣料的质料要好，而且颜色也得适合与耐久。在故宫博物院新发现的满文档案中，有这样一件事：雍正五年闰三月二十九日，胤禛（即雍正）发现自己穿的石青缎褂落了色，命人查看库里存的石青缎是否都落了色，是哪家织造送来的。后来查出都落了色，都是江宁织造曹頫送来的。于是就罚了曹頫一年的薪俸。可见印染是重要的。

据孔祥泽用白话重述敦敏的《瓶湖懋斋记盛》残缺的部分（参看本书卷二第三篇《〈瓶湖懋斋记盛〉阙文钩沉》），我们得知，当董邦达同曹雪芹谈到唐朝王维的"复色"问题时，曹曾提到他还保存着"家藏"的《织造色谱》。这就可见曹雪芹对织造局里经营的纺织、印染工业，是很留心的。

第七册是讲雕刻竹制器皿和扇股的。刻扇股之类事原也是旧时文人一种多半是为了消遣的玩艺。但当然也有以此为业的人。刻竹制器皿，则是一种专门的职业。从《红楼梦》中,可以看出作者对于这种工艺,是很熟悉的。第四十一回提到十个黄杨木根杯"雕镂奇绝,一色山水林木人物,并有草字图说"。后来妙玉又寻出一只九曲十八环,一百二十节蟠虬整雕的湘妃竹根的大海。第四十八回那石呆子的湘妃竹、棕竹、麋鹿玉竹的二十把扇子,除了上面有"古人写画的真迹"外,也必定是刻得很精的。竹产南方,刻竹工艺,也以南方为盛。曹雪芹少年时代住在南方,耳濡目染,也有学会这种工艺的机会,而且刻图章与刻竹接近,许多刻图章的人,都会刻竹,特别是扇股。

第八册是讲烹调的。这是最后一册。孔君说,一九四四年,曾由杨啸谷抄下来不少条烹调的方法,后来杨回了四川老家,不久又闻杨已逝世,故他所抄的菜谱已不易觅得。现在赖有孔君抄存的几条,可略知此册的内容。

据孔君近告,此册原名"斯园膏脂摘录"。"斯园"并非雪芹自号"斯园",而是"思源"之代语;"膏脂"是指民脂民膏。盖雪芹原意:"饫甘餍肥"之徒,应当饮水思源,知果其口腹者,皆民脂民膏也。雪芹这一册的题名很重要。从这一题目的含义,我们可知雪芹绝不是为穷极豪奢之家写的菜谱,反之,而是为了教给那些无术维生的人们一种手艺,同时也是提醒人们:那些盛席华筵,都是来自民脂民膏。这一名称,完全符合曹雪芹晚年迁居北京西郊后的思想情况。他对富人的看法和为穷人打算的态度,也完全同他晚年的其他有关材料符合。

曹寅曾写过《居常饮馔录》,他又在《楝亭十二种》中,编入了几种前人的饮馔烹调之作,如宋朝王灼的《糖霜谱》、元朝海滨逸叟的《制脯鲊法》、明朝灌畦老叟的制蔬品法等等。可见曹雪芹的家庭对于烹调方法的注意,是有长久的传统的,这对于他当然有很大的影响。

我们再以敦敏的《瓶湖懋斋记盛》证之,曹雪芹的"老蚌怀珠"是极获于叔度、敦敏的称赏的。后来他在敦敏的家里做的菜,也为过子龢、董邦达所盛赞不已。曹雪芹不但对烹调的理论和历史很熟悉,他自己的烹调实践也是很高明的。

由于这些，则曹雪芹之能写出一卷讲烹调的书，是丝毫无足疑的。

关于《废艺斋集稿》的大致内容，我们现在所知的就是这些。

一九七二年写于沙滩，一九七七年六月改定。

第二篇　曹雪芹《南鹞北鸢考工志》残卷校补

这是《废艺斋集稿》的第二册,现在已剩残卷。残卷包括以下的内容:

一　《南鹞北鸢考工志》曹雪芹的自序

二　董邦达给《南鹞北鸢考工志》写的序(移至卷二:《新发现的曹雪芹传记材料》)

三　《南鹞北鸢考工志》中的残存文字

　　(一)讲风筝历史的残页

　　(二)"富非所望不忧贫"七字风筝

　　(三)扎绘风筝歌诀

四　附录:敦敏的《瓶湖懋斋记盛》残文(移至卷二:《新发现的曹雪芹传记材料》)

除了二和四两项移至卷二《新发现的曹雪芹传记材料》中去讲外,一和三的内容,都在本卷各篇里谈。以下先校补曹雪芹的《南鹞北鸢考工志》自序,然后再辑录《南鹞北鸢考工志》中的残存文字。

一 《南鹞北鸢考工志》曹雪芹的自序校补

曹雪芹这篇自序是孔祥泽于一九四四年根据原迹用铅笔描摹下来的。因年久纸脆,有些磨损不清的字句。原摹本的一页,见本书的插图。这里是排印的原文,其中磨损不清之处,由我校补。我是通过反复读原文后,根据上下文义,并参考敦敏的《瓶湖懋斋记盛》的有关内容,试加校补的。下面校补的字句用〔 〕号,原注用(原注:……),我加的注用①②等号。

玩物丧志,先〔哲〕斯语,非仅警世之意也。〔夫〕人为物欲所蔽,大则失其操守,小则丧其廉耻,岂有志进取之士,所屑为者哉!

风筝于玩物中微且贱矣:比之书画无其雅,方之器物无其用;业此者岁闲太半,人皆鄙之。今乃哓喋不休,勾画不厌,以述斯篇者,实深有所触使然也。

曩岁年关将届,腊鼓频催,故人于景廉(原注:字叔度,江宁人,从征伤足,旅居京师,家口繁多,生计艰难,鬻画为业)迂道来访。立谈之间,泫然涕下。自称:"家中不举爨者三日矣。值此严冬,告贷无门。小儿女辈,牵衣绕膝,啼饥号寒,直令人求死不得者矣!"闻之怆恻于怀,相对哽咽者久之。

〔适值〕斯时,余之困惫久矣,虽倾囊以助,何异杯水车薪,无补于事,〔势〕不得不转谋〔他〕处,济其眉急。因挽〔其〕留居〔稍待〕,以期〔谋一脱其困境之术〕。夜间偶话京城近况,于称:"某〔邸〕公子购风筝,一掷数十金,不靳其值。似此可活我家数月矣。"言〔下〕慨然。适余身边竹纸皆备,戏为〔老于〕扎风筝数事;称贷两日,拼挡所有,仅得十金,遗其一并携去。

是岁除夕,〔老〕于冒雪而来,鸭酒鲜蔬,满载驴背,喜极而告曰:

"不想三五风筝,竟获重酬,所得当共享之;可以过一肥年矣。"

方〔其〕初来告急之际,正愁无力以助;其间奔走营谋,亦殊失望;愧〔谋求〕无功,不想风筝竟能解其急耶?〔因〕思古之世,鳏寡孤独废疾者有养也,今〔则〕如〔老〕于其人,一旦伤足,不能自活,其不转乎沟壑〔也〕几〔希〕。

风筝之为业,真足以养家乎?数年来老于业此已有微名矣(原注:识者皆昵呼之以"于瘸子")。岁时所得,亦足赡家〔自给〕,因〔之老于〕时时促余为之谱定新样。此实触我〔怆感〕,于是援笔述此《南鹞北鸢考工志》,意将旁搜远绍,以集前人之成;实欲举一反三,而启后学之思。乃详察起放之理,细究扎糊之法,胪列分类之旨,缕陈彩绘之要;汇集成篇,〔将〕以为今之有废疾而无告者,谋其有以自养之道也。

时丁丑清明前三日,芹圃曹〔霑〕识。

二 《南鹞北鸢考工志》中的残存文字

(一)《南鹞北鸢考工志》讲风筝历史的残页

《南鹞北鸢考工志》里有"风筝通论"部分,下面讲风筝历史的几句话,就是其中的残文。据孔祥泽说,在这几句之后,还有以下两点意思,惜不能忆出原文:一,曹雪芹对汉代独尊儒术,罢黜百家,鄙视工艺,以致许多有用的技术失传,表示不满;二,从汉代以后,风筝就成为士大夫的玩物了。

(上缺)观夫史籍所载,风鸢之由来久矣,可征者实寡,非所详也;惟墨子作木鸢,三年而飞之说,或无疑焉。盖将用之负人载物,超险阻而飞达,越川泽而空递,所以辅舆马之不能,补舟楫之不逮者也。揆其初衷,殆欲利人,非以助暴;夫子非攻,故其法卒无所传。(下缺)

(二)《南鹞北鸢考工志》中的扎、绘风筝歌诀

据孔祥泽说,《南鹞北鸢考工志》中的扎风筝和画风筝的歌诀,还有许多。这里除原在《文物》(一九七三年第二期)上发表的(9)(10)(11)(12)(14)外,其余都是后来得到的,有的是费葆龄同志于一九七四年见示的,费同志现在北京人民银行某分行工作。

(1) 肥燕扎糊诀

肥燕四四法最新,一头两腹齐尾根。
中间应照拍子计,主条七段皆等分。
两膀对扎似半圆,上条健直下条纤。
膀梢刮薄存弹力,糊成膀兜方自然。
尾竹宜软不宜硬,反使竹青须去性。
上端扎处循中线,首尾横平以为定。
论纸中间四正方,两膀各四力相当。
尾纸糊法同软翅,力求平整莫松僵。
膀角主要是存形,尾中配花须持平。
两者务必扎牢固,上大下小利泻风。
中路裆肥为保稳,收放不致左右倾。

(2) 瘦燕扎糊诀

瘦燕三三法更奇,一头一腹尾根齐。
头宽应是长之半,胸是膀条十之一。
中间仍照拍子计,两膀对扎扁圆拟。
上条健直尖子软,下条薄柔缓翘之。
十段等分论条架,膀梢瘦削方俏皮。
尾竹上端顶上膀,二竹交处中线及。
下端长短如何定?六五于十最为宜。

头腹相停裆略短,一五于十尤须知。
腿瘦狭长单面软,泻风左右不倾欹。

(3)比翼燕扎糊诀

比翼双头燕,扎法格调变。
头高一作基,八一乃其范。
仍照拍子计,格变法不换。
胸腹是正方,个半宽为宪。
下条随上条,上条直且健。
膀梢宜瘦圆,其势缓而健。
梢软膀兜浅,受风匀也遍。
尾竹起上条,交处即中线。
比度五七强,横平须略欠。
裆同头之高,风自中路散。
膀角扎何处?头外分一段。
宜宽不宜高,弯处尤须慢。
尾间双配花,二段下为限。
切记要扎牢,不使随风转。
取形欲轻灵,蝶飞或花瓣。
膀纸与尾纸,分合而补赞。
诀中一妙语,两个一个半。

(4)半瘦燕扎糊诀

半瘦燕子耐狂飙,骨架之竹必选挑。
新竹朽竹不可用,一遇急风刚劲消。
主条划成八等分,头宽一段以为标。
胸腹两个皆正方,个半即是头之高。

受风按纸来计算,中路仍照拍子瞧。

膀条上下分宾主,上要刚健下要薄。

膀兜莫深尖子软,下条上随瘦膀梢。

尾竹上端起何处?头下半段可扎牢。

全竹长达六个半,根软泻风不摆摇。

裆线长为一二五,一五以内可推敲。

膀角头外开一段,配花两段上至腰。

两者若不扎牢固,误事差池在分毫。

诀中一语应参悟,一二五泻三五一。

(5)雏燕扎糊诀

【自注】 四三者头纸为本,三四者膀纸为赞。尾纸不同肥燕,连裆计算,只按软膀人字膀用,此乃两大开分合辅赞之法,受泄风各自主之,故为分为合。

雏燕如何糊扎?依纸计算莫差。

头乃四横三竖,胸腹两头相加。

主条五段等分,尾竹正方交叉。

全长十取七五,裆线二五更狭。

尾根必须扁软,竹青反用为佳。

上条健直尖软,两杪都要薄刮。

保稳全在泄风,膀兜浅且平滑。

三停中路是主,两翼尤须详察。

诀为四三三四,变化悉靠自家。

(6)肥燕扎糊诀(倒图适用)

肥燕四四法分明,一头两腹尾根停。

七段等分论条架,两膀对扎半圆形。

中间应照拍子计,尾竹上端中线缝。
下端条短如何定?横放架子首尾平,
上条健直两梢软,下条扁软缓随行。
论纸中间方四块,两膀各四力均衡。
裆肥腿软风好泻,保稳不致左右倾。
膀角配花要扎牢,上大下小利泻风。

(7)硬膀扎糊诀

硬膀糊从两翅先,纸由条后搭向前。
膀线两端纸开口,先将稠糊涂外缘。
肩窝膀咀须对扯,膀兜圆透要自然。
须势粘纸莫外折,待到粘牢再糊边。
边纸糊时莫过竹,最应留意在膀弯。
两膀凹处须一致,不然吃风必转圈。
受风泻风上中下,三停搭配重两端。
上部头是迎风主,胸腹随形有无间。
下部是尾主泻风,根软保稳不倒翻。
头小凹糊增风力,上大切记要平粘。
下尾条软最难平,轻粘慢卷始安全。
活头长尾当别论,畸形拟字须另参。

(8)软翅扎糊诀

软翅扎时条最难,汗不去透形必还。
主条受风应力大,反用竹青要烘干。
上条是主须刚健,若有下条宜扁圆。
轻巧玲珑论骨架,竹厚条密最为嫌。
仿真借助脱胎法,薄用纸浆肖容颜。

膀末糊时拢线牵,稠浆匀涂要平粘。
干透即可去拢线,再将稀糊裹纸边。
软翅专为摹形态,尤须神似栩栩然。
兔起鹘落拟鹰隼,下击上翻复盘旋。
最是多情双飞燕,左扑右闪逗云间。
金鱼浮泳常摆尾,彩蝶追逐喜翩跹。
鹭飞一行画青霭,雁排人字书苍天。
喜看长干小儿女,青梅竹马戏门前。
宓妃何兴来天畔,婀娜娉婷步青莲。
世上万物自殊异,全在神存动态间。
软翅独能传妙趣,悟得斯旨可通玄。
诀中一语千般用,尖对尖时弯对弯。

(9)肥燕画诀

【自注】 百福骈臻锦,彩蝶寻芳锦。法以靛青为底,嫩黄为衬,红花绿叶,和以蓝紫。

大地春回景色妍,燕子报喜到人间。
画拟人态形神备,笔法意匠体势全。
广额丰发腮含笑,眉梢上轩见喜颜。
红润眉心花绽蕊,绿泛眼膜叶勾连。
两目凝神须下视,一时洪福到眼前。
颔如满弓承双颊,胸似银瓶气度轩。
蓄势待发权在握,肘根腋翎必相衔。
两笔皆寻膀线起,位在中央不可偏。
腰列纹锦即尾羽,上寿福禄在两端。
二尺一节尤须记,尾翎似盆节下悬。
主尾展开八字势,四翎适为一个宽。

两膀画作菱角形,肩领双钩月半圆。
铁肩高耸凌云志,一层遐龄可齐天。
翎如尺数各加十,上起中线下到弯。
羽内纹锦花一簇,红桃绿柳色最鲜。
五福捧寿桃花瓣,十绿全臻柳叶尖。
彩蝶双双飞上下,不负春光舞翩跹。

(10)瘦燕画诀

【自注】 画以烟黑为底,衬以嫩黄,九幅作大红,配之以绿。腰间金环略以鹅色入黄,位于尾羽之端,和之以朱红、石绿、石青、湖蓝、浅紫等色,必使艳而不厌,繁而不烦。

纤纤瘦燕舞临风,竟掠翩跹上九重。
天际频传钲鼓乐,云端隐闻丝竹声。
花雨阵洒仙凡路,红灯遥映碧霄宫。
为貌娇姿拟人态,须将意匠写神形。
金盘舞起羽衣飘,锦绣仙裙束细腰。
万缕情思双髻上,一段风流两眉梢。
盈盈笑含樱口闭,脉脉情余比目意。
眉心夔纹翠点碧,眸补花颜红润玉。
鬓云覆颈衬玉颔,细指捧心愈增妍。
红巾一幅缀素锦,酥胸双凸柳腰纤。
翡翠珊瑚镶宝带,雾縠冰绡束金环。
环带锦饰三元寿,裙绦彩多蓝紫绣。
福禄连锦绕仙桃,回纹万转玲珑透。
乐奏归风送远曲,秾歌艳舞凤笙倚。
锦瑟凝歇曲似终,绛幅缤纷舞又起。
仙袂拂云翦翦飞,珠袖临风飘飘举。

胭脂霞帔石榴裙,红映九霄晴空里。

尘缘未尽一线牵,瑶池宴罢返人间。

谁信无方能持后,应许掌上看留仙。

(11)比翼燕画诀

【自注】 画时左青右紫以为地。色紫者在前,青者居后。青者眉作桃红,目润水绿。紫者眉作翠绿,目润桃红。余皆依此,互易其趣,不必拘泥。两翅内羽,不论画何花样,应以不违其时,尤须力求淡雅,不宜过艳。尾下各翎,乃交错笔法,前后深浅,亦须留意,不可倒置。

比翼双燕子,同命相依依。

雄羽映青彩,雌衣耀紫晖。

相期白首约,互证丹心誓。

展眉喜兴发,顾眄神采奕。

喁喁多深情,绵绵无尽意。

引领睨遐观,襟怀犹坦适。

为筑双栖室,撷取连理枝。

卜居武陵溪,仙源靡赋役。

相敬诚如宾,真情非伪饰。

偕隐岂邀名,澹泊实素志。

连夜新春雨,花开不违时。

牡丹已葳蕤,红绿交相辉。

彩蝶翩翩来,迷花不知惜。

锦衣纨袴者,尽是轻薄儿。

耻与侪辈伍,联袂去云霓。

(12)半瘦燕画诀

【自注】 法以佛青为底,槐黄衬之,配以红、绿、湖、紫色等,宜力求鲜明夺目。

新燕至秋羽初丰,貌拟少年弱冠容。
黄口犹存童稚意,青衿已具成人形。
神凝两目澄秋水,气贯双眉耸剑峰。
世事未谙多棱角,胸怀坦荡喜争雄。
清晨戏蝶翻花圃,黄昏逐蝠入云层。
邀集新雨觅仙境,会同故友访武陵。
奋翼千仞冲霄汉,展翅万里乘长风。
宇内翱翔无所羁,明春北返忆归程。

(13) 小燕画诀

小燕欲将童子拟,四肢渐大短身躯。
颈长疑是头卢巨,眉清目秀意顽皮。
口角乳黄犹然在,胸中洁白更无欺。
权寄游兴桃园水,且寓逸情武陵溪。
尾随蛱蝶觅花圃,时逐鸳鸯戏芙蕖。
殷殷祝福椿萱茂,仙寿遐龄过云霓。

(14) 雏燕画诀

雏燕如何来画?拟人是胖娃娃。
肢短头宽且大,尾小羽稀有差。
双瞳澄似秋水,两颊艳若荷花。
眉开眼里含笑,黄口呢喃学话。
心头洁白天真,胸中坦率无瑕。
孺慕情意拳拳,除此那有牵挂。
春末习步花丛,夏初学飞林下。
时伴彩蝶翩跹,偶随鹡雀穿架。
捕捉螟螣蟊贼,巡田莞苗护稼。

(15)倒图歌诀

填墨为范成倒图,黑白易位抑何殊。
嗜痂有人偏喜爱,好怪无事不追逐。
别开生面变旧法,另创奇观辟新途。
个中布局耐寻味,巧用纹样见功夫。
倒图最忌笔画粗,眉目清晰要间疏。
眼前倒蝠拟笑口,胸中饱墨写成竹。
单笔改为双笔绘,白地翻做黑地涂。
膀梢尾下两处锦,只须依样画葫芦。

(16)彩锦倒图歌诀

【自注】 屏开雀选加富贵白头锦,是全篇略形法的范例;耄耋富贵锦,是断篇存形法的范例。

彩锦倒图腹镂空,为将鼓架传音声。
屏开雀选活翎眼,耄耋富贵透花丛。
背上鼓架罩音斗,胸前气孔回声清。
雕饰莫将底色犯,糊纸尤须依形成。
肩头双月分倒正,膀尾纹样辨雌雄。
诚能妙用葫芦锦,最是传神在个中。

(三)《南鹞北鸢考工志》中的七字风筝

"富非所望不忧贫"七个字的风筝,是一九四四年孔祥泽君从《南鹞北鸢考工志》中描下来的曹雪芹原迹,是一九七四年费葆龄君见示的。参阅本书附图。

第三篇　《此中人语》中关于肥扎燕画法的一页

这一页关于"肥扎燕画法"的文字,也是孔祥泽君抄给我的。我原把它作为一般有关风筝的材料,放在《考稗小记》里。一九七六年八月初,我来郑州,重读这篇东西,觉得无论就内容或形式看,它都应该是与《南鹞北鸢考工志》相辅而行的《此中人语》中的一页讲肥扎燕画法的文字。再回忆当初孔君抄给我几条篇幅较短的资料时,曾说过其中也有《此中人语》里面的东西——虽然他并没有告诉我哪一条是。"此中人语"似本陶渊明的《桃花源记》中的"此中人语云"一辞。雪芹的《废艺斋集稿》是为了有"废疾而无告"的"穷民"而撰,但他们一般都受教育不多,故除写了许多"歌诀"外,雪芹又特为他们写了接近口语的《此中人语》,以便于他们的学习。这就真如董邦达序《南鹞北鸢考工志》中所说:"其为人(裕按:指'穷民')谋也,可谓忠矣。"正是因为这样,他才有意地用"'此中人'语"一辞。这说明他在思想感情上同"穷民"一致,把自己也侪于他们之列。"此中人"即"自己的人"之意,是和那些奔走仕途,追求荣华富贵,锐意飞黄腾达的人们,完全不同的人。

一九七六年八月七日于郑州。

《此中人语》之肥扎燕画法

古之人以燕为喜之征,春之象,故必以意匠为之,实以拟乎人也。须使其眉目口角,均呈喜相。于其翼内尾羽之间,配以"纹样组锦",以庆福禄寿喜之祯;组成"红桃绿柳",以征大地回春之象。膀角位以彩蝶,兼喻蛱蝶寻芳之趣。

头部:眉上轩,见喜颜。嘴上晓,定是笑。眼下寻,见精神。眉心用红,画桃花。眼球外睑用绿,画柳叶。嘴画红蝠,兼寓洪福在眼前之意。嘴尖,眼珠,眉轮均用黄,所以摹拟原意也。

翅部:两膀展翅内,羽间五福捧寿纹样。红蝠褪润勾以白线,远望即呈粉红桃花一朵。五彩小花连成大花朵一个。远近咸宜。繁而不紊,艳而不腻。边幅五,呈斜飞之势。画绿色,以寓福禄寿也。膀窝画半月形,以显膀角。在膀角处,位以寻芳彩蝶,增春意也。翅翎之四(两侧不计于内),以征丈四之别。

腰部:画燕爪一双,宜雄厚劲实,气势攫然。腰羽分节,各为腰栓。一栓二尺,七栓丈四。第一栓画五球,嵌五寿。第七栓,画五蝠,红绿相间。中间五道栓,则绘以不断回纹锦、钩子莲、盘长锦、海水绦等组锦。

尾部:尾尖宜粗壮,中间左右翎各七,以征丈四之别。(已完或下缺)

第四篇　曹雪芹的《题自画石》诗

以下这首诗孔祥泽君说是从他外祖父富竹泉所著《考槃室札记》手稿中抄下来的。孔君在一九六六年秋天把这首诗抄给我。关于这首诗,请参看本书卷三第二篇《曹雪芹的〈题自画石〉诗解》。

题自画石　曹霑

爱此一拳石,玲珑出自然;
溯源应太古,堕世又何年?
有志归完璞,无才去补天;
不求邀众赏,潇洒做顽仙!

【附记】　这首诗近有认为赝品者,见《中华文史论丛》第七辑(复刊号)陈毓罴、刘世德两同志的《曹雪芹佚著辨伪》一文。我认为该文所举"证据"数量虽多,但质量不够,不足以最后判定佚著为伪。我回答的文章题为《论〈废艺斋集稿〉的真伪——兼答陈毓罴、刘世德两同志》,见《中华文史论丛》一九七九年第四辑。另有同年六月四日日本早稻田大学松枝茂夫教授寄我一封关于佚著的信，也可参考。均见我的《曹雪芹佚著浅探》（天津人民出版社）一书中的附录。

一九七九年六月二十五日，北京。

卷二　新发现的曹雪芹传记材料

第一篇　《南鹞北鸢考工志》董邦达序校补

尝闻教民养生之道,不论大术小术,均传盛德,因其旨在济世也。扶伤救死之行,不论有心无心,悉具阴功,以其志在活人也。曹子雪芹悯废疾无告之穷民,不忍坐视转乎沟壑之中,谋之以技艺自养之道;厥功之伟,曷可计量也哉!

观其名是书之为《南鹞北鸢考工志》也,不曰谱而曰志,曰考工,是则不欲攘他人之功,其自谦抑也,可谓至矣。称南北而略东西者何耶?寓纬于经也。盖扎、糊、绘、放四艺者,风筝之经。是书之作,意重发扬,故能集前人之成。撮要提纲,苦心孤诣,以辟新途,而立津梁,实欲启后学之思。诱导多方,惨淡经营,更变常法,而为意匠。所期者,举一反三,不使囿于篇章。其为人谋也,可谓忠矣。

斯书也,所论之术虽微,而格致之理颇奥;所状之形虽简,而神态之肖惟妙。观其以天为纸,书画琳琅于青笺;将云拟水,鱼蟹游行于碧波。传钲鼓丝竹之声于天外,效花雨红灯〔之趣〕①于空中。其运智之巧也,可谓神矣。

愚以为济人以财,只能解其燃眉之急;济人以艺,斯足养其数口之家矣,是以知此书之必传也。与其谓之立言,何如谓之立德。

己卯正月,孚存董邦达序。

---

① 我的校补。

第二篇　《南鹞北鸢考工志》的附录敦敏《瓶湖懋斋记盛》残文校补

敦敏的《瓶湖懋斋记盛》是记述乾隆二十三年(戊寅,1758)腊月二十四日曹雪芹在敦敏的槐园同董邦达、过子龢、端隽、于叔度等人聚会的一篇文字。原文是《南鹞北鸢考工志》的附录。这篇文章记曹雪芹的言谈风貌、为人思想颇详;在曹雪芹的传记材料十分缺乏的情况下,它所提供的事实情节,是很可宝贵的。

下面的文字只是《瓶湖懋斋记盛》的前半篇,是抄存者借自金福忠家藏的本子描下来的。原本因许多叶都受水湿粘在一起,揭开时就有不少已看不清的字句。为了便利读者,我给加上一些校补。已损坏的字和句的校补,用六角括号〔　〕表明,补不出的,用□号表明,原注用(原注:……)表明,原注在原本中都是双行小字,今改排一行。①② 等号是我加的注。有一二处校补,曾与周汝昌同志商讨,附此致谢。

　　　　　瓶湖懋斋记盛　　　懋斋敦敏记于瓶湖蔼庐。

《南鹞北鸢考工志》一书,为余友曹子雪芹所撰,窃幸邀先睹之快。初则惊其丹青之妙,而未解其构思之难也。

既见实物,更讶其技艺之精。疑假为真,方拟按图索之,乃复顾此失彼。神迷机轴之巧,思昧格致之奥矣。于是废书而叹曰:"斯术也,非余所能学而知之者也!"

乃观其御风施放之奇,心手相应,变化万千。风鸢听命乎百仞之上,游丝挥运于方寸之间。壁上观者,心为物役,乍惊乍喜,纯然童子之心;忘情忧乐,不复知老之将至矣。

芹圃引言曰:"玩物丧志",概①恐溺之者移易性情,而发此深虑之语也。

戊寅腊月二十四日,董公孚存亦莅斯会,感而为序②。谓余曰:"今日之集,固乃千载一遇,虽兰亭之会,未足奇也。"嘱余制文,记其盛况。〔嗟〕③余才疏学浅,谫陋无文。每有句读之失,难免鲁鱼之讹也。余尝与过〔公子〕龢曰:"若敬亭得与此会,而撰斯文,〔庶〕④不致挂一漏万矣。"兹勉述之于后。

□□□之□⑤。先是,□⑥舅钮公自闽反京,(原注:七月会公初度,亲友多往〔贺〕者。世家子弟,〔鲜〕衣华服,与公酬酢,〔谄〕语佞色,公甚厌之;顾余曰:"富贵而骄奢,未有不败者,〔反〕不如布衣之足以傲王侯也。")独以所得藏画出示,而真伪莫辨。嘱余择所善者,即以为〔贶〕⑦。

爱思鉴别字画,当推芹圃;又且久未〔把〕晤,(原注:春间芹圃曾过舍以告,将徙居白家疃。值余赴通州迟过公⑧,未能相遇)苦念綦切,乃往访其新居。

---

① "概"字当作"盖"。清初满人(包括皇帝)文字中,常有此类错误。
② 即前面董邦达的序。
③ 左面剩一口字。
④ 剩左下角一二笔。
⑤ 上□□□□似应作:"岁在戊寅";下□余残划少许,似"秋"字。
⑥ □,余划太少,看不清楚。
⑦ 原有"贝"旁。
⑧ 此句书端有"十月赐第钮公,命余就过公求书"一批语,当是敦敏所批。

几经〔询问〕①,始抵其家。(原注:〔其地〕有小溪阻路,隔岸望之,土屋四〔间〕,斜向西南,筑〔石〕②为壁,断枝为椽③,垣堵不齐,户牖不全。而院落整洁,编篱成锦,蔓植杞藤,□□□□□,有陋巷箪瓢〔之乐〕,得醉月迷花之趣。循溪北行,越〔石〕桥〔乃达〕④。)扣篱〔至再至三〕,俄顷,一老媪出应曰:"〔客人〕⑤其〔访〕雪芹耶?"余曰:"然。"媪曰:"〔彼〕⑥为人邀去,多日未返家矣。"媪自称白姓,得雪芹顾恤,相处如一家人。(原注:殷殷〔延余〕入,问所从来,余以情告。)遂留名帖,请代致意,怅然而返。

又月余,芹圃〔未〕⑦至。渴念不已,策马再访,遇白媪于门,而谓余曰:"何不巧之甚耶!前数日,雪芹回,见君名帖,欣然谓老身曰:与君为知交,久拟谋面,因友人邀做臂助,未容抽身;事毕即将进城回〔谒〕也。想亦未料及君之再至。两日前又去其友人处矣。"〔稍坐后〕⑧,假纸笔留书〔订〕⑨邀。(原注:时白媪煨芋以饷,并缅述徙此经过。初,媪有一子,襁褓失怙。夫家无恒产,依十⑩指为人做嫁衣。儿已弱冠,竟染疫死。〔彼遂〕⑪佣于大姓,不复有家矣。去冬哭损双目,〔乃致〕被辞,暂依其甥。既〔无〕医药,又⑫乏生资,已濒绝境。适遇雪芹过其甥处,〔助以〕药石,今春能视物矣。因闻雪芹又〔将远〕⑬徙,媪〔乃

_____

① "问"字有左下旁。
② 经我实地调查后,知其地旧屋,多垒石为壁,盖其地至今仍产石。
③ "椽"字有"木"旁。
④ 近经复检原抄摹之件,"乃达"二字应作"再南折"。"折"字尚余"斤"字最后一直。
⑤ 此二字均有微痕可辨。
⑥ 有双人旁下面一直。
⑦ 有上端可辨。
⑧ 后字有左及右下残迹可辨。
⑨ "言"旁中间二横不可见。
⑩ 只存直下一小截。
⑪ "彼"字有第一笔及末笔,"遂"字只剩末笔之小截。
⑫ 有下半截。
⑬ "远"字有左边一半。

挽]①人〔告之〕：願②以其〔茔〕侧之〔树〕③，供④〔雪芹〕筑室。〔其〕工⑤既竣，〔雪芹〕以一室⑥安白媪。〔媪〕且泣⑦且言，复云："雪芹初移此间⑧，每有人自京城来〔求〕画。以是，里中巨室，亦多求购⑨者。雪芹⑩固贫，饔飧有时不继，然非其人虽重酬不应也。橐有余⑪资，常〔济〕孤寡。老身若不遇雪芹，岂望存活至今也！"闻白媪言，愈思与芹圃一面，以慰渴念，〔而〕动定参商，〔缘〕会不偶。）久之，亦无裁答。

　　入冬，雨雪频仍，郊行不便。适过公惠〔赐〕墨宝，〔悬〕之懋斋，以光〔蓬荜〕。〔又〕叙及藏画事，公曰："既不得晤芹圃，何不求〔董公孚存〕鉴之？"余曰："琐屑细事，未便渎⑫神董公。"〔过公〕曰："为汝家惠哥学画事，岂少烦董公耶？"余曰："〔为〕此事久拟备筵谢董公。今者即烦吾叔代为邀请，敬俟孚翁休暇〔日〕以⑬〔莅〕。期〔于〕先时见告，容作筹〔备也〕。"过公曰："何必令汝破费！"余曰："非仅为鉴别字画也。"遂允为转请。

　　腊⑭月二十日，得过公示，已代约于二十四日□时⑮，着余备帖往肃董公。翌日，晴暖如春，比年此月酷冷，而今岁独燠。〔晨起〕信步出城，拟购南酒，遴选数家，均未中意。复前行至菜市口，见纸店，遂购宣纸〔数张〕，

---

① "挽"字有由左至右下半截。
② 此字存左侧大半及"页"字边之末一笔。
③ 只余"土"字末二横之尾端，是否应做"茔"字，按白媪生活既濒绝境，而又家无恒产，似不应再指"屋"侧之树，虽"屋"下"茔"下，均系土字，似仍以"茔"侧为合理。此文在《文物》发表后，承南京吴新雷同志烦人转告，他认为"树"当作"地"，即全句作"茔侧之地"。这个看法很有道理，因盖房首先是地皮问题。但颇疑白媪祖茔之侧，未必有可容"土屋四〔间〕"之空地，且细察《记盛》描本，该处剩余残划，仍当作"树"。
④ 此字只余下半。
⑤ 余下半。
⑥ 余上面之"宀"。
⑦ 余"立"字下半。
⑧ 余左边一半。
⑨ 余左边之半。
⑩ 余"艹"上半。
⑪ 余右边下半。
⑫ 有右半边。
⑬ 余左半。
⑭ 余"月"字左下段。
⑮ 余下半段。

方出肆门,忽闻喧笑声甚稔。寻声眺视,竟是芹圃,为人坚要小酌①,力辞不得。两相争议,路人为之伫足。乃趋前呼之,其围始解。芹圃〔不〕觉喜甚,谓余曰:"两承惠顾,失迎是歉。此番入城,已拟拜晤,不意邂逅于此,何遇之巧也!"邀饮者复与〔芹〕圃〔约期〕而别。

芹圃挽余行,且告曰:"往岁戏为于景廉扎风筝,后竟〔以〕为业。嗣复时时相要,创扎新样。年来又促我逐类定式,撰而为谱,欲我以艺活人也。前者同彼借家叔所寓寺宇,扎糊风筝,〔是以〕家居时少,以②致③枉顾失迓也。"余亦以前情告之。复将此来为选购南酒④〔以备〕宴请董公事相〔告〕,芹⑤圃曰:"坊间无佳酿,友人〔馈〕⑥〔余〕远年贮酒数坛,现存叔度处,同往取之可也。"

言已,挽⑦我西行,至一旧裱糊⑧〔铺前〕,芹圃方欲启门,而叔度已拄〔杖〕出迎矣。相见〔喜甚〕,芹圃以巧逢告之。叔度烹水瀹茗,以余属⑨芹⑩圃而去。方拟挽之,去已远矣。

叔度寒士,贫而好客。芹圃出其所〔著之〕书⑪示余,甫〔阅〕其〔图〕⑫,〔便〕觉⑬绚丽夺目,人物栩栩,光〔明〕曝照,曾所未睹。

正惊诧⑭间,叔度已购来鲜鱼肴酒,欣然谓余曰:"君与芹圃交厚有

---

① 此字缺右半边,但余"勹"下一钩。
② 余"亻"旁。
③ 余"夂"下端少许。
④ 余上半。
⑤ 缺"艹"头。
⑥ 左边余半个"飠"字。
⑦ 余"扌"上端。
⑧ 只余"米"字。
⑨ 只余上"尸"字。
⑩ 只余半个"艹"之第二笔上小截。
⑪ 按此书当是《南鹞北鸢考工志》,唯当时尚未题签,故敦敏但云"芹圃出其所〔著之〕书"而不名。该书后由董邦达题签,此事见孔祥泽用白话写的《瓶湖懋斋记盛的故事》。
⑫ 只余左上方少许。
⑬ 缺上端。
⑭ 缺左半边。

年,亦知其擅南味否?今者不成①敬意,实拟邀君之惠,烦芹圃做鱼下酒,藉②饱口福也。"余曰:"使君〔破费〕,〔於〕③心何安?诚所谓〔却之不恭〕矣。"

叔度〔复〕将芹圃为其所扎风鸢取出,罗列一室,四隅皆满,至无隙地。五光十色,蔚为大观④。〔因〕问⑤:"何时设肆于此?"叔度云:此铺⑥系其友所遗。今者亡友物故,家人扶榇南返,嘱其代为照看也。更招⑦余等至〔复室〕,移桌〔就座〕,置杯箸,具肴酒,〔盥〕手剖鱼,以供芹圃烹煎。

〔其〕间⑧为余缕述昔年芹圃济〔彼〕之事,言下犹且〔咽哽〕⑨〔唏嘘〕⑩,不能自抑。〔复〕谓⑪余曰:"当日若非芹圃救我,则⑫贱躯膏野犬之腹也久矣!"芹圃亟止之曰:"适逢其会⑬,无足挂齿。何况朋友本应有通财之义,今后万勿逢人便道此事也。"叔度曰:"受其惠者,能不怀其〔德〕乎?如我之贫,更兼废疾,难⑭〔于〕谋⑮生⑯矣。数年〔来〕,赖〔此〕为业,一家幸无冻馁。以是欲芹圃定式著谱,庶使有废疾类⑰〔余〕者,藉以存活,免遭伸手告人之难也。"芹圃曰:"叔度推己及人之见,〔余深〕然之,非过来人讵能若此深切也?"

---

① 只余最后一二笔。
② 缺"艹"头。
③ 只余左边下半截。
④ 此四字每字都只残存一二笔。
⑤ 只存左右两直。
⑥ 缺左半边。
⑦ 只余"扌"的下半边。
⑧ 缺上半。
⑨ 只余"更"字下半。
⑩ 此二字各剩一"口"字。
⑪ 缺左半。
⑫ "我""则"二字均缺右半边。
⑬ 此三字均只余一二笔。
⑭ 缺右半。
⑮ 左右各缺下半。
⑯ 缺第二三四笔。
⑰ 缺右半。

〔余忆〕前①时白媪之言,今者叔度之诉,则芹圃之□□□□。(〔义行高矣!〕?)叔度②趣而言曰:"我得异味,不忍独享,愿与知友共之。是亦'推〔己〕及③人'之谓欤?"〔相与大〕笑。

移时,叔度将汤海来,芹圃启〔其〕覆碗④,以南酒少许环浇之,顿时鲜味浓溢,惹□□□□,诚非言语所能〔形容万一〕也。鱼身觺痕,宛似蚌〔壳〕,左⑤以脯笋,不复识其为鱼矣。叔度更以箸轻启鱼腹,曰:"请先进⑥此奇味!"则〔一斛〕⑦明珠,璨然在目,莹润光洁,大如桐子,疑是⑧雀⑨卵⑩。比⑪入口中,□□□□。复⑫顾余曰:"芹圃做鱼,与人迥异,不知北地亦有此烹法否?"余曰:"曾所未见,亦所未闻,〔此第一遭〕也。第不知芹圃何⑬从⑭设⑮想⑯!定有妙⑰传⑱,愿闻其名!"叔度曰:"〔此〕为⑲'老蚌怀珠',非鳜鱼不能□其变□□□⑳□,若㉑有鲈鱼,又㉒当更胜一筹矣。"余曰:"江南佳味,想亦以此为最?"芹圃曰:"我谓江南好,恐难尽信。余岂

---

① 缺上半段。
② 只剩右上角。
③ 缺上半段。
④ 只余左上半。
⑤ 缺上半段。
⑥ 缺上半。
⑦ 只存"角"旁下端。
⑧ 缺下半。
⑨ 缺右上。
⑩ 缺右半。
⑪ 缺右上。
⑫ 缺上半。
⑬ 缺左半。
⑭ 只剩右上角一笔。
⑮ 剩右半边一二笔。
⑯ 缺"木"。
⑰ 缺左半边。
⑱ 剩右边一二笔。
⑲ 缺左上半。
⑳ 似"殊"字,但缺左边第一笔和右边一、二、三、六各笔。
㉑ 缺上半。
㉒ 缺右半。

善烹调者,亦只略窥他人些许门〔径〕,君即赞不绝口,他日若有江南之行,遍尝①名②〔馔〕,则今日之鱼,何啻〔小〕巫③见大巫矣。"余方默思〔其言〕,叔度曰:"莫使菜凉味变也。"相与大嚼,言笑④〔欢甚〕。爰将⑤邀请董公鉴画〔定〕于二十四日⑥□〔时〕事⑦,告〔知〕叔度,并请过舍作陪。叔度固辞曰:"余今憔悴不如贩夫,〔若〕使⑧我列〔君家〕盛⑨宴,〔毋乃〕不⑩伦。"余曰:"董公高义,素重后学,〔奖〕掖提〔携〕,不以□□□□也。"叔度欲言,〔芹〕圃〔止之〕曰⑪:"恭敬不如从命也。"

酒阑饭罢,已逾□〔时〕,〔遂〕挽芹圃〔过舍〕盘桓,携其贮酒同返。临行再邀叔度,更请以风鸢相假,欲得董公观赏之,并使家人同开眼界也。芹圃曰:"微末小技,何誉之甚耶?若以佐兴,或可博人一笑耳。"叔度曰:"芹圃所扎人物风筝,绘法奇绝,其中宓妃与双童两者,则为绝品之最;特什袭藏之,未敢轻〔出〕示人⑫。今已不及赶赴东城⑬,〔诘〕⑭朝往取,再行送上,定邀董公赞许也。"余⑮〔遂〕拜谢盛情,与芹圃赁舆⑯载⑰风⑱鸢⑲、

---

① 缺右半。
② 上下均缺。
③ 缺上大半。
④ 缺右半。
⑤ 缺上半。
⑥ 缺半边。
⑦ 只余末一笔。
⑧ 缺左右上端。
⑨ 缺上半。
⑩ 缺上大半。
⑪ 缺左上端。
⑫ 此二字均只余一二笔。
⑬ "城"字缺左半。
⑭ 只余右半边,似"吉"字缺左半边。
⑮ 只剩最后一点。
⑯ 缺下半。
⑰ 斜缺右上半。
⑱ 余左上角。
⑲ 缺右上半。

南酒而归。是①以得快读〔其〕书②。

〔二十〕四日,晨曦甫③〔上〕,人④声已〔喧〕,忙⑤于除旧迎新也。民谚曰:"二十三,赶小年;二十四,写大字",视为吉辰。万户千家,春联争奇句,桃符竞新文。此风尚自官掖间。每岁是日,诏善书者入值,为诸官所书楹联,以迎新春。供奉事毕,御〔赐〕⑥有差,给假□□〔日,归〕⑦家⑧理年事矣。

夜来□闻禁中□□□□⑨早,预遣人奉迓董公,命⑩舆去讫,欲⑪将所〔借〕风鸢,陈于中庭,苦无挂处。思之再三,未得其法。乃就芹圃而问之,如其教,以长绳三列,布于檐下悬⑫之,恰⑬可尽陈无遗。(原注:余遇此细事,竟为所困,则芹圃〔与我〕⑭,智愚之间,真不可以道里计矣。)时芹圃正忙于烹鱼,家人亦从而学焉。(原注:固知今日⑮筵间之味,无一可与相比者。芹圃云:"将以助兴",盛情未可却也。)

约当辰正,过公〔至,问余曰:〕"孚翁已先至否?"余曰:"尚未。已命〔轿〕⑯车往候矣。"过公将书画付余曰:"真伪未敢妄断,宜待董公鉴之。"

---

① 剩最后一笔。
② 缺上半。在此句上有眉批"子明,余意前段可略去"九字,当是曹雪芹在敦敏草就此稿后所批。
③ 缺右上半。
④ 余下部少许。
⑤ 余下部几笔。
⑥ 余右半边。
⑦ 当是"若干日,归"之意。
⑧ 缺"宀"余"豕"字。
⑨ 末字余左下一二笔,不能断为何字。
⑩ 缺上端。
⑪ 只余左大半右少许。
⑫ 余左上大半,右一二笔。
⑬ 缺左边。
⑭ 余左下二三笔。
⑮ 此四字各余左边少许。
⑯ 剩左缺右。

言已,入中〔庭〕,遽然而问曰:"何为购①得②若许风鸢?"余曰:"此皆芹圃之作,借自于叔度处,为请董公赏③〔鉴〕者④。"语未毕,过公指⑤〔宓妃〕而诧问曰:"〔前立〕者谁耶?"余应曰:"吾公视其为〔真〕人⑥也乎?实亦风筝。"过公就前,审视良久,谓⑦余⑧曰:"尝闻刍⑨灵偶俑之属,与人逼⑩似⑪者⑫,不可迩于寝室,防不祥也。倘系夜间,每能吓人致疾。"余曰:"敬闻命。愿俟董公审⑬〔阅后〕,当⑭即收之。"

过公问:"何时得晤芹圃?今日能来否?"〔余曰〕:"前⑮日巧遇,已邀同来舍;现于后⑯室⑰做⑱鱼,将以助兴也。"遂肃过公入见。

芹圃方以莲心浸醉□,过⑲公曰:"芹圃多才,素所闻矣;尚不知精于烹调也!"因以前日所食异味相告,过公欣然⑳〔曰〕:"今㉑日可云幸会矣!"
(下缺)

---

① 缺右大半左下半。
② 缺右上方。
③ 缺右少半边。
④ 缺中间一大块。
⑤ 缺下边。
⑥ 只余下二笔少许。
⑦ 缺左下少半右下多半。
⑧ 缺上半边。
⑨ 缺上半。
⑩ 缺左半右下半。
⑪ 缺左半。
⑫ 缺下半。
⑬ 只有上端一二笔。
⑭ 缺右上。
⑮ 缺左右上。
⑯ 缺左大半,右下半。
⑰ 缺左右上端。
⑱ 缺"夂"旁。
⑲ 缺左多半,右少半。
⑳ 只存上端少许。
㉑ 缺左半,右上半。

第三篇 《瓶湖懋斋记盛》阙文钩沉

敦敏的《瓶湖懋斋记盛》虽很重要,遗憾的是,我们今天只能看到原作的残篇。在原文说到过子龢去敦敏家里看到了曹雪芹,表示他一向闻雪芹之名并以那次相会为幸,就中断了。实际上,据孔祥泽告诉我,记述那次聚会的阙文,比残篇的篇幅还多些。我做了很大的努力,想把《瓶湖懋斋记盛》的阙文发掘出来,但直到目前,还是未能如愿。且喜现在我有可能写这篇《瓶湖懋斋记盛》阙文的钩沉。

据孔祥泽告诉我,他一九四四年抄摹《南鹞北鸢考工志》时,曾看到《瓶湖懋斋记盛》作为附录抄在《南鹞北鸢考工志》后面。当时因他们只注意描绘风筝的图式和抄录其尺寸大小的说明,没有把该附录抄下来。一九七〇年孔君为了核对歌诀,曾借阅金福忠所藏风筝歌诀和尺寸的本子。在金本中他又看到了《瓶湖懋斋记盛》的全文。这次他却把全文照金的本子完全描摹下来了。但他后来告诉我时,却说:描摹下那篇原文后不久,他又丢掉了自过子龢说"今日可云幸会矣"句以下的许多页原文。他手头剩的只有在后半部未丢失以前他根据全文写的一篇《懋斋记盛的故事》。他在一九七二年曾把他写的《懋斋记盛的故事》拿给我看。我看了后虽觉得其中有些渲染,但重要的是它保存了《瓶湖懋斋记盛》阙文的内容。有些地方还显然保存了敦敏的原来词句。我写这篇"钩沉",是要让大家知道《记盛》的全貌——即使不是原文。以下根据孔祥泽《懋斋记盛的故事》,把《瓶湖懋斋记盛》阙文的内容,择要叙述。

一 阙文表明在瓶湖之会以前曹雪芹和董邦达就认识

据《瓶湖懋斋记盛》残文,我们知道过子龢见曹雪芹于敦敏家时,曾说:"芹圃多才,素所闻矣。"结合他一进敦家的屋里就问敦敏"何时得晤芹圃?今日能来否?"种种情况,可知过与雪芹是初次相会。

董邦达在腊月二十四日早到敦家时,雪芹和敦敏一齐迎出大门,而董邦达下了车后,便以左右手分别挽了敦敏和雪芹走上台阶。我们看雪芹同董见面的这种情形,已经不像是初会。董进了二门后,看到了大大小小五光十色的风筝,一看就认出是雪芹的手艺,对敦敏和过子龢说:"如此绝妙之作,除雪芹外,他人不惟'见所未见'亦恐'闻所未闻'。"言已,又说敦敏把"宓妃"置于正面处,意似"迎宾"。可是,却将一怒目欲攫、栩栩如生之苍鹰风筝,置于一冷僻角落——亦即董邦达所谓"贬到宁古塔去了"——甚不恰当。董又表示:稍俟当一看雪芹放风筝的技术。这些迹象都说明董邦达和曹雪芹不是初次见面,而是早就认识了。在下面接着的鉴别古画一节里,董邦达开始就说鉴别字画要先听雪芹的意见,这哪里是不相识的初见面的人的口吻!

我在这里先谈董邦达在瓶湖之会以前就和雪芹相识是重要的。因为这不但与王冈的画像有关,也和"苑召"有关。有的研究者现在还认为那些题像的达官阔人、皇子师傅们,不可能和曹雪芹有关系,因而不可能为他题像。殊不知在那些人中,有些是喜欢读传抄本的《石头记》的,他们即使与雪芹不直接相识,但通过董邦达的介绍而为雪芹题像,也是完全可能的。

二 董邦达深佩曹雪芹鉴别古画和论"迷笔"的见解

董邦达到了敦家,稍休息后就谈到敦敏请客的主要目的——鉴别钮公送给他的那几幅古画。这时,雪芹已到后面厨房去做菜。董主张请雪芹来共同评鉴。大家先看宋人李龙眠的《如意平安》。董对雪芹说:"鉴别真伪字画,须多听雪芹高见!"雪芹说:"余殊孤陋,所见甚少,何谬许若是!"李画为工笔:一胆瓶,瓶内插荷花两枝,衬以三个荷叶;荷叶下有小竹数枝,亦插于瓶内;瓶旁有一盆灵芝,盆下一托盘,盛佛手等果。画的右上角题"如意平安"四字,左下角有闲章二。董说:"此画下了一番功夫,用色亦可。未知雪芹以为何如?"雪芹回答说:"以画言,此幅不逊于元人写生上品,但若论真伪,则余何敢在老前辈面前,妄加月旦?"董拍雪芹肩曰:"芹圃已指出此画系仿元人笔意之作,何不明言'此非李公麟真迹'耶?"过子龢说:"芹圃何以知其为仿元人之作?"雪芹答曰:"是不难也,李公麟不喜写生花卉,而以白描人物著称于当时,下笔挥毫如铁线迂回,后人少有偌大笔力。且也,此幅之胆瓶已是元代式样,宋人何能预拟其式?"董听了,不住点头,接云:"此荷花竹叶插于胆瓶之中,固是实地写生;那盆灵芝和佛手,则为笔者虚拟,格调两不相容。公麟为有宋一代名手,何能出此!雪芹之论,诚为卓见。"最后,雪芹对敦敏说:"明人商祚之《秋葵彩蝶图》的是真迹,足资珍藏。其他诸作,笔力不恶,惜均题前人之名,以高声价。此种务虚名之风,明人已开其端矣。"

说到这里,他们就吃饭了。席间的话题留到第三段再讲。这里先把有关绘画的部分,提前叙述一下。

董邦达看到曹雪芹的"比翼燕"风筝时,不禁叫绝,指着"比翼燕"膀内飞向牡丹花丛的一只彩蝶问道:"雪芹此笔法来自何处?"雪芹说:"此不得不如此之笔也。盖两色相犯过近,极易混淆,故用此法。余睹西洋画后,吸其用色之长,作此'迷笔',幸勿以杜撰见笑也。"董固为知名画家,在大内供奉多年,既知画,所见名作甚多。故雪芹甫言"迷笔",立即领悟曰:"以伪代真,移幻于实,此真画法之独创也!我亦当效颦试之。"言已,问过子龢道:"子龢视此彩蝶落在花上抑未落耶?"初,敦敏与过子龢远观,谓彩蝶贴于纸上或挂于纸上。及经近观,始见此彩蝶实则画于纸上。经董挽两人后退几步再看,则此彩蝶又似"飞离地面,凌空翩跹"矣。敦、过殊以为异。董笑曰:"此即迷笔之妙,前所未有也。"之后,董又翻阅《南鹞北鸢考工志》中之"比翼燕"细察雪芹所创"迷笔"之效。看到"宓妃"绘图中头脸彩图时,董对雪芹说:"此色彩诚为奇绝,何以如此鲜明如阳光曝照耶?"雪芹答道:"历代画家,都以纯色为主,深浅无非以白粉冲淡而已,虽繁而实简。唐代王维曾有复色明暗之法,但其画真迹传世者极少,未可推求。实则物物有色,无非因其映于目中,受光所照,故有五色之多。霑从家藏《织造色谱》中稍窥西洋染色之精要,(中略)乃试以他色代主色,分阴阳,别深浅,画成'宓妃'之头脸,贻笑方家,幸多指教!"

三 董邦达说:"好一片济世活人之心,知芹圃者能有几人!"

席间谈话涉及两个题目,一是,敦敏与董邦达谈及雪芹《南鹞北鸢考工志》时乃告董,雪芹当初怎样救助于叔度于绝境,又告该书实为废疾无告之人谋生使不转死沟壑而写等事。董邦达听了说:"好一片济世活人之心,知芹圃者能有几人!"

另一是,敦敏告董邦达说他吃过雪芹做的"老蚌怀珠",味道鲜美,无与伦比。当时董正尝着雪芹做的鱼(因未买到鳜鱼,未做"老蚌怀珠"),听到敦敏讲的话,笑对大家说:"雪芹真乃天下奇人!'天下才共一石,子建独得八斗',余以此话赠雪芹,最为恰当!"

四 曹雪芹谈北京风向的规律

饭已吃过,大家想看雪芹放风筝。时方未时(下午两点钟左右),天气毫无风意。而雪芹谓必有风,曰:"今早稍刮东北风,卯时过,风即止。中午如此清爽无风,则未时必有和风自西而东。申时左右,将转为西南风,刮向东北,变为清风。可先放些软膀(风筝),以后可放硬膀。此际勿急,稍俟可也。"敦敏听了,不以为然,说:"此时无一丝风,则风将何来?"雪芹答云:"今晨劲风起于丑时,转于寅时;入卯时,见和风,由西北而转北,天明东北风。此京师风向之常律,故可断言稍俟必有风。"言至此,董邦达起来看着雪芹感慨地说:"杜少陵《赠曹将军》诗句云:'试看古来盛名下,终日坎壈缠其身!'思之令人嗟叹!"

这时,他们还在翻阅《南鹞北鸢考工志》。董邦达在对着图和歌诀看了那个带活轴、两腿和腰肢都能扭动、面庞着色浓淡适中、不冶而艳的"宓妃"风筝之后,便索纸笔给《南鹞北鸢考工志》写了一个书签。接着董邦达、过子龢、曹雪芹又都写了几幅春联。

在雪芹刚刚把董写的书签粘好时,户外风起,将绳上挂的风筝,刮得左右摆动。端隽对雪芹说:"雪芹真诸葛亮也!"

五 曹雪芹放风筝的技术

接着就是在太平湖上看曹雪芹放风筝。

关于放风筝,这里有必要多说几句话。我最初看到孔祥泽白话的《懋斋记盛的故事》,对他关于曹雪芹放风筝技术的叙述有些怀疑。后来详读有关原始材料,便觉得他的白话重述是有根据的了。敦敏在《瓶湖懋斋记盛》前面的小序中曾说:

> 观其御风施放之奇,心手相应,变化万千;风鸢听命乎百仞之上,游丝挥运于方寸之间;壁上观者,心为物役,乍惊乍喜,纯然童子之心,忘情忧乐,不复知老之将至矣。

这段话是敦敏看曹雪芹放风筝之后说的,因此可信,曹雪芹放风筝的技术确是高明。雪芹自己也说,他曾"详察起放之理"(见《南鹞北鸢考工志》自序),可见他放风筝技术的高明是经过了一番对"起放之理"的深入研究的。他在某些扎糊歌诀中经常指示"泻风"之法。尤其重要的是,在"瘦燕歌诀"的结尾,有这样一段涉及放风筝方法的附注:

> (上略)纤纤瘦燕"舞临风"者,乃状其起放时有左右舞动之态,盖以瘦燕扎法乃经变格,纸架计算,不依方正。受风之始,必然摆荡,不必慌张失措。"竟掠翩跹上九重"一句,则云:趁风之势,骤然给线,任其摆动,至风拖起尾,然后猛力挽住,视其上钻,若仍左右大荡不已,则猛力后扯、震动其膀,必使(下缺)

这段话虽残缺不全,但已可见曹雪芹关于施放风筝,是有详细具体指示的。佚著《此中人语》中说明如何放风筝之处,当更详尽。这样我们就有根据相信孔祥泽下面的重述了。(引文略有改动)

"……一阵和风吹过,只见雪芹把右手捏住'苍鹰'的头向东北方向顺风一扔,趁它向前冲去的余力未尽之时,左手一反腕子,滑开摇车,右手顺势拢住了被风刮起的细鼠儿线,略往回一带步,回身向东北右手往上一扬,随着又向右下方做一个半圆的滑线儿动作之后,只见这只'苍鹰',凭空来了一个鹞子翻身掉转了头,面向西南,对着风儿,飒的一立,昂首朝天空一直钻了上去。过子龢看了这一手儿,忙对董邦达说:'雪芹这人确是奇人……'话未说完,董邦达指着风筝叫过子龢看。原来这'鹰'飞向上起的时候,忽然向右微动,就在这刹那间,雪芹把右手的线,用力向下一带,

'鹰'一挺身,双翅向后一背,雪芹猛地把手向右上方一荡,随着向前抢了一个垫步,这'鹰'平身而起,掉过头向东北方向冲了过去,大家以为雪芹脱了手。谁知这'鹰'把头向西北转了过来,回过身来了一个盘旋,接着又是一个盘旋,一直向远处飞走。大家只道这是断线了。端隽平日喜爱武术,这时一个垫步蹿过雪芹,想去追风筝。谁知雪芹左手敞开车子,任凭它飞快滑转,线也被吹成一个大兜儿了。敦敏两手攒住前胸大襟,不敢吐出憋了好长时间的一口气;董邦达在旁数着'苍鹰'打过了廿四个盘旋。只见雪芹把右手拢住随风刮弯了的线,向后一搠劲儿,这'鹰'忽地回转了过来,又是一个翻身,一直向上钻去。这只'鹰'已远远高高的只有个掌心大小了,和远处的真鹰无法辨认了。端隽慢慢又走了回来,站在雪芹身旁,抬头看着'鹰'仍在回翔欲动。他说:'这一手儿可真险,吓我这一跳!'大家松了口气,董邦达对敦敏说:'我来时说你把它贬到了宁古塔,这回可真快飞到那儿了吧!我说软翅风筝妙,你这回信了吧?'敦敏也松了一口气了:'我们可饱了眼福。'雪芹这时加紧往回收线,不时叫这'鹰'来两个盘旋,看看已回到北岸河边土坡一带。只见雪芹把线上下移动了一下,'苍鹰'跟着一俯一仰,忽地雪芹把手高高一举,猛地向地下一蹲身,右手点地。这'鹰'在天上扑喇喇一个翻身,有如电掣之势,头朝下,尾朝上,一直冲向地面,董邦达看了也不禁忘情,喊了一句:'哎呀!'那'鹰'已快到地面不过二三尺高的光景。雪芹平身向前猛一甩手,扔出一把线,只这一带手,那'鹰'立刻翻回头来,直冲霄汉,回到天上。接着又是四五个盘旋。董邦达说:'神乎其技矣!雪芹您太累了,我们可饱了眼福。'雪芹也就慢慢地把'鹰'收到头上,做了个带手,这'鹰'就轻轻落在他右臂上。"

至是,敦敏喟然谓雪芹曰:"余意风筝之事,由雪芹苦心经营,此业(指扎糊风筝)必兴;但此艺(指放风筝)难传,能有几人可学到雪芹处!"董邦达接云:"若非目睹其技,其谁信之?余拟借雪芹之书(指《南鹞北鸢考工志》)一阅,并拟为撰一序言。今日之集,固乃千载一遇,虽兰亭之会,未足奇也!"

接着他们又看雪芹放"宓妃"风筝。"只见碧蓝的天空,衬着远处的疏柳,弓绦遇风,闪闪飘动,有如风吹碧波,远浪层层。风筝下面挂着许多小铃,在地面上远远听来,有似涛声。'宓妃'款款凌波徐步,腰肢微微扭动,婀娜娉婷,风流妩媚。观者仰首翘视,已不自知身在何处。"雪芹放起"宓妃"移时,遂又一把一把地往回收,风筝越近,人物看得就越清楚。董邦达走至雪芹面前说:"我用吴公子季札的话说:'观止矣!'我们再也不会想到竟有如此奇奥。雪芹,雪芹,你可谓巧夺天工了!"

雪芹又把"串鹭"放起,轻轻飞上天空,远远看去,像真的一样。董邦达对敦敏说:"雪芹以天为纸,画了许多活动的画儿,这不是'一行白鹭上青天'么!"

中间于叔度经敦敏再三派人去才请来。于叔度能画花卉,尤长于托裱老画。于自以为已脱离文人行列,自称"手艺人",董邦达勉励他说:"我尝听芹圃、懋斋谈及叔度精于技艺。改了行也好,给后来的寒士开辟一条生活之路。叔度其勉之!"

(于叔度带来一个大"扎燕"。董邦达看了"扎燕"膀内一个彩蝶飞向牡丹花丛,遂与雪芹谈"迷笔"问题。因侧重谈画法,我已在前面第二节述及,兹不再赘。)

这时已近晚饭时候,由端隽做主人在外面饭庄叫一桌山东酒席,吃晚饭时,又多了个于叔度。在饭前,他们的谈话涉及以下的问题。

董邦达和曹雪芹谈为什么用"意匠"手法做扎燕。雪芹说:"北地多烈风,一向只有用拍子,即尾下坠以长绳,才不致倾倒。此法甚不便。由于人们喜用燕子比喻春回大地,燕子报喜,故用燕子做个风筝。但软翅双燕,不能做大的,因此,我想把燕子用硬膀上下双条对扎。这样,则用三停三泄之法,省掉长尾巴,而且能吃硬风。我先扎一简式,计算一下泄风的尺寸,糊成一个与'娃娃燕'类似的风筝。一试之下,果然不错。但是,怎么画呢?我想除了运用意匠之法外,不能使之喻人,而形其喜怒之情于眉宇之间。所以又进而做出'肥燕'的形式,以为盛年之男。更以'瘦燕'拟女,以'比翼燕'拟夫妻……"

　　董邦达与雪芹正谈话间,忽闻一阵锣鼓之声,来自天际。盖此时端隽正在太平湖上放"半瘦燕"风筝。董走出门外,只见"半瘦燕"背上缚着锣鼓,有节奏地敲打着。两肩滚着彩色的风斗,像双翅在翻飞。此时远处飞来一排成"人"字形的"大雁"。于叔度又放起了一对"金鱼"和"螃蟹"等水族风筝。董邦达见此喟然曰:"以天为纸,已经绝妙;将云拟水,尤难想象。雪芹的是妙人!"从雪芹下面的答话,我们可知他对"格致"之学的态度。他说:"孚公勿过奖。此诸风筝虽形态各异,然其所以受风而起的道理则一。格致之学,并不玄奥,在人肯不肯静心思索揣摩耳。若能细心钻研,自能融会贯通。"

六　最后董邦达、曹雪芹、敦敏、于叔度的谈话

　　在吃晚饭时,董邦达对敦敏和大家说:"懋斋,今日之盛会,恐千载一遇。余以为风筝虽属艺之小者,但实极难。试思:若不通扎糊之理,即无由放起;倘不能绘而成形,又何能使人有以辨识。故必懂塑形、脱胎之艺,尤须精通机轴转动之巧。繁复错综,智巧并用,心手兼施。此岂仅知书画之人所能为者?然雪芹之所以惨淡经营,苦心孤诣撰此书者,其意则在为废疾无告之人,谋一自活之道。雪芹自序,愚已拜读,自谦殊甚。余亦拟为此书写一序文,懋斋亦应有文以纪今日之盛。"敦敏说:"惜余不文,今日若有敬亭在,则佳矣。虽然,余固当勉力为之。"雪芹对董允为写序,表示谢意并将《南鹞北鸢考工志》付董。

　　董又谓于叔度曰:"叔度亦旷世逸才,甚望能为此业披荆斩棘,下一番功夫,发扬光大雪芹苦心经营之事业,万不可使之失传。"过子龢亦曰:"韩退之曾说过:'吾子勉乎哉!'我亦以此语转赠叔度。"

　　最后,董行前,于叔度将"宓妃"赠董,董谦谢一番始受。于又以"长干小儿女"赠敦敏,"半瘦燕"送给端隽。当大家把雪芹原作和于叔度的仿制

比较一下时,董邦达认为雪芹用色远胜于叔度,对于说:"叔度固有心人,但要达到雪芹之造诣,还须下很大功夫!"由于于叔度善裱字画,董又邀他改日去董家里一叙,并告诉大家,过些日拟邀请当天的所有人再次聚会。

在大家分手前,由过子龢建议,董邦达协助让"惠老四"从雪芹和于叔度学做风筝。

孔祥泽的"故事",《记盛》下半篇阙文中所包括的基本内容就是这样的。

我们综观全文,认为下半篇多半是赞扬曹雪芹各方面才能的。由董邦达的谈话中,我们也可以看出:他对雪芹的坎坷遭遇,颇为同情。这些对我们进一步了解曹雪芹都有帮助。同上半篇残文合起来看,就可见《红楼梦》作者的风貌、才具、行事和为人,这是十分重要的曹雪芹传记材料。

写于一九七四年十一月,一九七六年五月十一日改稿于沙滩,八月廿日改定于郑州旅次。

卷三　曹雪芹佚著和传记材料浅诂

第一篇　《南鹞北鸢考工志》的成书年代

从《南鹞北鸢考工志》发现以后，我们才知道曹雪芹会扎绘风筝。其实，我们只要细读一下《红楼梦》第七十回描写放风筝那一大段文字，就可知他对风筝是很内行的。那段文字虽然没有讲到扎糊和绘画风筝，但第一，那里讲的风筝种类却可以拿来同《南鹞北鸢考工志》里的风筝图式和风筝歌诀，互相印证。第二，据北京长于放风筝的人说，那里所描绘的放风筝的技术是很内行的。放风筝并不是简单地放起来就了事。复杂的风筝，不但它本身就有精巧的结构，而让那些精巧的结构起作用，还有待于放风筝人的高明技术。欲使"风鸢听命乎百仞之上"，完全在于怎样把"游丝挥运于方寸之间"。敦敏在《瓶湖懋斋记盛》里这两句话，的确道出了放风筝的三昧。根据看过《瓶湖懋斋记盛》已佚部分的孔君说，曹雪芹放风筝的惊人技术，曾于乾隆二十三年腊月二十四日在宣武门里结了冰的太平湖上，当着董邦达、过子龢、端隽、于叔度、敦敏等人表演过。

从曹雪芹所创图式的风筝在乾隆二十年出现以后,直到解放之前,北京几家著名扎风筝的都是用他的风筝图式。乾隆二十年以前的那种粗糙的旧式扎法和画法,就降居次要的地位。过去扎糊风筝行业的人,有的以曹雪芹的图谱为家传秘本,不肯示人;有的根本不知道谁是他们每天所依据的图式的创始人。到了今天,已经很少有人知道:北京流行的精致风筝一直是在用着曹雪芹的风筝图式。

《南鹞北鸢考工志》是曹雪芹的《废艺斋集稿》中讲风筝的一册。除了《废艺斋集稿》中的这一册誊清本已被日本人金田氏携走外,我们现在所知道的,还有以下各本:

一 于叔度家传下的本子。

二 哈魁明家传下的本子。

三 敦家传到其后人金福忠手的本子。

四 赵雨山传下的本子。

五 陈氏本(据孔祥泽说)。

第一种本子现在已不知下落,据说于家最末一代是个女的,已于前数年死了,没有后人。第二种本子的主人哈魁明还在。据哈告诉我,这个抄本已于数年前遗失。第三种本子,七八年以前孔君曾经从金家借阅过,现在也不易发掘出来。第五种本子是哈魁明曾经向陈氏借阅过的一个本子。哈本人和孔君都同我谈过。但他们都没有说清楚这个本子的主人和下落。第四种是赵雨山收藏的抄本。据孔祥泽说,他在一九四四年替日本籍教师高见嘉十抄录金田氏的稿本时,赵雨山手上早已保存了一个抄本。当时,赵还拿出来同金田氏的稿本对照过,内容基本相同。赵雨山已于一九六七年逝世。听说他的后人还收藏着曹雪芹讲风筝做法的《此中人语》。此书乃是用口语讲解怎样扎糊绘画风筝的,是专为那些有废疾而文化程度不高、看不懂或听不懂"歌诀"的人写的。据孔祥泽说,《废艺斋集稿》八种中之六种都有《此中人语》。

《南鹞北鸢考工志》的内容大概是这样:(一)董邦达的序,(二)曹雪芹的自序,(三)关于扎、糊、绘、放风筝的"通论",(四)彩绘风筝图谱,(五)扎绘风筝的歌诀,(六)附录:敦敏的《瓶湖懋斋记盛》。上面这些内容除自序、董序外,都是残文。

以下我谈谈:《南鹞北鸢考工志》何时动笔、何时成书、曹雪芹用了大约多少时间完成这部书。

曹雪芹的《自序》写于乾隆二十二年(丁丑,1757)的清明前三日。估计全书亦于写《自序》时完成。

按敦敏于乾隆二十三年(戊寅,1758)腊月廿一日,曾在于叔度处看到曹雪芹这部讲风筝的书。据敦敏说:

……芹圃出其所〔著之〕书示余。甫〔阅〕其〔图〕,〔便〕觉绚丽夺目,人物栩栩,光〔明〕曝照,曾所未睹。

这里虽未说明他看到的是什么书,但试看下引曹雪芹自己写的歌诀,一则说:

……喜看长干小儿女,青梅竹马戏门前;宓妃何兴来天畔,婀娜娉婷步清涟。

再则说:

……兔起鹘落拟鹰隼,下击上翻复盘旋。最是多情双飞燕,左扑右闪逗云间。金鱼浮泳常摆尾,彩蝶追逐喜翩跹。

把敦敏所谓"绚丽夺目,人物栩栩"同过子龢竟把宓妃风筝当作了真人的事联系起来,就可以证实:敦敏所看到的书正是《南鹞北鸢考工志》手稿了。

又董邦达于乾隆二十三年腊月二十四日,在敦敏家里也看到了这部手稿(详见本书卷二第三篇《〈瓶湖懋斋记盛〉阙文钩沉》)。

由此可见,《南鹞北鸢考工志》全稿在乾隆二十二年初曹雪芹写《自序》时,似已完成。

曹雪芹是什么时候开始写《南鹞北鸢考工志》的呢?他的写作过程有多久?《自序》说:

……曩岁……故人于景廉(裕按:即于叔度)迂道来访。
……数年来老于业此,已有微名矣。

敦敏在乾隆二十三年写《瓶湖懋斋记盛》时也说:

……叔度……为余缕述昔年济〔彼〕之事。
……叔度曰……数年〔来〕赖〔此〕为业,一家幸无冻馁。以是欲芹厘定式著谱,庶使有废疾类〔余〕者,借以存活,免遭伸手告人之难也。

根据这些材料,我们可以做以下几点估计。

第一,曹雪芹初次以扎绘风筝的技艺教于叔度,至迟当在乾隆十九年(甲戌,1754)。

理由:(一)曹雪芹在乾隆二十二年说"曩岁",于叔度二十三年对敦敏说"昔年"。照一般用法,此二词至少都应该指两年以上。(二)曹雪芹二十三年说:"数年来,老于业此,已有微名矣。"于叔度二十三年对敦敏说:"数年来赖此为业。"按取得"微名"的"数年",起码也得两三年。

因此我在一九七三年二月号《文物》中《曹雪芹的佚著和传记材料的发现》一文里断定:

> 故雪芹初教于叔度以风筝的技术,至迟当在十九年或竟再早一两年。

这个推断由后来查出的气象记录材料证实了。曹雪芹在《南鹞北鸢考工志·自序》中说:

> 是岁除夕,〔老〕①于冒雪而来,鸭酒鲜蔬,满载驴背,喜极而告曰:"不想三五风筝,竟获重酬,所得当共享之……"

根据气象史料所载,乾隆十九年前二三年和后两年的除夕以及除夕之前都没有雪,只有十九年除夕的前七八天之内(腊月二十二至二十七)一连下了三场雪。除夕当天,北京城内无雪,但曹雪芹说"老于冒雪而来"如何解释呢?有两种可能的情况:一个是除夕那天北京城内虽无雪,曹雪芹所住西郊一带仍可能飘雪;另一个可能是,"冒雪"二字用得比较随便,实际上是指"踏雪",即踏数日前所下的"雪"。故曹雪芹之初教于叔度扎糊风筝,当必在是年无疑。

第二,但是曹雪芹着手写《南鹞北鸢考工志》不可能在乾隆十九年,而必须在二十年(乙亥,1755)到二十一年(丙子,1756)之间。

理由之一,据曹雪芹《自序》说:"〔老于〕……时时促余为之谱定新样……于是援笔述此《南鹞北鸢考工志》。"首先,于叔度访曹雪芹是在乾隆十九年腊月,过几天就是二十年。估计于初学扎绘风筝,照样扎糊之不暇,哪里会在几天之内再向曹雪芹要新的风筝图式?其次,即使向曹要,其事也当在二十年上半年,甚至在二十年下半年。至于要他"定式著谱"写一部讲风筝的书,曹也不一定马上就写,所以曹动笔写书,就应该是更晚些时的事了。

---

① 据一九七九年重检孔祥泽原抄件,此处应补两个字,全句当作"是岁除夕〔前老〕于冒雪而来",详看我的《曹雪芹佚著浅探》,天津人民出版社版。(一九七九年六月二十五日沙滩。)

这样，曹雪芹开始写《南鹞北鸢考工志》的时间，大约应该是二十年的下半年，甚至是在二十一年初。

那么，曹雪芹从二十年下半年开始写《南鹞北鸢考工志》到二十二年的"清明前三日"完成，大约有一年到一年半的时间。从《南鹞北鸢考工志》中那许多复杂的风筝扎糊、绘画的图式和歌诀看来，这一工作是需要较长时间的。董邦达的序中说他"惨淡经营"，也可证明这一点。

理由之二，《废艺斋集稿》中还有另外七种手稿。即使把假定为曹的早期之作的讲刻图章和讲烹调的两种除外，其余五种的编写，也完全有可能占用从十九年到二十二年这段时间。

还有我们不要忘记，这段时间也是曹雪芹陆续写《石头记》的时间。乾隆十九年脂砚斋抄阅再评《石头记》，二十一年脂砚斋三评《石头记》。在庚辰本七十回末有这样一条记载：

乾隆二十一年五月初七日对清，缺中秋诗，俟雪芹。
□□□，□□□。开夜宴，发悲音。赏中秋，得佳谶。

是不是由于插进了《考工志》甚至整个《废艺斋集稿》的写作，雪芹就耽误了写《石头记》里的中秋诗，因此才说"俟雪芹"？我看不但可能，而且必须这样估计。批语中的"□□□，□□□"显然是因忙而未写出准备用到《石头记》回目中的"备忘录"。

由以上的情况看来，我们可以初步断定：曹雪芹开始写《南鹞北鸢考工志》是在乾隆二十年下半年，而完成的日期，则在乾隆二十二年"清明前三日"之前。

一九七三年五月于沙滩。

第二篇　曹雪芹的《题自画石》诗解

一　《红楼梦》外曹雪芹唯一的一首完整的诗

脂砚斋在甲戌本《石头记》第一回"未卜三生愿,频添一段愁……"一诗旁批道:"余谓雪芹撰此书,中亦为(有)传诗之意。"曹雪芹本人是否像脂砚斋所说,想用《红楼梦》里的诗来传他自己的诗,是很可怀疑的。

《红楼梦》里的诗百分之九十九是作者代书中人物所写的诗,只有几首是作者自谓的诗。固然,作者为小说人物代写的那些诗也是出自曹雪芹之手,但是如果就用那些诗来代表曹雪芹的诗,总令人有不能窥雪芹诗的本来面貌之感。

人们的这种感觉不是没有道理的。《红楼梦》里为小说人物写的那许多诗,都是要服从小说人物的思想和性格的;它们不能直接反映雪芹的思想和性格,甚至也不能用它们代表雪芹诗的风格。像敦诚所说"爱君诗笔有奇气,直追昌谷破篱樊"(见《寄怀曹雪芹(霑)》)。曹雪芹那样风格的诗,应该不是《红楼梦》里那许多"为人捉刀"的诗才是。后者即使写得很好,即使替谁写就像谁的诗,也终于不易看出曹雪芹自己的思想感情。

所以我认为,只有从雪芹用第一人称所写的诗里,才能更确切地看出他的态度和思想以及他的诗的特点。

但是曹雪芹的除《红楼梦》一书以外的诗,却又少到我们前此只知道"白傅诗灵应喜甚,定教蛮、素鬼排场"这两句的程度。张宜泉说雪芹"君诗曾未等闲吟"(见《和曹雪芹西郊信步憩废寺原韵》),可见曹雪芹的诗流传的固少,他写的也根本不多。

除了《红楼梦》里的诗以外,现在确知曹雪芹写过的诗有:一,题敦诚《琵琶行传奇》一折的七律,现仅存上述最末两句;二,雪芹和敦诚于乾隆二十七年深秋相遇于槐园,敦诚解佩刀沽酒,与雪芹共饮,雪芹曾作"长歌"以谢之,从敦诚答诗的《佩刀质酒歌》看来,雪芹的原作大概也是一首较长的古诗;三,上述张宜泉的诗提到的曹雪芹《西郊信步憩废寺》一诗,从张宜泉的和诗中,我们还可以知道雪芹原诗的几个韵脚。

敦敏称道雪芹说"诗才忆曹植"(《小诗代简寄曹雪芹》),敦诚说他"诗追李昌谷"(《荇庄过草堂命酒联句……》)。他们这样评价雪芹的诗,怎么能够不保存一些雪芹的诗呢?我认为他们是保存了的。《题琵琶行传奇》不用说,敦诚自然会保存的。敦诚还有个《闻笛集》,是他"追念故人录辑其遗笔而作",其中也必有雪芹的诗篇和书简。敦诚的诗文杂著传下来的不少,独这《闻笛集》至今仍无下落。北京图书馆藏的《四松堂集》底稿本中虽有些诗和《鹪鹩庵笔麈》若干条为刻本(即现在影印本)所无,但《闻笛集》则付阙如。奇怪的是,永㥣(即嵩山)在敦诚生前为他写的一篇《四松堂集序》里明明说:"《闻笛》一集,尤见其笃于友谊之厚。"可见敦诚自己编集时已将《闻笛集》编入,却不知为什么,不但刻本中无此集,稿本的《四松堂集》中,也没有它。据我估计,或者是敦诚晚年把它从《四松堂集》稿本中抽掉,或者是他死后敦敏和桂圃为他料理刻集时删掉。删掉的原因,大概是由于其中有些与当时政治有关的诗词和书简,编者不愿让它流传出去。稿本《四松堂集》中也无该集，更可说明这点。稿本本是敦家自己收藏的东西，原无必要将它抽出。既然也为稿本所无，可见敦家当时是很重视收藏有关曹雪芹诗文的政治后果的。

那么，曹雪芹《红楼梦》以外的诗是无法看到的了，也不尽然，有些可贵的材料往往偶然得自杂记之类的东西中。我现在要谈的曹雪芹这首《题自画石》诗，就是孔祥泽从他外祖父富竹泉所著《考槃室札记》手稿中抄出来的。富竹泉的父亲名盛紫川，曾在清朝恭王府做过管家，故富竹泉与诸王府的人也熟，因而得在某贝子家里看到这首诗。原诗是写在扇面中所绘的石的上端。竹泉字稚川，作画时署"金台三畏"。"富"是满洲富察氏。竹泉女即孔祥泽的生母，名富瑾瑜，字楚珩。她曾著《楚珩诗草》一书，未刊。诗草中有《和大观园菊花诗原韵》十一首。大概当初富的家庭是爱好《红楼梦》的。

富竹泉《札记》中的那首雪芹的《题自画石》诗云：

爱此一拳石，玲珑出自然；
溯源应太古，堕世又何年？
有志归完璞，无才去补天；
不求邀众赏，潇洒做顽仙！

以下试对这首诗加以解释。但我们必须把此诗同雪芹的生平以及他的其他作品和思想，联系起来讲才行，只就诗的本身来谈此诗是不够的。

二　作者较早时期的补天思想

根据现有的材料，曹雪芹在诗文中常常提到石。他自己既常常画石，也曾以石自拟。乾隆二十五年敦敏《题芹圃画石》云："傲骨如君世已奇，嶙峋更见此支离；醉余奋扫如椽笔，写出胸中块礧时。"从这些诗句看来，雪芹是借画石以抒发胸中不平之气。

但更重要的是他以石自拟。脂砚斋早就指出这一点。在《石头记》第五回第一支《红楼梦》引子"开辟鸿蒙,谁为情种"句旁,朱笔批云:"非作者为谁?余又曰:'亦非作者,乃石头耳!'"甲戌本在"乃石头耳"句下,有一墨笔批语道:"石头即作者耳。"此批虽是墨笔,因而可能是年代较后的批,但可谓已得脂批本意。脂砚斋又在《石头记》第一回"无才补天,幻形入世"句旁朱批云:"八字便是作者一生惭恨!"这都说明作者"以石自拟"。在这个意义上,谈石的遭际,同作者的思想就有密切关系了。

从《石头记》第一回作者交代那"石"的来历的文字看,我们似乎也可以看出作者的一些态度。

> 原来女娲氏炼石补天时……只用了三万六千五百块,只单单的剩下了一块未用,便弃在此山青埂峰下。谁知此石……因见众石俱得补天,独自己无材,不堪入选,遂自怨自叹,日夜悲号惭愧。……

又同回一偈中的前两句:

> 无材可去补苍天,枉入红尘若许年!

都表示:由于自己无才补天,不堪入选,才自怨自叹,白白在世上活了这么多年之意。如果我们把"无才"不照字面的"没有才能"之义解释,而认为这是作者代那块石头的谦虚之词,则上述的正文和偈语都有"补天"思想。那就是说,"无才"是自谦之词,并非真的无才,而"补天"则是有意,却又未能"入选"。结合雪芹在《红楼梦》书中写了以探春为典型代表的"补天"人物,则作者早年之有"补天"思想是可能的。

可是,我们必须知道,上引这段话是作者在较早年代写的。假如初草《红楼梦》是在乾隆九年左右,则那时作者的思想是不能拿来和他在乾隆二十年前后的思想相提并论的。当一个人由繁华而小康、由小康而转入凋零的开头,不免回忆甚至留恋过去,这也是自然的。乾隆九年左右,从有关的间接材料看,雪芹无论如何,也还并未到"山穷水尽"的地步。他有忆昔抚今的感慨,是并不奇怪的。正是由于那时作者还没有对他所置身其中的封建社会认识清楚、对它还未十分绝望,所以他才可能有"补天"的思想。

从《红楼梦》的内容来讲曹雪芹的"补天"思想,那就是补贾家那个小"天"。"敏探春兴利除宿弊",毕竟无济于事。若说大"天",则乾隆时虽号称清朝的盛时,但二十年到三十年已是盛极而衰的转折点。《红楼梦》就是这个大"天"由盛而衰的缩影——四大家族之一的贾家在其由腐朽而走向衰亡过程中所经历的经济的枯窘、道德上的腐化、伦理体系的松弛以至于解体、奴隶制的动摇种种事实,都是那封建社会的大"天"现实的反映。《红楼梦》中的"补天"思想,绝不是贯彻始终的,一个无情地揭露不可救药的疮疤的作者,他的思想感情是憎恨,不是补苴。

再进一步,作者就不想"补天"了。

三 不想"补天"的态度及其背景

一九六七年秋孔祥泽把《题自画石》诗抄给我。一九六九年他又把《南鹞北鸢考工志》曹雪芹的《自序》抄给我。董邦达的序我得到得较晚些,大约也是在曹序后不久。敦敏的《瓶湖懋斋记盛》残篇得到最晚,大概是在一九七一年我启身去皖北濉溪干校之前。我得到这些材料后,曾在空闲的时候仔细阅读过几遍。我觉得曹雪芹的世界观有变化,同过去读《红楼梦》时所得的"凄凉之雾,遍被华林"的印象,有所不同。我在《文物》杂志上发表那篇文章时,虽有此想,却因此事体大,未敢多说,只表示新材料很重要,从中可以看出雪芹晚年思想的变化而已。

直到一九七三年九月,我在中国历史博物馆讲到这个问题的时候,才断定曹雪芹晚年的世界观有变化。他的《题自画石》诗是一个重要的证明材料。

我们初读《题自画石》诗,觉得其中许多诗句似乎可以给第二节所引《红楼梦》第一回女娲炼石补天那段话作注解。其实,这是用他后期有进步思想的文字,去注释早期对过去有所留恋的文字。这是一种混淆作者思想变化和发展线索的很错误的方法。区别一个思想家前后时期思想的不同,是非常重要的。

如果《红楼梦》开始写作于乾隆九年左右,则《题自画石》诗至早是写于乾隆十五六年他迁往北京西郊以后。甚至还要晚,写于乾隆二十三年迁往白家疃以后,写于他乾隆二十五年从南京(假如他去过南京)回来以后,都不无可能。我个人认为该诗应该是写于乾隆十五六年他从北京城内迁往西郊村居以后。在城市生活昂贵因贫而住不下去,迁往荒村,鬻画维生,有时仍然饔飧不继的情况下,他不仅对他的亲族、戚友等社会关系,结合自己切身的经验和感受而有"冷暖自知"之感,而有"疏亲慢友因财而散世间多"(相传为鄂比赠雪芹联中语)之想;他对当时的腐朽、黑暗、强暴的封建社会,也会有"人间何世"的看法。他已不会对那个社会寄予希望,他只有在实际生活上过着远避尘嚣可能被人视为"隐士"般的生活。但在他的内心却蕴藏着对时代的憎厌,在他的著作中却无情地揭露、猛烈地抨击那个走向没落的封建社会。《题自画石》就是在这样的事实背景和思想情况下写出来的。

上引《题自画石》全诗中的后四句,是说明曹雪芹已无"补天"之意的关键性的诗句。我是这样理解这四句诗的:

我决心要保持自己的完好纯洁;
我可没有才能去补你们那污秽、卑鄙、强暴(封建社会)的"天";
我也不稀罕取得那些浸透了你们的(封建统治阶级的)观点的人们的欣赏;

我情愿潇潇洒洒地做一个你们圈子外的"顽"仙！

这几句诗的脉络很清楚，由于作者已经不顾封建社会的所谓"舆论"（亦即"众赏"），而坚决地要做一个自己能够保持完好纯洁（即"完璞"）的"顽仙"，我们就不能再把"无才去补天"简单地、孤立地解释成由于没有"材"去补天、没有机会参加"补天"，就"自怨自叹"那个意义的"无材补天"了。脂砚斋批说"无材补天"是"作者一生惭恨"，我看这如果不是脂砚斋替曹雪芹打掩护（亦即宁让统治阶级认为《红楼梦》作者是个一般"怀才不遇"但对当时统治仍存希望的人，而不使统治阶级知道作者是个根本反对那个统治的人），便是他并不深知雪芹的反封建的思想感情。我认为脂砚斋是在打掩护，那就是说，曹雪芹决心保持"完璞"，不想要什么"众赏"，而甘愿做个"顽仙"的行动，应该是一个随着物质生活条件的变化、经过思想斗争的重要的思想转变。

可以作为上述看法佐证的，还有曹雪芹刻的两个闲章。其中之一曰："画外甿人"。（请参看我的《曹雪芹佚著浅探》，天津人民出版社版）据说此章实即"化外完人"之意，而那"化"无疑地就是封建统治的"化"。雪芹自称"化外"，可见他的反封建思想是非常明显的。如果像孔君所说，雪芹原意把"甿人"当作"顽人"来用，犹如"顽仙"一样，那便不能不令人想到"殷顽民"，其反现状的情绪就更强烈了。这"化外"的"完人"正是那要归"完璞"的人；而"化外"云云，也正可以同"不求邀众赏"而要"潇洒做顽仙"的"顽仙"一词互释。如果说这样的一个人是个还有"补天"思想的人，恐怕无论如何也说不过去罢。

四 结合其他材料看《题自画石》诗的思想

《红楼梦》作者之所以不想"补天"，是他的物质生活条件变化、思想感情也起了相应的变化的必然结果。他虽事实上置身于那个封建社会之中,但是他的思想感情同那个社会乖离了。他不再有什么"伤感"和犹疑,他坚决地反对旧的、憧憬着新的。对旧的,在严酷的体验、冷静的观察之后,他无情而猛烈地抨击着。对新的,在当时的社会经济发展条件下,他热情却蒙眬地期待着。《红楼梦》之所以不同于《儒林外史》,就是因为它除了暴露之外,还有对光明的希望。如果说在《红楼梦》中,已使我们不仅看到了揭露,也看到些微光明的话,那么,在他的佚著《废艺斋集稿》中,我们又比较明晰地看到了这种光亮。

从宗室敦氏弟兄有关雪芹的诗文中,我们很容易得到这样一个印象:"雪芹是个怀才不遇之士"。张宜泉的那几首诗,特别是《题芹溪居士》一诗,又把雪芹描绘成"高人逸士"的形象。读了残缺的《废艺斋集稿》之后,我认为雪芹并非前者,因为他并不想什么"遇",试想:把"富非所望不忧贫"的七字风筝悬诸天际以明志的人,还会有什么"悲不遇"的情绪么?他也不是后者,因为他并不想"逸",试想:他后期同那些有废疾而无告的贫民手工业者生活在一起,还能算是所谓"逸士"么?

在马克思主义(科学社会主义)产生之前,任何社会阶段末期的进步思想,都是一方面猛烈地抨击旧的社会政治制度,另方面也自觉或不自觉地勾画出一个某种新社会的形象,而这个形象常常是以乌托邦的方式出现的。在法国革命前一百年出生的孟德斯鸠是如此,即较晚的卢梭,也是如此。由于清朝乾隆时期的中国社会也孕育着资本主义生产关系的萌芽,故曹雪芹的思想也是一样——他用他的伟著《红楼梦》主要地揭露旧社会,而他的佚著《废艺斋集稿》中的某些内容则暗示一个新的社会。

《红楼梦》是通过描绘或揭露来反封建政治法律,反封建伦理道德,反封建婚姻,反封建考试制度,也可以说,反封建等级制的。但是,如果把《红楼梦》看作一部只有"揭露"的作品,那也不免狭隘。任何"反"的主张都是既在消极意义上"反"什么,又在积极方面"要"什么。"反"是破,"要"是立。事物总是"破也立在其中"的。曹雪芹虽然在《红楼梦》中未明白揭出他"要"什么,但他"破"的另一面无疑都是他要"立"的东西。例如:反封建婚姻是"破",其另一面则是要"立"婚姻自由;他反封建等级制是"破",其另一面则是要"立"平等。《红楼梦》第二回说正邪两赋的人,"易地则同"之说,实质上就是要求社会平等和男女平等。《红楼梦》作者和西方思想家不同,他没有公开宣称他要"自由、平等",但实质上,他要的正是这些东西。这种情况当然是《红楼梦》里反映当时极其微弱的市民阶级的要求,但我们今天却不能不承认这是《红楼梦》里的"光明"。

在《废艺斋集稿》中,我们却看到了曹雪芹对于他所憧憬着的新社会的几笔勾勒。

和西方封建社会末期的某些进步思想家一样,曹雪芹也用设想中的过去寄托未来。某些西方思想家们爱谈人类最初的"自然状态(State of Nature)"。他们对自然状态的设想可大别为两派:一派认为那"自然状态"坏得很,必须赶快脱离;另一派认为那个"自然状态"很好,应该回到那种状态去。曹雪芹的思想,是与后者相近的。他在《南鹞北鸢考工志·自序》中说:

……〔因〕思古之世,鳏寡孤独废疾者有养也,今〔则〕如〔老〕于其人,一旦伤足,不能自活,其不转乎沟壑〔也〕几〔稀〕……

在《红楼梦》里,也有两段文字,可以与此互相发明:

……今之人,贫者日为衣食所累,富者又怀不足之心……(见戚本,第一回)

又说:

……雨村道:"你说的何尝不是! ……但岂可因私而废法? ……"门子冷笑道:"老爷何尝不是? 但只如今世上是行不去

的。……"(同上书,第四回)

在这里,雪芹之所谓"古之世",实际上就是他所想象(尽管模糊地)的社会;所谓"今世"即当时处在其中的清朝乾隆时期的封建社会。

上引《自序》中那几句话,虽然简单却很明确地把曹雪芹自己所想望的社会同当时的封建社会,做了一个强烈的对比。在《南鹞北鸢考工志》的某些歌诀里,曹雪芹还更具体地把他这个理想的社会叫作"桃园"或"武陵溪"。他描绘他想望的这个社会道:

> 为筑双栖室,撷取连理枝。
> 卜居武陵溪,仙源靡赋役。
> 相敬诚如宾,真情非伪饰。
> 偕隐岂邀名,澹泊实素志。
> ············
> 锦衣纨袴者,尽是轻薄儿。
> 耻与侪辈伍,联袂去云霓。
> (见比翼燕歌诀)

又说:

> 邀集新雨觅仙境,会同故友访武陵。
> (见半瘦燕画诀)

又说:

> 权寄游兴桃园水,耳寓逸情武陵溪。
> (见小燕画诀)

可见他虽用了陶渊明的"桃园"、"武陵"这些名词,实质上却用这些名词来设想他理想中的社会生活,也就是他的乌托邦。根据他的不完全的描述,他这个乌托邦的情况,大概是这样:第一,鳏寡孤独有废疾者,都要由社会供养,使他们能够生活下去,而不致转死沟壑;第二,这个社会没有苛捐杂税,没有各种徭役;第三,由于有了婚姻自由,男人女人都可以选择他们所喜欢的对象,所以夫妻的生活也过得真实坦率、相敬如宾,并且是出于真情,并非做虚伪的面子;第四,这里的社会风气是朴实的,大家都讨厌那种"锦衣纨袴"之辈;第五,这里的人对"仕途经济"没有兴趣,不求名利,他们只过着一种澹泊的生活。由于讨厌和当时社会的那些"侪辈"为伍,所以才夫妇"联袂去云霓"的,才"卜居武陵溪"的——这充分说明了,作者是在怎样热切地追求着理想的生活。

综观上述,可见曹雪芹既有反对当时封建社会的思想,也有企求自由、平等的思想,他还有对未来理想社会的憧憬——即他所谓的"桃园"或"武陵溪"。只有结合这些情况,我们才能彻底了解他的《题自画石》一诗的意义。这样,则可知"有志归完璞,无才去补天;不求邀众赏,潇洒做顽仙"中的"无才去补天"、"不求邀众赏"乃是他对当时社会的态度——"我可没有才能去补你们那个污秽、卑鄙、强暴(封建社会)的'天'",他不想再补天了。"我也不稀罕取得那些浸透了你们封建统治阶级观点的人们的欣赏!"他不在乎他敌对方面的所谓"舆"论了。这是一种对旧社会极端失望、厌弃的表示。这同《红楼梦》作者对封建社会的那些黑暗、残酷的事实的无情揭露的心情,是完全符合的。

特别是,"不求邀众赏"这句诗,出自雪芹自己之口,即证明敦氏弟兄描写他的一些诗句,如:

> 接䍦倒着容君傲,高谈雄辩虱手扪。(敦诚)

> 傲骨如君世已奇,嶙峋更见此支离。(敦敏)

可知野鹤在鸡群,离院相呼意倍殷。(敦敏)

狂于阮步兵。(敦诚)

曹子大笑称快哉！击石作歌声琅琅。
知君诗胆昔如铁,堪与刀颖交寒光。(敦诚)

都是符合那个"高谈雄辩",旁若无人,对看不惯的人施以白眼的曹雪芹的态度的。"舆"论你们自"论"之,那对曹雪芹还不像一群讨厌的苍蝇在耳边嗡嗡一阵一样,他哪里会想要"舆论"来欣赏他的政治态度！反过来,这些诗却也证明:"不求邀众赏"这句诗,的确是曹雪芹口里出来的诗。"特立独行,不顾人之是非",曹雪芹在当时的政治态度,的确是这么一个劲儿。

至于"有志归完璞"、"潇洒做顽仙"这两句诗,则是他自己的理想和所持的态度。能够使曹雪芹保持"完璞"般的纯洁而不同流合污,能够允许他潇潇洒洒地做个"顽仙",我看是非在他所描绘的那个"桃园"、"武陵溪"里面生活不可的。但事实上,香山健锐营固然不是"桃园"、"武陵溪",即使白家疃那个荒村,也不是。"桃园"、"武陵溪"终于只是个"理想国"而已,虽然作者本人对于那个"理想国"并没有描绘出一个清晰的轮廓。根据当时社会经济发展的条件和曹雪芹本人的思想实质,我们认为,那大致是一个小生产者所企求的社会组织。在当时这是个有进步意义的"理想",它是作者在《红楼梦》中闪射出的些微"光明"的扩大。

一九七二年写于皖北,一九七四年改稿于北京沙滩,
一九七六年八月改稿于郑州旅次,一九七七年完稿于沙滩。

【附记】 有人怀疑《题自画石》诗,但尚未拿出令人信服的证据。参看我的《论废艺斋集稿的真伪——兼答陈毓罴、刘世德两同志》,见天津人民出版社印行我的《曹雪芹佚著浅探》一书。

第三篇 《南鹞北鸢考工志》董邦达序书后

董邦达这篇序虽然很短,却很重要。近年来各大学内部印行的《红楼梦》资料,大都转载曹雪芹的《南鹞北鸢考工志》和敦敏的《瓶湖懋斋记盛》,但很少见有收董邦达这篇短序的。是不是由于董邦达是当时的显宦,曹雪芹著的书上有他的序不好解释?是不是由于序中有些"阴功"、"立德"这样的词句,就被认为不值得注意?是不是因为董序是一篇小八股,而用八股为人作序向来少有,就怀疑它的真实性?

我认为这些问题都可以解答。

(一)先谈文体问题。一九七一年底,我曾自安徽濉溪把这篇序抄给周汝昌同志。翌年一月十四日,他的复信里有云:"董序实是一篇小八股文(作法最清楚),弟见序文多矣,如此法者实为未觏。盖清文士皆能八股法,但不以此法为人作序耳。"如果汝昌同志因为董序是八股体而对该序质疑的话,那我恰恰有相反的看法,即这适可证其为真。

按董序写于乾隆二十四年正月,在写此序的前一个月,董曾在敦敏家与曹雪芹那样谈得来,那样欣赏雪芹扎、糊、绘、放风筝的技巧,那样钦佩雪芹的才调并同情他的遭遇;过了年,正月多暇,乘兴用八股体写这篇序文,不是很自然、很容易理解的吗?董既不想把他这篇八股体的小序编入他的文集里去,则新正以此试笔,不是也有佳趣么?这有什么可奇怪的!我看要真是作假,倒反而是会用一般流行写序的文体哩。

(二)也有人会想,以曹雪芹那种对待封建政权的态度,他会求当朝官吏董邦达写序吗?我的回答是:据《瓶湖懋斋记盛》的阙文(请参看本书卷二第三篇《〈瓶湖懋斋记盛〉阙文钩沉》),这篇董序并不是雪芹求董写的。阙文中说明,乾隆二十三年腊月二十四那天,董邦达在敦敏家里看到了雪芹扎绘的风筝、《南鹞北鸢考工志》里面的彩图,听到了雪芹论迷笔的画法,讲北京各季候的风向,又看了雪芹放风筝的技巧,听到雪芹鉴别古画的见解,吃到了雪芹亲手做的菜,特别是鱼,等等,这一切都使他对雪芹赞扬钦佩备至。他当时就向敦敏索取好纸,给《南鹞北鸢考工志》写了一个书签。临别之前,他又兴致勃勃地要敦敏写一篇记述那次盛会的文字(即《瓶湖懋斋记盛》),而且他还主动地要求雪芹允许他把《南鹞北鸢考工志》带回家去,以便细读后给写一篇序言。可见董序绝不是曹雪芹为了抬高自己作品的价值要求董写的。

关于这一点,我还要多说几句。曹雪芹有反封建思想,他的《红楼梦》有反封建的意义,这都是无可怀疑的。但他毕竟是生长在封建社会、出身于一个官僚地主家庭的人,他不但不能避免他的家庭给他遗留下来的社会关系,就是他自己也不可能没有较复杂的交往,有的人可能出于对《红楼梦》的爱好以及出于对其作者的钦敬,恨不得把曹雪芹说成一个"一尘不染"的人才好。这不是一个唯物主义者的想法。又有人认为,假如发现了雪芹身上"染"了一点"尘",那就必定是假的,因为在他们看来,那不合乎雪芹性格及其为人发展的逻辑。这是一种抹杀历史事实的想法。所谓"性格",是得在社会里面发展的。那社会里的"尘",总是要影响一个人的。问题在:对那些影响采取什么态度。我认为,只要曹雪芹不去奔走权门,他在当时封建社会中有一些社会关系,有时接触,总是不免的。

(三)"苑召"是由董邦达的介绍。我从前读张宜泉"苑召难忘立本羞"

这句诗时,曾经认为:是王南石把雪芹介绍给董邦达,而后才由董邀请雪芹去画苑的。现在,我们既知董和曹在乾隆二十三年以前就已相识(请参看《〈瓶湖懋斋记盛〉阙文钩沉》),又知他们在二十三年腊月有瓶湖懋斋之会,可见他们是相当熟的了。那么,所谓"苑召"当是董直接邀请雪芹;王南石二十三年虽也在北京,却并非由他介绍曹认识董。故"苑召"之举,与王无关。董邀曹大约在乾隆二十四年春夏之际,那时董邦达正主持皇帝画苑的事。懋斋会后,他又写了这篇对雪芹欣赏钦佩备至的序言,觉得像雪芹这样才调,竟至卖画沽酒,举家食粥,实在是不该,遂有邀曹入苑之议。不想雪芹自离开右翼宗学之后,无意再给清朝统治者服务,就回拒了这个好意的邀请。

(四)董邦达为什么那样同情曹雪芹?从新发现的材料里,我们看出董邦达对雪芹不但钦佩他的才调,也同情他的遭遇。为什么当时正在得意的封建政权高级官吏,会同情一个家道衰微、生活落拓的曹雪芹呢?这一方面是由于董和曹家有旧,另方面也由于董在其青年时期也有过一段坎坷的经历。据清人记载,董少时甚微,最引人注意的是下面这件事:

> 富阳董邦达少时,以优贡生留滞京师,寓武林会馆。资尽,馆人迫之徙于逆旅,质衣装以给。无何装尽,逆旅主人又逐之,窘无所之。有刘媪者,奇其貌,谓必不长贫贱;馆之家,居勤业以待再试。董日夜淬历,期得第自振,且酬媪德。榜发,仍落第。恚甚,谋自尽,踯躅街市,未有所也。
>
> 倚一高门痴立,俄有人启门,呵问谁某,董告以下第生。其人大喜,邀入款语,出红笺倩书谢柬,署名则侍郎某也。既而留食,互诉生平,知为侍郎司阍仆,以荐初代笔,薄奉旅资。董方失路欣然诺之。自是一切书牍,皆董拟草。往往当意,侍郎益信任仆。
>
> 居顷之,侍郎有密事,召仆至内室拟稿,仆惶窘良久,不能成一字。侍郎穷诘乃以实告。侍郎大骇,急延董至厅,具衣冠见之,且谢

曰:"使高才久辱奴辈,某之罪也。"因请为记室,相得甚欢。

侍郎家有婢,敏慧得夫人意。夫人欲嫁之,婢不可。强之,则曰:"身贱终随舆隶;必欲如董先生者,乃事之。又安可得?故宁不嫁耳。"夫人以告侍郎,侍郎哂曰:"痴婢!董先生神志不凡,行且腾上,肯妻婢耶?"会中秋,侍郎与董饮月下。酒酣,从容述婢言,且愿纳为妾。董慨然曰:"某落魄京师,尽京师不加一睐,公独厚爱之。彼女子亦有心,何敢言妾,正位可也。"侍郎终以为疑,谋诸夫人,女婢而婿董焉。逾年,董举乡试,成进士,后官吏部侍郎。生子为富川相国。相国登庸时,太夫人犹在。(引自《清代名人轶事》卷十四)

又有一项材料说明董于雍正元年(癸卯)由故乡富阳来北京前,家道困顿,挪借路费始成行。到了北京后,朝考入选,以户部小京官用。又三年,联捷选庶常。其父就养入都,暴卒于天津途次。董仓促徒跣三百里,扶榇南归;因经济困乏,至台庄阻浅,亦赖友人程香篆之助,始得运灵返其故里。(同上书)

我们读了董在少年的这些材料后,便可理解正由于董邦达早年有过这样一段坎坷的经历,所以他才能那样同情曹雪芹家败后的困厄遭遇。

(五)关于董邦达赞扬雪芹为"穷民"而写《南鹞北鸢考工志》是"立德"。上面已经说过,这篇短序的四段文字,虽各有重点,但概括起来不外从政治和艺术两方面来估价《南鹞北鸢考工志》。他说曹雪芹救死扶伤,用写书"济人以艺"的行为是"立德",这当然是从政治角度讲的。董邦达认为雪芹扎糊风筝、写风筝的书,并不是为了玩,不是"玩物丧志"。这看法比那认为雪芹是"为艺术而艺术"的看法,总算高明多了。但他认为雪芹是在"立德",这却是颇成问题的了。

按"立德"见《左传》襄公二十四年,穆叔曰:"太上有立德,其次有立功,其次有立言。"后来的士大夫就以此为"三不朽",并且当作他们人生观的基本信条。这"三不朽"都是通过行为和言论为封建统治者服务的。中国封建社会的士大夫认为孔子的言行是"立德"。在世界史上,有人认为耶稣和释迦牟尼也是"立德"。或是通过武功或是通过文事(行政、经济措施),做出赫赫的事业,叫作"立功"。旧时士大夫认为"立言"是比较倒霉的事。他们一般不敢希冀"立德",但对"立功",却是力求有一个机会的。假使他们"遭逢不遇"的话,那就只有怨天尤人地退而著书传诸后世了——这是最下的选择。但就是"立言",其目的也在于有补于某一姓的封建王朝,或易姓了的封建朝代,仍然是为了补苴封建社会。

董邦达作为封建士大夫,当然知道"立德"一词的分量是很重的;然而,他却仍说雪芹之草《南鹞北鸢考工志》,"与其谓之立言,何如谓之立德"!我认为,对于像曹雪芹这样一个具有反封建思想的人的行为,用"立德"这种旨在维护封建社会及其政治秩序的"美德"来赞誉,是不对头的。儒家的仁义道德这些东西,根本上都是维护封建制度的。即所谓"立德",其用意和后果,也是在于维护封建制度,而不是反对它、破坏它。这就是号称"立德"的"圣人"和"贤人"之所以受到封建社会最高统治者表扬和尊敬的缘故。同时,这也正是我们反对用"立德"这种概念来赞扬曹雪芹的缘故——这不但不是赞美他,反而是贬低了他。

一九七六年四月初稿,一九七七年一月改稿于香山。

第四篇　关于敦敏的《瓶湖懋斋记盛》

敦敏的《瓶湖懋斋记盛》是迄今所发现的关于曹雪芹的一项最重要的传记材料。由于它涉及雪芹的居处、才艺、为人、交游等许多方面，我们在这里不能一一分析，而只谈以下几点；其余各方面的问题，留待本书其他各篇去讲。

第一，先谈一下我的校补。《瓶湖懋斋记盛》的残文，经过我的校补，大致可读。当初校补时几经考虑，颇费斟酌。填补有残划的字，比较容易。无字的空格，一两个还好填，如"以光〔蓬荜〕"，就易填。又如"〔其地〕有小溪阻路"，以意度之，也好填。多字的如"何不求〔董公孚存〕"，虽无残划，但以前后文核对一下，也还好填。但如"扣篱〔至再至三〕"，连空了四个字，又无残划，就比较难填了。有的虽然一两个字的空隙，又有些残划，如"先是，□舅钮公自闽返京"，□处虽然有残划似母字，但敦敏的生母和继母，都没有钮祜禄氏；在当时福建的官宦录中，也查不出这个钮公是谁。所以这个□至今无法填上。又有的地方，如"则芹圃之□□□□（〔义行高矣〕？）"，这"义行高矣"四字是我根据全篇的事实和文义拟填的，未敢自信，故将填文放在括弧里面，而在原文中仍保留□□□□。这类情况，残文中还有一些,希望读者能有更恰当的填补文字见示,如能把我未能填上的空白填上更感。此外,还希望纠正我填错的文字。

关于《〈瓶湖懋斋记盛〉阙文钩沉》,因为没有校补的问题,这里就不说了。

第二,曹雪芹的一个眉批。这篇《瓶湖懋斋记盛》本来是董邦达在乾隆二十三年的懋斋聚会后,嘱咐敦敏写的。后来曹雪芹又把它作了《南鹞北鸢考工志》的附录。据孔祥泽所看到金福忠保存的《瓶湖懋斋记盛》原文,我们得知,在"二十四日晨曦甫〔上〕"前面一段的末句"〔是〕以得快读〔其〕书"的上端,有这样一条眉批:"子明,余意前段可略去。"这是谁批的呢?我认为十分可能是曹雪芹批的。因为在这句话以前的一大段文字都是记敦敏从白媪口里所听到的关于雪芹的义行。大概雪芹读了《瓶湖懋斋记盛》,感到其中对自己的赞扬太多,认为没有必要。果然,据孔君见告,他在一九四四年描摹抄录《南鹞北鸢考工志》时,所见的那篇《南鹞北鸢考工志》的附录《瓶湖懋斋记盛》中,就把前面那一大段话删去了。

曹雪芹对旁人有点儿好处,不愿人家常常提到,他的这种态度,我们在《瓶湖懋斋记盛》中也可看到。当于叔度对敦敏叙述他从前如何因雪芹救济他而全活他的一家时,曹雪芹便说:"适逢其会,无足挂齿。何况朋友本应有通财之义,今后万勿逢人便道此事也。"这就可以证明雪芹对这类事的态度。这和那些"残杯冷炙有德色"的人的态度,显然是不可同日而语了。雪芹的这一特点,也是我们写他传记时应该注意的。

第三,敦敏何以未见到雪芹的妻儿?敦敏在二十三年春天去通州请过子猷时,曹雪芹曾去过北京宣武门内敦敏的家槐园访他;未晤,遂告其家人"将徙居白家疃"。但雪芹迁白家疃是自己新盖房子,敦敏文中虽未说盖房子的确期,但看他形容雪芹新居时说:"院落整洁,编篱成锦,蔓植杞藤",则应已是五六月夏天的情况了。那么,房子的建成应该是在该年的三四月间。敦敏第一次去雪芹新居是在该年六七月。隔一个多月,即敦敏所谓"又月余",便是八九月,他又去了一次。

奇怪的是,敦敏去到雪芹的新居只看到了白媪,没看到雪芹的妻和子。这是什么缘故呢?据敦诚乾隆二十九年初所写的挽曹雪芹诗,雪芹原有一个死了生母的"孤儿",还有一个"新妇"。孤儿死于乾隆二十八年雪芹死前数月,他的生母的死年有两个可能:一是迁居郊外之前死在北京城内,约在乾隆十五六年左右;另一可能是死在京郊,是香山还是其他地方? 我设想可能是死在蓝靛厂火器营一带的雪芹最初的郊居住处。时间则也当在迁居郊外之后不久的乾隆十七八年。为什么这样推论呢? 因为据我考,于叔度初访雪芹是在乾隆十九年,他在雪芹家住了两天,却根本未提雪芹的妻和子。

雪芹乾隆二十三年迁到白家疃新居后,其时妻既已死,"新妇"又尚未娶;儿子十分可能寄养在亲戚或族人家里。因此敦敏两次往访才未见"孤儿",更无"新妇",而只见到了白媪。雪芹在乾隆二十四年夏秋之际,可能有南京之行。据敦敏乾隆二十五年秋与雪芹不期而遇呼酒话旧的诗意看来,雪芹这个新妇很可能是他从南京偕归北京的。我的这一推测,有两个理由。第一,直到敦敏和他在二十五年邂逅所写诗中才有"秦淮旧梦人犹在"这种句子。这里当然有"犹在"之人的问题。我看这个人并非指做梦的人,而是指梦中的其他人。这"其他人"而与"秦淮旧梦"有关,则此人大致可断为一女子。第二,二十六年夏秋之际,敦诚同他哥哥敦敏访雪芹于白家疃时的留赠诗中,也就有了"举家食粥酒常赊"之句。这初见的"举家"二字,当然不是指雪芹一人,也不见得光指雪芹和他的儿子(固然这时儿子因年已稍大些,可以从寄养处回了家),而是很可能指雪芹、其子和"新妇"三个人。倘使雪芹是乾隆二十四年秋到二十五年秋期中娶的继妻,则敦诚乾隆二十九年正月初几日的挽雪芹诗中称这个娶了三或四年的继妻为"新妇",是完全可以的。

第四,一些前所未闻的曹雪芹的言行。《废艺斋集稿》是曹雪芹意在济人的一部书。其中许多技艺,都可以在《瓶湖懋斋记盛》中得到证实。如雪芹善画,会做菜,懂医药,能编织,等等。但《瓶湖懋斋记盛》的最大贡献,是它写出了我们前所未知的雪芹的一些言行。

我们以前读了敦氏弟兄描绘曹雪芹的诗文,只知他是一个纵酒高谈,傲骨嶙峋的人。雪芹是不是这样一个人呢?大概是的。但还远不止是这样而已。张宜泉的诗,似乎又把雪芹描写成为一个隐士——清高、淡泊。这些雪芹也有些像。但我们总觉得雪芹不是陶渊明、林和靖,不是陈抟,虽然张宜泉在《题芹溪居士》一诗里引用了陈抟"一片野心应被白云留住"那句辞宋太宗二次召命的表中的话。从这些材料中我们对曹雪芹所得到的印象基本上是个消极的人物。

自从发现了敦敏的《瓶湖懋斋记盛》以后,我们才看到一个并非消极而是积极的曹雪芹的形象。他固然贫困,但他"富非所望不忧贫"。他贫困到不得不乡居,但他不是在乡村里消极地做个隐逸之士;除了不断地写他的《红楼梦》之外,他还在那里鬻画济人,教给因残废而无术维生的穷人们以多种有用的维生手艺;他还为他们写书——《废艺斋集稿》。不但此也,他还有他的原则。他虽为自己的生活、为救济穷人而卖画,但"非其人不应"。什么叫作"非其人"呢?就是他看不惯、看不起的人们。他看不起什么样的人呢?为富不仁、"疏亲谩友,因财而散"、禄蠹、贪墨、强梁霸道、寡廉鲜耻地钻营于仕途的人们,他都看不起,他都不会给画,不会让这类人把他的画挂在他们的墙上!

我认为《瓶湖懋斋记盛》中所记述的曹雪芹这种态度,才能确切地反映他的不阿俗的反封建的、积极的进步思想。光是从《红楼梦》小说中推测作者的态度和思想,终嫌隔了一层。因为《红楼梦》毕竟是曹雪芹所写的小说,它只能通过比较间接的表达,来反映作者的某些思想感情和政治态度。敦敏这篇《瓶湖懋斋记盛》才是能够反映雪芹思想和态度的直接材料。这篇东西在考察曹雪芹晚年的政治思想上的重要意义,我都在《曹雪芹的〈题自画石〉诗解》中,较详地分析了,这里不再多说。

一九七二年一月写初稿于安徽濉溪之五铺,
一九七六年六月改稿于北京沙滩。

卷四　曹雪芹生平事迹杂考

第一篇　曹雪芹和右翼宗学——"虎门"考

一　数十年来未得其解的"虎门"

乾隆二十二年丁丑，时敦氏弟兄的父亲瑚玞在山海关掌税务的事。敦敏在锦州管税务，敦诚在喜峰口即松亭关司分榷事。敏、诚的母亲是年死于山海关的税务局。据《四松堂集》丁丑年《别四弟汝猷》一诗，敦诚先是同他父亲、哥哥、弟弟一起，都在山海关，后来他就去松亭了。又据他的《午梦记》一文中"丁丑夏客松亭"一语，可知他去松亭不能迟于这一年的夏天。

敦诚到了松亭关，尽管有管理税务的职务，但由于身在山僻，远离亲友，颇感生活的无聊。他自己说：

……鸡窗无聊,每于午后,便效坡翁摊饭手持一卷,卧仰屋梁,俄而抛书,蘧然入梦。觉来未及反侧,梦境尚迩。静而思之,渺焉茫焉,若有若无。此时如泛虚舟于沧浪万顷间;又如置身云际,欲沉而浮,飘荡空中,但闻一二黄蜂,投触窗纸,而窗外老马啮蔬声龌龊也。……(见《四松堂集》卷四《午梦记》)

二十四岁的敦诚,就在这种生活和思想状况下,在喜峰口写了一首包括曹雪芹重要传记材料的《寄怀曹雪芹(霑)》诗。诗云:

少陵昔赠曹将军,曾曰魏武之子孙。
君又无乃将军后,于今环堵蓬蒿屯。
扬州旧梦久已绝,且著临邛犊鼻裈。
爱君诗笔有奇气,直追昌谷破篱樊。
当时虎门数晨夕,西窗剪烛风雨昏。
接䍦倒着容君傲,高谈雄辩虱手扪。
感时思君不相见,蓟门落日松亭樽。
劝君莫弹食客铗,劝君莫叩富儿门。
残杯冷炙有德色,不如著书黄叶村。

写这首诗的确切月份不可考。我在一九五七年写《〈四松堂集〉集外诗辑跋》一文中初考"虎门"时,曾说此诗写于秋天。今就《四松堂集》此诗的上下各诗按复一下,可知此诗实写于夏秋之交。这一年的八月索禄(敏亭)死在北京,敦诚在喜峰口曾写了一篇《祭索敏亭先生》。到了腊月二十五日,他才首途回北京。行至中途一片石地方,于"大风吹野,白日阴晦"的"荒荆蔓草"中,凭吊一个明朝戍卒女儿烈女。(见其《一片石》、《烈女墓》二诗)他回到北京之后,过了年正月就匆匆又回喜峰口了。这些行踪,从他的《松亭再征记》中,都可考见。

敦诚于乾隆二十二年在喜峰口的时候，曹雪芹同年做些什么事呢？关于这点，我们知道的却很少。由一九七二年发现的雪芹给他所著的《南鹞北鸢考工志》写的《自序》来看，可知雪芹在这年的"清明前三日"，就完成了他这部经营较久的著作。我推测：在乾隆二十二年春向上溯至二十一年，以至溯到二十年，都是雪芹陆续写《南鹞北鸢考工志》的时间。

当然，也有一个可能：他是在这部手稿虽未完成但已写了一大部分时，就写了《自序》的。那就说明：雪芹自乾隆二十二年"清明前三日"以后，还可能有一段时间整理修改这部稿子。这就没有材料能够直接证明了。

此外，一九六五年六月南京毛国瑶先生传出的以全椒吴鼒夕葵书屋抄本《石头记》为底本的《石头记》的靖抄本第四十一回，在妙玉泡茶一段上，有这样几句批语："尚记丁巳春日谢园送茶乎？展眼二十年矣。丁丑仲春，畸笏。"脂砚斋和畸笏叟所批《石头记》的本子可能就是转手于作者曹雪芹和脂、畸之间的唯一誊清本。在这一假定下，畸笏这条丁丑仲春的批语，一个可能是，誊清本即在雪芹处，畸过雪芹处而加此批。另一个可能是，誊清本在畸笏处，他在自己家里写的这条批语。但无论哪个可能，都不排斥：在二十二年春天，甚至夏、秋，雪芹在写《石头记》的过程中，都有时而间断地从事《南鹞北鸢考工志》的编写或修改工作的可能。总之，曹雪芹这一年不是单纯地续写《石头记》。

敦诚从喜峰口写的《寄怀曹雪芹（霑）》一诗，并见于《四松堂诗钞》和刻本（即现在影印本的底本）《四松堂集》。诗中有关雪芹的其他传记材料，有的研究者已有解释；唯有以下与雪芹早年生活有密切关系的几句诗，至今还没有人探究其含义：

当时虎门数晨夕，西窗剪烛风雨昏。
接䍦倒着容君傲，高谈雄辩虱手扪。

我在写《〈四松堂集〉集外诗辑跋》时认为这四句诗描写的是敦诚等同雪芹曾经在"虎门"于风雨之夜,剪烛谈心;他对雪芹那种不讲礼节容仪,高谈雄辩的样子,至今不能忘怀,所以才有"感时思君不相见"的感慨。在雪芹的传记材料十分缺乏的情况下,这几句诗是很可贵的。

然而,"虎门"是什么?胡适的《红楼梦考证》中引敦诚这首诗时,虽然把"虎门"一词划上了专名符号,但他却既不加解释,也不声明他不知应作何解。当他举出包括这首诗在内的四首敦敏、敦诚的诗中所谓"许多可注意的句子"(见其《考证》)时,他也并没有举上引这四句诗。胡适不是没看出这四句诗的重要性,而是因为他不知道"虎门"是什么,才无法对这四句诗作明确的解释。

我的这一想法,在一九六一年胡适的《所谓"曹雪芹小像"的谜》一文中,得到了证实。在那篇文章中,他引了我的《〈四松堂集〉集外诗辑跋》中的一段文字,其中重要的几句是:

> 据我关于"虎门"的考证,可知曹雪芹和敦诚、敦敏弟兄的结识是在所谓"虎门"……就是北京宣武门内的右翼宗学……

可见胡适承认了"虎门"即右翼宗学的解释。

一九五三年九月周汝昌同志在他的《红楼梦新证》初版中声明:"'虎门'不详所指。"但在同年十二月该书的第三版中,却有一条对"虎门"的解释。他说:

> 敦诚寄雪芹诗有"当时虎门数晨夕,西窗剪烛风雨昏"的话,很可注意。按"虎门"有二解,李卓吾先生《读杨升庵集》卷十九叶十二"虎门"条:"蔡邕《劝学篇》云,周之师氏居虎门,今之祭酒也。汉曰虎观,取此义。"如此则即可指国学国子监。但清代八旗各有官学(光绪改为书院,在郎家胡同路北),不当指国学。且敦诚宗室,雪芹包衣,亦

不能同在一官学,所以不合。第二解《周礼·地官》师氏:"居虎门之左,司王朝。"注:"虎门,路寝门也。画虎焉,明勇猛。"另一说虎贲氏守王之宫,居此门,故曰"虎门"。按虎贲氏,官名,从周到唐都有,后来用以称侍卫之类的"勇士"。所以虎门又可以指侍卫值班守卫的官门。这样敦诚的诗分明是说当年与雪芹同为侍卫在一处的事。那么曹雪芹也做过侍卫了。其事当在乾隆四五年以后。(按周汝昌同志后来在其《曹雪芹》一书中,已谓"虎门"是右翼宗学了。但因近来还有认为曹雪芹做过侍卫的,故将此旧稿照印,以资辨正。)

周汝昌同志所据以推论雪芹曾经做过侍卫的根据是:先肯定敦诚做过侍卫,并谓其事当在乾隆四五年以后。

按:敦诚并没有做过侍卫。"乾隆四五年"时,敦诚才六七岁,当然不能去做侍卫。"以后"到了十一岁,敦诚就入宗学去读书了。敦敏的《敬亭小传》说敦诚:"十一岁入宗学,执经问难,为师长所称许。"敦诚自己在《岁暮自述五十韵寄同学诸子》一诗中也说:"阏逢困敦岁,我年十一秋;二月辞家塾,负笈宗黉游。"又后,乾隆二十年他和他的哥哥敦敏一同参加宗学的岁试(文试),敦诚虽经考取,获笔帖式记名,但未补官。等到乾隆二十二年,他就到喜峰口给他父亲司松亭分榷的事了。这一年正是他写《寄怀曹雪芹(霑)》一诗的那年。乾隆二十四年瑚玠辞山海关管理税务的职务回北京,敦诚也回北京家居。直到乾隆三十一年敦诚补授太庙献爵的官职而至三十八年就辞掉了之外,他根本就没有做过任何公职的事。由敦诚的经历中可见其并没有做过皇帝的侍卫,从而雪芹与他"同为侍卫",也就无从说起。

因此上引敦诚诗里所用的"虎门"一词,不应该解作"侍卫值班守卫的宫门"。

二 敦诚诗中的"虎门"是指右翼宗学

那么,"虎门"到底是什么呢?经过了一段时间的探索,我们才知道:在雍、乾之际的诗文中,"虎门"一词实际上指的是清统治者为宗室子弟所设的学校,即宗学;而在敦氏弟兄的诗文中,它还特别是指当时的右翼宗学。

《八旗文经》卷三十六有果毅亲王允礼写的一篇《宗学记》,其中说:

> ……念我宗室子弟,尤教育所宜先。特谕设立东西二学于禁城之左右。自王公庶位以及凡百属籍者,其子弟愿学则入焉。即周官立学于虎门之外以教国子弟之义也。

这是最直截了当地说出"虎门"是指宗学的材料。《八旗文经》本是常见的书,大家当然都看过,但都把这项材料忽略过去了。直到一九五七年六月,我改写《有关曹雪芹十种》中的《〈四松堂集〉集外诗辑跋》一文时,才发现它,并多找出几条证据,证明敦诚《寄怀曹雪芹(霑)》中的"虎门"的确是宗学,而且是右翼宗学。这些证据是:

(一)敦敏《懋斋诗钞》乾隆二十七年夏《黄去非先生以四川县令内升比部主事进京相晤感成长句》一诗云:

> 百里何能滞祖鞭,征书群识汝南贤。
> 剑关远自七千里,燕市重逢十四年。
> 清级纲曹新紫绶,遗篇蠹筒旧青坛。
> 虎门绛帐遥回首,深愧传经负郑玄!

(二)一九五六年在我发现的抄本《四松堂诗钞》里面,还保存着敦诚

在乾隆四十八年写的《寿伯兄子明》一诗,有句云:

> 先生少壮时,虎门曾翱翔。
> 文章擢巍第,笔墨叨恩光。
> 当年工射策,至今宗署藏。

(三)在《懋斋诗钞》影印本里,大约甲申年敦敏同敦诚的《书怀联句同敬亭用昌黎纳凉句原韵》一诗中,敦敏在他自己的"对策御笔新,赐墨天恩渥"句下注道:

> 故事宗学季课,钦命题优等,颁笔墨,余同敬亭,屡承恩赐。

(四)敦诚《四松堂集》里的《先妣瓜尔佳氏太夫人行述》一文中云:

> ……乙亥(裕按:乾隆二十年)宗学岁试,钦命射策。诚随伯兄(裕按:指敦敏),试于虎门。命下,诚忝优等之末,御赐笔墨有差。

(五)在敦诚死后,敦敏嘉庆元年写的《敬亭小传》中说:

> ……乙亥二十二(裕按:指敦诚的年龄),宗学岁试,考入优等者,以宗人府笔帖式用,因记名焉。……丙戌(裕按:乾隆三十一年)因前优等记名,补宗人府笔帖式,旋授太庙献爵之职。

(六)《四松堂集》中还有写于乾隆三十五年的《寄子明兄》一书,其中有云:

> 《松堂草稿》(裕按:指《四松堂集》原稿),嵩山已序之矣,尚留简端,

待兄一言,幸即挥付。腥仙旧序,希为转致,异日同在虎门一书,何如?

(七)《四松堂集》有敦诚乾隆四十六年写的《感怀》十首,其第六首《徐明府秋园(培)先生》中有句云:

三年膏火西黉夜,一帐凄凉东馆风。
秋老兰陵人不见,至今城北忆徐公。
(原注:先生武进人)

(八)同上《感怀》第一首《世父拙庵公》云:

东山丝竹尝教预,北岭烟霞许从游。
(原注:记戊辰己巳间,余年十五六,每归自宗黉,伯父便来召,家优歌舞,使预末座,回忆卅余年事矣。)(下略)

以上八条联系起来看,都说明:"虎门"就是宗学、宗黉;而"西黉"就是允礼所谓"设立东西二学于禁城之左右"的"右"侧的右翼宗学。以下对这些材料,略加解释。

以上(一)、(二)、(三)、(四)、(五)条都是敦氏弟兄追述他们若干年前在"虎门"即宗学里亲身经历的事情。第一条中的黄去非本是宗学的教师,后来去四川做县令;之后,又来北京做比部主事的官。从乾隆二十七年上溯十四年是乾隆十三年,时敦敏年二十岁,敦诚年十五岁,正是他们在右翼宗学从黄去非受教的时候。敦敏想到十五年来自己无所成就,所以才有"虎门绛帐遥回首,深愧传经负郑玄!"的感慨。第(二)、(三)、(四)、(五)条中,都谈到了乾隆二十年(乙亥)以及更早他们在"虎门"参加宗学的各种考试,名列优等,得到皇帝恩赐笔墨的事。特别是第(二)条中说：敦敏的考卷优异，至今还被保存在宗学的总副管办公室即"宗署"里。二十年那次出学的考试，也是在"虎门"即宗学举行的，敦诚还获取了宗人府笔帖式记名。第八条敦诚说"余年十五六，每归自宗黉……"，那就更是宗黉即宗学并与"虎门"在诗中通用的证明了。

第（六）、（七）两条可以进一步说明：上引他们诗文中的"宗黉"、"宗学"、"虎门"都指的是右翼宗学。我们知道，敦敏于乾隆三十一年十二月授右翼宗学副管，永忠是三十五年做右翼宗学总管的。上引敦诚给他哥哥的那封信写于乾隆三十五年。信中大意是请他哥哥和永忠（裕按：即信中的"臞仙"）同在"虎门"——亦即在他们分别任总管、副管的右翼宗学，把他们为《四松堂集草稿》所写的序言，亲笔写在草稿上所留出的空白页上，亦即所谓"尚留简端"的"简端"上。可见"同在虎门一书"的"虎门"，正是那永忠和敦敏分任正副校长（即总副管）的右翼宗学。第（七）条十分明显：徐秋园任教是在敦诚上学的"西黉"，也就是那禁城之西或之"右"侧的右翼宗学。

这个右翼宗学，在我一九五六年有关"虎门"的考证中，曾根据《宸垣识略》说是在宣武门里的绒线胡同，并说"其地至今还有'宗学夹道'这一条胡同"。一九六四年周汝昌同志在其《曹雪芹》一书中则云："……朱一新《京师坊巷志稿》……宣武门大街条云，'右翼宗学旧在瞻云坊北，今移绒线胡同。'按瞻云坊北，即指西单牌楼以北的石虎胡同。"可见乾隆时右翼宗学的校址是在石虎胡同。这两条胡同都是在北京的西城，亦即在禁城的西面。结合当时各旗居住地区有固定的分配这一规定，则镶红旗的敦氏弟兄都是住在西城，他们读的宗学，也应该是右翼宗学。永忠任右翼宗学的总管，根据《乾隆京城图》，我们知道，他的家也就在西城的西直门内大街的路南。

综上所述，我们得知"当时虎门数晨夕，西窗剪烛风雨昏。接䍦倒着容君傲，高谈雄辩虱手扪"这四句诗，实际上包含着曹雪芹的一段重要的经历。那就是，若干年前，当敦敏和敦诚在北京西城石虎胡同的清宗室右翼宗学读书的时候,他们和曹雪芹有一段晨夕相聚的生活。

三十余年来(本文原稿写于一九五七年,故云。裕注。)没有搞清楚的"虎门"一词的意义,就是这样。

三 曹雪芹什么时候在右翼宗学?

但是"数晨夕"是什么意思?所谓"若干年前"即诗中之"当时"到底是多少年前?是在什么年代?以下试加考查。

(一)所谓"数晨夕"是指较长期的"晨夕共处",不是相聚几天。我在一九五七年初考"虎门"时,对"当时虎门数晨夕"就这样解释。但近年来在美国的赵冈所著的《红楼梦新探》一书不同意我的看法。他认为"数晨夕"只是"几天"的短聚。今按:"数晨夕"三字连用见于陶渊明《移居》诗的"闻多素心人,乐与数晨夕"句。敦诚的诗当即据此。陶诗用白话译出是:"听说南村有一些诚朴的人,我很愿同他们在一起生活,晨夕相共。"敦诚的诗也是说"记得当年在右翼宗学(虎门)我们朝夕相共的时候",这不仅包括"西窗剪烛风雨昏"的日子在内,也包括"接䍦倒着容君傲"和"高谈雄辩虱手扪"的日子在内。敦诗用"数晨夕"三字领起以下三句,诗的脉络十分清楚。所以敦诗乃是指他们早年和曹雪芹同在右翼宗学那个时期的生活,绝不是只相处几天。

(二)他们的相聚是多少年前?什么年代?敦诚于乾隆九年初入右翼宗学。那时他年十一岁。敦敏也在右翼宗学读书,年十六岁。曹雪芹的年龄,照生于康熙五十四年计算,是三十。(若照雍正二年的说法,就是二十一岁。)从三个人的年龄看来,所谓"当时",我看不会指敦诚初入宗学时的乾隆九年。因为十一岁的敦诚是无论如何也不能够欣赏三十岁的曹雪芹那种"接䍦倒着容君傲,高谈雄辩虱手扪"的风度的。我认为这"当时"应该是指乾隆十三四年左右。那时敦诚年已十五六岁,他的哥哥年二十至二十一岁。而曹雪芹则是三十四岁左右的时候。这时,不但二十多岁的敦敏,就是十五六岁的敦诚,也能够理解和欣赏曹雪芹那种疏狂傲岸的态度了。正由于曹雪芹的风度和谈吐当时有可能给敦诚一个深刻的印象,所以他们才结下了深厚的友谊。到了乾隆二十二年,敦诚写此诗时已经是他们从右翼宗学分散的七八年或至少五六年以后了。我们知道:敦氏弟兄固然有可能是迟至乾隆二十年(乙亥)参加了右翼宗学的考试后才出学的,但我估计曹雪芹是早就可能因故在乾隆十五六年左右就离开了右翼宗学而不久就搬到西郊去住了的。这样,敦诚诗中所回忆的乃是:他们俩弟兄由乾隆十三四年或者竟到十五六年在右翼宗学相聚的一段生活——特别是在那风雨之夕,秉烛夜谈的往事。

四 曹雪芹在右翼宗学做什么工作?

说到这里,我们不免要问:他们是什么关系?雪芹在右翼宗学做什么工作?

首先,他们不是同学。宗学是宗室子弟的"学",敦诚在乾隆二十三年写的《岁暮自述五十韵寄同学诸子》一诗中说"同学尽同姓"可证。(况且曹雪芹当时年已三十多岁,已非在学的年龄。)其次,从敦氏弟兄同曹雪芹有关的诗文口气看来,他们也不是师生关系。敦敏、敦诚在他们的诗文中对于在右翼宗学教书的师长,如黄去非、徐秋园等都是很尊敬的;但从他们涉及曹雪芹的诗文来看,固然可以看出他们对雪芹是敬佩和同情的,但显然是平辈的口气。曹雪芹在右翼宗学既不是教师,那么,他是个什么样的角色呢?

我在一九五七年考"虎门"时,曾经推论说:

既非同学,也非师生,却又同在右翼宗学,那么他们到底是什么关系呢?关于这个问题,有两个可能,但都不能肯定。一是雪芹在右翼宗学中担任一个位置不太大的职务,另一个是雪芹是宗学的助教。

按当时各学都是有助教之设的。(见我的《有关曹雪芹十种》中的《〈四松堂集〉集外诗辑跋》一篇)

我那时始终没有对这两个可能做最后论断。我现在还是倾向于认为曹雪芹不是右翼宗学的教师(如吴世昌同志说),更不是右翼宗学的夫役(周汝昌同志说)。我的看法是:曹雪芹在那里可能是辅助教学的人员,或者是职员。

现可考知:当时还有一个卜宅三(名隣),他同敦氏弟兄的关系和曹雪芹同他们的关系,有类似之处。敦诚在《四松堂集》中有乾隆二十三年(戊寅)所写的《怀卜宅三(隣)》两首诗:

> 沈郎瘦去亦何堪?零落当年夜雨谈。
> 闲咏小桥明月句,故人家在大江南。
> (原句下注:"宅三有'两部蛙鸣新雨后,月明人立小桥头'之句。")

> 得意翻成潘令悲,残香遗挂悼亡时。
> (原句下注:"宅三登贤书后,即有悼亡之痛。")
> 红牋泪尽归来晚,买褥金钗赠阿谁?

敦敏在乾隆二十六年秋天,写的《吊宅三卜孝廉》二首云:

> 昔年同虎门,联吟共结社。
> 月明新雨句,岂在樊川下?
> (原眉注云:"宅三有'两部蛙鸣新雨后,月明人立小桥头'之句。")
> 无何游浙东,飘然竟我舍。
> 昨岁遇燕市,酒楼频系马。
> 嗟君泣路穷,谁属知音者?

逆旅艰游子，竟去修文也。
招魂赋楚些，辞哀不能写！

大暮安可醒？一痛成千古！
岂真记玉楼？果为芙蓉主。
青枫照夜寒，薤露悲吟苦。
想君深闺梦，念切题名簿。
（原句下注云："宅三因会试，驰赴京师，入闱前三日而卒。"）
呜呼埋玉痛，暂寄他乡土。
仰天忽大叫，俯首泪如雨。

这几句诗对我们了解曹雪芹在右翼宗学的地位、职司以及同敦氏弟兄的关系，很有用处。

我认为敦氏诗中所说"当年"的"夜雨谈"，敦敏诗中所说他们和卜宅三"昔年"同在右翼宗学"联吟结社"，与敦诚在乾隆二十二年从喜峰口写的《寄怀曹雪芹（霑）》一诗中的"当时虎门数晨夕，西窗剪烛风雨昏"，所指的同是一回事情。那就是说，敦敏诗中说和卜宅三"昔年同虎门"，敦诚诗中说"当时虎门数晨夕"，乃是敦氏弟兄同曹雪芹、卜宅三以及现在无法考出的其他人的一段共同生活。卜宅三在当时的诗句"两部蛙鸣新雨后，月明人立小桥头"，敦氏弟兄在与他久别和他死后，还念念不忘。卜宅三是一个同曹雪芹年龄相近，在宗学的职位相似的二敦的朋友。他大致也是乾隆十五六年离开右翼宗学，回到浙江；考中举人后，就死了妻子，到了二十六年，他自己也病逝于北京。正是由于卜宅三在右翼宗学的职位与曹雪芹相仿，所以上引二敦所写关于他的诗才也是朋友而非师生的口气。

此外，又据敦诚乾隆二十九年的《哭复斋文》说："……未知先生与寅圃、雪芹诸子相逢于地下，作何言笑？可话及仆辈念悼亡友之情否？冥冥漠漠，益增惝恍惆怅耳！……"可知复斋和寅圃这两个当年右翼宗学的学生,同曹雪芹在生前也相识,他们的结识很可能也都是在右翼宗学开始的。

五　曹雪芹是怎样离开右翼宗学的?

曹雪芹离开右翼宗学的原因,虽然我们只能"推论",但我们却有些文字材料和口头传说为推论的根据。

首先我们要知道宗学里是有矛盾的。袁枚在他的《随园诗话》卷九,有下面一段记载:

> 嘉禾征士曹廷枢古谦与葛卜元同教习宗学。葛北方人,长于考据,自负博雅;而曹专攻词章,二人不相能。虞山蒋公,满洲世公,各有所庇,遂相参劾。古人洛、蜀之分,皆由门下士起也。

曹与葛因所学不同,互相攻讦;他们的"后台老板",也互相参劾。这虽然表面上是"学术"上的对立,但实质上却反映了政治上的矛盾和斗争。

曹雪芹在右翼宗学,不管他担任什么工作(是教习也好,职员也好),他之离开宗学若非被"裁汰",便是自动辞职,而其根本原因则是由于他的反封建的思想同封建秩序的矛盾。

在一九六三年我访问香山的老住户张永海时,他曾说:

> 曹雪芹比旁的教师都小,又是个被抄家的人,老派的教师们就瞧不起他。曹雪芹呢,他也是个傲性子的人,嘴又好说,爱得罪人。他心想:"你们瞧不起我,我还瞧不起你们呢!"……乾隆十六年他就离开宗学,搬到西郊来住了。他是自己辞的还是宗学解职的,不知道。(见本书本卷第五篇《记张永海关于曹雪芹的传说》)

张永海所说的曹雪芹同所谓"老派"之间的矛盾，以及对被抄家的人的政治歧视等问题，实质上是他们的政治思想和政治态度的矛盾。试想曹雪芹同"老派"如果政治思想一致，则有何矛盾可言？其所以有矛盾存在，就是因为宗学的当局和有些人都是维护封建主义的，是站在封建统治者一边的，而曹雪芹则恰恰相反。我在一九六三年的《曹雪芹的故事》里《传奇题句》一篇的第二十八注中曾说："曹雪芹有反对封建统治者所独尊的儒家思想……在封建社会中，这种思想是有进步意义的。事实上，雪芹对于儒、释、道都有微词。"以下从思想、态度和行动三方面，试加申论。

第一，曹雪芹有反儒家的思想，而清初则是把孔子尊为"大成至圣先师"的。这是曹雪芹同当时统治阶级的一个根本性质的矛盾。抛开学者们所讲的儒家社会政治思想不谈，历代剥削阶级统治者所大力宣扬、流毒渗透到社会各阶层的儒家思想乃是忠和孝。曹雪芹在《红楼梦》里所塑造的正面人物贾宝玉就是一个既不孝又不忠的人。当然他描写的手法是曲折和隐晦的，但是细心的读者是会看出来的。在《红楼梦》里，曹雪芹通过反对维护封建制度的儒家思想，来反对封建社会制度，是非常明显的，无须多说。

第二，曹雪芹的狂和傲的态度，也是有反封建的政治内容的。敦诚把他比作阮步兵即阮籍，阮籍就是一个由于政治的原因而狂和傲、以青白眼来对待不同的人，而为当时的所谓"礼法之士"所不容。曹雪芹的狂和傲无疑地，也具有愤封建之"世"（亦即封建社会经济制度和伦理道德），疾封建之"俗"（亦即封建社会中代表统治阶级利益的风俗习惯）内容的。他的"接䍦倒着容君傲，高谈雄辩虱手扪"的态度，显然反映了他反封建、反儒的思想。他这种态度也是和当时统治阶级格格不入的。

第三，一个具有这样思想、这样态度的人，偏偏又被一些宗室青年所敬重，并且环绕在他的周围，形成一个独行其是，不顾"人"之是非的小圈子。敦敏、敦诚固不用说，寅圃、复斋加上卜宅三，也似乎都是其中的成员，此外应该还有我们现在不知道的一些人。他们都是因为佩服和钦敬曹雪芹的见解而受他的影响。绝不会像裕瑞所说的，仅仅是因为曹雪芹能够"奇谈娓娓然令人不倦"，才受他的影响的。在这些宗室青年中，有的由于其祖辈在统治阶级内部斗争中失败而家道衰微、个人困顿了，有的是式微的宗室而受了佛、道思想的影响，等等。总之，他们同曹雪芹的交往，以至他们在一起"联吟结社"，秉烛高谈，是有一个对当时的封建社会秩序不满的共同思想基础的。

在这里面要辨明一个事实，即侯堮在他的《觉罗诗人永忠年谱》（见一九三二年《燕京学报》）中说："曹霑、敦诚、书诚、永㥣等，皆披靡于此种""精力才华泰半贯注于禅道两涂，以诗酒书画为玩世之资，以蒲团养生为性命之髓"的风气之下。最近周汝昌同志还引用这个看法，我们有必要指出此说法的两点错误。一，文献证明：永忠、书诚、永㥣和曹雪芹并不认识。二，尽管《红楼梦》以一僧一道开头，也以宝玉出家收尾，但是细心的读者是会看出曹雪芹根本不相信佛、道。根据《红楼梦》的故事说曹雪芹相信佛、道，那就是没有真正看懂《红楼梦》。侯堮说曹雪芹折服佛家的思想和生活方式，是错的。

现在回到主题。在右翼宗学里，有反封建、反儒，对封建社会秩序、道德风尚持一种狂和傲的态度的曹雪芹这个人，尤其是，他还把右翼宗学里的某些学生吸引到自己的周围，这如何能不引起宗学当局的不满呢！要知道宗学的总管和副管一般地说都是宗室中比较被皇帝信任的人，而真正在后面统摄大权的，则或是亲王或是郡王之类的人物，宗学是直接归宗人府管辖的。在这样重重严密的管理之下的宗室学校里，怎么能够容许像曹雪芹那样思想和行动的人长久待下去呢？

我设想，敦诚追溯乾隆十三、十四、十五年他和雪芹在右翼宗学里那种"接䍦倒着"、"高谈雄辩"的态度，就包含着他不能不离开宗学的原因。"难道状元就没有不通的么？！"既能够在《红楼梦》里借小说人物说出，他就不会在和朋友们的谈话中说出吗？小说正面人物贾宝玉反对读四书、写八股文，反对科举考试，难道作者平时就绝不会表示这种看法吗？贾宝玉那种不孝不忠的言行,"潦倒不通时务","于国于家无望",却又"哪管世人诽谤"!这一切他都当正面人物的特点来描写,这不都是问题吗?如果他周围的宗室青年都对他这种言行和态度有兴趣,这不是宗学一个大问题吗?何况曹雪芹本人既健谈,又好谈,谈话中哪有不流露他的反封建思想的道理?

这样,曹雪芹就不能不离开宗学。他可能是"道不同不相为谋"、"合则留不合则去"地自己辞职,但也可能是被革职。我从一九七四年十月起去故宫博物院明清档案馆查阅康、雍、乾的宗人府有关宗学的档案,得知左右两翼宗学都有"裁汰"人员之举。如乾隆二十五年总理镶白旗觉罗学的和硕显亲王给宗人府的呈文中就提到:"本年八月初八日裁汰两翼宗学教习汉缺出学,由拔贡考中教习……充补……。"这里要注意两点:一,此呈文年份虽然较晚,但"裁汰"教习似应是随时可行的事;二,这里讲的是"裁汰"左右两翼宗学的汉文教习。我认为:或由于超额,或由于被主管人所不满,"裁汰"职员或辅助教学人员的事,也自不免。然则,曹雪芹由于上述那些原因而被"裁汰"不是有可能么?当然,雪芹愤而辞职的可能,也是很大的。

在这里有必要再提一下那个卜宅三。他和敦氏弟兄"同虎门"、"联吟结社"的时候,怎么突然就"无何游浙东"了呢?而且回到浙东就"路穷",不得已又回北京了呢?我怀疑卜宅三离开右翼宗学不但距其进宗学很短,而且他离开的原因,也许同雪芹有相类之处。甚至就是因为他们在一起聚谈而发生了问题。那就是说,他也可能是被"裁汰"中的一个。

六 曹雪芹离开右翼宗学后的生活状况

曹雪芹离开宗学后的生活景况怎样?有许多迹象证明:曹雪芹离开右翼宗学不是"善"离,而是有些"文章"的;并且他自乾隆十五六年离开宗学之后,生活一下子就成了问题。

在上引敦诚诗中，紧接着描绘他们在右翼宗学生活的那四句诗以后，就说他们两地分别不能相见，接着便奉劝雪芹不要寄食于人，不要去找那富贵的亲友，求助于他们，还是安心在山村里写那《红楼梦》罢！

从敦诚诗中这接连着的几句诗来看，可见曹雪芹自离开右翼宗学直到乾隆二十二年，根本就没有旁的工作，就失掉了主要的生活来源，而有寄食于人（相传他曾寄食于其岳家），求亲告友之举。正是由于"残杯冷炙有德色"，所以敦诚才劝他"不如著书黄叶村"，可见他离宗学后，景况一直是困窘的。

最近发现曹雪芹在丁丑年写的《南鹞北鸢考工志》自序里，有这样一句话："〔正值〕斯时，余之困惫久矣。"丁丑是乾隆二十二年，他的意思是说，于叔度去西郊向他求助那年，他已经"困惫久矣"。据我考出：于去向他求助是在乾隆十九年。在乾隆十九年时，他自己说已经困惫"久"矣。那么，他当时至少也应该已经"困惫"三四年了。上溯三四年即乾隆十五六年。那就是说，他自十五六年就开始"困惫"，而这正是他离开右翼宗学的时候。

到了二十二年，当他还住在香山正白旗的时候，敦诚劝他不要伸手求人，还是在山村著书罢。这也可见自十九年到二十二年这个期间，他的生活境况并没有改善。

当然，更直接的材料是《瓶湖懋斋记盛》里的白媪的话，她说雪芹那时已穷到"饔飧有时不继"，卖画维生的地步。

到了二十三年的冬天，我们从敦敏的《瓶湖懋斋记盛》记董邦达对雪芹说的话：

  杜少陵《赠曹将军》诗句云："试看古来盛名下，终日坎壈缠其身！"思之令人嗟叹！

便可证明雪芹那时仍是困顿的。大概在那次会后，董邦达曾邀他去画苑而被他谢绝了。乾隆二十四年,他似有一次南京之行。这南京之行,以前只有敦敏乾隆二十五年秋遇雪芹于明琳的养石轩那首诗的暗示,现在却又有了一个传说,说他去南京行至瓜洲因大雨封江,滞留镇江某家一个月左右,并留赠他画的一幅"天官图"。这个传说是他去过南京的佐证。

综观上述,我们可以推知:曹雪芹自从乾隆十五六年离开右翼宗学以后,直到二十四年他去南京之前,他的生活一直是困顿的。即使他去了南京,即使他入了尹望山的幕府,也只是去了一年左右就回北京了。此后,直到二十八年,他死时的生活状况,也并没有什么改善。①

我认为离开宗学是曹雪芹物质生活变化的最后一个关键,是他的思想进一步变化的开始。他之由北京城内迁居西郊,由香山迁至白家疃等地,与农民、小手工业者接近,都肇始于此。

一九五七年六月二十五日原稿,一九七二年七月
二日改稿,一九七三年九月改定稿,北京沙滩。

---

① 从一九七七年底在北京发现的曹雪芹所用的两个书箱第二个背面雪芹续妻的悼亡诗中"停君待殓鬻嫁裳"句看来,雪芹死时是极困穷的了。详看我的《曹雪芹佚著浅探》(天津人民出版社出版)一书。

第二篇　结合文献和传说看曹雪芹

一　关于文字和口头材料

《红楼梦》的许多读者都发生这样的问题:"曹雪芹到底是个什么样的人呢?"特别是在今天即将举行曹雪芹逝世的二百年纪念的时候,这个问题尤其迫切需要解答。

但是关于曹雪芹的为人和生平的文字材料却极为稀少。从三十多年前开始考证曹雪芹的事迹时起直到现在,大家所反复引用的仍不外敦敏、敦诚、张宜泉、裕瑞、明义、永忠、舒坤等人的一些诗句和杂记而已。就是这一点点材料,在应用上却还有其局限性。(一)清代文字狱很多,曹家是被雍正抄了家的,在乾隆三十年(1765)以前,就有人对《红楼梦》不敢寓目,恐怕其中有什么"碍语"。因此,曹雪芹的朋友们便不敢在自己的诗文中,毫无顾虑地谈到他的情况,故已知的有关雪芹材料的本身就有局限。(二)文字材料绝大部分是诗。诗里所用的词汇和一般口语的描绘是有距离的。有些诗的作者,在形容雪芹的为人和风度的时候,又往往喜欢用典，而不是直接描绘，这就又增加了一层理解雪芹的障碍；或者说，使我们对雪芹的认识，不那么准确。（三）这些材料的作者，有的是式微的满洲贵族，他们每喜用家庭的盛衰之感来概括雪芹全部的思想感情。又有的用一般文人的眼光把雪芹看成一位"隐士"之类的人物。也有人只把《红楼梦》中的恋爱故事视为雪芹思想的重心，因而雪芹在这些人的心目中，就成一个"风花雪月"式的人物了。

由于以上三点，我们对于文字材料便不能只就其表面意义来引用，而必须加以疏证和分析，并从而判断它们适用的限度。

但就已有的文字材料而言，即使做了上述的工作，也由于材料太少而不可能对曹雪芹有全面的了解。这就有需要利用口碑了。我们必须把文字材料和关于曹雪芹的口头传说结合起来，才有可能对《红楼梦》作者，有较多较深的了解。在一九六三年以前，这种传说是很少的。即使有些，也只是关于雪芹的居处和葬地的。北京文化局曾经在香山一带调查过一次，访得一些口头材料，也都是关于居处和葬地的。直到一九六三年三月初，黄波拉同志来告诉我说：住在香山正黄旗营的张永海老先生知道一些曹雪芹的事迹，她还写了一篇访问的文章。我于三月十七日得《文学遗产》编辑部的协助曾去访问了张先生，才获知有关曹雪芹写书和一般生活情况的许多传说。关于这些传说，请参看：张永海后来自己写的《曹雪芹在香山的传说》（见《北京日报》一九六三年四月十八日），黄波拉《红楼梦及其作者的新发现》（见《羊城晚报》一九六三年四月二十七至五月一日）和我的《记张永海关于曹雪芹的传说》（写于一九六三年三月，先后由《文学遗产》编辑部打印和中国作家协会铅印，其后收入我的《有关曹雪芹十种》中，现见本书本卷第五篇）。这一传说的涉及面很广，包括居处、葬地、一般生活、《红楼梦》的续书者等等。

对于文字和传说两种材料的使用，我认为：当只有文字材料时，那就只好根据这种材料来分析，但必须结合已知的情况恰如其分地理解其中的词汇、典故和句语，既不可扩大也不应缩小其含义；当文字材料有口头材料可以对勘时，就把两者互相印证一下，这主要是存同去异，但"异"结合其他情况考虑，也可以是真实的；当只有口头材料而无文字材料时，那就必须把口头材料同过去已经推定的有关特征，按照事实发展的规律，加以分析应用。这样，我认为就有可能得出一个对曹雪芹的大致正确的印象。

我之所以这样做是有一个想法的。我认为曹雪芹既能有意识地写出那样一部反封建的著作，塑造出那些具有叛逆性格的人物的形象，则在他的随着客观遭遇而变化的思想感情中，哪里会丝毫没有相应的表现？在曹雪芹处世接物的行动中，尽管由于种种关系表现得并不明显，却也必定会有那种和封建社会不协调的特点。本篇就是要结合文字和传说中的材料，发掘这些特点。

二 曹雪芹"身胖、头广而色黑"的传说

许多《红楼梦》的读者都很想知道曹雪芹是个什么样的形象。但是《西游记》的读者却不那么想知道吴承恩是个什么样子。我们读《水浒传》的时候，也不一定想知道施耐庵是个什么样子。我想这主要是由于资产阶级学者的"自传说"把贾宝玉和曹雪芹等同起来的缘故。贾宝玉既然是罕见的美少年，那么曹雪芹也必然是个稀有的美男子了。大家都知道"自传说"掩盖了《红楼梦》的反封建的社会政治意义，流毒甚深。因此，我们觉得有必要先谈谈曹雪芹的真实形象的问题，破除那些根据自传说而造出的、毫无事实根据的猜想。

曹雪芹"其人身胖、头广而色黑"虽然是见于裕瑞《枣窗闲笔》的文字材料，但裕瑞却是根据他所听到的口头传说记下来的。这句话大致是可靠的。裕瑞是豫良亲王修龄的第二个儿子，生于乾隆三十六年，死于道光十八年。他本人未及见曹雪芹。据他自己说，这话是听他的"前辈姻戚"讲的。按裕瑞嫡生母是傅文的女儿，他的嫂嫂是明兴的女儿。明兴、明义

都是他的母舅。从明义的《绿烟琐窗集》中的《题红楼梦》二十首诗的小序末两首诗看来,明义和曹雪芹是相识的。(一九七七年天津文物机关发现了一些明义的书简。明义称敦诚的叔父墨香为姐丈。墨香固与雪芹相识,则明义十分可能认识雪芹;即不然,他所传出有关雪芹的材料,也是很直接的。)故这一传说应该是可靠的。此外,乾隆二十五年秋,敦敏曾遇雪芹于北京城内明琳的养石轩,可知明琳必是敦敏和雪芹的共同朋友。明琳和明仁、明义都是弟兄,也都是裕瑞的"前辈姻戚"。裕瑞从明琳那里也可以听到关于雪芹的一些传说。这也可见裕瑞所记关于曹雪芹形象的传说是可信的。

　　王南石在乾隆二十七年曾经给曹雪芹画过一幅小像,画上的人物同裕瑞所记的传说中的特点是符合的,可证裕瑞的话不错。但一九六一年胡适在《海外论坛》上发表《所谓"曹雪芹小像"的迷》一文,他认为这幅像画的不是曹雪芹,并指周汝昌、俞平伯等先生和我都是"受骗"了的。为什么受了骗呢?这个散布"自传说"的"考据家"还有一段心理分析。他说:"爱读《红楼梦》的人当然都想看看贾宝玉是个什么样子。如果贾宝玉是作者曹雪芹自己的影子,那就怪不得《红楼梦》读者都想看看曹雪芹的小照是个什么样子了。……这种心情……正是周汝昌(裕按:周汝昌同志在一九七六年新版的《红楼梦新证》中,又不相信王冈此画是雪芹的像了)、吴恩裕诸君那么容易接受那幅小像的心理背景。"

　　自以为高明的胡适却猜错了:就我来讲,我并不是按着他的"自传说"的逻辑和心理才相信王冈那幅画像的。我是根据画像与裕瑞的传说符合以及其他理由,才认为那幅画像是真的。关于胡适这篇文章,既有吴世昌同志在一九六三年四月香港《大公报》上的《论王冈绘曹雪芹小像》一文中列举了许多驳斥的理由,又有朱南铣在他的《曹雪芹小像考释》(中国作家协会印稿)一文中找出了题像诗的作者们同雪芹相识的可能关系。这些已足驳倒胡适的说法。

　　胡适又说他当初看到的题像诗,不像是题一个"穷愁潦倒"的人的像的云云。殊不知,一般的题像诗总是要对那像的本人誉扬几句的。张宜泉的《题芹溪居士》,我认为就是题雪芹小像的诗。他在诗中却把雪芹说得像林和靖那样的"高人处士";尽管毫无疑问的是,敦诚的留赠雪芹诗中"举家食粥酒常赊"、"日望西山餐暮霞"那些句子更符合事实一些。连张宜泉同雪芹那样知好的朋友在题像诗中都是如此,难道和雪芹有些老关系但往还不多而又是当时的显达人物,能够在题雪芹的像的诗里突出地说雪芹"穷愁潦倒"的情况么?

关于一九六三年八月间有人从河南博物馆发现陆厚信画并题的"雪芹先生"像,大家争论颇多。我在这里不想细谈,仅把我的总看法略述如下:(一)此像与王南石所绘的像极相似,我倾向于认为二者皆雪芹像;(二)不能因陆绘为雪芹而否定王绘之为雪芹。据近年发现的新材料,知道雪芹与董邦达很熟,而董与蔡以台等题王冈所绘雪芹像的人,大都相识,故很可能画像是由董发动让王画的。题像诸人中,有的是与雪芹直接熟识的,如有一个称雪芹为"学长兄",或疑为观保,因观保有与雪芹在咸安宫官学先后同学的可能;又有称"姻长兄"的,或疑为那穆齐礼,并疑此人与平郡王家有关。但另外的一些题像者则可以同雪芹并不直接认识,而是由董邦达代请他们题的,那些人虽然同雪芹不熟,甚至未谋面,但可知道雪芹的家世、才名,又或读过雪芹的《石头记》抄本。故我认为王绘确为雪芹像。

由此可见,裕瑞所记的"传闻"是可靠的,王冈画的雪芹像是真的。那么,曹雪芹就是一个"头大、脸宽、面色较黑、身体稍胖"的人了。靖藏本第一回在"生得骨格不凡,丰神迥异"句处批云"作者自己形容",甲辰本则批云"这是真像,非幻像也"。这些批语,应该都是真话。那么,曹雪芹的形象虽如上述,但二目炯炯,神气逼人,是个令人一见就有个深刻印象的人。加上敦氏弟兄的描绘,"高谈阔论",时以"白眼"向那些他所看不起的人,岂非"野鹤在鸡群"乎?王冈的画像,虽略苍老些,然双目有神,则可以窥见。

三 狂、傲、"放达好饮"背后的思想感情

一个人的形象和他的思想感情并没有必然的关系,但是他的"处世""接物"的态度,却能反映他的思想。

曹雪芹这方面的情况,我们知道的也并不多,而且在敦敏、敦诚、张宜泉、裕瑞诸人的诗文杂记中,还有着似乎是矛盾的描绘。

据裕瑞的传说,雪芹是一个"善谈吐,风雅游戏,触境生春,闻其奇谈,娓娓然令人终日不倦;是以其书(裕按:指《红楼梦》)绝妙尽致"(见《枣窗闲笔》)的人。敦诚和敦敏也有同样的描述。敦诚曾说雪芹"高谈雄辩虱手扪"(见乾隆二十二年由喜峰口《寄怀曹雪芹(霑)》)。敦敏也曾在明琳的家里隔着一层院子便听到了雪芹的"高谈"声音(见乾隆二十五年《芹圃曹君霑别来已一载余矣……》一诗),并且说雪芹"高谈君是孟参军"(见同上诗)。在张宜泉的《伤芹溪居士》诗的注中,也看到雪芹"其人素性放达,好饮"。我们根据这些材料中的描绘,觉得雪芹是一个谈笑风生,辩才无碍,很容易和人"合"得来,而人们也喜欢他的人。

然而,在敦氏弟兄的诗中,却还有相反的描绘,说雪芹是既"狂"也"傲"、时常以"白眼"对人的人。例如敦诚曾说雪芹是"狂于阮步兵"(见乾隆四十五年《荇庄过草堂……》一诗),又说他"傲"——"接䍦倒着容君傲"(见上引《寄怀曹雪芹(霑)》一诗)。敦敏也说"傲骨如君世已奇"(见乾隆二十五年《题芹圃画石》)。而且两人都更形象地说雪芹时常予人以"白眼":"步兵白眼向人斜"(敦诚二十六年《赠芹圃》),"一醉酕醄白眼斜"(敦敏同年《赠芹圃》)。从这些描绘里,我们对曹雪芹又得到了一个相当"别扭"、很不"随和"并且时以"白眼"向人的印象。

那么,这两种不同的表现加在一个人的身上,究竟是否矛盾呢?若矛盾,到底哪一种是对的呢?若不矛盾,又怎样解释呢?我的回答是不矛盾的。而且,这两种对人的态度反而恰恰反映了雪芹真实的思想感情。

按雪芹的"狂"和"傲",不仅在他朋友的诗文中有材料可证,雪芹所以字"梦阮"也与此有关。我同意曹"霑"一名是雪芹家人为了表明"感谢皇上的恩泽"替他取的。但由"梦阮"一词的含义与"霑"字的意义毫不相涉一点来看,则"梦阮"很可能是雪芹年事已长之后自己取的。"阮"指的是魏晋时人的阮籍,亦即上引敦氏弟兄诗中的"阮步兵"。阮籍在当时是个很特别的人物。

为什么曹雪芹要梦"阮"呢?回答这个问题,我们先要知道:曹雪芹对于阮籍的评价是颇高的。他在《红楼梦》第二回中,曾借贾雨村之口,认为阮籍是属于那种"正气"和"邪气"两秉一流的人物。正气是"清明灵秀"之气,邪气是"残忍乖僻"之气。阮籍、嵇康、刘伶、陈后主、唐明皇、宋徽宗、卓文君、红拂、崔莺莺、薛涛等固然属于这一类人;那"不通世务"、"行为偏辟"、性情"乖张"的《红楼梦》中正面人物贾宝玉,也是这一流人物。可见雪芹是心仪阮籍这人而要以他为楷模,因此他才自字"梦阮"的。狂、傲、嗜饮这些特点也都正是阮籍的特点。《晋书》中《阮籍传》称:阮籍好老、庄,能啸,善琴,嗜酒,能为青白眼,傲然独得,任性不羁。虽然我们不知道雪芹能不能"啸",但据《红楼梦》来看,他好老、庄是可以肯定的。

主要的问题还在于"狂"和"傲"。我们知道阮籍的狂和傲并不是没有社会和政治内容的。他对谁狂和傲?为了什么?他又为什么那样酣醉?这些问题,我们从《晋书》中,都可以得到解答。第一,《阮籍传》里说,籍"能为青白眼,见礼法之士以白眼……由是礼法之士,疾之若仇"。那么,阮籍的狂和傲显然有社会和政治内容:他是对"礼法之士"狂和傲的。因此,阮籍的狂和傲的态度是具有反抗旧礼教的意义的。(参看鲁迅:《而已集·魏晋风度及文章与药及酒之关系》一文)第二,《阮籍传》又说籍嗜酒,"文帝(裕按:指司马昭)欲为武帝(裕按:指司马炎)求婚,籍醉六十日,不得言而止。"又"锺会欲其言可否,而致之罪,皆以酣醉获免"。可知阮籍的酣饮,也是为了当时的政治原因有消极地避事避祸之意。可见阮籍这些外在表现,都是反映他对当时的社会和政治的思想感情的——反映着他憎恨什么、喜欢什么的态度。

曹雪芹也狂、也傲、也"放达好饮",而且他还有意地自己字"梦阮"。那么,在曹雪芹的狂、傲、好饮这些表象的背后,到底有什么思想情绪呢?在我看来,曹雪芹这些表现反映着他的反现状的思想情绪,其意义远较阮籍的反他当时现状的思想意义为大。阮籍的问题是:哪一姓哪一家掌握封建政权的问题,是倾向于一姓的统治反对另一姓的统治的问题。曹雪芹则是反对整个封建制度的问题。在《红楼梦》中,我们可以看出他对一切封建政治、司法、考试制度、奴婢制度,特别是婚姻制度的揭露和抨击。具有这种反封建思想情绪的一位作家,歌颂像贾宝玉、林黛玉、晴雯那种具有叛逆性格的典型人物的一位作家,在现实生活中,他的境遇能够不"坎坷"么?他能够不感到"孤独"么?因而,他能够不对那些"卫道之士"和那些支持腐朽而不合理的封建制度的官吏们以白眼相加么?他能不傲视那些"准官僚"、"禄蠹"们么?在那"滔滔皆是"的环境和气氛中,他能不时常"一醉酕醄白眼斜"?他不可以"醉余奋扫如椽笔"来画一张嶙峋的巨石寄托他的怀感么?从这些方面设想,则曹雪芹之所以有狂、傲、嗜饮这些表现,便是很自然的事情,并且是自有其思想感情内容了。这种思想感情无疑地远比阮籍同样表现的内容,具有更大的社会和政治意义。

那么,又怎样说明这一事实和上引裕瑞对雪芹的描绘的不协调呢?我觉得这是不成问题的。具有反封建思想的人不等于他要反对封建社会中所有一切人。当曹雪芹的家庭被抄而败落、当他自己的物质生活遭到了巨变而下降的时候,他自己的思想感情也逐渐在变化。他会冷静地分析过去,憎恨过去和批判过去。但是憎恨旧制度和以白眼对待那些旧礼教旧习俗的维护者们,却并不意味着曹雪芹不可能有几个气味相投的朋友。不管是没落的天潢也好,"轻轩冕、隐渔樵"的文人也好,只要他们多少有对现状不满的一面,他们就会有共同语言,就有和曹雪芹做朋友的可能。在这些朋友们的小圈子中,也就可以听到雪芹的"高谈雄辩"的"奇谈娓娓然令人终日不倦"的声音。这和雪芹对另外一种他看不起的人施以白眼,是并不矛盾的。我认为,这种态度正说明:曹雪芹即在平常生活中的待人接物上,也是一个爱憎分明的人。这是可贵的品质。

四　辞宗学和拒苑召意味着什么?

我曾经在《有关曹雪芹八种》中的《〈四松堂集〉集外诗辑跋》一文里,考出雪芹于乾隆十年到十五六年这段时间中,在北京瞻云坊石虎胡同的右翼宗学里担任过教学(但不一定是正式教师)或其他工作。他同敦氏弟兄和其他宗室子弟大概都是在右翼宗学里结识的。曹雪芹为什么、在什么时候离开了右翼宗学? 没有材料可资判断。但在一九六三年张永海的传说中,却说雪芹是因为和老派教师搞不来,受他们的排挤,才辞去宗学职务的。张永海说:

> 他在绒线胡同的右翼宗学(裕按:误,彼时右翼宗学当在石虎胡同)当过"瑟夫",就是教师。……宗学教师每月十二斗米,还有多少两银子,生活不错。曹雪芹的年纪比旁的教师都小,又是个被抄家的人,老派的教师们就瞧不起他。曹雪芹呢,他也是个傲性子的人,嘴又好说,爱得罪人,他心想:"你们瞧不起我,我还瞧不起你们呢!"……乾隆十六年他就离开宗学,搬到西郊来住了。他是自己辞的还是宗学解职的,不知道。(见上述拙文)

张永海自己的文章中则说:

> 乾隆十六年……前后,曹雪芹辞了瑟夫的职务,去到香山……(见上述张文)

曹雪芹离开右翼宗学不管是辞职还是被解职,这一事实却意味着:"道不同不相为谋"和"合则留不合则去"。它说明曹雪芹是一个有原则性的人——他有他的主张与做法而不苟同。同时，也说明他不肯向封建社会的当权派屈服。在物质生活已经日趋下降的情况下，曹雪芹宁可放弃宗学的薪给，而断然移居西郊去过那艰困的生活，这就可见雪芹的骨头之硬和品格之高。在封建社会中，这都是难能可贵的品质。

后来，到了拒绝皇帝画苑的召请的时候，雪芹思想显然又发展和提高了一步——他决心终身著书荒村，宁愿贫困潦倒，而不给清朝的封建统治者服务了。

事实是这样。张宜泉在《题芹溪居士》一诗中说："羹调未羡青莲宠，苑召难忘立本羞。"在第二句里，他用了唐朝阎立本这一典故并且着重在立本的"羞"于做个画师，这显然是在暗示：画苑曾经找过雪芹去供职，但雪芹本人却未奉"召"。为什么呢？因为他忘不了阎立本以做画苑供奉为耻的事实。

乾隆二十几年已是曹雪芹移居西郊多年的事了。他的生活不但远不如他在右翼宗学时的情况，而且已经到了举家吃粥、卖画沽酒的程度。当此之时，有了朋友的介绍，可以得到一个维持生活的机会，而雪芹竟然不肯就。这就表明，到了这时，他已经更清楚地认识了封建统治者的丑恶、凶残面貌，并且对于他们万分的憎恨了。这样，他又怎能去做一名供他们"开心"的画苑的供奉呢！

五　高人、不遇之士、"坏人"、"疯子"之目的实质

在封建社会中，像曹雪芹那样一个因家庭败落，困居山村，穷愁著书的人是很不易被人了解的。就是和他接触的朋友，也对他有着不同的看法。例如，我们读到张宜泉有关雪芹的某些诗句，就会感到他把雪芹看成了一个隐居西山的高人逸士。特别是他的《题芹溪居士》一诗，更令人有这种感觉。全诗云：

爱将笔墨逞风流，庐结西郊别样幽。

> 门外山川供绘画，堂前花鸟入吟讴。
> 羹调未羡青莲宠，苑召难忘立本羞。
> 借问古来谁得似？野心应被白云留。

  这首诗末二句"借问古来谁得似？野心应被白云留"出自宋陈抟拒宋太宗之召的表文中。原句云："一片野心应被白云留住。"张宜泉这首诗乃是把雪芹不得已的乡居看成是避嚣，把雪芹生活的表面用自己的想法予以"美"化。我们如果根据这首诗的描绘而推断雪芹并不至穷到衣食不给的程度，那就错了。因为即在张宜泉本人，也何尝不因目击雪芹的困苦境况，而终于在《伤芹溪居士》一诗中说："琴裹坏囊声漠漠，剑横破匣影铓铓！"这两句诗吐露了雪芹才高境厄的景况。总之，认为曹雪芹是由于"清高"而远避尘嚣，去到西郊过隐逸的生活这种看法，是不符合实际情况的。

  到底是敦氏弟兄和雪芹的接触年代久些，他们又很知道曹家的旧事，因此我们今天才得从他们的诗里知道一些雪芹当日贫居西郊的情况。敦氏弟兄关于这方面的材料是可以相信的。他们那些诗，大家已经熟知，不必多引。但是读了敦氏某些诗文，又令人觉得雪芹可能是一个自叹怀才不遇式的人物。比如，敦诚在《赠芹圃》中就说"燕市歌哭悲遇合"，如果这"悲遇合"三字是指雪芹在政治上的穷通遭遇的话，那么雪芹岂不真的是《红楼梦》开卷时所说的"因见众石俱得补天，独自己无材，不堪入选，遂自怨自叹，日夜悲啼惭愧"（第一回）"怀才不遇"的那类人物了么？事实上，有许多人的确是这样来看曹雪芹的。

  我们必须要认识到，曹雪芹固然是不无个人身世之感的，而且他在《红楼梦》中也的确穿插了一些他家的事迹。但那些事迹只是作为组成故事和创造典型的素材来用的。如果说《红楼梦》全书整个都是写曹家盛衰的事实，寄个人穷通的感慨，那就显然陷入用资产阶级自然主义观点把《红楼梦》看成一部家传或个人自传的错误了。实际上《红楼梦》所包含的思想，乃是反对整个封建制度的"叛逆"思想。尽管他可能是由个人的遭际出发，但是他的落脚点却不只是厌憎和批判那给他的家庭和个人带来灾害的当时封建政权而已，而是憎恨、揭露和批判整个的封建社会制度——他是与整个封建社会制度为"敌"的。关于这一点，在以前，我们所能根据的只是《红楼梦》中的具有"叛逆"性的人物及其某些事实，如说贾宝玉是一个反封建的人物。现在根据传说，并和文字材料结合起来，可以证明曹雪芹本人也具有这种"叛逆"的思想感情。以前光读书中人物的叛逆性格，但《红楼梦》作者本人要是没有这种思想感情，他就写不出来像贾宝玉那样言行的人物了。

根据张永海的传说，当乾隆二十年雪芹住在健锐营正白旗的时候，由于连日阴雨把房子搞塌了，当时"人们"都不肯帮助他修理。原因是，他是被抄家人，"人们"认为这样的人当然是"坏人"，谁肯帮坏人的忙呢？我们听到这一传说，可能会想：曹雪芹岂不是一个为"人们"的"舆论"所不容的人了么？在这里，我们必须分清：这种看法固然是"论"，却并不见得是"舆"。为什么呢？因为香山脚下的小社会主要是由健锐营的八旗官兵及其家属所组成的社会，这些"人们"的职责是用武装维护清王朝的政权。他们的观点一般当然都是从统治者的利益出发的。他们的看法不但不能代表人民群众的看法，就是健锐营以外香山界面的其他居民的看法，也不能代表。所以把雪芹看成"坏人"虽然是一种看法，亦即是一种之"论"，但是却并不普遍，不能代表广大人民的意见，亦即并非"舆"论。稍一分析，便会知道这种看法背后的逻辑是："不合法的就是不道德的。"这显然是掌握政权阶级的逻辑。因为，在封建统治阶级的法律支配下的被剥削被统治的人民，还有另外的相反逻辑："不合法的不一定是不道德的。"但究极地说，这不是一个讲道理的问题。封建统治阶级必然是要迫使人民按着他们的逻辑来思维和判断的，尽管人们内心接受或不接受这种逻辑是要看接受者与统治阶级的利害关系如何来决定的。因此，我认为曹雪芹在健锐营一带有"坏人"之目这一传说，实际上绝不是广大人民的舆论。

在张永海的传说中，还有一个值得注意的问题，即当时还有人把雪芹

看成是个"疯子"。他说,大约在乾隆二十几年间,雪芹

> 这时……的生活越来越穷,有时全家人都吃粥。曹雪芹虽然穷,可是他什么也不管,还是一心写他的《红楼梦》。头发长了也不剃,穿着一条蓝布二褡裢(即没有领的蓝布大褂),福字履;腰里常围着一个白布包袱,包着纸笔,不管走到什么地方,想写就写。听到别人谈话里有好材料,他马上就记下来,有时和朋友们喝酒吃饭,他突然就离席跑回家里;朋友们奇怪,就在他后面跟着,到他家一看,他却又伏在桌上写《红楼梦》了。他又常常一个人在路上来回走着想,路上的行人看他奇怪,他也毫不在意。因此,就有人叫他"疯子"。(见本书本卷第五篇《记张永海关于曹雪芹的传说》)

当初我听到张永海这些话时,就想到《晋书》中《阮籍传》说阮籍"傲然独得,任性不羁","当其得意,忽忘形骸,时人多谓之'痴'"的这些话。"疯子"和"痴"是接近的,都是一种由生理的不正常而引起的精神的变态。但是,据我们所知,阮籍和曹梦阮并不是这样的情况。人们之所以说阮籍"痴"、说雪芹是"疯子",乃是说:他们那种不修边幅的形象、旁若无人的行径、玩世不恭的态度,简直像个呆子或疯子似的。曹雪芹当然不是被人当作真的疯子。须知对雪芹持这种看法的人们,只是那些统治阶级圈内的,或者是与统治阶级利害相关的,也或者是受统治阶级思想观点影响的人们。后一种人自己不是统治阶级也不一定与他们有一致的利害关系,只是观点上的糊涂不清。前两种人自幸"躬逢盛世"并想"永庆升平",哪得不整衣肃容、谨言慎行地来处世接物呢?以上是分析一下把雪芹看成疯子一方面的人们。

就雪芹这方面说,那就似乎颇有文章了。由前面"辞宗学和拒苑召意味着什么?"一节可知雪芹是无意于仕途,根本不想给封建王朝的统治阶级服务的。从他书中描绘和歌颂的是一个"潦倒不通时务"、"行为偏僻性

乖张"、"有时似傻如狂",而且还"哪管世人诽谤"的人物看来,应该断定:曹雪芹不可能没有反对所有封建社会的政治、伦理、道德等制度的思想。在这里,我们不但找到了敦敏、敦诚所看到他的"狂""傲"、他自己号"梦阮"以及他那"接䍦倒着"、"扪虱高谈"的态度的思想根源,也印证了他之所以有"疯子"之目的真正原因。一个在某些点上同李卓吾相似的人,他之所以被视为"疯子",不是可以想象的么?

这样一个人,他不在乎一切世俗的"常规",不向那些指斥和讥评他的力量屈服,具有"横眉冷对千夫指"的精神和态度,不是可以理解的么?

曹雪芹,据我们看来,就正是一个这样的人。我们不要以为他当时只是无声无嗅消极地寄居在荒山脚下,他是在那里"著书骂世"(张永海的传说中的话)。当时的"世"是什么世呢?是那个他深感其腐朽悖理的封建社会之世。他看到了不自由的婚姻制度、不合理的奴婢制度、不平等的社会经济制度……而深恶痛绝,予以"笔伐"——他是在积极地进行反封建的战斗!

他不采取理论上的驳斥方法,而是通过形象的描绘来表达他的进步的、革命的思想,这不但感人深和影响大,也在很大的程度上保证了他的书的流传。须知当日雪芹若是以理论辩驳的方式来表达他的反封建思想的话,则以清代文网之密,不但他本人会被绳之以法,他的书也会被禁被毁,无法流传,这正是曹雪芹的高明处。

一九六三年九月北京沙滩。

裕按:本篇原刊于一九六三年北京图书馆编的《图书馆季刊》。这篇文章虽写于本书所引用的曹雪芹的遗著和敦敏的《瓶湖懋斋记盛》之前,但我在这里根据史料分析雪芹的形象、思想感情及其对当时社会、政治的态度,基本上是与新发现的材料符合的。新发现的材料只能更加使我们认识到:曹雪芹晚年的世界观有所变化。

一九七二年八月十八日北京。一九七六年
八月十日改定于郑州旅次。

第三篇　曹雪芹在北京西郊的居处

解放前《红楼梦》的研究者就提出过曹雪芹在西郊的居处问题。当时材料很少，他们只根据敦诚"日望西山餐暮霞"这句诗，说曹雪芹是住在西山。但西山地区包括的范围很大，北京西北连绵二百多里的那条山脉，一般都泛称"西山"。其中包括北起昌平，南抵房山的太行山余脉。中间被永定河截为两段，南麓以马鞍山、潭柘寺为主峰，北麓以妙峰山为主峰。北麓的中段就是香山。由香山东向是青龙山，有青龙桥。南向到翠微山、八大处。在这样大一个地区里，曹雪芹当时究竟住在哪里，无法确定。

解放后，周汝昌同志在《红楼梦新证》一书的初版和再版中，曾设想这个西郊是指海淀，也未能证实。这个问题，一直没有人认真地考察研究。

从一九五四年起我开始注意有关曹雪芹的传记材料。他在西郊的居处，当然也是个重要问题。从那时起，二十三四年来，我陆续到以下各地调查访问：香山健锐营各旗营、小屯、蓝靛厂、门头村、大有庄、南辛庄的杏石口、韩家川、白家疃。接触的人，早期（即一九五四年开始调查时）的，已记不得了。一九七三年以来直到一九七六年六月十六日止的访问，曾与下述诸人谈过:白家疃的张德顺、刘兰、王荣等,香山北辛村的赵伯英,正白旗的舒成勋、南宪章、任老头、尹世林,原住北坞后迁至正白旗的王世珍,小屯的麻淑林,蓝靛厂的麻廷惠,大有庄的杨增厚,韩家川的曾汝丁,等等。其中大都是七八十岁的老人。

这些年来,由于有关传说和文字材料的陆续发现,我对这个问题的看法,也有些变化。原来我认为曹雪芹在北京西郊只有某一个住处;现在知道他在北京西郊曾几度迁徙,因而前后不止一个住处。以下先把我所知道的关于曹雪芹在西郊住处的各种说法,略加介绍。

一 关于曹雪芹迁往白家疃前在西郊居处的各种说法

(一)赵常恂先生说曹雪芹住在香山健锐营。一九五四年承德一位镶红旗满族人赵常恂先生看到我在《新观察》杂志上发表的《关于曹雪芹》一文后,来信告诉我说,他幼年在北京西城丰盛胡同满蒙文学校(相当于现在的中学)读书时,有个家住在香山健锐营的同学对他讲,他家那里的风景怎样好,星期天骑驴玩多么有趣。又说写《红楼梦》的曹雪芹当初就住在那里,当地有人还可以指出他的故居遗址,等等。

我接到他的信后,便复信问他一些详情,如:他的同学的姓名和住址以及所谓"故居遗址"所在的地名等。可惜他回信说,因事隔年久,他不但不知那位同学的下落,而且连姓名也忘记了。他的复信有云:"关于雪芹穷居北京西郊健锐营说,系出于同学友谊的闲话,并无其他作用,故余虽未能征实,确信决非诳语。"(见其一九五四年十月二十五日来函)

(二)曹未风同志说曹雪芹是住在镶黄旗营。一九五四年九月,也因看到我在《新观察》上那篇文章,曹未风同志从上海给我来信说:"记得在一九三〇年曾在北京西郊到过一个村子(在颐和园后过红山口去温泉的路上附近)名叫'镶黄旗营'。曾听到一位当地人士谈到,曹晚年就住在那里并死在那里。……事隔多年,可能记忆有误,提出来仅供参考。"

（三）周维群同志说，曹雪芹住在南辛庄的杏石口。一九六一年秋，北京市人委文化工作队根据我的《有关曹雪芹八种》，在香山南一带从事广泛调查。他们来问我一些情况并送给我一份详细的调查报告。参加那次调查的周维群同志在一九六二年四月的《北京日报》上连载过《曹雪芹的故居和坟地在哪里》一文。他认为："我考虑如果说曹雪芹的故居……在健锐营，那毋宁说在南辛庄的可能性更大些。假设曹氏故居还在的话，那应当紧贴着山根，正符合了'日望西山餐暮霞'、'门外山川供绘画'、'薜萝门巷足烟霞'等诗的意境，而南辛庄这个村子又离繁华的健锐营有一段距离，当不受其影响，真是'山村不见人'，'庐结西郊别样幽'。这样的自然村落，在二百年前用'满径蓬蒿老不华'、'衡门僻巷愁今雨'等诗句形容，也是恰到好处。"又说："要是曹雪芹的故居在健锐营时，那敦氏弟兄、张宜泉等人的诗中当出现类似'军营'、'兵房'等诗句，可是我们今天看见的却是'山村'、'黄叶村'等等，这又合乎南辛庄这样的村落。"

（四）周汝昌同志说，曹雪芹是住在卧佛寺左近的北沟村。一九六三年出版的《曹雪芹》第二十章和最近新版的《红楼梦新证》七一七页，都认为曹雪芹的郊居地址是在卧佛寺西南侧的北沟村。他根据传说，认为"曹雪芹当日的故居左近，曾有成片的竹林子，这倒是一个很好的线索"。他又引敦氏兄弟和张宜泉的诗句，说曹雪芹的"村居情况是……'碧水青山曲径斜，薜萝门巷足烟霞'，'庐结西郊别样幽'；到春夏之际是'谢草池边晓露香'，而到严冬之日则是'野浦冻云深，柴扉晚烟薄。山村不见人，夕阳寒欲落'。可见他这所小村屋是门临野水，径掩蓬蒿，是个十分幽僻甚至荒凉所在"。故他断定卧佛寺旁樱桃沟、退谷地方现在还有竹子的北沟村就正是这样一个所在。

（五）张永海说，曹雪芹先住在健锐营的正白旗营，后迁至镶黄旗西营。一九六三年三月中国作家协会要我去香山门头村正黄旗访问张永海老人，了解关于曹雪芹的传说。事后我曾写了一篇《记关于曹雪芹的传说》（见《有关曹雪芹十种》）。张永海说，曹雪芹搬到香山是按"拨旗回营"的例，住在正白旗,在四王府之西,地藏沟口左边靠近河滩的地方。那儿今天还有一棵二百多年的大槐树。他说,曹雪芹既是按拨旗回营的例住的正白旗,那他每月就应该拿四两银子,每季一石米,住三间房。他又说,乾隆二十年春天雨大,雪芹住的房子塌了,不能再住下去,他住在香山镶白旗的朋友鄂比帮他在镶黄旗营北上坡的碉楼下找到两间东房。据说曹雪芹生前就一直住在那里。关于这个问题,另有黄波拉同志一篇文章刊在《羊城晚报》上;张永海同志本人也发表过一篇文字记载,内容基本上与以上所述相同。

（六）舒成勋说,曹雪芹是住在他自己现在的住宅——正白旗三十八号。一九七二年我在安徽濉溪接到北京友人的信,说北京西郊一户居民,因拆建房屋发现复壁,其中有写在白灰墙上的诗词,据说与曹雪芹有关,并且这所房屋很可能是曹雪芹的故居。同年五月我回到北京后,文、雷（即胡文彬、周雷）同志初次来看我,说他们已经在这个地方考察过十余日。这个地方就是香山与卧佛寺之间,四王府、峒峪村一带,地藏沟口外的正白旗三十八号住户舒成勋的四间房子。后来我又同他们两度往访其地。据知,舒成勋,满洲正白旗人,他住四间北房,靠东三间是一明两暗,西面连着单独的一间。据说这四间房子已有二百多年,从他祖父起就住在这里,至今也有一百多年。那就是说,他家搬来以前已是百年老屋。房子的骨架、部位都是旧观,但二百多年中当然几经局部更换与修整。一九七一年舒君因修单独那间的西壁,拆墙时发现有复壁,壁上有诗文。舒君根据那些诗文结合传说,断定他那四间房子,就是曹雪芹当年的故居。墙上的诗词有十几首。现将似乎有关的两三首,抄在下面：

无题（七律一首）

蒙挑外差实可怕,惟有住班为难大。
往返程途走奔驰,风吹雨洒自啧嗟。
借的衣服难合体,人都穿单我还夹。
赴宅画稿犹可叹,途穷受气向谁发！　　学题拙笔

（七）席振瀛说，曹雪芹先住在镶黄旗营上面的公主坟，以后迁至正白旗营的营外民居。一九七五年我和吴恩同志往访香山正红旗的席振瀛老人。据他说，曹雪芹是包衣正白旗，包衣不能"拨旗回营"。被抄了家的人等于被剥夺了政治权利，更不能"回营"居住。所以，曹雪芹不可能住在正白旗营营子内，而是住在正白旗营外的民房。他认为，曹雪芹到了香山是住在镶黄旗营的坡上、玉皇顶下面的公主坟。乾隆时，该地有一条小街，是一般居民、小商人以及为旗营做事的更夫、马夫、杂役等居住的地方。

（八）韩永曾听说，曹雪芹的住处是蓝靛厂的火器营。一九六二年北京市文化局在上述的调查报告中，曾提到西小府的民间曲艺艺人韩永曾听人说过，曹雪芹曾在火器营住过。我访问过的席振瀛老人也说过，据传曹雪芹曾在火器营住过一个时期。

（九）席振瀛和其他人还说：曹雪芹曾住过门头村。

（十）舒成勋告诉我，他的一个朋友曾说：曹雪芹住过安河桥（在颐和园附近）一带的大有庄。

以上是关于曹雪芹迁往白家疃以前在北京西郊的住处的传说。下节说一下我现在对这些传说的分析，并结合文字材料提出我的看法。

二　曹雪芹是哪一年从北京城里迁住西郊的？

在进入解答上述问题的讨论前，有必要把曹雪芹是哪一年从北京城里迁往西郊的问题考察一下。因为在以后的讨论中，常常要以解决这个问题为前提。

曹雪芹是哪一年迁出北京的？周汝昌同志在《红楼梦新证》一书中说，是在乾隆二十一年（丙子，1756）前后。他说：

> 雪芹何时迁居山村，不可确考；唯去年敦诚犹在宗学岁试优等记名，而明年敦诚赠诗已有"残杯冷炙有德色，不如著书黄叶村"之句，可知其时盖由宗学卸职，寄居亲友一类生活阶段而转入山村僻处之交关也，颇疑迁入村居当不出本年前后。

我认为曹雪芹迁往西郊比周汝昌同志所说年代要早。据我在《〈南鹞北鸢考工志〉的成书年代》一文中所考，于叔度访曹雪芹求助是在乾隆十九年的年关。据孔祥泽君所见到的《瓶湖懋斋记盛》阙文，于叔度是出北京西城门走了一程，不觉已到了雪芹的居处的。这个西城门应该就是西直门，可见雪芹那时已经住在西郊了。雪芹在《南鹞北鸢考工志》的自序中说，他那时已经"困惫久矣"。结合他是因生活困窘而迁往郊居的这一情况，那么他当是在十九年前的数年就已经因贫而郊居了的。看这"困惫久矣"的语气，姑假定它是三数年，那么雪芹之迁往西郊，也就应该是在乾隆十五、十六年间了。

即看敦诚乾隆二十二年从喜峰口寄雪芹的"君又无乃将军后，于今环堵蓬蒿屯；扬州旧梦久已绝，且著临邛犊鼻裈……当时虎门数晨夕，西窗剪烛风雨昏"这些诗句的语气，也都可以说明：那时（即乾隆二十一年时）曹雪芹和他们分手，去西郊山村继续写书，已经不是很短时期的事了。

三　我对上述各种传说的看法

前面已经说过,过去我们谈曹雪芹在西郊的住处,都是说他不是住在甲处就是住在乙处或丙处,忽略了这样一个可能,即他甲、乙、丙三个地方先后都住过。经过我在一九七六年的重新调查,知道曹雪芹在迁往白家疃之前,他在西郊所住的地方,并不限于香山健锐营。

以下集中谈几个大问题:

(一)曹雪芹在西郊香山健锐营的公主坟即镶黄旗营的北上坡和正白旗住过,但不可能住北沟村。

先说为什么不大可能是北沟村。第一,周汝昌同志根据传说,认为北沟村一带的竹林是一个探讨雪芹居处的"很好的线索"。我认为二百多年来,竹林的变化很大,即使乾隆时该地有整片的竹林,但现在却没有,有的只是一小丛竹而已。反之,即使现在有,也不能证明二百多年前该地也有。所以拿竹林为线索是很靠不住的。第二,周认为曹当时的居处是个"十分幽僻甚至荒凉所在",我认为这大概是对的。但即使现在我们也很难说北沟村"幽僻"、"荒凉",何况乾隆廿几年时,香山是几千健锐营兵丁及其家属聚居之地,那个小地方人烟之密,店铺之多,可以想象。乾隆皇帝又时常"光顾"那里,其随行大小人员之众,更不待言。恰恰在这样地区内的一个近在咫尺的角落的村子,哪里说得上是幽僻荒凉?第三,周又引了敦氏弟兄和张宜泉一些诗句,来证明北沟村的自然环境与诗中所描绘的符合。据我看,也并不那么符合。姑举一例,但也是根据周所引敦诚关于曹雪芹西郊居处的诗句"日望西山餐暮霞",则曹的居处应该不是坐东向西便是坐北向南的了,而绝对不可能是坐西向东。如果曹雪芹是住在北沟村的话,那他就只能"日望东山餐朝霞"了。因为北沟村正是位于西面的山根下,在那里能"日望"地藏沟,但那是东;也能望卧佛寺,但那是北。我们总不能假定曹雪芹每天走出屋来,转过身子来回"望"那就在鼻子前面的西山罢？第四,尤其重要的是,敦敏、敦诚这些诗都是写于乾隆廿六年的诗,那时雪芹早已迁往白家疃了。周所引张宜泉那句"庐结西郊别样幽",过去大家都认为不过是"住"在西郊而已。现在由于《瓶湖懋斋记盛》残文的发现,我们才知道这个"结"字是盖房子的意思。当初那陶渊明的"结庐在人境"的"结"字也是盖房子的意思,不是单纯说自己住在那里。故周汝昌同志用乾隆二十三年以后,亦即曹雪芹迁往白家疃以后,他的朋友们给他诗中的句子,来印证他在香山居处的自然景色,是完全不适合的。

再说我认为他在健锐营住过的两个居处。曹住健锐营是赵常恂在一九五四年提出的。这是我们所知道讲曹雪芹在西郊居处的第一个具体的说法。但健锐营有八个营,到底是哪个营？还需要进一步调查。后来曹未风提出镶黄旗营,但他所讲的"过红山口去温泉的路上"却没有一个镶黄旗营。圆明园八旗兵营,有一个镶黄旗营,但那个营的坐落也绝不是"过红山口去温泉的路上"。我在一九五四年曾设想香山的红山头或者就是曹未风所说的"红山口",但"头"和"口"显然不是一地,何况他既肯定地说是在"去温泉的路上",而又是他"到过的一个村子"。所以,我的设想就讲不通了。一九七六年夏,我又为了这事去韩家川一带调查一下。结果,那里的人没有人说那一带有个"镶黄旗营",也没有人知道曹雪芹曾在那里住过。我现在怀疑:或者,曹未风去过的那个村子就是白家疃村,他把名字记错了。或者,他把后来听到雪芹住过香山镶黄旗营的传说,给混在一起了。白家疃正是在去温泉的路上,而且是玩妙峰山必经之路。俞平伯先生在看到我在一九七三年二月号《文物》杂志上发表的《曹雪芹的佚著及其传记材料的发现》一文后,给我的信上曾说:

……白家疃,昔年游妙峰时曾屡过之,却不知曹氏旧居近在咫尺,可谓失之交臂。足下今亲履其地,以之印证各家之诗,风景宛然在目,其为"结庐"遗址自无可疑,亦治"红学"者之一快也。……

曹未风当时是否去玩妙峰山,我们不知道。但据我一九三〇年在清华大学读书时所知,当时学生去游妙峰山的颇多,曹未风当时也是清华学生,虽他去过妙峰山否不可知,但他走的这条路确是俞先生函中所说的同一条路。根据我一九五四年在香山健锐营的调查访问,再结合一九五四年赵常恂、曹未风,一九六三年张永海,一九七三年舒成勋,一九七五年席振瀛对我讲的传说,我们大致可以得出这样一个推断:即曹雪芹在香山的健锐营一带住过,居处地点是镶黄旗营上边、玉皇顶下面的公主坟亦即北上坡和正白旗两处。

雪芹在香山住过两个地方,张永海和舒成勋都肯定,席振瀛也不否定。结合雪芹因雨大屋塌,不得不迁移的传说,则他在香山不止住过一个地方,大概也是不错的。

但是究竟是先住公主坟,还是先住正白旗?张永海认为先住正白旗,后迁至镶黄旗营的北上坡,亦即公主坟。席振瀛却认为先住在公主坟,后迁至正白旗。我在《有关曹雪芹十种》中,接受了张永海的说法,现在我看席振瀛的说法,也不无道理。好在,先住哪里并不重要,总之,曹雪芹在这两个地方都住过。

但另外两个问题却是重要的,即曹雪芹住正白旗的时候是不是住在正白旗营子里面?雪芹的房屋是不是像舒成勋所说的,就是他现在所住的房子?

关于前一个问题,一九六三年张永海认为:曹雪芹是按"拨旗回营"的例住香山的,故他一定是住在正白旗营子里面,并且每月拿例银例米。但据一九七五年席振瀛说,曹雪芹是包衣旗,不能"拨旗回营"居住,而且曹家被抄后等于被剥夺了政治权利,更不可能"回营"居住。据一九六三年北京市文化局的调查报告,他们经几个月的时间,广泛地调查研究,得知当时"各营都有营墙","营房属于禁地,从不允许外人居住"。曹雪芹既非各营的成员,他就不可能住在正白旗营子里面。这就自然得出这样一个结果:曹雪芹当时是住在正白旗营子外附近的一般居民房屋里。他的住处是在从正白旗营下的河滩向峒峪村去的中间一带的某一个地方。究竟是哪个地方？那就不易判断了。好在那块地方并不大，我们知道曹雪芹住过那一带就行了。

关于现在正白旗三十八号舒成勋的住宅，是不是当日雪芹的故居，我在这里需要多谈几句。从一九七二年我自安徽回北京到现在这五年中，我已去过舒成勋那里多次，同舒君也谈过多次。他认为：他的那四间房子就是曹雪芹当日在正白旗的居处。他的主要根据是他修房拆墙时发现写在复墙上的一些诗句。其次根据屋中门窗格式的图案、房子木料的陈旧程度，断定这是二百多年前的旧屋。

我认为：舒成勋的四间房子是两百年前的旧屋这一点，并不能直接说明那是曹雪芹的故居所在。那墙上的诗句，我在一九七二年第一次看过后，就认为绝不是曹雪芹的诗。后来看到了吴世昌同志一九七一年六月九日的《调查香山健锐营正白旗老屋题诗报告》（打印本），知道他的看法和我的相同，但他分析得比较详细。就诗的本身言，墙上的那些诗可以断定绝非雪芹所作。吴世昌同志在报告中有"关于墙上题诗的年代"一段，很有说服力。他说：

> 上文所录破墙上扇形题诗（裕按：即本文上引"富贵途人骨肉亲……"一首），记有"岁在丙寅清和月下旬"字样。按百年以前的丙寅，最近者为同治五年（1866），其时舒家祖上已迁入，墙诗既非舒家之人所题，当再上推一甲子，即嘉庆十一年（1806）丙寅。再早为乾隆十一年（1746）丙寅，当时传说中鄂比赠雪芹的对联（裕按：即张永海首先传说鄂比赠雪芹之上引"远富近贫以礼相交……"一联）尚未出现，雪芹也还没有移居郊外。墙上的丙寅，可以定为一八〇六年，其时雪芹已死了四十多年。

我还可以加上一点，即鄂比那一副对联，在舒成勋的墙上被写成菱（◇）

形,最后以"真不错"三字足成这个菱形。我认为:这也可以证明非曹雪芹自己所书,因为旁人赞美他的话,他绝不会自己再来说什么"真不错"的。

因此,我最后认为:舒成勋的住宅不能断定是雪芹在正白旗的居处,虽然雪芹当日在正白旗的居处也必定在那个地方的附近。

关于曹雪芹住过镶黄旗营北上坡即公主坟的问题,张永海、席振瀛、舒成勋的说法都是一致的,曹未风所说的"镶黄旗营",实际上也就是这里的镶黄旗营,而不可能是圆明园的镶黄旗营,更不可能是火器营的镶黄旗营。结合乾隆时公主坟一带为一般居民聚居之地,雪芹既非"拨旗回营",既不能在营子里面住,则他曾住过公主坟,是完全可能的。

(二)曹雪芹在北京西郊也住过火器营——蓝靛厂,而且很可能是迁出北京城后的头一个郊居所在。

北京市文化工作队一九六二年曾听到民间曲艺艺人韩永讲过,我在一九七五年听席振瀛也说过,曹雪芹曾经在蓝靛厂的火器营住过。这一传说的真实性很大。我们现在还可以找到两个佐证。

第一,孔祥泽君据敦敏的《瓶湖懋斋记盛》下半篇(原文始终未见到)所写的《懋斋记盛的故事》稿本中曾说,于叔度在乾隆十九年因家贫无以自给,儿女啼饥号寒,把妻儿送往岳家之后,自己信步出城,意欲觅地自杀不果时,又继续向前走,"不觉地"就走近了雪芹的住处的。按于叔度信步出城很大的可能是出的西直门。从西直门要是到香山正白旗,那可是三十来里的路程,绝不是"信步"、"不觉地"就能够走到的。但倘使雪芹最初迁出北京城,先住在火器营所在地的蓝靛厂一带,那就是可以较快走到的了。故雪芹住过火器营的传说,似非无据。

此外,白媪对敦敏所说的"因闻雪芹又将远徙"这句话中的"又"字,也说明雪芹于乾隆二十三年迁往白家疃,绝不是在城外第一次的"远徙"。那就是说,从香山迁往白家疃,至少是第二次的"远徙"了。那么,第一次的"远徙"是不是从火器营迁到香山健锐营呢?我认为有可能。

第二,一九七六年六月七日我曾同吴茜同志到蓝靛厂访问过八十一岁的回民老人麻廷惠。麻廷惠家世世代代都给人打夯,打夯时为了减轻劳动的辛苦经常唱夯歌。其中有一个夯歌就是关于《红楼梦》的。这位麻老先生精神极好,记忆也不差,他不识字,但凭记忆给我们背出七十多句,内容是叙说宝玉去探黛玉病的。夯歌的头几句道:

> 数九隆冬冷飕冰,滴水檐前挂上冰凌。
> 百草花开败树叶落地,松树开花万年青。
> 有才子留下半本《红楼梦》,列位不知尊耳是听:
> …………

下面的情节是:贾宝玉在大观园里游花逛景,忽见紫鹃和雪雁走来,便让她们引路去潇湘馆看黛玉,当时在病中的黛玉正睡午觉,醒后两人谈话,不外叙说病情,最后黛玉说了一些感伤的话;中间还有些陈述黛玉房中摆设的句子。

我认为,"红楼梦夯歌"在蓝靛厂、小屯一带的流传,和张永海家从乾隆年间以来就世代相传地在香山一带唱《红楼梦》的莲花落,都同样可以作为曹雪芹曾经住过这两个地方的佐证。

从上述于叔度在乾隆十九年冬访雪芹的情况看来,雪芹迁出北京后第一个住处就应该是蓝靛厂,即火器营的所在地。从这里逐步经其他地方(如杏石口、门头村等),才迁到香山的。

关于曹雪芹是否在南辛庄的杏石口住过,我的看法是这样:周维群认为雪芹既在这里住过就没有住过香山的看法,是不对的。根据王大中所说,他幼年听老师说,曹雪芹的坟在杏石口,结合北京市文化工作队同志们的调查,我认为曹雪芹不是没有可能住过杏石口的。但即使住过,也是远在乾隆廿三年以前,故决不能拿二敦及张宜泉的诗句来做他住过那里的证明。而且,调查报告中所谓"荒凉幽僻的所在",在北京西郊是到处皆是的。

我对曹雪芹迁居白家疃前在西郊住处的看法，大致就是这样。

四　乾隆廿三年春夏之际曹雪芹由香山迁往白家疃村

曹雪芹于乾隆二十三年迁往北京西郊去温泉路上的白家疃村，是见之于文字材料《瓶湖懋斋记盛》的，不容怀疑。但是，香山的舒成勋同志却认为雪芹之由香山移住白家疃是不可能的。他对我说，曹雪芹的生活来源是靠官家发的每月例银和例米，他只有在他自己所属的香山正白旗才能领到，若迁到白家疃就不行了。舒成勋的这一说法是以"拨旗回营"说为基础的。如果曹雪芹之住香山不属于"拨旗回营"的范围，那就不发生领例米例银的问题，因而也就不能用这个理由说雪芹不可能迁出香山健锐营。根据席振瀛的传说和北京市文化工作队的调查，事实也是这样：曹雪芹正是因为生活困窘才由北京城内迁到蓝靛厂的火器营、香山的健锐营居住的，并不是什么"拨旗回营"。

关于雪芹迁往白家疃的事实，又有人以为：香山距白家疃，如果从香山奔颐和园，再由颐和园转赴温泉的路上去白家疃，那就有七十多里的路程，因而不太可能。我认为，倘使这样走法，两处的确相离很远。但经过多次访问两地的居民后，得知从香山去白家疃有一条极近的山路。这条山路是由卧佛寺后登山向西北行，行至山顶，再向山下走，大约不过十里多路，即到达了白家疃村。据两地居民说，长期以来，两地居民交往、婚嫁等接触，都走的是这条路。我自一九七二年由皖北回北京后，曾数往两地访问，只是没有走过这条路。直到一九七六年四月某日，我才同吴茜同志去过一次传说曹雪芹曾借住过的玉皇顶寺寓遗址，又从山上走到卧佛寺的后山顶，看到了通向白家疃的那条山路。这条路相当宽，由于不断有人走，草已不生长了；到了同卧佛寺接近的一段，还铺上了石。据白家疃的老人估计，曹雪芹当初由香山迁往白家疃一定是走这条路的。这一事实解决了因两地相隔很远而否定迁居可能的疑难。

白家疃距北京西直门约七十里。现属海淀分局某派出所管界。从颐和园乘去温泉的公共汽车,沿途经安河桥、红山口、黑山扈、东北旺、西北旺、果林队、韩家川、亮甲店、屯店大桥、太舟坞、黑龙潭即至白家疃东口。雪芹的住处是在白家疃西口的车站下车,过此即苗圃,再前一站,即为温泉。

我初访白家疃是在一九七二年十月二十四日。从颐和园出发后,可以看到这条路左侧是延绵不断的山。到了白家疃,这条山脉便由南向北伸展下去。雪芹故居所在的白家疃西口,距离这由南向北转折的地方很近。这条山脉下还有人工修整的一道长河。在汽车上看,沿途风景,颇为秀丽。

我那次往访时,承当地有关的同志协助,得与七八位八九十岁的老人聚谈。他们提供了很有用的材料。据他们说,村西有一河滩,春夏之际有水,是从南山流下来的。那里还有一座小石桥,至今已有两百多年了。石桥是用四块巨石组成的,既笨重,又无大用处,对居民也没有什么妨害,以故二百多年来一直原样不动地放在那里。

得到了几位老人这项很有用处的线索,我参照敦诚《瓶湖懋斋记盛》中所说:

〔其地〕有小溪阻路,隔岸望之,土屋四〔间〕,斜向西南,筑〔石〕为壁,断枝为椽,垣堵不齐,户牖不全,而院落整洁,编篱成锦,蔓植杞藤□□□□□,有陋巷箪瓢〔之乐〕,得醉月迷花之趣。循溪北行,越〔石〕桥〔乃达〕。①

沿着小溪在山根下的源头走下去,也就正是"循溪北行"。若按现在的公路走,应说南行才是。敦敏之所以说"北"行者,大概因乾隆时车马走的路

---

① 案"越〔石〕桥〔乃达〕",后经细察孔祥泽描摹的底稿,应作"越〔石〕桥〔再南折〕"方是。(一九七九年六月廿日于北京沙滩。)

都在山根,而由山根向石桥的方向走则是"北行"。走到石桥,"越〔石〕桥乃达"到曹雪芹的居处了。

现在的小溪已经干涸,二百多年来,溪床早被冲积得和地面一样高了。在当时小溪有水的情况下,敦敏从石桥的这边向小溪对岸望去,可以看到曹雪芹所居"以石为壁"的"土屋四间"及其"垣堵不齐,户牖不全"的情况。可见当日雪芹的房子离小桥是很近的。敦敏又说雪芹的"院落整洁"、"编篱成锦"。可见雪芹已把他编织的艺术应用到美化他的小天地上了。由于这些,敦敏才说:"有陋巷箪瓢〔之乐〕,得醉月迷花之趣。"

四间土屋的痕迹,早已不可见。但大致所在,则可指出应是越桥西南的地方。其地之东北十余步,据说有一间五道庙,至今尚有遗址可稽。正西有□□庙,尚有较大的遗址。敦敏说土屋是"斜向西南"云云,系因他当时骑着马从桥东向桥西南看,雪芹新居是在"西南"方向,并非房址"斜向西南"。按其地居民房舍,大都正南正北,正东正西。雪芹的新居,似不会例外。这四间土屋显然是杂七杂八凑成的。据敦敏所记,那个白媪,就亲口告诉过他说,她曾经以祖茔旁边的树木帮助曹雪芹建新居。我以前写《曹雪芹的故事》时,曾设想他在西郊的房子是四间,而且是三间自成一明两暗的格局,另外又有一单间。现在看来,这个设想正与敦敏所述巧合。曹雪芹给白媪住的就应该是这另外的一间。他自己的三间则是他同他的孩子(即敦诚《挽曹雪芹》诗中的"孤儿",此子至壬午年夭亡)以及后来娶的夫人(即《挽诗》中的"新妇",大概是庚辰年所娶)住的。

从曹雪芹的居处西行五里许,有一突起的高山,名成子山,树木青葱茂密,山上有个娘娘庙。它的北侧还有一座突起较低的山,也有林木。这两座山的背后,还有与南面的山连接起来一直伸向温泉方向的远山。据白家疃生产队长说,这座山才是真正的"西山"。

拿白家疃村的实地情况来和曹雪芹朋友们的诗句印证,则知敦敏的诗"日望西山餐暮霞"中的"西山"乃是指的这座山,不是香山一带的山。因为敦敏诗是乾隆二十六年(辛巳,1761)往访曹雪芹时的留赠诗,其时曹雪芹迁居白家疃已有四年之久了。张宜泉的《题芹溪居士》一诗中说"庐结西郊别样幽"中的"结"字，现在才知道是"自己盖房子"的意思。同时，我们也因而得知张诗是乾隆二十三年以后写的。同诗中"门外山川供绘画"句，也是描写白家疃这里，而不是健锐营一带的景色。敦敏和敦诚乾隆二十六年来访雪芹的留赠诗中有"满径蓬蒿"、"薜萝门巷"等词句，也可与"垣堵不齐，户牖不全，而院落整洁，编篱成锦，蔓植杞藤……"诸句相印证。

曹雪芹在白家疃的住处，是在村的最西头。根据老人们说，早年河滩（亦即敦敏所谓"小溪"）西面根本没有住户。河滩东面，从怡亲王允祥建的戏楼起到石桥约二百米的一带地方也没有居民的屋舍。大概怡亲王既在那里兴建别墅，就禁止居民在别墅的西面建屋了。雪芹当时的居处大概是这样：西有个庙宇，东、南都无人居住，东北是大花栏和小花栏，两片茔地。看来乾隆二十三年曹雪芹在这里"结庐"的时候，这个地方应该是很荒凉的。也可见张宜泉"寂寞西郊人到罕"这句诗，正合当时当地的情况。

有人说曹雪芹之筑茅屋于荒岰与允祥有关，这是很可商榷的。按雍正三年曾派允祥（和硕怡贤亲王）在白家疃那里管理水利、营田事务。但雍正八年，允祥就病死了。允祥与曹家固然有些关系。雍正五年十二月曹𫖯在北京被扣时，雍正就把曹𫖯交给允祥，由允祥传奏他的事。关于这一点，请参看本书卷七第二篇《现存己卯本〈石头记〉底本来源的推测——弘晓和曹家、曹雪芹及敦诚、墨香、明义等〈石头记〉早期抄本收藏者的关系》。但是，曹雪芹迁往白家疃村，上距允祥之死已有廿九年之久，不可能有任何关系；况且曹雪芹绝非趋炎附势者流，如何能够设想他为此而迁往白家疃呢！曹雪芹从香山迁往白家疃的原因不能确考。敦敏记那位白媪的话是现存唯一有关的材料。但她也只对敦敏说"因闻雪芹又〔将远〕徙"而已，至于为什么要"远徙"，她也没有说出或者不知道。

据我们今天估计，他的再迁有以下几种可能性。

第一，是为了经济原因。健锐营一带是八旗兵营驻在地，连官带兵，又加上他们的家属，特别是其地也是阔人常去的地方，有一定的特殊性，推想当地生活水平不会太低，曹雪芹当时已经到了鬻画维生的景况，久住也难维持下去。

第二，健锐营的小社会中大半是与八旗有关的人，那时当地的社会风习，一般看法和"舆"论，都是接近统治者的观点的，曹雪芹讨厌这些，为了避嚣，他又远徙至白家疃。

第三，张永海的传说中，曾说有一次大雨曹雪芹的屋塌了，但由于人们认为他有政治上的"问题"，无人给修葺。不知此事发生在其香山第一个住处还是第二个住处。如系第二个住处，则因此而迁往白家疃，固然是很自然的，但如果是这样搬家，则必是急迁，哪里容许从从容容地新盖房子？且据白媪所说"因闻雪芹又〔将远〕徙"的话来看，也不像是"迫不及待"的情况。

第四，曹在香山居处的情况既是像第二条所说那样，又恰值白家疃可能有相识的朋友怂恿，又有白媪助以盖房子用的木料，于是就在那里起盖新居，迁到那里去了。且其地"泉甘木茂"（引允祥死后所立碑文中语），风景甚佳，以至允祥当日因喜欢那里，而想"诛茅筑馆，置为别〔业〕"。不想"工木未毕"，他就病死了。于是才改别墅为祠堂，这就是遗留到今天的贤王祠。

张宜泉的诗"爱将笔墨逞风流，庐结西郊别样幽，门外山川供绘画，堂前花鸟入吟讴"（下略），诗中所写的不正是一个远避尘嚣，专心著书的所在么？所以，我认为曹雪芹迁居白家疃的原因，大概是以这最后一条为主，第一、二条也不无关系。

关于白家疃还有一点应该提及。即当日允祥在这里兴修水利，必然大事挖沟修渠，这就必不可免地要占用一定数量的民田。有的自耕农因土地被占用而影响生计，也有的虽然是租佃地主的土地，但也会因所耕之田被占用而无地可耕。人民群众对此当然是痛恨的。我们读到早期抄本

《石头记》第一回甄士隐同他妻子商量要到田庄上去时,作者说:

　　……偏值近年,水旱不收,鼠盗蜂起,无非抢田夺地,民不安生……

按盗贼只能抢掠动产,如何能"抢田夺地"？我认为曹雪芹有感于统治阶级强占民田,以致农民不得安生,才写出这样表面上似乎不通而实质上是在揭露统治阶级罪恶的文字。我们若再注意一下那个"鼠盗"的"鼠"字,因而联想到《诗》里面的《硕鼠》一章,就更会相信:曹雪芹在这里说的是那些搜刮民财吃得肥头大耳的"硕鼠"——封建官僚地主亦即当时的统治阶级了。

　　一九七三年五月脱稿,一九七七年五月改定于沙滩。

第四篇　敦敏、敦诚和曹雪芹

在曹雪芹的交游中,敦敏和敦诚是他的两个最熟的朋友。我们今天能够得知雪芹生平的梗概,主要是靠敦氏兄弟留给我们的材料。本篇略考敦敏敦诚和曹雪芹的关系。

敦敏字子明,《爱新觉罗宗谱》作"敦明",是错了。他是清太祖努尔哈赤第十二子英亲王阿济格的五世孙,理事官瑚玧的长子。他弟兄共五人,二弟敦诚,下文详谈。三弟敦义,五岁就死了。四弟敦祺,卒年四十一岁。五弟敦舒,四岁卒。敦敏生于雍正七年,死年大约在嘉庆元年。宗谱说他死于乾隆三十七年,也是错误的。因为到嘉庆元年,他还给他的亡弟敦诚写了一篇《敬亭小传》。

敦敏少时在家塾读书,后来进了宗学。据敦诚的《先祖妣瓜尔佳氏太夫人行述》,乾隆二十年敦敏和敦诚一起参加宗学的"岁试",考列优等,当时他是二十七岁。乾隆二十二年正是他二十九岁的时候,他的父亲瑚玧在山海关司榷事,他也在锦州做过税官。据敦诚的《鹪鹩庵笔麈》说,"子明兄自锦州榷事归",又《懋斋诗钞》庚辰诗有《秋夜偶思丁丑岁居锦州天桥厂》一题,而丁丑即乾隆二十二年,都可证明。据《宗谱》,他在乾隆三十一年才授右翼宗学副管。四十年改授右翼宗学总管,四十八年因病告退宗学总管的职务。

敦敏虽然是所谓"天潢"贵族,但在当时却不是显贵。他的五世祖阿济格被赐自尽并黜了宗籍这件事情,对于他的后人影响很大。敦敏为人比较热衷些,乾隆二十七年,他因"挑选未就",在他给汪易堂的题壁诗中自称为"失意客"。虽然不过四年他就做了右翼宗学副管,后九年又改授右翼宗学的总管,但他仍觉得未展生平怀抱。大约在乾隆六十年,他的堂弟宜兴做仓场侍郎的时候,有一次他们同在通州联床夜话,他还有这样老而不遇之感的诗:"羡君有志家声远,老我无才旧业荒。"这时他已经是六十七岁的老人了。

敦敏住在北京内城西南城角太平湖侧的槐园。据《乾隆京城图》,太平湖乾隆时还有水,通臭水河。敦诚在《山月对酒有怀子明先生》一诗中也说:"定知清梦迷烟树,湖上南园听雁鸿。"句中的"南园"即指敦敏的住处槐园。因敦诚此诗的自注有云:"兄家在槐园太平湖侧。"这太平湖的槐园,当时还颇有林邱之胜,敦诚《夜宿槐园(伯兄子明宅)步月》诗中有云:"砧杵千家月一钩,酒人连袂坐林邱。"可是,由于敦敏的生活景况并不充裕,槐园似乎也久失修葺,有他自己描写他这个园子的诗句"荒园径合青藓斑,小斋壁染苔纹绣"可证。由于槐园是曹雪芹常到的地方,我在一九五六年暮春曾经去过一次,已经是什么遗迹都看不到了。湖水是干了,槐园旧址在湖的东侧,听当地老旗人宗室说,清末时槐园旧址是袁家花园,现在还有些土邱,是一个工厂的所在地。

敦敏的生活和一般满洲文人差不多:喝酒和作诗。他的生活本不算宽裕。他曾经为了做春衣把冬天的皮袍典质出去。他在《典裘》一诗中说:典了皮袍是为做春天的衣服,可是还剩下几个钱,那么,就拿来喝酒,酒干了不要紧,新做的春服还可以拿出去换酒。这就是八旗文人生活的一般情况。槐园就是他平时和他许多朋友们饮酒赋诗聚会的地方。他的师友有黄去非、张云汀、曹雪芹以及后来的永忠、永㥣等。

敦敏很想望着逛逛江南,但他始终只能赋"我梦江南犹未得"而已。他的足迹所至不过榆关、锦州、卢龙、松亭、连山、通州、东皋这些地方。

据我关于"虎门"的考证,可知曹雪芹和敦氏弟兄的结识是在所谓"虎门"。所谓"虎门"就是北京西单牌楼北石虎胡同的右翼宗学。敦诚《寄怀曹雪芹(霑)》诗中"当时虎门数晨夕,西窗剪烛风雨昏;接䍦倒着容君傲,高谈雄辩虱手扪"之句,所指的就是在右翼宗学的事情。

当时敦敏和敦诚是宗学里的学生,雪芹比他们年长十几岁,是宗学中的职员或助教。他们在宗学里接触的时间,大约是由乾隆九年敦氏兄弟入宗学时起,直到乾隆十五六年这段时间之内。因为敦氏弟兄虽然在宗学待到乾隆十九年,但雪芹却已于乾隆十五六年离开宗学了。

乾隆二十七年为曹雪芹题像诸人中的观保、钱大昕、倪承宽、谢墉、钱载、那穆齐礼和蔡以台中的某几人,就有可能是曹雪芹在右翼宗学任职这段时期结识的。

此外,敦诚在《重游陶然亭记》中曾说,宗室敏诚,即寅圃于是年就官,而他在雪芹和寅圃死后写的《哭复斋文》中说:"未知先生与寅圃、雪芹诸子,相逢于地下,作何言笑,可话及仆辈念悼亡友之情否?"寅圃也在宗学读过书,可见雪芹和寅圃也相识,而他们的相识,早在这个时期就有可能。复斋也是宗学出身,但稍晚些,他和雪芹的结识可能也是在宗学这个时期。

乾隆二十三年春夏之际,雪芹迁居白家疃。这一年夏秋,敦敏曾两访雪芹于其新居。冬,又与雪芹、董邦达、过子龢、端隽等有槐园懋斋之会。其详况见本书有关各篇。

二十四年秋,雪芹大概有南京之行。

乾隆二十五年的秋天,敦敏有一次去到北京某地明琳的养石轩,隔院听到似乎是雪芹"高谈"的声音,他遂急去相访,果然是雪芹。本来他们在前一年还见过面的,因为敦敏诗序中说:"芹圃曹君(霑),别来已一载余矣。"可见他们在乾隆二十三或二十四年曾经会过面。在雪芹去南京分别一年多以后,并未听说雪芹归来,偶然碰到旧友,所以敦敏自己说是"惊喜意外"。正因为久别重逢,所以敦敏才"呼酒话旧事",对于与雪芹年来的聚散有如浮云的无定,深致感慨;又对雪芹当时贫困落拓"燕市悲歌"的景况,和从前"秦淮旧梦"的繁华对比,不胜同情。

　　同年,敦敏给雪芹画的一幅石题了一首诗,由敦诗可知雪芹尝于醉后画石,以舒其胸中不平之气。这幅画,很可能就是送给敦敏的,我还疑心也就是张政烺先生告诉我他在十余年前所看到的那幅画。据张先生说,一九四六年端午节前,琉璃厂书商持画一幅求售。画为一条屏,中绘一巨石,左侧有由上到下之题诗,诗句已忘却,画者署名"梦阮",又下图章一方,亦曰"梦阮"。据书贾称,是作《红楼梦》的曹雪芹画的。但张先生当时以既无"曹"字,也没有"雪芹"字样,故未置信。等到近年由张宜泉的《春柳堂诗稿》中得知雪芹实字"梦阮"后,他才大悔不置,但已无法踪迹求之了。

　　乾隆二十六年秋天,敦敏和敦诚大概曾经联袂去西郊白家疃访过雪芹,敦敏有纪事诗或留赠诗。诗中对雪芹"薜萝门巷"的村居,卖画沽酒的生活,以及所谓"燕市悲歌"、"秦淮风月"的新愁旧恨,再致他的同情之意。当时雪芹的新居据张宜泉描绘,十分幽静,门前有山有水。乾隆二十六年深秋或初冬,敦敏又曾到白家疃去访雪芹,但未遇。他写了一首《访曹雪芹不值》的诗。由诗中可以看出:雪芹居处是"柴扉晚烟薄"、"山村不见人"的冷落景象。

　　乾隆二十七年的秋天,雪芹来到北京宣武门内的槐园访敦敏,第二天清早在槐园遇到了敦诚。这次会晤,将于下文谈敦诚和曹雪芹时详述。

　　乾隆二十八年旧历二月末一日,敦敏曾用小诗代柬,请雪芹由西郊进城,到槐园吃酒。他的诗中有"诗才忆曹植"的句子。敦敏一直是看重雪芹的,乾隆二十五年他记载他们在明琳的宅子相遇的诗中,就称雪芹是"野鹤在鸡群"。乾隆二十八年除夕雪芹死后,翌年初春,敦敏在潞河某处同他的朋友们登楼共饮时,想起了和雪芹生前同样的聚会,不禁有"逝水不留诗客杳,登楼空忆酒徒非"的凄苦之感。

敦敏和雪芹的有关事迹,现所知者,不过这样。

敦诚字敬亭,号松堂,是敦敏的胞弟。他十五岁时过继给他的九叔祖定庵的已故子宁仁为嗣,敦诚生于雍正十二年,死于乾隆五十六年。他五岁入家塾,十一岁进右翼宗学,又曾从他的叔父月山学。在他读书的各阶段中,都受到师长的称赞。月山称他:"兄弟齐名似陆云,行年总角学能勤。"(见《月山诗集》)敦敏在其所写《敬亭小传》中也说:"执经问难,为师长所期许。"他在二十二岁时与敦敏一同参加宗学的"岁试",因为考列优等,得到了乾隆的"恩赐笔墨",并以宗人府笔帖式记名。乾隆二十二年他的父亲瑚玠正在司榷山海关的时候,他受父命"分榷松亭"。乾隆二十四年瑚玠革职回北京,敦诚也就不在松亭关司分榷了。到了乾隆三十一年,已是他的宗学考试以宗人府笔帖式记名的十年之后了,他被补入宗人府笔帖式旋授太庙献爵的职务。据敦诚自己表示,他"自顾驽骀,不堪应世;然卒不免于捧檄者,承母旨也"。所谓"母旨"是指瓜尔佳氏太夫人的意旨。以瓜尔佳氏于乾隆三十六年死后敦诚就辞官证之,他的话"但得多钱压酒囊,不愿人间好官职",倒还是真实的。

敦诚和敦敏一样,虽是宗室,却不显贵。他居常以和朋友们作诗、饮酒、游山、玩水自娱。可是他虽喜遨游,足迹却不出河北、东北、热河诸地。他殷切地想望"攀吴山"、"泛西湖",但终于"杳不可期"。(以上均见他的《松亭记》。)他的住处四松堂几乎经常有朋友们去高谈畅饮。

他的父亲瑚玠给他留下的旧日西园,到了他这个时候,已经是卧云熏风谷、控鹤岭、鱼乐园诸遗迹都荒颓殆尽了。由于他毕竟是"天潢"特权阶级,他还有力量新建梦陶轩、拙鹊亭、五筦庵,宜闲馆。他把四松堂"绕屋甃石为池,引山上井泉成瀑布,白练横空,飞挂帘前",敦敏称之为"奇观"。他又别构小屋,效村垆式,悬一帘,名葛巾居,有客来了就在这里面喝酒。欢呼豪歌,大有杜甫所谓"谁能更拘束?烂醉是生涯"的境况。一时清宗室诗人如永𤧄、永忠等,都常到他那里纵酒赋诗。

敦诚的诗在宗室诗人中的地位是很高的。不但旗人如法式善在他未刊的《八旗人诗话》中称道他说"诗幽邃静靓,如行绝壑中,逢古梅一株,着花不多,而香气郁烈",即纪昀序《四松堂集》以及《渔洋杂俎》对他的诗,也加以赞扬。永蕙和他的相识,就是因为钦佩他的"人语落秋空"的句子。他的诗友很多,如复斋、寅圃、龚紫树、汪易堂、永忠、永蕙等。但在他的诗友中,我们最关切的还是曹雪芹。

在现存的直接材料中,敦诚和雪芹可考的最早接触是乾隆二十二年敦诚由喜峰口寄给当时已由蓝靛厂的火器营迁居香山健锐营的曹雪芹的诗。由上面引过的那首《寄怀曹雪芹(霑)》诗中的"当时虎门数晨夕,西窗剪烛风雨昏"诸句,又可推知他们在右翼宗学时期的生活。(这一点在讲敦敏处已略述及。)这首诗告诉了我们:雪芹家庭由盛而衰的事实,雪芹的诗才,雪芹的高谈雄辩;同时也暗示给我们在乾隆二十二年的时候,雪芹已是"环堵蓬蒿"过着靠亲求友的生活了。唯其如此,敦诚才说:"劝君莫弹食客铗,劝君莫叩富儿门;残杯冷炙有德色,不如著书黄叶村。"雪芹自从家败落后,迫于生活,便由京城内祖传大宅迁出。据传他曾住北京西单旧刑部街,又曾移居崇文门外卧佛寺,最后终于不得不迁出北京,往住西郊。他的生活不可避免地要有求亲告友的事实,这一点我们从脂砚斋的《红楼梦》批语里面,也可以看出。正因为这样,所以敦诚才劝他"不如著书黄叶村"的。他著的这"书",应该就是指的《红楼梦》。

到了乾隆二十六年,敦诚已经从喜峰口回到北京。在夏秋之际,曾同他哥哥去西郊访晤雪芹,并有和敦敏用同韵写的诗记载其事。从敦诚这首《赠曹芹圃》诗中,可见雪芹的生活已经到了"举家食粥酒常赊"、"日望西山餐暮霞"的地步。同时,这首诗也告诉我们:雪芹虽穷,却傲骨如昔地"步兵白眼向人斜"。

乾隆二十七年秋天,雪芹从白家疃来北京访敦敏于槐园,一个早上却和敦诚巧遇。落着雨,早晨秋风冷彻衣衫,而主人敦敏还未起床,雪芹却已"酒渴如狂"。敦诚身边没有带钱,于是便"解佩刀沽酒而饮之"。雪芹十分高兴,即时作了一首长歌,以谢敦诚。敦诚也写了一首《佩刀质酒歌》,来答雪芹。可惜雪芹这诗已无法看到。不过由敦诚这首答诗中的句子"曹子大笑称快哉,击石作歌声琅琅"看来,雪芹的长歌一定是十分激昂雄壮的。由敦诚诗所说"身外长物亦何有"、"腰间更无黄金珰",于是解下佩刀买酒,以解好友的酒渴,充分地说明了他们交情的深厚。敦诚在诗中又欣赏雪芹的诗"堪与刀颖交寒光",称道他"诗胆如铁",同情他那"抑塞欲拔"的才气,更可见敦诚是深知雪芹的。大约也在这一年,雪芹又给敦诚所写的《琵琶行传奇》一折题过诗,雪芹的题诗现在只剩下末二句"白傅诗灵应喜甚,定教蛮、素鬼排场"了。

乾隆二十八年,大约在深秋,雪芹的前妻之子死了。雪芹"因感伤成疾"。到了这一年的除夕(雪芹卒于乾隆二十八年除夕,我另有考),雪芹也逝世了。乾隆二十九年正月敦诚写了两首《挽曹雪芹》诗。(请参阅本书卷六第一篇)由敦诚第一首挽曹诗的初稿(即新获挽曹诗的第一首)中的"四十年华太瘦生"和改定稿(即《四松堂集》底稿本中所收的挽曹诗)中的"四十年华付杳冥"两句诗,结合张宜泉的"年未五旬而卒",再以雪芹是曹頫的遗腹子的假说推之,雪芹卒年大概是四十八岁。两诗中又都表明雪芹已死前妻留下一个儿子,死后又有一个"寡妇",即初稿中的"泪迸荒天寡妇声",亦即定稿中的"新妇飘零目岂瞑"中的"新妇"。不过,可注意的是,第二首新发现的挽曹诗开首便说:"开箧犹存冰雪文……一病无医竟负君。"前一句与敦诚乾隆二十二年《寄怀曹雪芹(霑)》诗中所谓"不如著书黄叶村"句联起来看,再结合敦诚的叔父墨香(名额尔赫宜)藏有《红楼梦》抄本的事实,可以大致推断这"冰雪文"应该是指《红楼梦》。后一句则充分说明雪芹大概不是什么必死之症,不过只因为贫困无医遂致不起。在雪芹生前,敦诚本极有可能偶尔接济他,所以当他死后,才有"一病无医竟负君"的感想。

敦诚为人很重感情,笃于友谊。除上引各诗外,他又于其他诗句和书信杂记中,多次提到曹雪芹。一、雪芹死后不知何年,他在他的《鹪鹩庵笔麈》中曾说:"余昔为白香山《琵琶行传奇》一折,诸君题跋不下数十家。曹雪芹诗末云'白傅诗灵应喜甚,定教蛮、素鬼排场',亦新奇可诵。曹平生为诗,大类如此,竟坎坷以终。余挽诗有'牛鬼遗文悲李贺,鹿车荷锸葬刘伶'之句,亦驴鸣吊之意也。"二、大约在乾隆四十五年以前不知何年,敦诚手录已故友人诗文书翰手迹,名为《闻笛集》,其中必有雪芹诗文。三、敦诚在《哭复斋文》中曾云:"未知先生与寅圃、雪芹诸子相逢于地下,作何言笑?可话及仆辈念悼亡友之情否?……"四、大约在乾隆四十四年,敦诚于《寄大兄》(裕按:即敦敏)书中说:"抵南村便觅一古庵下榻……萧然孤坐一室,易生怀感。每念故人如立翁、复斋、雪芹、寅圃……不数年间皆荡为寒烟冷雾;曩日欢笑那复可得?时移事变,生死异途,所谓'此中日夕,只以泪洗面'也。"五、乾隆四十五年敦诚《荇庄过草堂命酒联句即检案头〈闻笛集〉为题是集乃余追念故人录辑其遗笔而作也》一诗中曾两及雪芹。其一云"诗追李昌谷(原注云'谓曹芹圃')",其二云"狂于阮步兵(原注云'亦谓芹圃')",这几句诗原来是从《四松堂集》底稿本辗转抄来的,联句全诗甚长,本不可见,一九五四年在我看到的乾隆庚辰本《四松堂诗钞》中得睹全诗,现已收入《〈四松堂集〉集外诗辑》中。

我们现在所知敦诚与曹雪芹的关系,大略如此。

一九五五年初稿,一九五七年十月增改,

一九七六年改定于沙滩。

第五篇　记张永海关于曹雪芹的传说

裕按:此篇是整理张永海当时的谈话所记,内容全是他所讲的。自敦敏的《瓶湖懋斋记盛》发现后,张永海所述的传说,已有许多与《记盛》的内容不符之处。我个人的看法,当然应以雪芹的朋友敦敏留下的文字材料为准。但传说中也有不少可资参考的地方,故仍予保留。

一九七六年七月二十五日。

一　传说的来源

一九六三年三月初,黄波拉同志首先得悉香山张永海老先生知道曹雪芹的一些事迹,曾往访问。同年三月中旬,《文学遗产》编辑委员会委托我去香山访问一下张永海。我觉得一个人去,既要谈话又要记录,很不方便。遂又于三月十七日又邀了吴世昌、周汝昌、陈迩冬和静蓝诸同志去访问了张先生。我们在他家谈话三小时,由静蓝同志笔录。这篇东西经我整理后,曾由中国作家协会内部印行过一次。

张先生现年六十岁,原为蒙古旗人,清末八旗高等小学毕业,他家自清初到现在一直住在香山门头村正黄旗，原属健锐营的右翼。他的父亲名霙泉，蒙名莫德里·阿林，是四兄弟中最小的一个。张先生的大伯父曾任广州知府，二伯父曾任绍兴知府，三伯父通德语，一九〇〇年八国联军入侵的时候，曾经被德国侵略军绑去过。霙泉少时不喜读书，酷嗜音律和编唱莲花落。家人说他："连劈柴都不劈，老是闭着眼拿手在腿上拍着工尺字，编《红楼梦》的莲花落！"后来生活渐困，遂做了吹鼓手，却仍不断编演莲花落。他曾把全部一百二十回《红楼梦》编成莲花落和一些同好的朋友们在健锐营一带上装连台演出，有时逾月。他扮凤姐，少辈人称"二姑娘爷爷"。这位民间艺人，由于自己编演《红楼梦》的莲花落，对于《红楼梦》的作者也有探究的兴趣，又因世居健锐营，故获知其先人所述及当地居民关于雪芹的许多传说。张永海先生所讲的雪芹事迹就是小的时候从他父亲口里听到的。

二　张永海谈曹雪芹的事迹

以下是整理后的谈话记录，我尽可能保持原话，但次序是经过重新安排了的：

"曹雪芹是雍正年间回北京的，确实哪年，记不清了。南方的家抄了以后，又住了些时候才回北京。被抄家的是他叔叔。他父亲早死，名字记不起了；曹寅是他的亲爷爷。回北京住在东城的老宅里，他北京的家没被抄。

"曹雪芹当过内廷侍卫，哪年当的记不清，因为他是皇族的内亲才挂名当侍卫的。平常不去上班，有时候陪着王爷们游玩游玩。这个差事听说俸禄很高。大约在乾隆十一年到十三年间，他就不干了。为什么不干的，不知道。

"他在绒线胡同的右翼宗学当过'瑟夫'，就是教师。哪年当起的，也记不清。他和敦敏、敦诚就是在这里认识的。他们弟兄俩都是宗学学生。

宗学教师每月十二个米,还有多少两银子。生活不错。曹雪芹的年纪比旁的教师都小,又是个被抄家的人,老派的教师们就瞧不起他。曹雪芹呢,他也是个傲性子的人,嘴又好说,爱得罪人,他心想:'你们瞧不起我,我还瞧不起你们呢!'他在宗学既受老派教师的排挤,心里很不痛快,就想:《红楼梦》已经写出了一些,还不如不教这书,到乡下一心写《红楼梦》去哩。乾隆十六年,他就离开宗学,搬到西郊来住了。不知道他是自己辞的还是宗学解职的。

"他搬到香山,按拨旗归营的例,住在正白旗,每月拿四两银子,每季一担米,按他这俸禄说,他住的应该是三间房子。因为当时拿四两的住三间房,三两的两间,一两半的一间。他住的地点在四王府的西边,地藏沟口的左边靠近河的地方;那儿今天还有一棵二百多年的大槐树。两年前听我儿子讲,有人说曹雪芹住在北辛庄杏石口,那是没有的事儿。他是旗人,必得住在旗里头。北辛庄是民居,出了健锐营的范围,他就不能住。那时候旗里和民居是分得很严的。

"正白旗那三间房小院里有枣树,枣是早生贵子。有松树,松是万年长青。也有香椿树,这是当时旗人的习俗。有的院里也有竹子。那时曹雪芹的前妻还在,她很漂亮,听说和曹写《红楼梦》里的黛玉有关系。他们还有一个儿子。他们的生活就靠那点钱和米,比在城里的时候差多了。

"有一个叫作'鄂比先生'的镶白旗人,也是不知道犯了什么罪,拨归健锐营镶白旗来住,他比曹雪芹来香山怕还早些。画一手好葡萄,也会画竹子,和曹雪芹老早就熟识。在香山两人住处只隔一个四王府,他俩常常聊天,有时在四王府附近的小酒店喝酒,曹雪芹就跟他谈《红楼梦》,后来鄂比都能背着讲出全部《红楼梦》的故事。曹雪芹的生活渐渐穷困起来,虽有敦家哥俩偶尔帮助,也不济事。后来他就卖画。他本来是喝酒的,晚年穷了更喝得厉害。没钱喝酒就用卖画的钱来打酒。曹雪芹穷是穷,可就是不喜欢和富人接近,跟他相好的都像鄂比和敦家弟兄那类人。那时曹家还有好亲戚,有钱不借给他。到了年下,鄂比就送他一副对联:'远富近贫以礼相交天下有,疏亲慢友因财绝义世间多。'他和鄂比非常好,鄂比也很关心他。曹雪芹在正白旗住了四年,他的原配妻子,就死在那里(不知哪年)。乾隆二十年春天雨大,住的房子塌了,不能再住下去。曹家是被抄家的人,平时人家拿他当'坏人',房塌了也没人给他收拾。

"鄂比帮他的忙在镶黄旗营北上坡碉楼下找到两间东房,同院只住一个老太太。曹雪芹是在那里续娶的,新娶的妻子年纪轻,文化很低。北上坡靠近玉皇顶,坡下坡后,都是狼道,很荒凉。

"这时他的生活越来越穷,有时全家人都吃粥。可是他什么也不管,还是一心写他的《红楼梦》。头发长了也不剃,穿着一件蓝布二裆裰(即没有领的蓝布大裰),福字履,腰里常围着一个白布包袱,包着纸笔,不管走到什么地方,想写就写。听到别人谈话里有好材料,他马上就记下来。有时和朋友们喝酒吃饭,他突然就离席跑回家里;朋友们奇怪,就在他后面跟着,到他家一看,他却又伏在桌上写上《红楼梦》了。他又常常一个人在路上来回走着想,路上的行人看他奇怪,他也毫不在意。因此,就有人叫他'疯子'。

"他的朋友敦敏和敦诚有时来看他,鄂比更是经常和他在一起聊天了。

"乾隆二十八年的中秋节前,他儿子闹嗓子,得了白口糊,到中秋那天就死了。曹雪芹晚年得子,儿子死了非常悲痛,天天到地藏沟他儿子的坟上去哭他。鄂比时常到他家劝解他,也没有效果。他喝酒喝得更厉害了,心里又不痛快,不久自己也病了。到了快过年的时候,他的病越来越重,鄂比去看他,劝他好好养病;他对鄂比说:'我该骂的也骂了,该说的也说了,我这病是治不了啦,怕过不了初一。我那部书请你给我传出去!'到除夕那天他就死了。他一死,他的续妻只管哭,一点没办法。大过年的,谁没有个事儿,幸亏同院的街坊老太太来帮些忙。老太太对曹雪芹续妻说:'他活着的时候对你那么好,他死了你连个纸钱都不给他烧!'就找把剪子拿起桌上整叠的字纸剪了许多纸钱给烧了。曹雪芹死后,人人都说:他和他儿子的死日子,占了两个'绝日',一个是八月节,一个是除夕。

"初一那天鄂比给曹雪芹的朋友们报丧。敦敏、敦诚都来探丧,丧事都是敦家哥俩和鄂比他们给办的。灵停了四天或是七天,乾隆二十九年正月初几就出殡了,葬在他原先住的正白旗本旗的义地地藏沟。那时正白旗的正式坟地在朝阳门外,离得很远;香山地藏沟是给穷的、孤寡没有后人的用的义地。送葬回来后,鄂比看到沿路的纸钱,一面有字,拾起来一看,是《红楼梦》的底稿。鄂比就连忙沿路捡,捡起一大堆纸钱,包了一包。回到曹雪芹家一看,原来是《红楼梦》后四十回的稿子。又在桌屉里发现包好了的前八十回的原稿和一百二十回的目录。后来鄂比想给补,因为他极熟悉后四十回的事儿。可是他的文才不够,好几年没续成。又过些年,他的过继儿子高鹗长大了,才给续成了后四十回。

"曹雪芹擅长画,画什么,不清楚。他有一张画像,上面有他的像,有竹林,听说那竹子就是鄂比画的,像是另外一个画家画的。"

三 曹雪芹的旧居遗址和葬地

听完了张永海先生的讲述,我们在下午一时半就去看雪芹的旧居遗址。雪芹所住两处,都在凤凰山的左翼,同时也是健锐营的左翼。我们先到他从乾隆二十年住到二十八年他死时的镶黄旗营。雪芹的旧居是在万花山的东侧山坡上碉楼的下面。现在还有一个残缺的碉楼立在那里。这个地方很荒凉,据说雪芹住的是两间东房,面对碧云寺。在院子里可以向西、南、东看到健锐营全景,也可看到玉泉山。南向的山坡下是狼道,西通玉皇顶。狼道南是从碧云寺来的水源的河,现在干了。与河并行的是小御道,又隔相当远些的南面,便是正式的御道,即今天由颐和园通香山车站的马路。雪芹旧居现已平为耕田,其旁为一墓地,有方形砖围。

镶黄旗营是由雪芹的旧居向东展开的。这个营的东边尽头处,接峒峪村,又东为关帝庙,三间庙门现在仍存遗址。庙前有大槐树一株,据云雪芹与鄂比当初即在那个地方的一个小酒店喝酒。

又东走,横过今天通往卧佛寺的马路和现在的河滩,走出河墙外就是地藏沟口。雪芹由乾隆十六年住到二十年的第一个旧居,就在沟口南面的一棵古槐附近。他的旧居后面是当年的档房,档房是正白旗存档的地方。东南面不远便是四王府旧址,四王府之东是镶白旗,镶白旗西南的后山上有座塔,塔下就是鄂比住的地方。从鄂比的住处到雪芹第一个旧居约一里多,距第二个旧居则二里多路,都不算远,他们往还很便当。雪芹在正白旗的故居旧址,现在仍有房子,都是按当年旧规格历经翻修的。因此,雪芹所住房屋的样式,还可考知。这个旧居地势较镶黄旗营为低,但是也可以西望香山碧云寺,南望正黄旗一带的山,却因后山挡着,看不到玉泉山一带了。旧居的门前横着一条河,北侧则是由地藏沟下来的山水。

档房后面,向山沟里走不到半里地,就是地藏沟,是正白旗的义地。雪芹的儿子和他自己都葬在那里。这个地方现已修了房子,不易觅得雪芹的墓地了。

四　我的一些看法

这一传说,内容涉及很广,几乎包括了雪芹回北京后直到他逝世的全部生活轮廓。传说中有的事实与文字材料符合,另一些事情则于文字资料中无征。我认为:考证史实原是"去伪存真"的工作,只要合乎道理并与所考的人物或事实的具体情况相符,我们不应该忽视口碑而唯文字的记载是信。更不该因传说中某些事不大合理,就否定其余可信的事实。兹就管见所及,略谈数点如下。

第一,有些人认为雪芹是曹頫的儿子,但这个传说却与雪芹是曹顒遗腹子的说法符合。遗腹子说最早见于一九三一年五月十六日《故宫周刊》李玄伯文中。一九五五年王利器同志又用《春柳堂诗稿》中的材料加以论证(见同年三月七日《光明日报》)。在这个问题的考证上,传说无疑地提供了可以参考的资料。

第二，关于雪芹曾任侍卫的说法，在文字材料中，尚无证据。在目前，这个传说是雪芹曾任侍卫的唯一资料，还有待证实。

第三，雪芹曾在右翼宗学呆过，是我在一九五七年考出的（原见一九五七年版的《有关曹雪芹八种》，今见本书本卷第一篇）。由二敦诗中对他的口气来看，很难断定雪芹当时是在右翼宗学任教。所以我推测：雪芹或者担任职员，或者做辅助教学的工作。传说中说他做正式教师（瑟夫），终嫌不能说明他与二敦的关系。可见，雪芹在右翼宗学究竟做什么事情，尚无定论，而传说则可供参考。

第四，关于雪芹的儿子和他自己都死于乾隆二十八年，一个死于八月节，一个死于除夕，因此当时人们就说，而且流传到今天：雪芹家里死人占"绝"了！——这一传说也有参考的价值。关于这个问题，我还是老看法：一个人死在除夕不易记错；一家人，儿子死在八月节那天，父亲死在年终末一日的晚上，十分好记，在众口相传的传说中，是不会弄错的。

第五，关于雪芹住处和葬地，我曾于一九五四年十月十八日接得承德赵常恂先生函告雪芹住于香山健锐营的消息后，参照同年九月二十八日上海曹未风同志函示雪芹住镶黄旗营的传说，曾于一九五五年、一九五六年夏秋之际，两度往访该地。在看到一九六二年北京市文化局调查雪芹故居及葬地的记录之前，我大致上一直相信雪芹住在镶黄旗营。读了文化局的调查记录之后，我又觉得其中所说的北辛庄杏石口也有可能。但是听了这次的传说并同张先生实地查看之后，觉得这两个旧居地点，都有"门外山川供绘画"的自然环境，合乎雪芹友人诗中所说的情况。尤其是雪芹是拨旗回营的，他只能够住在健锐营的范围之内，不能住在民居的北辛庄。所以传说中的雪芹旧居，似乎是可靠的。至于葬地，雪芹既死于贫困，匆促埋葬，又不能越旗葬，则葬于正白旗义地之地藏沟，也似合理。

第六，传说中最使我感兴趣，也似乎是最可靠的，是关于雪芹风度、为人以及其贫困著书的情况。张先生所谈这部分材料和已出的文字材料在内容上并无雷同之处,但精神上却是完全一致的——曹雪芹是一位不顾流俗,不为封建政权给他带来的贫困所屈,有意识地著书"骂世"(张永海先生语),具有反抗精神的作家。

卷五　曹雪芹卒年考辨存稿

小　引

曹雪芹卒年问题的讨论，是一九六三年春为了确定曹雪芹逝世的确切年代而发起的。我以前没有研究过这个问题，但当时王昆仑同志因事来我家一再让我写一篇文章，以便引起讨论。后来在参观恭王府时，文学研究所的何其芳同志，也要我写。恰好那时《光明日报》来要文章，我就写了下面的第一篇。讨论是引起来了，但效果并不好。费了各报许多篇幅，不但对卒年问题并未得出一致的结论，即对可据的基本材料，参加讨论双方的看法，也始终不能一致。到了七月初，《文学遗产》的编者陈翔鹤同志打电话问我：有无必要继续讨论下去。我说："我看结束了罢，再讨论下去看来也不会有什么结果。"他遂要我写一篇结束讨论（至少在《文学遗产》上）的文章，这就是下面的第三篇。我现在对那次讨论的看法是：即使不是从写文学史的观点出发，对于曹雪芹这样一个伟大的作家，也还是应该把他的生卒年考出来的。但不一定在报刊上发表论辩的详细过程。比如，邀集研究者们开会讨论，最后再把结果在报章上发表，就比较妥善一些。考据细还是要细的。不细怎么能精确呢？难道要粗疏么？但把那种涉及一字一句的细微的论证，连篇累牍地刊诸报端，那就不怎么恰当。由于读者不一定了解那次讨论的缘起，我在这里特加说明如上。关于我在第二和第三篇中对《懋斋诗钞》的看法，可参阅本书卷六第二篇《敦敏的〈懋斋诗钞〉稿本考》。

一九七七年七月八日沙滩。

第一篇　曹雪芹的卒年问题

《红楼梦》作者曹雪芹的二百年忌辰快到了。可是关于雪芹的生卒年,到现在还没有定论。由于缺乏直接材料,确定他的生年更不容易。我们只有先决定他的卒年,然后再利用间接材料推定他的生年。即使是这样间接地推断,也还有两三种关于生年的不同说法。本文不想涉及曹雪芹的生年,仅就他的卒年问题,提出我的看法。

关于曹雪芹的卒年,有两种说法。

一说雪芹卒于乾隆二十七年壬午除夕(一七六三年二月十二日),另一说主张雪芹死于乾隆二十八年癸未除夕(一七六四年二月一日)。我是同意癸未除夕说的。以下结合前些年讨论这个问题以后所发现的新材料,证明何以壬午除夕说不如癸未除夕说的证据较为合理。说雪芹卒于壬午除夕是根据脂砚斋的批语,而癸未除夕说则是根据敦敏和敦诚有关雪芹的几首诗。以下分别说明。

从一九二八年直到一九六一年,壬午说所提出的主要论据不外是:

(一)"壬午除夕,书未成,芹为泪尽而逝",不管是脂砚斋还是畸笏叟批的,根据这句批语,总比从敦敏和敦诚诗的年代来推断雪芹卒于癸未除夕更可信，因为批者远比二敦与雪芹的关系接近，甚至批者还可能是他的家属或家族。

（二）由于《懋斋诗钞》既是传抄本，又"不是严格编年"，《小诗代简寄曹雪芹》可能是壬午的诗"错编"在癸未年内了。

（三）承认上诗是癸未写的；但又说，直到"上巳前三日（三月初一日）"，"很可能敦敏弟兄都还不知道雪芹已死了近两个月了。"（见一九六一年胡适所写的影印本《乾隆甲戌本脂砚斋重评石头记跋》一文。裕按：上巳是夏历三月三日，其前三日应该是二月末一日。乾隆癸未年二月小，故应作"二月二十九日"。）

（四）敦诚甲申年初挽曹诗中所谓"旧坰"，指的是雪芹壬午除夕死，癸未年葬，而甲申年敦诚才写挽诗的那个旧坟。若说死于癸未除夕，则其葬必在甲申。同年的挽诗，如何能说"旧坰"，亦即旧坟？敦诚的挽诗只是"上坟"的诗，非送葬的诗。

我认为主壬午说者这些论据，都是值得商榷的。

一、主张癸未说者用《小诗代简寄曹雪芹》之写于癸未，来证明雪芹不死于壬午除夕，而死于癸未，的确是一个重要的论据。关键在于《懋斋诗钞》是不是传抄本？是否"严格编年"？

据我的《懋斋诗钞稿本考》一文，可知《诗钞》并非旁人的抄本，而是敦敏的手钞本，有敦诚亲笔批语，经过他的圈选。

《诗钞》也是比较严格编年次季的。具体到《小诗代简》一诗，就编年说，则由《小诗代简》向上数第三首诗《古刹小憩》题下署"癸未"，表示该诗是癸未年第一首诗。又自《小诗代简》向下数至第二十四题《十月二日谒先慈墓感赋》一诗内自注云："先慈自丁丑见弃，迄今七载。"从丁丑到癸未恰是七年，可见《感赋》也是癸未的诗。那么，夹在这三四十首癸未诗中间的《小诗代简》当然是癸未的诗。《诗钞》不但有年份，春夏秋冬的次序也很明显：《小诗代简》以前和以后都是癸未春天写的诗。就此点而言，也不容易单单把一首壬午年春天所写、相隔三四十首诗的诗，错抄在癸未年春天的诗里。最重要的一点却是,《懋斋诗钞》的编年并不是后来"编"的年,而是每写出一首就抄上去一首。由影印本末附行书诗稿《水阁山庄》等三诗原来是贴上去的每行一条的几张条子看来(这种情况,在影印本中已不可见,可看北京图书馆藏原书),当初写诗时可能就是随便用一张纸写出,改定后就"抄"入现存的《懋斋诗钞》稿本里去的。这种逐年逐月随写随抄的所谓"编年",并未经作者或旁人大加编整,其前后次序错误的可能性是极小的。

既然《小诗代简》写于癸未,那就是说,乾隆二十八年二月末一日敦敏还请过曹雪芹到北京喝酒赏春,他哪里会死于乾隆二十七年的除夕呢?

二、说敦氏弟兄在雪芹死了近两个月还不知道他逝世,以二敦与雪芹的关系以及与其他共同的朋友间的消息交流关系而言,这已经不大可能;况且,即使这样,那么敦敏的《代简》寄出之后,总应该得到回答,总应该知道雪芹是死了还是活着。假如已死(即假如照壬午说死于壬午除夕,而敦敏直到癸未二月末一日以后才知道他死),那么,他自己和他的弟弟又有什么理由必须等到甲申年才写挽诗?而这个"跋"者胡适,却又是最早相信敦诚的挽诗是写于甲申的人,可见这一理由的荒唐。

三、敦诚的《挽曹雪芹》诗,一九五六年夏天以前,只流传一首。原诗及诗题云:"《挽曹雪芹》(甲申):四十年华付杳冥,哀旌一片阿谁铭?孤儿渺漠魂应逐(前数月,伊子殇,因感伤成疾),新妇飘零目岂瞑!牛鬼遗文悲李贺,鹿车荷锸葬刘伶。故人惟有青山泪,絮酒生刍上旧坰。"一九五六年夏我又发现敦诚两首挽曹诗。诗之一云:"四十萧然太瘦生,晓风昨日拂铭旌。肠回故垅孤儿泣(前数月,伊子殇,因感伤成疾),泪迸荒天寡妇声。牛鬼遗文悲李贺,鹿车荷锸葬刘伶。故人欲有生刍吊,何处招魂赋《楚蘅》!"其二云:"开箧犹存冰雪文,故交零落散如云。三年下第曾怜我,一病无医竟负君!邺下才人应有恨,山阳残笛不堪闻。他时瘦马西州路,宿草寒烟对落曛。"此二诗见于卢文弨抄本的《鹪鹩庵杂诗》,皆为前所未见。但第一首显然是流传挽曹诗的初稿,第二首则是与第一首一齐写完后,很早就自己删掉了的。因此,即在《四松堂集》的底稿本中,也看不到这首诗。

关于这几首挽诗,我们应该注意下列各点:

首先,它们是敦诚在甲申年写的。一九五六年我发现的乾隆抄本《四松堂诗钞》也注明"甲申",可以证明。此诗又是敦诚自己所选的(或所作的)甲申第一首诗。因该诗上一首《山月对酒有怀子明先生》是癸未秋所作,而下一首《遣小婢病归永平山庄未数月闻已溘然淹逝感而有作》则是甲申正月作的。

其次,挽诗是送葬归后所写的诗而不是上坟的诗。不但较早流传的那首挽曹诗中的"哀旐一片"、"鹿车荷锸"、"絮酒生刍"与诗注中"前数月,伊子殇"等都表明是送葬诗;新发现两首挽诗中,尤有是送葬诗的明显证据。"晓风昨日拂铭旌"以及"他时瘦马西州路,宿草寒烟对落曛",其中"昨日"、"他时"都可证明是送葬,不是过了一年多来上坟的诗。主壬午说者也可以说,即使送葬,安见其非壬午除夕死后,停灵年余到了甲申正月才葬?须知,由"前数月,伊子殇"的词气,固已能证明雪芹死期极近,而由"一病无医竟负君"一句,则生时贫困落拓之曹雪芹求医且不能,岂有死后尚讲排场经年而葬之理?所以,综合观之,雪芹实系死后不数日即葬。至于把"上旧坰"解作"上曹雪芹那个旧坟",早已有人指出那完全是一种误解了。

四、对于壬午说的主要根据——那条脂批,我们必须实事求是地承认:这里的"壬午"二字不一定是抄错的。庚辰本《脂砚斋重评石头记》第十五回批云:"八字道尽玉兄,如此等方是玉兄正文写照",但接下去却写着"王文季春"四字。这"王文"二字固然是由于"壬午"二字当初是行书而辗转抄错了的,但"癸未"和"壬午"字形相差太远,所以倒不太可能是抄错的。

可是,在事隔十一年(乾隆三十九年甲午所批)之后,记错了或算错了干支,却是完全可能的事。有人说,古人以干支纪年不容易错。殊不知,记乾隆二十八年是直接的记忆，而以干支纪年是间接的记忆。脂砚斋在曹雪芹逝世十余年后回忆往事，虽然清楚地记得雪芹卒于"除夕"，但把乾隆二十八年的癸未误记或误算为乾隆二十七年的壬午，其可能性应该说是远远地大于说二敦的诗分别在其诗集中双双都有问题的。二敦的诗固然也是用干支纪年，但他们的诗都是逐年逐月写了诗随即录入誊清本的集中的，而且敦诚还明白地声明："吾诗聊记编年事"（见《四松堂诗钞》），其错的可能是远比十一年以后再来追忆弄错的可能小得多的。因此，我觉得"壬午"的错误可能性是较大的。

但是主壬午除夕说者又驳主癸未除夕说者道："你们既无取于'壬午'，为什么又不放弃'除夕'二字呢？"须知"壬午除夕，书未成，芹为泪尽而逝"中，"壬午"虽可因二敦有关各诗的年代和内容而加以怀疑以至于否定，但逝于"除夕"却是可信的。因为"壬午"有可能记错或算错，而一个和曹雪芹接近的人对于雪芹死于那年的末一日晚上（即除夕）这件事，则是万无记错之理的。考据是对历史事实的调查研究，要根据可靠的证据，也要依靠通达的常识。试想：一个人死在除夕可谓是件比较罕有的事。对罕有的事一般是不易记错的。因此，我认为"除夕"是不会错的。

由于以上所举的理由，我认为雪芹卒于癸未除夕，是比较可靠的推断。

考证曹雪芹的卒年要实事求是。必须有充分的正面证据，才能十分肯定。这是最理想的结果。现在还不可能达到这种理想的结果。目前所能得出的结论，只能是一个在现有各种证据下比较合理或正确的结论。

（原载一九六二年三月十日《光明日报·东风》）

第二篇　曹雪芹卒于壬午说质疑

——答陈毓罴和邓允建两同志

由于我正在搞旁的工作,直到今天才得用春假的时间答复陈、邓两同志对我那篇《曹雪芹的卒年问题》提出的讨论。陈、邓两同志的文章相当细致深入,对我有启发;在某些点上也有所是正,应该感谢他们。

我对雪芹卒年原无成见,只觉得壬午说和癸未说各有困难;而在我看来,癸未说的困难小些,相对地说,壬午说的困难就大些。因此我同意癸未说。陈、邓两同志的文章,无论就看法和论据言,都在一定程度上给壬午说增加些力量。不过,壬午说的根本困难并未解除,反驳癸未说的论据还有待商量。特再质疑,至希指正。

一　为什么要怀疑脂批?

怀疑雪芹卒于"壬午"除夕这条脂批,最根本的理由当然是由于《小诗代简》写于癸未,也由于敦诚的挽诗写于甲申而雪芹却又不是隔年而葬,等等。本文第二、第三节就是要就这两点再抒浅见的。本节结合陈、邓两同志的文章(陈文《有关曹雪芹卒年问题的商榷》,见一九六二年四月八日

《文学遗产》；邓文《曹雪芹卒年问题商兑》见一九六二年四月十七日《文汇报》），先谈以下几点。

（一）主壬午说的人认为"壬午除夕"是直接材料，而癸未除夕则是由间接材料推论出来的。诚然癸未除夕是推得的，但脂批"壬午除夕……芹为泪尽而逝"，严格地说，也不是直接材料。直接材料应该是碑铭和向官署报死亡的文件之类东西。这条脂批只是事后旁人追忆的记载。对于这类材料，即在没有相反材料的情况下，也未可轻信；何况既有相反材料，为什么不能对它怀疑呢？

（二）不但是回忆的记载，并且也不是回忆者本人的亲笔，而是抄了不知多少遍的过录。据一九六一年胡适影印的《乾隆甲戌脂砚斋重评石头记》看来，批语字写得虽然工整，错却不少。如此批前段（实则是两批，姑认为一）中的"癞头和尚"误抄为"獭头和尚"，后段中的"是书何幸"误为"是书何本"等。与年代有关的批语，也不是没错的，最突出的，如"壬午季春"，在庚辰本中竟误抄为"王文季春"。这些例子固然都不能直接说明"壬午除夕"是错的，但是否应该考虑由于不是脂砚斋的亲笔而可能产生的错误呢？

不只抄错，有的地方，字迹也模糊不清。拿这条最重要的批语说，批末另外一行，署"甲午八月泪笔"六字。字很工整，但"月"字第一画却短到令人疑为"日"字第一画的程度，而"月"字第二画虽然较长些，也易令人疑为"日"字第二画的拖长。正因为这样，邓同志才提出"甲午八日"的看法。（按影印本此六字旁有黑色"此是八月"四字，也可能是钢笔字，蓝黑色。这是胡适的字。）俞平伯、周汝昌先生都认为这四字是"甲午八月"。细察这个影印本此六字的情况，我同意俞、周两先生的看法。既有抄错、写得有时又含糊，脂批怎么会不引起怀疑呢？

（三）既是"甲午八月"事后的追忆记载，那么，结合脂砚斋的年龄来看，自然发生十一年后能否记错的问题。最近看到吴世昌先生的文章，他认为脂砚斋见过康熙末次南巡并假定当时他至少是十岁，从而推断他"到壬午年已六十五岁左右",到乾隆三十九年(甲午,1774),应该已达七十八九岁的高龄(见《脂砚斋是谁》一文)。我从前也得出相似的结论。我的办法是:假定脂砚斋可能直接听到曹寅说"树倒猢狲散"这句话[脂批"'树倒猢狲散'之语,全(今)犹在耳"],曹寅对座客施瑮等说这句话至迟也得在他死那年——康熙五十一年(壬辰,1712,事实上可能还早),而能听得懂这类话的脂砚斋当时最低年龄也得是十四五岁,他的生年就应该是康熙三十六七年(1697或1698)左右,到了乾隆甲午年脂砚斋岂非七十七八岁的老人了么?一般地说,这样高龄的老人对往事的回忆记载容或有错误,也并不是"不可想象的"。

(四)主张壬午说的同志强调脂砚斋和雪芹的"特殊关系"或"密切关系",这固然是对的。他们又说当他写上批时"何等的激动",这也是事实。这种看法作为对两人关系的体会,固然是很深刻的。若根据这样一个老人在雪芹逝世十一年后因受"重大打击"、心灵上"创痕"很"深"而"激动"地提笔写出上批这一事实,来证明这条批语不会有错误,我认为,即使不是相反的假设更可靠些,至少也不易得出"不会有错"的论断。

(五)何况,他的批语又是用干支纪的,就更易滋错误。尽管在清代文人中用干支纪年很普遍,但这毕竟是一种间接记忆的方法,容易产生错误。第一,所谓"直接"、"间接"是相对说的。对于搞清楚本来应该以数目字记的或者最后总归是要还原到数目字的"年代"来说,用数字是直接的,用任何其他办法,如甲子、乙丑或猴、兔、龙等等,都是间接的。最后,真要到了计算哪年生哪年死、活多少岁的时候,无论用什么方法代替,总得回到二十年或三十年上去的。第二,这种间接记法,当然比直接记二十几年或三十几年容易出错。古人以干支纪年错的正多。远的不说,收藏《懋斋诗钞》的那位燕野顽民不是把乾隆二十九年(事实上《诗钞》并不始于这年,但那是另一个问题)的甲申误说是"乾隆二十九年戊寅"、把乾隆三十一年的丙戌误说成"乾隆三十一年庚辰"了么?如果没有干支问题搅在一起,燕野顽民直接记乾隆二十九年,错误的机会总要少些罢?这样看来,用干支纪年为什么不比较容易出错呢?

我并不想仅仅靠这些理由就否定壬午说,而是回答陈同志文章第一节中向我提出的问题;同时也作为可以怀疑"壬午除夕……芹为泪尽而逝"这条脂批的一般性的理由。当然,壬午说的主要困难,还是在于不易否证敦敏的《小诗代简》写于癸未,也在于不能有力地证明雪芹是隔年而葬。敦敏《小诗代简》写于癸未的问题,是很早就由周汝昌先生提出的。我个人则认为,在今天"是否隔年而葬"成为重要争论之点的时候,敦诚写于甲申的那三首挽诗,更为重要。

二 《懋斋诗钞》的编年和《小诗代简》是哪一年的诗?

我对《懋斋诗钞》的看法,还停留在一九五四年所写《懋斋诗钞稿本考》的水平。当时我的主要目的是在于证明:它是著者亲写、敦诚手批的稿本,并不是恩华所谓"残钞本"。正因为这样,所以我对其他问题就或者未接触到,或者探究得不深。

为了讨论方便计,我建议分清(一)《诗钞》原本的编年情况,即燕野顽民"粘补"以前的情况,这是由推测而知的,故名此本为"原本"。(二)燕野顽民"粘补成卷"的本子,名为"燕本"。(三)即今天的"影印本"。

应该指出,陈、邓两同志根据影印本和燕本所考出一些错编年代的诗,是我在一九五四年所没有注意到的。这是他们深入研究的成果,是值得欢迎的。我在《稿本考》中,认为诗是按年次季编的。但我当时却并没有显明的"有条不紊"的感觉,而是读到像《河干集饮题壁兼吊雪芹》那种地方,觉得年度季度的次序有些混乱。正因为头脑中有这个印象,所以一直到我写《曹雪芹的卒年问题》时,还只说它是"比较严格编年次季的"。

我现在的看法是《诗钞》的原本的确是按年次季编的,它是"逐年逐月随写随抄的编年",而且我认为凡是编年的稿本总是要这样做的。这种做法的错误可能性是极小的。燕本虽经"粘补",大体上也保留原本编年次季的情况。陈同志也说："现在看来,诗的排列是按春夏秋冬,可以承认它大致是编年。"影印本经过大家的核对,有少数情况与燕本不同,但一般都与燕本相同。

在承认燕本和影印本大致是编年的前提下,我认为只有这样的处理才公允,即除了已经有特别证据证明某几首诗的年度、季次的确编错了外,就应该承认其余的诗是编年次季的才对。如果对其余的诗,既无有力证据说它们是编错了的,却又硬说或泛说它们的编年是可疑的,因而便把它们"存疑"起来,那么,请问这《诗钞》还叫什么"大致编年"呢?陈同志处理《小诗代简》的办法,就是没有特殊有力的证据(也无有力的旁证)便把它放在"存疑"之列的。为什么说没有有力的旁证呢?因为,陈同志用《四松堂集》同题诗是写于壬午年的来证明《诗钞》燕本中癸未诗《题画四首》也是壬午年的诗错编在癸未年诗中了的;并且他从而断定它的邻(注意:并非"紧邻")诗《小诗代简》也不是癸未年的诗,或至少是要存疑的。我可以同意《题画四首》是壬午诗(须知还有一个可能,即弟弟可以在壬午而哥哥却可以在癸未写这四首同题诗),但这《题画四首》为什么被错放到这里来的情况,却应该研究一下。

按《题画四首》见影印本九五至九六页,成为一中国叶的前后两面。九五页由"题画四首"四字开始到"岭梅寒欲……"四字止,九六页由"放"字起到《题朱大川画菊花枝上一雀》一题止。但在燕本中,整个九五、九六两页里面都没有《题朱大川画菊花……》这个题目。燕本该题是在九四页末一行,即在"卜夜拟宿松堂中"七字那一行之后,而影印本这一行却已成空白了。可见,燕本在影印时有人改动,把九四页末行的《题朱大川画菊花……》这个题目移粘到九六页末行去了。这样虽把《题朱大川画菊花……》这一诗题和本诗连接在一起,但把燕本本来粘改的面貌弄消失了。照燕本原来的情况,《题画四首》所占的九五页和九六页这一整叶,一看就知道是从别处调来的。因为这一叶与前与后都不合牙。九四页末既有《题朱大川画菊花……》一题,但接着的九五页前却不是该诗,而是与这个题目不相干的《题画四首》。后面九六页末空白无题,九七页前却有诗(即《题朱大川画菊……》的本诗)无题。因此,在燕本中《题画四首》这四首诗,即使无《四松堂集》的证据,也会令人疑问:它们到底是哪里来的诗?

但是,《小诗代简》的情况却与此不同。它的具体情况相反地都可以说明它不容易是其他年度的诗错编在这里的。它的具体情况如下。

它不是孤零零地单占一叶。在燕本中《小诗代简》占的是正面,相当于影印本的九一页,但在影印本中,它却是在背面的,即九二页。根据燕本九一页《小诗代简》之前,尚有"春服尚可捐"这前一叶(等于两页)《典裘》诗的末句。其后是《月下梨花》一题。有这"春服尚可捐"一句,就说明它既非孤零零的一页而是与前页毗连,就没有来自别处的可能。若是来自他处,那就是前页也是从他处来的,而以下证明并非如此。

从下署"癸未"二字的《古刹小憩》起到"以宁自松关载酒……"止共二十六个诗题(《题画四首》除外),有的在《小诗代简》之前,有的在后,其中有七首诗是有证据断为癸未年的诗。(一)第一首《古刹小憩》下署"癸未"自当是该年诗。由于"癸未"二字是粘上的,所引起的问题,且留下面再讲。(二)第二首《过贻谋东轩同敬亭题壁……》诗中有"十五年前事漫论,春来依旧绿盈轩;焚囊惭负东山教,嗜酒频劳北阮樽……"诸句。"焚囊"是用《世说新语》中谢安焚谢玄紫罗香囊的故事。盖敦敏曾从其叔父月山学,月山死于乾隆十二年五月十一日。这首诗是回忆往事之作。由乾隆十二年五月至二十八年早春适得十五年又六个多月,所以知道这首诗写于癸未。(三)第十首《刈麦行》。《四松堂集》亦有癸未同题诗,可知这首也是癸未诗。(四)第十二首《黄去非先生以四川县令内升比部……》,黄去非是他俩弟兄在宗学时的老师,重来北京是在癸未,敦诚本年也有《黄西江(克显字去非)先生自蜀来京话旧感作》一诗可证。(五)《四松堂集》癸未诗有《访鸿上人于潞河之东》,可证《诗钞》中第十四首《闻敬亭自潞河过通州至邓家庄访鸿上人……》也是该年诗。(六)第二十四首《十月二十日谒先慈墓感赋》,前文已经证明为癸未年诗。(七)第二十六首有《以宁自松关载酒遗敬亭敬亭以诗见寄依韵奉酬并简以宁》一诗。在《四松堂集》癸未诗内也有同韵的《以宁（穆靖安堂妹丈）归自塞上以松亭酒见惠作此寄谢》一诗。

从《小诗代简》的前后邻诗都是癸未诗这一事实看来，我觉得在《诗钞》"大致"是编年的前提下，认为《小诗代简》是癸未诗，远比否认它是这年的诗为合理些。

说到这里，主张壬午说的同志必然提出：《古刹小憩》下面"癸未"二字是后粘上去的，不足为凭。关于燕本的粘补问题，应该区别三种情况：其一，粘而未改的，大都是属于前后页次编整的，这极少可能是原本的情况，很大可能是燕野顽民为了"成卷"而"粘补"的；其二，粘改诗句，如影印本《赠芹圃》末句原作"一醉酕醄读楚些"末三字后粘改为"白眼斜"等等，这类粘改我认为都是作者自己改的，极少可能是旁人，如兄弟之类人改的，更不可能是燕野顽民及其他人改的；其三，年代的粘改，我的看法是，有一种是由作者自己粘改的，一经加以思索就可以想出粘改的理由，另一种也是作者改的，但我们还未发现其理由。

前者如《诗钞》第九页燕本在"东皋集"三字旁"自山海归"跨加"戊寅夏"三字，"夏"字原作"年"，粘改为"夏"，显然是为了较细致地符合当时的归期。又如第十页"癸未夏"中的"癸未"二字，原作"庚辰"，后粘改为"癸未"。为什么呢？我在《稿本考》中的解释是这样：庚辰确是抄诗的一年，也就是写小序的一年，所抄的诗是自戊寅起到庚辰抄诗时止；但以后又作又抄，抄到癸未，自己觉得原序说庚辰抄诗，乃竟抄到癸未，未免不符，遂把庚辰二字粘改为癸未；殊不料癸未之后，又随写随抄上一些甲申的诗，也就不暇以"甲申"二字再粘改癸未了。这个看法现在还可以适用。

至于后者的例，如《古刹小憩》下所粘"癸未"二字，原因固尚不知，但也似乎没有理由断定这是由燕野顽民或其他人粘上去的。假如认为是作者自粘的，倒有些理由。在《小序》中既然把"庚辰"粘改为"癸未"，那么癸未年当是作者核对各诗年代的一年，与其说《古刹小憩》下"癸未"二字是错粘的,倒不如说是为了纠正什么错误才粘上正确的"癸未"二字的。况且,《古刹小憩》之下连着一首诗是癸未诗,以后间隔着的五六首诗上文也确定为癸未诗,恐怕就是这里没粘这"癸未"二字,只由另起一个春夏秋冬的次序而这次序又是癸未年的次序(其上则为壬午冬日诗)看来,则《古刹小憩》之为癸未春日诗,也不致发生什么问题罢?

总括上述,我认为:根据和《小诗代简》毫不相关联,而且有上述特别情况的《题画四首》之非癸未诗,来怀疑《小诗代简》之写于癸未是没有充足理由的;反之,说它写于癸未倒还比较公允些。

三 敦诚挽曹诗是甲申初的送葬诗(雪芹死后即葬)

甲申年初敦诚的挽曹诗最初只见一首,它却是由初稿最后改定的一首。一九五七年我又发现两首送葬后就写的该诗初稿。挽诗写于甲申,由《四松堂集》底稿本可见,由《四松堂诗钞》亦可见,挽诗是甲申年初作的,而且还是《四松堂诗钞》中标明"甲申"年的第一首诗(可能《四松堂集》底稿本也是如此,未见原书,不能确定)。由其下接着的《遣小婢病归永平山庄……》一诗中"满山风雪葬孤魂"的景象觇之,挽诗还有可能是甲申年正月初几的诗。

以下一方面就挽诗的内容说明雪芹不是隔年而葬,另方面据一般常理来看也不是隔年而葬。

(一)就诗题而言,敦诚标明"挽曹雪芹"诗,就应该是初丧时作的挽诗(曾次亮先生已早指出),犹如当时送致"挽联"一样。若是死后停灵一年以上,似乎就不该称"挽诗"了罢?

就诗中所用的典故说,诚如吴世昌先生所指出的,"絮酒生刍"皆指新丧。《后汉书》卷四十三《徐穉传》说徐穉遇"有死丧,负笈赴吊,常于家预炙鸡一只,以一两绵絮渍酒中,暴干以裹鸡",以为祭物。又郭林宗"有母忧,穉往吊之,置生刍一束于庐前而去"。这都是指初丧的例。敦诚引用此二典，不会全无考虑。

而且"鹿车荷锸葬刘伶"这类话，如果是停灵一年多以后再葬，说得就没有什么意义了。

因此，他才说"他时瘦马西州路，宿草寒烟对落曛"这种分寸较严的话。他的意思是，现在人刚刚死，等到"他时"再策马出郊来展墓的时候，恐怕只有看到"宿草"寒烟对那落日的斜晖了。如果写诗的时候是停灵一年有余才葬，尽管是停灵，那恐怕应该是早就长了"宿草"的时候，不必说"他时"再来始见"宿草"了。这里的时间关系是很清楚的，是挽刚刚死的人的诗。

另外，挽诗作者敦诚送葬当时所联想的情况，也以断为初丧时的情况为合理些。如他想到"前数月，伊子殇"因而写出"孤儿渺漠魂应逐"的句子，说刚死的雪芹魂灵儿也是要去寻找他儿子的；而"新妇飘零目岂瞑"也只有说刚死的雪芹未知身后新妇飘零何所，岂能瞑目，才适合情况。若死了一年以上，则"死不瞑目"的问题似乎也无须提了。"一病无医竟负君"也应该视为友人刚死时的遗憾，比认为它是在一年多以后"旧事重提"为宜。

关于"前数月，伊子殇，因感伤成疾"，主张壬午说的同志认为是指雪芹死前数月，我认为是对的，但我却以为这句话同时也和敦诚写诗的时间大致符合。否则敦诚就该说"其前数月"或"雪芹死前数月"了。这是我和他们的不同而与吴世昌先生的看法相近处（但他好像是说此语专指后一意义）。正因为我认为两者时间大致符合，所以壬午子殇就是不可理解的了。

因为它有指雪芹死前"数月"的一面，就又产生了一个雪芹不是卒于壬午的证据。据庚辰本第二十一回脂批说壬午九月雪芹向脂砚斋索书（《石头记》稿）甚迫。这一事实似可帮助推论雪芹及其子都非死于壬午。因为按一般说话用词习惯，"前数月，伊子殇"中的"前数月"至少应指三个月以前的事。那么，雪芹既死于除夕，伊子似应殇于九月之前。若伊子果殇于九月之前,则雪芹因"感伤",九月间就不可能还有兴致索回《石头记》底稿来续写或校改了。同时,他自己也应该已经因感伤而"成疾"了。

此外,尤其重要的是,壬午"秋晓"敦诚"遇雪芹于槐园",请他喝酒,"雪芹欢甚",并且还"大笑称快哉,击石作歌声琅琅"哩。由"风雨淋涔,朝寒袭袂"(敦诚《佩刀质酒歌》序)和"秋气酿寒风雨恶,满园榆柳飞苍黄"诸句看来,其时当是九月底近十月初的情况。看序中诗中描绘的雪芹不但无病而且还很高兴的样子,绝不像已有"子殇"的事故发生。既然如此,那么若说壬午"子殇"则必殇在这次聚会之后,亦即殇于是年十月之内,那就似乎更不合"前数月"中"数月"在一般用法中的含义了。所以雪芹是年子殇似不可能,而雪芹死于是年也就不可能了。

(二)但我对雪芹之非经年而葬,却还有从常理上讲的理由。陈同志说雪芹死后不是因为"讲排场"而停灵迟葬。我却认为:一则,既然雪芹生前穷困,身后萧条,那么,他死后当时买个棺材需款比停灵可能要少些,因为停灵除了棺材(而且还要比立即葬埋的棺材质量好些)钱外,还得寄灵的费用;再则,雪芹死后因无进款可望,就不会停灵一年多等待葬费,而只有死后即筹丧葬费还比较容易些。

最后,由常理还可怀疑的是:如果是壬午除夕死了,隔一宿就是癸未年,该年不葬到甲申再葬即使可说,可是却选择在甲申年的正月初葬。照北京的季候,正月初乃是地冻三尺的时节,如果刚死并且立葬,那自然无话可说,只得挖地埋葬。既是停灵而且停得已经那么久,为什么偏偏选择那样一个动土既不方便,而又是刚刚过了年的正月初的时候来葬?

一九六二年四月二十二日。

(原载《文学遗产》第四一三期)

第三篇　考证曹雪芹卒年我见
——再答陈毓罴和邓允建两同志

这次考证曹雪芹的卒年,目的是为了确定他的二百周年忌辰。我那篇《曹雪芹的卒年问题》(见三月十日《光明日报》的《东风》),就是想引起对这一问题的讨论。在意料之中的是,假如没有新的有力材料,无论壬午说或癸未说都很难得出绝对的结论。但是,根据两说目前所掌握的证据,能不能通过细致的讨论确定哪一个说法比较合理?我最初设想是可能的。经过这一段时间的讨论,看来在参加讨论者中间得出这样一致的看法,并不是那么容易了。这却是出乎当初意料的。我尝推想:这原因究竟何在呢?在相信每一参加讨论者都没有而且也不应该有成见的前提下,我觉得两说的主张者对于现有重要材料的看法以及处理它们的方法的不同,似乎可以部分地说明这一情况。结合着对重要材料的看法和使用,我答复邓允建和陈毓罴两同志的《再谈曹雪芹的卒年问题》和《曹雪芹卒年问题再商榷》(均见一九六二年六月十日《文学遗产》)如下。

关于《懋斋诗钞》的编年

我认为《懋斋诗钞》的原本是个很原始的本子。如果不算敦敏写诗时随时所用的纸头或草稿本在内,它就是敦敏这一时期(由乾隆二十三年大约到三十年左右)诗的最原始本。因此,就这个原本而言,无论在编年或在排列一个年度之内的次序上,由于它是随写随抄上去的诗,其次序都不会轻易弄错。周汝昌先生所谓"严格编年,有条不紊",如果是指这个原本,我是完全同意的。可是,正如我已经说过的,原本是我们推论出来的,我们现在只能看到燕本。在燕本中,虽然有很多地方是原著者和批选者改动的,但的确有的地方有了调动,如《题画四首》,便已经不是原本的次序了。在这种情况下,我们必须承认:燕本只是"大致编年"。

可是,在理解这"大致编年"上,癸未说者和壬午说者有歧异,而这一异点正是证明《小诗代简寄曹雪芹》一诗是否写于癸未的关键。

在我看来,既是"大致编年"而不是"大致不编年",也不是只有一小部分诗是编年,那就应该是:除了确能证明"编"错的(其实只是后来的人安插错的)诗和有充分理由可疑的诗应分别定为"错置"和"存疑"外,所有其余的诗都是编年的,并且是严格编年的。如果具体处理这"所有其余的诗"中某些或某一首诗时,又不承认其为编年,那就等于自己否定了"大致编年"的看法。

在论证《小诗代简》并非癸未诗的时候,壬午说者一开始就否定了他们自己提出的这"大致编年"的看法。他们所举的《题画四首》确是错置了的。但在我看来,证明此四诗并非癸未年的诗,不能因而证明与它们毫无瓜葛的、包括在"大致编年"那部分诗中的《小诗代简》也不是癸未诗。须知这和我用《小诗代简》的近邻诗为癸未诗来证明《代简》也是癸未诗不同。因为,同是在承认"除确判为错置的诗和确实可疑的诗外,所有其余的诗都是编年诗"的前提下,说"其余诗"中某些或某首诗是编年无误诗,是可以的;说它们或它不是编年诗,是不可以的。这逻辑十分明显,无待多说。

等到我真的提出用那属于"所有其余的诗"中的某些与《代简》近邻的诗和远邻诗之为癸未诗来证明《代简》也是癸未诗的时候,壬午说者却又提出：（一）它的邻诗都不是癸未诗，（二）《代简》一诗有剪痕——意思是，它们不是原邻而可能是移来的邻居，因而不能用其邻诗为癸未诗来证明《代简》也是癸未诗。这种"两头堵"的办法，就是逻辑中所谓"进退维谷"的论证方法：（一）若邻诗不是癸未诗，你自然不能说《代简》是癸未诗；（二）若邻诗是癸未诗，而《代简》却有剪痕，它是从旁处移来的，因之，你也不能把它与其邻诗的年度，相提并论。

但这一意在使癸未说者陷于进退两难的论据，却也不难解决。关于邻诗不是癸未诗一点，壬午说者最近又提出《古刹小憩》、《过贻谋东轩……》以及《典裘》三诗都是庚辰诗，并从而作出《代简》也是庚辰诗的"结论"。在作出这样的推论的时候，他们完全忘记了，他们曾经为了另外的目的指出过《代简》一诗与其下一首邻诗之间，有"剪贴接缝"的痕迹因而不能与其邻诗的年代相提并论。除了这一矛盾之外，要紧的是，壬午说者从这"大致编年"的《诗钞》中的癸未诗里抽出以上这四首他们认为应当是庚辰的诗时，还忽略了以下两个应该注意之点：

（一）既承认《诗钞》原本是编年的（例外不算在内，即"大致编年"），那就非把（须据燕本，不能据影印本）从《古刹小憩》一直到《九日过东皋吊问亭将军》这十九个诗题（中间的《题画甲首》姑且除外）一并或集体地抽出不可。因为这十九个诗题的二十几首诗一直是上下叶毗连着的，直到《九日过东皋……》一诗的末句"词华愧后生"，才与下页断绝了叶际瓜葛。而这种毗连和瓜葛，都是不应该任意分割开的。（须加说明：《题画四首》不计后，恰好原在燕本"卜夜拟宿松堂中"七字后的《题朱大川画菊花枝上一雀》一诗题与抽出《题画四首》那一整叶后下页的《题朱大川画菊花……》的本诗"此花称逸士……"毗连上了，所以此处也不能分割。）换言之，要移至庚辰，就必须把这十九个诗题二十几首诗集体地迁移，而不能无故抽出一两首个别地迁移。壬午说者或曰《代简》一诗后有剪贴接痕，不能算连接着的云云。那么，我们就应该仔细考查一下这剪痕是否不对口，如不对口，则《代简》自是可疑而和它上面及下面的诗都不能一例相绳了。可是，如果虽有缝而能对口,那就仍须一例看待。若此一诗来自他处而此处诗被移至旁处或废掉的话,则绝不可能对口。

(二)也必须给这十九个诗题的二十几首诗集体地在庚辰年度诗中找个"安身之处"才行。怎奈,庚辰年度诗虽不少,却也都是上下叶毗连瓜葛分割不开的。仅有两个地方好像有懈可击:其一是把它们安置在《春柳十咏》前面那几行空白中,其二是安插在《送和怡斋牧马塞上》这首自辟另叶与上叶《题携琴过桥图》一诗并无瓜葛的诗的前面。姑无论在开头、结尾处,这十九个诗题的诗迁到新居是否在行、页安排上对头,即仅仅以季度的次序而言,也接不上。例如,固然十九个诗题的前几首诗都是春天的诗,放在《春柳十咏》前面没有问题,但其末尾的诗是九月"九日"的秋天,与《春柳十咏》接不上。假如放在《送和怡斋……》一诗前面,也是前能合上而后合不上。因为在《题携琴过桥图》下加入《古刹小憩》等三四首诗虽然是可以的,但《古刹小憩》这十九个诗题的最末的九月"九日"诗,与《送和怡斋……》下一首《水南庄即事》的春日诗也接不上头。并且"水南庄……"下隔一首即《立秋前三日……》一诗,恐怕没有到九月九日才立秋的事实罢?

以上这些问题好像壬午说者并未认为是问题。若然,那岂不就等于口头上承认《诗钞》是"大致编年",而实际上却把它当作"乱七八糟"的东西看待,这如何能令人信服?

虽然壬午说者在具体推论各诗年代时并未贯彻他们那"《懋斋诗钞》是'大致编年'"的看法,但癸未说者是在承认它是大致编年的前提下,始终遵守这条原则来考虑问题的。壬午说者可不可以先承认而后又不承认《诗钞》是"大致编年"呢?当然可以,但那就应该把讨论转入《诗钞》是否"大致编年"的先决问题上去了。

关于敦诚挽曹诗的年代

壬午说者对于考证雪芹卒年的新发展之一是对敦诚挽曹诗写年的变

化——从承认它们是当初就有"甲申"纪年的诗到认为"甲申"二字是多少年后改诗时加上而且是加错了的。按挽诗写于甲申,本来是壬午说癸未说都一致承认的,现在却有了分歧。这也使讨论增加了困难。

我认为邓允建同志这一说法的论据是十分薄弱的。他所设想的那挽诗写、改的情况,也是令人怀疑的。

第一,我承张次溪先生见允,得以早就看到他所藏的《鹪鹩庵杂诗》。杂诗最大的可贵处在于保存了敦诚两首《挽曹》诗的初稿。由于它是分类抄录的,所以各诗一律都没有,也没有必要有纪年。但是这却丝毫不能证明:它所依据的敦诚自存的《四松堂集》中的各诗也都没有年代。相反,敦诚自己说"吾诗聊记编年事",他的《诗钞》底稿本(现存北京大学图书馆)是严格编年的。因此,在《杂诗》中看不到《挽曹》诗两首初稿的写诗年代,并不能证明敦诚当初写这两首诗时就没有年代。因为是挽诗,在《四松堂集》的稿本中,如果它是挽雪芹那年的第一首诗,就更会注明年代;如果不是那年的头一首诗,其编年也更不会错误。因为,挽某年死的人的诗较之内容空泛的古意、咏怀以至题画之类诗,是更不易编错年代的。

第二,邓同志以《杂诗》所收最后的诗"最迟至甲午年"来证明杂诗编、抄于甲午或乙未,这是可以的。但是从而推论"直到乙未年,两首挽曹诗还未改写,且未署年代",却是不妥的。一则如上所说,《杂诗》中的诗一律未抄纪年,不能证明二诗"未署年代"。二则也不能证明"直到乙未年,两首挽曹诗还未改写"。因为即使有了改的稿,而原稿也流传出去这个可能,并无理由给抹掉。并且,敦诚自改了挽诗后,自己又何尝不可以有两个抄自己诗的本子,一个只保存两首初稿,另一个只保存改后的挽诗,而《杂诗》的编、抄者抄的却是前一个本子呢?

第三,因此,壬午说者从《四松堂诗钞》的诗终于癸卯因之便是抄于甲辰这一假设,来推论敦诚改写挽诗是在"乙未至甲辰"之间,也就不是那么可靠了。这完全忽略了一个可能,即《四松堂诗钞》是根据敦诚只保存改后的挽曹诗那个本子抄的,而改挽曹诗却完全可以远在这以前,甚至在甲申正月写完了两首后,随即改写为一首的。只要有此可能存在,邓同志就不能得出那个结论。

总之,不能用这些来证明当初的两首挽诗没有注明"甲申"二字,也不能证明后改的挽曹诗必须写于乙未、甲辰之间,从而,也就无从假设"乙未距曹雪芹死已有十四年……甲辰有二十三年",改时就"难保毫无错误"的想法了。

此外,关于敦诚挽曹诗的解释,那倒是自来就成问题的。不过壬午说者并未分清癸未说引用挽曹诗的主要和次要证据,而仅对次要的或辅助的证据加以反驳。比如,我在《质疑》一文中对"他时瘦马西州路,宿草寒烟对落曛"加以解释后,说道:"这里时间的关系是很清楚的:是挽刚刚死的人的诗。"对于这一怀疑经年余始葬说法的主要论据,陈毓罴同志只字未及,却只说什么我把"絮酒"、"生刍"的"典故看得太死了"云云。殊不知我在《质疑》中是先建立了主要论据,然后才用这些典故为辅证的。用典故虽然可死可活,但对典故的解释却要跟着包括这一典故的诗或文的主导思想和主要内容走,也就是说,要为后者服务。我用只有人刚刚死才能"挽"、"晓风昨日拂铭旌"、"他时……宿草"等等,已经证明雪芹死后即葬这一主要内容,我当然应该采用此二典"皆指初丧"的本意,才符合那个主要内容。这并非把"典故看得太死",而是原诗的主要内容不允许我把它们解释得太"活",尽管我同意典故有时是可以活解的。关于这一点,我觉得最近吴世昌先生的《敦诚挽曹雪芹诗笺释》一文,是值得参考的。

另外,关于用雪芹的活动情况帮助说明一些论点,我认为在没有新的有力的直接证据的情况下,不失为一种办法。我在《质疑》中用了两个例子。一个是庚辰本脂批《石头记》第二十一回批语"壬午九月,因索书甚迫"。在陈同志对我引用这一批语为辅证的指摘中,我觉得对"前数月"与"壬午九月"的关系的看法,原是可以商讨的。但关于是谁索书?索的是什么书?他就未免性急了些,而竟至"断章取义"了。索书的是曹雪芹,书是《石头记》。关于此点,见我在六月二十三日《东风》上答复吴小如先生的短文,兹不多赘。(见本书卷八第四篇的《"壬午九月索书甚迫"解——答吴小如同志》)另一个是《四松堂集》中的壬午年秋抄诗《佩刀质酒歌》。陈同志举出许多例子来"证明九月初也能有此景色"。但我却认为按照集中壬午年诗中那么多描写秋日的景象的诗的次序而言,按照该诗前已有深秋景象诗(如《西郊感事》中"落叶下寒原,飞霜杀枯草……",而该诗后接着就是《冬晓书怀》)而言,实在没有理由说这诗不是九月末的诗。值得注意的是:不但有这类雪芹活动的例子来帮助证明雪芹壬午年子殇的可能性小,而且还有证据能够帮助说明癸未年夏秋之际雪芹子殇的可能性很大。据我所知,曾次亮先生就掌握了雪芹子殇于癸未的可能大的证据。未敢掠美,先泄露一点玄机:他考出癸未年夏秋之际北京地区的痘疹流疫甚剧,小儿殇者几半城,敦氏一门就有五个人相继死亡。既有壬午秋雪芹子殇的不大可能,而癸未又大有可能,加上《代简》写于癸未,挽曹诗写于甲申,又非隔一整年多才葬,那么,雪芹不死于癸未死于哪年呢?

关于脂批的使用

对于重要材料的脂批,至少我个人的看法与壬午说者的看法,是不同的。从文学批评的观点估价脂批,有的同志前些年已经做过,在这方面,我不能赞一词。脂批在文学欣赏与批评上的价值,与我们知道或不知道的批者是什么人这个问题,关系不大;知道了最好,不知道也无关宏旨。但是要利用某些资料性的脂批来作历史考据的证据,那就必须先确定这些资料的可靠性如何,是什么人批的?他或他们和曹雪芹有什么关系?在哪一年批的?在什么情况下批的?这些都是使用一项历史资料之前必须解决的问题。其中第一个问题尤其是关键性的重要问题。不解决它,其余的问题都很难处理。即使从某条批语中能看出时间、地点和情况的特征,但由于"究竟是谁批的"尚未解决,也就局限了该条批语用途的限度。

几年以来，对于解决脂批的批者是谁，曾经有过不断的探讨。解放后出版的《红楼梦新证》就首先努力过。最近值得注意的是《红楼梦探源》（用英文写的）作者吴世昌先生的研究结果。他的"脂砚斋是雪芹的叔父曹硕"这个结论与较早的传说（如裕瑞）吻合，这是可以重视的。但吴先生的中文稿还未脱稿，无法得窥其详细论据。

在不确知脂砚斋是谁的情况下，使用脂批作历史考证的材料，只能把它当作旁证或辅证。只能在有了其他证据的前提下，引用脂批来"助一臂之力"，而这也的确会增加些力量。但要以脂批为证明重要问题的"孤证"，那可就是本身"身份不明"的脂批所"力不能胜"的任务了。壬午说的唯一根据——"壬午除夕，书未成，芹为泪尽而逝"，就恰恰是这样一个孤证。特别是由于有癸未说的反证，我们有理由也合法地要求：这条脂批"孤证"必须提出证明他自己的合法身份的另外证据。使用这条脂批的人光说"看口气批者和雪芹的关系是这样那样亲密"，这是不行的。如果无法证明这条孤证的可靠性，那就只好把它当作辅证，而另外找出"雪芹卒于壬午"的主要证据才行。当然，我也引用脂批作证，但我却是拿它作为辅助证据的。那就是说，取消了它，无大损于主要证据；有了它，却增加些力量。这和主壬午说的同志对待脂批的态度是不同的。这不同，也是两种主张不能接近的原因之一。

最后我认为既然在对以上几种有关卒年问题主要材料的看法上都有很大的差异，似乎就应该用其他方法（而不是公开讨论）让大家对这些先决问题的看法先取得一致。否则先决问题和一些有关的细致问题搅在一起，那讨论不但会使读者眼花缭乱，就是讨论者们也会感到很难有效地进行下去了。

一九六二年七月二日。

（原载《文学遗产》第四二二期）

卷六　有关曹雪芹诗文考略

第一篇　敦诚挽曹雪芹诗的两首初稿
——乾隆抄本《鹪鹩庵杂诗》和《四松堂诗钞》的发现

《四松堂集》是一部流传极少的书。一九五五年文学古籍刊行社出版了《四松堂集》刊本的影印本，给读者以很大的方便。但刊本的《四松堂集》并没有把敦诚的诗完全收入。比较完全的本子则是北京大学图书馆藏的《四松堂集》付刻前的底稿本。底稿本除了包括全部刊本的诗文以外，还有未刊的诗。这些未刊的诗，可能是敦诚死后他的堂弟桂圃（即宜兴，是他的从堂弟）为他刻集时，和他的哥哥敦敏商酌删掉的。这个底稿本的另一个好处是在书的上端用干支注明了写诗的年代。

另外，我在一九五六年和一九五七年又连续发现敦诚诗的两个抄本，一个是《四松堂诗钞》，另一个是《鹪鹩庵杂诗》，其中都保存着影印本《四松堂集》未收入的许多诗。现在将两书的情况，分述如下。

一九五六年五月，我见到抄本《四松堂诗钞》一册，这个抄本是北京西单北灵境胡同口外鼎古斋店主送到我家里的,原藏者是一位姓王的。那个店主代索价五十元,我未买下,后归文学研究所。这个抄本是用竹纸抄写的,纸已经黄暗并且很脆了,同我一九五四年看到的《懋斋诗钞》抄本的纸张完全一样。从各方面看,可以断定这是一个乾隆时的抄本。抄本的字迹像敦诚的字,但不能十分肯定。因为我只有敦诚《鹪鹩庵笔麈》的行书手稿,没有见过他的楷书。但这个抄本却是很重要的。

抄本只抄到敦诚乾隆四十九年(甲辰)的诗,则此抄本很可能是甲辰年的抄本。当时敦诚年五十一岁。其中保存着刊本删落的诗共有三十五个题目,以诗而言,却有三十九首诗,抄本注明了作诗的年代。我们借这个抄本得知敦诚从乾隆二十二年(丁丑)到乾隆四十九年(甲辰)诗的写作年代。我们比较抄本诗的次序和刊本诗的次序,发现很少的变动,即使小有变动也是在本年之内的次序颠倒,并没有跨年变动次序的例子。因此,我们可以说,敦诚的《诗钞》是比较严格地编年的。再看他的自白"吾诗聊记编年事"(见《四松堂诗钞》)一语,更可证明。

由于有这一严格编年的诗钞,加上敦敏写的《敬亭小传》(见刻本《四松堂集》卷首)以及《懋斋诗钞》、《神清室诗稿》、《延芬室集》中有关敦诚的事迹,我们就能比较详细地知道敦诚的生平。由于有关曹雪芹的传记材料非常缺乏,也由于敦诚和曹雪芹密切的友谊关系,所以,我们对敦诚、敦敏知道得愈清楚,对我们了解曹雪芹也就愈有帮助。根据曹雪芹和敦诚接触的年代及其他一些具体事实,我们可以间接得知雪芹许多活动的年代和情况。根据曹雪芹的朋友们的有关著作,来考证曹雪芹的生平,以前的研究者们所下的功夫不多,而这又确实是一项可以做出些成绩的工作。

《鹪鹩庵杂诗》抄本是一九五七年六月张次溪先生借给我的。从纸张上看,这也是个乾隆抄本。抄本第一页署"鹪鹩庵杂志",题下有"卢文弨撰"墨印楷书四字,应该是卢氏用自己写作的本子,来抄录了敦诚的诗。大概卢氏原想抄敦诚的《鹪鹩庵杂志》,亦即《笔麈》,后来不知为什么又改抄杂诗了。这个抄本第一页原题虽作"鹪鹩庵杂志",但实际上却连一条

"志"也没有,全是诗。因此我后来引用时,即署"鹪鹩庵杂诗"。从前的一粟、现在的周汝昌同志(看新版《红楼梦新证》),对此都有"纠正"。但实际上是"纠"而"不正",因为原题虽是"杂志",实则纯是"杂诗"。故我仍称"杂诗"。卢文弨字召弓,号抱经,浙江仁和人,生于康熙五十六年,死于乾隆六十年,比敦诚还多活三年。卢文弨同孔继涵很熟,孔死后,卢为他写过哀辞。按孔继涵即孔梅溪,亦即《红楼梦》第一回中的东鲁孔梅溪。敦诚的诗,在宗室诗人中,是很有名的,故卢文弨抄他的诗,并不奇怪。这个抄本因为没有敦诚很晚的诗,当系敦诚在世时抄出传阅的。诗是分类抄的,没有年代,虽然这是一个缺点,但它保存前此各本所未见的诗,却有二十九个题目之多,因此是很可贵的。

用《鹪鹩庵杂诗》来校读刻本《四松堂集》,可以看出许多诗都有异文,也可证这是一个流传较早的本子。凡是有关曹雪芹诗的异文,我在这里都转录下来。《杂诗》中许多诗都是考订敦诚生活情况的好材料,但最使人兴奋的却是两首《挽曹雪芹》诗初稿的发现。对于考证曹雪芹的生平说,《鹪鹩庵杂诗》是很有用处的。

以下想根据我个人的浅见,把《四松堂集》所未收入,但见之于各抄本的诗的价值,略加说明。

(一)乾隆二十六年敦诚的《赠曹芹圃(即雪芹)》一诗,不见于刻本的《四松堂集》。今天大家引用它都是从前人有关《红楼梦》考证的文章中辗转传抄来的。其实,这首诗原见于《四松堂集》底稿本。诗云:

> 满径蓬蒿老不华,举家食粥酒常赊。
> 衡门僻巷愁今雨,废馆颓楼梦旧家。
> 司业青钱留客醉,步兵白眼向人斜。
> 阿谁买与猪肝食,日望西山餐暮霞。

我所发现的抄本《四松堂诗钞》和抄本《鹪鹩庵杂诗》中,却都有这首诗。惟第七句有异文,而作"何人肯与猪肝食"。由《四松堂诗钞》可知这首诗是乾隆二十六年秋天写的。年代是由抄本直接可以看出的。秋天,由诗中"满径蓬蒿老不华"句可见,由刊本下一首诗中有"枫叶芦花作雨声,西风双雁破秋清"句,也可证明。敦敏在乾隆二十六年也有一首《赠芹圃》诗。诗云:

> 碧水青山曲径遐,薜萝门巷足烟霞。
> 寻诗人去留僧舍,卖画钱来付酒家。
> 燕市哭歌悲遇合,秦淮风月忆繁华。
> 新愁旧恨知多少,一醉酕醄白眼斜。

据我所发现的《懋斋诗钞》原稿本和影印的《懋斋诗钞》(原本我后来为文化部代购下,今藏北京图书馆),此诗末一句作"一醉酕醄读楚些",后粘改为"一醉酕醄白眼斜"。《红楼梦新证》作者周汝昌同志说:此二诗由于(1)题同、体同,(2)韵同、内容同,断为同时作;又谓:看其皆说"门巷",又云"留客醉",可知是敦敏兄弟二人同访雪芹于其家同饮留赠之作。(见《新证》旧版四三二页。)这个推断是对的。按敦敏此诗中所说的"碧水青山",显然也是北京秋日的景象。由敦敏这诗下面的一首诗中有"秋风乡味重"之句(见《懋斋诗钞》五七页)也可证明是秋天。

敦诚《赠曹芹圃》一诗中"步兵白眼向人斜",人们已经知道是描绘雪芹为人态度之句。"满径蓬蒿","衡门僻巷","举家食粥",也早成了雪芹居处简陋、生活艰困的证据。"日望西山",即白家疃一带的西山,这可以说明当时雪芹住的所在。"司业青钱"一典,出于杜甫《戏简郑广文虔兼呈苏司业源明》一诗。诗云:"广文到官舍,系马堂阶下。醉则骑马归,颇遭官长骂。才名三十年,坐客寒无毡。赖有苏司业,时时乞酒钱。"郑虔很穷,赖有苏司业时常送给他酒钱,他才吃得上酒。敦诚这句诗引用苏司业这个典故,说明雪芹的情况穷困有类似苏司业那样的朋友送给他钱沽酒。

（二）《挽曹雪芹》一诗向来是考曹雪芹卒年的重要材料之一。该诗见于《四松堂集》底稿本，但不见于刻本和《熙朝雅颂集》。现在，我看到的《四松堂诗钞》和《鹪鹩庵杂诗》中却都有这首诗。可贵的是这首诗在《四松堂诗钞》中，明白标注着是甲申年的诗，而且还是甲申年的第一首诗。由下面接着的一首诗《遣小婢病归永平山庄未数月闻已溘然淹逝感而有作》中所云："……一路关河归病骨，满山风雪葬孤魂。遥怜新土生春草，记剪残灯侍夜橹。……"又可证明挽曹诗确是写于癸未除夕之后的甲申早春某日。但最可贵的却是《鹪鹩庵杂诗》中保存了两首《挽曹雪芹》诗。那两首挽诗是：

四十萧然太瘦生，晓风昨日拂铭旌。
肠回故垄孤儿泣（原注云："前数月，伊子殇，因感伤成疾。"），泪迸荒天寡妇声。
牛鬼遗文悲李贺，鹿车荷锸葬刘伶。
故人欲有生刍吊，何处招魂赋楚蘅？

开箧犹存冰雪文，故交零落散如云。
三年下第曾怜我，一病无医竟负君。
邺下才人应有恨，山阳残笛不堪闻。
他时瘦马西州路，宿草寒烟对落曛。

前一首，除第五句第六句和流传的《挽曹雪芹》诗相同外，其余各句均有小异。无疑地，流传的挽诗是比较晚的定稿，而上面第一首挽诗是初稿。可注意的是，两次稿中的第一句都有"四十"的字样。流传的挽诗中作"四十年华付杳冥"，上述第一首挽诗则作"四十萧然太瘦生"。稿凡两易，却始终不放弃"四十"一词，考曹雪芹的生年卒年时，这一情况似仍值得推敲。从"晓风昨日拂铭旌"一句诗可见敦诚的挽诗是癸未除夕雪芹死后刚刚过了年到甲申正月送葬时所作,距雪芹死期是极近的。因此,流传的《挽曹雪芹》诗在《四松堂诗钞》中才标明是"甲申"年的第一首诗。事实上,这也可能是敦诚在乾隆甲申年正月初八日所作的本年第一首诗。俞平伯先生在《曹雪芹的卒年》(见《文学遗产》第一期,一九五四年三月一日《光明日报》)一文中,用较早流传的《挽曹雪芹》(甲申)诗末句"絮酒生刍上旧坰"中的"旧坰"来反对雪芹卒于癸未除夕之说,不但他对"旧坰"的解释有错误(参看一九五四年四月二十六日《光明日报·文学遗产》第五期曾次亮先生驳俞的文章),而且他猜测挽诗隔了一年的时间才写,也是不对的。

后一首一向未被发现的挽诗其重要性更大。

"开箧犹存冰雪文"中的"冰雪文"可能是敦诚辑存故友诗文遗墨的《闻笛集》中的雪芹的诗文书简,也可能是指敦诚所藏《红楼梦》的抄本。

"三年下第曾怜我"初读之,不可解。详审有关敦诚材料后,始知敦诚大概在乾隆二十年参加宗学岁试考试以前,还参加过三次什么考试,但都失败了。《鹪鹩庵杂诗》中《冬晓书怀》云:"……二毛未上簪,廿九非云老。胡为不自量,磊落负怀抱?三次藐大人,再蹶嗤群小。猿鹤相轻嘲,松竹几枯槁。……"按此诗写于乾隆二十七年,时敦诚年二十九岁,是追溯往事,而所谓"藐大人"一语,则出《孟子》。雪芹在乾隆二十年以前是和敦诚有过从的(见本书卷四第一篇《曹雪芹和右翼宗学——"虎门"考》),当时他对敦诚的考试失利,深致同情之意,故敦诚此诗云"三年下第曾怜我",而雪芹"一病"竟至"无医",这其中可能也包括着一些无法确知的事实。如雪芹无力就医,敦诚又因故未能及时帮助雪芹请医,因而自己感到有"负"故友,深为遗憾。末二句"他时瘦马西州路,宿草寒烟对落曛",和前一首的第二句"晓风昨日拂铭旌"合起来看,再联系传说,雪芹当是死后即葬于北京西郊寓处附近的。"西州路"一词在敦诚诗中屡见,系引用《晋书·谢安传》故事。《谢安传》载:安病还都,"舆入西州门(中略)。羊昙者太山人,知名士也,为安所爱重。安薨后辍乐弥年,行不由西州路。尝因石头大醉,扶路唱乐,不觉至州门。左右白曰:'此西州门。'昙悲感不已,以马策扣扉,诵曹子建诗曰:'生存华屋处,零落归山丘。'恸哭而去。"敦诗写在雪芹死后葬时,说将来(即"他时")策马出郊不能再见故人,不过"宿草寒烟对落曛"而已。"宿草",据《礼记》中《檀弓》"朋友之墓,有宿草而不哭焉",当然是指雪芹茔墓所在之地。我从前从情理上推测雪芹贫甚,他的葬处不会在东郊,而是在西郊居处附近,似可得到证实。

(三)《四松堂诗钞》中的"荇庄过草堂命酒联句即检案头闻笛集为题是集乃余追念故人录辑其遗笔而作也"这一联句,我们从前既不知道它的年代,也没有看到它的全文。只有从《红楼梦新证》中抄引这个题目以及有关雪芹的两句诗。《新证》作者在早年看到过《四松堂集》底稿本。现在由《四松堂诗钞》也可知此诗作于乾隆四十五年(庚子),雪芹已死十七年后的"岁暮",即过旧历年之前几日。因此诗前一首是《岁暮宿村寺中怀感不寐挑灯感赋二首》,甲辰抄本《四松堂诗钞》并有注云:"时腊月廿四日也",可证联句是写于腊月廿四日之后的。

在这个联句中,讲到"我辈漫相评"之后,开头就提到曹雪芹,说他"诗追李昌谷",后来又说他"狂于阮步兵",可见雪芹的诗在敦诚朋侪中的地位和朋友们对他的观感。

此外,联句中也谈到敦诚的其他许多朋友,如秀岩、龚紫树、周立崖、璞翁(即席特库)、罗介昌、复斋、寅圃、明益庵、贻谋等人中的一些人大都可能与雪芹相识。复斋名吉元,寅圃名敏诚,两人都是右翼宗学学生。明益庵即明仁,是怡亲王弘晓的姐丈。贻谋、汝猷都是敦诚之弟,周立崖是敦诚之父瑚玪的朋友。他们都同敦诚常有过从。试观敦诚在乾隆四十四年《寄大兄》一信中说:"每思及故人,如立翁、复斋、雪芹、寅圃、贻谋、汝猷、益庵、紫树,不数年间,皆荡为寒烟冷雾。曩日欢笑,那复可得!"又《哭复斋文》:"未知先生与寅圃、雪芹诸子相逢于地下,作何言笑?可话及仆辈念悼亡友之情否?"看这种口气,雪芹生前似应和他们都是认识的;否则雪芹同他们也不会"相逢于地下"在一起谈论活着的人的情况了。

由于敦诚和明益庵相熟，又可推测他和明益庵的弟弟明我斋（义）也认识，因为据《随园诗话》的舒批，明义是明益庵的胞弟。明义的《绿烟琐窗集诗选》中，有《寄益庵兄》一诗，其末二句云："谁怜老母萧萧发，日望南军涕泗垂。"我这个推测终于在《四松堂集》刊本中得到证实。在甲辰以后不知何年诗《答念园即次来韵》一首中，敦诚诗有云："无波舫（原注：'念园斋名'）里得相逢，又听环溪万壑松（原注：'我斋园'，裕按：即环溪别墅，又称三贝子花园，亦即今天北京的西郊公园）。"可证敦诚和明我斋也是有过从的。重要的是，这是明我斋通过敦氏弟兄和曹雪芹认识的一个线索。曹雪芹是否与写《题红楼梦》二十首诗的作者明义相识的问题，请参看本卷第四篇《明义的〈绿烟琐窗集诗选〉及其〈题红楼梦〉二十首诗》和卷七第二篇《现存己卯本〈石头记〉底本来源的推测——弘晓和曹家、曹雪芹及敦诚、墨香、明义等〈石头记〉早期抄本收藏者的关系》。

（四）《四松堂诗钞》中还有两首比较重要的诗。一是乾隆二十三年的《岁暮自述五十韵寄同学诸子》，二是乾隆四十八年的《寿伯兄子明先生》。写《五十韵》时敦诚二十五岁，因诗中有"过此二十六，老大益增忧"之句。乾隆二十三年敦诚正在松亭司分榷事。年底曾回北京，《五十韵》就是那时写的。翌年正月又匆匆回松亭。我在本文一九五七年的初稿（见《有关曹雪芹十种》）中，曾经有如下的推测：

> 这一年敦敏从山海关回到北京，据乾隆二十五年敦敏诗说他和曹雪芹"别来已一载余矣"，那么敦敏在这一年和曹雪芹是会过面的。敦诚于这一年（指乾隆二十三年）正月再赴松亭司分榷事，在岁暮回北京写《五十韵》时，也有和雪芹见面的机会。（《十种》，十一页）

由于一九七一年敦敏的《瓶湖懋斋记盛》手抄本的重要发现，可知我推测二十三年敦敏与雪芹曾会过面是对了，因《记盛》一稿说明在这年的腊月二十四日雪芹曾到懋斋同许多人聚会(详看本书卷二第二篇《〈南鹞北鸢考工志〉的附录敦敏〈瓶湖懋斋记盛〉残文校补》)。敦诚则因滞留松亭,未得参与,直到快过年时他回北京,过了年后又匆匆回松亭。他这次回北京并没有和雪芹见过面。因此,我说他"也有和雪芹见面的机会"是错了。

《五十韵》这首长诗关于敦诚二十五岁以前的重要事迹几乎都叙述到了,可与《四松堂集》卷首敦敏写的《敬亭小传》合看。《小传》是旁人的叙述,此诗则除自述一些事实外,还写出了他在每个时期对一些事情的看法。这都是写比较详细的敦诚传记的有用材料。

《寿伯兄子明先生》一诗写于雪芹逝世后的二十年,涉及敦敏的儿、孙、女、婿在他的生日的欢聚,本不重要;但此诗中"先生少壮时,虎门曾翱翔。文章擢巍第,笔墨叨恩光。当年工射策,至今宗署藏"诸句,却对解决自一九二二年胡适的《红楼梦考证》以来没有解决的"虎门"问题,很有帮助。我的看法已在本书卷四《曹雪芹和右翼宗学——"虎门"考》中说明。

(五)有些诗可以看出敦诚的生活情况。如由《鹪鹩庵杂诗》中的《携家住南村作》可知他还有"婢媪五六辈,僮奴六七人"。他在所谓"南甸"还有个山庄,有"茅屋八九间"。田呢,"况有负郭田,宁止二顷耕?"又敦诚的住处西园,据他的《四松堂记》一文,可知即是瑚玠预告后住的所谓"城西第"。只据"城西第"一词,还不知道究在城内或城外。但敦诚有出游《归晚为严城所限不得入》的诗,有《饮晚未得入城》的诗,最明显的是有《携家住南村作》中说的"□□出城闉"一句诗,可见西园是在城内。由敦诚诗中屡称槐园为"南园",如"湖上南园听雁鸿"下注云"兄家槐园在太平湖侧"等,又可知西园在宣武门之北。西园所在地十分静僻,据《鹪鹩庵杂诗》中之《嵩山寄诗次韵答之》一诗里面的"僻巷希闻雷走车,地偏吾亦爱吾庐"二句,似乎可以证实他确住在不甚繁华的西城根一带。《冬晓书怀》、《携家住南村作》二诗中还有许多诗句是表明他的志趣的。

《四松堂诗钞》和《鹪鹩庵杂诗》以及《四松堂集》付刻前底稿本中不见

于影印本《四松堂集》的诗文,我都抄存在本书的附录里,供研究者参考,因为这三种稿本都是不容易看到的。

写于一九五四年夏,一九五七年六月二十五日、一九七二年六月二十八日改稿,一九七六年七月八日据新发现的材料,略加增删于沙滩。

第二篇　敦敏的《懋斋诗钞》稿本考

《懋斋诗钞》是敦诚的哥哥敦敏的诗集，对于研究曹雪芹的生平是很重要的材料。敦敏和雪芹有许多酬唱的诗都收在里面。由《诗钞》中所纪的年代及当时他们这般朋友之间的思想和气氛，也可以使我们对于曹雪芹增加一些理解。

《红楼梦新证》作者引用的"秘笈"《懋斋诗钞》，是前燕京大学所藏的一个抄本。这个抄本，据邓之诚先生告诉我，当初胡适考《红楼梦》时，曾托陆志伟先生问他有没有这本书。邓先生说他自来就厌恶胡适，所以他明知这个抄本收藏在燕京大学图书馆里，但没有告诉他。后来却被周汝昌同志在一九四七年发现了，周所看到的本子只是个一般的抄本，不是著者手抄本。抗日战争胜利以后，这个抄本以及其他与研究曹雪芹有关的材料，如永忠的《延芬室集》、书诚的《静虚堂集》，等等，都不见了。

一九五四年盛暑之际，在参加了北京市的普选工作之后，我全力奔走访求有关曹雪芹的资料，竟然在写《八旗艺文编目》的恩华氏(已故)家里发现大批乾、嘉之际的满洲人著作，其中还有许多手稿。《延芬室集》、《春柳堂诗稿》、《懋斋诗钞》等都在里面。全部书籍二千八百余册，都由郑振铎先生嘱我代洽售与文化部，现归北京图书馆收藏。一九五五年九月，文学古籍刊行社曾把《懋斋诗钞》原稿本影印行世，现在就原稿本，略加考订如后。

《懋斋诗钞》竹纸抄本一册。由纸色觇之，当是乾隆抄本。第一页有燕野顽民的题识。题识署"壬戌仲春二十九日"，"壬戌"大约是同治元年。据题识，《诗钞》原为蕴辉阁藏。最后的私人收藏者是蒙古巴噜特恩华（字咏春）氏。《诗钞》第一页三个图章中，"咏春"即恩华。"砺堂"姓蒋名攸铦，字颖芳，砺堂是号，辽阳人。生于乾隆三十一年，卒于道光十年，《清史稿》有传。蒋砺堂和长白伯麟友善，伯麟的《退思斋吟草》有《秋日同倪松泉山长蒋砺堂方伯蒋培元廉访泛西郊观稼小憩近华浦和砺堂方伯原韵二首》。昭梿的《啸亭杂录》卷三《古史笔多缘饰》条曾说"蒋砺堂（攸铦）之廉名素著"云。"臣本布衣"一章，王利器同志据印泥颜色谓为敦敏自己的图章。近读蒋砺堂所藏的《退思斋诗钞》，其中也联用"臣本布衣"及"砺堂"两个图章，可见"臣本布衣"一章也是蒋砺堂的。敦敏是爱新觉罗氏，不可能自称"臣本布衣"。"燕野顽民"，不知为何许人。

燕野顽民说《诗钞》"自乾隆二十九年戊寅起，至三十一年庚辰止"，是很错误的。第一，乾隆二十九年并不是戊寅，三十一年也不是庚辰。他把干支和纪年给弄错乱了。第二，细察《诗钞》中的诗篇，实际上乃是起于乾隆二十三年戊寅，而终于乾隆二十九年甲申。

《诗钞》中的诗，据敦敏的《小序》说，是始于乾隆二十三年的戊寅，也似乎暗示终于乾隆二十八年的癸未。《小序》虽云："癸未夏，长日如年；偶检箧衍，数年得诗若干首。……书此以代异日卜居左券。"但是，实际上抄诗却是始于戊寅的。开卷第二首诗《谒三忠祠》即戊寅年所作。三忠祠在沙河之景忠山，敦敏曾在本年和他的弟弟敦诚、汝猷及王植三等登过景忠山，游过三忠祠，而且曾"以诗纪之"。《小序》中，敦敏又暗示终于癸未，亦即有癸未年抄的诗，自然好像是终于癸未了似的。事实上，也不是这样。据我所看到的原稿本《诗钞》，"癸未夏，长日如年"句中的"癸未"二字是后粘上去的,原来本作"庚辰夏"。这就奇怪了。我们细检《诗钞》,编年次季,大体不差。癸未年以后诗,又另有一个春夏秋冬的次序。始知庚辰确是开始抄诗的一年,也就是写《小序》的一年,抄到癸未,自己觉得原序说庚辰抄诗,乃竟抄到癸未,未免可笑,遂把庚辰二字粘改为癸未。殊不料癸未之后,又抄上一些甲申的诗,也就不暇以"甲申"二字再来粘改癸未了。可见《诗钞》中所有的诗都是庚辰以来历年陆续抄上去的,抄到甲申为止。从《诗钞》各年的笔迹差别上,大体上也可以看出来。所以,《诗钞》终于甲申,即乾隆二十九年,可无疑义。

《诗钞》并没有包括敦敏所有的诗,是残本。关于这一点,燕野顽民已认为敦敏的诗"约不止此",并指出是"残本"。恩华在他的《八旗艺文编目》中也以"残抄本"著录。我们再举出《诗钞》是残本的两个理由。

第一,《诗钞》起自乾隆二十三年,止于乾隆二十九年,那么,二十三年以前的诗和二十九年以后的诗,当然没有包括在内。乾隆二十三年以前即敦敏三十岁以前哪里会没有诗?不但应该有诗,而且还应该包括着与曹雪芹酬唱更有助于我们了解曹雪芹生活情况的诗。乾隆二十八年以后,即敦敏三十五岁以后一直到他死的嘉庆元年这三十一二年中,也哪里会没有诗?而且在《延芬室集》稿本和《神清室诗稿》中,明明有这一时期敦敏和永忠、永瑢唱和的证据,但那些诗却都不见于《诗钞》。

第二,《熙朝雅颂集》收了敦敏将近三十首诗,其中竟有二十五首是《诗钞》中没有的,也可见《诗钞》是残本。

可是,《诗钞》却是很可宝贵的敦敏手稿。恩华认为它是"残'抄'本",是不对的。燕野顽民固然说它是"草本",但不知道他根据的理由是什么。我认为《诗钞》是敦敏誊清的手稿,有以下的理由。

(一)《诗钞》末页行书《水阁山庄》、《溪桥策蹇》和《云岩凫影》三诗的字迹和《鹪鹩庵笔麈》封皮敦敏的字相较,知是敦敏的手迹。这三首诗当是作者由他另外的底稿本剪粘者,这由原本可以看出是剪粘的条子。此外,《鹪鹩庵笔麈》手稿封皮上所写"望桂圃弟可将此册内数条转烦汤老先生抄出,附入《鹪鹩庵笔麈》后,此系末年所作也"数语的字迹,和《懋斋诗钞》中七十七页《小雨访天元上人》以及二十六页《春柳十咏》及《小序》的字迹,显然是一个人写的字,尽管所写的时间不同。《诗钞》大体写于乾隆二十九年以前,而上引《笔麈》数语则写于嘉庆元年。这都是最主要的证据。

(二)《小雨访天元上人》七字以及《春柳十咏》及其《小序》,"十咏者镇国将军嵩山次苏雷岩韵作也。讽咏之余,不觉技痒,然二作在前,又恐意涉雷同,爰分十种,仍次原韵"。又《隋堤》共四十九字,和《诗钞》中其他各诗的笔迹,也都是一个人写的;只是在不同的时间,并且使用了不同的笔而已。又,《小序》中把《诗钞》原抄的年代"庚辰夏"粘改为"癸未夏";《赠芹圃》一诗中之"一醉酕醄读楚些"粘改为"一醉酕醄白眼斜",当然更是作者自己粘改的了。

(三)可以作为极其有力的辅证的是:用敦诚的《鹪鹩庵笔麈》手稿十三则来证明《诗钞》的眉批是敦诚的手迹。如《水南庄》一诗眉批云"入画",《官道》一诗眉批云"婉而多风",《村柳》诗中写村柳句上眉批云"恰是村柳,移他处不得",《草屦次韵》一诗眉批云"工细不入纤巧,妙极",《陶然亭饯秋园先生》一诗眉批云"意远",等等,都可以看出是敦诚的字。特别是《二月十五日过松轩忽忆去岁亦此日同敬亭贻谋大川小集松轩用阮亭集中韵各赋七律一首转瞬一年矣因用杜句花枝欲动春风寒分韵余得花字》一诗的眉批"璞玉未刻,浑然天宝"(裕按:现影印本作"军然天宝","军"字是"浑"字,原来的"氵"因纸脆脱落了。我藏有未脱落"氵"时的"璞玉未刻,浑然天宝"八字的照片可证)八字的笔迹和《鹪鹩庵笔麈》第十三则中的"红烛薰天"四字,完全相同,确证是出一人之手。

(四)用眉批的字迹及语义二者辅证:《戏赠敬亭山居》(裕按:"敬亭"即敦诚)的第二首中"千崖恨不接蓬莱,巘崿游踪亦壮哉!我笑振衣长啸客,月明骑鹤有谁来?"的末二句上有眉批云"谑我亦佳",不但字是敦诚的,而语义也是在说:"就是和我开玩笑也是好的!"这不是敦诚的语气是谁？结合这样的批语,再看《遇朱大川(渊)登酒楼各话旧游感成长句》中"击筑未妨高士节,雕虫深悔壮夫谋"在"深悔壮夫谋"数字旁批有"同一感慨"四字。这也是敦诚的"感慨",敦诚的笔迹。

  由于上述这些,我们断定《诗钞》是经过敦诚手批,有些字句是改过了的敦敏的手写本。由眉批中有"选"、"抄"等字样,而有些诗并有被整个删掉的情况,可知《诗钞》还是另一个真正选本所根据的底稿本。删有用笔勾掉和剪掉两种,疑均非作者自己莫办。《诗钞》虽然不是敦敏全部的诗集,但照上面的情况,也是十分值得珍视的了。可惜影印本没有把原本的某些特点保存下来,如粘改和脱落之处等等。

写于一九五四年十二月。

第三篇　新获《延芬室集》底稿残本
——永忠吊曹雪芹三首诗的发现

远在一九三二年,侯堮先生就对于永忠的《延芬室集》中有关于曹雪芹和《红楼梦》的材料做过研究,见其所著《觉罗诗人永忠年谱》,载《燕京学报》第十二期。据他一九五四年六月二日见访时对我说,他当时看过两个本子,都是永忠自己手抄的。其中之一,比较完整,而且装订精致,归燕京大学图书馆收藏。另一个本子有残缺,并且没有装订,是书贾送到燕京大学图书馆想出让的。前一种本子据说已于抗日战争胜利前,被日本军阀攫去。后一种本子,因燕大当时未买下,后归《八旗艺文编目》的著者恩华,直到一九五四年冬,我发现后才介绍由文化部购下,现藏北京图书馆。

永忠字良辅,又字敬轩,号臒仙,亦称蕖仙。他生于一七三五年即雍正十三年,死于一七九三年即乾隆五十八年。他是康熙第十四子胤禵的孙子,多罗贝勒弘明的儿子。他能诗、工书、善画。昭梿在《啸亭杂录》卷二中说他"诗体秀逸,书法遒劲,颇有晋人风味"。当时人很喜欢他的字和画。求他写字绘画的人,多到使他应接不暇,以致他竟不得不写出一篇《拟辞书画扇告白》,想加以谢绝。他幼时就十分聪颖,为他的祖父胤禵所爱重，使他和当时一些宗室的文人及剩山和尚等接触，这对于他以后的思想是很有影响的。他曾做过宗学总管、满洲右翼近支第四族的教长，并封授辅国将军。永忠当然是统治阶级内部的人物。他的祖父胤禵和胤禛（即雍正）的政治斗争失败后，由于他们是同一生母的弟兄，雍正没有杀他而把他禁锢起来，直到乾隆时才被释放。弘明在乾隆朝也终身不得一实职。他闲得无聊到给他的几个儿子各制一套棕衣、帽、拂。他死后永忠体会到他的用意，遂自号栟榈道人。实则，他这是要远避名场，保全身首之意。永𤩽在他的《神清室诗稿》上卷中，曾有《栟榈道人歌》一诗。大概永忠目击并且体验到统治阶级内部那种凶残斗争的事实，又与剩山这类人接近，他的人生观遂变得消极。因此，他遂终生以诗、酒、书、画、禅、道为自己主要生涯，晚年妻亡子殁，他描绘自己说："茕茕老鳏，亦可怜人也。"（见《延芬室集》底稿残本一七七六年跋壬辰以来诗。）他虽然被封授辅国将军，但他对于他的先人在政治斗争中遭受残害的"旧恨"，是不能因为得到了这种散爵的"新恩"而忘怀的。他在封授辅国将军这一年诗的手稿里面的封皮上，就有这样一首字迹潦草的诗："过去事已过去了，未来何必预商量；只今只说只今话，一枕黄粱午梦长。"从这里，我们可以看出他当时的心情。这种情绪贯串着他整个的生活，因此也就影响了他的诗。即使他是个十分谨慎精细的人，在他的诗中，也不免渗透了若干这种情绪。

《延芬室集》对于考订清史，对于了解当时宗室文人们的生活及思想，都有很大的用处。关于这些，请参阅上述侯堮先生所作的《年谱》。我在这里特别指出它和《红楼梦》及曹雪芹的关系。

《延芬室集》中与《红楼梦》及曹雪芹有关的，只有一七六八年即乾隆三十三年，永忠所写的《因墨香得观红楼梦小说吊雪芹》三首绝句。诗云：

> 传神文笔足千秋，不是情人不泪流；
> 可恨同时不相识，几回掩卷哭曹侯！

> 颦颦宝玉两情痴,儿女闺房语笑私;
> 三寸柔毫能写尽,欲呼才鬼一中之。

> 都来眼底复心头,辛苦才人用意搜;
> 混沌一时七窍凿,争教天不赋穷愁!

三诗上有瑶华手批云:"此三章诗极妙;第《红楼梦》非传世小说,余闻之久矣,而终不欲一见,恐其中有碍语也。"关于这一项重要材料,我试略叙述其含义如次。

第一,永忠并不认识曹雪芹,雪芹当时也不甚知名。由第一首诗第三句"可恨同时不相识",可知他们并不认识。按雪芹死年永忠适二十九岁。就年龄说,他们虽然可能做朋友,实际上他们却并没有过从。当然,我们知道永忠和雪芹的好友敦敏、敦诚很熟,为什么永忠不可以因敦氏弟兄的介绍而认识雪芹呢?据我的考查:永忠和敦氏弟兄的相识,是在一七六六年。永忠所写的《四松草堂诗集序》(裕按:当作《四松堂集序》)中说:"耳熟敬亭(按即敦诚)有年……春间敬亭登仕途(按指敦诚在一七五五年宗学岁试考试优等后,至一七六六年始授太庙献爵事),寒温而外,未暇请益也。""春间"是指一七六六年的春天,这就是说永忠与敦诚在一七六六年才相识。此外,一七六七年永忠把自己的少作《悼亡诗》拿给墨香看时,曾附一眉批云:"懋斋(按即敦敏)可同读也。"可见敦敏和永忠相识,大概也在一七六六年左右。其时雪芹死已三年了,因之,敦氏弟兄没有介绍永忠和雪芹相识的可能。又据永忠在诗题上注明"姓曹"二字,也可推知雪芹在当时并不是被一般所熟知的人。

第二,《红楼梦》前八十回抄本在一七六八年前即已流传。永忠得读《红楼梦》是"因"墨香才得读到的。墨香名额尔赫宜,是敦氏弟兄的叔父,曾任乾隆的侍卫,雪芹死时他二十一岁。由于他们叔侄的过从很多,他可能是《红楼梦》最早的爱读者或收藏者之一,而敦氏弟兄也必当早已经看过了《红楼梦》。敦诚的《寄怀曹雪芹》末句"不如著书黄叶村"中所著的

"书",以及最近新发现的敦诚挽曹诗第二首首句"开箧犹存冰雪文"中的"文",似乎都应当指的是《红楼梦》。这部书流传在敦氏弟兄的家庭里是很自然的事情。墨香是在一七六八年把《红楼梦》拿给永忠看的。但据瑶华道人所批"《红楼梦》……余闻之久矣"一语,可知《红楼梦》的抄本流传,当远在一七六八年以前。

这个流传的本子又必定是前八十回的《红楼梦》。用永忠的第二首诗便可以证明。永忠读毕全书,随手抓一个重点,便是"颦颦宝玉两情痴"的快乐日子,而不是八十回以后的任何悲惨的场面(如玉娶黛死,宝玉出家,等等)。这就表明:永忠所看到的《红楼梦》是前八十回的《红楼梦》,当时传抄的本子没有超过八十回以外。如果墨香的抄本要有上述那样的悲惨结局,那么,任何人都可以看出:《红楼梦》的重点应该是那个作为全书顶峰的悲剧的结局,而不会是什么"两情痴"的愉快时期的场面。可见,黛玉固然早逝,但死在钗、玉婚事具体化以前,而非恰恰是同时——像高鹗所设计的。因此,永忠所看到的墨香所藏的《红楼梦》,应该还是那"书未成芹为泪尽而逝"(脂砚斋批语)的、书中尚未谈到悲剧结局的前八十回的《红楼梦》。这一点可以给考证《红楼梦》的成书和版本(钞本和后来的刻本)流传的情况,提供一个线索。

第三,《红楼梦》是包括着曹雪芹若干事实的小说,但它绝不仅仅是自传。《红楼梦》包括着曹雪芹及其家庭的若干事实,这是无可否认的。敦敏、敦诚在有关雪芹诗中本已指出,如敦诚的"扬州旧梦久已觉",敦敏的"秦淮旧梦人犹在",敦诚的"废馆颓楼梦旧家",敦敏的"秦淮风月忆繁华"等句。脂砚斋和畸笏叟的批语就更明确地指出一些具体的事实了。涉及全书的,如十七回批有云:"余初见之,不觉怒焉,谓作者形容予幼年往事;因思彼亦自写其照,何独余哉!"涉及个别重要事实的,如第八回之批语有云:"作者尚记金魁星之事乎?抚今追昔,肠断心摧!"不一而足。雪芹自己在《红楼梦》第一回中也有明显的自述。《红楼梦》第一回,作者自云:"……今风尘碌碌,一事无成……然闺阁中历历有人……又何妨用俚语村言,敷演出一段故事来。"可见《红楼梦》中的故事,有作者若干家事在内,是无可置疑的。

但是,《红楼梦》却绝不仅仅只像胡适所说的,是曹雪芹的自叙传而已。除了一九五四年大家由理论上的分析得到这个认识之外,除了雪芹自己也宣称他是在写"小说"(《红楼梦》第一回虽表示书中有其家事,但同时,他自己也说是在写"敷演出一段故事来"的小说。又,裕瑞《枣窗闲笔》中所载雪芹曾对人言:"若有人以南酒烧鸭享我,我即为之作书。""作书"云云,即指写小说《红楼梦》)之外,永忠第三首诗的前两句"都来眼底复心头,辛苦才人用意搜"也有力地帮助说明,雪芹写的是"小说",不是自传。他这位"才人"在广大客观现实世界中所"用意""搜"的乃是具体形象及事实中那些能够作为小说题材的材料,能够供他塑造小说中的典型人物及事实的素材。在"都"来眼底心头的事物之中,有他自己的事、他的家庭的事,但绝不限于这些。在"都"来眼底心头的事物之中,还有曹雪芹当时所面对着的,所存在于其中更为广大、复杂的社会现实。也唯有这样,他才能写出这样一部现实主义的伟大小说。如果这"都"来眼底心头的事物,仅仅局限于他自己生活的直接经验,那么,他就塑造不出来什么典型的人物及事实,从而,《红楼梦》也就不可能成为现实主义的伟大作品了。因此,"都来眼底复心头,辛苦才人用意搜"这两句诗,实在代表永忠这个与雪芹同时的读者对于《红楼梦》写作方法的正确认识。永忠明明知道《红楼梦》中有雪芹及其家事在内,但他仍然强调欣赏雪芹在写作过程中的"苦忆精搜"和他那用"三寸柔毫能写尽"的才能。"写尽"什么呢?绝对不仅仅是说雪芹把个人的或家庭的事迹都写"全"了,而是说雪芹从社会现实所提供的那些材料中,经过取精去粗加以典型化的描绘,就把人物和故事写得"到家"、写得"透",亦即所谓"写尽"了。永忠这句诗的意义,是值得我们注意的。

第四,当时已有人目《红楼梦》为怨谤之作。瑶华,名弘旿,字醉迂,是永忠的堂叔。他是乾隆皇帝的堂兄弟,是诚恪亲王胤祕的儿子。他批永忠诗时所说"……《红楼梦》非传世小说,余闻之久矣,而终不欲一见,恐其中有碍语也",完全可以表明当时对于《红楼梦》已有"谤书"之目。他所谓"碍语",并非如侯堮先生在其《觉罗诗人永忠年谱》中所猜想、周汝昌同志在《红楼梦新证》第四五四页中所同意的,是什么"绮语";实际上,瑶华所谓"碍语"正是在政治上有"关碍"的话。(理由详见我的《永忠吊曹雪芹的三首诗》一文,刊于一九五四年九月七日《光明日报》的《文学遗产》。)正因为这样,所以瑶华不敢看它,恐怕因而得祸。在当时,写了谤书的作者,固然一经发现,就罪过至大;即使是看谤书的读者,也要跟着获罪。在清代文字狱屡兴的具体情况下,作为乾隆皇帝之弟兄的弘昿,而不敢看可能有"碍语"的书,原是很可理解的事情。暗示《红楼梦》是谤书的,以瑶华此批为最早。瑶华所批的永忠诗是自一七六七年即乾隆三十二年起至一七七六年即乾隆四十一年止的。吊雪芹诗作于一七六八年,弘昿的批语也许就是本年所批,至迟也是一七七六年批的。无论何年,总之都是最早把《红楼梦》看成"违碍"书籍的文字材料。

这个暗示是重要的。据最近大家研究的结果,《红楼梦》岂但是谤书而已,它所揭露和攻击的对象还是十八世纪整个腐朽的中国封建社会,绝不仅仅限于当时清朝的专制统治。这一看法到了一九五四年《文史哲》第九期李希凡、蓝翎两同志的文章发表后,才成为有系统的主张,而引起普遍的注意。它攻击封建的婚姻制度、考试制度、奴婢制度,封建社会的道德和司法等等,远非瑶华及后来的专制统治的拥护者们所能想象。这一点无须在这里多说。我们要注意的是:《红楼梦》中虽然没有赤裸的"碍语",可是,由于要避免专制淫威可能的迫害,在它的描写技术和方法上,却常常有许多婉转和隐晦的讥评和讽刺。关于《红楼梦》的这一特点,已经脂砚斋和畸笏叟充分指出,我们可以细心读一下早期抄本的批语。我认为:《红楼梦》暗骂隐讥当时的政治上的统治者这一特点,和它的整个反封建社会的意义,不但不是冲突的,而且恰恰是它的反封建思想的最具体的表现之一。如果不谈这一点,那就是估计《红楼梦》的反封建作用的重大遗漏。考订出它反对、讥讽当时政治的具体字句及描写,推究出著者所以这样做的真正原因和意图,应该是了解《红楼梦》何以是反整个封建社会的作品的有力帮助。封建社会的物质基础,当然是封建经济,但《红楼梦》对封建社会的攻击却是从道德、政治、司法、婚姻制度、考试制度各方面进行的。忽略了这些,特别是忽略了它对清代政治的攻击,试问又如何能很好地理解《红楼梦》的反封建性质呢?瑶华这个统治阶级圈内的人物之所谓"碍语",适足以提醒我们注意《红楼梦》书中对当时清朝专制政治讥评的一面。

可见永忠这三首诗、诗题以及批语所包含的这些意义,在《红楼梦》的研究中,都是很重要的。

此外,《延芬室集》还保存着一些雪芹交游的资料。《延芬室集》中敦敏的名字只两见,一次是一七六七年永忠在把他的《悼亡诗》交给墨香一读时,在诗稿上有一眉注云:"懋斋可同读也。"又一次是一七六九年,永忠有和《懋斋谢赠桃柳画扇元韵》一诗。但敦诚的材料却是很多的。从一七六六年敦诚与永忠相识以后,他们的过从很多,唱和的诗也不少。对雪芹的朋友寅圃(敏诚),也有些材料。一七六九年永忠有《寅圃纳姬》一诗。对《红楼梦》最早的爱读者、收藏者,雪芹可能的朋友墨香(名额尔赫宜),也有许多具体描绘的资料。例如从一七六八年有关墨香的诗中可借知他做过侍卫什长,从同年的《墨香索女儿香戏缀二首》中可觇墨香的为人,从一七七六年的《过墨翁抱瓮山庄》(按即墨香)一诗中,可以看出墨香这批人的一般生活。另一个看过《红楼梦》、给《红楼梦》题过诗,并且也可能与雪芹相识的明我斋(义),在《延芬室集》中也有一些材料,详容于《明义的〈绿烟琐窗集诗选〉及其〈题红楼梦〉二十首诗》一篇中再谈。

写于一九五四年,一九七二年六月二十六日改稿,一九七六年七月改定于沙滩。

第四篇　明义的《绿烟琐窗集诗选》及其《题红楼梦》二十首诗

明义姓富察氏,号我斋,满洲镶黄旗人,是都统傅清的儿子,明仁的弟弟,傅恒的侄儿,明瑞的堂弟。

明义在乾隆朝做上驷院侍卫。据他的诗云:"求富余惭久执鞭。"自注说:"上驷院侍卫,专执鞭之任。"(见《和庆两峰迁职见示原韵》)袁枚也说:"我斋官参领,司马政。"又舒坤批本《随园诗话》说他做侍卫"自幼至老,并未引退"(见《随园诗话》,卷七),终身做这个事情。由于给皇帝做这个"执鞭"的工作,所以他时常跟着皇帝跑。他曾"扈跸"天津,"扈跸巡堤"。(有《余将扈跸天津用绿村见赠韵留别诸君子》及《扈跸巡堤过浑河浮渡》二诗可证。)又曾出使乌拉苏台(见《题张幼慈都门握别图次罗两峰韵》一诗的注),到过大同(见《云岗寺》一诗的注)和滦阳,曾在滦阳官舍,寄居一个时期。当时他的哥哥宰滦阳(见《滦阳官舍即事》一诗)。

他的生卒年不可考。以现有的材料推测,大概他比永忠小五六岁,生于一七四〇年即乾隆五年左右。《诗选》中屡见"半生"字样,又有"花甲行欲半"之句,可见其中有作者近三十岁的诗。又据《送毛海客归幕》一词中之"二十年来饮侣吟朋"之句,可以断定诗选中有作者三十五六岁的诗。

一个有二十年"饮侣吟朋"的人,至少也要有三十五六岁。因为他似乎必须由十五六岁时起,才可能有"饮侣吟朋",再小于十五六岁,就不近情理了。又按,明义于一七七七年才得到邻善园,并重加修整改名为环溪别墅。《诗选》不但丝毫没有提到别墅,反而明白地告诉我们:他的居处"幽昧,昼可以烛,每自嘲为穴处",并且朋友们"至者然之"(见《和晴村见示移居二韵》诗的注),显然不是得到别墅之后的景象。由此可见,《诗选》中的诗,大约都是一七七七年以前,也就是他三十六七岁以前的诗。以此推算,故知他的生年大约当一七四〇年前后。曹雪芹死时,他大约是二十三岁左右。

明义是环溪别墅的主人。环溪别墅原名邻善园,是乾隆的堂兄贝子弘景(即敬一主人)的园子。在永忠的《延芬室集》中有一七八二年作的《邻善园图记》一文,其中有云:"堂伯敬一主人邻善园在乐善园之西南偏。"一七七七年弘景死后,他的儿子永珊(即红玉)把园子给了他的外甥明义。永忠的《延芬室诗题及注》在一七八〇年《环溪别墅次壁间韵》一诗下注云:"旧为敬一贝子之邻善园。贝子于乾隆四十二年丁酉薨逝,嗣公红玉以园畀其甥我斋明义易今名。"明义把邻善园改名为"环溪别墅",并且以原来的园子为基础,"堂其堂,亭其亭,浚溪疏泉,环溪以通舟楫,千章夏木,九仞假山,渚漾荷风,苔无尘迹,居然一胜境矣"(见上引永忠的《邻善园图记》)。乾隆第六子质王永瑢即西园主人,常到别墅去玩,永忠也尝被永瑢邀去同游。《邻善园图记》有云:"环溪别墅……庚子春,曾侍殿下一游,与我斋遇,以数过从。"可见永忠于乾隆四十五年春(即庚子春)才认识明义。永忠是永珊的从兄,因此,他是明义的长辈。《延芬室集》中有八九首关于明义的诗。

敦诚的《四松堂集》也提到过明义,如《四松堂集》卷二《答念园即次来韵》一诗中有云:"无波舫(自注云:念园斋名)里得相逢,又听环溪万壑松(自注云:'我斋园')。"可见敦诚也到过环溪别墅。不过其事已是在乾隆四十五年(辛丑)了。在敦集中,我斋似仅一见,且无唱和之作。

永恚的《神清室诗稿》中有《秋夜怀益庵》一诗。按：益庵是明仁的字，明义之兄，《诗选》的七言律诗中，也有记同时同事的《寄益庵兄》一诗。

此外，《诗选》中的墨禅上人之见于《延芬室集》，张苕塘之见于《懋斋诗钞》，等等，此人即张云汀，与永恚等都相识。

以上这一切都可以说明：明义的时代及其交游的范围，和曹雪芹在世时所接触的圈子，是有些关系的。

但是，明义和雪芹本人到底认识与否呢？我们且先看他自己在《题红楼梦》诗的《小引》中所说的话：

> 曹子雪芹出所撰《红楼梦》一部，备记风月繁华之盛。盖其先人为江宁织府，其所谓"大观园"者，即今随园故址。惜其书未传，世鲜知者，余见其钞本焉。

从这几句话的语气看来，他应该是同雪芹相识的。以下试加分析。

先谈一下这段话中的问题。按《小引》虽寥寥数语，却有以下三个问题：

（一）"其所谓大观园者，即今随园故址"语义颠倒不清。明义的意思是说，今日之随园，即昔日之大观园。随园当时尚在，而大观园则已不在，故不得称"随园故址"。在袁枚《八十寿言诗选》中，收明义祝寿诗七首。其末一首云："随园旧址即红楼，粉腻脂香梦未休。定有禽鱼知主客，岂无花木记春秋。西园雅集传名士，南国新词咏莫愁。艳煞秦淮三月水，几时衫履得陪游。"其下注云："新出《红楼梦》一书，或指随园故址。"其中"随园旧址即红楼"一句，仍有上述语病。

（二）由明义这首祝寿诗下的自注"新出《红楼梦》一书，或指随园故址"中的这个"或"字看来，则明义到乾隆六十年为袁枚祝寿时，却又不敢确定随园到底是否大观园旧址了。所谓"新出《红楼梦》一书"，由明义祝寿诗的年代推之，当指高补百二十回活字本的书。这里所指的《红楼梦》

与上文"曹子雪芹出所撰《红楼梦》","惜其书未传"的《红楼梦》,显然不是一个本子。

(三)《小引》这几句话,也含混不清,如云"余见其钞本焉",其中的"其",到底指的是见了"《红楼梦》的"钞本呢,还是指的见了"曹雪芹的"钞本呢?这是不好确定的。因此,从这几句话并不能肯定明义同雪芹认识。可是,既称"曹子雪芹",又曰"出"所撰《红楼梦》一部,又说"余见其钞本焉",把这些话联系起来看,他和雪芹又似乎是相识的。从明义《诗选》中的文字看来,他似乎也不会不通到连"出所撰《红楼梦》"的"出"字都不会使用。"出"应该是雪芹拿"出"书来给他看的意思。如果解作雪芹"作出"一部《红楼梦》来,那就与"所撰"语意重复,不词之甚了。

总之,明义这个《小引》语义是含混的,但它却暗示明义同雪芹有直接相识的可能性。以下我们再举出几个他们是通过什么关系相识的证据。

第一,是敦诚和墨香。我从前认为他们相识不可能是通过敦诚。因为据我所知,明义和敦诚接触始于乾隆四十五年,上距雪芹之死已很久,故不可能因敦诚而结识雪芹。当时我只是根据敦诚《四松堂集》中的文字材料。实则他们当然有可能早就接触,而文字材料的接触痕迹则可以是很晚的。据一九七七年天津文管局发现的一批明义的信札,我们得知:敦诚的叔父墨香乃是明义的堂姐丈。这就说明:敦家和明义早就有接触了。

第二,是明琳。乾隆二十五年,敦敏遇雪芹于明琳的养石轩,而明琳则是明义的堂兄;当时明义年二十一岁左右,有可能通过明琳结识雪芹。

第三,是明仁,即明益庵。他是明义的胞兄。此人与敦诚很熟。他又是当时怡亲王弘晓的姐丈,乾隆二十五年春夏之际,弘晓过录己卯本《石头记》,就有一个可能是借自明仁家里的。详请参阅本书卷七第二篇《现存己卯本〈石头记〉底本来源的推测》。弘晓、明仁据我考都与雪芹相识。这样,则明义之认识雪芹,并看过或自己掌握《石头记》的一个抄本,就完全是可能的了。明仁藏有抄本《石头记》的可能,也不能抹掉。这个满洲贵族既能"谈兵说剑"(见敦诚《挽嵩山兄五首》之二《神清室》),却又向往于文采风流。据《随园诗话》载:"香亭宰南阳,大将军明公端之弟,讳仁者,领军征西川,路过其邑,于未到前三日,飞羽檄寄香亭,合署大骇。拆视乃诗一首云:'双丁二陆闻名久,今日相逢在道途。寄问南阳贤令尹,风流得似子才无?'"其后明仁殁于军中,袁枚得知,说:"呜呼!枚与公绝无一面,蒙其推挹如此!"这样行径的一个明仁,他之藏有《石头记》抄本,也是不奇怪的。

袁枚在他的《随园诗话》卷二中,曾引用过明义《题红楼梦》的两首诗。他在《诗话》中说:"曹楝亭为江宁织造……其子(裕按:当作'其孙')雪芹撰《红楼梦》一书,备记风月繁华之盛,明我斋读而羡之。当时红楼中某校书尤艳,我斋题云:'病容憔悴胜桃花(裕按:《诗选》中原诗此句作'病容愈觉胜桃花'),午汗潮回热转加。犹恐意中人看出,强言今日较差些(《诗选》此句作'慰言今日较差些')。'""威仪棣棣若山河,应把风流夺绮罗(此句作'还把风流夺绮罗')。不似小家拘束态,笑时偏少默时多。"以前我们只知道明义有这两首诗,现在从北京图书馆发现了明义的《绿烟琐窗集诗选》才知他的《题红楼梦》诗竟有二十首之多。虽然明义对《红楼梦》的文学价值及其社会意义,不可能有正确的认识,但这二十首诗对于《红楼梦》的流传及其回目,甚至于对于曹雪芹的身世,是有些材料性的价值的。以下略述我个人的看法。

原诗二十首,都收在《诗选》里面,兹不再引。其中前十七首,描写《红楼梦》里面的事实,大致不出前八十回。第十八首提到黛玉的《葬花词》,说是"似谶成真自不知",但黛玉的死成"真"在八十回以后,而当时尚无高鹗续书(《题红楼梦》诗二十首,大约系作者二十岁左右所作,其时约当雪芹死前一二年,下详),因为明义写此诗时,当系结合着八十回以外的雪芹原来的回目(雪芹生前尚有未写完或根本未写的回目),也可能是结合雪芹和朋友们口述全书的未完内容而写的。第十九首则系作者面向读者而说:"我们不必再问金姻与玉缘的结果了(因为八十回原本,对此无交代,故明义诗有'莫问金姻与玉缘'之句),也不过是聚如春梦散如烟,罢了。"

至于末两句的"石归山下无灵气,总(裕按:当作'纵')使能言亦枉然!"此诗既写于百廿回本出现以前,则当是玩味八十回本的第一回,即可知这"石"必定是要归山下的。同时,"石"也十分可能是双关那"以石自拟"的曹雪芹本人:贫困落拓,住于西山,即使能"奇谈娓娓然令人不倦"(见裕瑞的《枣窗闲笔》),也是枉然了。第二十首:"馔玉炊金未几春,王孙瘦损骨嶙峋。青娥红粉归何处?惭愧当年石季伦!"第一句指出大观园快聚的短暂。第二句似与书中宝玉家庭败落后有关,也可指雪芹贫居西郊的状况。第三、四句则系念及"当时所有之女子"(见《红楼梦》第一回)(也与脂批中"今之女儿"诸条有关)的归宿,于家败后烟消云散,不能保全,当惭愧如石崇耳!末句用石崇一典,尤可证曹家败落与当时的政治有关。以上这些看法,不敢自是,但也非完全无据,谨提供参考,并请指正。

这册《绿烟琐窗集诗选》,虽题为"诗选",但明义的全诗,恐怕也没有流传。《诗选》中的诗并不是按年排列,而是以诗体分类的,如五言古诗、七言古诗、七言律诗、五绝、七绝、词等等。

《诗选》在北京图书馆登记为"旧抄本"。据我的看法,《诗选》的情况如下:(一)最后二十首《古意》中,不但其中某些首诗有改易之处,各诗的次序也有变动。又原诗、改易的字句以及次序变动的字迹,都是一个人的笔迹,疑非作者莫办。此外,五言律诗中《和伊峻斋见赠原韵》一诗中加改的"午曹"二字,以及《和晴村韵》一诗加改的"陋巷春难驻,空山云未归"诸字,均与《古意》二十首原诗及改易之处的笔迹相同,所以都应该是原作者的手迹。(二)卷首的四言及五言、七言古诗的字迹,与《古意》二十首的字迹相近,但不敢断定是一个人的手笔。由于其中有"官廨"误书为"宫廨"之类错误,加上字迹的差别,疑这一部分诗是旁人所抄,不是作者手迹。(三)五言律诗显然是另一个人所写,而有作者亲自改易的地方。(四)自七言律诗,直到最后《古意》二十首以前各诗及词,则又是另外一个人所写。《题红楼梦》诗二十首,就在这一部分之内。(五)此外,还有一个须加说明的问题,即在七言古诗《题和潜斋松窗读书图》一诗之后的空页上,有这样一条朱批:"前编多有漏字舛错等端,余欲以质之高明,以补其错,予所幸也。"字写得很坏。以《赠王回澜》一诗中"相逢宫廨久徘徊"句上同一笔迹所批"疑是官字",并把黑字的"宫"改为朱字的"官"证之,这个人应该是《诗选》的一个收藏者。

写于一九五四年夏,一九七二年六月改稿,
一九七六年七月九日改定于沙滩。

第五篇　敦诚的《鹪鹩庵笔麈》手稿残卷

《鹪鹩庵笔麈》手稿十三则,邓之诚先生藏。一九五四年夏,邓先生把它送给我了。影印本《四松堂集》卷末所附的《鹪鹩庵笔麈》就是据我这个原稿影印的。这十三条笔记只有三条是不见于刻本的;其余各条和刻本比较,间有异文。

《笔麈》封皮"鹪鹩庵笔记"及"丁未"诸字是敦诚自己写的。"记"字后又涂掉改为"麈"字。今按:"望桂圃弟可将此册内数条转烦汤老先生抄出,附入《鹪鹩庵笔麈》后,此系末年所作也"和那个"麈"字是一个人的笔迹,都是敦敏的笔迹。这些字和《懋斋诗钞》最末粘上去的三首行书诗的字迹、《诗钞》七十七页《小雨访天元上人》一题以及二十六页《春柳十咏》及《小序》的字迹,都是完全相同的。一七九五年(乾隆六十年)秋天,敦诚死后,他的堂弟桂圃(名宜兴,是他叔父月山的儿子。见《月山诗草》,亦见《爱新觉罗宗谱》),给他刻《四松堂集》,敦敏也参与其事,桂圃并请他写了一篇《敬亭小传》。刻集时,敦敏遂检出敦诚末年所作的稿子,交给桂圃付刻,并在原稿封皮上告诉桂圃叫他烦汤老先生把其中"数条"抄下付刻。

汤老先生当是直接司刻板的人。"数条"是指《笔麈》手稿中上面著"○"各条。事实上,桂圃的去取,并未按着敦敏的指示,由刻本可证。"附入《鹪鹩庵笔麈》后"一语,也并不然,因刻本在此诸条之后,仍有数条,所以是插入的,并非"附后"。

  在这里,由于涉及敦敏的卒年问题,我们纠正《爱新觉罗宗谱》的一些错误。《宗谱》把敦敏误作"敦明"。《宗谱》说他"雍正七年乙酉十月二日子时生",年代虽然是对的,但"乙酉"却应作"己酉"。卒年则错得可笑。《宗谱》说敦敏"乾隆三十一年十二月授宗学(裕按:指右翼宗学)副管,四十年十二月授宗学总管,四十七年十一月因病告退"。可是,《宗谱》却又说"乾隆三十七年壬辰四月初八日子时"就"卒"了,"年四十四岁"!岂有乾隆四十七年才告退宗学总管而乾隆三十七年就死了的道理?按敦敏卒年不可确考,文学古籍刊行社影印本《懋斋诗钞》第五页所载"清爱新觉罗敦敏(1729—1796)"也是根据我在《敦敏敦诚和曹雪芹》一文中的推断。我是这样推测他的卒年的:嘉庆元年桂圃为敦诚刻《四松堂集》时,敦敏还给他弟弟敦诚写一篇《敬亭小传》,那么,至低限度敦敏到一七九六年,即嘉庆元年,还活着。至于确切卒年,则不能考定。《宗谱》又说敦敏的"继母舒穆鲁氏,轻车都尉额勒浑之女",这也是不合今天一般习惯说法的。按敦敏母是瑚玢的"继妻",却是敦敏和敦诚的生母。

  以上,我们考出了敦敏的卒年,才能明白何以他在嘉庆元年刻《四松堂集》时,还能写"望桂圃弟可将此册内数条转烦汤老先生抄出,附入《鹪鹩庵笔麈》后,此系末年所作也"那几句话。如果我们误信《宗谱》而错以为他死于乾隆三十七年,那么,嘉庆元年他又写了上引这几句话,就无法理解了。

  《笔麈》手稿封皮敦诚自己写的"丁未"二字,表示开始写这几条杂记是在一七八七年。大概一直写到庚戌(1790)为止,到了辛亥(1791)他就死了。

  《笔麈》手稿的内容,有三条是刻本所没有的。即第三条"记丙戌秋七月景国公友庄……",第七条"北魏朱兆患葛荣部众为侵暴……",第十一条"语不必皆为谶,而时有令人悚然者……"。此外,手稿和刻本也有异文。如手稿第一条"论议不尽知之政令,臧否无足数之人物",刻本作"议论政令,臧否人物";又手稿第五条"今朝避路……"下有缺文,有异文。

今据《笔麈》的字迹,我们可以推断:恩华认为是"残抄本"的《懋斋诗钞》,实际上却是敦敏亲笔抄的诗。这一推断的过程,已见《敦敏的〈懋斋诗钞〉稿本考》,这里不再重复。断定《诗钞》是原著者的手稿,对于解决曹雪芹和敦氏弟兄过从的年代以及曹雪芹的卒年的问题,都是很重要的。此外就没有什么可以指出的特点了。又,影印本《四松堂集》末附《鹪鹩庵笔麈》手稿,是文学古籍刊行社借我的原稿影印的。封皮有邓之诚先生甲午(1954)五月的题签。末页篆文"主敬存诚"一章,是我在《懋斋诗钞》稿本中发现后粘在这里的。在影印本的这一图章下还可以看到我在一九五四年八月二十日所写的这几句话:"上章得之于敦敏《懋斋诗钞》手稿中。敬亭既手批《诗钞》,则此章为敬亭物无疑,因附于此。"下面"吴惠人印",背面"竹解虚心是我师",都是我加盖的印章,应该申明。

写于一九五四年十二月,一九七二年六月增改于沙滩。

卷七　现存己卯本《石头记》新探

前　言

我过去虽然写了些关于《红楼梦》的文章，但我主要的兴趣还是在于研究曹雪芹的生平事迹。我也谈过一些早期抄本中的批语问题，但我却不是研究《红楼梦》版本的。一九七四年冬，由于偶然的机会，我接触到一个只有几回的《石头记》早期抄本。又从对于这个残回抄本的考查，进而研究一下北京图书馆善本室所藏的现存己卯本《石头记》。结果发现残回是现存己卯本散失的几回，而现存己卯本则是清乾隆时怡亲王弘晓家的过录本。在《石头记》早期抄本的流传历史上，我们知道这一结果是很重要的。

第一，在迄今为止我们所发现的十一二个《石头记》早期抄本（包括南京出现的靖氏藏抄本和苏联亚洲人民研究所列宁格勒分所所藏抄本）中，北京图书馆所藏的现存己卯本，是我们唯一知道抄录的年代和抄录者是谁的本子。

第二，一般认为甲戌本、现存己卯本和庚辰本的底本都是曹雪芹生前（乾隆二十八年除夕前）的本子。现在看来，甲戌本是很难说的；现存己卯本则的的确确是乾隆二十五年的一个抄本，它的底本则是脂砚斋的原己卯本。庚辰本的底本也应该是原己卯本，而非现存己卯本。所以，我们现在只能说：原己卯本过录本，即现存己卯本，是曹雪芹生前出现的本子；其他各抄本的过录年代和过录者都有待证明。

第三，据陈仲箎《谈己卯本脂砚斋重评石头记》以及我个人的看法，现存己卯本的文字，在许多地方，很可能是曹雪芹原文之旧。陈同志举了一些例子证明该本的文字比其他抄本改过了的文字为妥善。我也发现同样的情况。看来此本很可能是最早的我们可据以校勘甲戌、庚辰、甲辰等本的一个本子。研究《红楼梦》版本的如俞平伯先生和吴世昌、周汝昌同志都没有注意过这个本子，希望他们和其他搞《红楼梦》版本的同志，今后能对这个现存己卯本深入研究一下。我相信一定会得到一些重要的成果。我也希望搞文学的出版社能把它影印出版。出版时必须把陶心如用朱、蓝两色笔从甲戌、庚辰两本过录下来的批语和根据两本所改的文字完全涂掉。并把原己卯本所缺陶心如补抄的几册及个别的回、段也取消。影印出来的将是一个虽然残缺却是原貌的现存己卯本《石头记》。这样一个本子对我们今后研究《石头记》的内容和文字是会有很大用处的。

第四，在以下关于己卯本的四篇文字中，除了第一篇是从版本的角度谈现存己卯本外，第二篇虽然是推测现存己卯本底本的来源，但我的主要目的却是通过这种探索来考查一下曹雪芹的社会关系。第三篇通过现存己卯本过录时的情况和书中某些字句的删改以及弘晓家对于这部书的态度，来看清朝当时统治者是怎样对待这部反封建著作的。第四篇举出几个简单的例证，通过雪芹原著和高鹗删改的文字的对比，可以看出反封建思想和维护封建思想的斗争。

以上这几方面我都是仅仅开了个头，是最初步的研究。但已发现一些前所未知的雪芹与弘晓家以及弘晓与雪芹的许多朋友之间的关系。这些情况对于我们了解曹雪芹的生活和思想都是很有帮助的。

一九七七年六月二十七日于沙滩。

第一篇　《石头记》残抄本发现的经过和现存己卯本是弘晓过录本的证实

一　北京图书馆藏己卯本《石头记》的残缺状况

一九五四年陶心如（即陶洙）告诉我，由他原藏、当时已归北京图书馆藏的己卯本《石头记》（以下均称"现存己卯本"《石头记》以别于"原己卯本"《石头记》）虽已残缺多回，却是一个很值得注意的本子。他说，这个己卯本的抄写格式很像庚辰本；正文中有一些他不知为了什么缘故而缺笔的字，他都用朱笔把所缺笔画填上了。原书经他据甲戌、庚辰两本抄补了若干回、段、行。书中原有的批语不是很多。现在书上的眉批、行间批都是他根据甲戌、庚辰两个本子的批语过录上去的。最后，他希望我把这个早期抄本研究一下。

二十年来，我一直没有去北京图书馆看这个本子。这个很重要的抄本，除了陈仲篪同志的《谈己卯本脂砚斋重评石头记》（见《文物》一九六三年第六期）一文外，还没有人系统地向读者介绍过。我在一九七四年十二月发现中国历史博物馆的残抄本《脂砚斋重评石头记》的过程中，才到北京图书馆去看了这个现存己卯本《石头记》。兹将这个抄本残缺的情况,略述如下。

(一)原己卯本共有八十回,而这个现存己卯本则仅存三十八回,即:一至二十回,三十一至四十回,六十一至六十三回,六十五至六十六回,六十八至七十回。此外有早期抄补的两回,其中六十七回是武裕庵"按乾隆年间抄本"抄补的。武裕庵不知何时人,看"按乾隆年间抄本"这句话的口气,至早也当是嘉庆时人,或者更晚。六十四回也是早期抄补的,但未注明抄者,也无从知其抄录的确切年代。陶洙补抄的是二十一至三十回,另第一回三页半,第十回一页半,还有此回中的几行。

(二)十七、十八两回未分回,十九回还没有回目。

(三)现在看到的现存己卯本的批语,无论是眉批或是旁批,百分之九十以上是陶洙据甲戌、庚辰诸本过录的。原抄本的批语,只有两种,一是双行夹批,二是行间旁批,数目都很少。

(四)现存己卯本第二册封面书名下注"脂砚斋凡四阅评过",第三册封面下又注云"己卯冬月定本"。

(五)三十四回末有"《红楼梦》第三十四回终"九个字,这说明曹雪芹生前可能用过"红楼梦"为书名,但也有可能是他的批书者脂砚斋加上去的。

以下谈谈我把这个《脂砚斋重评石头记》残抄本同北京图书馆的现存己卯本核对之后,所发现的和初步解决的一些问题。

二 最近发现的中国历史博物馆所藏《脂砚斋重评石头记》一册残抄本

一九五九年冬,中国历史博物馆的王宏钧同志,在北京琉璃厂中国书店买到一些抄本古书。《脂砚斋重评石头记》的残抄本就是其中之一。博物馆的图书部门,收到该书后,把它作为普通书籍编目入库。十五六年来,一直没有人借阅过。王同志为了确定这个抄本的年代,遂于一九七四年十二月把它借出送到我家,让我考察一下。当时我草草翻阅一下,认为它可能是一个早期抄本,也许就是乾隆时的抄本。因为它所用的纸张同我过去发现的《延芬室集》残稿本、《懋斋诗钞》手稿、《四松堂诗钞》、《鹪鹩庵杂诗》等稿本和抄本所用的纸张一样,都是乾隆时的竹纸,尽管纸的颜色因各本保存的情况不同而有些差别。

王宏钧同志把残本留在我家后,我当天夜里就作了进一步考查,发现这个原来认为包括五十六、五十七、五十八、五十九这四回的残本,只有五十六、五十七、五十八三回是整回,而五十九回实际上是由两个半回拼凑起来的,即五十九回从该回开始到"难道把我劈成八瓣子不成!莺儿笑"为止的前半回,和五十五回从该回中间的"话,二则恐这里人不方便,原是叫我帮助妹妹们服侍奶奶姑娘的"起,到回末为止的后半回。这一拼凑的情况,可能是王宏钧同志买来时就是这样,而该馆装订时未细审阅,故误以为是四个整回。

重新调整改装后,残本的内容,应该是这样:

第五十五回　辱亲女愚妾争闲气
　　　　　　欺幼主刁奴蓄险心(后半回)
第五十六回　敏探春兴利除宿弊
　　　　　　时宝钗小惠全大体
第五十七回　慧紫鹃情辞试忙玉
　　　　　　慈姨妈爱语慰痴颦
第五十八回　杏子阴假凤泣虚凰
　　　　　　茜纱窗真情揆痴理
第五十九回　柳叶渚边嗔莺咤燕
　　　　　　绛芸轩里点将飞符(前半回)

残抄本纸面长二十七点八公分,阔十七公分。抄写版心长二十一点八公分,阔十二点八公分。每页十行,每行二十八、二十九至三十一字不等。

残本没有原来的封面,只在每回回目的前面写着十个字:

脂砚斋重评石头记卷之

在整个抄本中,无一印记。各回原批有:双行夹批,共十五条,计五十六回五条,五十八回八条,五十五半回两条。此本没有陶洙过录的批语,可证他没有看到过这册残抄本。

据我所见,残抄本的抄者有七个不同的笔迹,我按他们抄写残本时的次序给他们命名为甲、乙、丙、丁、戊、己、庚。他们所写的字各有可以识别的特点。甲、丙两人的字写得较好,丙较工整些,己也比较熟练,但写得不怎么好。其余乙、丁、戊、庚都较差。

三 残抄本不是另一个早期抄本而是现存己卯本散失的几回

有人认为这个残抄本是和过去已知的早期各抄本不同的另外一个抄本。最初我也这样想过。但是,经过一段时间的探究后,才知道它并不是一个新的本子,而是北京图书馆藏现存己卯本《脂砚斋重评石头记》里面散失了的几回。

在一九七五年一月一日深夜里,我发现五十七回中的一个"晓"字缺最后一笔,作"晓"。原文云:

目今是薛姨妈的生日,自贾母起诸人皆有祝贺之礼。黛玉亦早备了两色针线送去。是日也定了一班小戏,请贾母王夫人等。独有宝玉、黛玉二人不曾去得。至晓散时,贾母等顺路又瞧了他二人一遍,方回房去。……(见残抄本。他本或无"晓"字,作"至散时"又或作"至晚散时"。)

当时我想,这个残抄本可能与弘晓家有关,当夜我就在《佳梦轩丛著》中的《王公封号》一书里查到"怡亲王:允祥、弘晓、永琅……"一条。于是我就初步断定缺笔的"晓"字是避弘晓的讳,而残抄本可能是怡亲王弘晓家的抄本。

但是,为了进一步证实,我还得查一下残本里除"晓"字外,有没有缺笔的"祥"(允祥)字和"玄"(玄烨)字。一月二日我又发现残抄本五十八回芳官对宝玉说"有必当续弦者,也必要续弦为是"中的两个"弦"字,都写作"弦";这虽然不是一个单独的"玄"字,但显然也是为了避康熙的讳,才把"弦"字的半边"玄"字写作"玄"的。一月三日晚我翻阅残抄本五十七回,忽然发现我已读过数次的"小丫头子小吉祥儿"的"祥"字,少了一横,作"祥"!这时,我几乎和前两日深夜初发现"晓"字缺笔时一样地高兴了。因为到了这时,我才能肯定不移地说:中国历史博物馆这个残抄本,是清乾隆时怡亲王弘晓家的抄本。

在发现"晓"、"弦"、"祥"缺笔的过程中,我自然同时也注意到残抄本的抄者字迹好坏很不划一。如第二节所述,我初时认为其中有甲、乙、丙、丁、戊、己六个不同的笔迹。另一个,当时不能判断,后来才认清是以上六人之外的、应名之为"庚"的笔迹。

我又想起:当我在一九六三年看到上述陈仲箎在《文物》上介绍己卯本《石头记》的文章时,其中附印了一页现存己卯本的书影。在我的印象中,似乎残抄本里有的抄者笔迹与书影的笔迹相似。于是,我立即把我自己搜集装订的《有关曹雪芹红楼梦资料》中的陈仲箎那篇文章找出。一经核对,便觉得残抄本中抄者丙的字迹和书影的字迹很相像。但是我所看的丙的字是原迹,而现存己卯本的字迹是书影,因此,也不能作出肯定的判断。

这样,我就有个要去北京图书馆把新发现的这个残抄本同现存己卯本仔细核对一下的想法。二十多年前陶心如让我注意的己卯本,直到这时我才想去看看。当然,我没有忘记他所说的该本中有不少他"不知为了什么缘故而缺笔的字"。现存己卯本既然也有些缺笔的字,我又觉得己卯本那页书影的字迹与残抄本的抄者丙的字相似,于是我就怀着一个渺茫的设想,邀了冯其庸同志去北京图书馆帮我查对。我的"渺茫的设想"是:"这个残抄本可能和现存己卯本有些关系吧?"

在进入北京图书馆善本室之前,我请其庸同志注意两件事:一,帮我看看北京图书馆的现存己卯本的抄者和残抄本的抄者的笔迹是否相同;二,再看看北京图书馆现存己卯本中的缺笔字中有无缺笔的"晓"、"祥"、"玄"三字。

我同冯其庸同志翻阅馆藏的现存己卯本之后,他首先发现原未分回的十七、十八回中薛宝钗的诗句"华日祥云笼罩奇"中的"祥"字缺最后一笔写作"祥"。接着我在十三回"你如何连这两句俗语也不晓得",他又在第二回"面若中秋之月,色如春晓之花"两句,发现其中的两个"晓"字都缺笔,都写作"晓"。之后,又发现几个"晓"字的缺笔,也发现了"玄"字缺最后一个点,作"玄"。

核对两个本子笔迹的结果是:我和他都认为残抄本中的甲、乙、丙、丁、戊、己六个人的笔迹,在现存己卯本里都发现了。当时我认为残抄本中第七个人的笔迹,现存己卯本里也有,我遂名之为"庚"。

这样,无论从避讳或从抄者的笔迹上,都已发现中国历史博物馆的几回残抄本与北京图书馆的现存己卯本完全相同。我那个"渺茫的设想"现在被证明是确凿的事实了。

到了这个时候,我们就共同写了那篇《己卯本石头记散失部分的发现及其意义》(刊于一九七五年五月二十四日《光明日报》)。

根据上面考查的结果,我们知道:

(一)残抄本与现存己卯本的抄者们相同。现存己卯本中可能还有一两个抄者为残抄本所无,那是因为抄残抄本几回时,这一两个人未参加抄写。

(二)残抄本中避"晓"、"祥"、"玄"诸字讳,也和现存己卯本相同。

(三)残抄本与现存己卯本的纸张都是乾隆时的竹纸,只是前者的颜色稍黄暗些,这是因为它流散在外,没有得到很好的保存之故。

(四)残抄本和现存己卯本的尺寸大小,抄写版心大小如每页十行、每行二十七字到三十一字,等等,也都相同。

(五)残抄本每回之前有顶格的"脂砚斋重评石头记卷之"十个字,和现存己卯本也相同。

根据以上情况,再结合本文第一节中所谈现存己卯本散失诸回的情况,亦即残抄本的几回恰恰是在现存己卯本所缺的诸回之内这一情况,我们可以断定:新发现的这个残抄本正是北京图书馆善本室所藏现存己卯本《石头记》里面的一部分,而不是另一个早期抄本。

估计怡亲王家原抄的这部现存己卯本应该是八十回,它离开弘晓家后,不知经过几个收藏者才到了武裕庵手里,那时现存己卯本已非完物。武裕庵抄补第六十七回时,应该是为了补全八十回,当时残抄本大概还没有散失在外。在从武裕庵到董康收藏这段期间里,现存己卯本散失的可能性很大。这三个整回两个半回的残抄本很可能就是在那时失散的。董康死后,现存己卯本才到了陶洙手里,并由他加以装裱。据陶洙告诉我,从董康死后至到他手之前,现存己卯本也有部分散失的可能性。

这次的发现,使现存己卯本长期流落在外的这三个整回两个半回文字,有与北京图书馆所藏现存己卯本珠合的机会,因而使我们能够看到现存己卯本更多的文字,这应该是《红楼梦》读者们高兴的事。

四 现存己卯本《石头记》(包括新发现的残抄本)是乾隆时怡亲王弘晓家的原抄本

我们断定现存己卯本《石头记》是乾隆时的怡亲王弘晓家的抄本,有

三方面的根据:

(一)现存己卯本中避"晓"、"祥"、"玄"等字讳。

(二)在北京图书馆藏的怡亲王府原抄本的《怡府书目》中,也避这三个字的讳。

(三)在《怡府书目》中,发现了现存己卯本的抄写者之中的三个人的笔迹。

以下对此再略加说明。

第一,避讳。避讳是考察古书年代的一个比较可靠的依据。避讳有两种,一种是避皇帝名字的讳,即避君讳,因为这是当时全国都必须避的,姑命之为"国讳"。另一种是家讳,即子孙避父祖辈的讳。

在现存己卯本中,"晓"字、"祥"字缺笔,就表明抄者是雍正、乾隆时怡亲王允祥、弘晓的子孙。因为,允祥是弘晓的父亲,他是避"晓"字讳的抄者的祖父。书中还发现了好几处"玄"字缺笔,是避"玄"字讳,玄烨是康熙的名字。康熙是允祥的父亲。避"玄"字讳,本是国讳;可是在避"晓"字"祥"字讳的书里,发现也避"玄"字讳,那就是避抄者的曾祖父的讳了,故避"玄"有国讳家讳双重意义。避"晓"、"祥"、"玄"恰恰是避祖上三代的讳。

但是现存己卯本中不避"永"字讳,而"永"字辈是弘晓的子侄辈,如弘晓的儿子就叫永杭、永琅等等。

由此可见抄者中有弘晓的子侄辈,而没有弘晓的孙辈。

第二,《怡府书目》的发现,加强了上述论据。北京图书馆所藏的这个《书目》共有四册,即元、亨、利和正。把贞字写成"正"字,显然是避雍正的讳。盖有"怡亲王宝"篆书阳文方章和"讷斋珍赏"、"怡王讷斋览书画印记"等篆书阴文图章。据《啸亭续录》卷二"张云汀"条,知"讷斋主人"就是弘晓。故知《书目》是弘晓时怡亲王府的书目原抄本。

在《书目》中,我们也发现了"玄"、"弘"、"晓"三字缺笔和"永"字不缺笔。如《赤水玄珠》的"玄"写作"玄",《弘明集》的"弘"写作"弘",《晓亭诗钞》的"晓"字写作"晓",等。但《永宁通书》的"永",却不缺笔。

我们最初很以未能在《书目》中发现"祥"字缺笔与否为憾。直到旬日以后,我又去查这个《书目》时,才发现《宝元天人祥异书》一书中的"祥"字居然缺一横,作"祥"。这就更加有力地说明:《书目》的抄者与现存己卯本的抄者同样都是弘晓的子侄辈人。

第三,在这个《书目》里,我们发现了现存己卯本《石头记》的七个抄者中的三个至四个人的笔迹。这就是说,抄《石头记》的人中,也有三四个人参加了抄《书目》。

《怡府书目》抄者的笔迹和抄者的避讳情况同现存己卯本《石头记》的完全一致,充分证明:现存己卯本《石头记》的确是乾隆时怡亲王弘晓家人的原抄本。

所有乾隆时的各早期抄本如庚辰、甲戌、甲辰等本,我们都不知道它们过录的年份、抄者是何人。只有现存己卯本是直到目前为止我们唯一知道其过录的年代,抄者是何人的早期抄本。知道了这些,再进而研究它的内容,便可以从中得出许多重要的结果。这在《石头记》早期抄本的历史上,是一件具有重要意义的事情。

一九七五年一月初稿,二月重改于沙滩,
一九七六年八月十八日改定于郑州旅次。

第二篇　现存己卯本《石头记》底本来源的推测
——弘晓和曹家、曹雪芹及敦诚、墨香、明义等《石头记》早期抄本收藏者的关系

我们知道了现存己卯本的抄者是谁和抄书的年代后，还可以进一步探究：抄者弘晓所据底本是从哪里、向什么人借来的？

由于材料的限制，我们不可能对于现存己卯本底本的来源，作出确切的论断。本篇的目的在于：通过探究它的来源，把雍正时怡亲王允祥和乾隆时怡亲王弘晓同曹家、曹雪芹、敦诚、墨香、明义这些人的关系考查一下。至于对现存己卯本的内容和文字的详细校勘工作，应该留待研究版本的同志去做。

一　从允祥、弘晓与曹家的关系看现存己卯本底本来自曹頫或曹雪芹的可能性

曹家和老怡亲王允祥有没有一些旧关系？目前还没有一致的看法，主要原因就是材料太缺乏。通过一段考索，我认为他们有些旧关系。

（一）曹頫曾在雍正二年给雍正的一个请安摺云：

> 江宁织造奴才曹頫跪奏：恭请万岁圣安。

雍正在摺上批道：

> 朕安。你是奉旨交与怡亲王传奏你的事的。诸事听王子教导而行。你若自己不为非，诸事王子照看得你来；你若作不法，凭谁不能与你作福。不要乱跑门路，瞎费心思力量买祸受。除怡王之外，竟可不用再求一人拖累自己。为什么不拣省事有益的做，做费事有害的事？因你们向来混帐风俗贯（惯）了，恐人指称朕意撞你，若不懂不解，错会朕意，故特谕你。若有人恐吓诈你，不妨你就求问怡亲王。况王子甚疼怜你，所以朕将你交与王子。主意要拿定，少乱一点。坏朕声名，朕就要重重处分，王子也救你不下了。特谕。

这个朱批值得仔细推敲。批语的背景是这样：曹頫为了织造任上的亏空，曾于雍正二年请求皇帝允许他在三年之内把亏空补完。雍正答应了。曹頫在谢恩摺上说：

> 今蒙天恩如此保全，实出望外。奴才实系再生之人，惟有感泣待罪，只知清补钱粮为重，其余家口妻孥，虽至饥寒迫切，奴才一切置之度外，在所不顾。凡有可以省得一分，即补一分亏欠，务期于三年之内，清补全完，以无负万岁开恩矜全之至意。

雍正在这个摺上批道：

> 只要心口相应，若果能如此，大造化人了。

雍正批准了曹𫖯的请求后，就派怡亲王允祥"传奏"曹𫖯的事。

从雍正批曹𫖯请安折内容来看，"王子甚疼怜你"不是一句平常的话，它暗示曹家同允祥有些旧关系。

雍正明知允祥有"甚疼怜"曹𫖯之意，却又有意地将他交与允祥负责"传奏"他的事。这既表明雍正对允祥十分信任，也表明雍正对曹𫖯有"矜全之意"。我们现在要问的是曹家和允祥到底有什么样的关系呢？

这关系就是：康熙第三次第五次南巡时，允祥都曾经随行，可能在江宁织造府里见过并很喜欢幼年的曹𫖯。

据不知作者姓名的清代著作《圣驾五幸江南恭录》（收入《振绮堂丛书》中）一书所记，康熙四十四年第五次南巡时，曾偕太子（即后来被废的太子胤礽）和十三阿哥同行。康熙朝的《实录》也有同样的记载。康熙到江宁和苏州两地时，都以当地的织造府为行宫，这个十三阿哥当时刚刚二十岁（时曹𫖯约七八岁），他就是后来的怡亲王允祥。

以曹寅与康熙的关系之密，而康熙南巡又是住在江宁织造府里，则曹颙、曹𫖯等完全有机会见到十三阿哥。

我们先举康熙这次南巡接见几个幼童的例子。据《圣驾五幸江南恭录》记载，二月二十二日康熙曾在苏州的行宫（即李煦的苏州织造府）召见了原任总兵严弘的幼子——十三岁的严文照和八岁的严文烈，并告诉江南总督、抚院、织造们说："此系功臣之子，着好生照看，俟长成报部录用。"他又于三月初八日在淮安召见漕院桑格的八岁儿子，并赏赐银锞、果品、波螺寿星等物，太子也赐了玉结、金钱各一枚。十三阿哥和皇妃宫眷，都给了绸缎、玩物、小银壶、银杯等物。

按康熙此行对一般"功臣"之子，都能这样照顾接见，何况那素来亲信而这次南巡又因"预备行宫，勤劳诚敬"而"加授通政使司"的曹寅的子侄？十三阿哥哪有见不到他们的道理？

（二）曹颙幼时即见过康熙，及长也为康熙所器重。

据宋和的《陈鹏年传》，康熙这次南巡，胤礽因故欲杀陈鹏年。康熙到了江宁住在织造府后,一天,当时才只十一岁的曹颙玩着走过庭前。康熙因其年幼"无知",问他:"儿知江宁有好官乎?"曹颙答曰:"知有陈鹏年。"后来张英、曹寅都因陈确是"好官"而向康熙请求免其死罪,陈竟得免。康熙因而很器重曹颙。康熙又曾说过:"曹颙系朕眼看自幼长成。"(见康熙五十四年正月十二日内务府满文奏销档中的批语。)这就是说,他历次南巡时,都常常看到曹颙,绝不是只见过上述的一次,否则就不会说"看自幼长成"了。康熙三次南巡,曹颙年五岁,四次南巡时,曹颙八岁。他都可能看到过曹颙。到了康熙四十八年春天,曹寅就把曹颙送到北京给皇帝"当差"(看曹寅于康熙四十八年二月初八日摺)了。曹颙到了北京后,没有材料说明他的情况。直到康熙五十年四月初十日内务府总管赫奕等的奏摺中,才有引见曹荃的儿子桑额和曹寅之子连生(裕按:即曹颙)的消息。他们见到了康熙后,桑额被录取为宁寿宫的茶房,而那时十六岁的曹颙,则并未被"录用"。

为什么未被录用呢?是不是康熙对曹颙的印象又不佳了呢?完全不是。相反,乃是因为康熙看曹颙年幼,又是曹寅的独生子,便让他回南京"父子聚首"去了。这是康熙对曹寅、曹颙的特别照顾。关于此点,曹颙(档案中作"连生")于曹寅死后的奏摺中,说得很明白:"……奴才年当弱冠,正犬马效力之秋,又蒙皇恩怜念先臣只生奴才一人,俾携任所教养。岂意父子聚首之余,即有生死永别之惨!"(见康熙五十一年九月初四日摺。)

曹颙当差任事后,康熙很看重他,至说:"朕在差使内务府包衣之子内,无一人及得他,查可以办事,亦能执笔,是有文武才的人。在织造上,极细谨慎,朕甚期望!"(见五十四年内务府满文奏销档正月十二日康熙批内务府摺。)据最近吴新雷同志发现的康熙六十年刊本唐开陶等纂修的《上元县志》中的《曹玺传》载:曹颙病于北京时,康熙"日遣太医调治",死后,他还"叹息不置"。在上引满文奏销档中,康熙也说"此子甚可惜"云云。

（三）曹頫自幼住在江宁织造府,也有见康熙的机会,继任织造后,康熙对他也不错。

曹頫"自幼"便由"曹寅带在江南抚养长大"(康熙五十四年七月十六日曹頫奏摺),康熙南巡时,曹頫和曹颙都同样有被引见康熙的机会。康熙对他自幼就会有印象。曹寅和曹荃的诸子之间是不和的,这一点康熙也清楚(参看康熙五十四年正月十二日内务府摺)。据李煦和曹家家人吴老汉说,曹頫是曹荃诸子中最好的一个,吴老汉并说"曹頫为人忠厚老实,孝顺我的女主人,我女主人也疼爱他"(同上摺)。由于曹頫的为人很好,自幼又是同曹颙一起在南方长大的,他们两人是合得来的。所以在曹颙死后,李煦等推荐曹頫为曹寅嗣子时,康熙就批准了(同上摺)。

曹頫这人,据最近发现的材料,他"好古嗜学,绍闻衣德"(见抄本康熙二十三年于成龙修纂的《江宁府志》)。这同上述介绍他年轻时的情况是符合的。

曹頫继任织造后,康熙批曹頫的奏摺有"你家中大小事,为何不奏闻?"(见康熙五十四年七月十六日曹頫摺批。)这固然是出于康熙同曹寅的老关系而表示的关切,但康熙又有批云:"你虽不管地方之事,亦可以所闻大小事,照尔父(裕案:指曹寅)密密奏闻,是非朕自有洞鉴。就是笑话也罢,叫老主子笑笑也好。"(见康熙五十七年六月初二日曹頫摺)这就可见康熙认为曹頫本人也可以做他的亲信了。

从以上的事实,我们可知康熙与曹颙和曹頫的关系。此外还有以下两点。

（一）我们知道,康熙历次南巡,当然主要是有其政治目的,但是,他也到处游山玩水。他自己也曾说:"朕虽身居九五,乐佳山水之情,与众何异!"(见康熙《御制文集》第三集。)在南巡中,他射箭、打猎、游虎丘,在镇江时并自己网鲥鱼。十三阿哥随行南巡时,他都跟着康熙一起游山逛水,一起玩。

我们知道,当初曹寅就是陪着玄烨(即康熙)少时玩的。他少小时做哈哈珠子，甚至捉鳌拜时，他就是那些会武术的小孩子之一。年长便做了少年皇帝康熙的侍卫。他的母亲又是康熙的乳母。可见曹家与康熙的关系，非同寻常。现在康熙到了江宁织造府，他对曹寅的亲厚，非其他接驾官吏可比。即曹寅的家人与皇帝、皇子的关系，也自不同。康熙三十八年南巡时，行宫即在江宁织造府，曹寅曾奉母见康熙，时寅母已六十八岁，康熙亲书"萱瑞堂"三字赐之。老辈这样亲切的关系，则曹颙、曹頫与允祥这位十三阿哥年龄相近，岂有不混得较熟、玩在一起的道理？又因曹颙、曹頫的资质都不错，则十三阿哥当时对他们有好感，也是很可能的。

（二）我们还必须提到一件实际上必有，而在文献中不一定查得出来的事实。那就是，在历次南巡时，曹寅一定以个人名义孝敬皇帝、皇太子以及各后妃宫嫔奇珍异宝和大量金钱。大量的金钱，皇帝虽不便明受，但他以下的随行者们是会接受的。对十三阿哥的孝敬，自然不会是例外。这就更会使十三阿哥之类随驾人员，对曹家增加好感。

总结上述这一切情况，我认为后来做了怡亲王的十三阿哥即允祥之所以对曹頫"甚疼怜"，是和以上种种关系分不开的。他和曹家、曹頫是有"旧"的。所以曹家被抄后，得到当时正被雍正信任的怡亲王的维护，是完全可以理解的。

可是人们不免要问：雍正明知允祥"疼怜"曹頫，却又有意地把曹頫的事交给允祥"传奏"，并表示允祥可以"照看得来"曹頫，难道这完全是看允祥单方面的面上么？我认为并不见得是这样。按上述允祥和曹家的那些关系，雍正会是很清楚的。因为康熙三十八年第三次南巡时，当时作为"四贝勒"的胤禛（即后来的雍正）是同十三阿哥一起去的，四十二年的第四次南巡他们也是一起去的（参看宋荦：《西陂类稿》中的《漫堂年谱》和《迎銮日记》、《迎銮二记》）。到了四十四年五次南巡，胤禛才没有去（看上引《恭录》和宋荦的《迎銮三记》）。我认为：曹寅对于胤禛的"孝敬"，也是不言而喻的。所以后来雍正之在上引曹頫的请安摺上批"况王子甚疼怜你，所以朕将你交与王子"等话，并非无故。绝不是像某些研究者所说的是"敷衍"。雍正对曹家有何"敷衍"之必要？即使要"敷衍"，也是敷衍允祥的面子。我们不可忘掉雍正在做皇帝前随驾南巡时所受曹家的"物质孝敬"。

我们也应该注意：就是在曹家被抄时，曹頫并没有受到贬谪的处分；雍正把曹家在北京的房屋也还留给曹頫一部分，以便他家回北京时居住。这些也都和上述曹家与允祥、胤祯的那些"旧"事，不无关系。

允祥于雍正八年死后，新怡亲王弘晓似乎同曹家也有联系。据孔祥泽用白话编写的《懋斋记盛的故事》中说，于叔度乾隆十九年腊月去雪芹家时，说到"某邸的那位爷，前些天买风筝，一给就是几十两银子……"雪芹听了便问于："你见过他么？"于答："住得那么近，常碰见，今年夏天还买过我两个扇面呢。"雪芹这才给于叔度做了风筝，教他卖给"那位爷"，但嘱咐于叔度说："如他问起这风筝是谁做的，你可千万不要提是我糊的！"这就表明，那个买风筝的"爷"是雪芹的熟人。孔君这段叙述是根据《瓶湖懋斋记盛》的下半篇原文（即阙文），应当有一定的道理，故略加疏证如下。

按"邸"此处是指王府。雍正时怡亲王府在东城今协和医院后面的煤渣胡同，是允祥的住宅。到了乾隆时弘晓的怡亲王府就迁到东直门内北小街的冰盏胡同了。据敦敏的《瓶湖懋斋记盛》残文，我们得知于叔度的家也在东城。在当时南北"小街"这种地方，虽可"大"有王府，但小也有民居。再则，弘晓的《明善堂集》中也有题咏风筝之作，可见他也喜欢风筝。加上他和曹家的关系等等，我们便可以推测：买于叔度风筝的正是怡亲王府的人，或即弘晓本人，而于叔度也就是他的"街坊"（住在一条胡同里的人）。从这里，我们可以窥见一些弘晓时怡亲王府与曹家的关系，结合我们下节所述，现存己卯本的底本有借自脂砚斋或雪芹本人的可能。

二 弘晓从脂砚斋或曹家借到底本的可能

乾隆二十五年时曹頫似尚在，年约六十多岁，曹雪芹是四十六岁。弘晓则是三十一岁。根据上节所述的情况,弘晓从曹家借抄《石头记》是有可能的。我这次用弘晓过录己卯本《石头记》时的一些值得注意的情况,同脂砚斋在这一期间内整理、重评《石头记》的情况对照一下,认为弘晓大约是从脂砚斋那里借得的底本。以下细谈一下这一看法。

脂砚斋是谁?我在《脂砚斋、畸笏叟和曹雪芹》一篇中,曾谈到一些。但他叫什么名字?详情如何?至今仍无人知道。在这种情况下,我们只好姑且不管脂砚斋是谁,横竖有这么一个人就是了:他是曹雪芹的一个叔父,他批注了《石头记》,不论是"己卯冬月定本"还是"庚辰秋月定本"的《石头记》,都是由他誊清原稿,批注"定本"才出手的。从现在所能看到的评语中,我们还知道:他的定本,甚至作者的原稿,常常被人借阅;有时候其中的某些回、某些页,还被借阅者"迷失"(关于这些,可查阅批语,兹不引),他对此也曾不胜惋惜地发出"叹!叹!"的感慨。

这一常常出借的情况,已经值得我们注意。更值得重视的是:脂砚斋在己卯年(乾隆二十四年)和庚辰年(二十五年)这两年之际,都在"评"《石头记》,并给它两次"定本",一是"己卯冬月",二是"庚辰秋月"。如果有人在此期间向他借阅或借抄《石头记》,他必定把归还的日期限制得很短。因为他等待着把借出的"己卯冬月定本"的《石头记》索回,再一次地"定本",即"庚辰秋月定本"。他借出的时间,大概只有庚辰春、夏的可能。因为己卯本在己卯年冬天还掌握在脂砚斋手里。我们细审现存庚辰本所过录下来的批语,便可看到:有许多批语都是脂砚斋在"己卯冬夜"批的。故己卯冬天,脂砚没有把书借出的可能。到了庚辰夏,脂砚又得掌握该本开始从事"庚辰秋月定本"的工作了,故也不能将该本借出。所以,我估计只有在庚辰春天脂砚才有把该本借出的可能,而他出借的限期又必定很迫促。这是一个比较特殊的情况,因为倘若不是接连两年"定"两次"本",他就无须那么急迫地索还借出的稿本了。

正是这一特别的情况,使我联想到并觉得弘晓过录己卯本时的一些特别情况,同它符合——借出该书者要归还的日期很短,借得该书过录者抄得很急。为了急忙抄完,弘晓过录己卯本时采取的办法,也值得注意。

第一,他是自己动手领导家人们一齐抄的。这一点与借出者索书甚迫不必有关。因为他倘使雇用几个甚至十几个人抄,也还不是可以抄得快或者更快么?弘晓之所以用家人父子抄,是因为他有政治上的顾虑。关于这点,我将在本卷第三篇中详说,这里先不谈。

第二,和脂砚索书急迫有关系的乃是弘晓抄书的特殊办法:他同时用七八个人抄,把已装订的本子拆开,不是每人分抄一回,而是基本上每人分抄互相衔接着的一叶。按照一般的想法,像弘晓那种贵族家庭里抄藏一部其主人爱读的小说《石头记》,满可以用较充裕的时间抄得精一些才是,可是他这次抄《石头记》却采取多人急抄的办法。这显然是为了尽可能快地把书抄完;这样的抄法,书当然是不会抄得很好的。然而,弘晓宁愿抄得坏些,却要抄得快些。这原因,我想除了底本的借出者"限期甚迫"和"索书很急"之外,没有别的缘故。

我们且细看弘晓采取怎样的抄书办法。姑以新发现的中国历史博物馆残抄本为例。残抄本抄者共甲、乙、丙、丁、戊、己、庚七人。他们抄书时,每人各分抄一叶。这说明:或者原底本还没有装订成册,或者过录者抄书时把已订成册的本子临时拆散。他们抄的次序是:

第五十六回:甲、乙、丙、丁、甲、戊、乙、庚、乙、甲、丙、丁、戊,共十三人次。

第五十七回:甲、戊、丙、乙、丁、庚、乙、丁、乙、己、甲、戊、丙、戊、丙、丁、己、戊,共十八人次。唯戊多抄了一行。

第五十八回:乙、甲、丙、丁、己、戊、丙、己、丙、己、甲,共十一人次。

第五十九回:前半回,丁、戊、甲、丙,共四人次。

第五十五回:后半回,己、丙、庚、戊、丁,共五人次。

从以上我们可以看出:尽管甲、乙、丙、丁出现的次序没有那么固定的规律,即由于抄者抄得快慢不同而未能按甲、乙、丙、丁、戊、己、庚的次序挨着,但有一点是很明显的,即每人只抄一叶,接着的一叶便由另外一个人抄了。

残抄本抄时是这样。现存己卯本,虽有时一人连抄多叶,但总的抄法,基本上也是一样。

对于这一情况或者有人认为可以有两个解释:一个是,底本的借出者并没有急于索回原底本,而是抄者着急,要赶快抄完;另一个是出借底本的人急于索回底本,期限太促,故抄者不得不加速抄完。根据前面已经说明的理由,第一个可能不大,而是第二个可能,即脂砚斋在庚辰年春夏之际,急待就原己卯本再改定为庚辰定本。

结合脂砚斋是曹家的人,而曹家又与新老怡亲王有些旧关系,弘晓直接向脂砚斋借己卯本过录,这个可能性是很大的。我在下面所举底本来自敦诚、墨香和明义的任何一个推测,都无法说明弘晓抄书时为什么要那么急。

弘晓过录《石头记》的时间必定是在乾隆二十五年的春天或夏初。那时,即使曹雪芹果有江宁之行,他大概是在秋天才启程,那一年的夏天,他仍在北京。倘若忽略弘晓抄书时的特别情况,而认为其所据底本来自他人,则弘晓抄书的年代就不必是在乾隆二十五年,而是相当晚的了。这一点,在以下每人的情况中各有不同。

三　从弘晓与敦诚的关系看现存己卯本底本的来源

这里要解决几个问题:敦诚、墨香手里有没有《石头记》?什么时候有的?他们和弘晓有没有过从?

敦诚有没有《石头记》的抄本?我认为会有的。我在一九五六年发现的敦诚挽曹雪芹诗的两首初稿的第二首,开头一句就是"开箧犹存冰雪文"。对这"冰雪文",我们显然不能拘泥地、单纯地只解为"文"或"诗"而已。对该诗定稿中的"牛鬼遗文悲李贺"的"遗文"也不能单纯理解为"文"或"诗"。这两句诗中的"文"应该包括曹雪芹所有给敦诚的信札、诗、文,特别是《石头记》。

早在乾隆二十二年(丁丑,1757),敦诚就在从喜峰口写的《寄怀曹雪芹(霑)》一诗中,劝雪芹"残杯冷炙有德色,不如著书黄叶村"。著什么书? 是写诗么? 当然不那么简单。敦诚指的是写《废艺斋集稿》么? 也不是,在敦诚写此诗时不可能是指《废艺斋集稿》。因为,不但敦诚在乾隆二十三年腊月二十四日还滞留松亭,未能参加瓶湖懋斋之会,无由得知《废艺斋集稿》,就连他的哥哥敦敏也还是在二十三年十二月二十一日,才在于叔度那里初次看到《南鹞北鸢考工志》的。所以敦诚在二十二年的诗里所谈的"著书"当然不可能指这些,而是指当时脂砚斋已经三评过了的《石头记》。

那么,敦诚肯定读过而且手里可能有《石头记》了。由于他早在乾隆九年(甲子,1744)就在北京西单牌楼北石虎胡同的右翼宗学结识了雪芹,所以他有《石头记》的抄本是会很早的。估计至迟当在乾隆二十二年他写《寄怀曹雪芹(霑)》一诗之前。

然而,弘晓同敦诚认不认识,有没有来往呢?

按敦诚是努尔哈赤第十二子阿济格的五世孙,弘晓是努尔哈赤第八子皇太极的四世孙,他们是同宗。同时,他们也有过从。他们交往的材料,在两人的诗文集里,都可以看到。

弘晓的《明善堂诗集》里有三首与敦诚有关的诗,即《题敬亭春游诗稿后》、《中秋后次敬亭韵索易堂和》以及《九日小雨次敬亭韵兼索易堂和》,可见敦诚同弘晓是有过从的。《四松堂集》里也有一首《上冰玉主人(怡亲王)用少陵赠汝阳王韵》一诗。"冰玉主人"是弘晓的别号。"易堂"是汪苍霖的号,他是敦敏和敦诚的朋友。嵩山的《神清室诗稿》中,有一首《赠汪(苍霖)易堂》,据其中诗句,可略知他的情况。诗云:"廿年落拓江湖客,独抱文章守寂寞。明时献策未登庸,且向朱门为入幕。梁王好书兼好贤,牙签三万蓄奇编。(中略)旧有先声驰艺苑,三载相期始相见。(下略)"这里"献策未登庸"指汪于乾隆二十七年考试下第(见敦敏《懋斋诗钞》),"梁王"指弘晓,可知汪是个以诗闻名、做弘晓幕客的汉族文人。

我们且看敦诚以下的诗句,可知他对弘晓是很了解的。

(上略)只解搜芸蠹,何尝歌野鹰。牙签通四部,眼藏彻三乘。(中略)染瀚蒙君宠,挥毫对客能。文心流浩瀚,书腕急奔腾。(中略)蜀笺题每遍,巴句和难胜。体为吟诗瘦,怀因道观澄。(下略)

这几句诗当然不免有些"应酬"的因素在内,但大体上弘晓"能"什么,喜欢什么,今以《明善堂诗集》中的诗来印证,大致是不错的。如集中有参禅、礼佛以及一些和道士接触的诗。另据怡亲王府藏书目录(即《怡府书目》原抄本,现藏北京图书馆善本室),弘晓家的藏书,可以说,不但"四部"而且三教九流的书,无所不包。据清叶昌炽的《藏书记事诗》卷四"怡亲王"条,引陆心源《宋椠婺州九经跋》及潘景郑《著砚楼书跋》等书,说他藏书极富,且多宋版精本,为世罕见。《书目》收书四千五百多种,特别是乾隆间开"四库全书"馆,各地藏书家进呈图书,独怡亲王府之书未进呈。此外弘晓的字写得也不错,我们从他的诗集的自书的序言以及他参加抄录现存己卯本《石头记》(此点另详)的字迹,可以看出。

弘晓也很赏识敦诚,他的《题敬亭春游诗稿后》云:

踏春佳句敬亭游,坐待流光又素秋。明月清风两无价,笔休茶灶一扁舟。

秋菊春兰各不同,酒杯放浪墨初融。牧之白也风流甚,想见吟怀气象雄。

敦诚的诗在宗室诗人中是较突出的,很得纪昀等人的称道。弘晓看重他,并非无故。但这里有一关键问题,即敦诚的诗写于乾隆二十九年,弘晓两诗都写于二十八年。如果他们直到写诗时才有过从,那么,我们说弘晓乾隆二十四五年所抄《石头记》的底本来自敦家,岂非笑话?

我们现在从《四松堂集》中得知,敦诚同弘晓接触,最早是在丁丑年,即乾隆二十二年(1757)。他有一封《寄汪易堂书》,其中有云:

> 易堂足下,人生几何?一别辄十余年耶!去冬接手翰,如聆麈谈于松风泉石间。遥想昔日风致,为之惘然!记丁丑春渔阳道中,并辔联吟,探幽吊古,以洎西院赏花,东轩斗酒;冰玉山庄看舞鹤,吞公亭下泛轻舫,皆惝恍若隔世事。居常亦颇忆及否?京华旧雨,零落殆尽。寅圃、贻谋化为异物,以宁远宦滇南,墨翁东守辽左,苕塘诸君,音问杳然。……仆已于癸巳春,卧病闲居,今又八年矣。甚顽健,读书饮酒如曩时……(《四松堂集》,卷三)

癸巳是乾隆三十八年(1773),此信当写于辛丑,即乾隆四十六年(1781)。上溯十余年,则汪易堂南归当在三十三四年左右。敦诚在乾隆四十六年回忆二十二年春天(据《鹪鹩庵笔麈》所记,当在"三月"),在弘晓的冰玉山庄(在北京西郊)"看舞鹤"的往事,可见敦诚同弘晓之开始有往还,还应该在乾隆二十二年以前。"吞公亭"据敦诚《东皋同子明兄作二首》诗中"醉中已过水南庄"句下注,即"吞公别墅"。

从时间上说,敦诚既于乾隆二十二年前就与弘晓有来往,那么,到了乾隆二十五年的春夏之际,是有可能把他所掌握的《石头记》己卯本的过录借给弘晓的。

他和弘晓的关系是这样:弘晓很欣赏他的诗,而他也似乎愿意同弘晓接触,虽然他们的接触并不多。我们从敦诚《怡王绘予香奁十二首因跋其后》一文,可以看出这种情况:

> 竹堂漫兴,偶赋香奁十二首,粉毫脂墨,亦少年绮语过耳!易堂过我,乃携以去,无何,为冰玉主人所鉴赏。爰命工绘之手册,以为芸

厨清玩。

嗟乎,以仆之疏缓无成,久为物议所鄙。间为拥鼻生活以自解嘲。见者不笑则怒;宁有见"野火""春风"诩为斯文复得者!予何以得此于冰玉主人哉!

虽然,刻翠剪红,雕虫小技,固不足以辱主人之青目;而文字相知,不无感激。

况坡翁在门内,又何虑片长薄技之莫见耶!质之汪子,以为如何?(《四松堂集》,卷三)

此跋和《香奁》诗均不著年份,以下我们试考其写作的大致时间。

第一,《香奁》十二首不见于《四松堂集》,也不见于《熙朝雅颂集》所选敦诚的诗中。但其中有"少年绮语"之句,当是少年时所作,大约作于他在右翼宗学读书的晚期,即乾隆十六年到十九年左右,敦诚当时年十八到二十一岁。

第二,跋中有"疏缓无成,久为物议所鄙"之句。从其中的"久"字,可见此跋约写于他在乾隆二十年参加宗学考试之后。那次考试,他名列优等,但未补官。亦即在乾隆二十年到二十五六年的期间,不可能再晚。因为倘使再晚,敦诚就变得比较消极而不会再有"况坡翁在门内,又何虑片长薄技之莫见耶"这种满怀希望的想法了。其时上距敦诚写《香奁》诗约十年或六年,距他出学考试约五六年。正因为在当时他虽未补官,却获笔帖式记名,而弘晓由于欣赏敦诚写的十二首《香奁》诗,又竟然命画工根据诗意画在册子里,敦诚才满怀希望地认为,弘晓此举是"见'野火''春风'"誉为"斯文复得",亦即像白居易初到长安时见顾况以投诗见知那种心情。向远看,他又才有"何虑片长薄技之莫见耶"之感。可见他们以"文字相知"的关系是很深的。

这样一种关系,弘晓要是向敦诚借抄《石头记》,不是完全有可能的么?

四　底本有无可能借自墨香

墨香没有诗文杂著留下来，从弘晓的《明善堂诗集》中，只能找到一首与墨香有关的诗。集中癸未年（即乾隆二十八年，1763）诗《游古梁园》题下注云："即墨公别墅。"诗云：

燕南名地古城闉，澄碧洲边更少尘。
客醉夭桃花作锦，蝶迷芳草缛如茵。
春光驻宕留征辔，风景晴和自可人。
一径支筇立高阜，轻舠谁系绿杨津。

诗没有什么内容，题注则有些用处。

按"墨公"即墨香，亦即敦诚之叔额尔赫宜。此诗说明弘晓于乾隆二十八年曾去北京西南城墨香的别墅玩过。墨香这个别墅叫作"抱瓮山庄"，可能即古梁园旧址。据《春明梦余录》云："梁园在京城之西南废城边，引凉水河入其中。"按"废城"盖指辽城。王士祯曾与宋荔裳等泛舟于此（见《宸垣识略》，卷十），弘晓诗末句，也证其地可以行舟，故合。

墨香生于乾隆八年（癸亥，1743），大约二十四年左右任侍卫，四十三年任头等侍卫，四十四年授凤凰城守尉，五十一年调补头等侍卫，五十五年卒。乾隆二十八年弘晓去他的别墅时，他那时是二十一岁。

永忠在乾隆三十三年看到的《红楼梦》，就是墨香借给他的。永忠的诗题作《因墨香得观〈红楼梦〉小说吊雪芹》。对于这个"因"字，可以有不同的解释。一个是，书是曹雪芹、脂砚斋的，由墨香借来读，又转借给永忠。但这实际上不可能，因为雪芹死于二十八年，据靖藏本新发现的批语，脂砚也在丁亥（乾隆三十二年）前某年死了，故墨香不可能从他们那里借书。另一个是，书是敦诚的，墨香借看后又转借给永忠。第三个可能是,书是明义的,墨香借来看,然后又借给永忠。据最近天津文物机关发现的明义的一批手札,得知墨香是明义的堂姊丈,他们之间交流《石头记》抄本是很自然的事。如果是这个可能,则那"因墨香得观"的"因"字,就更有了着落。

这些虽都可能,但我终认为这个"少年风流"、"爱读情诗"(均永忠语)的墨香自己会有一部《红楼梦》抄本。因此,我们也必须承认,弘晓过录《石头记》的底本,有借自墨香的可能。

五　底本还有可能借自明仁、明义家

明义有没有抄本《石头记》?他在他的《绿烟琐窗集》里,有二十首《题红楼梦》诗。诗题下有小序云:

> 曹子雪芹出所撰《红楼梦》一部,备记风月繁华之盛。盖其先人为江宁织府,其所谓大观园者,即今随园故址。惜其书未传,世鲜知者,余见其钞本焉。

首先,我们要问:明义这二十首诗是什么时候写的,按明义大约生于乾隆五年(庚申,1740),比墨香大三岁左右。乾隆二十四五年时,他应该是十九至二十岁。论年龄,他已经可以早就是《红楼梦》的爱好者了。尽管从他的并非编年的《绿烟琐窗集》中找不出《题红楼梦》诗的写作年代,但就年龄来说,十八九岁的明义是完全可能写出这二十首诗的。所以我在《明义及其绿烟琐窗集诗选》(见《有关曹雪芹十种》四十二至四十九页)一文中,推定这二十首诗写于乾隆二十三四年。

明义说"余见其钞本",好像这部《红楼梦》抄本并非他自己的。否则,他就会说"余有其钞本"了。但是,我们也不能这样看问题。须知《红楼梦》早就有"谤书"之目,说自己看过犹可,说自己竟然收藏一部《红楼梦》,

他是会有顾虑的。我们不见那瑶华弘昽到了乾隆三十三年还"终不欲一见"他"闻之久矣"了的《红楼梦》么？其原因就是"恐其中有'碍语'也"。何况明义在弘昽写以上数语的几乎十年以前，他之不敢说他收藏着《红楼梦》，是可以理解的。因此，我认为明义所看到的《红楼梦》很可能是他自己的一个抄本。再看"曹子雪芹出所撰《红楼梦》一部"这样的口气，他很可能认识曹雪芹。

明琳是敦敏的朋友，乾隆二十五年敦敏就是因为去养石轩看明琳，才巧遇曹雪芹的。明琳却是明义的哥哥（大概是堂兄），又明益庵（即明仁）同敦诚、永㤛、永忠等，都是朋友。敦诚《忆昔诗挽嵩山兄》五首中的第二首《神清室》（嵩山居处）注中说：

  一夕集神清室，主人与明益庵、仁怡斋（裕按：敦诚的内弟）诸子，谈兵说剑，至烛再炧不辍。（见《四松堂集》一三四页）

永㤛的《神清室诗稿》和永忠的《延芬室集》里，也都有关于明益庵的诗。这个明益庵正是明义的哥哥明仁。根据敦诚《寄大兄》中"每思及故人，如立翁、复斋、雪芹、寅圃、贻谋、汝猷、益庵、紫树，不数年间，皆荡为寒烟冷雾，曩日欢笑，那可复得"这些话，则可知雪芹和明益庵也是相识的。

明琳、明仁既和敦氏弟兄认识，则他们的弟弟明义当然有和敦氏弟兄认识的机会，果然在《四松堂集》中《答念园即次来韵》中说：

  无波舫（原注：念园斋名）里得相逢，又听环溪万壑松（原注：我斋园）。（下略）

这说明：敦诚同明义，即明我斋，认识而且去过他的环溪别墅，即今天的北京西直门外动物园。此诗写于乾隆四十六年，为时很晚，时明义已四十一岁。但明义在乾隆二十四年十九到二十岁时，就已对《红楼梦》有兴趣了，而且很可能是自己掌握一个抄本。

以上说明：明义通过明琳、明仁、敦诚等的关系很早就认识了曹雪芹。这样，我们才可以理解他所说"曹子雪芹出所撰《红楼梦》一部……"这种称呼和口气。

明义家里如果有一部《红楼梦》抄本，也可能是弘晓抄书底本的一个来源。

更重要的是，明仁乃是弘晓的姐丈。在《明善堂集》中有三首诗与明益庵有关。早在乾隆十八年（癸酉），弘晓就有一首《和益庵青城韵》。二十三年（戊寅）又有《复写临水梅枝戏题一绝——赠益庵姐丈之江宁将军任》诗云：

> 之官吴会风流地，品格梅花好共论。
> 驿使若来铃阁下，江南先报一枝春。

弘晓和明瑞（字筠庭，明义呼之为"二家兄"？见《绿烟琐窗集》中《赠程文起》一诗注）也有唱和之作。乾隆二十七年有《题筠庭词后兼步星岩韵》，同年又有《仲春送筠庭往镇伊犁用以志别》一诗云：

> 折柳长征杖节旄，将军大旆拥弓刀。
> 恩承奕业勋名重，泽布遐陬志略高。
> 万里开疆劳马足，六钧底定藉戎弢。
> 骊歌重叠难为别，泪洒清樽湿锦袍。

在此诗稍前，又有《和汪易堂西郊道中雨晴之韵》诗注中说："易堂路经海淀筠庭别墅。"

由于弘晓与明义的哥哥明仁、明瑞等有这样密切的关系，明义家里既有《红楼梦》的抄本，则弘晓借来过录一下，当然是很可能的事。

这里需要说明一下，明义为什么用《红楼梦》一名而不用《石头记》。

按明义看到过或掌握过两种本子。一种是早期抄本的《石头记》，是八十回本，他见到或得到这种本子，估计年代当在乾隆二十三到二十五年间。至于他把该本叫作"红楼梦"，这也并不足怪。一则，甲戌本开头即有"'红楼梦'旨义"，并说："红楼梦是总其全部之名。"再则，现存己卯本在第三十四回末就题有"红楼梦第三十四回终"九个字。这说明曹雪芹生前曾用过"红楼梦"一名名书。

虽然明义的诗题是《题红楼梦》，但这个《红楼梦》抄本却只有八十回。且看题诗中的第十九首：

莫问金姻与玉缘，聚如春梦散如烟。

这两句诗显然反映他所看到的本子是八十回本，其中还没有谈到宝玉和黛玉、宝钗的最后结局，故曰："读者不必再问金姻、玉缘的究竟了，也不过是聚如春梦散如烟罢了。"这同永忠吊雪芹的三首诗一样，永忠读完"全书"之后所写的诗、所抓的全书重点内容却是"颦颦宝玉两情痴，儿女闺房语笑私"的快乐日子，而不是玉娶、黛死的悲惨结局。可见他当时和明义写《题红楼梦》诗时一样，都还没有看到八十回后续书的文字。

但是，明义后来在《祝袁枚八十寿》诗的诗注中却谈到了百二十回的《红楼梦》，那显然是另一种本子，而且已是很晚的事了。

六　结语

在《石头记》的早期抄本流传史上，发现现存己卯本是清怡亲王弘晓家的抄本，其意义不限于它是我们目前唯一已经考知其抄者是谁的早期抄本；我们还因此较多地知道了曹家同新老怡亲王的关系，并由于探究弘晓所据底本的来源,连类而及地把弘晓、曹雪芹、敦诚、墨香、明义、明仁、明瑞、明琳等人之间的相互关系,做了进一步的考查。这对于了解曹雪芹的生平,是很有用的。

  一九七五年三月初稿,七月十五日夜深改定于沙滩。

第三篇　弘晓过录己卯本《石头记》时的一些情况及其反映的问题

知道了现存己卯本《石头记》的过录者是谁和过录的大致年代以后，我经过一段时间的探索，发现弘晓抄书时有些情况反映了与作者和过录者都有关系的一些政治性质的问题。

《红楼梦》是一部伟大的现实主义小说。它通过描绘一个封建大家族的衰颓反映了整个封建制度的必然没落。这种认识当时的统治阶级自然是不可能有的，但他们由于本能地对其本阶级利益的敏感，总会感到《红楼梦》一书对他们是不利的。因此，《红楼梦》有了刻本后不久就遭到焚书毁版、禁止流传的厄运。不过这已经是乾隆晚期的事了。

本篇以下各节略谈早在弘晓过录己卯本《石头记》时，就已经有一些特别情况反映当时的政治斗争。

一　现存己卯本《石头记》是弘晓本人及其家人而非外人所抄

弘晓抄的这部现存己卯本《石头记》是七个人合抄的。这七个人的字迹好坏很不划一。有两个人的字写得好些，有的却像小孩子写的。结合这七个抄者对"晓"（弘晓）、"祥"（允祥）、"玄"（玄烨）等字不同避讳的情况，我们可以断定过录己卯本这七个人，是弘晓的家人父子。

（一）弘晓亲自参加并领导抄录现存己卯本《石头记》。

第一，从弘晓对小说的嗜好以及他过录时的避讳情况，推断他本人也参加了抄书。

首先，弘晓是能文、能诗和善书的。敦诚在《上冰玉主人（怡亲王）用少陵赠汝南王韵》（见《四松堂集》）一诗中说，弘晓"文心流浩瀚，书腕急奔腾"，"蜀笺题每遍，巴句和难胜"。我们今天看他的《明善堂集》，便可以证实敦诚上述的看法。此外，弘晓还是多情善感的人，他的《明善堂集》里有不少"偕内"玩赏、垂钓等作，他的三十首"悼亡"诗（有序）也颇极缠绵悱恻之致。

弘晓喜欢文学，特别是酷爱小说。他家的《怡府书目》中收有大量的小说书籍。弘晓曾手批过《平山冷燕》，有静寄山房刻本的《新刻批评绣像平山冷燕》六卷，署"清怡亲王弘晓批"。《平山冷燕》是一部典型的描写才子佳人，歌颂有情人终成眷属的书，弘晓竟亲自"手批"付刻，可见他对这类书籍的爱好之甚。

《红楼梦》这部小说从来的读者都从不同的观点和立场来看待它。弘晓则从地主阶级人性论的观点出发，"各取所需"地爱好其中有关爱情的描绘。这大概就是鲁迅先生所说的，在《红楼梦》里"才子看见缠绵"了吧？

从爱好文学这一点看，他喜欢《红楼梦》，并因而亲自动手抄录这部书，是完全有可能的。

其次，从抄书者的避讳情况看，七个抄者中的丙、丁两人都避讳"玄"和"祥"，而不避讳"晓"字。避"玄"字是避弘晓的祖父玄烨（康熙）的讳。这在当时是"国讳"，人人都得避。避"祥"字则是避弘晓父亲老怡亲王允祥的讳，这是家讳，旁人家抄书就无须避。这一情况说明这部书是乾隆时怡亲王府弘晓家抄的。

在现存己卯本里,第一个不避"晓"字的人是丙。例如丙抄的第三十六回第六叶 b 面右数三行"晓风不散"中的"晓"字,并未缺笔。但他却避"玄",如他所抄的第六十三回十四叶 b 面右数二行"系玄教中吞金服砂"中的"玄"字就写作"亥"。他也避"祥",如他抄的第三十三回五叶 a 面第一行"门客见打得不祥"中的"祥"字写作"袢"。

第二个不避"晓"字的是丁。例如他抄的散失残回中的五十九回第一叶 b 面第九行"一日清晓"的"晓"字,即不缺笔。在现存己卯本最突出的是第一回《好了歌》中连着四句"世人都晓神仙好"中的"晓"字都不缺笔,而这一叶正是抄者丁写的。可是同丙一样,他也避"玄"和"祥"。例如他抄的现存己卯本第一回八叶 b 面三行"户户弦歌"中的"弦"即作缺笔的"弦"。又他抄的十七、十八回(原未分回)末叶 b 面五行夹批"故用一不祥之语"中的"祥"字作"袢"。

丙、丁不避"晓"不但说明这部书是怡亲王府弘晓家抄的,还可以进一步说明丙、丁这两个抄者都是弘晓同一辈行的人。结合以下所举的其他情况,其中之一可能就是弘晓本人。

第二,用丙的字和弘晓的笔迹比较,证实丙就是弘晓。

在丙、丁两个抄者中,丙的字写得很好。丁则写得较差。根据敦诚所说,弘晓善书的特点,我们试把这个现存己卯本《石头记》中可能就是弘晓的那个抄者丙的笔迹,同弘晓在别处的笔迹对照一下。

弘晓的《明善堂集》有两篇他自己手写后付刻的自序,特别是末署"乾隆五年庚申二月下浣冰玉主人自序"那篇序文中,其笔迹同现存己卯本《石头记》、《怡府书目》中的抄者丙的笔迹都是工整小楷,由字体和用笔上看,一望而知是出自一人之手。(参看书影二)

尤其是这个丙写的字还有一些特征。例如,他写"為"字,无论在上述自序中或在现存己卯本中都作"為"(参看书影二)。其特征是"為"字第二笔的末梢不越过第五笔的开头处,与一般写"為"字该笔多越过者,显然不同。又"為"字的最后四点,丙常常写作一横。

这就无疑地说明,这个抄者丙正是弘晓本人了。

(二)甲、乙、丁、戊、己、庚这些抄者都是不同辈行的弘晓家人,而非外人。

除弘晓外,这里要从其余的抄者包括丁避讳参差不一的情况,来推断他们都是不同辈行的弘晓的家人,而非外人。

如果甲、乙、戊、己、庚是雇用的外人的话,则他们除了应避康熙、雍正和乾隆的讳外,没有必要避"祥"和"晓"字讳。即使怡亲王府的主人弘晓要求抄书的人避讳"祥"和"晓"两字,那也不会产生他们五个人避"祥"和"晓"而抄者丙、丁却只避"祥"而不避"晓"字的现象。这几个抄者在抄同一部书时,各人避讳的参差不一的情况,有力地说明:他们不是外人,而是辈行不同的家人。亦即甲、乙、戊、己、庚是弘晓(丙)的子(如当时十六岁的永杭和十四岁的永琅)侄们(如弘晈之子永崐和永僖等)"永"字辈的人,而丁则是弘晓的弟兄们(如弘晈和弘昌等)"弘"字辈的人。

此外,还有个理由,说明甲、乙、戊、己、庚都不是雇佣的抄者,那就是:这五个人中的抄者乙、戊和庚的字写得很幼稚,像是小孩子写的。我认为弘晓过录己卯本《石头记》即使雇用外人抄,也绝不会雇用小孩子们或写字相当坏的人们来抄。

这样,我们便可断定:怡亲王府过录这部现存己卯本《石头记》,是以弘晓为首及其弟兄子侄们一起抄的。

说到这里我们不免要问:弘晓完全用家人而不用外人来抄《石头记》的真正原因是什么?这个问题,我们将在第四节里解答。

二 弘晓的《怡府书目》不著录现存己卯本《石头记》

怡亲王府是雍正、乾隆时藏书最多的一家。乾隆时开四库全书馆,各地、各王府都进呈图书,只有怡亲王府的书未进呈,故他家的藏书没有减少。清朝人讲藏书的文章,大都提到怡亲王府的藏书之富。

弘晓家有个藏书目录，即现藏北京图书馆善本室的原抄本《怡府书目》，该《书目》首叶上有"怡王讷斋览书画印记"篆书阴文印一。现据《啸亭续录》卷二"张云汀"条，知"讷斋主人"就是弘晓。故《怡府书目》不是允祥时而是弘晓时的书目。这个《怡府书目》原抄本的抄写者，也是抄现存己卯本《石头记》甲、乙、丙、丁、戊、己、庚那七个人中的几个人，其中却有弘晓本人的笔迹，此外就是他的弟兄和子侄们。

《书目》中经、史、子、集、佛经、道书、医书、方技、数学书籍，应有尽有。其中还有大量的戏曲、小说。如《西游》、《东游》、《五才子》、《桃花扇》、《艳史》、《警世通言》、《牡丹亭》、《今古奇观》、《绣谷春容》、《醒世恒言》、《一夕话》、《豆棚闲话》、《缀白裘》等百十种。奇怪的是，像这样喜欢小说、收藏这类书籍并手批《平山冷燕》的弘晓，为什么竟没有把他亲自抄录的现存己卯本《石头记》登录在《怡府书目》里面呢？

这里自然发生一个问题。即《书目》并未标明编定的年代，而现存己卯本的过录是在乾隆二十四年至二十五年。假使《书目》的编定在此之前，则后抄的己卯本《石头记》当然不可能被著录进去。如果现存己卯本的过录早于《书目》的编定，则它之不被登入书目，就是值得注意的问题了。因此，我们必须先弄清楚《书目》编定的年代这一关键的问题。

第一，根据《书目》中著录了《敬亭文钞》，推断《书目》的编定是在乾隆三十年之后。

按"敬亭"是敦诚的别号，因《文钞》久已失传，不能直接考出其编定的年代。但敦诚《文钞》的编定，不会早于他的《鹪鹩庵杂诗》。《杂诗》中既有《挽曹雪芹》诗的两首初稿，故其写定最早也当是在乾隆二十八年（癸未，1763）以后。《文钞》的编定大致也当在这个时候，很可能是乾隆三十年以后，不可能再早。由此可见，书目的编定，当在乾隆三十年以后。

第二，根据《书目》中登录了《似村吟稿》，也可推知《书目》的编定在乾隆三十年以后。

按"似村"即庆似村，亦即尹似村，是尹继善的第六子。他的详细事

迹,虽一时无考,但可由旁证推知他的大致年代。袁枚有一篇《尹似村公子诗集序》,有云:

> 相公四督江南,似村揭来官舍……似村苦志耽吟,偷闲出稿,或片言欲下而揽袂深谋;或一字未安而剪镫勤改。虽漏声之雨急,犹才语之蝉联……

按四督江南是在乾隆十九年。这里既提到尹继善"四督江南",则此序之撰,必在其后。尹似村之在江南督署"苦志耽吟",也必在这时。似村年少,他的诗的编集至早也不过在这时,或者更要晚些。那就远在乾隆三十年之后了。即使他在编集之前有个什么"吟稿",也不会早于乾隆三十年。《怡府书目》中既著录了这《似村吟稿》,书目的编定就不可能早于乾隆三十年。

此外,《书目》中登录了《绿烟琐窗集》,也可推知尹似村的年代。按明义在乾隆二十八年曹雪芹死时约二十四岁左右,他和庆似村年龄相近。他的《绿烟琐窗集》里有十余首同庆似村唱和之作。《绿烟琐窗集》中既有乾隆三十五年(庚寅,1770)的诗,故它的编定不能早于这年。庆似村既与明义有唱和之作,年纪又与明义相仿或小些,则《似村吟稿》的编定和流传,都不会早于明义的《绿烟琐窗集》。这一情况可以说明庆似村《吟稿》的编定不会早于乾隆三十五年或上至三十年。

以上各点可以证明:《怡府书目》的编定肯定是在乾隆三十年以后。由此可见《书目》中不登录弘晓抄录的现存己卯本《石头记》,是别有缘故的了。

三 弘晓把《石头记》第二回中的"王侯"改为"公侯"

甲戌本《石头记》第二回贾雨村和冷子兴议论正邪两赋的人时,有下

面一段话:

>……雨村道……"如前代之陶潜、阮籍……陈后主、唐明皇……刘庭芝、温飞卿……近日之倪云林、唐伯虎……,再如李龟年、黄潘绰……卓文君、红拂、薛涛……之流,皆易(裕按:或作"异")地则同之人也。"子兴道:"依你说,成则王侯败则贼了?"雨村道:"正是此意。"

上引这段话中的"成则王侯败则贼"句中的"王侯"一词,在弘晓抄的这部现存己卯本《石头记》中,变成了"公侯"。该本此页的详情如下。(参阅书影。)

(一)原抄此处正文即作:"子兴道:'依你说成则公侯败则贼了?'雨村道:'正是这意。'"

(二)"公"字第一笔上盖有一个朱笔小点;第二笔的上端,加一个小小的朱笔"王"字。

(三)从"依你说"的"依"字起,到"雨村道"的"道"字止,旁有批语云:"《女仙外史》中论魔道已奇,此又非《外史》之立意,故觉愈奇。"共二十二个字。

(四)第二回此页及其前后的几页,字写得较好,都是抄者"甲"过录的。

根据以上这些具体情况,我们对现存己卯本中这个"公"字的来源,试作考查。

第一,先说明:"公"字既是弘晓所抄现存己卯本的正文而非跨改、涂改,故与补抄缺回及补抄批语的陶洙无涉。又,"公"字第一笔上盖的朱笔小点,第二笔上端的朱笔小"王"字,都是陶洙所加,与弘晓无涉。

按现存己卯本《石头记》的最后一个收藏者是陶洙,即陶心如。他后来把这部《石头记》让给了北京图书馆。他在一九五四年曾告诉过我说,这个本子值得注意,其中的缺回、缺叶、批语,都是他根据甲戌本、庚辰本抄上去的。有些个别的字、句,他也据这两个本子改了,但他却将现存己卯本的原抄文字清楚地保留在上面。此外,他还说,原抄有许多缺笔字(裕按:即玄、祥、晓、弘这些字),他虽用朱笔把缺笔都填上了,却并不知道缺笔是为了什么缘故。他希望我能研究一下这个本子。二十多年来,我一直没有专为看这部现存己卯本《石头记》去北京图书馆。直到一九七四年末,我才见到该抄本并同冯其庸同志写了在《光明日报》上发表的那篇文章。陶心如生前同我面谈、通信多次,他又曾把甲辰本《石头记》梦觉主人的序言特地抄给我。他的字我是认得的。今天细检现存己卯本《石头记》第二回的笔迹,可以断定"公侯"的"公"字乃是弘晓抄书时的原文原字,而"公"字第二笔上端加的那个小"王"字,则是陶心如据甲戌、庚辰两本加上去的;旁批"女仙外史"那二十二个字的批语,也是陶心如据上述两本补抄的。

第二,再说明:自庚辰本上溯至甲戌本,除现存己卯本外,无作"公侯"的抄本。故"公"字是弘晓的"自我作古",亦即是他开始把"王侯"早改成"公侯"的。

我认为"公"字是弘晓所改的。理由是:从甲戌到庚辰,中间即使有什么本子,如乙什么本,丙什么本,丁什么本,戊什么本,直到原己卯本,此处都应该是"王侯",而不应该是"公侯"。因为,如果说曹雪芹对使用"王"字有顾虑,而在原己卯本中就已经把他在甲戌本所用的"王"字改为"公"字的话,为什么不到一整年(从己卯冬月到庚辰秋月)的短期内,便又无所顾虑地在庚辰本中把"公"字改为"王"字了呢?这是不可理解的事。所以,我认为现存己卯本所据的底本虽是"王侯",但弘晓却因为有顾虑,遂命他的侄辈抄者甲,在原抄正文上就改写为"公侯"了。

第三,要说明:庚辰本是录自原己卯本或其过录本,但非录自现存己卯本,理由详下。

庚辰本既作"王侯",可见原己卯本或其过录本也是"王侯"。而弘晓,不管他根据的是原己卯本或其过录本,却把其中原来的"王侯"改为"公侯"了。

在证明此看法前,我们须先指出一个误解。那就是,有的研究者认为庚辰本是从现存己卯本过录来的。有人还指出:抄书的格式,每叶行数,所缺的回次,两本抄的错字、句,等等,都有很多是相同的。我也曾据现存己卯本《石头记》散失几回的残抄本(即中国历史博物馆藏的残抄本),发现庚辰本和现存己卯本抄录的怪字也相同。如五十七回:"薛姨妈因又问:'是那里拾的?'"句中的"拾"字,下面"宝钗方问湘云:'何处拾的?'"句中的"拾"字,两本都写作"扨"。不过庚辰本在正文抄作"扨"之后,又有人涂掉"扨"的一边,而在其旁加改一"拾"字。庚辰本与现存己卯本既有这么多重要的相同之处,难道说庚辰本是抄自现存己卯本的一个本子,还有问题么?

我认为:有问题。庚辰本并不是据现存己卯本而是根据原己卯本或其另外的过录本抄录的。我的理由是,弘晓过录现存己卯本既是那样害怕外间知道,而用全家抄书,不敢用外人抄,又不敢把它登录到《怡府书目》里去,他哪里还敢把它借出去给人家抄录?上举那个怪字"扨",乃是庚辰本所据的底本上原来有的。现存己卯本上那个"扨"字,也是照录他所据的底本(原己卯本或其过录本)中的原字。不过庚辰本照抄以后,又经人改为"拾"字,而现存己卯本则保存原"扨"字未改而已。

这就是说,庚辰本同现存己卯本所据的底本有两个可能:(一)两本都据原己卯本;(二)现存己卯本是据原己卯本,而庚辰本则据原己卯本的过录本。正因为这样,它们才在上述那许多点上都相同。

两本之所以在第二回这"王侯"一词上,有"王侯"和"公侯"的不同,并非因为它们所据的原己卯本或其过录本原来就有此差异,而是由于弘晓过录时,虽然在其他各点上都与其所据底本相同,但对这"王侯"一词却因有所顾虑而给改成"公侯"了。

第四,按"成则王侯败则贼"本是一句由来已久的、人所皆知的老话。曹雪芹既然在己卯本以前的甲戌本引用了这句老话的原词,既然在己卯本后的庚辰本里也不改变这个原词,他就不会在夹在中间的原己卯本里改变这个原词。从这一点上说,也可证:现存己卯本的"公侯"一词中的"公"字是弘晓由于某种顾虑,才把它写入他的现存己卯本第二回的正文里去代替"王"字的。

下面我们再进而探究一下,弘晓为什么要这样改?

四 弘晓抄书时的上述情况所反映的问题

以上各节所谈,都是我在一九七四年底初次考查现存己卯本时,稍有接触而未深入研究的一些情况。现将它们弄清楚后,我认为它们反映了以下两个问题。

(一)首先反映《石头记》早在作者生前的乾隆二十三四年就已有了"谤书"之目。

把早期抄本《石头记》视为与当时政治有关并对阅读它、收藏它都有戒惧之心的,我们过去所知最早的文字材料,是弘昹在乾隆三十三年给永忠的《因墨香得观〈红楼梦〉小说吊雪芹》的三首诗上的批语。弘昹怕《红楼梦》里有"碍语"因而虽然"闻之久矣",却"终不欲一见"。所谓怕有"碍语",就是怕《红楼梦》里有"怨世骂时"的内容;所谓"不欲一见",实际上就是不敢去读。

但弘昹说这些话已经是在曹雪芹死后六年了。即使把弘昹所说"《红楼梦》小说余闻之久矣"的"久"再向上溯四五年,也不过到乾隆三十年或二十九年。

现在,我们知道:还在乾隆二十四年曹雪芹在世的时候,《红楼梦》已经被视为"谤书"了。弘晓之所以亲自参加,领导他的家人抄书而不用外人抄,其原因就是怕外人传播他家"抄录"了这部书。《怡府书目》中之所以找不到他家抄的《石头记》,也是怕外间知道他家"收藏"这样一部书。而他害怕的主要原因之一,就是因为《石头记》里有抨击当时统治者的内容和词句——也就是弘昈所谓"碍语"。弘晓把"王侯"改为"公侯",显然证明:在他抄书时,《石头记》已有"谤书"之目了。

(二)其次是反映了清朝雍、乾之际的皇室内部斗争。

"成则王侯败则贼"这句话中的"王"字,有两个意思。一个是指群雄角逐争天下的最高统治者国王或皇帝;另一个是指有了国王或皇帝后,由他来分封诸王的王。一般理解这句老话中的"王"字都是指前一个意思,即国王或皇帝。

在这样的理解之下,弘晓结合他自己家庭当时的具体情况,便不能不对这句话有所顾虑。那就是乾隆四年发生的弘晳的案子,也涉及了弘晓的家庭成员。

弘晳是康熙时废太子允礽的儿子。据《东华录》记载,弘晳"仿照国制,设立会计、掌仪等司",又与庄亲王允禄、弘昇、弘昌、弘晈等"结党营私,往来诡密"。又有人首告弘晳听信邪术,并问"祖师":"天下太平否?""皇上寿算如何?""将来我还能升腾与否?"因此乾隆认为,弘晳"胸中自以为东宫之嫡子,居心甚不可问"。"从前阿其那、塞思黑居心大逆,干犯国法,然尚未如弘晳之擅敢仿照国制,设立会计、掌仪等司。是弘晳罪恶较之阿其那辈,尤为重大。"弘晓的哥哥弘昌、弘晈也卷入了这场"案情重大"的事件之内。

虽然在最后处理上,弘晳免死,却"于东果园永远圈禁"。据乾隆自己说,"是亦与身死无异"了。庄亲王允禄罚亲王俸五年,"以示惩儆"。(均见《东华录》)

对弘晓的哥哥弘晈,乾隆说:"弘晈本应革退王爵,但此王爵系皇考特指令其永远承袭者。著从宽仍留王号,伊之终身永远住俸,以观后效。"(见同上书)

看来乾隆对这些人似乎处分得不那么重,但这乃是鉴于雍正对兄弟的处置办法骂名远扬,所以才来得"高明"一些的。在这样紧张的气氛下,作为事件参加者的弘晈、弘昌都受到了处分,弘晓自己如何不畏惧?况且，乾隆八年，他自己又因结交太监而受到了处分。这就更会使他小心翼翼地处理一切。

按当时在一般平民，甚至一般士大夫之间，抄录和收藏一部《石头记》，也许还不成什么大问题。但在宗室中的情况就不同了。为什么宗室敦敏、敦诚明明知道他们的朋友曹雪芹写了一部《红楼梦》，他们也很可能收藏着一个抄本，但他们对此却绝口不谈一字？弘晓的哥哥既因直接参与弘晳那样的大事件而受到处分，弘晓自己也当然要力求避免最高统治者的猜疑。故其改"王"为"公"，虽是一字之差，关系却很大。因为，只要在"王"以下，只要把"王"除外，"公"也、"侯"也之争，管他谁胜谁败，就不涉及"王"的尊严和神圣了。

所以我们最后的结论是：弘晓之所以改"王"为"公"，之所以用家人父子来抄《石头记》，之所以不敢把《石头记》登录在《怡府书目》中去，都是为了怕引起乾隆的猜忌，滋生事故，因而获罪。

一九七五年三月初稿，一九七六年三月定稿于沙滩。

第四篇　据己卯、庚辰本《石头记》校《乾隆抄本百廿回红楼梦稿》看高鹗窜改《石头记》前八十回所反映的问题

在小说史上,续书、改书常常不只是故事的延长和文字的修改,续书通过情节的发展,往往改变了原著者的观点;改书通过文字的增删,也会反映改者与原作者思想上的差异。

一般认为高鹗是《红楼梦》后四十回的续书者,他的政治观点和曹雪芹的观点是完全相反的。他对前八十回原稿的许多窜改、增删之处,就反映了这一情况。现在,大家都认为甲戌、己卯、庚辰诸本,接近曹雪芹的原稿,而程甲、程乙则是续书和经过窜改了的本子。在《乾隆抄本百廿回红楼梦稿》这部手抄本中,还保留着续后四十回以及窜改前八十回原稿的高鹗涂抹的痕迹。《乾隆抄本百廿回红楼梦稿》的前八十回原抄文字,亦即抄在正行的文字,以别于涂改的字句,与甲戌、己卯、庚辰诸早期抄本的文字,极为接近。但高鹗却把其中原抄接近脂评本的文字,做了大量的增删和窜改。他的窜改,有的是文字上的,但有的则反映出他的维护封建主义的思想与曹雪芹反封建的思想之间的斗争。根据己卯、庚辰本《石头记》校读《乾隆抄本百廿回红楼梦稿》,就可以看到这种情况。

以下仅举几个例说明我的看法。一是关于薛宝钗和薛姨妈的,二是

关于贾宝玉的,三是关于贾政和贾宝玉之间的关系的。

一　高鹗是怎样涂改五十六回脂本原稿的回目来美化薛宝钗的?

"隐恶扬善"本是孔子的《春秋》笔法,这一手,高鹗是学到了。高鹗是一个封建主义的拥护者,《红楼梦》里的贾政和薛宝钗正是他所欣赏的人物。因此,他才违背曹雪芹的原意为他们扬"善"隐恶。

我们先谈一下残抄本五十六回的回目"敏探春兴利除宿弊,时宝钗小惠全大体"中的"时宝钗"。庚辰本此回的标目也作"时宝钗"。而《乾隆抄本百廿回红楼梦稿》原抄正文作"识宝钗",却被高鹗在"识"字旁边写了一个"贤"字。自此以后,这个回目遂成为"贤宝钗小惠全大体"了。

有人认为"时宝钗"费解,而"识宝钗"却可以讲得通,就是说,薛宝钗有才学、有见识,能识大体。我认为"时宝钗"并见于己卯、庚辰两个本子,应该是现存诸早期抄本中所保存最早的回目原词。只剩十六回的甲戌本里却没有这一回目。"时"与"识"字形相差很大,不像是误抄的。故"时"字可能是曹雪芹的原文之旧。作者取这个"时"字,并不是随便用的,而是经过斟酌自有其深意的。他显然是说,薛宝钗是一个淑封建社会之"世"的"应时"之辈。他的这番寓意,我想脂砚斋是懂得的。己卯本散失残回中此回唯一的双行行间批有云:

宝钗此等非与凤姐一样:此是随时俯仰,彼则逸才逾蹈也。(裕按:此双行行间批,亦见庚辰本。)

这条批非常重要,其前句完全是替曹雪芹原回目中的"时宝钗"下注解。脂批意即"宝钗这种人同凤姐那样的人不一样:宝钗这种人是'随时俯仰'的……"。这显然是在贬宝钗,曹雪芹用一"时"字也正表明这个意思。我们再拿作者形容宝钗的态度同形容宝玉的话对比,就更清楚了:

潦倒不通时务(亦作"世务")

宝玉是"不通时务",作者笔下实质上却又是在赞美这个不通时务的人,而宝钗却是"随时俯仰"!可见作者是在骂宝钗。有正本、蒙古王府本把"时"字改为"识",已经大违曹雪芹原意,变成褒她了。

到了高鹗的改本,即《乾隆抄本百廿回红楼梦稿》,竟公然把原抄正文的"识"字又涂改为"贤"字,这就完全暴露了高鹗对薛宝钗进一步的美化。在高鹗看来,像薛宝钗那样遵守女诫,劝贾宝玉参加科举考试、维护封建主义、崇尚儒家思想的人,当然是"'贤'宝钗"了。

这虽然是一字之差,却不是小事。从这"时宝钗"变到"识宝钗",终于落到"贤宝钗"的过程,我们清楚地看到原作者和窜改者之间看法是怎样的不同。这不同,无疑地反映了反封建与封建思想的斗争,而高鹗的改"时"、"识"为"贤",正是代表封建势力窜改者向反封建的原著的反扑。

此外,在"时宝钗小惠全大体"这一目文中,作者说宝钗用"小惠"去"全大体",已经有指责宝钗所用的手段之意,但重要的还在于"全"的是什么"大体"?当那位"敏"探春正在那里计划"兴利除宿弊"的时候,这个"时"宝钗对她说:

虽然是兴利节用为纲,然而不可太啬,总(当作"纵",裕注)再省二三百银子,失了大体统,也不像(样)!

所谓"不可太啬"就是使那些"没有营生的妈妈们",也"宽裕"些,以免"怨声载道";而园子里的花木,由于那些沾了"小惠"的妈妈、婆子们的尽心照料,"也可以每年滋长蕃盛",贾家"也得了可使之物"。果然,宝钗的计划,被探春采纳了后,"众婆子⋯⋯各各(个个——裕注)欢喜异常,都齐声说愿意。⋯⋯"薛宝钗的建议的确是很小的一项经济措施,但它除了在经济上并不吃亏(贾家"也得了可使之物")外,又起了收买人心的作用,亦即又获得了政治效果。可见薛宝钗还在未做贾家的少奶奶之前,就是这样忠实地为这个封建家庭服务了。她所要"全"的乃是封建官僚地主家庭的"大体"——使之在经济上不垮台、政治上得"人心"、面子上不因"太啬"而被人看成"不像(样)"。实质上,这是具体而微地维护封建主义。

曹雪芹在回目中用"时宝钗小惠全大体"这句话,无论从文字的表面意义言,或从他的反封建的思想体系言,对薛宝钗都是采取讥评的、批判的态度。高鹗的"贤宝钗小惠全大体",就显然是在作者死后对作者的反封建原意的蓄意窜改了。

二 高鹗是怎样涂改五十七回原稿来隐薛氏母女之恶的?

在"贤"宝钗一回接下去的五十七回中,高鹗又把现存己卯、庚辰本中一段曹雪芹揭露薛宝钗在为人处事上的伪君子态度的话,给涂掉了。因此这段话不再见于通行本。原话是薛宝钗告诫邢岫烟的:

……"有人欺负你,你只管耐些烦儿,千万别自己熬煎出病来。不如把那一两银子明儿越性给了他们,到都歇心。你以后也不用白给那些人东西吃。他尖刺让他们去尖刺。很听不过了,各人走开。

倘或短了什么,你别存那小家儿女气,只管找我去;并不是做亲后方如此,你一来时,咱们就好的。便怕人闲话,你打发小丫头悄悄的和我说去就是了。"岫烟低头答应了。(引自现存己卯残抄本,庚辰本此段文字略异。)

曹雪芹用这种白描手法,把薛宝钗的阴暗、深沉的一面揭露了出来。"有人欺负"邢岫烟,她教给她"耐些烦儿";有人"尖刺"邢岫烟,她告诉她"让她们去尖刺"好了;实在听不下去了,"走开"!

结合薛宝钗在全书中的表现,这并不是她的"大量",这种"逆来顺受"

乃是她为了达到某种目的的手段，也是她的一贯战略。她对付林黛玉用的就是这一套手法，她之所以博得贾府主要人物的欢心和"爱重"，而取得了"少奶奶"的地位，就是由于她这种封建卫道者的待人处事的手段。

这样的一副面貌是丑恶的。作为一个同贾政、薛宝钗气息相通的忠于封建主义的续书者高鹗，当然不会把原作者这段揭露薛宝钗真面貌的话保留在书里，所以他就把它一笔涂掉了。在《乾隆抄本百廿回红楼梦稿》的第五十七回里，我们还可以清楚地看到高鹗涂抹的痕迹。这种涂抹显然是高鹗为了美化薛宝钗而为她"隐恶"。

曹雪芹对老谋深算、处事圆滑的薛姨妈，也有揭露。他在五十七回"慈姨妈爱语慰痴颦"的回目中，用"慈姨妈"、"痴颦"这些话，实际上是有虚有实的。"痴"颦是真实的，"慈"姨妈却是虚伪的。

作者在回目中用了"慈"姨妈这个字样，我们且看在正文中，她是怎样"慈"的，我们先引一段作者本回原来的文字。

当薛姨妈和宝钗去看黛玉时，谈到了宝玉的亲事，薛姨妈对宝钗说：

……我想到你宝兄弟，老太太那样疼他，他又生的那样，若要外头说（亲）去，老太太断断不中意。不如竟把你林妹妹定与他，岂不四角俱全！（引自己卯本新发现的残回。又《乾隆抄本百廿回红楼梦稿》未涂掉以前的原文亦同。）

读者最初看到这些话，会觉得这个"慈"姨妈是多么关切黛玉的婚姻。可是，当紫鹃跑过来第一次将薛姨妈的军时说："姨太太既有这主意，为什么不和太太说去？"这个老滑头便十分巧妙地"哈哈笑"着说：

你这孩子急什么！想必催着你姑娘出了阁，你也要早些寻个小女婿去了！

经她这样一说,一个年轻的姑娘还好意思再说什么吗?果然,紫鹃"红了脸……便转身去了",紫鹃的将军失败了。

对于这样狡猾的手法,只是由一个小姑娘将一军,能够充分地揭露吗?不能。怎么办呢?作者在这种关键时刻,当然不肯放松。于是:

> 屋内……婆子们……也笑道:"姨太太虽是顽话,却到也不差呢!到闲了时,和老太太一商议,太太竟做媒,保成这门亲事,是千妥万妥的。"……(引自同上书。)

作者在这里借婆子们之口,点出薛姨妈提亲是"顽话",这已经是在揭露她的虚伪了。我们再看对于这来自众婆子们的第二次将军,薛姨妈是怎样应付的。她回答说:

> 我一出这主意,老太太必喜欢的。

如此而已。她并没有表示一定要向老太太去讲,她的话真的是"顽话"。这位"慈"姨妈就是这样对待那父母双亡、寄食于人的"痴"颦的!

高鹗鉴于薛姨妈对付这些婆子们将她的军的失败,鉴于任何读者从这段文字中都会看出薛姨妈的奸猾虚伪,所以他才把曹雪芹这段原来的文字完全涂掉了。高鹗这个儒家思想的崇奉者,当然要奉行那"为亲者讳"的教义——他既然美化了薛宝钗而为她隐恶,他就必然也要为薛姨妈隐恶,而不肯把她的老奸巨猾暴露给读者。

上述高鹗抹掉了原作者揭露宝钗的阴忍和薛姨妈的奸猾的文字,实际上反映了原作者和窜改者对薛宝钗的态度的不同,是政治思想和政治立场的不同。

三　高鹗窜改七十回原稿是为了给贾宝玉中举安下一个伏笔

这里举一个例,说明高鹗窜改原文,捏造事实,为准备让贾宝玉参加科举考试、中举人安下一个伏笔。

《红楼梦》里封建与反封建的矛盾和斗争集中在:贾政要把贾宝玉培养成为一个封建主义接班人,而贾宝玉反对做这样的接班人。曹雪芹的原稿并没有让宝玉去参加科举考试,中举人。曹雪芹的原计划是:宝玉结了婚不久,就"悬崖撒手"出了家,走入空门。高鹗为了让宝玉在后四十回"克尽孝道"参加考试,考中举人,就不得不在前八十回做些准备工作,安下"伏笔"。

七十回末,描写宝玉同众姐妹放风筝,雪芹原文说大家放完风筝时,

> 黛玉说:"我的风筝也放去了,我也乏了,我也要歇歇去了。"宝钗说:"且等我们放了去,大家好散。"黛玉回房歪着养乏,要知端的,下回便见。(引自庚辰本,有正本略同。)

高鹗却把庚辰本、有正本以及《乾隆抄本百廿回红楼梦稿》的原抄正文自"众人仰面说道:'有趣,有趣!'"之后的一大段讲放风筝的文字以及上面所引的这段话的最后一句,即"要知端的,下回便见"完全给勾掉了。但他同时却加上了下面一段文字:

> 说着,有丫环来请吃饭,大家方散。从此宝玉的工课,也不敢像先竟撂在脖子后头了。有时写写字,有时念念书,闷了也出来和姐妹们顽笑半天,或往潇湘馆去闲话一回。众姐妹都知他工课亏欠,大家自去吟诗取乐,或讲习针指,不肯去招他。那黛玉更怕贾政回来,宝玉受气,每每推睡,不大兜揽他。宝玉也只得在自己屋里,随便用些

工课。展眼已是夏末秋初。一日贾母处两个丫头匆匆忙忙来叫宝玉,不知何事,下回分解。(引自《乾隆抄本百廿回红楼梦稿》,流行本同此。)

高鹗这样一改,他在后四十回里安排宝玉参加科举考试、中举人就成为很自然的了。因为,不管被迫还是自愿,宝玉平素总算做了"工课",否则在那经过数"十载寒窗"之苦才考中举人的高鹗看来,宝玉平时玩忽课业,一下子就中了举,岂不太容易了么?

在这里,我们看到曹雪芹所精心刻绘的一个坚决反对科举考试,反对"仕途经济"、反"禄蠹"、反儒的叛逆形象,竟被高鹗涂抹、歪曲成为一个向封建主义投降的人了。表面上,高鹗只是对故事情节作了"小小"的窜改,但是这个"小小"的窜改实际上却是维护封建主义向反封建力量的反扑——是两者矛盾和斗争的过程中具有重大意义的一个回合。

四 高鹗是怎样涂掉曹雪芹七十八回原稿中反封建的"伏笔"的?

前一节是举出高鹗一个维护封建主义的伏笔。现在再举高鹗删掉曹雪芹反封建伏笔的一个例子。

在庚辰本七十八回,有这样一段文字:

> 近日贾政年迈,名利大灰,然起初天性,也是个诗酒放诞之人;因在子侄辈中,少不得规以正路。
>
> 近见宝玉虽不读书,竟颇能解此(裕按:指作诗)。细评起来,也还算不十分玷辱了祖宗。
>
> 就思及祖宗们各各,亦皆如此:虽有深精举业的,也不曾发迹过一个。看来此亦贾门之数。
>
> 况母亲溺爱,遂也不强以举业逼他了。所以近日是这等待他。

又要环、兰二人,举业之余,怎得亦同宝玉才好!(引自庚辰本一七一四至一七一五页。)

这段话在《乾隆抄本百廿回红楼梦稿》以及其他流行的本子中完全被删掉了。我认为这段话的被删,又是个原作者和窜改者的反封建和维护封建主义的例子。试略加分析如下。

(一)贾政是一个封建主义的卫道者,他一向坚持让贾宝玉走"仕途经济"的道路。希望宝玉做个孝子,进而成为"忠臣"。而他的最终目的是希望宝玉能够"光宗耀祖"。总之,他是要贾宝玉做一个封建主义的接班人。关于这个问题,读者看一下《石头记》第三十三回"不肖种种大承笞挞",就会了然。

由于宝玉不遵守"父命",贾政竟然要把宝玉"活活打死",以免他发展到"弑君杀父"的地步,连累了他自己也不免"做个罪人"。

但是由于宝玉长期不断地用消极抵抗的方式进行斗争,终于导致上引七十八回这段关键性的变化——贾政居然认为他从前绝不可饶恕的宝玉无意科举光会作诗的行为"也还算不十分玷辱了祖宗"。这是一个多么大的变化!曹雪芹为了让读者相信,他还追述贾政年轻时候是个"诗酒放诞之人",从而证明他今天的变化不是那么不可理解的。接着他写出了变化过程的原因——贾政回想贾家的祖宗们"虽有深精举业的"却也"不曾发迹过一个",并且也宿命地认为"看来此亦贾门之数"。此外,贾母对宝玉的"溺爱",也使他无法"逼"宝玉搞"举业"。这三点虽然表面上看来都未尝不是贾政态度改变的"理由",但他改变的真正原因和意义,却远远不是这些。

我认为,这是《石头记》中封建势力向反封建力量低头的极其形象的例证。贾政,这个维护封建主义儒家的虔诚信徒之由死硬变到不得不承认贾宝玉"也还算不十分玷辱了祖宗",实质上乃是他维护封建主义的失败。这个失败既不是由于贾政主动、自发的觉悟,也不是他对宝玉的什么

"让步"。因为，如果没有宝玉长期以来从未间断的反抗——哪怕这种反抗是消极的——贾政是不会改变态度、不会"让步"的。

（二）就小说故事的安排和发展说，我们更应该看到这是曹雪芹的一个伏笔。有了这个伏笔，将来写贾宝玉结婚后不久就出了家，而并未参加什么科举考试，才是能衔接得上的，才是可理解的。否则，如果贾政始终死硬地要贾宝玉去参加科举考试，而宝玉也始终坚持不肯参加，那不就成了僵局吗？那又将怎么收场呢？曹雪芹的这一伏笔是完全同他原来的计划——宝玉婚后不久即弃"宝钗之妻，麝月之婢"而为僧——的结局相符合的。这是一个具有反封建意义的伏笔，是一个不可缺少的伏笔，这一伏笔同高鹗所续后四十回的结局完全相反。

试想这样的一个伏笔，高鹗如何能把它保留在书里？果然，在《乾隆抄本百廿回红楼梦稿》里，他就把这一段文字完全涂掉。

以上我仅举几个例，来说明高鹗窜改后的文字同曹雪芹的原稿相距有多么远。我相信，如果把早期抄本如甲戌、己卯、庚辰等本同《乾隆抄本百廿回红楼梦稿》的前八十回仔细核对一下，那就会发现更多的例证说明高鹗是一个封建主义卫道者，也可以在《红楼梦》作者原稿和它被窜改后的文字里，看出封建和反封建两种思想的斗争过程。

一九七四年十二月于香山，一九七六年
八月增补于郑州旅次。

卷八　早期抄本《石头记》批语试解

第一篇　读靖藏本《石头记》批语和《瓶湖懋斋记盛》谈脂砚斋、畸笏叟和曹雪芹

小　引

裕瑞在他的《枣窗闲笔》里曾说《红楼梦》是曹雪芹记他叔父的事。

我们认为《红楼梦》绝不是记一人一家之事的书，但在书中某些场合，作者以其叔父为原型并且援用曹家的某些事实为素材，这却是无法否认的。

对于说《红楼梦》是记一人一家之事和说其中有些曹家的事做素材这两种看法，我们必须加以区别。因为如果是前者，那就会陷入"自传说"的错误，同时也必然要抹杀《红楼梦》作为一部反封建的小说的社会意义。至于后者，则是小说家塑造典型人物和故事情节时所常有的事。

我觉得敦敏《瓶湖懋斋记盛》中所述那个住在庙里的雪芹的叔父，可

能就是那一评再评《石头记》的脂砚斋。又从一九六五年大家知道的乾隆间夕葵书屋抄本《石头记》靖藏的过录本中的一条批语，得知脂砚斋和畸笏叟并不是一人，而是两个人。根据这两项材料并参考其他批语，我想举出脂砚斋和畸笏叟是两个人的详细证据，并探索一下曹雪芹和脂砚斋、畸笏叟之间的一些可考的情况。但在此以前，先介绍一下新发现的靖本《石头记》及其批语的情况。

一　由靖本和他本批语的年代及署名证明脂砚斋和畸笏叟是两人

一九七二年五月我从上海回北京后，又重读毛国瑶抄示的靖本的批语，并将其中有关的批语同其他抄本的批语互相参阅。我觉得多年来脂砚斋同畸笏叟不是一人而是两个人的疑案，可以得到解决。这主要归功于靖本残存批语的发现。由于多年来对此问题就存在着不同的看法，所以我在下文征引了靖本原批语后，再特别举出一些较详细的证据，证明他们是两人。

我的目的不是单纯在于证明他们是一人或两人，而是通过这一工作了解脂砚斋、畸笏叟同曹雪芹相互之间的关系，借以多知道一些这位伟大作家的生活和活动情况。

第一，让我先举出靖本里能够初步证明脂、畸是两人的那条批语中与他本同一批语的重要异文。庚辰本《石头记》二十二回朱笔眉批：

凤姐点戏，脂砚执笔事，今知者聊聊〔寥寥〕，□（裕按：庚辰本此处原有一朱笔字，似"矣"字，但不可通。照顾到原抄字形，疑当作"岂"字；若以意补之，则作"宁"、"能"、"讵"，均无不可）不怨〔悲〕夫！（裕按：六角括号中为校字，圆括号中为补字。下同。）

与此批相距不远，又有一条朱批道：

前批书〔知〕者聊聊〔寥寥〕,今丁亥夏只剩朽物一枚,宁不痛乎!

此二批为甲戌、己卯等抄本所无。但在靖本中,第二条批语有了极其重要的异文:

前批书〔知〕者聊聊〔寥寥〕,不数年芹溪、脂砚、杏斋诸子皆相继别去;今丁亥夏只剩朽物一枚,宁不痛杀!

这"不数年芹溪、脂砚、杏斋诸子皆相继别去"十六个字的阙文增补到原批语中去,便用事实足成了它的全意,即"当初凤姐点戏,脂砚执笔代写剧目的事,知道的本来只有芹溪、脂砚、杏斋和我寥寥几个人;谁知不到四年(从雪芹死于癸未除夕算起到丁亥夏),他们三人一个接着一个地死了。到了丁亥夏,知道这件事情的人,只剩我这个老废物了,想起来岂不令人痛杀!"这应该是此批的原文原义,后来这十六个字被删掉,也是这个"朽物"删的。按凤姐是书中人物,凤姐点戏是书中的情节,今此自称"朽物"的批者竟说凤姐因不识几个大字点戏时是由脂砚给代写的剧目,这充分证明作者在书中用了曹家的某些事迹为素材。但这当然不等于说《石头记》是曹氏的家史或是曹雪芹的自传。

现在让我回到正题。上引两批都未署名。前一条批语既可能是脂砚斋批的,也可能是在第二条批语中自称"朽物"那个批者所批。但第二条批语则肯定非脂砚所批,因为批中明白地说脂砚已经在癸未之后丁亥之前的某年某月内死了。问题在于:若断定脂、畸为两人,我们还必须证明第二条批语是畸笏叟所批才行。

第二,从批者所用的笔名上证明这个丁亥夏自称"朽物"的批者正是畸笏叟。我细察抄本的批语,畸笏有以下几个署名:畸笏老人、畸笏叟、老朽、朽物。

他用"老人"一名之例,如庚辰本十四回"只见宁府大殡浩浩荡荡"一段眉批云:"数字道尽声势。壬午春,畸笏老人。"

他用"叟"的例较多,如庚辰本十九回袭人劝宝玉最后一段批云:"花解语一段……余阅至此,余为袭卿一叹!丁亥春,畸笏叟。"

他用"老朽"一词的例,如甲戌本十三回总批云:"'秦可卿淫丧天香楼'作者用史笔也。老朽因有魂托凤姐贾家后事二件……姑赦之,因命芹溪删去。"

如果有人问:在上引这条批语中,虽然用了"老朽"以代名,然而却无"丁亥"纪年,何能作为证据?回答是:靖本在四十一回却有一条既用"老朽"又有"丁亥夏"纪年的眉批。批云:"玉兄独至,岂真无吃茶?作书人又弄狡猾,只瞒不过老朽!然不知落笔时作作〔书〕者如何想?丁亥夏。"

由上举诸证,可见"朽物"一词,正是畸笏的自称之词。

第三,《石头记》抄本中的批语,凡署"丁亥"年而没有署名的批,都是畸笏所批。

在乾隆时的各个抄本中,署名的批者并不多。除一两见的松斋、梅溪外,只有脂砚和畸笏两人。有署名或有年份可推知是两人中哪一人所批的批语,大概情况如下。

脂砚所批署名"脂砚"、"脂砚斋"的有三十一条。二十四回有一条批语道:

> 这一节对《水浒》记杨志卖刀,遇"没毛大虫"一回看,觉好看多矣。己卯冬夜,脂砚。

这是全书批语中唯一既写出"己卯冬夜"的时间,又有"脂砚"署名的批语。有了这条批语,便可知凡是只署"己卯冬"和"己卯冬夜"的批语,也都是脂砚所批。这种批共有二十条。我们没有发现脂砚的批有署其他年份的。

一个重要的情况是:脂砚批的那一年,畸笏便根本没有批;反之,凡畸笏批书之年,也没有脂砚的批。

畸笏所批有署名和无署名而写明年份的共八十三条。署名不外"叟"、"老人"、"老朽"或"朽物"等等。他批书的年份较多,有丁丑、壬午、乙酉、丁亥和辛卯等。

甲戌本第一回"甲午泪笔"一批,现由靖本证明,应是"甲申泪笔",故批书的时限不能计算到甲午年。至于这条批的批者是谁,因涉及许多问题,这里暂不讨论。如以上所指出的,畸笏在这八十三条批语中,有的只署"壬午九月"、"壬午孟夏"、"壬午重阳日"、"壬午春"、"丁亥夏"、"丁亥春"等字样,却没有署名。

由于已有"壬午春,畸笏"、"壬午孟夏,雨窗,畸笏老人"、"丁亥夏,畸笏叟"、"丁亥夏,畸笏"这些既有年份而又有署名的批,也由于壬午、丁亥两年没有证据表明有脂砚和旁人的批,故可推知:那些虽不署名而只署"壬午"和"丁亥"等年份的批语,都是畸笏批的。

把上述这一重要情况应用到"今丁亥夏只剩朽物一枚"这条批语上,则此批比那些只署"丁亥夏"而完全未署名的批语,还多了"朽物"一词,所以更可断定是畸笏所批的了。

但为什么有脂砚批即无畸笏批,有畸笏批即无脂砚的批?而且他们所用的《石头记》稿本或誊清本每每经年才得转手?这就同敦敏《瓶湖懋斋记盛》中所记关于雪芹之叔的情况有关了。此点容在第四节中再说。

二　从批语中对某些人和事物看法的不同证明
脂砚斋、畸笏叟是两人

除了上述证明外,更重要的是,我们还可以从脂砚斋、畸笏叟对于书中具体人和具体事物的看法和态度的不同,来证明他们不是一人,而是两人。以下用他们两人对红玉的看法为例,加以说明。

庚辰本二十七回关于红玉一段,有两条眉批,一条是:

> 奸邪婢岂是怡红应答〔答应〕者！故即逐之。前良儿，后篆〔坠〕儿，便是却〔确〕证，作者又不可得也。己卯冬夜。

另外一条是：

> 此系未见抄没、狱神庙诸事，故有是批。丁亥夏，畸笏。

前一条批中"己卯冬夜"显系"己卯冬夜，脂砚"的略文，所以它是脂砚在一七五九年所批，后一条是一七六七年脂砚斋死后畸笏叟所批。因之，这两条批语本身就能说明脂、畸是两人，不是一人。

从这两条批语可以看出，脂砚斋和畸笏叟对红玉的态度是完全不同的。畸笏在过了九年之后看到脂砚上引前一条批语时，自己也写了后一条批语，说："这是因为脂砚未看到'抄没、狱神庙'诸事，不知道红玉有救过宝玉的'大得力处'，才有此批。"这一方面是替红玉辩白，另方面也是说明脂砚为什么写那样一条批语——他的意思是：假如脂砚看到"抄没"、"狱神庙"那些文字，知道红玉后来有宝玉大得力处，他就不会归红玉为"奸邪婢"的行列了。

在《石头记》批语中，还有一些例证足以说明脂、畸对红玉态度和看法的不同。庚辰本二十六回在"红玉听了，冷笑两声，方要说话……"上有脂砚只署"己卯冬"的眉批道：

> 红玉一腔委屈怨愤，系身在怡红，不能遂志；看官勿错认：为芸儿害相思也。己卯冬。

脂砚肯定红玉不是为贾芸"害相思"，而是打宝玉的主意，只因"不能遂志"，所以才"委屈怨愤"的。但据《石头记》书中的描绘，红玉恰恰是为芸儿而非为宝玉害相思。

在上引二十七回的前一条批语中,脂砚的看法竟至发展到说红玉是"奸邪婢"一流人的程度。可见他对红玉是非常敌视的。直到后些回中,脂砚仍坚持他的看法,庚辰本五十二回说到"小丫头子坠儿偷起来的……"时,有一条虽未署名却可断定是脂砚的批语道:

  红玉既有归结,坠儿岂可不表哉!可知"奸""贼"二字是相连的,故情字原非正道,坠儿原不情,也不过一愚人耳,可以传奸,即可以为盗……

脂砚矢口认为红玉与"奸"有关,故得了个出怡红院的"归结",而坠儿则是"传"过"奸"的,"传奸"的人就能做"贼","岂可不表哉"?"故即逐之"!

相反,畸笏却自始至终为红玉剖白。关于红玉出怡红院跟凤姐去一事,畸笏反对脂砚的"逐出说",而探究红玉愿意去的动机。二十七回在红玉对凤姐述说一大堆"奶奶","话未说完,李氏道:'嗳哟哟,这些话我就不懂了:什么奶奶爷爷的一大堆!'"处,甲戌本夹批道:

  红玉今日方遂心如意,却为宝玉后(文)伏线。

由于此批所提到的"为宝玉后(文)伏线"的"后文",是畸笏所知而为脂砚所不知,所以这一条也是畸笏批的。据甲戌本二十七回在红玉说的"只是跟着奶奶我们也学些眉眼高低,出入上下大小的事,也得见识见识"几句话旁,夹批云:

  且系本心本意,"狱神庙"回内(方见)。(原缺"方见"二字,据俞平伯《辑评》加。)

据此，便可证明所谓"宝玉后（文）伏线"就是指贾家被"抄没"后的"狱神庙"一回里面的事。畸笏知道：到了"狱神庙"回"方见"红玉的机智和口才，有宝玉大得力处。另外，在红玉说这句话旁，庚辰本夹批云：

　　千愿意、万愿意之言。

　　由于看法是同上批一致的，这当然也是畸笏批的。

　　可见畸笏并不认为红玉在怡红院有什么"奸邪"的言行。相反，他认为红玉人聪明、口才好，愿意跟凤姐去乃是为了见见世面，学学事路。所以他在批语中才说"红玉今日方遂心如意"，是"千愿意、万愿意"去的；她不愿意继续在怡红院里受那重重压迫了。且看二十四回红玉在怡红院初次给宝玉递茶时，便被秋纹骂道："没脸的下流东西……难道我们到跟不上你了！你也拿镜子照照，配递茶送水不配？"第二十七回当红玉得到凤姐的赏识要她办些事时，碧痕、绮霞向她一齐攻击，而晴雯也讽骂道："怪道呢，原来爬上高枝儿去了，把我们不放在眼里！……这一遭半遭儿的，算不得什么！……有本事从今儿出了这园子，长长远远的在高枝儿（裕按：据甲戌本。庚辰本作"而"，误）上，才算得！"红玉听了，"不便分争，只得忍着气……"以上两例，是书中明写的事实；至于那日常在派活、态度上红玉所受怡红院里头等二等丫头们的气，就可想而知了。在这样的处境下，红玉千愿意万愿意离开怡红院，跟凤姐去学学"事路"，见见"世面"，是很自然的事情。

　　总之，畸笏对红玉是很赞赏的。甲戌本二十七回红玉说："若说的不齐全，误了奶奶的事，凭奶奶责罚罢了。"夹批道："操必胜之权。红儿机括志量，自知能应阿凤使令〔合〕意。"（裕按：当作"自知应能使阿凤合意"）等条有关的短批，也应是畸笏批的。他甚至用赞美过雪芹和凤姐的字眼如"机括"、"志量"等等，来赞美红玉。可见畸笏对红玉的估价是很高的。庚辰本第二十四回总批："红玉在怡红院为诸鬟所掩，亦可谓生不遇时，但看后四章供阿凤驱使可知。"这是畸笏对红玉在怡红院和离开那里去"服侍"凤姐的全部过程的总看法。他认为红玉在跟了凤姐以后,才发挥了她的才能。

由此可见,脂砚同畸笏在红玉问题上表示了两种截然不同的看法和态度。这些批语充分说明:脂砚斋和畸笏叟是两人,绝不是一人!

三 谈脂砚斋、畸笏叟和曹雪芹的居处

我以前读《石头记》的"脂批",觉得《石头记》的稿本在作者、批者之间周转得很慢,因此就有个印象:曹雪芹、脂砚斋和畸笏叟他们三个人好像不是住在一个地方。这次读了敦敏的《瓶湖懋斋记盛》,知道雪芹有个叔父住在寺宇里。乾隆二十三年的八九月间,雪芹还曾离开他白家疃的家,去他叔父住的庙里帮助于叔度扎绘风筝,因此敦敏才两访不遇。知道了这些事实,我的那个"印象",就大体可以证实了。

从乾隆二十三年起,雪芹就住在白家疃。畸笏叟的住处大概在海淀或者竟是香山一带。

乾隆二十七年,畸笏写"壬午九月,因索书甚迫……"(庚辰本二十一回)一批时,曹雪芹已搬到白家疃四五年了。他和雪芹的住处相距很远,因之,"索书"、还书的过程就必然很慢。

敦敏的《瓶湖懋斋记盛》证实了裕瑞的话,雪芹真的有一个叔父,而且是住在"寺宇"里。在蒙古王府本的第一回也有"庙中安身,卖字为生"一条批语。这两句话固然是批贾雨村在庙中安身的,但是,这个批者见到庙就发些感慨的地方,不止这一处。甲戌本第二回在智通寺的正门对联上写着"身后有余忘缩手,眼前无路想回头",句下批云:"先为宁、荣诸人当头一喝,却是为余一喝!"当然,光是为了这两句话,批者也可以发一通今昔的感慨,但我认为很可能是由于批者当时正是住在庙里,所以才感叹"眼前无路",而说:"却是为余(我这个住在庙里的人——裕注)一喝!"据

曹雪芹对敦敏所说的原话"前者同彼（裕按：指于叔度）借家叔所寓寺宇，扎糊风筝"，我认为上引批中那个一见到庙就慨叹的批者，很可能就是雪芹对敦敏说的这个寄寓"寺宇"的脂砚斋。

这寺宇似乎也应在于叔度为友人照看的那个旧裱糊铺一带。敦敏在乾隆二十三年腊月二十一日遇雪芹于菜市口时，说雪芹挽他向"西行"，西行就是向彰仪门的方向走。那里宽敞的庙宇是有不少的，报国寺就是其中之一。于叔度的家，《瓶湖懋斋记盛》已说明在东城，雪芹叔父脂砚斋所住的庙宇似乎不是在东城，而应在西南城彰仪门内外一带。

一九七六年五月费葆龄同志见告，说他儿时曾见北京广安门（即彰仪门）里南线阁千佛寺和尚郭四所放的风筝，样式新奇，与众不同，印象甚深。他后来三四十岁时从孔祥泽学制曹雪芹图式的风筝，感到同郭四的风筝极为相似。这一线索非常重要。雪芹那个"寄寓寺宇"的叔父，很可能是住在这个千佛寺里。若然，则于叔度借该处的僧舍扎制的风筝，必有流传于该寺的可能；相沿至今，遂有郭四摹制雪芹图式的风筝。按千佛寺康熙时纳兰成德的至友与曹寅也熟的顾贞观（梁汾）初至北京即住那里。照上述情况，脂砚住此，大有可能。假定脂砚住在千佛寺，也还是彰仪门一带。

这样，则他们三人一个住在白家疃，一个住在海淀或香山，一个住在北京的西南外城的内外，彼此相距都可谓很远。他们周转《石头记》原稿或誊清稿本以便续写或续加批语的过程，就必然要缓慢了。这一情况，也可以帮助说明本篇第一段所指出的《石头记》批语的特点，即有脂砚斋批的那一年就没有畸笏叟的批，有畸笏批的那一年就没脂砚的批。

此外，当时还有交通不便的问题。阔人们出游有的有车可坐，有的有马可骑。敦敏两访曹雪芹于六七十里之外的白家疃村，骑马去且感到很不方便，何况贫困落拓如脂砚、畸笏、雪芹这些人，他们之间交往的不便和缓慢，可想而知。

辑一　曹雪芹丛考

四　畸笏叟和曹雪芹的关系

畸笏是什么人？他同雪芹是什么关系？大约在乾隆三十二年，畸笏曾经回忆曹雪芹在世时的旧事，现在靖本十三回还有这样一条重要的批语道：

> 《秦可卿淫丧天香楼》，作者用史笔也，老朽因有魂托凤姐贾家后事二件，嫡〔岂〕是安富尊荣坐享人能想得到者？其言其意，令人悲切感服，姑赦之！因命芹溪删去"遗簪"、"更衣"诸文，是以此回只十页，删去"天香楼"一节，少去四五页也。

"遗簪"、"更衣"、"诸文"、"是以"八个字，均被其他抄本删去，独靖本保留此重要词句，使我们略知此回原稿的一些内容。

上引这条批语似乎暗示：这个批者尽管给人以"知曹家事甚悉"的印象，而批语所流露的，却不像是曹家人的思想感情。"因命芹溪删去"口气是蛮大的，似乎是雪芹的长辈。

关于畸笏不是曹家人这一点，我们对照他和脂砚的几条批语，就十分清楚了。

第一个例是，关于省亲和修建大观园事的批语。庚辰本十六回在"省亲的事竟准了不成？"句下，脂砚批道：

> 问得珍重。可知是外方人意外之事！脂砚。

由于脂砚既是批书者，又是书中某些事实的亲历者，他写这条批语时是很兴奋的。再看庚辰本十八回的两条夹批，在"三四岁时已得贾妃手引口传"句下，批云：

批书人领至(疑当作"过")此教,故批至此,竟放声大哭。俺先姊先〔仙〕逝太早,不然,余何得为废人耶?

又在贾妃把宝玉"携手拦于怀内"句下,批道:

作书人将批书人哭坏了!

可见脂砚给省亲事批"外方人意外之事!"这句既有"高兴"又有"感叹"心情才说得出来的忆昔抚今的话,是很自然的。

再看畸笏则不然。他在"省亲的事竟准了不成?"句上也有一条眉批云:

大观园用省亲事出题,是大关键事,方见大手笔行文之立意。畸笏。

这条批语中所谓"用省亲事出题"、"大关键事"、"大手笔"、"行文"等,都只是从文章的结构上着眼,他对这件大事,并没有切身实感。虽然他在另一处又用"丁亥春"以"畸笏叟"这个笔名批这件事,并承认"省亲"是"泼天喜事",可是他仍然只是赞美雪芹对那"千头万绪"的事实处理得如何"合笋贯连,无一毫痕迹"的"机括"和"笔力"而已,我们还是看不出他有像脂砚那样的"身在其中"的感觉。

第二个例是,第七回当焦大说:"……反和我充起主子来了,不和我说别的还可,若再说别的,咱们白刀子进去,红刀子出来。"甲戌本有一条我认为是脂砚的夹批道:

忽接此焦大一段,真可惊心骇目,一字化一泪,一泪化一血珠!

试问:倘使批者没有极其痛心的切身之感,能够写出这样的批语来么?可是对这样的一件使脂砚斋"惊心骇目"的事,另外一条正文下的双行夹批却视为平常:

> 是醉人口中文法。一段借醉奴口角,闲闲补出宁、荣往事近故,特为天下世家一笑!

这位批者对"宁、荣""世家"那些丑秽的"往事近故",不但丝毫不感到痛心,反而还在那里发"笑"!在那里讲什么"文(章的写)法"!这个人是谁呢?我认为他就是那个畸笏叟。

第三个例是在庚辰本十七回的"贾政命回来,命再题一联,若不通一并打嘴"句下,畸笏叟批道:

> 所谓奈何他不得也,呵,呵! 畸笏。

畸笏在这里公然嘲笑贾政,可见他并非曹家的人。倘如有的研究者所说,他和脂砚是一个人,试问:若那样,则作为宝玉的原型的脂砚,能够这样说他的爸爸吗?故我说,畸笏绝非脂砚,从此批以及上举各例也可看出畸笏不是曹家的人。那么,畸笏到底是雪芹的什么人呢?

庚辰本二十四回"三日两头儿来缠着舅舅……"句旁夹批:

> 余二人亦不曾有是气!

有人据此推断畸笏是雪芹之舅。辈则"长"矣,又为异姓,舅舅之说似乎可备一解。这是把此批解作"我们两人没有生过这种气",故批者"舅舅"对作者(外甥)说此话,意即他们两人不像卜世仁和贾芸生过是气。但此批实应解作:"我们两人不也受过这种气么!"这就意味着贫困落拓的畸笏和雪芹都在他们各自的舅父那里生过类似的气。而我们由此批语并不能推出畸笏是雪芹之舅。故舅父之说,终于缺乏证据。

现在姑不论畸笏和作者是家族还是亲属的关系,但以下各点是很值得注意的:

第一,综观批语,可知他对曹家的事十分熟悉。随便举一二例,如庚辰本二十八回"我先喝一大海"句上眉批:

> 大海饮酒,西堂产九台灵芝日也。批书至此,宁不悲乎!壬午重阳日。

由于此批注明了"壬午重阳日"数字,故知为畸笏所批。接着在"有不遵者,连罚十大海,逐出席外,与人斟酒"处,甲戌本夹批云:

> 谁曾经过?叹叹!西堂故事。

这也应是畸笏批的。此外尚有不少涉及曹家旧事而未署名的批语,也大都是畸笏所批。由此可见他是深知曹家的历史并且也参与曹家一些家庭活动,甚至他本人就是一个久居曹家的近亲。

第二,他在少年时期是同雪芹在一起玩过的。四十一回"妙玉送茶"一段上的靖本批语有云:

> 尚记丁巳春日,谢园送茶乎?展眼二十年矣。丁丑仲春,畸笏。

由丁丑上溯至丁巳恰为二十年,可见畸笏早在乾隆二年的时候,就同雪芹在一起玩过。结合畸笏也见靖本此回的另一批语:"玉兄独至,岂真无吃茶?作书人又弄狡猾,只瞒不过老朽。然不知落笔时作者如何想?丁亥夏。"此批虽批在妙玉对宝玉说"独你来了,我是不给你吃(指茶——

裕注)的"句上,但观畸笏批语的词意,也是结合着他和雪芹的真人实事批的,尽管我们今天无法考出事情的内容是什么。如果曹雪芹死时是四十八岁,那么乾隆二年他才二十三岁。估计畸笏比雪芹约大十来岁。按乾隆继位即以雪芹表兄平郡王福彭协办总理事务,至元年曹頫官内务府员外郎,雪芹其时又适值出学之年,则与畸笏等游耍,亦意中事。

第三,他整理《石头记》原稿或誊清稿本的工作量很大。脂砚和畸笏是《石头记》的两个大评论家。一般人都知道批书的是脂砚斋,如裕瑞在当时就了解这一情况;《石头记》抄本,也以"脂砚斋重评石头记"的名义行世。但细查所有批语,在揭明书中故事与曹家事实的关系,记述已佚回目,指出拟写或已写而散失了的文字各点上,畸笏比脂砚做的都多。

以下仅就记述已经散失的回目说,如二十六回庚辰本眉批:

惜"卫若兰射圃"文字迷失无稿,叹叹!丁亥夏,畸笏叟。

二十五回庚辰本眉批:

叹不能得见宝玉"悬崖撒于〔手〕"文字为恨。丁亥夏,畸笏叟。

二十四回庚辰本眉批:

茜雪至狱神庙方呈〔是〕正文。袭人正文标昌〔目〕"花袭人有始有终"。余只见有一次誊清时,与"狱神庙慰宝玉"等五六稿,被借阅者迷失,叹叹!丁亥夏,畸笏叟。

二十六回也有涉及茜雪和红玉的批。

关于这件事,在四十二回靖本还保存着乾隆三十六年(辛卯)畸笏的一条重要批语道:

    应了这话固好,批书人焉能不心伤！狱庙相逢之日,始知遇难成祥,逢凶化吉,实伏线于千里。哀哉！伤哉！此后文字,不忍卒读。辛卯冬日。

  靖本这条批,并未注明批在何处；经查对庚辰本正文,知此批应在刘姥姥起了"巧姐"这个名字后,对凤姐说的下面一段话之上:"姑奶奶定要依我这名字,他必定长命百岁。日后大了,各〔个〕人成家立业,或一时有不遂心的事,必然是遇难成祥,逢凶化吉,却从这'巧'字上来。"凤姐听了自是欢喜,忙道谢。又笑道:"只保佑他,应了你的话就好了。"畸笏此批是说:佚回中狱庙相逢之日,的确应了这话——遇难成祥,逢凶化吉,巧姐得免于受"狠舅奸兄"之害。第五回判云:"偶因济刘氏,巧得遇恩人",正是指此。我认为,《石头记》中既有曹家的事为素材,则畸笏此批绝非仅是"看《三国》落泪,替古人担忧",而是也想到《石头记》书外曹家类此的事实,才"焉能不伤心",才痛呼"哀哉！伤哉！"的。

  如果第一回眉批的"甲午泪笔"是"甲申泪笔"之误,那么乾隆三十六年(辛卯)这条批语就是见于各乾隆抄本中的最后一条批语了。这就是说,畸笏叟直到他死以前还不断地在那里怀着回忆过去的凄怆心情批《石头记》。

  由此可见,畸笏这个人即使不见得是曹家的人,但是他与曹家、曹雪芹以及《石头记》的关系,却十分密切。

五　乾隆二十七年九月畸笏叟曾去白家疃访曹雪芹

  曹雪芹和畸笏的接触,应该是较多的。但是,我们所能考出的,却只有下面这一次,即乾隆二十七年(壬午),九月间曹雪芹向畸笏索还《石头记》的稿本,大约在九月上旬以后,畸笏曾从他的住处(或海淀或香山)去白家疃给曹雪芹送书。二十七年从春天到重九以后,《石头记》的原稿本一直在畸笏手里。这年夏天似乎多雨。二十五回有两条署"壬午夏，雨窗，畸笏"，二十六回也有"壬午孟夏，雨窗，畸笏"，二十七回也有"壬午夏，雨窗"的批。当畸笏在二十一回写"壬午九月因索书甚迫……"这条眉批之前，曾把《秋树根偶谈》里一段话抄在《石头记》原稿的书端，并附志他个人的感慨道：

> 赵香梗先生《秋树根偶谈》内，兖州少陵台有子美祠为郡守毁为己祠。先生叹子美生遭丧乱，奔走无家，孰料千百年后，数椽片瓦，犹遭贪吏之毒手，甚矣才人之厄也。固〔因〕改公《茅屋为秋风所破歌》数句，为少陵解嘲："少陵遗像太守欺无力，忍能对面为盗贼，公然折克非己祠，傍〔旁〕人有口呼不得。梦归来兮闻叹息，白日无光天地黑，安得旷宅千万官〔间〕，太守取之不尽生钦〔欢〕颜，公祠免毁安如山。"读之令人感慨悲愤，心常耿耿。

接着他又写道：

> 壬午九月，因索书甚迫，姑志于此，非批《石头记》也；为续《庄子因》(裕按：俞平伯《辑评》"庄子因"三字著双引号，误。《庄子因》是书名，清初三山林云铭西仲撰，有康熙癸卯、戊辰两版)数句，真是打破胭脂阵，坐透红粉关，另开生面之文，无可评处。

畸笏叟很欣赏第二十一回雪芹续(其实只是模仿，是套调，不是"续"，裕注)《庄子》：

> 焚花散麝而闺阁始人含其劝矣。戕宝钗之仙姿，灰黛玉之灵窍，丧减情意，而闺阁之美恶始相类矣。彼含其劝，则无参商之虞矣。戕其仙姿，无恋爱之心矣。灰其灵窍，无才思之情矣。彼钗、玉、花、麝

者,皆张其罗而穴其队,所以迷眩缠陷天下者也。

畸笏叟认为曹雪芹的这段话与《庄子》外篇《胠箧》中"故绝圣弃智,大盗乃止……而天下始人含其巧矣"那段话酷肖。他又看到赵香梗的《秋树根偶谈》中赵改的杜诗,读之也"感慨悲愤,心常耿耿"。而当时又适值雪芹索书甚急,于是就把使他感动的赵改的杜诗,也抄在《石头记》书端,给雪芹看看,这当然"非批《石头记》也"。

我认为畸笏的"感慨悲愤,心常耿耿"主要是为了杜祠被毁。但是其中也可能有他个人的因素在内。《石头记》二十四回在贾芸向他舅父借钱不果,归途遇醉金刚倪二慷慨解囊时,畸笏在一条批语中很有感慨地说了下面这些话:

> 醉金刚一回文字伏芸哥仗义探庵。余卅年来得遇金刚之样人不少,不及金刚者亦不少。惜书上不便历历注上芳讳,是余不是(裕按:就字形看,疑当系"足"字的误抄)心事也。壬午孟夏。(见庚辰本及靖本)

看来畸笏是因贫求助过的,故批书时乃略志他的慨叹和感激之忱。畸笏当时生活的困顿,于此可见。甚至,他自己有没有"茅屋为秋风所破"的经历,也很难说。

大约在壬午年九月中下旬,畸笏因雪芹"索书甚迫",就到白家疃给雪芹送《石头记》的稿本去了。我说"中下旬",因为"壬午重阳日"他还在自己家里批《葬花吟》。

从香山翻卧佛寺后山去白家疃十里,从海淀去白家疃则四十多里,当时畸笏只有走路去,当天不会回来。在这个前提下,我们且看甲戌本《石头记》二十七回的这样一条眉批:

> 开生面,立新场,是书多多矣,惟此回处生更新(裕按:有抄错处),

非颦儿无是佳吟,非玉兄断无是情聆,难为了作者了,故留数字以慰之。

第一个可能是,畸笏去到雪芹家里,值雪芹在家,他住在那里又翻阅了他带送还的"书"(也就是"索书甚迫"的书,即《石头记》,曹雪芹稿本)中的《葬花吟》,也是他在重九日脂砚斋在他家做客(《葬花吟》的批者是畸笏,批中的"客"是"脂砚先生")时劝阻他批二十七回的《葬花吟》,仍然觉得写得实在是好,所以便又在原稿书头上写了上面引那几句话,因为他认为写出这样的诗来,真是"难为了作者了,故留数字以慰之"。"留"是留给作者雪芹,"慰"也是慰作者雪芹,文义十分明白。

第二,鉴于敦敏乾隆二十三年两次去白家疃访雪芹未遇,他在乾隆二十六年又有《访曹雪芹不值》一诗,则畸笏去白家疃时,雪芹也有不在家的可能。如果雪芹不在家,则"留数字以慰之"的"留"字,就是留给出外未归的雪芹回来时看的了。

在这里需要说明一个问题。即上引甲戌本这段文字与庚辰本同批,略有出入,而作:

开生面,立新场,是书不止《红楼梦》一回,惟是回更生更新。且读去非阿颦无是佳吟,非石兄断无是章法行文,愧杀古今小说家也!畸笏。

此批中亦有错乱的字句,姑不管它。此批虽文字与甲戌同一条批语略异,其基本用意却是一样,即赞赏《葬花吟》。只是甲戌本这"难为了作者了,故留数字以慰之"十三个字,在庚辰本大致用"无是章法行文,愧杀古今小说家也"代替了而已。

我认为它们都是出自畸笏同一个批,但并非同时所批。甲戌本此批的文字较早,即畸笏于壬午年九月中或下旬去白家疃雪芹家时所批。而庚辰本此批的文字，则是后删改了的。他为什么把那十三个字改为"无是章法行文……"了呢？我以为"难为了作者了，故留数字以慰之"完全是批者个人安慰作者的话，不是面向读者说的，故与一般读者关系不大。而从文章写法上赞美雪芹说古今小说家及他不上，才是面向读者的批法。所以我认为那十三个字是这条批语的初文，其资料性远比改后的文字为大。

六 《葬花吟》的批者是畸笏，批中的"客"是"脂砚先生"
——曹雪芹之叔

我在研究《石头记》批语的过程中，得知还有关于畸笏叟和脂砚斋三件比较重要的事实。

第一，《葬花吟》批语的批者是畸笏，批语中之"客"是脂砚。

脂砚曾于乾隆二十七年重九日由北京城里彰仪门一带他的住处，去海淀或香山看过畸笏。此行可能兼有"登高"之意，也许是畸笏请他去的。

大约在二十七年九月上旬，畸笏掌握着《石头记》的原稿或誊清本，陆续地写他的批语。在二十七回黛玉《葬花诗》一段上，他这样批道：

> 余读《葬花吟》至再至三、四，其凄楚感慨，令人身世两忘，举笔再四，不能下批。有客曰："先生身非宝玉，何能下笔？即字字双圈，批词通仙，料难遂颦儿之意。俟看至玉兄之后文再批。"噫唏，阻余者想亦《石头记》来的！故停笔以待。（见甲戌本回末）

庚辰本此批则作眉批，文句小有出入，亦录如下：

> 余读《葬花吟》凡三阅，其凄楚感慨，令人身世两忘，举笔再四，不能加批。先生想（裕按：疑当作"曰"）身（非）（俞《辑评》增"非"字，是也）宝

玉,何得而下笔？即字字双圈,料难遂颦儿之意。俟看过玉兄后文再批。噫嘻,客亦《石头记》化来之人！故掷笔以待。

二十八回开头,又有这样一条眉批:

不言练字练句,词藻工拙,只想景想情想事想理,反复追求,悲伤感慨,乃玉兄一生天性,真颦儿不〔之〕知己,则实无再有者。昨阻予批《葬花吟》之客,嫡是玉兄之化身无疑！余几作点金成铁之人,笨甚笨甚！（见甲戌本）

庚辰本也作眉批,但文字略异:

不言练句练字,辞藻工拙,只想景想情（想）事想理,反复推求,悲感乃玉兄一生之天性,真颦儿之知己,玉兄外,实无一人。想昨阻批《葬花吟》之客,嫡是宝玉之化身无移（俞《辑评》作"疑",是）。余几作点金成铁之人,幸甚幸甚！

以上这两条批语,我认为都是畸笏批的,而且是壬午（即乾隆二十七年）九月的事。

这个"客"是谁呢？前一天,当畸笏正要批《葬花吟》的时候,他对畸笏说："您不是宝玉,怎么能下笔呢？即使您字字给划双圈,批词通仙,也遂不了颦儿的心意啊！我看还是看过玉兄的后文再说吧！"奇怪的是,畸笏第二天批书时,不但毫无怪罪那位"客"的意思,反而认为那位阻批《葬花吟》的客人"嫡是玉兄之化身无疑"！这样的一句话,我认为他并不是随便说的。因为在前一天的批中,他已经严肃地说过"噫嘻！客亦《石头记》化来之人！故掷笔以待"了。正是因为这样,所以畸笏为此"客"所阻后的第二天又说："幸而我没有批,不然的话,我就会成了'点金成铁'的人了！"这就说明:畸笏承认那个"客"说他"身非宝玉"不可能对《葬花吟》写出有切身感受的批语,因此他就不想再批了。但此"客"是被畸笏认为是"宝玉化身"的那个人,他自然有资格批《葬花吟》了。在这里,我们不免要问:畸笏会随便认为一个"客"是宝玉的化身么?绝对不会。那么,这位"客"到底是谁呢?我认为他就是脂砚斋!

第二,这个"客"也正是庚辰本二十回开始总批中的"有客题《红楼梦》一律"的那个"客"或题诗中的"脂砚先生"。

总批及所引题诗云:

> 有客题《红楼梦》一律,失其姓氏,惟见其诗意骇警,故录于斯:
>   自执金矛又执戈,自相戕戮自张罗。
>   茜纱公子情无限,脂砚先生恨几多?
>   是幻是真空历遍,闲风闲月枉吟哦。
>   情机转得情天破,情不情兮奈我何!
> 凡是书题者不可(不以)此为绝调。诗句警拔,且深知拟书底里,惜乎失石(周汝昌同志云:"'石'字当是'名'字之误抄",是。)恨矣。
>   按此回之文固妙,然未见后卅(有正本做"之三十")回,犹不见此之妙。……今日写袭人,后文写宝钗;今日写平儿,后文写阿凤。文是一样情理,景况光阴,事却天壤矣。多少恨〔眼〕泪洒出此两回书!

案批者提及"后卅回",而且似乎也看过"后卅回"的草稿或"提纲",否则他就无法用"后文写宝钗"、"后文写阿凤"同"今日写袭人"、"今日写平儿"来对比,而"见此(回)(即二十回)之妙"了。正因为批的年代很晚,故亦似为畸笏所批。

畸笏对批中所引那个"客"作的七律赞为"诗意骇警"、"诗句警拔"。按该诗虽并不见得像畸笏所称赞的那样好,但是"深知拟书底里",则是不错的。那么,这位"客"是谁?他竟然把"茜纱公子"的"情"和"脂砚先生"

的"恨"相提并论,而且把他们紧密地联系在一起。最后他还自叹"情不情兮奈'我'何"! 尽管畸笏用"惜乎失石(名)"、"失其姓氏"等话来打掩护,但我们不能不想到这里这个失名的"客",正是阻畸笏批《葬花吟》,"《石头记》中化来之人"、"嫡是宝玉化身"的那个"客"——脂砚斋。

第三,下引批语"恐先生堕泪"中的"先生"也是脂砚。

甲戌本第二回"就是后一带花园子里"句夹批云:

"后"字何不直用"西"字? 恐先生堕泪,故不敢用"西"字。

此批者为畸笏;"先生"是他称同他平辈的脂砚之词,亦即诗中的"脂砚先生"。"不直用'西'字,恐先生堕泪",则是说:写书者曹雪芹怕用"西"字引起"脂砚先生堕泪"也。

到了十三回,甲戌本、庚辰本正文:"另设一坛于天香楼上",靖本则作"另设一坛于西帆楼上"。果然那位"先生"就提笔批道:

何必用"西"字? 读之令人酸笔〔鼻〕!

可见上引畸笏的批语中"恐先生堕泪"的那种顾虑是有根据的,也可见脂砚在某些场合上,真是宝玉的原型。

综上所述,可知那阻止畸笏批《葬花吟》的"客"——脂砚斋,大约在乾隆二十七年重阳或重阳的前一日去海淀或香山访过畸笏。当时畸笏正要批《葬花吟》,脂砚觉得尽管畸笏是与《石头记》关系很深的人,但体会宝玉的思想感情,总比自己作为"宝玉的化身",要差一些。因此,他便劝畸笏不要批下去。过了重阳,脂砚回到北京,畸笏遂又写"昨阻予批《葬花吟》之客……"这条批。

这样的批语很可能是畸笏有意地向读者泄露一点儿消息。《石头记》以作者之叔为宝玉原型的说法,本来是早已流传于乾隆二十年前后而后来为裕瑞闻自他的"前辈姻戚"如明琳、明仁、明义诸人的。试想:连明氏弟兄(关于他们与曹雪芹和《红楼梦》的关系,请参看本书卷六第四篇和卷七第二篇)都能知道的这一传说,畸笏这个与雪芹及脂砚关系很深的人,哪有不知道的道理?畸笏既知雪芹写宝玉这个小说人物以脂砚为原型,而脂砚也屡次在批语中吐露他自己与书中人物的密切关系,脂砚的这些批语,畸笏也当然会看到。因此种种,所以他才说这个实际上就是脂砚斋的"客",不但"深知拟书底里",而且就是"宝玉的化身"。

七　甲辰本三十回一批语和戚本五十四回回后总批中的"圣叹"也指的是脂砚斋

《石头记》批语中的"圣叹"也是指的脂砚。

据靖本十三回的批语,我们得知:脂砚斋是继雪芹之后在丁亥夏天之前的某一年死的。畸笏和脂砚在雪芹在世时,他们三个人本来是气息相通,感慨与共的。雪芹既死,剩下两个《石头记》的批者,已经都有孤凄之感;脂砚再一死,畸笏就更加不胜慨叹。"今丁亥夏只剩朽物一枚,宁不痛杀!"就是明显的一例。丁亥是畸笏批书较多的一年,丁亥之后,只有"辛卯"(乾隆三十六年)一条批。在雪芹、脂砚死后,批语中还有几条值得注意。

(一)甲辰本三十回"宝玉见他摔了帕子来,忙接住拭了泪"句下批云:

写尽宝、黛无限心曲,假使圣叹见之,正不知批出多少妙处!

金圣叹是人们都知道的一个批书者,但这里提到的"圣叹",我认为既不是指金圣叹其人,也不是泛指任何其他批书者。对于"写尽宝、黛无限心曲"的原文,如果能"批出多少妙处"来,那就非涉及细致的心理状态不可。此种批语的批者,倘非深知"拟书底里",甚至就是"个中人",又哪里能够做到？由于书中许多涉及细致感情的批语多出脂砚之手，而畸笏对此情况也知之甚悉，则畸笏所说之"圣叹"，必指脂砚无疑。那就是说，只有作为宝玉原型的脂砚，才有条件批出宝、黛之间的"无限心曲"。

（二）再以另一条戚本中的批语证之。五十四回总批云：

> 读此回者凡三变。不善读者徒赞其如何演戏，如何行令，如何挂花灯，如何放爆竹，目眩耳聋，接应不暇。少解读者赞其坐次有伦，巡酒有度，从演戏渡至女先，从女先渡至凤姐，从凤姐渡至行令，从行令渡至放花爆，脱卸下来，井然秩然，一丝不乱。会读者须另具卓识，单着眼史太君一席话，将普天下不近理之奇文，不近情之妙作一齐抹倒，是作者借他人酒杯消自己傀儡〔块垒〕，画一幅《行乐图》，铸一面菱花镜，为全部总评。噫！作者已逝，圣叹云亡，愚不自谅，辄拟数语，知我罪我，其听之矣。

这里"作者已逝"句中的"作者"，自然是指曹雪芹。鉴于靖本揭示脂砚斋死于丁亥之前，则"圣叹云亡"句中的"圣叹"，应即指脂砚。畸笏虽然也可以说是一个知道"拟书底里"的人，但与脂砚相较，毕竟是比不上的。因此，"愚不自谅"的"愚"，也就自然是畸笏的自谓和自谦之词了。

看来畸笏这人的风格是比较高的。他给《石头记》原稿做了许多收集散失文字、考订已佚回目的工作，但他却并不居功，而把脂砚斋死后由他最后定本的《石头记》，仍称为《脂砚斋评石头记》。

一九七二年七月初稿，十一月改稿，一九七三年一月
三十一日，一九七六年七月十一日重改于北京，
一九七六年八月十七日改定于郑州旅次。

第二篇　甲戌本《石头记》中的孔梅溪和吴玉峰

一　《红楼梦》正文和批语中的一些别名人物的问题

《石头记》早期抄本中的批书者都是些什么人？从来没有人回答得出。直到现在为止，我们只知道庚辰本十三回眉批"语语见道，字字伤心；读此一段，几不知此身为何物矣"署名"松斋"的批者，是康熙时大学士白潢的孙子白筠。白筠和墨香、敦氏弟兄都很熟，所以他有机会读到《石头记》；他又有一个由盛而衰的家庭历史，因此才发出这样的感慨。（详看本卷第三篇《松斋考》，特别是一九七七年一月所加的"附记之二"。）

此外，我们虽然屡见"脂砚斋"、"畸笏叟"这些署名的批语，也从他们的口气大致推知他们同曹雪芹很接近，但他们究竟是什么人？直到目前为止，还是不能确切回答。

如果第一回的"雪芹旧有《风月宝鉴》之书，乃其弟棠村序也；今棠村已逝，余睹新怀旧，故仍因之"这条批语是可信的话，那么，棠村就是曹雪芹的一个弟弟。靖本《石头记》十三回有一条"九个字写尽天香楼事，是不写之写。常村"的批语。此批亦见他本,但"常村"这两字署名,则为靖本所独有。"常"当系"常""棠"互假。现在有的研究者相信这两条批语,认为棠村即雪芹之弟。

"空空道人"有人认为是个"乌有先生"。但他既是把《石头记》"抄录回来问世传奇"之人,其地位本自与作者曹雪芹相合;兼之自《红楼梦》出世以来,就有不少人认为"空空道人"是雪芹的假托之名。特别是,我于一九五五年从魏宜之处得到那幅"云山翰墨,冰雪聪明"八字篆文,署名即作"空空道人",盖有"松月山房"一阴文章。有的研究者认为这幅字确是雪芹的笔迹。故"空空道人"可能即是曹雪芹的一个假托之名。

早期抄本《石头记》正文说五十三回贾氏宗祠的匾额和对联是"孔继宗"写的。陈迩冬同志在一九六二年九月八日的《光明日报》上,考出"孔继宗"就是孔继涑。孔继涑是"衍圣公"的继承者,他是当时有名的书家张照的女婿,他自己也以书法知名。

最近我因接到远地同志函告,知道一些"孔梅溪"的材料。在探索孔梅溪事迹的过程中,又得到一些可能与吴玉峰有关的材料。我们在甲戌本看到这两个名字时,常常以为他们是"亡是公"。也有些研究者作种种设想,如俞平伯等猜孔梅溪就是雪芹的弟弟棠村的别号。现据本文所述,孔梅溪、吴玉峰都可能是雪芹相识的另外两个人。

下面我根据周梦庄先生来信所指出的重要线索,进而搜集一些有关的材料,对孔梅溪和吴玉峰作初步探究。

二 "东鲁孔梅溪"即孔继涵——周梦庄先生来信

一九七五年六月,我接到文物出版社转来的江苏盐城七十五岁老人周梦庄先生的来信。据来信说,他因过去读过一些我的考证曹雪芹和《红楼梦》的文章,特地来信告诉我以下消息。

（上略）现在据我所知，《红楼梦》第一回与五十三回，曾经提及孔氏弟兄。如甲戌本第一回载："空空道人（中略）遂易名为情僧，改《石头记》为《情僧录》。至吴玉峰题曰《红楼梦》。东鲁孔梅溪则题曰《风月宝鉴》。"是则《石头记》改名《红楼梦》是吴玉峰。玉峰何人？待考。改题《风月宝鉴》的则是孔梅溪。

按孔梅溪就是孔继涵，曲阜人，字葒谷（或说又字荭谷），号梅溪，是孔子的六十九代孙（一说六十七代），乃孔广森的叔父。乾隆二十六年（1761）辛巳进士，官户部郎中。深于《三礼》，曾经校刻《微波榭遗书》六种和《算经十书》，皆称精本。

孔继涵和盐城人徐铎是儿女亲家。铎字令民，号南冈。乾隆元年（1736）丙辰进士。二十二年（1757）十二月由山东按察使署任布政使，次年正月任提刑按察使。这年六月卒，年六十六岁。（见王赠芳《济南府志》和《光绪盐城县志》及梅镠邓石如《徐南冈墓志》。）铎原配虞氏，生一子。继配薛氏，生二子三女。其第三女许山东曲阜"衍圣公"后户部主政孔继涵公子，未嫁卒。

我曾见亡友李鹤仙旧藏孔继涵写的一副对联：上款写的是"南冈"，下署"梅溪孔继涵"。这副对联当然是送把（本文作者按：即"给"字意）徐铎的。可惜当日不曾摄影；现在不知有无了。因此得知《红楼梦》所提的孔梅溪就是孔继涵。（本文作者按：中间一段涉及孔继宗即孔继涑的，因已有陈迩冬文，不引。）

曹雪芹与孔氏弟兄很可能是文字交，而且年龄都差不多。如《四松堂集》甲申（1764）《挽曹雪芹》："四十年华付杳冥"，那么，孔继涑这年是三十八岁。可推测孔继涵的年龄应当大得多些。

雪芹将小说稿本给孔继涵教正题名，其交情已非泛泛。不知孔氏弟兄所著诗文集，有没有往还酬唱的佳作？但乾隆二十年（1755）五月，曾谕禁满人与汉人以文字唱和；虽有，恐怕也早经删削了。当时箝制言论，束缚士林，文字狱甚繁，谁敢触其法网？

上面两条(裕按:另一条是有关孔继涑的,与陈迩冬所考大致相同,从略)线索,写供你老参考。我因僻处黄海之滨,无书籍可查。孔氏弟兄可能有诗文集之类。现在不知其集名,希望你老能够就近一查《济南府志》和《曲阜志》,得知其集名,再寻集看。也可能和《懋斋诗钞》一样,发现与雪芹有关的东西。(下略)

这封信很重要,《红楼梦》问世后二百多年以来,这是第一次探讨第一回里的"东鲁孔梅溪"是谁的问题。按"梅溪"一名在《红楼梦》中凡两见。一是十三回署名"梅溪"的批语:"不必看完,见此二句,即欲堕泪! 梅溪。"二即第一回正文中的"东鲁孔梅溪则题曰'风月宝鉴'"的孔梅溪。我当初认为那个读至秦可卿给凤姐托梦时赠凤姐"三春去后诸芳尽,各自须寻各自门"两句话,批"即欲堕泪"的梅溪,和主张《石头记》用"风月宝鉴"一名的孔梅溪,是同一个人。读了周梦庄的来信后,我就更加肯定了这一看法,而"孔梅溪"的确实有其人,不是假托的名字。

据上引周梦庄先生的信,他在他已故友人李鹤仙家里看到李所收藏的那副对子的上款题"南冈",下款署"梅溪孔继涵"。"南冈"是徐铎的号,故周梦庄认为那副对子就是孔继涵送给徐南冈的,而这个孔继涵,也就是《石头记》第一回中的"东鲁孔梅溪"。

这里有几个关键性的问题。第一,那副对子是不是真的? 第二,如果是真的,写对子的"梅溪孔继涵"是否即是《石头记》作者在第一回中所说的"东鲁孔梅溪"?

关于第一个问题,具体情况是,现在已经无原物可资鉴别真伪。我曾函询周梦庄先生,得他一九七五年六月十八日的复函说:原对联因李鹤仙早已逝世,无法觅得,但他早年看到那副对联后,因当时未拍照,即写了一条杂记,"藏之箧中有年"留"待考查证实"。

既无原物,那么,周先生的鉴别是否可靠呢? 我认为孔继涵和当时著名的书家孔继涑还不同,他并非书家,故不会有人伪造他的作品。又据周先生函称:他自己原与汪旭初"同门"研究词曲,又与叶遐庵、关秬园、龙榆生诸人交游,并曾编有《水浒传杂事考》、《邓石如年谱》等稿,他又喜欢金石、书画、文物、考古等等。看来周先生对书法鉴别的能力应该是很高的,故他所看到孔继涵书上款题徐南冈的那副对子应该是可靠的。周先生这一说法,无论如何,也是一个很重要的提示。

第二个问题便是:正因为这是个"提示",所以我们不能仅仅根据它来断定"东鲁孔梅溪"句中的"梅溪"就是孔继涵。

我因借书等种种不便,未能多搜证据,故不能得出什么定论,只是把周梦庄先生的信公布出来,再搜集一些有关资料,来试加证实这个可能性,希望有人能做进一步的研究。

三 试证"东鲁孔梅溪"即孔继涵、"梅溪"即"孔梅溪"

关于孔继涵的事迹和诗文,我只看到他的《红榈书屋诗集》四卷、《斫冰词》三卷、《微波榭遗书》六种、《算经十书》等等。此外,翁方纲曾撰孔继涵的墓志铭,见其《复初斋文集》卷第十四中《户部河南司主事孔君墓志铭》一文。卢文弨有《孔荭谷户部哀辞(并序)》,见其《抱经堂文集》第三十四。卢又有《与孔荭谷书》、《答孔荭谷书》,亦见上集。《国朝耆献类征》有孔传。

(一)孔继涵有没有"梅溪"这个号? 孔继涵字体生,号誧孟,又号荭谷,山东曲阜人,生于乾隆四年,死于乾隆四十八年,孔丘六十九代孙,他是孔广森的叔父。乾隆二十六年(辛巳)进士,官至户部郎中。

孔继涵是否有个"梅溪"的号,我们未见他书,不能妄断。一九七六年二月王利器同志告诉我,说有个"梅溪"同裕瑞有诗文酬答,他认为裕瑞既是《红楼梦》爱读者之一,故颇倾向于设想那个"梅溪"就是第一回中的孔梅溪。后来他又发现,同思元主人裕瑞往还的那个"梅溪"好像是南方人。我认为,这就同"东鲁"孔梅溪冲突了。一周以后,我在钱泳的《履园丛话》

的《谭诗集》中看到下面一条:"辅国公裕瑞为豫亲王弟,自号思元主人。(中略)主人尝赠余七古一首,又《和京师冬日八咏》及《春游八咏》诸作,诗甚长,未录也。"这里所说的两诗正是王利器同志在裕瑞集子中看到的赠"梅溪"诗,这个"梅溪"乃是浙江人钱梅溪即钱泳,不是"'东鲁'孔梅溪"。

孔继涵并不止䈣孟、葓谷两别号。卢文弨在乾隆四十七年《答孔葓谷书》中首句便作"日望足下",可见"日望"也是孔不常用的别号,而为写孔继涵的传记、墓志铭的人所未提及。清代康、雍、乾之际,文人喜多取号,永忠的别号就有近十个,曹雪芹也有好几个别号。他们和朋友通信或诗文往还,有时用这个别号,有时用另一个别号,本无定规。故我认为"梅溪"可能是孔继涵的别号之一。

"梅溪"是孔继涵什么时候用的别号呢?按徐南冈死于乾隆二十三年,其时孔继涵年二十岁。周梦庄先生看到李鹤仙所藏的那副孔给徐写的对子,写的时间当必在二十三年或其前某年。以徐年长、做官,而请二十岁的孔继涵写一副对子,我看除了相识、亲戚关系(此点以下再谈)之外,当时孔继涵是孔丘"六十九代孙"这一条,也很重要。

这里有一个问题,即孔继涵和徐铎到底是什么关系?据周梦庄先生一九七五年六月八日第一函引邓石如写的《徐南冈墓志》称,徐铎"继配薛氏生二子三女,其第三女许山东曲阜'衍圣公'后户部主政孔继涵公子,未嫁卒"。周梦庄先生以为:"末语含糊,认为徐铎是岳父可,认为儿女亲家亦可。"裕按:《墓志》中既引了孔的官阶"户部主政",却又称他为"公子",确有被人认为徐铎的第三个女儿许配孔继涵的儿子的可能。但这实在是一个误会,因为孔继涵在他的《斫冰词》的一首词的注里,明明称徐铎为"外舅"。原词云:

蛮风槷雨天南极,牂牁路、劳心臆。年来齐鲁建旌旄,剩我伤心消息。莲舟载月,薇园听雨,想起衣衫湿!

人生前路诚如漆,茫茫者,谁得识?更番冲暑整钿车,怕阁珊瑚牙笔。会分哀乐,别兼生死,禁架回肠织。(原注云:"外舅最爱余诗,记〔即〕以珊瑚笔山相酬。")

按"外舅"是岳父,孔既在自己写的词注中称徐为"外舅",可见徐是他的岳父,而他自己就正是徐的那未嫁而卒的第三个女儿的未婚夫。

还有一点,足资佐证。即徐死于乾隆二十三年,时年六十六岁,那时孔才二十岁,徐南冈继妻薛氏之第三女的年纪大概与孔相若。他们订婚可能要早于乾隆二十三年。以当时的婚姻年龄来看,假定在乾隆二十年是很可能的。那就是说,乾隆二十年到二十三年,徐的第三女未嫁而卒,故孔继涵在上引词中称徐为"外舅"。徐在乾隆二十三年死前(那时他的女儿可能已死,也可能未死)看到孔诗,而"最爱"之,并以珊瑚笔山相赠。即使那时他的女儿已经死了,孔也还应称徐为"外舅"。孔在徐死之前,以二十许的青年给徐写了一副对子,上款写"南冈□□……",下款写"梅溪孔继涵"。这说明:乾隆二十三年以前他已用过"梅溪"这个别号。

又据《红榈书屋诗集》有孔十五岁以前的诗,且知他那时,即乾隆十九年,已经"游京师"了。他在《红楼梦》第十三回里使用"梅溪"一名批书,就应该在这时稍后。至于为什么叫"梅溪",我想可能同他家乡的环境有关。"葓谷"、"梅溪"都可能是根据曲阜孔继涵居处的自然景物而取的别号。

(二)作为孔有"梅溪"别号一个旁证的,即他也曾在他的《斫冰词》中用过"东鲁"一词。《怀人词》十四首《徯广文萋溪綖》中云:

乌篷白发寒江渡陡,牵惹甲兴赋;廿年东鲁惜相与,冷落酒瓢诗库。红亭阑外,乱山衰柳是送君归路。(下略)

他又用"齐鲁"一词,在上引给徐南冈的词中有云:

(上略)年来齐鲁建旌旄,剩我伤心消息。(下略)

由此可知"东鲁"云云是孔继涵自己在诗词中用过的名词,《石头记》中的"东鲁孔梅溪"是他自己用过的原话。曹雪芹在第一回用"东鲁孔梅溪则题曰'风月宝鉴'"一语,是沿孔本人的习惯用法才也用这"东鲁孔梅溪"一词的。否则,为什么他写到吴玉峰时不提吴的籍贯而说"□□吴玉峰"呢?

（三）孔继涵就是"东鲁孔梅溪"的可能,还有一些证据可举。一,在孔的诗文集中有与曹家有关的文章。曹寅刻的洪氏《隶续》一书,在孔集中有《隶续跋》一文。该跋文开头即提到了"楝亭曹氏"。二,熊锡履予告后,居江宁,康熙曾嘱曹寅察其动静,并于死后嘱曹寅赠金。孔继涵是熊的外孙,他曾撰《熊文端公年谱》。三,可注意的是,孔继涵的许多朋友都与曹雪芹相识。孔集中提到的周立崖,我们根据敦诚的《寄大兄》书,知道他和曹雪芹相识。又孔集中有与钱大昕和钱载有关的诗文,而这两个人都是曾经给雪芹题过王冈所绘雪芹小像的。朋友的共同,当然也可说明孔、曹两人有相识的可能。

（四）以下就孔继涵的为人及其对某些事物的看法,来看他同曹雪芹的关系。封建文人多从地主阶级人性论的观点读《红楼梦》,并喜欢其中有关"风月"的描绘。这当然是对《红楼梦》的曲解,事实上他们也不可能不是这样去理解《红楼梦》一书的。孔继涵就是从这个角度喜欢《红楼梦》的。

1.《斫冰词》里有《忆昔》（点绛唇）二首,应是孔继涵追忆少时事所作:

> 忆昔儿时,相看都带相怜意。人前蓦地悄悄肩偷倚。到得而今,多少嫌疑避! 隔帘觑,佯装没意,翠睑盈盈泪。
>
> 绿暗平桥,个人家住垂杨下。双逢未知曾绾秋罗帕。携手偎肩,姊妹都无价。今休也,姮娥新寡,怕记当年话。

这是两首道地言情之作。此词虽未注明年代,但当是稍长会见儿时情侣回忆往事之作。可见孔继涵像其他地主阶级的文人一样,也是一个自命

"多情"的人物。

他又有一首《蛩》云：

> 问王孙，有愁多少，向人很叫何益！兼之断续迷离久，还有低低叹息。真不必，惹滴尽多情红泪相思汁。夜凉人寂，对筇影如秋，月轮似水，魂梦愁山驿。（下略）

对于一个"蛩"鸣的声音，发了这么一大套议论和感慨，也可谓"善感"的了。

这样一个"多情善感"的孔继涵，他之在《石头记》十三回秦可卿托梦赠凤姐"三春去后诸芳尽，各自须寻各自门"一语上端，眉批"不必看完此二句，即欲堕泪！梅溪"，不是很自然的事吗？

2. 孔继涵还是个笃于友谊的人。《国朝耆献类征》说他"与人交，缓急补助无矜色"。卢文弨《孔㔉谷户部哀辞序》云："其厚于朋友也，不以死生易节。戴东原君既殁，为版行其遗书，无有散失，士林尤高其义。"（见《抱经堂文集》卷三十四）《哀辞》中又云："美交道之不渝兮，信臭味之相投。"（见同上书）这样一个笃于友谊的孔继涵，他之能与贫困落拓却才气纵横的曹雪芹相交，是完全有可能的。

3. 特别是孔继涵论诗的见解，也同曹雪芹的见解相似。在《红楼梦》中，林黛玉论诗重"意趣"，宝钗谈诗，也主张发抒性情。他们都反对诗受格律的束缚。林、薛虽都是书中人物，但他们这些看法也自是曹雪芹的诗论。

4. 孔继涵的《红榈书屋诗集》中有《论诗》十首，其中的第九首云："风雅歌诗赋再赓，何曾俳字复谐声？戏拈三百篇中句，不过讴吟见性情！"这不是和曹雪芹在《红楼梦》书中那些关于诗的议论如出一辙吗？有这种在见解上的相同，则孔继涵之与曹雪芹打交道，自然是会意气相投的。

5. 或者有人问：孔继涵年龄远较雪芹为小，他们如何能论交？又是怎样结识的?

关于年龄,我的回答是,孔继涵游京师很早,而且他的诗集里有他十五岁时的诗,并颇可观。他和曹雪芹的结识当在乾隆十八年(癸酉)至二十八年(癸未)之间。按孔继涵较明义还大一岁,明义尚可与雪芹相识论交,阅读他的《红楼梦》,孔继涵有何不可?

那么,孔继涵是怎样同雪芹相识的?

第一,曹雪芹可能先与孔继涑相识,而后才认识孔继涵。

《石头记》第五十三回"贾氏宗祠"四字及"肝脂涂地兆姓赖保育之恩,功名贯天百代仰蒸尝之盛"一联的书写者,在早期抄本中作"衍圣公孔继宗"。程、高改本则作"翰林院掌院事王希献书"。我们这里仍据早期抄本。按这个"孔继宗"据上引陈迩冬同志文所考,就正是孔继涵的哥哥孔继涑。

孔继涑字体实,一字信夫。号谷园,又号葭谷、雪芦子,是当时书法家张照之婿。继涑亦工书法,雪芹写《石头记》时,孔继涑的书法已经"誉满齐鲁,声动京华"了。乾隆二十年继涑年二十岁,雪芹年四十一岁(照另一说法则是三十二岁)。雪芹既以"孔继宗"这一假名代孔继涑并让他做《红楼梦》中贾氏祠匾额的书写者,则他们自是相识的了。孔继涵与雪芹结识或即由于孔继涑同雪芹相识的关系。

第二,孔继涵与雪芹相识抑或系由吴玉峰的介绍。

在孔继涵的集中,有个同他唱和的人叫吴揖峰。据说,山东有的地方,"揖""玉"两字读音是不分的。我很怀疑,这人就是吴玉峰。据孔集,吴揖峰能诗文,嗜酒,生活落拓,不拘形迹;又尝客居东鲁,与孔继涵为邻。孔有访吴揖峰一诗,可略窥其为人:

街头霪雨泥滑滑,东舍西邻塌茅屋。冒雨敲门破清晓,来索先生新诗读。先生拥被门不开,苍苔一地无人来。阿谁搅乱蘧蘧梦,屐齿丁丁上石阶?

又《次韵答吴揖峰》(一落索)云:

> 莎根絮絮蛩声众,石棱砖缝。古今谁记酒人踪?城外双翁仲。荷插陶家可供。一生断送。同他厮趁蝶如蜂,作半窗、花中梦。

又《答吴揖峰》云:

> 草杀秋芜百卉萎,旧怀新句脆玻璃。凉生客馆单衾下,梦到梁溪藕叶西。碧玉细倾杯底月,金虫遍缀木中犀。同君共唱清秋曲,酒罢扶床一再稽。

又《中秋戏柬吴揖峰》云:

> 月明如水浸秋城,别馆新歌入破声。堂上卷帘弦索闹,筵前烧烛酒船行。不知夜急星河转,可似论文口舌争?怪煞闭门高独寐,西斋壶矢自铮铮。

我们读这些诗词的语气、含义,可知吴揖峰当远较孔继涵为年长。

倘使甲戌本《石头记》中的"至吴玉峰题曰'红楼梦'"这句话,是由于作者不便直书其名而以"玉峰"代"揖峰"的话,那么,孔继涵因吴与曹相熟而由吴介绍与雪芹认识,也是可能的。

关于吴揖峰,我还没有查到他的直接材料,现在所能谈的,不过如此而已。

有一点略提一下:所谓"至吴玉峰题曰'红楼梦'","东鲁孔梅溪则题曰'风月宝鉴'",云云,并不是吴、孔两人给《石头记》取的书名;而是他们在作者和批者早已标出的书名中,择取一个而已。这一点,熟悉早期抄本情况的人,都会知道,无须详说。

综观以上,可知孔梅溪和吴玉峰大概都实有其人,而非作者随便拟出的乌有先生。这样则《石头记》第一回中那些人名以及其他一些批者,就大都有了着落:东鲁孔梅溪是孔继涵,吴玉峰是吴揖峰,空空道人是曹雪芹,脂砚斋是雪芹一个叔父,棠村是雪芹之弟,五十三回的孔继宗是孔继涑,十三回批者松斋是白筠,畸笏叟是雪芹的一个长辈。

一九七五年七月初稿,十二月十七日改稿于香山,
一九七六年七月十一日改定于沙滩。

第三篇　松斋考

庚辰本《石头记》第十三回有一条批语云:"语语见道,字字伤心,读此一段,几不知此身为何物矣。松斋。"隔两条批语,又有一批道:"松斋云:好笔力,此方是文字佳处。"

先说前一条。俞平伯先生《脂砚斋红楼梦辑评》以为这条批语是"但将来败落之时,此二项有何出处"的眉批,并谓"甲戌同"。我经与甲戌本和庚辰本核对一下,这条眉批实际上是在下引数语之上:"……若目今以为荣华不绝,不思后日,终非长策。眼见不日又有一件非常喜事,真是烈火烹油,鲜花着锦之盛。要知道也不过是瞬息的繁华,一时的欢乐;万不可忘了那盛筵〔没有个〕不散的俗语。此时若不早为后虑,临期只恐后悔无益了。"这些话是秦可卿托梦给凤姐时说的。

批者所谓"见道"、"伤心"是指那"瞬息的繁华","若不早为后虑,临期只恐后悔无益"之类的话。这个批者显然是"过来人",在他的经历中必定也有个盛极而衰的过程。有过这样的感受,所以读到可卿这几句话才会有"忆昔抚今"的伤感。

三十余年前,胡适说"松斋"似乎和脂砚斋是一个人,可能是雪芹的族人,曹頫或曹𫖯的儿子。事实上,并非如此。

据敦诚《四松堂集》中的《潞河游记》一文,松斋姓白名筠,是白潢的后人。白潢在《清史列传》中有传,他是汉军镶白旗人。康熙时由笔帖式授内阁中书。康熙朝他在福建、山东、贵州、湖南、江西做过多任的外官,官至巡抚。后来因病请求回京,任兵部尚书。雍正即位后,命白潢协办大学士事务,后又任文华殿大学士。白潢曾经具疏恳辞,雍正下谕说,听说你做江西巡抚时,"绥辑地方,甚有裨益,及任兵部尚书,清勤恪慎",因此一定要他做。雍正还给他一首诗,其中有云:"蓼萧多雨露,应及老成人。"可见他已取得了康、雍两朝统治者很大的信任。雍正三年,他因病请求解任。

白潢在康熙朝做江西巡抚时,曾因吉安、抚州、饶州等四府有落地税银千三百余两,皇帝各派大使征收。白潢因恐官役费比税还要多,大使们不免要苛征,遂把四府税银停征,由巡抚司道公捐银款代完,但报部时并未说明。这些派来的大使虽然因银两停征而无所职掌,却仍旧设立在那里,以后的巡抚也相沿此法办理。他解任以后,到了江西巡抚汪漋,遂向皇帝上奏此事,并请裁汰大使。这样,便惹起了雍正的恼怒,说,如"此项税银不应征收,则白潢当奏请于圣祖仁皇帝(裕按:指康熙),施恩豁免;若系应征,则令商民完纳,何得公捐完课,曲示私恩!似此沽名邀誉,岂人臣事君之道?"于是白潢终于"照溺职例"革职。这一下子白潢就垮下去了。白潢死于乾隆二年。

别号"松斋"的白筠,可能是白潢的儿子,因上引敦诚文有云"松斋园亭乃其先相国白公(潢)之别墅也",白园在北京朝阳门外。以白潢那样得康熙和雍正两帝的信任,并且在雍正朝做《圣祖仁皇帝实录》的总裁官,他那白园当年的胜境是可以想象的。可是,势败后,到了白筠的时候,却已经"楼台瓦砾,池沼荆榛,惟松数十株尚苍然挺秀于荒冈残石间,其下为老圃矣"。由同游的贻谋死于乾隆四十二年觇之,敦诚写此游记时约近四十岁,白筠可能还小些。仅仅过了二十多年,他的家境便由盛而衰到这种地步,岂不正应了那"没有个不散的筵席"的俗话？大概白家也和曹家一样,盛时不虑后事,到了敦诚写游记时候,可能生活已经很困顿了,所以看到上面所引《红楼梦》十三回的话,自然会发生"语语见道,字字伤心"而有"读此一段,几不知此身为何物矣"的感慨了。况且,那白潢获罪的事实,也不会使白家的人服气——他本来是忠于统治者给他的信任,生怕特派大员要苛征,贻害于纳税的人,所以才"公捐代完"的,不想却因此获罪。白筠有了这些事实缭绕在心头,遂提笔写了那几句话在上面,这是很合乎情理的。

然而,白筠究竟有什么能读到《红楼梦》的机会可考呢？按《潞河游记》一文记游者六人,一凯亭,名傅雯,满洲人,会画,官骁骑校。二墨翁,名额尔赫宜,即墨香,皇帝侍卫,是敦诚和敦敏的叔父,但年龄比敦诚还小十岁。三即松斋。四子明,即敦敏,号懋斋。五贻谋,名宜孙,敦诚的堂弟,做过右翼宗学副管。六即敦诚自己。由于没有直接的证据,姑且把白筠自己直接买到《红楼梦》抄本的可能除掉；也把他从敦氏弟兄手中借到的可能取消,因为他们弟兄有没有《红楼梦》也并无文字证明。单单就墨香这个人说,白筠就有从他那里借到《红楼梦》来读的可能。他便是乾隆三十三年永忠写因墨香得观《红楼梦》小说吊雪芹诗三首的那个墨香。从敦诚的游记看来,墨香和白筠是很接近的。一则曰："墨香往邀松斋"；再则曰："墨香松斋亦至；斫脍击鲜,极兴所至,叫嚣之声,与欸乃相杂。"那么,白筠从墨香那里得读《红楼梦》是完全可能的。

松斋批只上述一条,另外"松斋云"一条,可能还不是他直接批的,而是他对《红楼梦》中那一段文字的赞美,由旁人记上去的。总之,松斋批语是极少的。我疑心松斋只是在墨香那里随便翻看一下《红楼梦》,而不是长期借阅。否则以他对《红楼梦》那样有兴趣,怎么能够不再多批下去呢？

考出松斋是谁,至少可以使我们知道《红楼梦》的批语绝不像某些人所设想的全是曹家的人批的。即以松斋所批这几句话而言,如果不知道松斋乃是同曹家不相干的白筠在发泄他自家的感慨,那么,说这几句批语是曹雪芹的叔叔批的,甚至说松斋就是脂砚斋的另一个别号,又何尝不可呢?但那样瞎猜下去,就把事实真相越猜越远了。当然,我们希望进一步知道脂砚斋是谁,畸笏叟是谁。知道他们和雪芹的关系,对于了解雪芹的身世和著书背景的帮助就更大了。

附记之一:答一粟同志

　　这篇短文是一九六二年三月十八日写的,刊于同月二十八日的《文汇报》。八月得吴世昌先生由英国牛津大学所寄其大著 On the Red Chamber Dream,即英文本的《红楼梦探源》,得悉我的看法与他相同,见该书六二、七二、三二九、三四七等页。惟世昌先生考得白筠为白潢之孙,可以正我之失。在六月二日的《文汇报》上,有一粟《关于松斋》一篇驳我的文章。他认为考出"松斋"是谁,意义也不大云云,我却以为不然。我认为考出早期抄本的某些批者都是谁,对了解《石头记》作者写书时的一般状况和思想情况的帮助甚大。这一点不必在此详论。他又认为:白潢未被抄家,革职后景况并不坏,松斋何来"读此一段不知此身为何物矣"之感?我认为:白家衰落并不一定要被抄家,而他引的雍正三年白潢"归休私第"的生活,以及雍正五年革职后的"晚景",也决不能与四十七八年之后敦诚写《潞河游记》时白家的情况,相提并论。试想:敦诚所说的"楼台瓦砾,池沼荆榛,惟松数十株尚苍然挺秀于荒冈残石间,其下为老圃矣"的白园,还能与四十多年前可以"怡情"、"闲游",盛植"蔬果",大艺"花木"的白园相比么?最莫明其妙的是,该文又说:"曹寅有一位'松斋'大兄……能说他也就是这个松斋吗?"一粟举出一个曹雪芹还未出生时的"松斋",来问我:"他可是批《红楼梦》的松斋?"我认为这样的讨论态度是欠妥的。我说《潞河游记》中的松斋即批《红楼梦》的松斋,其重要理由之一,就是他和墨香是好朋友,而墨香是《红楼梦》抄本最早的收藏者之一。一粟的文章,对此点只字不提。故我当时没有答复他。

一九六二年八月廿八日。

附记之二：松斋并非杏斋

这里附带谈一点，即靖本《石头记》二十二回有一条与其他各本文字不同的批道："前批（指'凤姐点戏，脂砚执笔事'）知者聊聊〔寥寥〕，不数年芹溪、脂砚、杏斋诸子皆相继别去，今丁亥（裕按：乾隆三十二年）夏只剩朽物一枚，宁不痛杀！"其中的"杏斋"周汝昌同志说或系"松斋"，因为"松"字有一写法作"枩"，"枩"形近"杏"字。据说日本的伊藤漱平先生也有此看法。如果真是那样，则据前引批语，这个"松斋"就应该死于乾隆三十二年之前了。亦即雪芹死于乾隆二十八年，接着脂砚死了，最后"松斋"也死了，即所谓"相继别去"。

现知杏斋即松斋这一看法是错的，因为《潞河游记》中的参加者中有敦诚的弟弟贻谋，贻谋直到乾隆四十年仍在，并于乾隆四十年前后还同松斋参加了潞河之游。所以，那个在乾隆二十八年之后、三十二年之前死了的杏斋，显然不是这个松斋。

一九七七年一月八日于香山。

第四篇　"壬午九月索书甚迫"解
——答吴小如同志

读一九六二年六月五日《光明日报》的《东风》上吴小如先生《读脂批石头记随札》后,觉得他指出我把批语看错一点,还有一申浅见的必要。当然,我的看法不一定正确,但问题也并不像吴先生所设想的那样简单。

我最初读庚辰本脂批《石头记》第二十一回的批语"壬午九月,因索书甚迫,姑志于此,非批《石头记》也"(由于我最近的研究,知道壬午年的批语,都是畸笏叟所批,详看本书本卷第一篇《读靖藏本〈石头记〉批语和〈瓶湖懋斋记盛〉谈脂砚斋、畸笏叟和曹雪芹》。一九七二年五月,裕注),也和吴先生的看法一样,认为"索"的"书"是《秋树根偶谭》,"索者"是《偶谭》的所有者。可是,后来越想越不对,觉得畸笏叟不至于穷得桌上片纸皆无,而把他所珍视的《石头记》拿来当吴先生所谓"速记簿"使用,把一段"无干"的话抄在《石头记》书端。仔细推敲一下第二十一回有关各条批语后,我认为"赵香梗先生……心常耿耿"那段话,还不是像吴文所说和《石头记》毫不相干,而是有关联的。在畸笏叟的思想线索上,这段话中的赵"改"杜甫的《茅屋为秋风所破歌》中数句,是和宝玉"续"《庄子》的几句话有关系的。

按第一个与续《庄子》有关的批语是:"趁着酒兴不禁而续,是作者自站地步处,谓:'余何人耶,敢续《庄子》?'然奇极之笔,从何设想,怎不令人叫绝!己卯冬夜。"(此批见影印本,页四七二。据我最近的研究,己卯年这条批语是脂砚斋批的。一九七二年五月,裕注。)这是说,脂砚斋在乾隆二十四年冬读到雪芹"套"《庄子》中"故绝圣弃知,大盗乃止……"的调子而"续"出"焚花散麝……"那段文字时,对雪芹那种为了怕人家指斥他"你是什么人,敢续《庄子》?"而写出宝玉"趁着酒兴不禁提笔续曰……"横竖是醉后之笔的巧妙写法"叫绝"。脂砚斋认为,这是雪芹为自己"站地步处"。隔两三条又批"借阿颦诗自相鄙驳,见予前批不谬。己卯冬夜"。(见上书,页四七六)这是同年冬的另一批,是说,前一批言雪芹为了怕"批评"而说"趁着酒兴"续《庄子》乃是自站地步,是批对了:不是这里又借黛玉的诗"无端弄笔是何人,作践《南华庄子》因",把自己"鄙驳"了一通么?

总起来说,就是脂砚斋很欣赏雪芹所"续"《庄子》那段话。到了乾隆二十七年(壬午)九月间或者再前些时,畸笏叟正看到赵香梗的《秋树根偶谭》中赵"改"的杜诗,他对于杜祠被毁既很同情,而对赵改的杜诗,也读之"感慨悲愤,心常耿耿"。因为他也同脂砚斋同样欣赏曹雪芹续《庄子》续得好,而是时又适值雪芹索书甚急,于是就把使他感动的赵"改"的杜诗也抄在《石头记》书端,给雪芹看看,这当然"非批《石头记》也"。因此,他才在抄完赵改的杜诗之后,就低一行批道:

壬午九月,因索书甚迫,姑志于此,非批《石头记》也;为续《庄子》因数句,真是打破胭脂阵,坐透红粉关,另开生面之文,无可评处。
(页四六七)

从俞平伯先生的《脂砚斋重评石头记辑评》开始,就把自"为"字起以下数句给割裂开,吴先生也照样不引用自"为"字以下的那几句话。这是很不妥当并且是"各取所需"地引用原句的。这"为"字正是对雪芹说:"你读《庄子》这段话使我感到的确是彻悟之言,无可评处;我抄赵香梗改的几句杜诗,并不是为了评《石头记》,而是为了他改的诗也很感动我,值你索书甚急,就抄在书头上,给你看看罢。"如果不是这样解释,而照吴先生那种解法,不但把续《庄子》和改杜诗的关系完全漠视,而且批者畸笏叟手头竟无其他纸头可用的假想,也无法令人信服。尤其是,这个"为"字,恐怕也很难"交代"罢?

此外,据我不甚准确的统计,畸笏叟本年(壬午)的批最迟是到"重阳"。推测乾隆二十七年九月雪芹索回原稿,从事整理或改写,而到了乾隆二十八年(癸未)除夕雪芹就病死了。整个二十九年(甲申)畸笏叟没有批。这或者由于他感伤雪芹的逝世,不免睹物怀人,或者由于他事相牵,不得从事于此,就不得而知了。

因此,我说壬午九月索书甚急的索书者是曹雪芹,书是《石头记》,批者是畸笏叟。

【附记】本文是一九六二年六月十七日写的,刊于同月二十三日《光明日报》的《东风》上,原题为《读脂批石头记随札读后》。同年八月上旬得吴世昌先生书,谓他和我的看法相同。下旬得所寄《红楼梦探源》英文本,他的说法见页八二。其译批语中"为续《庄子》因数句……"之"为"字:It is because...,甚是。

一九七六年七月九日改定于沙滩。

附录　敦诚《四松堂集》集外诗文辑（增补）

第一　《四松堂集》集外诗辑（增补）

（一）录自《四松堂诗钞》

挽敏亭先生二首

［丁丑诗。原为二首，《四松堂集》中只收其第一首，此为第二首，见《四松堂集》二十六页。］

处困恒忧悗　先生有泰容　人间弃松菊　天上主芙蓉
谁作驴鸣吊　空悲马鬣封　碑铭属谁事　不愧郭林宗

渡青龙河

［丁丑诗。接上首。］

流澌不成冻　滦水急波洄　凫雁自相得　鹓鹡莫漫猜
徒杠撑乱木　古堞落残灰　瘿俗前途是　何劳辨颈腮

烈女墓

[在《腊月二十五日夜宿一片石》后,见集二十七页。]

烈女前明一片石关戍卒女也,美姿容,性庄重,年仅十六。有恶少挑之,诉于官,薄加惩责。烈女惭愤,遂自缢。奉敕建碑。前明御史傅公经过,为营葬,复吊以诗。丁丑十二月,余客一片石时,大风吹野,白日阴晦,因访烈女墓于荒荆蔓草中,凭吊之余,继以小诗即次傅公原韵。

| 碣字古苔侵 | 荒烟蔓草深 | 黄云横大漠 | 白日下寒林 |
| 野女严如昔 | 贞风播至今 | 相过须下马 | 一醑吊冰心 |

岁暮自述五十韵寄同学诸子

[戊寅诗。在《烈女吟二首》之后,见集三十一页。]

阏逢困敦岁	我年十一秋	二月辞家塾	负笈宗黉游
从学黄叔度	芸馆春风幽	同学尽同姓	五陵马与裘
文章溯唐汉	诗赋追曹刘	或为李昌谷	锦囊才无俦
或为李供奉	奏赋侍冕旒	谁谓吾宗内	曾不古人优
嗟余愧后学	操觚耽吟讴	雕虫矜小技	抚卷恣冥搜
旃蒙大渊献	涂月行欲周	我年二十一	文试偕朋俦
圣人下丹诏	座主垂青眸	不意黄卷客	竟点朱衣头
承恩叨御墨	自愧亦何由	垂云笑蜩鸴	大树撼蚍蜉
可笑不自量	谒选趋瀛洲	自非青铜质	安得万选收
选官与选佛	脱然两无求	归来闭门卧	殊增猿鹤羞
小园有邱壑	竹石托咏游	菊栽陶靖节	竹种王子猷
梅植孤山林	莲插濂溪周	酒饮阮步兵	诗梦康乐侯
禅论赞公房	钓泛龟蒙舟	一生几两屐	年华逐水流
无何别乡国	言驾三韩辀	晓风辞古驲	暮雨投荒邮
大漠卢龙塞	落日渔阳州	高山千叠翠	海水百丈湫
旅窗时泣月	羁思频登楼	呜呼更遭患	乌鸟声啾啾
游子悲何极	彼苍空悠悠	天涯类蓬转	人生如萍浮

复有松亭役	襆被荒城陬	寒天云漠漠	急雪风飕飕
空山叫鹳鹳	古木啼鸺鹠	荒榛窜狐兔	落日下羊牛
除夕客海上	哀恨何能休	和苏守岁诗	哀感杂羁愁
明年归故里	计拙营糟邱	思亲感风木	对客成楚囚
来往潞河间	上冢悲松楸	故友半凋落	北邙宿草蓲
凄然山阳笛	邈尔黄垆甌	从此别宗学	闲居狎群鸥
犹幸雁行间	气味殊薰莸	辰夕乐相数	茗碗兼诗筹
过此二十六	老大益增忧	历叙年来事	酒酣斫吴钩

南霁云塑像

(像在城南道院)［己卯诗。在《一月中闻罗介昌(即西园)李迂甫(情)两先生天元上人皆作古人感而有作》一诗之后，见集三十三页。］

早得临淮兵数千　睢阳未必遽摧残
公教南八男儿死　断指无人灭贺阑

段司农

［己卯诗。接前诗。］

沟渎何能益庙堂　苦心百计挽颓光
韩旻袭驾岐灵死　一击桓桓振大纲

题沈苍画

［庚辰诗。在《广济寺》一诗后，见集三十五页。］

寺隐乔松一径深　两山对峙见嶙峋
闲看鹿饮溪亭立　蕉梦匆忙笑郑人

咏楚弓有感作

［庚辰诗。在《病鹤》一诗后，见集三十六页。］

楚国既失弓　仍得楚人手
大哉先尼言　人得为楚咎
失弓得工何足责　楚也人也应有择
得失且莫问楚人　但为宝弓弃之惜

题朱生画虎

［庚辰诗。在《村居二首》之后，见集三十六页。］

叶公只好画龙耳　　天龙下之翻惊起
世人好赝不好真　　我谓画虎亦如此
昔日裴旻猎北平　　获彪三十何纵横
忽遇真虎不敢射　　猎马避易萧萧鸣
朱君画师称好手　　为我画虎不类狗
急行渴势奔流泉　　目光夹镜明山阜
虎兮虎兮托山隅　　更有何人捋尔须
却笑当年王介甫　　以讥魏公何其愚

赠曹雪芹

［辛巳诗。在《平上闸观水势》一诗后，见集三十八页。］

满径蓬蒿老不华　　举家食粥酒常赊
衡门僻巷愁今雨　　废馆颓楼梦旧家
司业青钱留客醉　　步兵白眼向人斜
阿谁买与猪肝食　　日望西山餐暮霞

思亲

［辛巳诗。在《潇洒轩宴集》一诗后，见集四十页。］

不见慈亲面　　悠悠五载余　　音容犹昔日　　昨夜梦回初
儿媳悲遗线　　男孙解读书　　终天风木恨　　岁暮过茔庐

住移情泉石堂拙庵伯父命为小诗走笔却呈

［壬午诗。在前诗后，见集四十页。］

落泉绕寺急春流　　水气虚堂冷似秋
蜡屐每教小阮从　　凿山来与谢公游
但知云外寻枯衲　　不向山中道故侯
久矣吾家诗是事　　愿为短句纪林邱

初夏小雨

[癸未诗。在《黄西江(克显字去非)先生自蜀来京话旧感作》一诗后,见集五十页。]

喜见黄梅雨　空堂坐独吟　绿苔当径合　老箨入帘阴
蚕尾生泇砌　涎蜗上古琴　煎茶拾松子　花外湿烟沉

种竹

[癸未诗。在前诗之后。]

新筠戛绿玉　籁籁西窗阿　不知竹叶繁　但觉雨声多

挽曹雪芹

[甲申诗。当在《山月对酒有怀子明先生》一诗之后,见集五十三页。]

四十年华付杳冥　哀旌一片阿谁铭　孤儿渺漠魂应逐(前数月,伊子殇,因感伤成疾)　新妇飘零目岂瞑　牛鬼遗文悲李贺　鹿车荷锸葬刘伶　故人惟有青衫泪　絮酒生刍上旧坰

题桃花便面四首

[甲申诗。在《咏未放桃花》诗后,见集五十五页。□□是原缺字处。]

小红才向枝头结　怕见江南梦雨侵
浪蝶闲蜂过不采　尔时瞥见便留心(未开)
微笑窥人半面宜　东风尽日启葳蕤
艳香已许留君摘　待得红深未是迟(半开)
香满空庭红压溪　梦□□影画栏西
绕枝□□金铃锁　不□三春鸟雀栖(盛开)
晓风吹尽落香尘　净扫残□□锦茵
也解明年开更好　新红不是故枝春(已落)

听雨楼木芍药放花主人张幕宴客
其下酒半索余首唱诸公属和云

[甲午诗。在《题残荷飞鹭图》一诗后,见集七十页。]

檐幕高悬护艳红　　朝来宴客竹楼东　　且倾花下三春酒　　莫忆江干五两风(主人酒酣每作归语)　　许下飞英传范蜀　　广陵嘉会问韩公　　金铃宝槛非吾好　　苦恋林逋放鹤笼

集修暇轩仍次前韵

〔甲午诗。集中收第一首,见集七十一页,此为另一首。〕

　　　　自笑朱颜是酒红　　醉乡歧路任西东
　　　　夜过西岭黄梅雨　　春尽南园落絮风
　　　　一饮便狂逢次老　　每归倒载笑山公
　　　　烹鲜最喜都官婢　　得鲫还应送篚笼

题寓翁南园壁翁时致仕

〔甲午诗。在《未放芭蕉》诗后,见集七十一页。〕

　　　　遂初吟罢卧林溪　　莫怅归迟日未西
　　　　多少黄尘乌帽客　　白头空听子规啼

臞仙馈平安酒寄谢

〔丙申诗。在《醉写墨竹于壁戏题此诗》一诗之后,见集八十四页。〕

　　　　贻我一樽酒　　远自栟榈堂　　浸以飞霜散　　斟以紫霞觞
　　　　倚松坐石上　　松风吹芳香　　一酌愁破碎　　再酌神飞扬
　　　　徘徊短篱下　　菊萼初凝黄　　绝胜江州馈　　拘拘必重阳

鹪栖庵夜雨与桐崖暨小儿云多联四韵

〔丙申诗。在《饮晚未得入城即宿草堂夜与松溪次前韵》一诗之后,见集八十八页。〕

　　　　共听秋窗雨　　潇潇夜欲赊　　风檐鸣竹叶(庵主人)　　山径湿松花　　侍坐传云液(云多)　　消酲试露芽　　任教红烛灺(桐崖)　　余兴转相加

过龚紫树柳巷故居有感二首

〔丁酉诗。在《和桂圃客中清明》诗后,见集九十一页。〕

巷口堂空落燕尘　　醉中回马哭斜曛
　　　华筵斗酒依稀记　　翠管银筝问紫云

　　　年时系马近庭西　　庭树凄凉乌夜啼
　　　寒食何人过野寺（停桡夕照寺）　孤魂和雨泣棠梨

筠园席上澄泉先归作此戏之

[丁酉诗。在《嵩山约游夕照亭酒间感赋》一诗后，见集九十八页。]

　　　非关逼饮狂司马　　失一老兵何足哗
　　　可是凄凉通德怨　　没靴□惜踏冰花

次臞仙山中遇雪原韵

[丁酉诗。在《臞仙以雪中往寿安寺访莲上人用东坡腊日游孤山韵见寄即次原韵奉酬》一诗之后，见集九十九页。]

　　　空山横石无车辙　　但见崖峦飞玉屑
　　　山僧晓起汲深泉　　皮龟两手冰花结
　　　老臞长啸破山寒　　琼楼玉宇辞长安
　　　旗亭红袖麾双鬟　　夜扪冻翠人所难

荇庄过草堂命酒联句即检案头闻笛集为题是集乃余追念故人录辑其遗笔而作也

[庚子诗。在《岁暮宿村寺不寐挑灯感赋二首》之后，见集一○五页。]

　　常侍山阳意　王孙旧雨情　遗文寻故箧（荇庄）　老泪洒枯荆（近遭汝猷弟之痛）　忍对黄公酒（松堂）　空怀张翰羹　拥衾悲九日（荇庄　亡弟庄九日卧病）　分袂记孤城（记丁丑春日汝猷曾别于榆关）　是处青山恨（松堂）　年来白发生　风檐频检箧　雨夜独移檠　泪向西州落（荇庄）　魂犹南浦惊　人琴亡子敬（松堂）　金石感明诚　修短同归尽（荇庄）　控搏谁所令　诸君皆可述（松堂）　我辈漫相评　宴集思畴昔（荇庄）　联吟忆晦明　诗追李昌谷（松堂　谓曹芹圃）　词迈柳耆卿（谓紫树）　绣佛寻苏晋（荇庄　谓秀崖）　工书拟伯英（谓周廷尉）　珍收米海岳（松堂

廷尉得范忠贞公家藏南宫一品石诸同人赏之听雨楼各有跋语）　乩降许飞琼（谓璞翁将军尝有是癖）　懒过嵇中散（荇庄　谓寅圃）　狂于阮步兵（亦谓芹圃）　刘伶曾荷锸（松堂　谓罗介昌）　徐邈但衔枪（谓复斋）　武有花敬定（荇庄　谓明益庵在蜀中没于战事）　文如陆士衡（谓贻谋）　春船天上坐（松堂）　活火夜来烹　简为看花折（荇庄）　驴多踏雪行　高岩扪古翠（松堂）　小部度新声　剪烛敲寒漏（荇庄）　弹棋罢夜枰　秋风醒大梦（松堂）　今雨散佳盟　宿草荒原迥（荇庄）　遗墟故宅更　樵儿登马鬣（松堂）　吊客作驴鸣　细检生前句（荇庄）　空留身后名　感怀良自苦　有酒且同倾（松堂）

射腹谣和嵩山戏作

［庚子诗。在上诗后，见集一〇五页。］

猪王几赤槽上颈	鬼叫华林猪继统
末年偷得李家儿	却返宫人延刘种
长宁子孙无子遗	龙颡在侧竟不疑
新安市狗一声吠	龙颡窥伺猪王棋
苍梧早是几上肉	何在援弓射祖腹
弑君熟手王敬则	更有国华与世族
昱也准也莫怨嗟	官昔曾取司马家

汲水贮方塘中

［庚子诗。在《东坡咏姑恶鸟云姑恶姑恶姑不恶妾命薄范石湖作后姑恶诗云姑恶妇所云恐是妇偏辞又云姑不恶妇不死与人作妇亦大难已死人言尚如此余复为之乃专恶于妇云》一诗之后，见集一〇五页。］

剖竹连筒隔石冈	引来泉水泻方塘
最宜日午闲留客	沁得茶瓜冰齿凉

春田吟

［辛丑诗。在《北寺腊梅嵩山日使人探之今春稍迟至仲春下浣始放因相约入寺上

人万钟置茗饮共赏其下且拈春字韵索诗即书以寄谢》一诗后,见集一〇六页。]

　　去年大水秋无稽　　田家卖牛供寒饥

　　今年地湿宜麦陇　　可奈无牛更无种

　　折屋买种借牛耕　　春寒露处何为生

　　君不见城中大半闲手足　　妇著绮纨男食肉

答藻仙

[辛丑诗。在《草堂集饮》一诗之后,见集一〇七页。]

　　虚空何处著悲欢　　盘走牟尼非至难

　　转到牟尼无转处　　湛然不动是空盘

谢嵩兄馈饼前韵

[辛丑诗。在《筠园席上赠歌儿黛如前韵》一诗后,见集一〇八页。]

　　老兄喝吃云门饼　　钝齿残牙刀截难

　　始信向来皆画看　　今朝托出是和盘

三月十四夜与佩斋松溪瑞庵雨亭至黑山饮西廊看月

[癸卯诗。在《癸卯正月初十日乾清宫预宴恭纪二首》之后,见集一一二页。]

　　吾诗聊记编年事　　四十八年三月游

　　五客四童一瓮酒　　黄昏白月黑山头

赠王生

[癸卯诗。在《南溪晚眺》诗后,见集一一六页。]

生昔为双鬟发声辈,年二十后弃其技,奉母居萧寺中,誓不娶,暗修苾刍业。

　　舞衫脱却著莱衣　　日向花宫奉板舆

　　多少宦游京洛客　　空令白发倚门闾

寿伯兄子明先生

[癸卯诗。在上诗之后。]

　　岁卯月建亥　　维时春小阳　　乐安辟寿域　　旭日华筵张

　　先生据案坐　　德耀嫂其傍　　大侄著莱衣　　偕妇称霞觞

儿能了家事	妇能洁酒浆	诸孙竞头角	分甘时携将
大者诵书史	历代明且详	小者觅梨栗	余杯解索尝
最小媪褓负	锦绷著裲裆	已复来婿女	□□□□□
先期贺酒羊	更有诸宅相	衮衮聚一堂	痴弟最后至
拜起联雁行	顾之怡然乐	猗欤何其昌	先生少壮时
虎门曾翱翔	文章擢巍第	笔墨叨恩光	当年工射策
至今宗署藏	此岂曰不遇	与世衡低昂	□□□□□
先生掀髯笑	引满倾鹅黄	愿后三十年	年年歌此章

食菜戏占

〔在《上巳后一日同佩斋瑞庵雨亭饮钓鱼台（台在都城西）》一诗后，见集一一七页。〕

甲辰

盈盘菜甲绿离披　晚食真堪当肉糜
风味觉佳还自秘　诸公衮衮不教知

（二）录自《鹪鹩庵杂诗》

冬晓书怀

〔壬午诗。见影印本《四松堂集》四十八页。自"二毛未上簪，廿九非云老"以下皆缺。〕

重衾压青绫	梦觉犹慵晓	东檐上朝暾	冻树喧晴鸟
窗前施镜奁	山妇晨妆早	小婢谙酒渴	炉火茶烟袅
痴儿垂九龄	跳跃欣梨枣	逡巡趋家塾	诵书亦了了
整衣上高堂	白发康寿考	晓进季伟鸡	更荐卢城稻
入园课僮奴	石径频除扫	平生文字饮	好友相论讨
二毛未上簪	廿九非云老	胡为不自量	磊落负怀抱
三次觍大人	再蹶嗤群小	猿鹤相轻嘲	松竹几枯槁

真妄判荣辱　静燥分拙巧　从此恋云林　谋生非草草
更乞白旃檀　一切除热恼

携家住南村作

［未详何年诗。］

孟夏月既望	朝日凌清辰	吟骖束襆被	晓镜严冠巾
白发下高堂	板舆施重茵	山妻偕儿女	促坐共后轮
婢媪五六辈	僮奴六七人	行行指南甸	□□出城闉
时届梅雨后	绿净良苗新	秣驷石桥畔	微风水粼粼
香圃绽红药	爱此荽尾春	斜日下遥嶂	车马抵柴门
茅屋八九间	潦水环孤村	桑柳杂榆槐	浓荫交烟昏
村老喜我来	载酒时启阍	村妪□□□	□□□□□
何以奉高堂	鸡黍供饔飧	暇日课儿子	旧读时教温
荒祠赛巫觋	箫鼓聚愚民	闲携小儿女	前往听歌频
歌声虽嘲哳	我意会其真	日夕返薄笨	沙软无车痕
麦浪兼天涌	一碧浑无垠	牛羊下远陇	鸦雀啄荒榛
晚饷欢野老	麦饭盈瓦盆	提篮散村女	香风动菜根
归来上高堂	言笑欣天伦	举头望霄汉	杳杳空青云
既无大力负	垂翅岂无因	志远鸢鸠笑	归来猿鹤嗔
□□□□□	□□□□□	何对儿子惭	且共山妻贫
况有负郭田	宁止二顷耘	稻秫可兼种	伏腊有余陈
□□□□□	□□□□□	葺我堡上宅	疏我林中滨
漫抱汉阴瓮	还卜西畴邻	回忆题桥志	一笑睇青旻

从军行送元如叔

［未详何年诗。］

丈夫磊落重怀抱　安能日对妻子老
酒冷灯昏剑铗寒　明日相逢万里道
万里长征行路难　落日西出玉门关

马嘶千营万营月　人度前塞后塞山

筚篥声中堪愁绝　黑水寒风燕支雪

征西壮士何日归　阴山黑夜磨刀血

匈奴犹未灭　臣子何为家

会须盾上磨墨作长檄　人生得意谁能加

男儿许身报国正今日　请缨无路空咨嗟

和子明兄典裘置酒赏桃花之作

〔当系癸未春日诗。《懋斋诗钞》有《典裘》诗,系癸未春日所作,有句云:"典裘为春服。"与诗中所说正合。〕

朝来吹尽楝花风　卖饧天暖箫声中

黄貂白狐著不得　春衣女子纤纤缝

先生作人无长物　平生潇洒如王恭

却爱西园冠盖合　不教北海樽罍空

五花骏马呼儿出　何况此裘披蒙茸

鹔鹴且典拨愁闷　未妨犊鼻狂临邛

静补堂前桃正发　红衣灿烂迷房栊

绮霞浸入鸬鹚杓　绛云低落琉璃钟

翠叶照筵酒波绿　艳香染袖诗襟红

先生耳热仰天笑　一醉亡裘无乃同

长安俗子笑拍手　轻肥驰过五陵东

寅圃使老妪致札戏答以诗

君家老妪颇可解　秃发痀颜身矔矮　行行汗流走不僵　两脚扑朔过疾骇　昨日投书排闼来　西窗□□惊黄奶　手进封函口道辞　辞简意达吾起骇　始言主人怅离别　次言主人具酒醴　再言新宅旁城隅　指画地图明于楷　郑家诗婢讵如伊　玉川赤脚欲似乃(出唐人《咏伛偻人》诗)回头一笑顾群奴　一蟹不能如一蟹

宿朝阳庵

[未详何年诗。]

霜月交相白　钟声破冻烟　不惊蕉鹿梦　谁问野狐禅

村犬狺寒吠　枯僧伴醉眠　殿铃鸣夜半　客思转凄然

山堂夜宿

[未详何年诗。]

窗白四更月　寥寥夜气凉　山风吹短烛　石濑响虚堂

只合疏慵客　来居云水乡　明朝陟绝顶　猿鹤共相将

南村道中遇雪同贻谋汝猷两弟作

[癸未诗。原四首,见集六十一页,集缺此二首。]

雁序相依伴　他乡兴不孤　栖乌惊野燎　征马啮残刍

客味凭村酒　人言静夜厨　明晨癸襆被　积雪满前途

古道冲寒去　微烟入渺茫　敲冰放鹅鸭　牧雪散牛羊

病客重裘薄　羸骖旧路长　吟诗寄同调　聊纪水云乡

易堂见示张尧峰登金山用王阮亭韵之
作时余前数朝曾梦游金陵感而和之

[未详何年作。]

树隐丹阳余故宅（梁武故宅）　云埋北固有危楼　大江一线青潮落

京口千帆暮雨收　文物君从啥处吊　江山我是梦中游　何年来试中泠水

海岳题诗满眼秋

送内弟毓舍人随驾木兰

[未详何年诗。]

紫薇花下久徘徊　五色泥封手自裁

却下凤池随豹尾　常从虎塞近龙媒

三边白草关山远　千里黄云雕鹘回

惭愧无由叨侍从　长杨献赋羡君才

赠曹雪芹

〔辛巳诗。当在集三十九页《题芦雁四首》前,有异文。〕

满径蓬蒿老不华　举家食粥酒常赊

衡门僻巷愁今雨　废馆颓楼梦旧家

司业青钱留客醉　步兵白眼向人斜

何人肯与猪肝食　日望西山餐暮霞

挽曹雪芹

〔甲申诗。当在集《山月对酒有怀子明先生》一诗后,见集五十三页,多第二首,第一首有异文。〕

四十萧然太瘦生　晓风昨日拂铭旌　肠回故垅孤儿泣(前数月伊子殇,因感伤成疾)　泪迸荒天寡妇声　牛鬼遗文悲李贺　鹿车荷锸葬刘伶　故人欲有生刍吊　何处招魂赋楚蘅

开箧犹存冰雪文　故交零落散如云　三年下第曾怜我　一病无医竟负君　邺下才人应有恨　山阳残笛不堪闻　他时瘦马西州路　宿草寒烟对落曛

春晓漫兴

〔未详何年诗。〕

万鸟钩辀一雁迟　小园西畔立多时

春愁上发三千丈　花气熏人四五枝

书冒鼠尘随懒婢　字呼鱼鲁任痴儿

旧堂最喜归巢燕　顾我呢喃劝一卮

槐园夜坐雨舫中

〔未详何年诗。〕

人语静园林　窅然如空谷　入夜春风生　时响西廊竹

东皋

[未详何年诗。]

霜林千叶红　秋水一泓碧　临皋问主人　鸦乱荒林色

汉二疏

[不知何年诗。]

白发欣偕父老怡　黄金不为子孙遗
贤哉当日同归去　不去终如萧望之

无题二首

[不知何年诗。]

纱笼红烛掩猩屏　绣被绡帏春睡轻
欲把赠兰人细认　梦云梦雨不分明

春满梨花昼掩关　微吟柳絮小庭闲
绿窗日午焚香坐　自把新诗教小鬟

荷溪晚归

[未知何年诗。]

藕根菱叶露囊囊　斜日秋风望眼迷
谁采枯荷双桨轧　白鹇飞过板桥西

岳少保

[未知何年诗。]

拐子军残房气颓　书生叩马不教回
千年遗恨黄龙府　未与诸君痛饮来

南溪

[壬午诗。集收第二首，有异文，见集四十一页，此为第一首。]

偶过南溪上废台　陇头小麦碧于苔
春犁雨足黄牛健　惭愧无由卖剑来

春日独酌

[不知何年诗。]

石上苔茵竹下樽　烟云尽日变西园
松花满地竹鸠语　一客不来春掩门

题枯林系骞图

[不知何年诗。]

忍使羁縻老此生　东家俯首一长鸣
阿谁为解青丝络　风雪教他自在行

过寅圃墓感赋

[癸巳诗。共四首,集收第三四首,有异文,见集六十五页,下为第一二首。]

旧雨飘残今雨新　城隅门巷长荒榛
孤魂不返秋风暮　弱女零丁寡妇贫

逐鹿文场共解嘲　相期六翮待摩霄
十年前已辞升斗　愧向人间尚折腰

嵩山寄诗次韵答之

[不知何年诗。]

伸欠鹪庵屋打头　北窗凉气宛如秋
满庭绿树多榆柳　不种蔷薇芒刺钩
僻巷希闻雷走车　地偏吾亦爱吾庐
温经不到忍饥诵　且罢与人乞米书

（三）敦诚联句辑存

书怀联句同敬亭用昌黎纳凉联句原韵

[见《懋斋诗钞》一百一十五页,大约是甲申年诗。因由此诗可以窥见敦敏和敦诚

的志趣，故辑录于此。]

蟪蛄无春秋　朝菌昧晦朔懋　淄渑辨浅深　泾渭分清浊敬　阿谁苦骥伏　何人奋鹏擢懋　痴情散楚云　迂泪洒华岳敬　激湍矫潺湲　砥柱立瀺灂懋　世味薄于纱　境遇冷如雹敬　对人畏巉岩　律身慕端悫懋　始菀讵知枯　端忧已兆乐懋　嗟哉彼燕雀　哑然笑鸾鷟懋　诗穷怜孟郊　酒狂忆徐邈敬　少小勤下帷　经史日盈握懋　世好鄙区区　自强奋卓卓敬　每喜宴宾朋　颇许荣头角懋　群儿不随奔　长老容置喙敬　对策御笔新　赐墨天恩渥懋（故事宗学季课，钦命题优等，颁笔墨，余同敬亭，屡承恩赐。）缀文亦自奇　吟诗不须捉敬　涵覆荷乾坤　收登愧轮桷懋（用蔡襄语）风趋帆可驶　水清缨可濯敬　祖鞭何寂寥　匣剑自卓荦懋　精金炼莫邪　完玉秘太璞敬　颖无毛生椎　拙守农夫穑懋　崎岖似茧足　危险任累觳敬　山海忆遨游　衣襟耻龌龊懋　关碛壮胸怀　风霜健砦斫敬　古塞少人烟　匹马横弓槊懋　猿猱乱秋吟　豺虎惊晓觉敬　归掩松菊关　羞对风尘儿懋　一枝觅新巢　三冬恋旧学敬　青云阿谁登　坦路何自扑懋　雄飞翮未齐　雌伏足如鋜敬　闭门种野芹　抱瓮同莳药懋　我身愧浮沉　我命岂蹇剥敬　众口聚嚣纷　蛾眉滋谣诼懋　好峰多嵌崎　幽岩自礐硞敬　疾行趋径迂　恶影举足数懋　射虎犹神驰　雕虫唯笔搦敬　纨袴侈轻肥　布衣甘素朴懋　文辞屏藻缋　古简费研榷敬　焦案仍呷唔　鸡窗听嘤喔懋　弄泉岂流枕　爱山非石斫敬　联床忆夜雨　棣萼怜花幄　明珠加磨莹　荆璞须采琢懋

观棋联句呈李适园宗丞二首

[见永忠《延芬室集》，己丑年三十五岁诗。联句中署"诚"字者，即敦诚诗。]

斋禁适清和　冰衔德宿罗　红灯楸局展永忠　绿橘酒颜酡　豪兴期然絮敦诚　词源欲倒波　思沉蜩甲化忠　形据犬牙多　花院重重闭诚　方田井井过　出奇争欲劫忠　败北悔先戈　犹喜收奁后诚　输赢竟若何忠

久识鸿泥意　相逢岂偶然　残灯棋散夜诚　月里雨余天　兴洽心同

得忠　情深榻可联　僵屏由倦仆诚　剪烛欲留仙　起草书官牍忠　无劳更絮燃诚

六月五日雨后敬亭过我小饮并见小儿绵周（时五岁）酒边联句

［见同上书。署"臞"字者，即永忠诗。］

乘闲来看竹敬　杯酒好论文　雨过天新爽臞　晴余风愈熏　笋苞抽短碧敬　杏子摘园殷　密树漏云日臞　香畦纵雪芹　味清螺劈凸敬　真率藿盘纷　长日期投辖臞　狂书可换羹　食牛儿五岁敬　蘸墨笔千斤　枣栗惟知觅臞　饧梨早解分　常时秉爷笏敬　异日涤翁群　驯谨传家法臞　飞腾继世勋　杯能斟潋滟敬　书欲力耕耘　左右逢源取臞　觥筹泥客醵　不辞还倒载敬　偶尔效殷勤　独乐惭迂叟臞　重来问此君敬

敬亭来小饮出画共赏联句

［见同上书。丙申年四十二岁诗。联句中署"蘂仙"者，为永忠诗。］

老屋凉深竹树昏　我来踏破碧苔痕　风檐障苇不和暑敬亭　冰簟检书能涤烦　薄酒未邀高士醉蘂仙　新诗特就道人论　云生雪壁悬晴嶂敬亭　为有奇怀恣吐吞蘂仙

（四）录自《四松堂集》付刻前底稿本

和乐天招东邻韵寄贻谋

［丙申诗。在《对酒自嘲二首》之后，见集八六页。］

照洒松下月，近水竹间床。共此清夜好，勿嫌秋露凉。

晚酌池上小女出话欣然口占

［丁未诗。在《清明前嵩山庭中梅花盛开……》之后，见集一二三页。］

我岂独无左家乐，汝焉能写北山吟？
应教老学庵中客，潋滟深杯笑女斟。

放翁有"酌酒儿斟潋滟杯"之句

因病止酒蔬食小诗柬同人

［丁未诗。在《次子明先生忆松堂景物原韵》之后,见集一二五页。］

岂听刘家妇,非颦周太常。养疴近水竹,避湿具椒姜。

但作茶瓜客,真成藜苋肠。小童有喜色,且慢注糟床。

入斋初日嵩山馈以佳制蔬肴次韵寄谢

［丁未诗。接上首。］

兰肴经手制,芳味岂寻常。末下调盐豉,黄门斫笋姜。

便教果鼷腹,应笑哄猪肠。若谓清谈胜,来联听雨床。

南溪过虚斋墓怆然感赋即次其去岁村居原韵

［丁未诗。接上首。］

去年留客醉,清溪菡萏秋。今年客再至,白杨土馒头。

茅堂与华屋,同一归山邱。九原厚蝼蚁,此语念蒙休。

西风动宿草,涕零可自由。

感书一绝

［丁未诗。在《九日大风墨翁子明兄来松堂嵩山因病不至口号却寄二首》,见集一二六页。］

黄土青枫娇女恸,素车白马故人悲。

迩来触目皆如此,洗面何堪老泪垂。

苄庄近诗多且益工再次前韵却寄并戏

［丁未诗。在《苄庄以食蕨诗见寄次韵答之》,见集一二七页。］

鹅湛新黄蟹满筐,提携远上古台荒。

清贫我以文与可,好句君如金履祥。

若使雪庭逢谢女,可犹天壤笑王郎。

鸾笺十幅频相寄,殿帅从来肯换芉。

村寺夜与李秀才凤冈饮

［戊申诗。在《春晓开门老妻问一婢云……》之后,见集一二九页。］

得青字

野塍闲步叩禅扃，忽漫逢君为小停。

旋贳村醪留远客，更烧佛火照荒庭。

春阴似酿西畴雨，夜响时闻古殿铃。

第二 《四松堂集》集外文辑

《鹪鹩庵笔麈》十六则

文殊问庵提遮女曰："生以何义？"女曰："生以不生生为义。"殊曰："云何？"女曰："若能明知地水火风四缘未尝自得，有所和合而能随其所宜，是为生生义。"殊曰："死以何为义？"女曰："死以不死死为义。"殊曰："云何？"女曰："若能明知地水火风四缘未尝自得，有所离散而能随其所宜，是为死义。"此语即是吾儒夭寿不贰修身以俟之意。（在"班健仔云"条下）

唐路岩赐死之处，乃杨收之榻。天之巧于报施乃尔！（在前条下）

高颎对隋高祖平陈之策，后周王朴对世宗语，多师其意。（在前条下）

南朝高帝使褚思庄与琅邪王抗弈，自食时至日暮，一局始竟。上倦遣还省，至五更方决。抗即睡于局后，思庄达旦不寐，其苦状乃尔。近日嵩山与周廷尉，每见辄弈，至日夕不辍。余在座亦不观，但饮酒歌啸于其傍，余之酣适可知矣。未知二公苦状，较彼若何？（在"天下人嗜好"条下）

朱子曰：归根本；老氏语毕竟无归。天地之性，当初不是自彼来入此，亦不是自性而复归。如月影在一盆水，除了盆水便无了。岂是这月影又飞上天去归那里哉！又如这花落便无这花了，岂是归去那里，明日又复来生在枝上哉！（在"明刘忠宣"条下）

朱子曰：人死虽终归于散，然亦未便散尽，故祭祀有感格之理。然已散者不可复聚，释氏却谓人死为鬼，鬼复为人，如此则天地间只是许多气，来来去去，更不有造化生生，必无是理。（在前条下）

余旧有咏明人四绝句云:"故主飘零故国更,空山犹可度余生;哭残举世无知己,水浸《骚》经觅屈平。"(雪庵和尚)"往来夔庆意何如?市上冯翁尚识予;莫讶补锅生计贱,朝廷遗老半呼猪。"(补锅匠)"行乞金城哭未休,西河还是葛衣游;莫愁缕缕不堪著,六月君王尚敝裘。"(葛衣翁六月建文至史彬家,衣履敝甚,留二日为制布衣去。)"欲托山樵可隐名,旧君新诏太无情;首阳薇蕨都污浊,只有东湖水尚清。"(东湖樵夫)又有过建文墓诗云:"去国归来两鬓皤,老僧重认旧山河;宫中阿监含羞死,犹记当年食子鹅。"懋斋兄云:"即以本事直书,意在言外,可谓善于咏古。"(在"御制诗"条下)

一友新仕,偶持游鱼便面索题,因漫应之。末句云:"才得监河数升水,便忘涸辙索枯鱼!"欣然持之去。后为人所悚,以为语涉嘲讥,颇衔之。然予不过因题作意耳,实非借此为能事者。可见诗文一事,尤宜慎重。"彼自咏桧耳!"此语令人感嗟!(在前条下)

一姻亲某性喜声歌,家素饶,资舞宴集,夜以继日。食品声技,妙绝一时。今未十年,而北海座上客散如雨,所谓曲廊洞房者,亦数易主矣。歌舞云飞,豪华顿尽,一瞬息间,沧桑若此。人世亦何可恃耶!(在"草桥秋晚"条下)

夜宿槐园风露,皓然明月从木末疏叶间,穿照石上,衣裾皆碎影痕。因与墨翁、子明小酌静补堂。复煎茶雨舫中。已复衔杯于薰风谷石上,亦人生佳候也。壬午八月初七日记。(在"渔洋先生"条下)

客临榆日,一夕迅雷骤雨,城西三清观后一柳为雷所击,予亲见爪痕,抵暮而柳枯矣。(在"子明兄自"条下)

余内弟(仁和)其族中子爵缺出,宜袭者甚众。引见日,前后列者,皆大位,而弟年甫冠。上笑谓近侍曰:"天时不如地利,地利不如人和。"竟得承袭。(在"先定庵公"条下)

紫金山在抚宁县西南十里许,客途纡道一登,寒岩日暮,荆棘牵衣,天约二鼓始下。闻兔耳山多虎,夜尝过此,都无顾虑,率尔轻行。少年结习,

每每如此。（在"余昔为"条下）

值西苑，暇日同友庄、素村、墨叔游行憩湖亭，荷柳吹风看袭衣袖。素村剖莲作碧筒杯，墨叔倚槛观澜，独予与友庄拇战釂巨觥。复登小舟轧中流，采菱藕下酒。因咏蜀宫中消夏词"冰肌玉骨凉无汗，水殿风来暗香满"之句，泠然有御风之思。丙戌七月廿一日记。（在"五泉庵"条下）。

贻谋家藏古画数十轴，皆宋元明人名迹。一日在东轩焚沉香，瀹佳茗，命余一一品题，各为小诗。内有谢时臣"溪山岁晚"一轴，泼墨苍古，洵非时笔所拟。余以晴谷老人"松风亭子"易之。又有仇实父"东山携技图"，人物飘逸，上有王文肃公题句，笔墨遒劲可爱。余又安得以东坡仇池石易之耶！（在"贻谋作"条下）

紫兰一名蝉官，慎邸伶人也。王逝后，飘零都下，一日宴集槐园，紫兰奏技，犹旖旎动人。予赠之诗云："蝉鬘兰香尚有情，红牙小部旧知名；邠王老去诸伶散，零落当年玉笛声。"彼亦欷歔久之，有江南落花之感。（在"余一日"条下）

裕按：以上十六则系录自《四松堂集》付刻前底稿本。其中《笔麈》分二册，一作"笔麈"，一作"杂志"，其实一也。

第三　《四松堂集》未刻永𤩰、永忠、刘大观的序文和纪昀的附识

（一）《四松堂集》永𤩰序

士抱磊落不羁之才者，为之豪杰；蕴温厚和平之旨者，为之诗人。而诗人多失之疏狂宕逸，必有温厚和平以济之，方能不失古人风雅之遗音，斯非涵养醇粹，有得于中者，岂易云哉！敬亭与余交卅年，不见喜愠之色，平居恂恂然若懦，不出口。每论史则目光如炬，有毅然不可夺之色，其抱负可知矣。夫物不得其平则鸣，昌黎尚以此言赠东野，敬亭岂有不平之鸣

哉？直以窗明几净，笔精墨良，书其胸中浩浩落落之气耳。故其诗文皆不激不随□深得古人之奥，《闻笛》一集尤见其笃于友谊之厚，信乎，渊明之言曰："纵浪大化中，不喜亦不惧，乘化以归尽，乐乎天命复奚疑。"始知千古之人，有若合符契者。敬亭又别有轩曰"梦陶"，盖深有达于斯旨焉。

时岁在乾隆疆圉协洽清和月望后一日，嵩山永瑢。

裕按：此序未刊入刻本，却保存在《四松堂集》付刻前的底稿本中。序中谈到了敦诚的《闻笛集》，可见永瑢看到的底稿本中还保存着《闻笛集》，而现存底稿本中，却不见了《闻笛集》！估计此集必单订一册，后来遗失了。或者，在敦诚死后，敦敏和桂圃为他刻集时，给抽出去了。其中必有关于曹雪芹的重要材料，失之诚为可惜。

（二）《四松草堂诗集序》（三十一年丙戌）

耳熟敬亭有年，意谓工吟咏、解声律已耳。春间，敬亭登仕途，寒温而外，未暇请益也。越半载始得读《四松堂集》，时方寒夜，烛再易卒不忍释。读且竟，乃叹曰："嘻！妙矣，技成矣！"其体沉雄，其才风发，浑浑灏灏，出入三唐两宋间，卓然名家，岂仅俳青俪白，嘲风弄月而已耶！令兄懋斋，尝以阮亭期之；余谓敬亭齿方壮，使遇合如阮亭，宦游江海，持节陇、蜀，纵观乎名山大川，以畅遂其志意，发为文章，必有瑰奇卓荦之篇，以豪长一代之风雅，为吾宗之传人，阮亭不难至也。敢以此语，质之西樵，请删定为小引。丙戌十月十九日宗弟永忠并书。

裕按：永忠此序题"四松草堂诗集"，仍当作"四松堂集"为是；又清人又有《四松草堂诗集》，但非敦诚之《四松堂集》，故亦易混淆。乾隆三十五年敦诚有《寄子明兄》一书，有云："松堂草稿（裕按：指《四松堂集》原稿）嵩山已序之矣。尚留简端，待兄一言，幸即挥付。臞仙旧序，希为转致，异日同在虎门一书，何如？"这里"永忠并书"的序正是那"臞仙旧序"，是亲笔写在《四松堂集》那"尚留"着的"简端"（裕按：实即空白页）上面的。这篇序未刊入刻本中，此系自永忠的《延芬室集》抄出。

（三）《四松堂集》刘大观序

昔贾长江自注其送无可上人诗云："二句三年得，一吟双泪流。知音如不赏,归卧故山秋。"可见古今攒眉摇膝之人,得一真赏识,固非易事也。观初阅四松堂诗,以为不过偶然遣兴而已,非如《谈龙录》所云"诗中有人,言外有事"也。及读其文,如《笔麈》,如《记梦》,如《南村记》,如注来笔札二十余帖:忽为漆园之达,忽为柱下之元,忽为释迦、维摩之通透;忽为正言庄论如陆贽,忽为旁引曲喻如淮南;忽为悲歌慷慨如易水之荆卿,忽为弄月吟风如濂溪之茂叔。相由心造,情随境生。一切欢喜烦恼之因,升沉聚散之感,悉于三寸管城子宣泄而无遗。夫然后乃知居士胸中固无物不有,其诗亦无义不该,向之所谓偶然遣兴者,非徒遣兴已也。自古金枝玉叶耽志风雅,如昭明太子而外,则唯唐之李才江、宋之赵松雪耳。才江爱贾岛为诗,铸其像,事之如神。吾今欲奉居士如岛,而窃僭拟于江,未知无本禅师塔下尘,容我敝帚一扫否?

乾隆壬子闰四月中浣,山左刘大观。

裕按:此序录自《四松堂集》付刻前底稿本。

(四)四松堂集纪昀附识

诗意高超古雅,诚得温柔敦厚之遗者。至其议论独辟处,虽古人不多让焉。后之读者能不钦为风雅之宗!《笔麈》上下两卷,虽不多,然一字一句,皆卓有高识。且立言俱得中和之气,诚挥麈之雄谈,艺林之佳品。速付诸梓,以公同好。

丙辰冬日　　　　　　　　　　　　　　　　　　纪昀又识

按上章钤于序末

裕按:此《附识》末署的"按上章钤于序末"七字当是敦敏或桂圃的主张。但此《附识》不见于刻本《四松堂集》纪昀的序末。

辑二 曹雪芹佚著浅探

泥人德曹雪芹彩色塑像左侧

王冈乾隆二十七年所绘曹雪芹像。

一六九五年(康熙三十四年)张见阳(纯修)所画之《楝亭夜话图》。图中景色即曹家的楝亭;人物则为:曹寅、施世纶、张见阳及一小童。现图为原装手卷,题诗甚多。

空空道人所书八字篆文,"空空道人"四字下,有一阴文图章,文曰"松月山房"。

瑛宝为裕瑞所绘《风雨游图》。原图云:"《风雨游图》拟米襄阳《云山墨戏》,为思元主人敬制。瑛宝。"瑛宝为裕瑞绘此图在嘉庆五年。图为从蓝靛厂火器营一带远望万寿山。曹雪芹所居健锐营即在桥后远山下。

传神文笔足千秋，不是情人不泪流可恨
同时不相识，几番掩卷哭曹侯
颦颦宝玉两情痴，儿女闺房语笑私，三寸
柔毫能写尽，欲呼才鬼一中之
都来眼底复心头，辛苦才人用意搜，混沌
一时七窍凿，争教天下赋穷愁

永忠吊曹雪芹诗三首。永忠于乾隆三十三年手书。时雪芹已死五年。原见作者于一九五四年发现之《延芬室集》手稿。

脂砚斋所用砚。

一、正面；

二、背面，王穉登题诗；

三、侧面，"脂砚斋所珍之研，其永保"。

陆厚信绘雪芹先生像及其附识。

白家疃之小桥。此为曹雪芹在世时之小石桥。桥东当时距白家疃村边约半里内无居民,桥西南为曹雪芹结庐处,西距城子山约四五里。城子山后连接由西转北之西山。"寂寞西郊人到罕",即其地也。

"富非所望不忧贫"七字风筝。

裕瑞之《风雨游记》原稿:此记为裕瑞亲笔,与《枣窗闲笔》之笔迹全同,均系裕瑞亲笔。裕瑞尚有其他手稿甚多,其字迹均与此二者同。

曹雪芹所见《如意平安图》。此图见于一九六五年二月十四日香港《大公报》之《艺林》副刊，编者题为"元人如意平安图"。按：此图内容完全与乾隆二十三年腊月二十四日在懋斋所见之元人伪作宋李龙眠《如意平安图》相同。

曹雪芹绘《乌金翅图》。

曹雪芹续妻芳卿的亲笔悼亡诗。

诗云：

不怨糟糠怨杜康，
乩诼玄羊重克伤。
睹物思情理陈箧，
停君待殓鬻嫁裳。
织锦意深晬苏女，
续书才浅愧班嬢。
谁识戏语终成谶，
窀穸何处葬刘郎。

曹雪芹所遗之书箱正面所刻的兰石和题诗。

工人正在用江宁织造局所用过的那种织机操作的全景。由于机房太小,故将上部和下部分别拍照。

第一篇　新材料提出的新问题（代序）

本书所收的文章大致可分为四类。第一类是新发现的曹雪芹佚文和遗物的介绍和考证。第二类是与曹雪芹有关的文献和实物的介绍和考证。第三类是我在过去二十四年中就所见闻随时记录的关于曹雪芹和《红楼梦》的资料。第四类是附录：一九七三年《文物》第二期和一九七四年第五期刊载我的两篇文章。本书中由第二至第八篇都是继《废艺斋集稿》残篇之后，曹雪芹佚著及其传记材料的新的发现。

这些材料的发现，给我们提出两个问题。一、光凭《红楼梦》来研究《红楼梦》够不够？二、光凭《红楼梦》来研究曹雪芹够不够？对于第二个问题，谁都会认为是不够的。对第一个问题，许多人认为：专研究《红楼梦》这部书，知道不知道作者曹雪芹那么多的事迹，没有多大关系。这个看法是值得商榷的。

从过去的经验来看，"读其书必知其人"，是有道理的。历史唯物主义也告诉我们：必须结合行动来判断思想。因此，对作家的家世，特别是他的生平的研究，便成为研究作品的一项不可缺少的工作。

具体些讲，列宁谈到托尔斯泰时，光谈《战争与和平》，不涉及作者的阶级、思想、行动及其所处的时代么？恩格斯讲巴尔扎克，马克思讲但丁，都是只讲《人间喜剧》和《神曲》，而不问两位作者个人的历史和他们的时代背景么？显然不是这样。

再具体到《红楼梦》。即使狭小到只研究《红楼梦》里的语言，也不可避免地要有点关于作者籍贯和经历的知识。比如，《红楼梦》里有南方话，这首先就要知道作者在南方住过——固然，这是人所熟知的事实，但，他都去过些什么地方？去过苏州、扬州以至杭州没有？就语言来说，这些地方是有所不同的。既是"专"研究《红楼梦》的语言，难道不需要知道这些？大家又都知道，书中用的基本上是当时的北京话。但我在二十余年前，就发现《红楼梦》里有些极特别的语词，是我童年在东北的生活中所常听到的，有的还是我的母亲常讲的话。那些语词反而是我在二十世纪二十年代末的北京所不常听到或根本听不到的。我出生于父系是满洲人的家庭，《红楼梦》里的某些语词，我一看就懂。但是，不仅南方人的俞平伯先生对它们不那么了然，就是久居北京的启元白先生的某些注释，也令人读了感到总有些"隔"。这就说明：要真正了解《红楼梦》里的语言，特别是某些方言，就非知道一些满洲人在东北时长期形成的汉人用语不可。这也说明：需要知道曹家和东北的关系。

何况我们对《红楼梦》的研究，远远不限于语言文字，而必须分析作者塑造的人物和设计的故事的社会政治意义。这就不可避免地要涉及作者本人的经历、出生的家庭、所处的社会等一系列的问题。譬如书中的主要人物反对科举，在清朝康、雍、乾时期，读书人对于科举考试趋之若鹜的风气下，为什么产生这样一个小说人物？作者为什么有了这样的思想？它同作者以前的思想家们的看法、同曹家的遭遇、同他对清初民族矛盾和斗争的看法，都有什么关系？这些问题都不是仅仅从《红楼梦》这一本书里能得到解答的。如果再进一步探究全书的社会政治的意义，那就更需要了解作者的身世和时代。

当然，了解了作者生平、家世和时代，也不一定得出《红楼梦》全书的正确社会政治意义;但要想理解《红楼梦》的社会政治意义,却非知道它的作者的生平、家世和时代不可。前者例如,胡适是第一个考得曹雪芹本人、曹家的事实和他们所处的时代背景的,但他却把《红楼梦》仅仅看作曹雪芹的"自叙传"了。后者例如,我们今天,只有比较充分地考出曹雪芹、曹家,康、雍、乾的政治情况,尤其是考出当时的社会经济发展进入了什么阶段,才能理解《红楼梦》所反映的社会经济方面的重大含义,才能理解它是一部反封建的杰构。

"都云作者痴,谁解其中味?"作者在书中这样问。我们可以说,对于《红楼梦》这部书,封建士大夫不解,资产阶级文人曲解,只有到了社会主义社会,无产阶级才能有认为它是反映、抨击腐朽的封建社会的正解。不解、曲解和正确的解释的不同,与不同的研究方法有很大的关系;而不同的研究方法,归根到底又是由不同的阶级地位和利益所支配的不同世界观所决定的。

总之,我认为不但研究曹雪芹光靠《红楼梦》不行,只就《红楼梦》这部书的本身研究《红楼梦》也不行。事实上,研究《红楼梦》奉行"一本书主义",只讲些书中的琐事,而不从多方面的材料分析当时的社会背景和作者的思想倾向,这是很值得商榷的做法。我认为,读其书、研究其书,必知其人;而知其人,必知其家、论其世。

这本小书所收的,只是涉及进一步了解和探讨曹雪芹本人的思想和行动方面的文章。至于考证曹雪芹的家世(从他的父亲、祖父、曾祖以至远祖),在早年的胡适、李玄伯之后,周汝昌、吴世昌、冯其庸、吴新雷、马国权等同志先后做了不少这方面工作。我个人这二十多年来,主要是通过搜集和考订口碑、文字和实物材料,考得曹雪芹本人一些事迹。除了即将由上海古籍出版社印行的《曹雪芹丛考》以外,这本小书也是向读者的汇报之一。

在有了旁人和我考出的一些有关曹雪芹生平的材料之后,我有这样一个想法,把曹雪芹仅仅看成一位反封建的、现实主义的文学作家,显然是不够的了。他分明也是一位工艺美术的巨匠,并且,他还懂得其中某些项目的科学原理。他不但巧,而又懂得巧的道理。如果环境许可,曹雪芹自己也做他所娴熟的那些工艺的工作,他会是一位出色的科学家。

尤其重要的是,新材料的发现更能证明:《红楼梦》不但在我们看来"反映"着腐朽的封建社会,而且是作者有意地揭露它。对曹雪芹,我们可以应用马克思那句话:他是有意识地"让受现实压迫的人意识到压迫",从而使受压迫者感到"现实的压迫更加沉重"。(见中译本《马克思恩格斯选集》第一卷,第四页。)但我认为光凭《红楼梦》一书的内容不易得出这样的结论,如果熟悉一下新发现的材料的内容,那就可以使人信服地得出这个结论。

曹家迁回北京后的生活情况,逐步下降,曹雪芹离开了右翼宗学之后,迁出北京城住在西郊各地的十余年间,根本没有固定的收入。除了友人的接济,卖画恐怕是一个主要的经济来源。于叔度的风筝营业做得兴旺起来之后,他们之间的互助是很可能的。他在常是吃了早饭,晚饭无着的情况下,用卖画的钱来周济孤儿寡妇,他还教给那些因废疾而无法维生的人们各种谋生的手艺。他接近了劳动人民,关心他们的生活。他虽"生于繁华",却"终于零落"。正是由于他回北京之后那"零落"的生活,才促使他的世界观起了变化。写到这里,我把茅盾同志在看到我那篇《曹雪芹佚著及其传记材料的发现》后,于一九七三年十二月见赠的那首七律,抄在下面:

> 浩气真才耀晚年,曹侯身世展新篇。
> 自称废艺非谦逊,鄙薄时文空纤妍。
> 莫怪爱憎今异昔,只缘顿悟后胜前。
> 《懋斋记盛》虽残缺,已证人生观变迁。

的确,《瓶湖懋斋记盛》所记雪芹的事迹,以及其他有关新材料都证明:曹雪芹的世界观是变了。他的"顿悟"是和他的物质生活下降密切联系着的。他写《红楼梦》，动笔是在乾隆较早的年代，所以开头还不免有留恋已逝繁华的情绪。可是到后来，根据他的佚著和传记材料我们可知，他不留恋了，坚定了：他憎恨旧的，向往新的。

如果说《红楼梦》表达了曹雪芹憎恨"旧的"的感情，那么，新发现的材料就说明了他向往"新的"的思想——那就是，他向往着一个"同耕复同织，无君亦无役"，"鳏寡孤独废疾者有养"的理想社会。这是一种乌托邦的政治思想。结合曹雪芹的时代来讲，在当时这还是一种反封建现状的进步思想。

因此，我认为曹雪芹不仅是一位现实主义的伟大文学家，也是一位杰出的艺术家，更重要的，他还是一位进步的政治思想家。

一九七八年九月二十一日，作者于沙滩。

第二篇　曹雪芹手迹和芳卿悼亡诗的发现及其意义

小　引

我们过去没见过《红楼梦》作者曹雪芹的亲笔字。一九七三年我在《文物》第二期发表的《南鹞北鸢考工志》自序,只是曹雪芹原笔迹的双钩。现在我们却发现了他的亲笔字迹。出乎意料的是,我们同时还发现了他续娶妻子的亲笔悼亡诗。这些材料的发现,不但使我们知道曹雪芹生平更多的事实,并且可以证明我们过去发现的《废艺斋集稿》残篇确是曹雪芹的著作,无可置疑。

一　保存曹雪芹手迹和芳卿悼亡诗的两个书箱

我们发现的曹雪芹的真迹及其续妻的悼亡诗是写在木板上不是写在纸上的。一九七七年十月,我听说有一位姓张的家里有两个红松木的旧式书箱,上面刻着与"芹溪"有关的诗句。经过努力,我才逐步地知道书箱的详细情况。在一九七七年底,我仅知道这两个书箱的正面刻着对称的两小丛兰花,第一个的一丛之旁还有一块石。在兰石的上面,刻着有上款的四句诗:

题芹溪处士句

并蒂花呈瑞　　同心友谊真
一拳顽石下　　时得露华新

下款在第二个书箱,署"拙笔写兰"。最后刻着"乾隆二十五年岁在庚辰上巳"的日期。在下款和年代之间,还有两行小的楷字:"清香沁诗脾,花国第一芳。"

直到一九七八年初,我又得知在第二个书箱正面刻兰的背面,还有两处用墨笔写的字。一处是工整的五行楷书:

　　为芳卿编织纹样所拟诀语稿本
　　为芳卿所绘彩图稿本
　　芳卿自绘编锦纹样草图稿本之一
　　芳卿自绘编锦纹样草图稿本之二
　　芳卿自绘织锦纹样草图稿本

另一处却是有涂改的娟秀的行书诗句:

　　不怨糟糠怨杜康　　乩诼玄羊重克伤(此句原作"丧明子夏又逝伤,地坼天崩人未亡",后涂掉——裕注)
　　睹物思情理陈箧　　停君待殁鬻嫁裳(此句下面原作"才非班女书难续,义重冒",未写完下句就涂掉了——裕注)
　　织锦意深睢苏女　　续书才浅愧班嬢
　　谁识戏语终成谶　　窀穸何处葬刘郎

这两处的字迹，原来都是被覆盖在年代很久以前糊的一张纸的下面，经过用水闷、用手搓，先看出"睹物思情理陈箧"、"停君待殓鬻嫁裳"两句诗，后来继续用水闷，把覆盖诗句的那张纸完全揭掉，才看到全诗。据实际闷、搓的那位女同志说，在紧贴木板糊的那张纸的上面，还糊着写了一些书名的一张纸。可惜进行闷、搓的那位女同志，只记得《仪礼义疏》一个书名，其他书名她都记不得了；但她还记得写着这些书名的那张纸的末端，还写着"春柳堂藏书"五个字。

到了一九七八年一月中旬，我亲自去看这两个书箱时，又在第二个书箱外面的左侧下方，发现刻着一个小小的"于"字。

二 关于这两个书箱流传经过的判断和推测

这两个书箱是曹雪芹生前用过的东西，这一点我们可以肯定。本文以下各节就是说明这个问题的。这里暂不多说。

但是，曹雪芹是从哪里得到的这两个书箱，是自己买来的，还是朋友送他的？如果是后者，是谁送的？在什么场合送给他的？这些问题，由于目前还没有可靠的材料，只能作些可能的推测，不能做出肯定的判断。

书箱现存张行同志的家里。曹雪芹死后，书箱落到谁的手里，又如何归张行家收藏？关于这些问题，虽然有些材料，也只能算是推测。

先谈最后一个问题。据收藏者说，他家祖辈嘱咐他们，这两个书箱是一位朋友的遗物，要好好保存。另外，张行同志说，他家在一九五六年曾卖了大批古书，其中不少都写有"春柳堂藏书"字样。结合第二个书箱刻兰背面粘的纸上也写着"春柳堂藏书"诸字，十分可能张行就是张宜泉的后人。按"春柳堂"是张宜泉的堂名，他的诗稿就叫作《春柳堂诗稿》，是在光绪己丑，即一八八九年刻版印行的。张行是河北深县人，现年三十三岁，初中毕业，工人。他父亲张继善解放前在琉璃厂虹光阁古玩铺做事，解放后在北京西城房管局工作。张行很有可能是张宜泉的第六代后人，可惜张家的家谱早已失掉，无从核对。大概曹雪芹在世时，用刻着"拙笔写兰"的那个书箱装过他手写目录的五种稿本。芳卿在他逝世买棺待殓时，写了上面那首悼亡七律。后来她离开北京回南方，就把书箱送给了张宜泉。

由于第二个书箱左侧下方刻了一个小小的"于"字，就不能不令人想到曹雪芹死后，它们也可能首先归了于叔度，而于叔度由于早已改业扎糊风筝，对它们无所用之，又念宜泉是读书人，并且是雪芹的好友，遂又把它们赠给宜泉保存。

关于书箱最后是怎样归张行家收藏的，我们就只能作如上推测。

至于这两个书箱当初是怎样到曹雪芹手里的，这个问题比较复杂，我们估计，有以下几种可能性：

第一，书箱是曹雪芹自己买得的，不管箱盖正面刻的文字和画意味着什么，都可能是他请朋友刻的。第二，由于那个小小的"于"字，书箱很可能是于叔度在某个时间和场合送给曹雪芹的。第三，也可能是张宜泉送给曹雪芹的。正因为这样，故书箱最后又归了张宜泉。但在此情况下，曹雪芹死后，芳卿就不会先把书箱送给于叔度，而那个小小的"于"字，就不相干了。第四，在小"于"字与来源无关的情况下，这两个书箱还有可能是那个写兰的"拙笔"送给曹雪芹的。第五，也不能排斥以上几个可能以外的其他朋友送给曹雪芹的可能性。

总括以上，尽管我们目前还不能断定这两个书箱是怎样到曹雪芹手里的，但这并不影响我们肯定它们是曹雪芹用过的遗物。一则，一位研究木质年代的专家看过这两个书箱，认为就书箱的木质来看，它们是二百多年前的东西；再则，从两个木箱正面刻的文字，特别是从第二个书箱背面写的笔迹和文字来看，也都可证它们是曹雪芹的遗物。

三　书箱正面所刻是与曹雪芹续娶有关的诗和画

两个书箱正面的字和画也包括着一些不能确切判断的问题。绘兰的人署名"拙笔",但拙笔是谁?无法确知。"题芹溪处士句"的字迹和拙笔的落款,也不能十分肯定是一个人的笔迹。即使一个人可以写多种笔迹,也就是说,那首诗的字是绘兰的人写的。为什么落款的时候只提"写兰",不及他手书的诗句?从"乾隆"及年代的字迹和一般既有落款就可能兼有年代的习惯而言,"乾隆二十五年岁在庚辰上巳"十二字也应是拙笔所写。但那夹在年代和署名之间的"清香沁诗脾,花国第一芳"两行十个小字,似乎就不是"拙笔"的笔迹了。这又是谁写的呢?尤其重要的是,"芹溪"是曹雪芹,固然毫无疑义,但"题芹溪处士句"是"题'芹溪处士句'"呢?还是"题'芹溪处士'句"呢?换句话说,这首五言诗是曹雪芹自己作的,而由别人写上去的,还是别人作的赠给曹雪芹的诗呢?以下说明我对这些问题的看法。

拙笔是谁,我们本不必追问,横竖当时实有那么一个人,他是曹雪芹的一个朋友。如果那首五言诗是他作的,那么,他不但能画,而且能诗。由"一拳顽石下"这种句子来看,他可能很了解曹雪芹,熟悉"一拳石""顽石"曹雪芹所常用的这类字句。

关于诗的字迹和"拙笔"署名的字迹相同与否的问题,也就是说,是否出自同一个人之手的问题,孤立地研究,也没有多大意义。

关于"清香沁诗脾,花国第一芳"那十个小字,就以下三点看,很可能是曹雪芹自己后加上去的。(一)这两行字刻在那么一个不当不正的地位,令人不能不想到是后刻上去的。(二)就这两行字的笔迹虽然字形和用笔与第二个书箱背面那五条有所不同,但显然可以看出,写字的人有过学汉魏的功夫,而曹雪芹的字正是这个路子。(三)这两句诗虽系咏兰,而首尾"清"、"芳"两字暗藏芳卿的名字,也疑非雪芹莫办。当然,我并不坚持这一设想,但可以算一种看法。

关于"题芹溪处士句"这四句诗是曹雪芹本人作还是别人作的问题,我以为两个可能都有,我们不能判断。不管是谁作的,有一条可以断定:这首诗与结婚有关,而且与曹雪芹续娶有关。以下试申此意。

把这四句诗同书箱上刻的两丛兰联系起来考虑,固然一方面可以说该诗是咏兰之作。如果再结合"清香沁诗脾,花国第一芳"那十个字来看,这个解释就更为明显。因为"花国第一芳"说的正是"兰为国香"之意。但是另方面,这两丛兰既在形体上"并蒂",又在思想感情上"同心",而且还有什么"友谊",这就显然不是单纯地咏兰,而是比拟人们的婚姻关系了。如果再考虑这两个书箱的主人是曹雪芹,而第二个书箱的背面既有曹雪芹的亲笔字,又有他手书"芳卿"的名字,并涉及他们共同研究织锦的事实。更重要的是,还有芳卿的悼亡诗,再结合乾隆庚辰的年代等等,我们可以断定这首五绝乃是与曹雪芹续娶有关的诗。

关于这首五绝的作者问题,首先不能排除曹雪芹自作的可能性。这首诗合格律,也不算俗。杭州大学的蔡义江同志最近给我来信说:"以前我认为此诗有点'俗',所以说它不像雪芹之作。现在想来也不大全面。时隔两个世纪,观念有点不一样:一种意思原来倒是新鲜的,后来被大家用滥了,就显得俗了。何况俗与不俗,不能孤立地看字面,以为一用'并蒂''瑞'等字就不雅,恐怕也不是定论。总之,不能排除有雪芹所作的可能。"(见一九七八年六月二十九日来信)蔡义江同志举出这个理由是很对的,再加上"题芹溪处士句"本来也可以解作"写曹雪芹所作的诗句";而"一拳顽石"这类字样又是在雪芹诗文中所常见的。

但是,"题芹溪处士句"还可以解作旁人作的贺曹雪芹续婚的诗句。那就是说,"题"不是单纯地"写",而是题诗、题词、题跋之意。题句等于题诗的意思。"题芹溪处士句"等于题者"题芹溪处士"的诗"句"——亦即诗是题者作的,不是被题者曹雪芹作的。例如张宜泉有一首"题芹溪居士"七律,就是用那首七律描绘曹雪芹的。张宜泉如果在原诗题下加一个"句"字,成为"题芹溪居士句",也还是没有什么不可以的。唐孙华有《读梅村先生鹿樵纪闻有感题长句》,这里的"题长句",就是"作"了一首长诗之意。敦敏乾隆二十五年《芹圃曹君(霑)别来已一载余矣偶过明君(琳)养石轩隔院闻高谈声疑是曹君急就相访惊喜意外因呼酒话旧事感成长句》中"感成长句"的"成"字,也是"题"即"作"了一首长诗的意思。

上面谈的张宜泉那首诗是描写曹雪芹的生活情况和为人风度的,诗云:

> 爱将笔墨逞风流,庐结西郊别样幽。
> 门外山川供绘画,堂前花鸟入吟讴。
> 羹调未羡青莲宠,苑召难忘立本羞。
> 借问古来谁得似,野心应被白云留。

可见这种"题",实际上就是描述曹雪芹住处的自然环境,以及他居常写诗作画、不肯进画苑为封建统治者服务。末引陈抟拒宋太宗的召命,复书中的"九重仙诏休教丹凤衔来,一片野心应被白云留住"之句,正表示他不肯出仕的态度。

书箱上这首《题芹溪处士句》,固然也是写(即"题")芹溪处士的,但它的内容却不是对曹雪芹做一般性的描绘,而是涉及他在乾隆二十五年续娶这一事实的。"并蒂花呈瑞,同心友谊真",无疑地并非单纯指述书箱上所刻的兰花,而是贺结婚的句子。"一拳顽石下,时得露华新",也是配合贺词写的。所以"题芹溪处士句"既是题赠曹雪芹的,又是一首贺结婚的诗。那么,它就是送给曹雪芹续婚的贺诗了。

关于究竟是什么人送给雪芹的这首贺诗,我认为于叔度、张宜泉、鄂弼(原张永海传说是"鄂比"。据胡文彬同志见告,恩华的《八旗艺文编目》中,有一个"鄂弼",字简庭,由侍卫累官汉军副都统,山西、陕西巡抚,四川总督,未之官卒,谥"勤肃"。这个人虽然肯定不是香山那个鄂比,但按汉译满姓的习惯,鄂比应作"鄂弼"才是)都有可能性。但敦氏弟兄,却因敦敏那首长句的小引中"别来已一载余矣"一语,说明他们不可能在由庚辰三月三日之后到该次晤面之前有会晤的机会,所以这四句诗不可能是他们送的。当然除了上述诸人外,也不能说没有雪芹的其他朋友送给他的可能。

四 论芳卿是曹雪芹的续妻以及续娶的年代等问题

现在要推断一下:曹雪芹的续妻是什么人?他是在什么时候续娶的?

(一)关于曹雪芹续妻是谁的问题

据传说曹雪芹的前妻是因产后患病而死的。她的死或者在他迁出北京之前乾隆十五、十六年,也或者是在迁往北京西郊之后不久的乾隆十七、十八年。到了乾隆二十五年,曹雪芹的原配妻子已死了七八年了。敦敏记于叔度于乾隆十九年去雪芹的郊居,只字未提雪芹妻子,就是因为那时雪芹的前妻已死,而又未续娶之故。曹雪芹有续妻是有证据的。那证据就是他的朋友敦诚的《挽曹雪芹》诗。诗的初稿两首是这样的:

其一:

> 四十萧然太瘦生,晓风昨日拂铭旌。
> 肠回故垅孤儿泣,(前数月,伊子殇,因感伤成疾。)
> 泪迸荒天寡妇声。
> 牛鬼遗文悲李贺,鹿车荷锸葬刘伶。
> 故人欲有生刍吊,何处招魂赋楚蘅?

其二:

> 开箧犹存冰雪文,故交零落散如云。
> 三年下第曾怜我,一病无医竟负君!
> 邺下才人应有恨,山阳残笛不堪闻;
> 他时瘦马西州路,宿草寒烟对落曛。

后来作者又把这两首改为一首,作:

> 四十年华付杳冥,哀旌一片阿谁铭?
> 孤儿渺漠魂应逐,(前数月,伊子殇,因感伤成疾。)
> 新妇飘零目岂瞑!
> 牛鬼遗文悲李贺,鹿车荷锸葬刘伶。
> 故人惟有青山泪,絮酒生刍上旧坰。

以上第一首中的"寡妇"和第三首中的"新妇",就正是雪芹这个续娶的夫人。

据此次发现的这两个书箱第二个背面曹雪芹自书的那五条藏书目录,可知他这位续娶夫人的名字或者即叫"芳卿",或者她的名字中有一个"芳"字,而"卿"则是雪芹对她的昵称。结合这个书箱正面那"清香沁诗脾,花国第一芳"两句,也或者她的名字叫作"芳清"或"清芳",都未可知。

又结合该箱背面"续书才浅愧班嬢"那句诗,则他这位续娶夫人也许是个南方人。按班昭也称"班姑",南方江浙一带,称姑为"嬢嬢",北方则不但绝无此称法,即"嬢"也不这样使用,尽管"嬢"与"娘"字相通。这首悼亡诗中称班姑为班"嬢",可见她大概是一位南方女子。

参照过去的有关诗句,这个推测,还可以得到佐证。敦敏于乾隆二十五年秋与刚从江宁北归的雪芹邂逅于明琳的养石轩,"惊喜意外因呼酒话旧事感成长句"一诗中的最末四句:

> 秦淮旧梦人犹在,燕市悲歌酒易醨。
> 忽漫相逢频把袂,年来聚散感浮云!

我认为这"犹在"的"秦淮旧梦"中人,很可能就是雪芹那次南行从江宁偕归的、他的续娶的夫人。雪芹这位续妻应该是他的亲戚或熟人,亦即

"旧"人。当然,即使不是从江宁偕归的,也可以是在北京的一位这样的"旧"人。关于这点,有的同志认为"人犹在"或即指雪芹本人。我认为"秦淮旧梦人犹在"这句诗,如果这样解释,那不就等于说"这个做过秦淮旧梦的曹雪芹还活着"么?这有什么意义呢?假如把这两句诗同敦敏另外两句诗"燕市哭歌悲遇合,秦淮风月忆繁华"结合起来看,到了乾隆二十五六年的时候,曹雪芹既辞了右翼宗学的工作,又拒绝了到皇帝画苑去供职——他的反封建政权的态度已经十分明确坚决,他还会有什么政治上的"遇合"与否的问题,并且至于"哭歌"悲这"遇合"呢?所以我认为这几句诗是在暗示雪芹续婚的事,而他续娶的对象,很有可能是曹家在江南时的旧人。

(二)关于曹雪芹续娶的具体时间问题

《题芹溪处士句》既然是贺曹雪芹续婚的诗,那么,"乾隆二十五年岁在庚辰上巳",大致应该就是他续婚的时间。在这里,我们还要解决一些问题。第一,我们说他的续妻可能是从江宁偕归的,那么他到底是否去过江宁呢?第二,如果去过,他的启身和回到北京的日子同敦敏所说的"别来已一载余矣"有无冲突?

先谈谈他是否去过江宁。

敦敏在乾隆二十五年秋天有一首《芹圃曹君(霑)别来已一载余矣偶过明君(琳)养石轩隔院闻高谈声疑是曹君急就相访惊喜意外因呼酒话旧事感成长句》,诗云:

> 可知野鹤在鸡群,隔院惊呼意倍殷。
> 雅识我惭褚太傅,高谈君是孟参军。
> 秦淮旧梦人犹在,燕市悲歌酒易醺。
> 忽漫相逢频把袂,年来聚散感浮云。

据吴世昌同志说,这首诗似乎暗示雪芹曾离开北京一年多,回京后与敦敏偶然相逢,故有此作。周汝昌同志则说,当是雪芹于乾隆二十四年秋去南京入两江总督尹继善幕,二十五年秋归来后与敦敏相遇,故敦有此作。

雪芹是否入尹幕,现在很难说。这主要是由于我们对陆厚信的"雪芹先生"像,还不能断定它就是曹雪芹的像。

但是雪芹于乾隆二十四年曾离开北京,而二十五年与敦敏相见是从南京回到北京的巧遇,却是大致可以肯定的。曹雪芹南京之行的目的,我们不大清楚,但他此行之有,却除以上推测外,还有一项传说,可资佐证。

一九七三年二月,我在《文物》上发表《曹雪芹佚著及其传记材料的发现》一文后,曾接得镇江江慰庐同志于同年五月六日来信。信中告诉我,他的朋友告诉他说,有一位沈君,现年五十多岁,幼年在扬州读书,他的先人世居瓜洲镇。沈君曾告他的朋友,谓他家里世代珍藏着一幅《红楼梦》作者曹雪芹所绘的《天官图》。沈君说,乾隆某年,曹雪芹因事由北京去江宁,取道扬州、镇江。行至瓜洲,天气突变,封江停航。曹被阻于江的北岸,滞留瓜洲镇上。沈家当时是瓜洲的大姓,久慕雪芹之名,延为上宾,热情款待。因宾主相得,雪芹在瓜洲留居一月有余,才渡江去江宁。行前,曾作《天官图》一幅以贻主人。沈家对这张画,世代珍藏,视为瑰宝,并嘱其后人,妥为保存。一九七八年秋,我去镇江见到了江同志和该图收藏者的弟弟沈星甫,据谈实有其事,容另文详谈。我认为,如果把这项传说同敦敏的诗合起来看,就比较有力地证明:曹雪芹的南京之行实有其事。

(三)现在再略述曹雪芹南京之行的启程日期和归期的问题

"拙笔"这首题赠雪芹续婚的诗和所绘的兰,既然署"乾隆二十五年"的上巳(三月三日),曹雪芹的续婚大致即当在这个日期左右。照一般通例,送这种礼物多半是在婚期之前的。雪芹由南京回到北京,至迟也必在相近的若干日。上面既已说明雪芹之去南京是在乾隆二十四年秋起身的,则到二十五年三月三日并不到一年,何以敦敏上引庚辰秋写的诗序中说"芹圃曹君(霑)别来已一载余矣"呢?

我认为，雪芹虽在二十四年秋南京之行以前可能与敦氏弟兄见过面，但雪芹翌年三月三日前一些从南京回到北京之后，并不是与敦敏立即见面，而是直到是年秋天才同敦敏见面的。这完全是可能的。根据敦敏的《瓶湖懋斋记盛》，过去他们之间动辄八九个月不见面。如乾隆二十三年雪芹在白家疃筑新屋后，敦敏同雪芹就是八九个月未见面。我们过去由于看到些敦氏弟兄诗集中有关雪芹的诗篇，可能得到一个印象，以为他们接触频繁，这却不符合当时他们交往的情况。

如果是像我上面分析的那样，则从乾隆二十四年秋曹雪芹动身去南京，到二十五年秋两人才见面，岂非"一载余矣"？而雪芹去南京虽是二十四年秋，回北京却自是二十五年三月间。故"拙笔""写兰"的乾隆二十五年上巳，乃是雪芹的归期，而敦敏写诗则是在这年秋天他和雪芹晤面的日期，两者并不矛盾。

总括上述，可以作一小结如下：曹雪芹续娶的夫人大概是他从南京偕归的一位旧人，她是南方人，名字可能就叫"芳清"或"清芳"——也可能叫"芳卿"。

下文从雪芹那五条真迹中的称呼，通称"芳卿"。

五　曹雪芹手迹五条书目说明些什么

在这两个书箱上，最重要的要算第二个箱开合那块木板背面的两处亲笔字。一处是曹雪芹自己的——这是截至今天为止，二百多年来，我们所知的《红楼梦》作者的唯一真迹，它的重要性自不待言。另一处是芳卿亲笔的悼亡诗，也是十分重要的。

本节先谈谈雪芹的手迹。

第一，这五条手迹证实了我在一九七三年发表的雪芹亲笔所写《南鹞北鸢考工志》自序的双钩，确是根据真迹的双钩。读者试取两者比较一下看，即可见它们中的"语"、"为"、"所"、"之"、"自"诸字的写法和笔意，完全相同。"方"、"扁"、"金"、"言"、"文"、"少"、"禾"等偏旁或部首的写法，也完全相同。这就充分证明《自序》的双钩是根据真迹描摹的，从而也证明《考工志》等雪芹的佚著是真的。《废艺斋集稿》残存部分的被认为真品，是极重要的一件事。因为读了曹雪芹这八种佚稿的内容，使我们不能不加深对这位伟大作家的认识——他在中国历史上不仅是一位伟大的文学家，而且也是一位杰出的工艺美术家和政治思想家。

第二，就曹雪芹这五条目录的内容说，第一条是：

为芳卿编织纹样所拟诀语稿本

这里的"诀语"两个字，非常重要。诀语实际上也就是歌诀，和《南鹞北鸢考工志》中风筝歌诀同样的歌诀。《考工志》里那些歌诀，有的是画风筝彩图的歌诀，有的是扎风筝的歌诀。两者都是用类似诗的形式写成的韵语，但又不是严格地押韵。这并不奇怪，因为它们本来是为了指导绘制风筝的人们怎样画、怎样扎的"顺口溜"之类的东西，而不是诗。

它们也不一定全是雪芹的创造。不论在雪芹的《考工志》自序或董邦达的序文中，都说《考工志》是"旁搜远绍，以集前人之成"（雪芹），"集前人之成"（董邦达）。这就可见雪芹的风筝歌诀既有前人的旧底子，也有他的增益和改进。如果以严格的诗韵来要求那些歌诀，认为它们的用韵都很"庞杂"，因此就断定它们不可能是曹雪芹的"诗"，也因此断定歌诀便是假的，那就不对了。因为，这一看法的大前提就错了——曹雪芹并不是在写"诗"啊。

雪芹第一条目录就已充分说明：他不但有风筝的歌诀，也有关于编织纹样的歌诀。后者大概也是一些并不合乎严格"诗"韵的东西。我们现在虽已看不到他那些编织纹样的歌诀，但它们也必是一些比较"雅"的、指点那些学习织锦的人们怎样编织的"顺口溜"，则是可以肯定的。曹雪芹亲笔写的这一条目录，也充分地证实了《考工志》中的那些风筝歌诀都是真的。

第三，在《废艺斋集稿》中，有一册是专讲编织的。编锦和织锦都是在这一册里面的，可惜现在已不可得见。据说那册书里的纹样很多，如万字不断锦、回纹锦、福寿联绵锦、鹿鹤同春锦、仙寿百龄锦、鸳鸯戏水锦、吉祥如意锦、世世平安锦、盘长锦等等。这些锦的纹样，有些还是乾隆时甚至再早些已经流行了的纹样。到了曹雪芹手里，就把它们的做法编成书，目的是为了教给没有生活出路的盲人们，学会一种谋生的手艺。

在雪芹这一事业中，芳卿似乎是一个很重要的合作者。试看目录中的第三、四、五条：

芳卿自绘编锦纹样草图稿本之一
芳卿自绘编锦纹样草图稿本之二
芳卿自绘织锦纹样草图稿本

我们要注意：芳卿自绘的都是"草图稿本"，那就是说，她画的都是原始稿本，而雪芹画的则是"彩图稿本"，如第二条"为芳卿所绘彩图稿本"。雪芹的工作，仅从这五条目录所表明的来看，只是把芳卿绘制的草图或白本给绘成彩图、彩本而已。由此可见，在雪芹写《集稿》中的编织一册时，芳卿所起的作用很大。

芳卿不仅是雪芹这一册的合作者，她也深知雪芹从事这一工作的深刻意义。我们不妨把下节要谈她的《悼亡诗》中与此有关的一点，先在这里讲一下。《悼亡诗》的第五句：

织锦意深睥苏女

苏女指苏蕙，她是南齐时窦滔的妻子，始平人，字若兰，善属文。后来窦滔纳妾赵阳台，之官时未偕蕙同往。蕙织锦为《回文璇玑图诗》以赠滔，其文婉转循环,五色相宜,词甚凄婉。窦滔遂又与她和好。

照一般解释,芳卿这句诗不过是说:"我对雪芹你的情意,比那会织锦的苏蕙对窦滔还要深哩!"但我们结合雪芹与芳卿合作《集稿》中织锦一册这件事,再参考雪芹讲织锦的文字,乃知这句"织锦意深"远远不止上面的含义。照我的看法,芳卿是在说:"苏蕙制回纹锦的用意不外博得丈夫的欢心,希望同她的丈夫重叙旧好而已,我同雪芹你共同研究织锦工艺,编写织锦的书,用意是在教那些有废疾而无告的人们一种维生的手艺;这种济世活人的用意,比苏蕙的用意要深得多了——把苏蕙可比下去了!"可见曹雪芹重视织锦工艺,拿它作为救济"穷民"(董邦达语)的技艺这种思想感情,芳卿和他也是共通的。

最后,我们再补充一点,就是:曹雪芹这五行写在木板上的手迹,墨色较浓。这说明它们是雪芹在世时在比较安定的情况下写的工楷字。它们同芳卿在若干年后,雪芹逝世的时候匆匆写的,并且写错又涂改的《悼亡诗》的字迹,成了一个对比。

六　关于芳卿的悼亡诗

芳卿的《悼亡诗》写于雪芹写那五条目录的同一木板之旁。字迹较潦草,墨色也淡,而且有三句半是写了以后又涂改了的。尽管这样,但还是可以看出她的字是很娟秀的。她的诗有思想,也有些历史知识。但以格律来衡量,那就比较差些。兹照改后的诗参以涂去的原句,谈谈它的格律方面的问题。

> 不怨糟糠怨杜康,乩诼玄羊重克伤。
> 睹物思情理陈箧,停君待殓鬻嫁裳。
> 织锦意深睥苏女,续书才浅愧班孃。
> 谁识戏语终成谶,窀穸何处葬刘郎。

首句"不怨"是仄起,按格律,次句即应平起;但"乩诼"亦为仄声,则两句之中必有一误。从第三句"睹物"承上仍是仄起来看,误在首句。它原来应该是平起的,可见原来倒是对的(唯句中"逝"字,该平而用仄),在重改时,顾了义而未顾律。按律,颈联出句亦应与颔联对句相承,即第五句应作平起,第六句仄起方是。现在颠倒过来,"织锦"是仄起,"续书"是平起,这就与上一联失粘,而有点像"断腰体"了。但原先所写而后被涂去的"才非"一句及"义重冒"三字,倒是先平后仄,完全合律的。末联两句都拗,但以"何处葬刘郎"作结,仍可见与原意开头用平起式相符,是平收的。

再看句中用字有无不合格律要求之处。第三句按一般格式,应作"仄仄平平平仄仄",现在末了三个字"理陈箧"是"仄平仄",似乎拗了。其实,这样的"拗",在律诗中不但完全容许,而且已成通例,不能算作出格。

唐人律诗中就曾大量运用。即如大家所熟悉的高适《送李少府贬峡中王少府贬长沙》诗:"巫峡啼猿数行泪,衡阳归雁几封书。"杜甫《宿府》诗:"已忍伶俜十年事,强移栖息一枝安。"《咏怀古迹》诗:"伯仲之间见伊吕,指挥若定失萧曹。"及"千载琵琶作胡语,分明怨恨曲中论"等等,都是用"仄平仄"句式的。此诗第五句末了三字"睥苏女"亦属此例。

真正破格成拗的只有最后两句。"戏语""奁岁"都是该平而用仄,"成"字该仄而用平。不过,一首之中,有一联拗句,也不是什么不得了的事。

《红楼梦》中林黛玉就说过,"若是果有了奇句,平仄虚实不对都使得的";香菱也说,"看古人的诗上,竟有二四六上错了的,所以天天疑惑。如今听你一说,原来这些格调规矩竟是末事,只要词句新奇为上"。(第四十八回)这个意思,芳卿从曹雪芹或者别的什么人那里听到过,都完全是可能的。所以,她的诗有于律未合之处,固然主要是由于她在这方面的水平不高,但其中也可能有一些不肯以辞害意而有意不顾的成分在。因为,应该平起而改为仄起的首句和不甚合律的末联,从诗意看,恰恰都是全篇写得最好的地方。如"戏语终成谶"这五个字,实在是不能改动的。所以,即使明知其中平仄颠倒，也只得听之任之了。芳卿的诗，只是"以言志痛"，并不拿去发表，"不为世人观阅称赞"，何况又只是草稿。格律，当然更是"末事"。此外，原来合律的，因文义的缘故而更换字句时，忘了前后句字声相承、相对的关系，反而改成不合律了。这又说明她原来并非全不知诗律，只是在那种心情之下难免顾此失彼。所有这些情况，正好都证明诗的真实性。倘若做假，当不至于如此的。（以上谈诗的格律，也承蔡义江同志指教。）

另外，木板上写了又改的情况，说明芳卿在自己的丈夫甫逝之时，悲痛的心情使她不能字斟句酌，故写了又涂改，如第一、二两句，原作"丧明子夏又逝伤，地坼天崩人未亡"，这两句照原迹的行距看，是原稿；而"不怨糟糠怨杜康，乩诼玄羊重克伤"是后加在首行的改稿。这一点，照片上表明得很清楚。涂去的原第五句"才非班女书难续"及原第六句开头的"义重冒"三个字，则是原来写了后又觉得不妥，立即涂去了的——这也由它们占的是原行距可以看出。她写到"义重冒"三个字，就把它们连同"才非班女书难续"七字都涂掉了，这是为什么呢？我的看法是，"才非班女书难续"这句，并不是她涂掉的原因；问题在"义重冒"三个字，此三字在木板上极难看清。"冒"字初看像是"蜀"字，但细看却是"冒"字。芳卿大概是要写"义重冒郎……"，"冒"可能是指冒辟疆，他对董小宛感情之笃的事迹，在当时是士林盛传的，甚至有"情痴"之称。按雪芹曾看过《影梅庵忆语》一书，并曾把冒辟疆记小宛烹调技术的文字，略加修改抄入他的《斯园膏脂摘录》里去，故芳卿也熟悉冒和董的故事。

但为什么芳卿写了"义重冒"三字后又涂掉了呢？这大概是因为：首先，小宛是个"妓人"。邓国治同志看到我的初稿，她认为芳卿之所以涂掉"义重冒"三字，可能同她自己过去的遭遇有关。这个看法很不错。如果芳卿在南京的遭遇和秦淮有关，她就会不愿提到冒辟疆和董小宛的事。再看曹雪芹的朋友们，如敦敏、敦诚、张宜泉、于叔度这些人，他们总有同芳卿见面的机会，但从无一字提及他们的好友曹雪芹的夫人，这不有些奇怪吗？我们今天赖有敦诚在挽诗里提到"寡妇"，特别是"新妇"，提到了"孤儿"，否则我们就无法知道曹雪芹续娶过，无法推知他的前妻和他的前妻之子了。其次，更重要的是，董小宛死在冒辟疆前面，雪芹却是先芳卿而死，情况根本不合。大概芳卿写了"义重冒"三字，便想到情况不合，也或者想到秦淮身世的问题，便把十个字都涂掉另写了。我们由此可知芳卿同雪芹感情之深，雪芹对她的情义之重。这应是芳卿的原意才是。

第五句原脱"深"字，后来又在旁边加上。这也说明芳卿写这首诗时"方寸已乱"。

以上一系列情况，都能表明：这的确是雪芹刚刚逝世停尸待殓时，芳卿就边哭泣边写这首《悼亡诗》的。

以下把芳卿这首《悼亡诗》里的其他含义，略加分析。

第一，关于曹雪芹的死因。过去我们根据敦诚的《挽曹雪芹》诗，知道他是因为儿子死了以后，"因感伤成疾"才于癸未除夕逝世的。另据敦诚的挽诗中"一病无医竟负君"之句，又推测他只是因"感伤"成疾的那个疾病，拖了"数月"，由轻而重，终于不起的。

看了上引芳卿的诗句，一则说"不怨糟糠怨杜康"，再则说"窀穸何处葬刘郎"，可见他的死显然与酒有关。我们玩味全诗之意，情况大概是这样：雪芹的前妻之子在癸未年（乾隆二十八年）除夕前数月死去，雪芹因痛子之殇，亦即所谓"丧明"，自己也病了。但现在根据芳卿的诗句"不怨糟糠怨杜康"，可知雪芹的病必非致命之疾；小病，但拖到癸未除夕，大概是又喝了酒，遂因脑溢血之类病症，猝然而亡。如果先得的是大病，则芳卿绝不会允许他再喝酒。看来雪芹之死，酒是直接的原因，故目击这一情况的芳卿才说："窀穸何处葬刘郎。"敦诚在挽诗中也才说："鹿车荷锸葬刘伶。"两人的诗句都画出了一个生着病还拼命要酒喝的雪芹的形象。至于他生前，那"酒渴如狂"，敦诚"解佩刀沽酒而饮之，雪芹欢甚"的形象，他们"一斗复一斗"地喝起酒来，"曹子大笑称'快哉'！击石作歌声琅琅"的形象，也都说明雪芹病中索酒，是不奇怪的。这样，这位生于封建社会而反封建,却又不能伸其夙志的伟大作家,就终于被酒夺去了他的生命。

第二,雪芹死的前后一些情况,芳卿诗中也提供几项资料。

(一)根据"乩诼玄羊重克伤"和"谁识戏语终成谶"这两句诗,事情大概是这样:雪芹生前,即他的儿子未死之前,他们夫妇两人可能搞过什么扶乩、占卦、抽签之类的玩意儿。他们看到了那扶乩得出的乩语或抽签中的话,说在"玄羊"(玄羊指癸未年,犹如赤鼠指丙子年:皆以甲子、十二时及十二属配合而成)年将有"重克"这类迷信的预言。他们夫妇看了这个预言后,彼此曾经开玩笑地说:"这谶语别真成为事实,那可就糟了!"谁知它竟"应验"了:儿子死后,这位"子夏"(指雪芹)不幸也逝世了!当然,在雪芹反对迷信、芳卿也不会迷信的前提下,所谓"应验",在芳卿思想中不过只是巧合而已。

蔡义江同志看过了我的初稿后,认为"谁识戏语终成谶,窀穸何处葬刘郎",还可以解作与刘伶有关。他说:"'织锦意深',解得好极。但'戏语成谶',还可斟酌。我以为与'刘郎'有关。刘伶除说过'死便埋我'的话外,其妻曾劝止酒,说'君酒太过,非摄生之道',伶有'妇人之言,慎不可听'之戏语。或者曹氏夫妇〔在雪芹〕生前亦谈过。结果'死便埋我'之类话成了谶,故敦诚吊诗用此典。"这个解释是很好的。但我以为我上面那个设想和解释,也不能排除。

(二)"睹物思情理陈箧",所睹的当即书箱亦即"陈箧"中的那些织锦纹样稿本。那些稿本乃是雪芹生前同芳卿意在"以艺济人"的思想感情凝结在一起的劳动成果。这样的一个生活上的伴侣、事业上的合作者一旦逝去,她如何不伤情?他们的感情又岂止一般夫妇的感情而已!

(三)"停君待殓鬻嫁裳"一句直接道出了这位伟大作家身后萧条到什么程度。当然,"殓"雪芹的遗体事实上不会靠芳卿去卖她嫁时的衣裳。敦诚、敦敏、张宜泉、于叔度,甚至怡亲王府的弘晓、平郡王府等的接济,都应该是可能的。此外这句诗同时也吐露了芳卿的确是敦诚所谓"新妇"——从乾隆二十五年到二十八年除夕,不过短短三年多些——否则,那嫁时的衣裳早已陈旧得无法出卖了。

（四）"玄羊"的"玄"字缺最后一笔，这显然是避玄烨即康熙的讳。长期以来，争论不休的"壬午说""癸未说"，似乎从此可以休止了。本来早期抄本《石头记》的批语，除了一九七四年我发现的怡亲王府弘晓过录的本子是原抄本之外，都是些不知经过多少次过录，也都不知道是谁过录的本子，有什么理由那么相信它们呢？现在，我们有了雪芹继妻亲自写下的"玄羊"二字做证，再加上敦诚自己也曾说他的诗是"聊记编年事"的，而他的《挽曹雪芹》那首送殡的诗又写于乾隆甲申年正月初，可见雪芹死于癸未除夕，无可争辩。

（五）《石头记》没写完，早已为人所熟知。现在又由作者的续妻对我们说"续书才浅愧班嬢"，又多了一个更直接的佐证。

第三，我们读完芳卿的原诗和曹雪芹那五条——条条都有"芳卿"名字的——目录，便产生了一个印象，即芳卿似乎是一个兼有才艺和富于情感的女子，她对雪芹的感情十分深厚，雪芹在世的时候，她对他的帮助很大。我认为《石头记》里的批语无疑地会有她的手笔，如果是这样，那么，《石头记》中那些有女人口吻的批语倒是值得研究一下。特别是，今后创造雪芹续妻这个人物的形象时，有了比较具体的根据。我在一九六三年出版的《曹雪芹的故事》一书中，曾经用想象勾勒了她的一个形象，并给她取个名字，叫作"木秀"。白坚同志在他的《须眉历历见精神——漫评〈曹雪芹的故事〉》（见《北京文艺》一九六三年七月号）一文中，曾经对我所创造的木秀鼓励又批评道：

> 一病无医，无疑是写雪芹的凄凉结局了。值得注意的是，雪芹的妻子——木秀的形象。她完全是作者的创造。她是一个纯朴然而又富于感情，平常然而有识见的人。她了解、尊敬雪芹的为人。她关心他，爱护他，支持他的事业——《红楼梦》的创作。（中略）她恨不得替雪芹而病，然而她终于无能为力。（中略）
>
> 雪芹在那样艰难情况下，能够坚持《红楼梦》的创作，除了他自身

那种坚强无比的毅力——由于感慨和寄托、憎恨和憧憬、自慰和自豪所产生的精神力量外,好友的鼓励和帮助,爱人的支持和体贴等外在原因,也是必不可少的。他有一个在生活、思想和创作上知情着意、分甘共苦的爱人,不正是合情合理的么?而且从衬托雪芹的性格出发,也是完全必要的。尽管作者所勾画的木秀的形象,还远不够丰富、鲜明,然而不是已经露出可喜的苗头吗?它提供了进一步创造的可能,在这里,想象的翅膀,大有飞翔的余地。(下略)

白坚同志在这里把创造一个较为完满的雪芹续妻的形象的必要性(对雪芹传记故事而言)以及她应有的形象、思想感情及其所起的作用等等,谈得十分清楚。当然,我尤其感谢他指出我在《曹雪芹的故事》中所刻画的那个木秀的远远不足之处。芳卿《悼亡诗》的发现,使我们今后再塑造雪芹晚年这位伴侣的形象,描述她的谈吐风度和思想感情时,就比较容易得多了。

七　这次的发现与今后加深认识曹雪芹的关系

先谈谈材料的问题。"有了新发现的材料,便有新的学问。"这话不管是谁说的,总之是对的。河南安阳发现的甲骨文,便是最明显的例。从刘铁云的《铁云藏龟》起,到当代止,这中间许多学者从各方面研究甲骨文字,它已成为一种专门学问,对中国上古史的研究有很大的贡献。固然,材料有真伪的问题,需要鉴别、鉴定,但这是一种科学的工作,不能感情用事。鉴别新发现的器物、文字资料的真伪,既需要科学的手续,但也要有常识。我们可以拿新发现的有关《红楼梦》作者曹雪芹的材料为例,说明这个问题。

第一,例如我们发现的曹雪芹这两个书箱,是红松木做的,材料并不讲究。如果有人认为曹雪芹那么伟大的作家,而且是他的朋友送给他续婚时的礼物,哪里会赠送这种柴木的箱子呢?这样的看法就是忽略了常识。曹雪芹个人中年以后贫困落拓，固不待言；同他的生活情况相似的朋友们，难道送的必须是樟木箱、红木箱，才算真是曹雪芹的？判断它们的真伪主要是要把木质的年代、箱子的样式等等，通过科学的鉴别，看看是不是那个时代的东西。进一步再考察是不是曹雪芹的东西。用上述那种忽略常识的想法做鉴别它们的前提，显然是不行的。

对于近年来发现的曹雪芹的佚著及其传记材料，除了科学的考订之外，也同样需要健全的常识。对于《废艺斋集稿》中的残存部分，如《南鹞北鸢考工志》以及作为它的附录的《瓶湖懋斋记盛》等材料，也是如此。有人认为《考工志》和《记盛》由于没有"实物"或原稿，便是假的。这种看法是很成问题的，也是忽视常识的。中国的古籍浩繁，岂止"汗牛充栋"？其中唐、宋的不用说，就是明、清的书籍，有几部是有原稿的？如果按着没有原稿就不是真的这种逻辑来"鉴定"，恐怕要把百分之九十以上的清代著作都划入伪书或至少是"可疑分子"之列了。所以，我们不能因为拿不到《考工志》、《记盛》的原稿，就立即判断它们是假的。我早已说过，原书已于一九四五年被一个姓金田的日本人带到日本。由于不知道他的名字，一九七四年在日本大事访求时，也没找到那个持有《废艺斋集稿》姓金田的日本人。但是参加并指导抄录描摹《南鹞北鸢考工志》的高见嘉十教授却被日本的《红楼梦》研究者访查到了。据说高见曾告诉松枝茂夫教授说，他还记得一九四四年他在中国北京的时候，曾经协助过一个中国学生抄录描摹这样一部书，并给改正过描摹不确的地方。在高见嘉十逝世以前，我也接到《红楼梦》日文译者伊藤漱平来信，说高见嘉十还在，住富山县。这些都是《废艺斋集稿》的证明。以常理论，《记盛》的内容涉及那么多当时的人物和具体情况，谁能都把它们杜撰出来而和有关的资料合牙对缝？现在，新发现的这两个书箱上的曹雪芹亲笔字，可以证明：《考工志》曹雪芹手书《自序》的双钩、歌诀、编织工艺等等，确都是曹雪芹的著作。那认为《废艺斋集稿》是赝品的看法，是可以考虑放弃了。

残存的《废艺斋集稿》既然无可怀疑地是曹雪芹的作品，我们就应该对它们作进一步的研究，以便更深刻地理解这位伟大的现实主义作家，更深刻地理解《红楼梦》这部伟大的现实主义作品。《红楼梦》这部杰构，封建士大夫不解，资产阶级文人曲解，直到我们今天的社会主义社会，它才有被理解为一部反封建的小说的可能。

曹雪芹在《红楼梦》第一回里曾经感叹道：

满纸荒唐言，一把辛酸泪；
都云作者痴，谁解其中味！

在发现一些关于曹雪芹的新材料之后，我们不免要问：我们把《红楼梦》视为一部反封建的巨著对不对呢？是对的。算不算"解"了《红楼梦》中的"味"呢？在某种程度上，也算解了。然而要谈了解作者的整个思想，那就很不够了。曹雪芹不单有反对封建社会的思想，而且也有对于未来社会的憧憬。尽管描摹得很模糊，但是把"鳏寡孤独废疾者有养"、"同耕复同织，无君亦无役"他所向往的那种理想的制度和境界的"古之世"（见《南鹞北鸢考工志自序》），同他所谓倘有那种废疾无告的人就得"转死沟壑"的"今世上"（见《石头记》第四回）对比一下，曹雪芹这不是在憧憬着一种理想的新社会是什么？而在那种新社会中，人们无疑的是自由的、平等的。这正是任何孕育着资本主义生产关系萌芽的封建社会中必有的思想。尼德兰资产阶级革命时期的哥老秀斯和斯宾诺莎，英国资产阶级革命时期密尔顿、洛克等，法国革命前的孟德斯鸠、卢梭等，都有这种思想。他们的企求，大致是一个资产阶级的"理想王国"（恩格斯语）。当然卢梭代表的是激进的中小资产阶级，他的想望和孟德斯鸠有所不同，和英国的密尔顿、洛克也不同。但他却和曹雪芹的政治理想较为接近。他们企求的理想国家，都是一个小手工业者——小资产阶级在其中能够取得平等和自由的国家。在十八世纪中叶的中国封建社会，曹雪芹这种思想是有很大的进步意义的。

我们在《红楼梦》一书中，只看到通过对封建官僚大家庭败落的历史的描述，来揭露封建社会的黑暗、腐朽，从而显示它的必然没落的过程。它和《官场现形记》光是揭露的写法不同，它不只是揭露，也有光明。但在《红楼梦》书中，这光明却微弱到几乎令人难以看到的程度。只有从新发现的、《红楼梦》以外曹雪芹的著作，我们才能看到他在政治上的积极主张——一个小生产者向往的乌托邦的轮廓。

这次曹雪芹手迹的发现，证实了过去发现的曹雪芹佚著及其传记材料的可靠性。无疑地，今后我们再研究《红楼梦》作者的思想，就必须根据这些新发现的材料来加深我们的认识。他不只是消极地反对封建制度，他还粗略地勾勒几笔代替那将倾的封建大厦的新制度。他不只是一位批判了"旧的"的文学家，他也是一位设想了"新的"的政治思想家。必须在这个意义上，我们才能充分地理解他同但丁一样，是"旧时代最后一个人，新时代最初的一个人"。

一九七八年二月二十五至二十七日初稿，七月二十日定稿于沙滩。

【附记】 近知芳卿原名芷芳，姓杜，江苏常州人。母家顾氏，据说是顾炎武的后人。蔡义江同志在他寄给我的一封信中关于"芳卿"说："（上略）曹雪芹称之为'芳卿'，这不但符合他们之间的夫妻关系，同时喜欢以'卿'相称，也正是雪芹'圈子'中人的习惯。脂砚斋、畸笏叟等人就是如此。翻开《石头记》脂评本，处处都可见'玉卿''颦卿''宝卿''凤卿''袭卿'等称呼。所以，从曹雪芹的手书中称'芳卿'这一点来看，它又为实物的真实性提供了一条很好的证据。倘若说实物是赝品，那么，作伪者的本领也太大了。他除了必须具备有关的许多知识和技艺外，居然对脂评也非常熟悉，而且还注意到其中的习惯称呼，想到要假造一个亲昵的称呼，刚好与之相合。这实在是很难想象的。"

一九七九年三月十六日恩裕记。

第三篇　曹雪芹在岫里湖中琐艺一册中所绘乌金翅图及其论光与画残篇

《废艺斋集稿》的全稿,国内已不可得,但它的残篇断简,还不时发现。《集稿》中有一册名《岫里湖中琐艺》,取"袖里乾坤大,壶中日月长"之意。是讲园林建制及画扇的。其中有论及画法的地方。

这里就是我在一九七六年得到的曹雪芹所绘《乌金翅图》及其讲绘画要取法自然和他讲绘画与光的关系的残篇。以下是曹雪芹原作的残文。

　　芹溪居士曰:愚以为作画初无定法,惟意之感受所适耳。前人佳作固多,何所师法?故凡诸家之长,尽吾师也,要在善于取舍耳。自应无所不师,而无所必师。何以为法?万物均宜为法。必也,取法自然,方是大法。

　　且看蜻蛉中乌金翅者,四翼虽墨,日光辉映,则诸色毕显。金碧之中,黄绿青紫,闪耀变化,信难状写。若背光视之,则乌褐而已,不见颜色矣。他如春燕之背,雄鸡之尾,墨蝶之翅,皆以受光闪动而呈奇彩。试问执写生之笔者,又将何以传其神妙耶?(裕按:"且看蜻蛉中乌金翅"这一段话,原写在雪芹所绘的一个扇面上,画的是一只蜻蛉。后来这个扇面经过了装裱。在装裱后的这段文字上面,有一条眉批云:"语云:'百闻不如一见。'信哉斯言!曩闻雪芹论画,窃疑其有过激之言,今睹此《乌金翅图》,光彩闪耀,能不令人心折耶?笃斋识,庚辰荷月。")

每画一物或一景,首当明其旨趣,则主次分矣。然后经营位置,则远近明矣。

取形勿失其神,写其前须知舍其后。画其左不能兼其右。动者动之,静者静之。轻重有别,失之必倾。高低不等,违之乱形。近者清晰,纤毫可辨,远者隐约,涵蓄适中,理之必然也。

至于敷彩之要,光居其首。明则显,暗则晦。有形必有影,作画者岂可略而弃之耶?每见前人作画,似不知有光始能显像,无光何以现形者。明暗成于光,彩色别于光,远近浓淡,莫不因光而辨其殊异也。

然而画中佳作,虽有试之者,但仍不敢破除藩篱,革尽积弊,一洗陈俗之套,所以终难臻入妙境,不免淹滞于下乘者,正以其不敢用光之故耳。

诚然,光之难以状写也,譬如一人一物,面光视之,则显明朗润,背光视之,则晦暗失泽。备阴阳于一体之间,非善观察于微末者,不能窥自然之奥秘也。若畏光难绘,而避之忌之。其何异乎因噎废食也哉!

试观其画山川林木也,则常如际于阴雨之中。状人物鸟兽也,则均似处于屋宇之内。花卉虫蝶,亦必置诸暗隅。凡此种种,直同冰之畏日,唯恐遇光则溶。何事绘者忌光而畏之甚耶?

信将废光而作画,则墨白何殊,丹青奚辨矣。若尽去其光,则伸手不见夫五指,有目者与盲瞽者无异。试思去光之画,宁将使人以指代目,欲其扪而得之耶?

其于设色也,当令艳而不厌,运笔也尤须繁而不烦。置一点之鲜彩于通体淡色之际,自必绚丽夺目;萃万笔之精华于全幅写意之间,尤觉清新爽神。所以者何?欲其相反相成,彼此对照故也。

这些话中的绘画理论,是很重要的。它包括与传统看法很不一致的地方。以下仅就个人的理解,略谈几点。

第一,应该指出的是:曹雪芹主张要用光,要取法自然,要有打破传统束缚的创新精神。

曹雪芹在绘画上的要求,同他在作诗上的要求一样:从不合理的成规束缚中解脱出来自辟新径。敦诚说他写诗是"直追昌谷破篱樊"。他那"破"了"篱樊"的诗,据敦诚说,是"新奇可诵"的。

在上引他的论画文字中,也有这种冲破旧套革新画法的主张。他说,过去的画家"不敢破除藩篱,革尽积弊,一洗陈俗之套,所以终难臻入妙境,不免淹滞于下乘"。在那些"积弊"、"陈套"中,最主要的就是他们不敢用光。他反复阐述绘画与光的不可分割的关系,主张绘画必须结合具体情况,把光的因素算在内,画进作品里去。

他的朋友笃斋听了他这种议论,认为不免"过激",不相信他能够实际做到。等到一经看见他所画的《乌金翅图》时,便承认果然"光彩闪耀"不能不"令人心折"了。可见曹雪芹不但在理论上主张绘画必须用光,他在自己作画的实践中,也能做到。

我们知道,曹雪芹在绘画上的创新,除上述用光的主张外,他还认为,习画首先是要"取法自然",而不是先从临摹过去人的画开始。

他说前人的佳作固然很多,他们之所长也都应该师法,这是不成问题的。但他认为重要的是"取法自然,方是大法",亦即,要以"万物为法"。关于这点,似乎有两层意思。

他主张学绘画的人要画世间"万物",如人物、楼台、鸟兽虫鱼、山川草木等等。也就是说,要以大自然中的实物为依据,下一番写生、写实的基本工夫。

他所谓"取法自然"的意义,还不止此。结合他在旁的著作中的看法,我们知道,他还认为除了对自然界个别事物、对人物的基本写生功夫以外,还有个事物与事物之间、人物与人物之间的关系,安排得自然或不自然的问题。在《红楼梦》第十七回"大观园试才题对额"中，曹雪芹借书中人物贾宝玉之口，曾对园林的设计，即对自然事物和人为事物的安排，也主张要安置得"自然"，不可用"人力穿凿扭捏而成"。他指出，"非其地而强为地，非其山而强为山，虽百般精〔巧〕而终不相宜"。建造园林是这样，绘画也是同样的道理。在绘画中对人物、景物的安排，也要安置得"自然"。这也是"取法自然"的意思。

曹雪芹这些关于绘画的基本思想，都贯彻到他讲画面结构和着色两方面的看法中了。

第二，对画面结构，即对上面引文中所谓"经营位置"，他主张要分主次、明远近，别动静、轻重、高低，写前必舍后，画左勿兼右，近者清晰、远者隐约，必须达到"取形不失其神"，才算成功之作。

这种见解，在《红楼梦》里也有流露。第四十二回写惜春画《大观园图》，薛宝钗谈如何画法时所发的议论，同上面这些看法是一致的。宝钗说：如果把园子里的山石、林木、楼阁房屋，也不多、也不少地"照样儿往纸上画，是必不能讨好的"；必须考虑绘画是绘画，"要想〔到〕纸上的地步"。这就要辨明"远近该多少，分主分宾，该添的要添，该减的要减；该藏的要藏，该露的要露"。画楼台房舍，必有"界划"，不然"一点不留神，栏杆也歪了，柱子也塌了，门窗也斜了，阶砌也离了缝，甚至于桌子挤到墙里头去，花盆放在帘子上，岂不成了一张笑'话儿'（裕按：意即'画儿'）"！"安插人物"也要"有疏密，有高低。衣褶裙带，手指足步，最是要紧的，下笔不细，不是肿了手，就是瘸了脚，染脸撕发，倒是小事"。

总起来说，这里所谈的不外是要绘画的人，根据他自己所处的位置及其目光的角度，来处理画面中的人物、山水林木、楼台房舍、家具衣饰等的大小、远近、深浅、长短、隐显、动静、前后、左右等问题。这同本节上引讲画面结构那些话，可以说讲的都是透视问题。

第三，在曹雪芹讲设色和运笔的看法中，我们先指出：他所提出的用色要"艳而不厌"、运笔要"繁而不烦"这两句主要的话，即在用语上，也和

《南鹞北鸢考工志》里《瘦燕画诀》的自注完全一样了。在谈到风筝如何彩绘时,自注说:"画以烟黑为底,衬以嫩黄,九蝠作大红,配之以绿。腰间金环,略以鹅色入黄,位于尾羽之端,和之以朱红、石绿、石青、湖蓝、浅紫等色。"之后,才讲用色的总原则是"艳而不厌","繁而不烦"。

《南鹞北鸢考工志》里《比翼燕画诀》自注中所讲的画法,也可以拿来与曹雪芹在这里所讲的画法,互相参证。自注说:"画时左青右紫以为地。色紫者在前,青者在后。青者眉作桃红,目润水绿。紫者眉作翠绿,目润桃红。余皆依此,互易其趣,不必拘泥。两翅内羽,不论画何花样,应以不违其时,尤须力求淡雅,不宜过艳。尾下各翎,乃交错笔法,前后深浅,亦须留意,不可倒置。"

这段话和上面讲光与画的关系的看法,完全相通。这里的"互易其趣"、"不必拘泥"、"不违其时"、"交错笔法,前后深浅……不可倒置"等话,同上文讲"敷彩"时要"相反相成"、"彼此对照"等见解合看,我们可以说,曹雪芹论画已经很合乎辩证的道理了。

最后,我们认为绘画固然是艺术,但讲绘画的道理,却是属于科学的。曹雪芹讲光与画的关系、讲绘画要取法自然等等,说明他懂得科学。敦敏曾说雪芹扎、放风筝的妙处使他"神迷机轴之巧,思昧格致之奥";董邦达也认为《南鹞北鸢考工志》"所论之术虽微,而格致之理颇奥;所状之形虽简,而神态之肖惟妙",说雪芹"运智之巧也,可谓神矣"!他们都认为雪芹"格致"的功夫很深。格致就正是下观察、比较、分析、综合的工夫,从而懂得科学的道理。从雪芹自己所说"非善观察于微末者,不能窥自然之奥秘"这些话看来,可见他是有意识地处处下仔细观察、深入钻研的工夫,所以他才能在文学作品和绘画艺术上,把人物描写得准确而生动,把景物摹绘得惟妙惟肖。

曹雪芹这一残稿的发现,无疑地使我们对他的各方面的艺术成就,有了进一步的了解。

　　一九七七年十月二十四日初稿,十一月七日、十三日重改于沙滩。

第四篇　曹雪芹讲编织印染的残文和江宁织造局的织机

一　关于编织残文

《废艺斋集稿》中原有关于编织的一册。最近我又得到讲编织工艺这一册的残文,虽是片断材料,却可略窥该册的部分内容,兹录之如下。

　　盖闻肖形而摹之不失其度者,传真之法也。拟神而律之不泥其状者,意匠之则也。传真求其形似,意匠贵乎神存。两者殊涂,其旨不易。是以金石造形,必以意匠;编织取式,不离纹锦。职其事者,固不可不察究之者也。

　　编织之艺,其来有自。周秦以降,代有增益。汉之织工,巧运经纬。唐之箴匠,妙施纵横。非仅使〔施〕诸机纺,亦且用于组编。宋锦明绣,号称神工,(下缺)

　　溯自蚕丝之用,网、罟、纽、结之艺,渐以精进,始有丝织之法。初则平织,进而纹织。其色也则由纯而杂,其纹也则由简而繁。愈衍愈妍,愈传愈巧。若以工贾之艺而鄙弃之,则其居心何所,可以想见矣。

今就织染两事而言之。织锦之要,在于组织经纬之丝,机上每以五枚至八枚而织多层之缎。排针挑花者,按所拟纹样,以丝质诸线经纬编成花本,以备挑花之用;然后可以摔花。此道程序,乃运用诸线编成花本与经丝之连系,织工蹲于提花架上,循序织之,诸线摔提一次,经丝随而浮沉一次,织者即配以一梭。其于间丝一根,使其扣于浮纬,循序以进。

织花时,色丝于浮文之表,显露甚大,多用换梭换色长织。纤丝带脚(不切断前一纤丝之意。又,纤丝者,纬丝也)挖花之法,乃因欲减少织物层数,故某些部分采用挖花,色丝于浮纹之表所占无多者宜之。

染料　色丝之染,尤为重要。首须选好染料,皆以植物提制而成者。如以红花制作红色染料,姜黄作杏色,柏皮作黄色,黄栌作明黄(清室皇帝专用色),槐米作绿色,靛青作蓝色(头蓝、二蓝、三蓝、月白等),紫草作紫色,五倍子作玄(裕按:此"玄"字,原缺最后一点)色等。

若以此法炮制好之染料,染成蚕丝,虽至织物磨旧折裂,其色泽不变,亦不减退。

至于染法,则以炼熟之蚕丝,直入染料中,即可上色,而光泽不变。

织锦之纹样,固鲜艳绚丽,一则依纹样之变化多端,再则乃依色彩之辅翼,二者缺一不可。(下缺)

以上虽然是短短一项材料,但已可见雪芹精通编织、印染工艺。开头一段(在这里申明一下:上面的段落,都是我为了清楚而分的,括弧里的话,原来注本都是双行夹注。——恩裕)讲"传真"、"意匠"与绘画、雕塑等等,都有关系。读之令人感到雪芹对编织这种工艺美术,味之甚深。

第二段讲的是编织工艺美术史,可惜只有这么简略的几句话。近年来发掘所得汉墓出土的文物中,也有许多汉代的织物。大家认为汉代织物的工艺水平很高,可证曹雪芹这里所说的"汉之织工,巧运经纬",不为过誉。

第三段是讲编织原料和纹样的。雪芹在这里谈到织物的色素和纹样时,说:"初则平织,进而纹织。其色也则由纯而杂,其纹也则由简而繁。愈衍愈妍,愈传愈巧。"这本是纺织工业和这种工艺美术应该遵循,也是不能不遵循的发展过程。但是,中国历史上的封建士大夫向来轻商贱工,历代封建统治者也一向执行"抑商"、反对"淫巧"之类政策。这种政策对于中国科学、工艺的发展,起了很大的阻碍作用。曹雪芹在残文里讲到编织工艺逐步精进的成果时,提出"若以工贾之艺而鄙弃之,则其居心何所,可以想见矣"。意思就是说,这还不是历来鄙农轻工那种看法在支配!其毒害是可以预知的。从曹雪芹这些话来看,他的世界观显然同一般封建士大夫不同。他不但在清朝科举时代,不赞成科举考试,就是连"万般皆下品,唯有读书高"的想法,也不见得有。这却是难能可贵的。他的这种思想从他为穷人编著《废艺斋集稿》这件事上,可以看出,从他晚年以各种技艺教那些无法维生的人们,更可以证实。

第四、五段谈的是具体织锦之法。其中包括织花和挖花的方法。

第六段以后的文字讲的是染、染料、织锦纹样等。

总括这篇残文,我们得到这样一个印象,即曹雪芹既懂编织、织锦、印染等工艺的科学道理,又有重视这些技术的思想。他不只是个"多才多艺"的人,更难得的是,他还有对那些才艺的正确思想。

二 江宁织造局的织机

一九七八年四月十七日,我从北京去南京、扬州、瓜洲、镇江、苏州等地,做有关曹家、曹雪芹本人的传说、文献和文物的调查。原计划需要一个月的时间。但十八日到南京后,首先感到日期太短,本即不可能做深入的调查,却又因南京大学和南京师范学院的中文系,要我谈了两次新发现有关曹雪芹的材料,时间就更不够了。其次,又因五月四日回北京,参加北京大学八十周年纪念的会,遂只到了南京、扬州、瓜洲、三汊河等地,没有来得及去镇江和苏州。

虽然只有短短十五天的停留,我却获知不少东西,有的还是不亲临其境光靠书本不能得到的知识。关于我在扬州的调查工作和参观瓜洲的古渡口、三汊河康熙南巡时修建的行宫、扬州的天宁寺、曹寅时两淮巡盐监察院的遗迹遗址以及瘦西湖、平山堂的有关史迹,都俟另文再谈。这里先谈谈我在南京所看到的曹寅、曹頫、曹頫那时所用的织机。

我这次去南京的主要目的是想熟悉一下曹家在江宁做织造时,江宁织造府和织造机房等的地点和位置,以便在写《曹雪芹传记故事》时,能够有些可供描绘其形象的资料。我从北京出发前,曾烦中国历史博物馆王宏钧同志给我写一封介绍南京博物院有关同志的信。想不到他介绍的该院宋伯胤同志是研究纺织工艺的专家,他是北京大学历史系毕业的,当时我正在政治系任教。我和伯胤同志虽然在校时没有过从,但同时都在北大,所以一见如故。他特别热心帮忙,提供了不少有价值的材料。其中我最引为高兴的是:江宁织造局当时所用的旧式织机的发现,而且我们现在还用它们从事生产。

有一天,伯胤同志到我住的白下路寓所来看我,偶然谈到《废艺斋集稿》残存无几,都觉得很可惋惜。我告诉他最近我又得到了曹雪芹讲编织的一段残文,其中有些术语看不懂。如什么"挑花"、"摔花"之类,还可以懂;但如"花本"一词,则虽自以为懂了,而实则是误解;至于"织工蹲于提花架上"一语中的"蹲"、"提花"等词,就完全不懂了。伯胤同志听到曹雪芹也有讲织锦的东西,非常高兴。他说我不大懂的那些词句,等过一两天他陪我参观两部织机时,一看就懂得了。他告诉我,他在北京大学历史系的毕业论文,就是研究中国纺织业的发展史的。他近几年给《文物》杂志写了些这方面的文章。他说康、雍、乾时代的江宁织造局所用的织机是沿袭明朝的图式,整个清代没有多大改变,比起西方织机当然不及;但它也自有特点,而且结构也十分复杂。南京有两处这种织机进行生产:一处在尧化门有十架,另一处在胭脂巷有两架。后者是开放的,允许国内外人士参观;前者从事织锦生产,产品出口外销。据说,外国人专门要这种土机的生产品,不要新式西法机器的产品。

我们第一次去参观,大概是在四月二十日。同去者有宋伯胤同志、静兰和我。我们到了胭脂巷九号南京艺新丝织厂后,发现恰逢工人们休息。我们只能先从窗外看到那两架织机。值班的同志很热心,他找不到开锁的钥匙,就把门撬开,我们才得进去看看。宋伯胤同志告诉我,真正在那里织的人是坐在下面,腿部和机的下身都在坑里,而机的上部很高,几乎达到天花板了。在上部的中间一处,有一块木板,伯胤同志告诉我说,那块板叫作拽花坐板,是挑花工人所坐的地方。但在清朝康、雍、乾时代,曹雪芹所看到的却是工人蹲在那里。曹雪芹讲编织的残文讲"织工'蹲'于提花架上"恰好正是雪芹那个时代提花工人操作的实况,"蹲"则是当时写实的语言,这一点又可以证明残文的真实性。所谓"花本",也不是画在纸上订成本子的花样,而是用两种不同的线结成的花样:一种是丝线,做花本的经线,也叫脚子线;另一种是棉线,做花本的纬线,也叫耳子线或过线。用这两种线"挑"成亦即编织成各种花样,这一大束用丝线、棉线编成的花样就叫作"花本"。提花工人蹲在或坐在拽花坐板上,用手在上面提一下经线,底下就穿过一梭。由于这一手续很慢,所以产品每天只能以寸计,其价格之所以贵,这也是重要的原因。整个织机都是用木和竹制成的,很精巧,也很坚实。据说其中的一架就是早年保留下来的。我们又会见了挑花老师傅李宝贵、林子余,李年七十岁,林则已经八十四岁了。他们都已退休,可是还愿意在那里指点年轻工人。我们还要照个机器的相,并且想在有工人操作的时候照,但因当日工人休息,只好约定下次再去。

第二次去是在四月二十二日下午,这次由南京大学提供交通工具。去的人有南大的王力兴和吴新雷同志,南京师院的赵国璋和李灵年同志,还有宋伯胤同志以及他邀来的南京博物院的拍照同志、骆静兰和我。我们到达后，承该厂生产科的负责同志给我们介绍该厂的历史和现况，他说这种旧式织机原来只有一架，保存在南京博物院里，现在除尧化门的十架和这里的两架外，南京云锦研究所还有四架。据说苏州也有几十架，并在进行生产。产品制成后基本上是外销。现在由他们训练，已经有不少青年工人能做这一工作了。他们又给我们一些资料，其中包括《云锦史略初稿》、《云锦挑花结本基本方法初稿》、《云锦挑花织造工艺及基本操作方法初稿》，都是南京云锦研究所编的。在最后一本书中，还有一幅整个织机的蓝图。我们拍的照，由于屋子太小，镁光灯和照相机的位置都不好安放，故未拍出两人操作时的全图，只是把下面织的工人和上边提花的工人各拍一照。我们如把他们和蓝图的全图放在一起看，也就可以知道该机的形式及操作时的概况了。

以下，我们把通过这次参观得到的结果，归结为几点：

第一，从《云锦史略初稿》中得知，清初曹寅、曹颙、曹頫的江宁织造局里面所用的织机就是这种织机。因为据他们所考，这种织机从明代以来就根本没有什么变化。我认为，曹雪芹之所以能够详尽地写出来关于织锦的图案、织机的操作方法，他就必须有亲见亲闻的经验。但是，由于他回到北京以后根本没有这种机会，故他关于这方面的知识都是他幼年在南京得到的。《云锦史略初稿》上说，机房是不让人随便进入的，曹雪芹是织造的儿子，是小少爷，他当然可以进入。但是，能够熟悉关于织锦上述那么详细的情况，我看五岁是做不到的。结合他幼年就有对风筝、雕刻那些工艺的广泛兴趣，十二三岁的曹雪芹是完全可以熟悉他常常目击操作的云锦工艺的。在这里，我们可以说，又得到了一个曹雪芹是十三岁以后才回北京的佐证。

第二，织锦的挑花和操作工人们中，历代相传一些指导他们设计和操作的歌诀。这一情况，可以增加我们对风筝歌诀的理解。这些歌诀本来是各行业的师傅们世代相传的口诀，到了曹雪芹编写《废艺斋集稿》时便把它们给以一定程度的加工。风筝歌诀虽然平仄、韵都不如诗那么严格，可是辞藻却好得多了。关于织锦的歌诀,我们由新发现的两个书箱中的第二个刻兰的背面曹雪芹"为芳卿编织纹样所拟诀语稿本"这条手迹,可知编织也有诀语或歌诀。证之《云锦史略初稿》,也是如此。例如关于云锦图案的创作方法,就有这样八句口诀:

> 量题定格,依材取势;
> 行枝趋叶,生动得体。
> 宾主呼应,层次分明;
> 花清地白,锦空匀齐。

据《史略》解释,"定格",指构图,"量题定格"是说根据一定的要求来构图。"取势",指造型,是说根据不同的织物,采取与之相适合的造型变化。"宾主呼应,层次分明"是指一组纹样在构图上应达到的效果。"花清地白,锦空匀齐"是指鉴定图案效果的标准。至于"行枝趋叶,生动得体",《史略》上说,"是指某一素材经过技术性的整理外,还需要加以图案的变化,使它的形象更简练、更完善、更美"。(见页七)我看这个解释太空泛,不切题。我认为"行枝"是说设计画"枝"时,不要把"枝"集聚在一堆,而要分散开来。"趋叶"是说,花的叶子要跟着"枝"走,不能离开。《云锦史略初稿》最后说:

> 这八句口诀不仅是云锦图案的设计方法,很显然,也可作为一般纺织或印染图案设计的参考,它是经过多少代艺人们在无数次的创作实践中所提炼出来的宝贵经验。

另外,有一首"画云"的口诀道:

> 行云绵延似流水,
> 卧云平摆像如意;

> 大云通身连气,
> 小云巧而生灵。

这四句口诀说明了出现在图案中的行云、卧云、大云、小云应有的形象。由"卧云平摆像如意"这句看来,可知这种处理与绘画中的处理是有所不同的。

在传下来的口诀中,被认为最重要的一句是:

> 宾主分明,繁而不乱。

曹雪芹关于风筝的歌诀,也有两句:

> 繁而不烦,艳而不厌。

"艳而不厌"固然是绘画用色的口诀,"繁而不烦"却是构图的口诀。看到上边关于云锦的这两句口诀,我们就不能不想到曹雪芹那"繁而不烦"是从"繁而不乱"演变而来的。我看曹雪芹关于风筝的口诀也有类似这种根据旧词而予以同义的艺术加工之处。曹雪芹的歌诀,无论是关于风筝的,还是关于云锦的,都应该是既有继承,又有他的发挥、改变的结果。

第三,曹雪芹少年时生活在南方的大城市,如南京、苏州、扬州、仪征等地。这几个地方据现在所知,曹家大概都有房屋。十三岁以前的少年曹雪芹除家住在南京外,其余三个地方可能都去过,并且在那里住过。关于丝织工业的技术方面,他固然有所熟悉,对于工人们的生活情况,他也不能不有所接触和一定的了解。高子安《机业琐记》云:

> 圣祖南巡,驻跸织造署。见众机匠赴工盘辫发,圣祖笑曰,此"呆机包子"也。故相传至今云。

曹雪芹虽然住在织造署，但距织造局极近。这种"机包子"，他会是常见过，并有可能是很熟识的。他们受着重重的剥削，生活很艰苦，又无保障。《云锦史略初稿》有一段话：

> 织局（裕按：指织造局）的机子都是织局制造的，由织局选择熟练各项织物的匠人领用，这种匠人当时叫作"领机"。（中略）领机是一种官匠，按月可向织局领取米粮，（中略）雇用机工进行生产，（中略）机工的工资由领机发给，工资是按件计算的。织一件袍料需三天工夫，伙食由东家（裕按：指领机）供给。机工早上天一亮就进织局，要到晚上七八点钟才得歇工。工作在十四小时左右，织造任务完成后，机工就被解散，自己另找活干。但领机仍是照例向织局领取钱粮。

有一首世代相传织工感叹生活苦况的歌谣道：

> 三更起来摇纬，五点爬进机坑；
> 寒冬不能烘火，炎夏不能乘凉；
> 整天弯腰驼背，连夜抛梭过管；
> 织的花素锦缎，穿的破衣褴衫。

这首歌谣把织工起早贪黑、冬挨冻、夏受热，损伤身体健康的工作情况，把他们给官僚地主阶级们织出美丽的绸缎，自己却终年穿着破旧衣裳的情况，完全写出来了。它是当时千千万万织工们的不平和忿怒的吼声。

织工们的伙食，不论短期工或长期工，都是由领机家供给的。有一首形容伙食之坏的"白局"唱词道：

> 这几天机房不很好做；
> 我又被坐疮来磨。
> 三万六千头的库缎一天撂上几千梭，
> "焦头机"的老板天天还催生活。

> 初二、十六当荤只有八块肉——切的绡绫纸薄。
> 遇着一阵狂风吹到北极阁，
> 我鞔着一双烂鞋头追也追不着，
> 遇着一根茅草桩戳了我的脚，
> 连忙跑回来揭开锅看连汤也喝不着。
> 朋友劝我改行，没得生意做。
> 我提着拎桶，拐着大腰箩：
> "卖热老菱啊！""卖鸡头果！"

少年的曹雪芹，究竟留意过机工生活的这种苦况否？他听到过那明朝末年的劳动人民由于看到贪婪的人"享受荣华"、善良的人"活活饿熬"，而认为"老天爷你瞎了眼"发出这样的怨恨呼声否？

> 老天爷，你不会做天，
> 你塌了吧！
> 你不会做天，
> 你塌了吧！

南京当时的政治高压很大，纺织工人因争取改善待遇而"叫歇"（即罢工）比较少有，但苏州却发生过大规模的游行。我认为十三岁以前的曹雪芹或者会亲眼见过，或者会间接听说过这种早期的市民运动。在这一前提之下，我们再看他晚年在香山白家疃关心那些有废疾而无告的人们的生活，用他有限的卖画收入接济他们，教他们学一种维生的手艺，并给他们编写讲这种手艺的书，就是完全可以理解的了。

曹雪芹和一般封建文人不同，这不但是说他比一般封建文人多懂多会些工艺美术的技艺，而且他对这些技艺，特别是他对那些无法维生的人们的看法，也根本不同。如果我们要用衡量一个一般封建文人的标准来看曹雪芹，以为："写那么好一部小说的文学家，怎么能够对这些乌七八糟的雕虫小技有兴趣呢？怎么能够去接触那些学这种手艺的'穷民'（董邦达用语）呢？"同志，如果你这样想，请你第一要注意：你既承认曹雪芹是反封建的，又不承认他的这些实质上是反封建的思想和行为——矛盾。第二更重要的是，如果你这样想，我看你还是仔细检查一下你自己对于所谓"封建文人"和"封建时代的反封建作家"的区别根本弄清楚没有吧。

补记

本文第一节关于编织残文部分，写于一九七八年二月二十六日。第二节关于江宁织造局的织机部分，是一九七八年五月初由南京、扬州回北京后，于七月二十四日补写的。后一部分虽然是调查研究的文字，但可与曹雪芹讲编织的残文互相印证，所以把二者放在一起了。

这里再补叙一下关于织锦配色的问题。编织残文中提到织物颜色的重要和染料的制法。也谈到织锦的美观与否，虽靠纹样的多样变化，也赖色彩的辅翼。因此配色就重要了。我们知道在敦敏的《瓶湖懋斋记盛》的阙文中，曾提到《织造色谱》，直到乾隆二十三年曹雪芹还保存着它。可知曹雪芹对这些东西是有兴趣的。《红楼梦》里谈到颜色和配色的，在绘画和编织物方面的都有。《南鹞北鸢考工志》里也有关于画的，如"半瘦燕歌诀"曹雪芹的自注说："法以佛青为底，槐黄衬之，配以红、绿、湖、紫色等，宜力求鲜明夺目。"又"瘦燕画诀"的自注说"画以烟黑为底，衬以嫩黄"，等等。《红楼梦》第三十五回宝玉叫莺儿打几根络子："莺儿道：'什么颜色呢？'宝玉道：'大红的。'莺儿道：'大红的，须是黑络子才好看呢；或是石青的颜色。'宝玉道：'松花色配什么？'莺儿道：'松花配桃红。'"在《云锦史略初稿》中也记录了"色谱口诀"，是历代织工们积累丰富经验而编成的口诀。《色谱》中讲"两晕""三晕"道：

两晕：
葵黄、绿　　玉白、蓝

深、浅红　　古铜、紫

三晕：

水红、银红配大红　　葵黄、广绿配石青

藕荷、青莲配紫酱　　玉白、古铜配宝蓝

秋香、古铜配鼻烟　　银灰、瓦灰配鸽灰

深、浅古铜配藏驼　　枣酱、葡灰配古铜

《色谱》又说过：配色的口诀共有多少？已不可考。虽然这仅是一个不完全的资料，然在装饰配色上可说是弥足珍贵的经验了。由此可见，《红楼梦》里有这方面的描述可以说明曹雪芹懂印染知识；他晚年写织锦印染的书，也可说明他对这种工艺的兴趣，经久不歇；而他书中的基本内容与南京云锦印染传统技法的相同，更足证明他的书的真实性及其所自来。

一九七八年七月二十八日于北京沙滩。

第五篇　曹雪芹斯园膏脂摘录片断

曹雪芹的《废艺斋集稿》的最末一册，是讲烹调的。这一册的名称，我们以前不知道。最近才知道原题名为"斯园膏脂摘录"。关于这个名称，有必要说明一下。

据孔祥泽说，《废艺斋集稿》八册，每册都有作者的小序。我们现在所能看到的只有《南鹞北鸢考工志》的作者自序，其他都已无从看到。但孔君于一九四四年同日本的高见嘉十看到《集稿》讲烹调的一册时，曾注意了作者在原序中对"斯园膏脂"一词的解释。据孔君言，曹雪芹在序中说："膏脂"是指"民脂民膏"；"斯园"即"思源"两字的谐音，是"饮水'思源'"的意思。

关于用同音的字代替原字来表达作者的某些寓意一点，《石头记》的读者，会是很熟悉的。比如，甄士隐谐"真事隐"去，贾雨村谐"假语村"言，都是作者自己讲的。据《石头记》早期抄本中的批语，我们也可以知道不少这类例子。如詹光是"沾光"，卜世仁是"不是人"等等，又如裕瑞说元春、迎春、探春、惜春的元、迎、探、惜是寓"原应叹息"之意，也不无可能。总之，《石头记》一书中每有借同音的字句来表达作者的褒贬、感叹之处，是无可怀疑的。曹雪芹把他的原意"你们吃着民脂民膏却要饮水思源",在这里用同音的"斯园膏脂"四字来代替。

值得注意的是这个题目所表达的思想。我认为这个题目本身就说明了曹雪芹晚年思想的变化。试想当初他在南京过着"饫甘餍肥"的生活时,他能有这种思想么?肯定是不能的。这种思想,对于曹雪芹那样家庭出身的人,一般地说,只有当他遭遇巨变,物质生活下降到"举家食粥"、"卖画沽酒"的时候,才可能有。

这一册虽然是《废艺斋集稿》中的末册,但我估计曹雪芹编写这本东西的时间,却可能较早。尽管他写《斯园膏脂摘录》的小序时很晚。估计当在乾隆二十三年之前不久,亦即在《废艺斋集稿》完成的时候或再后些。那应该是曹雪芹的生活已经到了晚期,已经贫居西郊十六七年,接触过农民、小手艺工人和残废无告的贫民,所以才会有这种思想。

在《石头记》里,我们也可以看到这种思想感情。例如,第十五回贾宝玉因看到了"不曾见过"的"庄农动用之物,如锹、镢、锄、犁"等物,便引用了"谁知盘中餐,粒粒皆辛苦"两句诗。第一回说:"今之人贫者日为衣食所累,富者又怀不足之意。"第三十九回刘姥姥对贾母说:"我们生来是受苦的人,老太太生来是享福的,若我们也这样,那些庄稼活也没人作了。"特别是第四十一回刘姥姥说荒年饿了吃树皮同这一回王熙凤讲那复杂的做茄子的法子,成了极强烈的对比。在这种对比时,作者思想中不可能没有贫富悬殊的不平之感。再结合近年发现的敦敏《瓶湖懋斋记盛》中所记关于曹雪芹鬻画济贫的事迹,我认为,他之把讲烹调这部分东西叫作"斯园膏脂摘录",用意是很深的。

"摘录"是什么意思呢?本来食谱之类东西是很早就有的。如宋王灼的《糖霜谱》,元海滨逸叟的《制脯鲊法》,明灌畦老叟的《制蔬品法》等等。曹寅《楝亭十二种》中的《居常饮馔录》,把这些讲食物的书都编了进去。曹雪芹这册《斯园膏脂摘录》一方面有他自己的推陈出新之处,另方面也有选择过去一些良法而略加修改的。例如下面所引各项,其中粉蒸肉一项,大概是雪芹自撰。香露、糖糕、咸菜、鱼肉各项制法,均见于冒辟疆的《影梅庵忆语》,即文字上也几乎是增减几个字照录。《忆语》有云:"余(中略)不甚自食,每喜与宾客共赏之。姬(裕按:指董小宛)知余意,竭其美洁,出佐盘盂,种种不可悉记。随手数则,可睹一斑也。"雪芹的以下几项,就是"摘录"《忆语》中所记小宛为冒所制佳味的文字。但他当然也有很多创造。比如敦敏吃过的那"老蚌怀珠"做鱼的法子,就是他的创造。还有我们读《石头记》,对其中所叙饮食的地方,都会觉得作者于烹调是十分内行的。董邦达给他写《南鹞北鸢考工志序》时,说他也是既"集前人之成"却也"苦心孤诣"地开辟"新途"。我想曹雪芹这册讲烹调的书,也是同样——既有前人的东西,故曰"摘录";又有他自己的创新。

曹雪芹为什么要写一部讲烹调的书呢?这很清楚:他是要教给"穷民"们一种维持生活的技术。可惜这部书的全稿已无从觅得。据说一九四四年时,杨啸谷曾录了副本,但杨由京迁回成都之后不久逝世。又闻杭州有一老人藏有此书的一部分,但也迄今没有下文。我们现在把《斯园膏脂摘录》残存的片断,抄录在下面。为了使读者看清楚一些,本文作者曾和周雷同志商讨,加了小标题。

香露

(上缺)凡有色有香花蕊,皆于其初放时采来,以酿饴之露和以盐梅,然后渍之,贮使经年,香味颜色不变。鲜芳有如新摘,花汁已融于露液中。(中缺)妙者为秋海棠露。海棠本无香味,而经露之后,独发幽香。更如野蔷薇、玫瑰、梅英、甘菊、丹桂等露,各有妙处。(中缺)更如香橼、佛手、橘红、橙皮等物,去白缕丝而渍之,色味尤绝。(中缺)

每于酒后出数十种香露,五色毕呈,芳香满席,以之解醒,诚妙品也。(下缺)

糖膏

（上缺）取五月桃汁、西瓜汁，一瓢一丝漉之使尽，更以文火煎至七八分，始搅糖细炼。桃膏艳似红琥珀，瓜膏更如金丝内糖。（中缺）炼时必当其时，坐炉旁静看火候，收而成膏，不令枯焦。分其浓淡，洵为异色奇味，能令口角留芳，经久不去也。

咸菜

（上缺）每于冬春之间，水盐诸菜，可令黄者如腊，绿者如苔。笋蕨蒲藕之属，野菜鲜花之类，以至枸蒿蓉菊等，均可采入食品。要在洁净，水宜煮沸，然后化解净盐，凉而腌之，方可久置。（中缺）以陈汤少许，入菜煎汤，其味鲜美，远非鸡鸭可比。（下缺）

鱼肉

（上缺）虾松如龙须，菌脯似鸡枞，醉蛤似桃花，醉鲟如白玉，油蛤如鲟鱼，烘兔、酥雉如饼饵，可以笼食。（下缺）

（上缺）火肉久者无油，有松柏味。风鱼久者如火肉，有麂鹿味。（下缺）

（上缺）蒸米粉肉，（中缺）菜，南北做法，迥乎不同。北地习用甜面酱，而南法则忌酱。（中缺）北法将肥瘦匀称之猪肉，切成三指宽、四指长、半指许厚之肉片十片，另加两侧之边块（即镶于两边者），以瘦肉碎肉置于碗底中间。（中缺）预将切好之肉净之，更以五香、椒盐、大料、茴香研面揉透，溢出香味。再用甜面酱拌匀，佐以白糖拌搅。然后（中缺）粉好之米粉（法以开水烫米，第一遍漉去开水，再烫一次，复倾入净水，然后用大碗碾成米粉）拌（中缺）肉片匀（中缺），放于蒸锅中蒸三刻后取出，晾凉。吃时又须蒸三刻，则油透肉香，甜中带咸，油入粉中，不腻不枯，诚为上品。

南法忌酱。（下缺）

【附记】一九七三年我发表《曹雪芹佚著及其传记材料的发现》一文后，于一九七四年二月一日接山东济南济洛路向阳饭店孙一慰同志来信，说他热爱烹调技术，很想知道曹雪芹讲烹调残文的内容。当时因把孙同志的信顺手搁在一本书里，隔了些时竟找不到了。直到今年，才在几年来的信件堆里发现。未能早日答复孙同志，十分抱歉。后来北京饭店的刘伟和刘俊刚同志，也通过领导的介绍，来访我谈曹雪芹讲烹调的文章。又有北京的一位中学教师霍剑鹤同志，也曾来信同我讨论我对于曹雪芹这册讲烹调书的看法。现均简答如下。（一）关于曹雪芹这册书，截至现在止，我所知道的，就是这么一些，并没有其他新材料。《斯园膏脂摘录》更多的内容，还有待于今后的努力发现。（二）我在一九七三年《文物》二期的文章中说："曹雪芹这八册稿本，除烹调外，如制风筝、编织、脱胎等手艺，都可以说是十分有用的工艺美术。"霍剑鹤同志来信认为我把烹调除外，似乎有不看重烹调那一册的意思，他认为烹调即在今天，也可以为社会主义服务。我在这里说明一下：一，烹调固然是"手艺"，但我上面是讲的"工艺美术"，无法把烹调列入，只好"除外"；二，在思想上，我的确不那么看重烹调这一册佚著。因为当时我联想到《红楼梦》里贾府那种穷极豪奢饫甘餍肥的生活，觉得不应该赞扬它。这样，我同时就忽视了"这也是曹雪芹教给贫困无以为生的人们的一种手艺"。现在既知这一册原题名为"斯园膏脂摘录"，则如前面已经阐释的，曹雪芹之所以写这一册书的深意，就很明显了。

一九七七年十一月于沙滩。

【又记】一九七九年六月一日中国社会科学院外国文学研究所杨熙龄同志给我送来一本他收藏的杨啸谷所著《古月轩瓷考》，是北平琉璃厂雅韵斋发行的。官堆纸，正文用仿宋二号字铅印，乌丝栏，十行，天地甚大，很讲究。书成于癸酉（一九三三年）十二月，时杨氏住北平东城遂安伯胡同。按此书讲论瓷品，颇受称道，虽与考《红》无关，但杨氏固为一九四四年北平北华美术专门学校之美术史教师，与主持摹绘《南鹞北鸢考工志》的日籍高见嘉十教授同事，且襄赞抄摹工作。杨本人则将《斯园膏脂摘录》抄下大部。可见不但杨啸谷实有其人，而且他还是一位"东方美术古物鉴定家"（据该书版权页所称）。又据孔祥泽近告，杨亦娴烹调，也常邀其友人筵饮其家。后来熟友绍介，亦可为他人治馔，当时即有"杨家菜"之称，盖早于今王府井大街之"谭家菜"。一九四四年筵《废艺斋集稿》购得者日人所谓"金田氏"时，杨也有时自烹一二种菜，皆按雪芹《斯园膏脂摘录》中之做法为之。

一九七九年六月三日于沙滩。

第六篇　曹雪芹蔽芾馆鉴印章金石集残存

《废艺斋集稿》的第一册就是讲印章金石的。现在得知这一册原题名为"蔽芾馆鉴印章金石集"。"蔽芾"是"弼废"二字的谐音,也就是帮助有废疾的人之意。这个解释见于曹雪芹的这一册书的自序中。据知,自序中对于那些有残疾无以为生的人,有这样的话:"……人非草木,心非铁石,孰忍坐视?……正为其有废疾也,必宜辅之弼之……如保赤子……""馆鉴"谐"管见"两字,他在自序中说,他这"实乃一管之见,幸勿泥于斯艺也……"云云。那么,曹雪芹这册讲印章金石的书,乃是他认为:刻图章也可以作为一种维生的手艺。

正是由于他这一申明,我们便不可把他所写的讲图章的书,视为封建士大夫的"文人清玩"。作者写此书的用意,同其他各册是一样的——帮助贫穷、废疾无告的人们,学一种维生的技艺。可惜,我们已无法看到这册书的内容了。现在所知道的,只是以下几点情况。

据孔祥泽说,他在一九四四年看到《集稿》时,曾经把曹雪芹画的几个印纽和边款摹了下来。犹记一九七六年孔祥泽君告诉我,他当时看到《集稿》的每册书上都盖了两个同样的图章。一个是"画外人瓻",圆形,阳文。

另一个是"燕市酒徒",方形,阴文。当时他虽将它们描摹下来,惜已于近年来失掉了。

他还记得在一九四四年描摹下来不久,又由日本人金田氏手上看到过这两个原章。经赵雨山、关广志等请治印专家寿石工(名玺)鉴定一下,是否同盖在《集稿》各册上的两章为同一的两章。据详察后,字形、大小完全一致,寿石工又从石的情况上判断,认为是原章无疑。

据孔君谈,"画外人瓾"一章原有纽,已折断,有边款,刀锋犀利,字迹大半伤损。据云,所谓"画外"实即"化外"之意;而"人瓾"亦即"顽人",一说是取自"殷顽民"一词。如果是这样,则曹雪芹的这个图章显然有反对清封建王朝的深刻意义。另一说"顽人"即"完人",那就是十足蔑视清朝统治者的意思了。其实,他这"顽"和"完"都见于他的《自题画石》诗。诗中有云:"有志归完璞,无才去补天。不求邀众赏,潇洒做顽仙。"

"燕市酒徒"一章,四边中有三面刻的是字,一面刻的是画,残伤比前一章更甚。据云此章是"厌世酒徒"之意。但一般所谓"厌世"是消极意思,而曹雪芹这个"厌世"则是厌恶他当时的"今之世"(见《南鹞北鸢考工志》自序)的封建社会之"世"。从他在艰困的生活和写作条件下积极写抨击封建社会的《红楼梦》和救助穷人的《废艺斋集稿》这些行为看来,他的态度并不是消极的。

关于"燕市酒徒"一章的真实性,还有一个旁证。一九五四年魏宜之君早就告诉过我,他曾看到过一幅曹雪芹画的《抚松远眺图》,上面盖了两个图章。其中之一就是"燕市酒徒",另外一章他记不得了。

这虽然是两个闲章,但我认为它们对于研究曹雪芹的反封建思想是有帮助的。

一九七七年一月六日于香山,十一月十一日改稿于沙滩。

第七篇　乾隆时德荣泥塑曹雪芹像的照片

　　早在一九七七年七月，我就听说香山正白旗舒成勋得到三张曹雪芹泥塑像的彩色照片：一张是正面的，一张是左侧面的，一张是背面的。据说这几张照片是一个退休的老大夫送给舒君的。隔了不久，我也得到了正面和侧面两张翻拍的照片。虽然没有了彩色，但塑像的大致情况，还是看得很清楚的。侧面的一张，大概是从较低的地位拍照的：抬头远瞩，神色奕奕，十分逼真，乍一看来，竟可误认为真人的照相。正面的一张，面上和目光的表情，令人看了有落拓、寒伧之感，但这也许正是塑像艺术的高明处，符合曹雪芹晚年的坎坷情况。

　　隔了些时，我就访知并认识了那几张彩色照片的所有者黄震泰大夫。黄大夫现年六十六岁，是协和医院早已退休的大夫。据他说，这三张照片是他现在国外任教的儿子黄庚所藏彩塑曹雪芹像的拍照。塑像原大不满二尺，底座有字，但黄大夫只记得"辛巳年制"几个字。他的儿子拍了正面、左侧、右侧和背面四个角度的照片寄回国内。黄大夫最早送给香山舒君正面、右侧面和背面的三张，最近他才送给我正面的一张，都是从国外拍的彩色原照。

这个塑像是谁的作品呢？有什么证据说明它是《红楼梦》的作者曹雪芹呢？截至目前，对这些问题，我们还得不到圆满解答。据黄大夫讲，原像是乾隆时曹雪芹的一个姓德的徒弟塑的，像的座下刻些字，现只知有"辛巳年制"四字。辛巳是乾隆二十六年，则此像当是雪芹生前由这个德某给他塑的。德某是谁呢？据黄大夫说，他姓关，名德荣，因泥塑手艺高，当时就有"泥人德"之称。又说这个塑像曾藏朱光沐家，朱光沐是张学良的属下，此人现在何处，无法得知。

据提供《废艺斋集稿》的孔祥泽说，《集稿》中本来有一册是讲泥塑和脱胎的。他还记得这册书上有曹雪芹一篇自序。序中大致内容是说明他写这册书的目的是为了让贫困不能继生的人，学一种维生的手艺。还说，他已教会了两弟兄，这两弟兄就是关德荣和关德诚。他们的塑艺都很好，但德荣更高些，当时人们看重他的技艺，故有"泥人德"的称号。这泥人德从乾隆时起，世代相传泥塑的技艺，直到前些年，他的后人还保存着他的一些泥塑的器物，一九六六年后损失殆尽。曹雪芹这个泥塑像，一个可能是曹家传下来的，另一个可能是泥人德家传下来的。可惜泥人德并没有什么记载留下来。泥人德的家族现在还有住在香山一带的，将来我想进一步访查一些消息。

把这个泥塑像的照片和文献材料印证一下，它们大致符合裕瑞说的，雪芹"身胖，头广而色黑"（见《枣窗闲笔》）。最明显的是"头广"这一点，极为符合。"身胖"在侧面的一张里也约绰看出。至于"色黑"，据我得到的那张正面彩照，大致也是不差的。懂得中国古时彩塑的人说：既是彩塑，就得按照中国的传统规矩，在塑完彩像的眉毛之上，用笔画另外两道眉毛。

我们细看侧面的一幅，便令人想到"接䍦倒着容君傲，高谈雄辩虱手扪"（敦诚），"曹子大笑称快哉，击石作歌声琅琅"（同上），"步兵白眼向人斜"（同上），"野鹤在鸡群"（敦敏），"高谈君是孟参军"（同上），"爱将笔墨逞风流……羹调未羡青莲宠，苑召难忘立本羞"（张宜泉）这些雪芹朋友描绘他的诗句。这个塑像的确是这样一个人物，它的神情可以说把上引诗句中的精神面貌表达出来了。

也许有人怀疑，中国乾隆时代会有这样高明的塑像么？关于这个问题，可以分两方面回答。一，这个塑像把神情也塑出来了，不光是面貌。可是它是否真和曹雪芹本人毕肖？这就很难说了，因为它毕竟不是本人的拍照，更不是电影的能动形象。二，据中国历史博物馆美术部的曹肇基同志告诉我说，中国的泥塑艺术，远在清朝以前就有塑得同本人极肖的高手了。该馆的泥塑专家余庠同志则听说过，泥人德是当时北京西郊一带的泥塑名手。结合这两点来考虑，我们可以说，泥人德这个曹雪芹塑像应该是同他本人的面貌相差不多的。

这个塑像的正面，和王南石画的那幅《幽篁图》中雪芹的脸形很相像。我一向认为王绘为真，这次比较一下，两者的相近，使我更加坚信王绘是真的了。只是塑像的脸长些瘦些，而王绘稍圆些，也胖了些——也许稍变圆些是由于雪芹胖了一些。相反，塑像同陆厚信的"雪芹先生"像，却相差很远，看不出什么主要相同之处。

一九七七年十一月于沙滩。

【附记】关于《废艺斋集稿》中讲泥塑的一册，我们过去毫无所知。最近孔祥泽同志告诉我《集稿》中讲泥塑一册曹雪芹写的小序中和《此中人语》中都有关于德荣塑像的话。但见于《集稿》小序中讲德荣塑像的文字，他已遗失。下面只是见于赵雨山所藏的《此中人语》一书第三卷的《释塑章》的几小段话。《释塑章》中对德氏弟兄第四次塑的雪芹像批道："此次所塑，貌则似矣，但眉骨、眼窝、准头、法令、口角等处，虚实不当。盖塑人之要首重神情。此塑面颊无煞纹，二目空凝故神意迷惘。貌虽似而神殊。此则所以失也。然冬衣之外，更着罩裤，其纹理本不易取巧，而塑时主次不紊，用环扣之法，故不觉繁缛；破叠绉之格，乃免于板滞。已脱出俗手多矣。勉之勉之！"又对第七塑批道："此塑神情甚佳，大异往昔，非仅力求貌似者矣。惜乎躯体失度，腿短臂长，故襟覆膝露，肘坠握强，衣纹则绸布不分，乃白璧之微瑕，留之以为鉴，不亦宜乎！辛巳孟夏七塑。"又《释塑章》

论四塑时原有句云:"(上缺)余之双眉尾散,故绘时宜前重后轻,以轻毫丝染眉梢,以示尾散之不聚资财也。"以上是雪芹原文,十分重要。虽因得知较晚,录于附记,读者幸勿忽之。

一九七九年五月于沙滩。

第八篇　曹雪芹所见之"如意平安图"

敦敏在乾隆二十三年冬或二十四年初所写的《瓶湖懋斋记盛》，是一篇较详尽的曹雪芹传记材料。可惜我们只看到《记盛》原文的前半部分，后一半至今仍无法得到。孔祥泽在一九七一年曾经从收藏者金福忠那里借抄原文的全部，他又把全文用白话写成一篇《懋斋记盛的故事》。遗憾的是，他抄的原文后来据他自己说已经丢失，以致我们今天要想知道《记盛》下半部的内容，就不得不通过孔祥泽所写的《故事》了。

《记盛》下半部记的是董邦达、过子龢、端隽、敦敏和曹雪芹、于叔度几个人在懋斋的聚谈，谈话涉及鉴别古画、绘画、北京的风向、扎绘风筝、放风筝、做菜等等。这些，我已在《〈瓶湖懋斋记盛〉阙文钩沉》（见我的《曹雪芹丛考》一书）一文中，较详介绍，不再多说。这里要谈的是乾隆二十三年腊月二十四日那天，他们鉴别古画的情况。

敦敏的□舅从福建回北京，带来许多字和画。他把其中署名李龙眠（即宋朝的李公麟）画的《如意平安图》，明朝商祚的《秋葵彩蝶图》等，送给了敦敏。敦敏为了鉴别这些画的真伪，曾两度往访曹雪芹于白家疃，都不遇，遂改请董邦达来鉴别。请董的日期是腊月二十四日。但二十一日敦敏却又巧遇曹雪芹于北京宣武门外的菜市口,他遂邀了雪芹去参加二十四日的聚会。那天董邦达、过子龢、端隽到了懋斋后,在吃饭以前,同曹雪芹和敦敏等讨论宋人李龙眠的那幅《如意平安图》的真伪。讨论的情况如下。

署名李龙眠的这幅《如意平安图》是一张工笔画。画中有一个胆瓶,外边裹着一块锦料的包袱。胆瓶内插着两朵荷花,衬在三片荷叶之间。荷叶下面有几枝竹,也插在瓶里。瓶的旁边还画了一盆灵芝草。盆下边放着一个托盘,盘内盛着佛手等果。画的右上角,写着"如意平安"四字,字下方写着"李龙眠绘"。除名章外,还有两个闲章,盖在画的左下角。

董邦达先问:"这幅画确是下了一番工夫,色也用的不错。雪芹你看怎么样?"雪芹看过了画后,答道:"这幅画不逊于元人的写生上品,但是谈到真伪,我怎敢在几位前辈面前妄加月旦?"董邦达道:"雪芹不要太谦,你已经指出这是仿元人笔意的写生之作了,何不直说出这不是李公麟的真迹呢!"过子龢便问雪芹:"您怎么断定是仿元人之作呢?"雪芹道:"这不难看出。李公麟是以白描人物享名于当时的,他下笔挥毫,如铁线迂回,后人很少有偌大笔力。他不喜写生花卉,而且这画里的胆瓶,已是元代式样,宋朝人怎么能够预拟元人的样式呢?这不是大好的佐证吗?"董邦达也接着说:"这幅荷花竹叶插在胆瓶里,固是实地写生;那盆灵芝和佛手,却是笔者虚拟。两者格调,并不相容。公麟为有宋一代名手,何能出此?雪芹卓识不差!"接着又看另外的几幅画。大家认为,只有明人商祚的花卉,可以断为真迹,其余都是赝品。于是,曹雪芹便对敦敏说:"只这商祚一幅足资珍藏,其他几幅,画得并不错,可惜笔者偏偏要题上前人的名字,企图抬高身价。这种徒务虚名的风气,明朝人已开其端了。"他们接下去的议论与《如意平安图》无关,故不再引述。

在二百多年后的今天,曹雪芹所看到、敦敏所收藏的这幅《如意平安图》,我们再想看到,是不容易了。虽然一九五四年邓之诚先生赠给我的《鹪鹩庵笔麈》手稿残卷的确是敦诚的遗稿,但敦敏的遗物,却至今尚未发现。

事情就这样凑巧,我在一九七五年曾经有机会看到香港《大公报》的《艺林》副刊数十期,竟在一九六五年二月十四日的一期上,看到了一幅香港人士所藏的元人《如意平安图》的刊印在报纸上的照片。(请参阅附图)报纸上复制的图片虽不甚清楚,但画的内容却是不会错的:一个用锦袱包在下半部的胆瓶,瓶中插着两朵荷花、三片荷叶,瓶里还插着小竹数枝;胆瓶的旁边有一盆灵芝草,盆下一个盛着佛手等果的托盘。这同上述敦敏收藏署名"李龙眠绘"的《如意平安图》的内容,完全一样。只是从这个复制图片里,看不出任何图章和题字。《艺林》的编者只加上元人《如意平安图》几个字,并无只字按语。

这个所谓"元人《如意平安图》"的发现,十分重要。除已向香港《大公报》致函访求该图的原投稿者的原照片外,特作初步估计如下。

由于画的内容完全符合,我认为这幅所谓"元人"《如意平安图》可能就是敦敏的□舅赠给他、曹雪芹所看到并加评鉴的那幅"李龙眠绘"的《如意平安图》。按《如意平安图》固然是中国画中常见的题材,但两者的内容这样分毫不差,却是罕见的事。假定它们是同一幅画,那么,为什么原署"李龙眠绘"变成了"元人"《如意平安图》了呢?由上述乾隆二十三年腊月二十四日大家在敦敏家的鉴别,曹雪芹已经指出画中的胆瓶是元朝的样式,故不可能是宋朝的李公麟所画,而是元人的作品。事后,敦敏采取了曹雪芹和董邦达鉴别的意见,遂将该画定为"元人"作品,并将标签改为"元人《如意平安图》",以代替原标签"宋李龙眠绘《如意平安图》",这是完全可能的。

也正是因为这样,这幅画流传到香港的收藏家之手以后,才把画里的"李龙眠绘"名章、闲章,都有意地遮蔽上,不使人看到,而以"元人《如意平安图》"的名目刊诸报端。因为这幅画,要说是宋人李龙眠画的,就是假的;但如以"元人"作品目之,它就是真的了。可见此图的香港收藏者的态度还是不错的。

还有一点要说明一下,曹雪芹在鉴别《如意平安图》时第一句话说:"这幅画不逊于元人的写生上品。"又在后来说:"其他几幅,画得并不错,可惜画者偏偏要题上前人的名字,企图抬高身价。这种徒务虚名的风气,明朝人已开其端了。"从这两段话看来,似乎雪芹认为《如意平安图》是明朝人的作品。这一可能性是有的。但即使雪芹当时是这个意思,他却不能肯定它是明人之作。他所肯定的只是"画里的胆瓶,已是元代样式"而已。敦敏根据雪芹所能肯定下来的看法,把原标签改为"元人《如意平安图》",是十分可能的。

如果是这样,那么,我们可以说,从孔祥泽的《懋斋记盛的故事》所看到的《瓶湖懋斋记盛》下半部的基本内容,便是可靠的了。整个《瓶湖懋斋记盛》的真实性,也从而得到了一个有力的佐证。

一九七七年十月二十四日于沙滩。

【附记】香港《大公报》所载此图,数年前曾荷《艺林》编者陈凡先生于来京时见告,谓可能是上海图书馆或上海博物馆的同志供稿。一九七八年我赴沪时承上图顾廷龙馆长和上博富华同志代查,均无线索。今年得陈凡先生由港来信,谓因年久,亦未查得投稿者为何人。只好希望该图持有者于见到拙文时,有以见示了。

一九七九年六月三日于沙滩。

第九篇　跋裕瑞萋香轩文稿

在乾嘉时谈论《红楼梦》的诸人中,裕瑞算是很重要的一个。从提供史料观点说,他的《枣窗闲笔》描绘了曹雪芹的形象,也说明了脂砚斋与曹雪芹的关系。这都是前此大家所不知道的事实。从版本研究上说,他是第一个坚持《石头记》前八十回是曹雪芹所作,而后四十回是高鹗所补的。他抨击高鹗甚力。后来发挥脂砚斋是雪芹之叔说的人,都是受了他的影响。谈雪芹相貌、风度的,也都很看重《闲笔》里面那几句有关的话。当然,他的年代较晚,这些情况都是他从他的"前辈姻戚"那里听来的。他的前辈姻戚是谁呢?以前考知是明兴和明仁、明义,还有曹雪芹乾隆二十五年去访过的明琳。他们对裕瑞所谈关于雪芹的情况,当然是可信的。现在我们又知道,借给永忠《红楼梦》读的墨香乃是《题红楼梦二十首》作者明义的堂姐丈,他们都熟悉《红楼梦》,也认识曹雪芹。所以,他们的话就更可靠了。

《红楼梦》前八十回和后四十回的问题也是裕瑞谈起的。从乾隆二十三四年起,到三十三年,弘晓所抄的、明义所题的、墨香所藏的和永忠读的《红楼梦》,都是前八十回的《红楼梦》。当然,明义在祝袁枚八十寿诗中提到的,就是一百二十回《红楼梦》了。裕瑞批评后四十回的话很尖锐,理由也很充足。无论从思想或文字哪方面看,前八十回和后四十回都很不同。宝玉婚后就出了家,本是脂批中言明了的关键性问题。但后四十回的续书或部分续书者,却让宝玉婚后又参加了乡试,中了举人以后才出家。它们在创作思想上的不同之处,还有不少,这里没有必要多谈。至于后四十回的文字,细心的读者也能看出与前八十回不同。自裕瑞提出了这两方面的问题以来,其后谈两者不同的人,大都还是循着这个路子。可见裕瑞是很有眼光的,虽然在基本思想上,他和今天谈这个问题的人不一样。

关于《枣窗闲笔》的内容,因已有人研究,不多说了。这里要谈的是:裕瑞的《萋香轩文稿》。

《萋香轩文稿》,裕瑞著,成书于嘉庆八年,是裕瑞中年之作。一九五四年,我受郑振铎同志之托为文化部洽购恩华氏所藏两千四百多册满洲人的著作(包括手稿)时,看到裕瑞许多手稿,其中似乎没有这本文稿,现在知道,《文稿》被潘重规君得到,并在香港影印出版了。该书首页翻印了我的《有关曹雪芹十种》中的瑛宝为裕瑞所绘《风雨游图》。第二页影印了裕瑞《枣窗闲笔》中的第四十一页。第三页是潘君写《影印萋香轩文稿序》。接着就是包括裕瑞的史论、游记和杂文二十一篇。其中多篇篇末,有法式善、杨芳灿、张问陶、吴鼐、谢振定等当时人的评语。

我想在这篇跋里谈以下两点:一,辨正潘君认为《文稿》是裕瑞手迹,而《枣窗闲笔》是"出于抄胥之手"之误;二,从《文稿》中,看看裕瑞的思想。

第一,潘君在序里说:"文学古籍社影印《枣窗闲笔》原稿,字体颇拙,且有怪谬笔误,如'服毒以狗'之'狗'误为'狗',显出于抄胥之手,谓为原稿,似尚可疑。读者试取二稿比对观之,当可得其真际也。余以为裕瑞文辞,出一时满人文士之上,今得其手稿(裕按:即指《萋香轩文稿》),未忍任其湮没不彰,遂付影印(下略)。"

"谓为原稿,似尚可疑。"这是潘君看了我的《考稗小记》后,对我的看法说的。我现在的看法,仍和潘君刚刚相反。我认为,《枣窗闲笔》是裕瑞的手写稿；而《萋香轩文稿》则或者"出于抄胥之手"，或者是他中年以前所写。关于《文稿》究竟是不是裕瑞的亲笔，因缺乏证据，无法证明，这里不谈。总之，《闲笔》是裕瑞的亲笔，《文稿》不能否证它，相反，它倒是可以否证《文稿》之为亲笔。

我的第一个证据是，一九五四年我获睹瑛宝为裕瑞所绘之《风雨游图》手卷时，图后即有裕瑞自己手写的《风雨游记》(《文稿》中有《游记》的抄文)。我当时曾把《游图》和《游记》一并拍照。现在取出《游记》的照片和《闲笔》的字迹比较，便可看出二者虽稍有楷书和行书的不同，但显然是出自一人之手。我特地把裕瑞跋《风雨游图》的《风雨游记》的原笔迹照片，附印在这里，读者也可以把它同《枣窗闲笔》的字迹，比较一下，即可证实它们是一人所书。但倘和《文稿》的字迹一比，那就可见显系出于二人之手。

可以作为辅证的是，我在一九五四年看到裕瑞的那些装订成册、成套的手稿的笔迹，都和《闲笔》的字迹相同，当然也和《游记》一样。

关于误"狗"为"狥"的问题，似乎错得可怪；可是，既然有了以上两项它们是裕瑞亲笔的确证，那就只能是作者本人误写。这种错误，在经验中可能很少，但绝不是不可能。

所以我认为，《枣窗闲笔》是裕瑞亲笔写的，而《萋香轩文稿》则是倩人所抄。

由于潘君对这部《萋香轩文稿》是"未忍任其湮没不彰，遂付影印"的，所以我不能不加以辨正，俾使将来的读者明了真实情况。潘君因未得睹我所看到的《风雨游记》手迹以及裕瑞的其他手稿，才有上述那个错误的推断。

第二，在潘君把《萋香轩文稿》影印出版以前，人们但知裕瑞谈《红楼梦》的一些意见，对他本人的思想，则所知甚少。但裕瑞这册《萋香轩文稿》，颇有可以看到他的一些思想之处。以下我们稍举几点。

按裕瑞，爱新觉罗氏，是豫良亲王修龄第二子，生于乾隆三十六年（辛卯），卒于道光十八年（戊戌），年六十八岁。乾隆六十年封不入八分辅国公，授委散秩大臣。乾隆时任镶白旗蒙古副都统；嘉庆时任镶红旗、正黄旗、正白旗副都统和护军统领职务，后授宗人府七品笔帖式。他的一生经过了乾隆、嘉庆、道光三朝。嘉庆十九年"缘事永远圈禁"，当时他才四十四岁。《风雨游记》写于"庚申六月"当系嘉庆五年所作，时裕瑞年三十岁。《游记》中"宿直于火器营之公馆"，可知他那时正做副都统。《文稿》中把他写的史论、杂文抄在一起，这些短文大约都是那个时期或其前后写的。从《文稿》里可以看出他三十岁前后的一些思想。兹举几点于下。

（一）裕瑞反对"华夷之辨"，主张二者相安和好。从顺治初到裕瑞写文章时，满族政权已有一百五十多年。裕瑞不仅是满族人，而且是统治家族的"天潢"，他自然会有泯灭"华夷之辨"的思想。我们现在对他这种看法，不加深论，只看他这个满洲统治家族的成员对此问题的看法，就很有意思了。

《文稿》中有一篇《驳范氏胡氏通鉴纲目华夷论》。在这篇短文中，裕瑞首先反对中土的"妄自尊大"和严"华夷之辨"。他说：

> 呜呼！中国之人视夷如鬼魅，自亦尊之至矣！

他认为这种自以为尊的想法，是没有根据的；这是"小儒"们"误解孔子尊周攘夷之意"，并把这种"误解""横亘胸中，牢不可化"。他说，其实"舜东夷，文王西夷，虽非绝域，究不外乎'夷'。天生圣人，何尝沾沾限以地哉"！

裕瑞不但说"华夷之辨"的看法没有根据，也说这样做法不但不智而且无效。他说：

> （上略）画疆为界，坚壁清野，日日屯兵而防御之，始无忝圣人华夷之辨；吾恐八方之夷，既不畏威，又不怀德，觊觎腹心，四面为敌，中原自此无宁日矣！

实际上，这样做法的结果必然是：

夷强则侵割中原郡县，夷弱则并入中原版图。

他说，"汉、唐以降，诸儒严华夷之辨者，几至汗牛"，但那都是些"空言，实无补于当世"，其实"历代之明君贤相，皆不能取空言以资实政"。也就是说那些"明君贤相"是要考虑"时势"的，是要考虑利害、权衡得失的，所以，事实上那些"明君贤相"对于两者的关系，常常采取"安于和好"的政策。

裕瑞以上这种看法，在当时满洲人的统治阶级都会是同意的，但汉人的看法就不会一样。关于这个问题，我们不想深谈。

（二）《文稿》中还有些触犯当时最高统治者的忌讳的看法。在《苻坚论》中，他斥"书生"说他们"往往以成败论人"。他们"对成者则誉其有致成之方，败者则责其有取败之道"。这种"鼓唇于事后"而自"以为明见前知"，实在是"以穿凿发管见"，可鄙得很。他在《唐太宗论》里，又责李世民杀兄为"不仁"。这些言论和《红楼梦》第二回冷子兴说的"成则王侯败则贼"，同样都大触忌讳，可招巨祸。我们知道，雍正与其弟兄夺嫡得到皇位，最怕人家说"成则王侯败则贼"这类话，最喜欢听他自己是受遗命的、合法的皇位继承者一类的话。又因雍正争夺帝位残害他的兄弟致死，所以当时谁都不敢有涉及统治阶级内部统治斗争的议论。瑶华、书诚批永忠的诗时，对永忠诗中屡用"淮南王"这一典故，都一再警告他不要用。因为在永忠的诗中，他的祖父允禵就是淮南王的地位；而允禵和雍正正是争皇位的两方。裕瑞为什么特别对唐太宗之杀兄，竟敢发这样的议论呢？我估计，裕瑞写这篇文章的时候，去雍正夺嫡已有七十多年之久，距乾隆四年弘晳的案子也有六十多年了，时间相隔既远，那忌讳恐怕也就不怎么严了。此外，嘉庆十九年裕瑞"缘事""永不叙用""永远圈禁"，他可能有强烈的不满情绪。但他写上述二文，却是远在此前，故不合。是不是他老早对于争夺皇位的斗争有他的看法呢？我们就不得而知了。

（三）裕瑞对名节、食色和男女的看法。《文钞》中有一篇《苏子卿纳妇异域论》，该文通过他对名节、食色、男女的看法来论苏武在匈奴纳妇生子的事。他的基本观点是：

> 食色性也，设非有关名教者，亦不可须臾离也。

从这一观点出发，他认为苏武"奉使敌国，不幸被羁"，但能做到"雪窖握节，不辱君命"，可以说，苏武已全了"名节"。苏武想生还汉室，既有生还之意，则不当死，因为"死伤勇"。

既然活着，那么"匈奴之酥酪可餐，大漠之牛羊可牧"。至于他在那里娶匈奴女子为妇的事，裕瑞认为：

> 穹庐之妾妇，亦可御也。

裕瑞又进一步追究武娶胡妇的动机。他说，苏武之在匈奴娶妇，并非像腐儒所解释的，是什么为了"无后"；而是"适性"之常，亦即"适"那食色之"性"的常情。他又说，假使当时有人问苏武："兹（裕按：指娶胡妇）非为去家久，以风怀而行其常乎？"他以为苏武必定笑而点头。但假如问苏武："兹非为子孙计，以大义行其权乎？"他说苏武必定反而"默然不应"。

裕瑞这个设想，是同他前面那个"食色不可须臾离也"的基本观点相符合的。但是，他这"行常"却只限于男，不适用于女。他说：

> 人伦之中，女无再适之行，男有再娶之道。

而那位高鹗的姻兄张问陶，却在裕瑞这篇短文之后亲笔写了评语曰"菩萨语"。张问陶就正是说高鹗"艳情人自说《红楼》"那首诗的作者。

结合裕瑞受处分在沈阳永远圈禁时，有强逼居民徐恭休妻，鬻彼为妾的事，裕瑞这个人的夙行可知。可见裕瑞和替他上述议论"叫好"的张问陶以及当时其他士大夫和官僚们的侈谈《红楼梦》，都是喜欢其中"言情"的故事。他们对女人的看法，完全是儒家那套"男尊女卑"的道德观念。这和《红楼梦》作者曹雪芹的看法岂可同日而语？这些人，尽管对于《红楼梦》的原作及其续书的问题，有些可取的意见，但他们绝不可能了解曹雪芹,更不可能真正了解《红楼梦》——他们是封建社会和封建道德的拥护者,曹雪芹是反对者。

一九七七年八月二十二日晚于沙滩。

第十篇　曹雪芹红楼梦琐记自序

余自一九五四年即草《考稗小记》，迄今廿余载矣。《小记》初不限于曹霑及《红楼梦》事，如《浮生六记》作者沈复之画，世鲜知者，辄亦记之，以飨读者。历时既久，积稿渐多，涉及曹、《红》者，几占什之九，遂将其什之一删汰，以求一律。《小记》先后刊于余之《有关曹雪芹八种》及《有关曹雪芹十种》。一九六三年后，以迄今兹，又撰《续记》数十则，亦一并刊之，而更名为《曹雪芹〈红楼梦〉琐记》。

《琐记》取材有三：一曰口碑，二曰文字，三曰实物。此系就资料本身性质而言；若就余获知之经过言，则有直接调查与间接所闻之别。此诸情况，均于各条中注明。

《琐记》虽非"有闻必录"，然凡有关曹雪芹及《红楼梦》故实之见闻，大都纪之，意在供博雅之识别，不暇避芜杂之讥耳。

曹雪芹不惟为中国文学史上之巨匠，即侪于世界作者之林，亦罕有其匹。惜其有关资料，世不多觏。直至近年，始有重大之创获，其详见余之《曹雪芹丛考》（上海古籍出版社）及即将脱稿之《曹雪芹传记故事》等书中，兹不多赘。

流光易逝,忽忽已届耆年。自兹以往,有关曹、《红》之材料,仍将有所发现,诚望来者,续有佳构,则雪芹生平,《红楼》真谛,庶可大显于世焉。
　　一九七九年四月三日负生记,时居沙滩已三十有三载矣。

第十一篇　曹雪芹红楼梦琐记

一　王冈绘曹雪芹像

一九五四年六月十六日人民文学出版社某君抄寄《曹雪芹画像照片附识》云："此图右下角款云旅云王冈写。小印二方，朱文。冈，南石。图为上海李祖涵(韩)氏旧藏，曾刊于《美术周刊》。李氏有题语，略云：'王南石名冈，南汇人，黄本复弟子，乾隆庚寅卒。见《画史汇传》。像后题咏有皇八子(有宜园印)、钱大昕、倪承宽、那穆齐礼、钱载、观保、蔡以台、谢墉等题。'启功按：《美术周刊》出版处及期号俱不详，此项题语，乃李氏致函叶恭绰氏所自述者。又藏者致叶氏函云：'乾隆题者八人中，其一上款署雪琴，其七上款署雪芹。'"余得此《附识》后，又有人云：左上方有"壬午春三月"数字，题像诗中有一人称雪芹为"姻兄"，另一人称"学长兄"。题像诗现均不可得。据李祖韩语人云：乾隆时人题诗者远不止此八人。余意《春柳堂诗稿》作者张宜泉与雪芹友善，《诗稿》中有《题芹溪居士》(原注云"姓曹，名霑，字梦阮，号芹溪居士，其人工诗善画")一诗，观其词意，当系题照诗之一。此外敦敏、敦诚亦不能无题诗,惜已被藏者于重裱时剪掉,无从稽考。陶心如告余:此像已由藏主运往香港;叶恭绰氏则谓:雪芹像当仍在收藏者之手,惟不肯示人耳。一九五五年,张国淦先生曾为余函李祖韩,索录题诗,李曾复允,惟终未见寄。一九五六年张国淦又转倩翁文灏函商与李,亦卒无消息。此一文学巨人之重要资料,遂不可得。一九六三年三月,得悉胡适于一九六一年一月在香港海外论坛上发表《所谓曹雪芹小像之谜》,谓于三十年前曾见李祖韩所藏此像于上海,且谓题像者尚有陈兆崙(浙江钱塘人)、秦大士(江苏江宁人,乾隆十七年状元)二人。

二　侯堮谈延芬室诗稿有二

六月十二日晚侯堮先生见访,畅谈三小时,甚快。据云,《延芬室诗稿》有二:一为永忠手自抄录精裱锦装者,原藏燕京大学图书馆;二即余近获之残稿本。(此条写于一九五四年,该残稿本,今归北京图书馆。)侯谓二十余年前,彼草《觉罗诗人永忠年谱》时所见之残稿较之现存者为多。残稿中有官堆纸小笺,注明两本异文。余未晤侯前,曾戏谓静兰曰:"此必侯之笔迹也。"余固未尝见侯字。是晚询之侯先生,果然。静兰称奇不止。侯所见之精本,惜已不可得见矣。

三　楝亭夜话图

七月十一日叶恭绰先生以电话见告,《楝亭夜话图》已检出,余即往观。闻张见阳善绘事,此幅用淡笔浅描,虽不甚工,然颇饶夜色苍茫迷离之致。各家题诗甚多,重要者自推夜话三人,即曹寅、施世纶及张见阳也。又,顾贞观题词亦有参考价值。惟最耐人寻味者,即楝亭题《夜话图》末数句与《雪桥诗话》三集第四页所载之题诗不同。《诗话》末数句云:"家家争唱《饮水词》,那兰小字几曾知?班丝廓落谁同在?岑寂名场尔许时。"原图题诗云:"家家争唱《饮水词》,那兰心事几曾知?布袍廓落任安在,说向名场此一时。"以此不同于纳兰词中之多凄苦语及那拉氏兴亡之史事,联系推敲,或当别有新解。

四 题王绘雪芹像诸人

谢墉字崑城,浙江嘉善人。乾隆二十七年,曾为雪芹画像题句。《清史稿》列传九十二有传。乾隆十六年南巡时,墉以优贡生召试,赐举人,授内阁中书。十七年成进士,改庶吉士授编修。又曾任工部侍郎,督江苏学政。四十三年调礼部,四十五年调吏部,四十八年复督江苏学政,五十一年任满还京师。按《清史稿》称墉"两任江苏学政",一在四十三年以前,一在四十八年至五十一年,而《大清会典事例》三百六十八卷则谓五十三年墉任学政,必有舛误。据《会典事例》言,墉于乾隆五十三年任学政,阿桂奏外间传有"谢墉抽身便讨,吴玉纶倒口即吞"之语。(裕按:"谢"字抽出"身"字,即成"讨"字;吴字将"口"置于"天"字之下,即成"吞"字。)据闵鹗元奏,墉初在吏部,后任江苏学政,声名不佳;惟复任时,则颇谨饬。乾隆在热河,吴系扈从,谢亦引见。乾隆面询并诘因何有"抽身""倒口"之语?伊二人则皆奏:系《寄园寄所寄》小说所载陈言,想系怨之者因而附会云云。卒降调为内阁学士,其职不过专司批本,并无应办紧要之件。乾隆六十年卒。观保字伯容,一字补亭,索绰络氏。曾祖都图,赐姓石氏,隶内务府正白旗满洲石东村子。乾隆丁巳与从弟德保并举进士,改庶吉士散馆,授检讨。累官礼部尚书,罢,复官左都御史;有《补亭诗稿》。钱载字坤一,号箨石,又号瓠尊,晚号万松居士。浙江秀水人,雍正壬子副榜,荐试鸿博,再荐经学。乾隆壬申进士,官至礼部侍郎。诗精于杜、韩、苏、黄,脱去蹊径,自名一家。工书善水墨花卉,有《箨石斋诗文集》。倪承宽字馀疆,号敬堂,浙江仁和人。乾隆甲戌第三人及第。官太常寺卿。钱大昕字及之,又字晓徵,号辛楣,又号竹汀,江南嘉定人。乾隆甲戌进士。官至少詹事。那穆齐礼字鲤庭,一字立亭,镶红旗满洲人。乾隆丁丑进士,改庶吉士散馆,改主事,累官詹事。蔡以台,浙江嘉善人,乾隆二十二年(丁丑)进士。

五　益斋谈东皋与红楼

益斋有寄臞仙诗,中有句云"红楼一任说,我说是东皋"句。按敦诚诗注有云:"潞河之东皋,宗室问亭将军博尔都园。"则东皋之地可知。《红楼》之记,亦多一说。

六　曹寅之东皋草堂记

曹寅有《东皋草堂记》,其中有云:"仕宦古今之畏途也,驰千里而不蹶者命也。一职之系,兢兢惟恐或坠,进不得前,退不得后。……余异日倘得投绂以归,徜徉步屧于东皋之上,述今日之言,仰天而笑,斯乃为吾两人(裕按:指与其弟)之厚幸矣。"以此与《楝亭夜话图》曹寅题句"始觉诗书是坦途,未妨车毂当行潦"合观,以之与康熙五十年三月初九日曹寅奏折"两淮事务重大,日夜悚惧,恐成病废;急欲将钱粮清楚,脱离此地……",及康熙批语:"亏空太多,甚有关系,十分留心,还未知后来如何,不要看轻了!"合观,可觇曹寅为官时之心理情况。

七　得硕亭之草珠一串

恩华藏书中有得硕亭所著《草珠一串》一册,中多记清代京师风俗之小诗,可资考证掌故。"做阔(京师名学大器派者曰'做阔')全凭鸦片烟,何妨作鬼且神仙;开谈不说《红楼梦》(此书脍炙人口),读尽诗书是枉然"一诗即见于该书。道光六年草舍居士《红楼梦偶说》,序文开始即引此诗之末二句。

八　宗室书诚

书诚字实之,号季和,一号子玉,又号樗仙。辅国将军长恆子,封奉国将军。居石虎胡同之灌读草堂,汲井种菜。别业曰"小江南",去南郭十里,地名沙龙。与永忠友善。写梅得天趣,工诗,著《静虚堂集》,其早年诗集曰《诗瓢》。永忠有《诗瓢遇合记》一文,记《诗瓢》历经周折,失而复得之过程甚详。连绪斋上公藏有金粟笺墨梅石立帧,题款一行,左上七绝一首。

九　王南石为董邦达客

绘曹雪芹像之王冈字南石,号旅云山人,江苏南汇航头镇人,黄本复弟子。工花卉人物,并善写照,虫鱼尤生动。生于康熙三十六年,卒于乾隆三十五年秋,享年七十四岁。尝游京师,为董邦达客,凡画苑供奉之作,多出其手。按董生于康熙三十八年,卒于乾隆三十四年,而王于乾隆三十三年及三十五年均在原籍。陶心如先生曾见《独坐幽篁图》右上方有"壬午春三月"数字,当系南石乾隆二十七年旅居京师时所作。今据《春柳堂诗稿》《题芹溪居士》一诗中"苑召难忘立本羞"句,则可能有由王冈或董邦达介绍雪芹入画苑之拟议。

一〇　敦诚之主敬存诚章

一九五四年四月偶于敦敏《懋斋诗钞》手稿中,获"主敬存诚"章一纸。余以《诗钞》既为敬亭手批,则此章为敦诚物无疑,因黏附其《鹪鹩庵笔麈》手稿之后,今之影印本有余一短跋。《诗钞》原为恩华氏所藏,《笔麈》则为邓之诚先生物,今得珠合,亦云巧已。

一一　鹪鹩庵笔麈数则手稿

敦诚《鹪鹩庵笔麈》手稿,邓文如先生藏。一九五四年夏初,访文如先生于其海淀寓舍,先生辄以《笔麈》相赠。《四松堂集》原抄本已为人所重视,《笔麈》为敬亭手迹,更可宝贵。《笔麈》虽只存晚年各条,与考订雪芹无直接关系;然间接可以从中推论处,则未尝无之。关于墨香、嵩山之材料,亦有可以参考之价值。惟最重要者,即以《笔麈》中"红烛薰天"四字(其他字迹亦肖)与《懋斋诗钞》眉批"璞玉未刻,浑(裕按:'浑'字影印本作'军',已失'氵'旁矣)然天宝"八字比观,可觇实出一人之手,因得证明《诗钞》为敬亭手批。且《戏赠敬亭山居》第二首绝句之上端,原笔迹批云"谑我亦佳",此非敬亭而谁也? 此外,《笔麈》封皮"望桂圃弟可将此册内数条,转烦汤老先生抄出,附入《鹪鹩庵笔麈》后,此系末年所作也"诸字,与《诗钞》末黏《水阁山庄》、《溪桥策蹇》、《云岩凫影》字迹相同,均为敦敏笔迹。又以此行书三诗与《春柳十咏》及《小序》、《小雨访天元上人》字迹相较,则后者为敦敏之楷书。推而论之,《诗钞》工楷,亦敦敏字,知书者类能鉴别。然则,《懋斋诗钞》,敬亭所批而子明之手稿也。

一二　曹雪芹前后均有十二钗之称

朱竹垞《静志居诗话》有"赵彩姬字今燕,名冠北里。时曲中有刘、董、罗、葛、段、赵、何、蒋、王、杨、马、褚,先后齐名,所称十二钗也"一则。《茶香室三钞》云:"按此则今小说中所称'金陵十二钗',亦非无本。"裕按:永忠《延芬室集》乙巳诗,有《戏题十二钗画障为伴月赋》一首云:"十二吴姬簇锦屏,临风玉貌各娉婷。若为唤得真真下,一曲霓裳卧里听。"时值乾隆五十年,即雪芹逝后二十一年。永忠固于乾隆三十三年始得读《红楼梦》,而竹垞说则早于雪芹甚久。《红楼梦》第二回:"本贯姑苏人氏。"甲戌本批云:"十二钗正出之地,故用真。"以此与永忠"十二吴姬"对看,再上溯朱彝尊"所称十二钗也"云云,则此种一在雪芹之后、一在其前之情形,正表示十二钗之说,不但为雪芹著书取材所本,且至雪芹卒后,亦颇流行。

一三　嵩山之菊花诗

永𢘅号嵩山,与雪芹并世。今按其《神清室诗稿》中卷亦有《访菊》、《对菊》、《梦菊》、《簪菊》、《问菊》诸诗,岂受《红楼梦》之影响乎?抑此类诗题先雪芹已流行耶?

一四　大明角灯

《红楼梦》戚本第五十三回有句云"也挑着大明角灯",百二十回本同回则作"挑着角灯"。按"明角灯"有大有小,此处原作"大明角灯"以示非小明角灯。而百二十回本删"大明"二字,有所避忌耳。

一五　春柳堂诗稿中有关曹雪芹诗

一九五五年四月王利器先生见告张宜泉有关曹雪芹诗四首。恩华《八旗艺文编目》谓:"宜泉,原名兴廉,镶黄旗汉军,官侯官知县,鹿港同知。嘉庆己卯举人。"盖有舛误。按余后由王君手借读《春柳堂诗稿》,细审全书,知作者为张宜泉,不必名兴廉,终身无功名,晚年以教馆课徒为生。有关曹诗散见于《诗稿》,其一《怀曹芹溪》云:"似历三秋阔,同君一别时;怀人空有梦,见面尚无期。扫径张筵久,封书畀雁迟;何当常聚会,促膝话新诗。"其二《和曹雪芹西郊信步憩废寺原韵》云:"君诗曾未等闲吟,破刹今游寄兴深;碑暗定知含雨色,墙隤可见补云阴。蝉鸣荒径遥相唤,蛩唱空厨近自寻。寂寞西郊人到罕,有谁曳杖过烟林。"其三《题芹溪居士

(姓曹名霑字梦阮号芹溪居士其人工诗善画)》云:"爱将笔墨逞风流,庐结西郊别样幽。门外山川供绘画,堂前花鸟入吟讴。羹调未羡青莲宠,苑召难忘立本羞。借问古来谁得似?野心应被白云留。"其四《伤芹溪居士(其人素性放达好饮又善诗画年未五旬而卒)》云:"谢草池边晓露香,怀人不见泪成行。北风图冷魂难返,白雪歌残梦正长。琴裹坏囊声漠漠,剑横破匣影铓铓。多情再问藏修地,翠叠空山晚照凉。"诗中有关雪芹之重要事实,一曰字梦阮,其他雪芹、芹溪、芹圃皆为号。二曰年未五旬而卒,雪芹似应为曹頫妻马氏所生之遗腹子。若然,则雪芹卒年四十八岁,对于说明《红楼梦》之写作,较为合理。三曰雪芹居处确在西郊,且为近山傍水之地,然又冷落为人所罕到,则非当时繁华之海淀可知。此外能诗、善画、好饮、放达,尤可与以前发现之材料相印证。

一六　砺堂藏书章

《懋斋诗钞》手稿有"砺堂藏书"一章,不知为何许人。近读长白伯麟之《退思斋吟草》,有《秋日同倪松泉山长蒋砺堂方伯蒋培元廉访西郊观稼小憩近华浦和砺堂方伯原韵二首》,可知砺堂姓蒋。后读《清史稿》列传一百五十三,则知砺堂即蒋攸铦,固有传。蒋乾隆三十一年生,道光十年卒。汉军镶红旗人,先世由浙江迁辽东,入关居宝砥。蒋乾隆四十九年进士,官至刑部尚书,两江总督,与法梧门友善。《退思斋吟草》亦有"砺堂藏书"及"臣本布衣"二章,因知《懋斋诗钞》亦曾为蒋所藏。有人谓《诗钞》中"臣本布衣"一章,为敦敏物,盖误。《吟草》,《八旗艺文编目》作《诗钞》,凡四卷,有嘉庆十三年戊辰孟冬上浣钱塘汪润之序。按伯麟字玉亭,号梅坪,氏瑚锡哈里,隶正黄旗。由翻译举人官笔帖式,擢赞善。嘉庆甲子由山西巡抚,授云贵总督。道光元年官体仁阁大学士,管理兵部,二年休致。四年八月卒,谥文慎。

一七　恆仁之月山诗集

由《月山诗集》中可知：月山次子"宜孙字贻谋，生而宽厚，族党咸以宽呼之。曾任右翼宗学副管，丁酉即世"。宜孙有子二：一明绳，宗人府主政；二明纨，宗学生。宜孙弟即宜兴。月山名恆仁，字育万，袭辅国公，后以不应封失爵。卒于乾隆十二年五月十一日。集中有《示敦敏》云："胸罗星宿气干云，年少偏怜好古勤；囊锦探奇常晓出，杖藜照读每宵分。龙头预卜魁多士（原注：明岁将入宗学会试），桃实行看赋有蕡（原注：明岁完姻）。应笑谢元空颖悟，正烦睢取紫罗焚。"又《示敦诚》云："兄弟齐名似陆云，行年总角学能勤；旧书已解千回读，疑义从教片语分。观海故应无众水，种花还望结奇蕡。莫言文史三冬足，试取兰膏继晷焚。"诗题下宜兴注云："先八伯父次子出继先九叔祖子大叔讳宁仁为嗣，号敬亭，有《四松堂稿》。"

一八　曹雪芹之画及二章

魏宜之君为余言一九三一年前后，天津王某以微值购得画一幅。画为老松人物，题曰"燕市酒徒"，下署"雪芹"，又下为二闲章。另一边则有"红楼梦主"一章。按雪芹居健锐营时，固尝鬻画；赵常恂曾致余函，谓其字画于清末尚有人收藏。雪芹有画流传，固意中事，特极为罕见。此幅只有"红楼梦主"一章可疑，"燕市酒徒"则十分可能为雪芹自谓之语。已嘱言之者函其津友代询此画之下落矣。

一九　空空道人所书八字篆文

得魏宜之君藏"云山翰墨冰雪聪明"八字篆文，谓为雪芹所书。按篆文并不工,然信手写来,亦自有致。下署"空空道人",有"松月山房"阴文小印一方,刻技尚佳,色淡朱。"翰"字稍损,"明"字月边下首有描处。见之者,邓之诚先生谓纸确为乾隆纸,而印泥则不似乾隆时物,盖乾隆时之印泥色稍黄云云。余谓倘能断定为乾隆纸,则印泥不成问题。盖不惟此印印泥本即为浅朱,即使为深朱亦不能必其为非乾隆时物。"空空道人"四字行书,笔意甚健。此十二字,果为雪芹所书否,虽不可定,然一九六三年二月晤张伯驹先生,谓"空空道人"四字与其昔年所见雪芹题《海客琴樽图》之字,"都是那个路子"云。

二〇　熙朝雅颂集中何以无曹雪芹诗

曩读铁保辑之《熙朝雅颂集》而怪之,以为何以作者皆权贵耶?近读舒批《随园诗话》,此疑遂释。据舒批言:"法时帆蒙古人,乾隆庚子进士。其人诗学甚佳,而人品却不佳。铁冶亭辑八旗人诗为《熙朝雅颂集》,使时帆董其事。其前半部,全是《白山诗选》,后半部,则竟当作买卖做。凡我旗中人有势力者,其子孙为其祖父要求,或为改作,或为代作,皆得入选;竟有不识丁以及小儿女子,莫不滥厕其间。"云云。然则,吾侪今日不能于《熙朝雅颂集》中求贫困落拓如雪芹之类人诗,明矣。

二一　明义谈随园即红楼

明义和袁枚《八十寿言》诗共十首,《随园全集》只收其七。其有关考证史事者,第六首云:"半生俯首与低眉,宦味酸咸我自知。野鹤绝无干禄梦,好花宁有出墙枝。退身学圃何妨早,得道升天不厌迟。五福毕臻三乐备,总缘身际太平时。"第七首云:"随园旧址即红楼,粉腻脂香梦未休。定有禽鱼知主客,岂无花木记春秋。西园雅集传名士,南国新词咏莫愁。艳煞秦淮三月水,几时衫履得陪游?"原注云:"新出《红楼梦》一书,或指随园故址。"

二二　石头记批语中之刚丙庙

《红楼梦》庚辰本第四十三回"因听些野史小说便信了真",下批云:"近闻刚丙庙又有三教庵以如来为尊,太上为次,先师为末,真杀有余辜,近谓此书救世之溺,不假。"按刚丙庙实有其地,在旧燕京大学东大地。据此可知批者必熟悉北京西郊情形,或即居西郊一带。

二三　庚辰本圈点葬花吟

庚辰本《红楼梦》二十七回《葬花吟》,有原批者之圈点。全诗或有圈,或无圈,或七字中二三字着圈而他字则无圈;但皆有规律可循。一般皆着六七圈。惟"明年闺中知有谁"旁十四圈,"他年葬侬知是谁"十三圈,"便是红颜老死时"后五字各有一圈,"一朝春尽红颜老,花落人亡两不知"各十圈。按此诸句无不与女人有关,意批者圈者,必为一女子,故有"言我之所欲言"之感。一般圈诗,或因诗句好,或因诗句恰合一己之情况。《葬花吟》之圈者,显然以后一原则着圈,然则,此一女子岂敦敏诗"秦淮旧梦人犹在"中所谓"犹在"之人耶?

二四　曹雪芹之书简

闻魏宜之君言,一九五四年春有人以曹雪芹书简求售,索价至数百万元(核今之币值数百元)。亟详询之,据云,彼所见之两页为雪芹行书信札,系寄某旗人者,略谓嘱作之诗,因忙至今始得奉上,不知合用否,请斧正等等。函后签名不作"雪芹",而为一不经见之别号,但此别号为何,魏君已不复记忆。余按敦诚固曾索雪芹题其所作《琵琶行传奇》一折,以此函内容言,岂雪芹致敬亭书耶？余意二百年来,雪芹旧物墨迹,虽少所闻,而敦氏著作,时有发现。前如邓文如先生所得之《鹪鹩庵笔麈》手稿,近如余介售文化部之《懋斋诗钞》手稿。魏君所见之信札若真为雪芹所书,或亦藏于敦氏手中。敦诚之《闻笛集》虽系抄录友人诗文书简,然原简亦必保留。至魏君言署一不经见之名云云,按雪芹字"梦阮"近始发见；若署梦阮,则魏君不知固矣,而与知友如敦诚者通信,雪芹自署"梦阮",亦无可异者。

二五　赵常恂谈曹雪芹住健锐营

一九五四年余在《新观察》发表有关曹雪芹考证文章之后,赵常恂信卿先生于一九五四年十月十八日来函见告：雪芹之居处在北京西郊健锐营。原函云："(上略)曹雪芹穷居著书的地点,可能在北京西郊的健锐营(香山附近,是八旗兵驻在地)。我幼年在北京读书时(满蒙文高等学校,在西城丰盛胡同),有一个同舍生是北京西郊健锐营人。他每星期六出城回家,星期日归校。他常说郊外骑驴如何有趣,西郊风景如何优美。偶谈起《红楼梦》来,他又说作《红楼梦》的曹雪芹就住在他们那里,后来也死在那里。雪芹的旧居房屋,犹有痕迹可指；也还有人收藏着雪芹所写的字画,此外并说了些雪芹的轶事。"此传说颇有价值,与余推测雪芹居处亦合。

二六　王茂森之梅隐集

《八旗艺文编目》九十九叶载《梅隐集》,系"汉军王茂森著,茂森先故旗籍,以裁旗分隶常熟,自号云浦,游文殊院,常窃睨诸生旁,遂通四声,操笔为韵语,便有思致"。按脂砚斋批语两及王梅隐,当即此书作者。若能得其《梅隐集》,或可获有关雪芹之材料乎？

二七　天香楼

《红楼梦》中有天香楼,周汝昌先生谓出自慎郡王允禧所书"天香庭院"四字。允禧所书,今仍存北京定府大街辅仁大学旧址。周并谓允禧与曹家交好云云,见其《新索引》第二十三条。今按"天香楼"一词于与雪芹友善之张宜泉《春柳堂诗稿》中,曾两见之。其一为《和欧阳先生会饮天香楼原韵二首》,其二为《九日戏寄郑恆斋被人约饮天香楼》。可见天香楼于乾隆二十几年时,实有其地。雪芹既与宜泉友善,那得不知?援之入书,亦殊自然。

二八　敦诚诗中之歌儿黛

敦诚《四松堂集》有《筠园席上赠歌儿黛如前韵》一首云:"一曲清歌半日欢,章台柳色放春难;鬓丝禅榻无聊客,忍听明珠落玉盘。"按"歌儿黛"一词甚可推敲,再以"章台柳色放春难"句证之,则筠园其沙吒利耶?若然,孰是韩翃?筠园名书达,敦诚宗弟,别号梦鹤道人。此诗成于乾隆四十六年,试取《红楼梦》脂砚斋批中之所谓"近之女儿"诸处,大可参稽,或有新解,亦未可知。

二九　舒坤批本随园诗话

《随园诗话》舒批文辞不佳,然足资考证与《红楼梦》有关之故实及乾、嘉史事。批者何人,迄无定考。关朴先生为余言《批本随园诗话》批者名舒坤,为其夫人之先人。坤字梦亭,姓爱新觉罗氏,崇敬舲先生伯父,闽督伍季敷先生之长子。乾隆三十七年壬辰生,道光廿五年卒,年七十五岁。梦亭有胞弟兄六人,曰坤、敦、敏、斌、欣、绅。敦字仲山。敏字叔夜,号石舫，著有《适斋居士集》，即崇禹龄先生之父，关朴先生夫人之高祖。梦亭居长而行三，石舫第三而行五，继大宗也。《批本》第十八页有"乾隆辛亥余年二十岁"一语，第六十五页有"嘉庆四年……余年二十八岁"一语，均与梦亭生年吻合。关又为余抄其夫人家谱有关舒坤者云："第一子舒坤，乾隆卅七年壬辰七月初六日继母伊尔根觉罗氏郎中兴泰女生，因伊父获罪发遣，道光廿五年二月十四日卒，年七十五岁。嫡妻他塔拉氏乌章阿女，妾李氏李大之女。"此项材料，殊为可贵，因亟录之。

三〇　曹未风函告曹雪芹居处

一九五四年九月二十八日上海曹未风先生函余云："（上略）见《新观察》先生文内谈到曹雪芹在北京西郊住处问题。记得在一九三〇年曾在北京西郊到过一个村子（在颐和园后过红山口去温泉的路上附近），名叫'镶黄旗营'，曾听得一位当地人士谈到：曹晚年即住在那里，并死在那里。不知曹是否为镶黄旗？事隔多年，可能记忆有误。提出来仅供参考。先生如在京，有暇不妨去采访一下，或可有所收获也。（下略）"此又为一新材料。余与曹先生无一面之雅，乃得热心如此，盛意可感。

三一　矮䫜舫

《红楼梦》庚辰本三十八回脂砚斋批云："伤哉，作者犹记矮䫜舫前以合欢花酿酒乎？屈指二十年矣。"由庚辰上溯至庚申二十年，时为乾隆五年，雪芹约二十六岁（按卒年四十八说），曹頫约三十九岁，起用内务府员外郎后之第四年也。时曹家稍苏，故有盛游酿酒之事。按宗室文人，亦多能酿酒。嵩山能以菊叶制酒，名彭泽春；又能以橘制酒。樗仙以竹叶制酒，名颐志春，又有潇湘春。雪芹酒虽无名，其为当时文人居闲所事则一也。

三二　荣剑尘谈健锐营

老艺人荣剑尘住北京西直门内崇元观西井胡同五号。余承关朴先生之介，于一九五五年十二月十二日趋访。荣少时住健锐营，意其必知雪芹逸事。比及晤叙，知荣十三四岁即移住北京，故于当地掌故，殊无所知。惟谈健锐营地理情况，可供参考。据云，健锐营在万寿山之西，约十二里。今汽车直达碧云寺，下车甫一里即抵健锐营。健锐营为总名，自碧云寺起东向，第一曰镶黄旗营，第二曰正白旗营，第三曰镶白旗营，第四曰正蓝旗营。西向一曰正黄，二曰正红，三曰镶蓝，四曰镶红旗营。以上为八旗。营各有墙垣，八旗共约三千人，父母妻子均与俱。营垣有四门，夜闭昼启，并有人司夜。所谓宝玉后沦为看街兵者，或本此景象。据余前往调查，镶黄有三营，曰南营、北营、西营。北营靠近卧佛寺，西营靠近碧云寺，均在香山之下。雪芹若住镶黄旗营，其地距卧佛寺甚近。

三三　爱新觉罗宗谱中之敦敏敦诚

雪芹友人敦敏、敦诚之家世，前人考证，率甚疏略。兹据爱新觉罗宗谱，得知其详。据宗谱，敏、诚为英亲王阿济格五世孙。阿济格次子傅勒赫，傅之三子绰克都，绰之六子瑚图礼，瑚之第一子祜玜（裕按：即瑚玜），即已革理事官，亦即敏、诚之父也。瑚玜共五子，曰明（裕按：即敏）、成（裕按：即诚）乂、祺、舒。康熙四十九年生，乾隆二十五年四月卒，母瓜尔佳氏。雍正十年十二月授七品笔帖式。乾隆十年十二月授主事。十五年七月授副理事官。十八年八月授理事官。廿四年四月京察革退理事官。瑚玜三弟额尔赫宜，即墨香，乾隆八年癸亥九月卅日申时生。庶母秦氏，秦武之女。乾隆二十九年六月授三等侍卫。三十九年十一月授二等侍卫。四十三年七月授头等侍卫。四十四年二月授凤凰城守尉。五十一年十二月调补头等侍卫。五十五年庚戌五月九日午时卒,年四十八岁。嫡妻博佳氏,博寿之女,六子。敦敏《宗谱》作"敦明"误。雍正七年乙酉十月二日子时生。继母(裕按:敏母为瑚玜继妻,实敏生母)舒穆鲁氏,轻车都尉额勒浑之女。乾隆三十一年十二月授宗学副管,四十年十二月授宗学总管。四十七年十一月因病告退。乾隆三十七年壬辰四月初八日子时卒,年四十四岁(裕按:《宗谱》此处误。岂有四十七年告退而三十七年先死之理?敏于嘉庆元年尚写《敬亭小传》,故其死年,当在嘉庆),嫡妻鄂奇特氏,员外郎富德之女,妾刘氏,刘慧之女,二子。敦诚《宗谱》作"敦成"误。雍正十二年甲寅三月初一日亥时瑚玜继妻舒穆鲁氏轻车都尉额勒浑之女所生第二子。乾隆十三年闰七月过继(其叔英新)为嗣。三十二年六月授七品笔帖式。三十八年三月因病告退。五十六年辛亥十一月十六日丑时卒,年五十八岁。嫡妻钮祜禄氏,佐领赫伫额之女,妾王氏,阿汉之女。子云铎、祥明。宜孙字贻谋,乾隆五年庚申九月二十八日酉时生,庶母陈氏,陈纬之女。三十四年十一月授宗学副管,乾隆四十二年丁酉六月二十三日未时卒,年卅八岁。按上项资料,虽有舛错,然关于墨香及敦敏之事实,可供考曹雪芹交游之参考,故录之。

三四　署名梦阮所绘巨石

　　三月一日晤张政烺先生。据云,一九四六年端午节前,琉璃厂书商持画一幅求售。画为一条屏,中绘巨石,左侧有由上首至下端之题诗,最下为署名。名曰"梦阮",并有图章一方,亦曰"梦阮"。书贾称系作《红楼梦》之曹雪芹所绘。张以既无"曹"字,亦无"雪芹"字样,故未置信。迨至近年由张宜泉《春柳堂诗稿》中得知雪芹字梦阮后,张始悟该画实出雪芹之手大悔不置。今时逾十载,重获无望。

三五　邓之诚解燕山仍旧窦公无

有正本《红楼梦》第四回开卷前有诗云:"请君着眼护官符,把笔悲伤说世途。作者眼泪同我泪,燕山仍旧窦公无。"邓之诚先生于借余《脂批辑评》书端批云:"说都没有父亲被有势力人欺负。"裕按:邓先生说极是。若作者曹雪芹为曹颙遗腹子,当然无父。批者曹𬱖批时亦无父,而据脂批,失官后又似殊受其族人冷遇。然则,此批于批者为曹𬱖之说,为另一有力证据。

三六　明义为弘景外孙

《绿烟琐窗集》作者我斋明义谓为弘景之婿。今按《延芬室集》手稿中有永忠《环溪别墅次壁间韵》诗注云:"旧名邻善园。按邻善者敬一(按即弘景)贝子园名也。后与其外孙明义字我斋者更今名。"一九七八年周雷同志告,由天津发现之书简,知明义为墨香之姻弟。

三七　左右翼等宗学地址

日人《唐土名胜图会》卷三载:右翼宗学在宣武门绒线胡同,左翼宗学在灯市口。按《宸垣识略》亦曰:"右翼宗学在宣武门北绒线胡同。"(卷七)"左翼宗学在灯市口。"(卷五)正蓝旗觉罗宗学在皇城东安门东南大阮胡同。按右翼宗学最初在瞻云坊北之石虎胡同,见朱一新之《京师坊巷志稿》。绒线胡同乃其后迁之址。

三八　陶北溟谈曹雪芹书法

一九五六年五月二十四日访陶北溟于冰窖胡同七号。据谈二十一年前即卢沟桥事变前,彼居湖北武昌。一夕天雨,忽得古董商范季常电邀往观有客求售之扇面四十余幅。陶即乘车往范住处芝麻岭。及至则发现其中有成容若小楷扇一,曹雪芹绘山水人物扇一。曹绘者为四五人聚饮赋诗图,有山水,有树,并有曹自题七绝一首,署名"芹圃",曹字酷似袁子才。求售者必欲四十余幅合售,而索价甚昂。陶爱不忍释,卒未能得。陶昔曾见允为余踪迹求之,今则陶已逝世矣。

三九　曹家两个诰封

曹雪芹上世诰命,北京大学收藏其三。《红楼梦新证》曾引其原文。余于一九五六年曾获见另外二轴曹家诰命。其一为雍正十三年九月三日者。文曰:"奉天承运皇帝制曰:臣子靖共之谊,勇战即为敬官;朝廷敷锡之恩,作忠乃以教孝。尔曹尔正,护军参领兼佐领加一级曹宜之父,令德克敦,义方有训。衍发祥之世绪,蕃大门闾;旌式投之休风,用光阀阅。惟令子能娴戎略,故懋典宜沛纶章。兹以覃恩,追封尔为资政大夫,锡之诰命。于戏,显扬既遂,壮猷一本于诒谋;缔构方新,殊锡永绥天余庆。钦予时命,慰尔幽涂。制曰:臣能宣力爱劳,固赖于严亲;子克承家令善,多由于慈母。尔护军参领兼佐领加一级曹宜之母徐氏,柔顺为仪,贤明著范。当弧矢悬门之日,瑞应虎臣;迨干城报国之年,恩沾鸾诰。兹以覃恩,追封尔为夫人。于戏,贲翟车而焕采,宠命祗承;摛彤管而扬徽,遗型益永。制曰:美相继而益彰,家有贤明之教;恩并施而斯厚,国崇褒锡之文。尔护军参领兼佐领加一级曹宜之生母梁氏,勤克相夫,慈能逮下。一堂琚璃,和鸣允叶于闺帏;五夜机丝,俭德茂传于姻党。兹以覃恩,赠封尔为夫人。于戏,溥一体之荣光,戟门袭庆;沛九天之瀁泽,帝阁增辉。雍正十三年九月初三日。"另一康熙十四年十二月十四日诰命云:"奉天承运皇帝制曰:贻厥孙谋,忠荩识世传之泽;绳其祖武,恩荣昭上逮之休。忠厚之道攸存,激劝之典斯在。尔曹锡远,乃江宁织造三品郎中加四级曹熙之祖父。尔有贻谋，以启乃孙，传至再世，克勤王家。褒宠之恩，宜及大父。兹以覃恩，赠尔为光禄大夫，江宁织造三品郎中加四级，锡之诰命。于戏，再世而昌，无忘贻德之报；崇阶特晋，用昭宠锡之恩。奕代垂休，九原如在。制曰：孝子之念王母，情无异于慈帏；兴朝之奖劳臣，恩并隆于祖烈。爰沛貤封之命，用慰报本之怀。尔江宁织造三品郎中加四级曹熙祖母张氏，尔有贻恩，迨于再世，乃孙袭庆，绩懋国家。嘉尔淑仪，宜锡褒宠。兹以覃恩，赠尔为一品夫人。于戏，章服式贲，沛介锡于大母；纶綍宠颁，保昌隆于百祀。永承家庆，以妥幽灵。康熙十四年十二月十四日。"按曹玺于康熙十三年十六年均可证在江宁织造任，而康熙十四年十二月十四日诰命则谓"江宁织造曹熙"，则曹熙当系曹玺之误，甚明。又据雍正十三年九月三日诰命，则知曹宜非曹寅之胞弟而为其堂弟，盖宜父为尔正，寅父为玺也。

四〇　陶心如谈甲辰本红楼梦

一九五四年陶心如先生为余抄寄一七八四年乾隆抄本《红楼梦》（即所谓"甲辰本"）序，其中有关于《红楼梦》"评注"者云："此回（按即第十九回）……文字新奇，传奇之中，殊所罕见。原本评注过多，未免庞杂，反扰正文，今删去，以俟后之观者凝思入妙，愈显作者之灵机耳。"据此，则甲辰本被删去之"评注"颇多。

四一　左右两翼宗学生准作进士

《东华录》载，乾隆八年。先是，宗人府议请合试左右两翼宗学生拔取佳卷准作进士。是年有宗室玉鼎柱、达麟图、福喜俱准作进士，与乙丑科会试中试之人一体殿试引见，或选入翰林或以部属等官补用。

四二　张次溪藏鹪鹩庵杂记(诗)

一九五七年广东张次溪先生以所藏卢文弨抄本《鹪鹩庵杂记》见假，其内容实为杂诗。该钞本中敦诚挽曹雪芹诗竟有二首。其一云："四十萧然太瘦生，晓风昨日拂铭旌；肠回故垅孤儿泣（前数月伊子殇，因感伤成疾），泪迸荒天寡妇声。牛鬼遗文悲李贺，鹿车荷锸葬刘伶。故人欲有生刍吊，何处招魂赋楚蘅！"其二云："开箧犹存冰雪文，故交零落散如云；三年下第曾怜我，一病无医竟负君！邺下才人应有恨，山阳残笛不堪闻。他时瘦马西州路，宿草寒烟对落曛！"今按此二诗实有关雪芹生平之重要资料，兹略指出其意义如下。一、第一诗当系流传挽曹诗之初稿，由文字修改之痕迹可见，由定稿本之《四松堂集》中挽诗词句与流传挽曹诗相同而与此诗不同亦可见。二、此诗之第一句经修改后，在流传挽曹诗中仍作"四十年华付杳冥"，考曹年龄者，似应注意。三、第三句在流传挽曹诗中仍作"孤儿渺漠魂应逐"，父未死前即称"孤儿"，可见余前考雪芹此子非此诗中之"寡妇"亦即非流传挽曹诗中之"新妇"所生，至为明确。四、由敦注"前数月伊子殇，因感伤成疾"与"晓风昨日拂铭旌"证之，则雪芹实死后即葬，非如俞平伯所推测隔年而葬。且第二诗中"他时瘦马西州路，宿草寒烟对落曛"，系谓"他时"再来始见"宿草"，尤可证写诗时是雪芹死后立即葬埋之时。况据此第二诗中"一病无医竟负君"之句，则生时之雪芹贫困落拓，求医且不能，岂有死后尚讲排场隔年而葬之理？五、"西州路"屡见《四松堂集》及《懋斋诗钞》，系引用《晋书·谢安传》中谢安卒后、羊昙"行不由西州路"故事。雪芹葬地当在其住处附近。七年前京郊土改，尚有人闻健锐营人言，曹家昔时在该处有小型墓地。六、敦诚自谓"吾诗聊记编年事"，据余所见之乾隆庚辰抄本《四松堂诗钞》，挽诗写于甲申，底稿本《四松堂集》此诗上端亦注明写于甲申，又以敦敏于癸未上巳有招饮雪芹诗及吊雪芹诗亦写于甲申综合证之，则雪芹卒于癸未除夕甚明。一时之争论,至此遂可告一结束。七、"三年下第曾怜我",当系指敦诚于乾隆二十年以前或有三次落第之事。敦诚《冬晓书怀》诗中曾有"二毛未上簪,廿九非云老;胡为不自量,磊落负怀抱?三次藐大人,再蹶嗤群小"之句,或即与此有关。

四三　瑛宝为裕瑞绘风雨游图

一九五六年余于厂肆得《枣窗闲笔》作者裕瑞即思元主人所书自作《风雨游记》并瑛宝为绘《风雨游图》手卷一轴。当时题跋者不下数十家,如观保、法式善、翁方纲、钱樾、钱载、成亲王等。瑛宝此画学米襄阳,据此画可略知当时雪芹贫居之北京西郊之一般情况。裕瑞自书之《游记》与余前睹《枣窗闲笔》手稿之笔迹相同,当系真迹无疑。由《枣窗闲笔》得悉裕瑞知雪芹事颇详。如所谈雪芹形象则曰"身胖头广",此与王南石绘雪芹像略合;风度谈吐则曰"风雅游戏,触景生春,闻其奇谈娓娓然令人终日不倦",此又与敦氏兄弟诗中描绘之雪芹略合。盖裕瑞嫡生母为傅文女,其嫂氏则为明兴女,故明兴、明义皆其母舅,而明义固有《题红楼梦诗》二十首,则裕瑞于《闲笔》中自谓关于雪芹逸事系"闻诸前辈姻戚言"者,固不诬矣。裕瑞系豫良亲王修龄第二子,生于乾隆三十六年辛卯四月初六日。乾隆六十年封不入八分辅国公,授委散秩大臣,镶白旗蒙古副都统。嘉庆八年调镶红旗满洲副都统。十年署正黄旗护军统领。十四年十月革职。十六年授委散秩大臣,正黄旗汉军副都统。十七年管理正白旗护军统领。十八年十月革职,赏给四品顶戴,授宗人府七品笔帖式。本年革职,移居盛京,管理宗室事务。十九年四月缘事永远圈禁。道光十八年闰四月十六日卒,年六十八岁。《风雨游记》作于庚申六月,当系嘉庆五年,时裕瑞或方任都统,故记中有"直宿于火器营"之语。裕瑞自恃"天潢",肆行无忌。嘉庆十八年革职移居沈阳,本已"永不叙用";乃复于到沈之初,即有迫令民人徐恭休妻,鬻彼为妾之事,卒又受"严密圈禁,派弁兵看守,不拘年限"之处分。

四四　永忠吊曹雪芹诗中之一中之

永忠《因墨香得观红楼梦小说吊雪芹》三首中之第二首云："颦颦宝玉两情痴,儿女闺房语笑私;三寸柔毫能写尽,欲呼才鬼一中之。"其末句俞平伯先生谓余:或当作"欲呼才鬼一申之"。近见孔另境先生编之《中国小说史料》二〇六至二〇八页引余旧文《永忠吊曹雪芹的三首诗》时,此句竟被改为"欲呼才鬼一申之",实误。按永忠诗中数见"一中之"之处,宋苏东坡诗亦有："公独未知其趣耳,臣今时复一中之。"(见《太守徐君猷通守孟亨之皆不饮酒以诗戏之云》一诗)"中"系谓"中酒",亦即"酒喝醉了"之意。"中酒"出自曹魏时徐邈。《三国志·徐邈传》:邈醉后人问事,邈答云:"中圣人。"盖当时称酒清者为圣人,浊者为贤人。邈答"中圣人"盖饮清酒而醉也。然则,"欲呼才鬼一中之",亦即想把那才极高的曹雪芹叫出来和他"一醉"之意。

四五　虎门指宗学

敦诚乾隆二十二年由喜峰口寄怀曹雪芹诗中有云："当时虎门数晨夕,西窗剪烛风雨昏。"其中"虎门"一词胡适不得其解,周汝昌《红楼梦新证》再版时,谓为侍卫守卫之宫门。余曾遍引《四松堂集》、《懋斋诗钞》以及近年获见之乾隆甲辰抄本《四松堂诗钞》,考得敦诚所用"虎门"一词即指宗学,且指右翼宗学。今读果毅亲王允礼之《宗学记》有云："……念我宗室子弟,尤教育所宜先。特谕立东西二学于禁城之左右,自王公庶位,以及凡有属籍者,其子弟愿学则入焉。即周官立学于虎门之外以教国子弟之义也。"此则直接说明"虎门"即宗学,且明示宗学在禁城东西两侧。允礼文见《八旗文经》,为最常见之书籍,可谓失之眉睫矣。按宗学设于雍正二年，上谕云："命左右两翼各立宗学一所，栋选宗室四人为正教长，十六人为副教长。宗室子弟愿入学者，分别教习清、汉书，读书之暇，演习骑射，并月给银、米、纸、笔等项，以隆教育。"又，三年谕诸王宗室等云："（上略）尔等（中略）如以朕设立此学，果为有益，尔诸王室之子弟，或在家延师读书亦可，或劳其身心，阅历事务，令入宗学读书亦可，（中略）或学习经书或娴熟武艺（下略）。"（均见《清世宗宪皇帝实录》。）据此可知设立宗学之用意。

四六　正蓝旗德某谈曹雪芹

沈阳刘宝藩先生见告，一九五〇年二月彼曾到京郊青龙桥一带参加土改。偶与正蓝旗住户之满人德某谈及《红楼梦》作者曹雪芹。德谓：曹住健锐营之镶黄旗营，死后即葬于附近，盖曹氏于该地有小块墓地云。刘又言：其友人某，谓曹雪芹曾住北京西单牌楼旧刑部街之某宅内，盖右翼宗学在西单牌楼北之石虎胡同，家居其地，固亦甚便。

四七　崇文门外之卧佛寺

一九五七年十月十三日晨余往崇文门外小市。归途经一胡同曰"卧佛寺东一条"，因忆已故陶北溟曾见告，曹雪芹家败后曾寄居崇文门外之卧佛寺，乃便道访问。寺已无僧，屋舍皆为一般住户，院甚破落，分三进，至第三进之东北房姓曹，通州人。初闻为之一惊。岂雪芹族人仍有居此者耶？入询之，主人不在，曹君名远寿，年四十六岁。在西单牌楼首都剧院司存车事。拟异日往访，一问究竟。

四八　一从二令三人木解

《红楼梦》王熙凤画册后题诗中有句云："一从二令三人木，哭向金陵事更哀。"或解之曰:(大意)凤姐对贾琏最初是言听计"从",继则对贾琏可以发号施"令",最后事败终不免于"休"之,故曰"哭向金陵事更哀"云云。按此说甚是。赵常恂于一九五四年曾来函相告,彼亦有一解法,略云:"凤姐画册的判词第三句'一从二令三人木'(戚本注云'拆字法')久未得其解。愚意以为'一从'是口,口内加一令字是囹字。'三人木'是口内加人字木字,为囚字困字,疑凤姐结果或被罪困因于囹圄,方与'哭向金陵事更哀'意义相合。"此解虽于事理相近,然于字义殊远,当不如前说为近,姑录存之。《红楼梦》四十三回:"率性叫凤丫头别操心,受用一日才是。"庚辰本批云:"所以特受用了,才有琏卿之变,乐极生悲,自然之理。"所谓琏卿之"变",实已吐露解"三人木"之消息。

四九　曹雪芹写红楼梦有传诗之意

　　脂砚斋批语颇少有人致力研究,实则脂批甚为重要。盖《红楼梦》中穿插之事实,多为彼所亲闻、亲见、亲历者。曹雪芹《红楼梦》以外诗绝少见,而脂批谓雪芹于书中有传诗之意。第一回"因而口占五言一律云:'未卜三生愿……'"下甲戌本批云:"这是第一首诗,后文香奁闺情,皆不落空。余谓雪芹撰此书,中亦有传诗之意。""中亦有"之"有"字俞平伯辑评做"为"。裕按:"为"当系原抄"有"字行书之误,如 ,俞辑不察,未予改正。且俞断句作"余谓雪芹撰此书中,亦为传诗之意",则亦颇为不词矣。又十七回"隔岸花分一脉香"句,庚辰本批云:"恰极,工极,绮靡秀眉,香奁正体。"雪芹《红楼梦》中诗,多以书中人之第一身语气出之,借以刻画《红楼梦》中之人物,表达各个人之思想感情,可谓以其诗服务于其整个艺术创造者也。吾侪今日之所以不得多见雪芹其他诗,正张宜泉所谓,此外"君诗曾未等闲吟"耳。

五〇　敦敏热中

敦敏壬午最末一首诗为《雪后访易堂不值即题其壁上》下注云："时易堂下第,余挑选未就。"其诗云："同为失意客,相访意偏殷。门掩一庭雪,人歌空谷音。青灯怜白发,壮志悔初心。燕市须沽酒,无劳问泪襟。"按是年敦敏卅九岁。越三年丙戌(乾隆三十一年)十二月敦敏即授宗学副管之职。诗注中所云"挑选未就",未知何所指。又据"羡君有志家声远,老我无才旧业荒"(见《过通州同桂圃弟夜话》诗)两句,可见敦敏六十七岁以后,仍有未展怀抱之感。敏热中,诚放达,读两人诗即有此感。

五一　少年色嫩不坚劳(牢)

甲戌本《石头记》第三回写宝玉"面若中秋之月,色若春晓之花"处,脂批云："'少年色嫩不坚劳'(有正本作'坚牢',是)以及'非夭即贫'之语,余犹在心,今阅至此,放声一哭!"今按:《金瓶梅》第九十六回《春梅游玩旧家池馆　守备使张胜寻经济》中,述叶头陀为陈经济说相时,有云："老年色嫩招辛苦,少年色嫩不坚牢。"《石头记》脂批语盖出此。

五二　张政烺所见曹荃画卷

张政烺先生一九五八年九月十五日函余："……弟五六年十月到汉口,曾见曹荃画卷,藏者姓名,已不记忆。……曹荃画折枝花卉卷甚长,分许多段,每段皆有曹寅题诗和题字,画字皆精。字,曾与《昭代名人尺牍》所收曹寅手札对过,不假。卷子开头有王澍(虚舟)题'奎联璧合'四篆字,并跋一段,确是王字。末行纪年是雍正,年月日已不记忆。此卷保存完好,整洁如新。……"

五三　永忠因墨香得观红楼梦

永忠吊曹雪芹诗题云《因墨香得观红楼梦小说吊雪芹》。"因墨香得观",颇可推敲。按此语可有三解。一曰永忠得读之书即为墨香之书。盖墨香为敦敏、敦诚之叔,雪芹既与敦氏兄弟友善,自可与墨香相识;而墨香又复"少年风流"(永忠语)"爱读情诗"(同上),其喜读《红楼梦》且藏有其抄本,固意中事。二曰永忠所得读者为敦诚之书。盖雪芹生时敦诚曾劝其"不如著书黄叶村";雪芹死后,敦诚挽曹诗中又有"开箧犹存冰雪文"之句,则其藏有《红楼梦》抄本,似亦可能。三曰永忠所读者为墨香所代借自雪芹家属之原稿,故"因"墨香始"得"观《红楼梦》焉。观脂批中有某回因被人借阅而致散失等语,可知原稿常为人所借阅。

五四　纳兰成德之渌水亭杂识

据《宸垣识略》卷十四,渌水亭在玉泉山麓,为明珠别墅,成德尝于此著《大易集义粹言》云。按容若又有《渌水亭杂识》,其中论诗,颇有与《红楼梦》中之诗论相近处。曹寅与容若甚契,今由两人诗文集中可觇。雪芹读容若书,受其影响,亦意中事。

五五　觉罗成桂

觉罗成桂雪田,乾隆丙子举人,有《读易山房诗》,与傅凯亭、朱青雷、史宁约、乐汇川相友善。敝裘破帽,时集于慈因寺、青塔院、大慧寺、拈花寺、安化寺、极乐寺看竹赏霜叶,状甚艰苦,而天机清妙。善谈论,一座为之倾倒。老年贫病益甚,仰生活于矊仙将军。遗迹不多见。尝自书其诗为一卷,以贻矊仙。乱头粗服,具有逸趣,为莲峰居士所得,珍秘备至。法梧门谓所阅臞仙诗稿,经雪田评者,推许未免过当。新城之于商邱,前辈已有行之者矣。(以上见《雪桥诗话》卷七)余曾睹雪田致臞仙书真迹一通,文曰:"久不为诗,不但手生荆棘,并且目有眯蒙。伏读尊稿,见苍秀之气,盎然满纸,以手扪之,疑有污隆,健羡之至。但□明赏,恐如盲者不足语于色耳。偶议一二处,以备采择,区区之诚,不敢自隐,诗爱故也。惟谅恕不一。成桂拜读。"又其评臞仙诗云:"七绝于诸体尤难:婉转者每病其薄,而质朴之作,又往往不足于神。昌龄、太白所以独步千古。其咏物诗乃得此不率不刻者,嘻妙矣。"可见法时帆所云不诬。据永忠自言:"余幼出就学师,学清文读《四书》、三经而已。十三岁学作诗于先君,故无汉师傅也。忽检出十九岁此卷,从无一人改补,其评点则觉罗雪田也。"则成桂亦永忠启蒙师也。

五六　嵩山序永忠诗手迹

　　杨锺羲《雪桥诗话》谓嵩山笔迹不多见,获之者视为珍异。余曾见其永忠诗序,手迹也。序云:"臞仙盖吾宗之异人也。同余游二十余年,余未能梗概其生平为何如人。何则?痴时极痴,慧时极慧。当其痴慧两忘之际,彼亦不自知其身为何物。然其事亲也,蔼然有赤子之风;其平居也,澹然好与禅客羽流俱;其行文也,飒然如列子之御风:往往口不能言者,笔反能出之。是彼殆以手为口者也。丙申(裕按:乾隆四十一年,一七七六)六月,检九年来旧稿,凡得七卷,手自缮写,示余。余读之太息曰:此可以作《孝经》读,又可以作《语录》读;起人孺慕心,空人烦恼心,笔墨何物而能感人如是耶?予爱之敬之,故赘以数语。其中间有艳词绮语,比之科头露坐者,抑山谷老人之习气未除耶?或至人不妨游戏耶?岁乾隆丙申,立秋前一日拜书。嵩山永憲。"裕按读嵩山此序,亦可以略知永忠之为人。

五七　永忠嘲寅圃诗

余草《曹雪芹的故事》一书,其《宗黉夜话》一篇,于人物刻画,虽多出意想,然亦并非无据。如对寅圃(即敏诚),谓其夜话时亟思早归与其夫人赏月云云,则系据由永忠及他人诗中所得之印象。永忠乾隆己丑(三十四年,一七六九)诗《寅圃纳姬敬亭有诗嘲之倩余继声(四首)》,其一:"三五春早晓未收,杨柳婀娜倚风柔;一樽新得纤纤捧,何必重登卖酒楼。"其二:"轻暖轻寒是好春,名花醇酒夜宜新;晓来窗下看梳发,不觉帘前已有人。"其三:"疑红骇绿过春三,星眼风腮媚定谙;莫学清娱亲笔砚,教他窗下种宜男(写至此可一大笑)。"其四:"凤子成双蜂作团,惜花人不怕春寒;来年利市分犀果,试问宵来可梦兰。"按敦诚戏赠寅圃诗,《四松堂集》未收。

五八　神清室在石景山一带

嵩山有神清室,据永忠下引诗及诗注,其地当在石景山附近。永忠丙申(乾隆四十一年,一七七六)四十二岁诗,有《三月十六游石径山过嵩山山庄而家人云主人当即至不能俟走笔留题(时牡丹才开)》一诗云:"山居昼多暇,策杖南山行。石河三四里,岈嵝路不平。指顾新绿中,有室名神清。闻多牡丹花,冶态三春呈。任花自开落,主人在市城。我来瞻松柏,墓道拜致诚(嫂夫人墓)。(下略)"

五九　墨香之抱瓮山庄

永忠同年诗有《过墨翁抱瓮山庄》一首云:"荆扉多野趣,满眼菜畦青;近水因穿沼,连林别趣亭;主人容啸咏,过客漫居停。黄菊全开日,还来倒酿醽。"上有霁园眉批云:"无一妄语。"读此可见墨香生活之一面。

六〇　西直门外三元里

一九六一年十二月廿七日下午与黄觉非先生同赴琉璃厂荣宝斋,晤田宜生君。偶谈及曹雪芹,田君谈兴遽高。当告余:彼曾闻其友人言,曹败落时曾与《红楼梦》中之史湘云在西直门外三元里(或三元栈)胡同开设酒馆,状至艰窘,并亲为接待往来客人云。按此说固不必确实,余姑妄听之;然敦诚诗"扬州旧梦久已觉,且著临邛犊鼻裈",其第二句亦未必为泛指雪芹之贫困生活。又田君云:上海文史馆陈病树先生知有关曹雪芹之传说颇多。据陈云,曹有好友在热河,每返北京,则邀雪芹于朝阳门外一酒馆饮酒云。裕按:好友当系敦氏兄弟,而朝阳门外则近潞河,雪芹死后,甲申年春敦敏有《河干集饮兼吊雪芹》一诗。则上述传说,似亦不诬。相传之热河,则为喜峰口。敦诚于二十二三年时固曾为其父瑚玒司松亭关分榷事。

六一　永忠行乐图

约在一九五九年,不记何月,得睹永忠画像于前门外某画店。像为"行乐图":永忠坐于堂内,舍外有二僮以扇扇火煮茶。永忠貌清臞,符"臞仙"之号。有益斋永瑆题诗,诗云:"从来名士皆参道,未有仙人不读书。此语传留难遽信,久交才品洵非虚。挂琴惟取柴桑意,蓄鹤聊同莲社居。梧竹阴浓闲持卷,觉尘深处自真如。"款云:"俚句谨题延芬贤弟小照,兼呈教正。"钤曰"训钦主人",又曰"永瑆之章"。又崧山题诗云:"搜图又喜接丰姿,宛似花阴晤对时。白鹤青松来画槛,红莲绿沼傍幽池。潇湘云水留清影,濠洒风情更可期。想见朝回心洒落,琴书相伴咏新诗。永恚谨题。"印曰"崧山",又曰"雀举"。成桂有诗云:"记得梁园里,高堂引玉卮。□□□□□,□□照清池。图画传幽境,诗书寄远思。似因迟客到,独坐已移时。"款云:"俚言谨题朦仙主人小照,即乞教正,成桂。"有印曰"爱新觉罗",又曰"成桂印信"。又有题识云:"朦仙宗室将军三十五岁尊照,肃然山小史桂馥书。"印云"桂馥之印",又一曰"净门复民"。小照末署"吉臣冷枚敬绘",有印曰"冷枚"。

六二　赵常恂谈曹雪芹迁郊

赵常恂谓:雪芹居西山健锐营不惟由于贫乏,或另有政治上关系;盖清朝旧制,对犯罪八旗人,有强制管辖之惩罚,如历代发遣编管之办法然。其来函云:"倘若雪芹入狱(脂批)及击柝之说不虚,将有助于我的假想。"按赵此说固可备一解,然实将宝玉与雪芹混而为一,则复蹈自传说之故辙矣。

六三　林四娘诗中句

敦诚《鹪鹩庵笔麈》一则云:"吾宗紫幢居士《丽人诗》中有'脂香随语过'之句,较之'夜深私语口脂香'尤觉艳媚无痕。"按《红楼梦》第七十八回,宝玉《林四娘》诗中有"叱咤声闻口舌香,霜矛雪剑娇难举"句。

六四　树倒猢狲散

《红楼梦》早期抄本之批语,迷离惝恍,不易捉摸。或有事实可稽而不具名,或虽具名而内容空泛;且名皆别号,不知为谁何。求其确凿可据者,全批不过若干条而已。第十三回"若应了那句'树倒猢狲散'的俗语……",庚辰本眉批云:"'树倒猢狲散'之语,今犹在耳,屈指三十五年矣,哀哉,伤哉,宁不痛杀!"批者未署名。施瑮《病中杂赋》第八首云:"楝子花开满院香,幽魂夜夜楝亭旁;廿年树倒西堂闭,不待西州泪万行。"自注云："曹楝亭公时拈佛语对座客云：'树倒猢狲散'，今忆斯言，车轮腹转，以瑑受公知最深也。楝亭、西堂皆署中斋名。"此诗自系寅死后所写。今按批者必及见曹寅。假定寅死时（一七一二年）批者十五岁（只能假定再大，不能再小，若再小即不能领会上语之意义矣），逾三十五年之后至一七四七年，批者已五十岁。时为乾隆丁卯年，然则《红楼梦》斯时即有初稿耶？又此批系见于庚辰本之批语，然固不必为庚辰年所批。假定系批于庚辰，即一七六〇年，则上溯三十年为雍正丙午一七二六年，时正曹氏籍家之前夕，则批者当时所闻应系家人重述曹寅在时之语。假定批者听重述寅语时年龄亦为十五岁，则至批时为五十岁。倘系直接闻诸曹寅，则至庚辰批者即已六十四岁矣。及见曹寅，而又深知曹家底里，疑非雪芹之叔某莫属。此而能定，则进一步推求脂砚斋为谁，较易为功。

六五　敦敏之典裘诗

《懋斋诗钞》癸未年有《典裘》一诗，在《小诗代简寄曹雪芹》之前。该诗是否与雪芹有关，颇值推敲。诗中有云："……有客来翩翩，相呼复大叫。"则是客也，其狂放令人忆及雪芹之"高谈声"（见敦敏《庚辰遇雪芹隔院闻高谈声》一诗）。又云："三杯岂云圣，一斗何足仙；金樽须常满，不必拘十千。"则客之于酒也，令人忆及壬午秋晓敦诚遇雪芹于槐园时之诗句："相逢况是淳于辈，令此肝肺生角芒；曹子大笑称快哉，击石作歌声琅琅。"然则，客其雪芹耶？又，敦诚《鹪鹩庵杂诗》中亦有《和子明兄典裘置酒赏桃花之作》，疑即和癸未《典裘》一诗者。和诗中有云："……静补堂前桃正发，红衣灿烂迷房栊。"倘《典裘》中之客即雪芹，则此和诗中之桃花，当系指开花较早而不结大实之毛桃花。盖《代简》中之杏花与此种毛桃花，可以同时开；而结可食之实之桃花，其花开则尚迟于此时。静补堂原为敦氏先人读书之所，其堂前所植之桃花，必为宜于观赏之毛桃花，而非期其结实供食之桃。由是言之，若《典裘》诗中之客即雪芹，则敦敏之召饮，实系以典裘制新服之余资，而雪芹卒于癸未，似又获一佐证。

六六　羹调未羡青莲宠

张宜泉《题芹溪居士》一诗，有"羹调未羡青莲宠，苑召难忘立本羞"之句，余既由下句推测雪芹或有因王冈辗转绍介而被召入画苑之拟议；今细味上句，疑宜泉此处亦非泛泛言之。雪芹固未尝"面君"，与青莲情况有殊；然宜园，皇子也，既为雪芹题像矣，何遽不可召饮？平邸，王府也，既属姻戚，自可偶有宴集。至其他题像诸人，如观保、钱载、谢墉、蔡以台、钱大昕、倪承宽等，据今日可考之资料，至乾隆二十七年（王冈绘曹小像之年），大都已任京官，且出身亦大都为进士。然则，雪芹虽贫困落拓，著书西郊，与当时上层社会亦自有关系。

六七　西郊南辛庄杏石口

一九六一年七月与戴克光先生小住魏家村。村在阅武楼及实胜寺之南，再南则为北辛庄、南辛庄。一日与戴饭后闲步，先赴阅武楼返而南向北辛庄。行至北辛庄一带，觉其地一面有疏落小村，一面则靠近西山，不禁语戴曰："若说曹雪芹住在这里还有点道理。"戴顾我而笑曰："你散步还想这些？"余亦自笑。当时思之，该地东望极空旷，有赵信卿所言"骑驴奔驰"之可能。回京之日，静兰往迎同返，入阜成门，默辨其地，适在阜外，与余一九五四年刊于《新观察》文中所提出雪芹故居在阜成门外偏北靠近西山一带之推测相合。因颇兴奋，亟思再度前往，一觇究竟；而役于他事卒不果。一九六一年秋，北京文化部门从事调查，承其先后见告进行情况，知已于南辛庄之杏石口，获得雪芹故居即在其地之传说。今按南辛庄、杏石口与北辛庄之自然环境正同，距北辛庄不过二三里。

六八　齐白石题红楼梦断图

一九六二年五月得张次溪先生书，附其旧作《曹雪芹故居》七绝二首嘱和，余苦未能诗也。其第一首云："都护坟园草半漫，红楼梦断寺门寒；千秋绝艳冰霜笔，留与人间带泪看。"按一九三一年齐白石曾与次溪访雪芹故居，齐有诗并序。序云："辛未秋，与次溪仁弟同访曹雪芹故居于京师广渠门内卧佛寺。次溪有句云：'都护坟园草半漫，红楼梦断寺门寒。'余取其意，为绘《红楼梦断图》，并题一绝。"诗云："风枝露叶向疏栏（原注：卧佛寺之东，为明督师袁崇焕墓堂），梦断红楼月半残；举火称奇居冷巷（原注：雪芹晚岁处境蹭蹬，寄居萧寺，恒难举火），寺门萧瑟短檠寒。"白石一代大家，所绘《红楼梦断图》，颇足珍视；惜为次溪遗失，今但存该图题诗若干首耳。

六九　水屋子即悼红轩说

有人谓雪芹在北京时，曾住什刹海大翔凤北口之水屋子，并谓其地即当初之悼红轩。

七〇　张政烺谈槐里胡同一号

北京西单商场北槐里胡同一号，清朝时为某王公第。张政烺先生曩曾见告，相传该地即《红楼梦》甲戌本附跋"青士、椿馀同观于半亩园"之半亩园。张先生谓其中原有园亭，并曾闻人言：民国二十几年时，曲栏之上，尚保留《红楼梦》中之题诗，且绝类小儿女子手笔；故有人目之为昔日之大观园云云。余十余年前曾因事一入其地，其中建筑今已不复记忆，然无论就院落之狭隘言，或就景物之简陋言，殊不类大观园。且钗、黛等题诗于栏杆之上,似无近二百年不坏之理。

七一　清初满人生活

由某些"上谕"中,可以窥见入关后满人官吏生活之逐渐腐化。如云:"……至于尔等家世,业在骑射。近多慕为文职,渐至武备废弛;而由文职进身者,又只侥幸成名,不能苦心向学,玩日愒时,迄无所就,平居积习,尤以奢侈相尚。居室器用,衣服饮馔,无不备极纷华,争夸靡丽;甚且沉湎梨园,遨游博肆,不念从前积累之维艰,不顾向后日用之难继;任意靡费,取快目前,彼此效尤,其害莫甚。"裕按:当时一般汉人入旗籍之官僚家庭,亦多感染此种风气,曹家盖亦其中之一耳。

七二　讷尔苏

康熙四十五年曹寅嫁其女于平郡王讷尔苏。按讷尔苏又称讷尔素,清太祖子礼烈亲王代善孙,康熙四十年袭平郡王,五十七年从抚远大将军允禵收西藏,六十年摄大将军事。雍正元年还京,四年坐贪婪削爵,子福彭袭平敏郡王。据《清实录》雍正四年宗人府议奏:"平郡王讷尔素在西宁军前,贪婪受贿,应永停俸禄。"得旨:"讷尔素行止卑污,在军前贪劣素著;及署大将军印务,更肆婪赃,索诈地方官钱两,朕向即闻之。因讷尔素与允禵不和,朕意与允禵相善之人,故为播扬,欲倾陷讷尔素,所以未即深究治罪;且加恩令办理上驷院事务。乃伊不追悔前愆,仍犯法妄行,情属可恶。若仍在王列,则于诸王有玷。着将讷尔素多罗郡王革退,在家圈禁,其王爵令伊子福彭承袭。"所谓"仍犯法妄行"云云,即宗人府议奏之内容。福彭自袭王爵后,乾隆十三年薨于位。

七三　珍儿

《红楼梦》中之宝玉,近多谓雪芹以其叔某为模特儿,其说是否,固尚有待确证,然由若干小点衡之,则颇能减少抵牾。如据《楝亭诗钞别集》中《辛卯三月闻珍儿殇书此志恸兼示四侄寄东轩诸友》一诗,则曹寅幼子名珍。有人谓曹頫即贾政,宝玉即雪芹。若然,则珍当系雪芹之叔;而《红楼梦》中竟以贾珍为宝玉之兄,岂有行辈颠倒如是者哉。且雪芹甚避长者讳。庚辰本第五十二回写晴雯补裘完时,"只听自鸣钟已敲了四下"云云,其下有双行小注云:"四下乃寅正初刻,'寅'此样〔写〕法避讳也。"此避曹寅讳也。既慎之于此,何竟忽之于彼耶?

七四　四松堂印谱

一九三二年余家北京宣武门内头发胡同,其地距太平湖甚近,湖侧则二百年前敦敏所寓之槐园也。头发胡同东口内有小肆,售旧书字画等项,余假日每流连其间。一日得《四本堂印谱》四册。据书贾告尚有《四松堂印谱》一册,于日前售出,颇疑贾人之妄。殆一九五四年于《懋斋诗钞》稿本中获"主敬存诚"一章后,始信其不诬。然则敬亭亦娴治印。

七五　甲戌本文字并非均早

《石头记》脂批本论者向谓甲戌本最早(一七五四),己卯本次之(一七五九),庚辰本又次之(一七六〇)。近之研究脂批版本者,如吴世昌先生,颇疑甲戌本并不若是其早者。余固未尝及此,然细玩甲戌本及庚辰本之若干回,亦觉所谓甲戌本最早之说,似尚不无疑问。如二十六回庚辰本眉批:"红玉一腔委曲怨愤,系身在怡红不能遂志,看官勿错认为芸儿害相思也。己卯冬。"又:"《狱神庙》回有茜雪红玉一大回文字,惜迷失无稿,叹叹。丁亥夏,畸笏叟。"按甲戌本固有此二批语,然于前一批则无"己卯冬"三字。(俞氏《辑评》于此条下注"甲戌同",非是。不能恃俞辑研究脂批,此等处即为一例。)后一批则少一"回"字,又作"红玉茜雪",又少"叹叹、丁亥夏、畸笏叟"诸字。就此回而言,颇疑庚辰本所据之底本较早,而甲戌本所据之底本则较晚。何则?盖"己卯冬"、"丁亥夏、畸笏叟"均应系原批而后删却者。此外,"凤尾森森,龙吟细细……","二玉这回文字……","若无如此文字收什二玉,写颦无非至再哭……"在庚辰本均系眉批,而在甲戌本则为总评。颇疑只有眉批可改为总评,无总评变为眉批者。若然,则其先后次序甚显。又庚辰本眉批"写倪二〔紫〕(原无'紫'字,俞辑加而未申明)英湘莲玉菡侠文皆各得传真写照之笔。丁亥夏,畸笏叟",接另一批"惜卫若兰射圃文字迷失无稿,叹叹。丁亥夏,畸笏叟",此分明两次两批,但在甲戌本则不但均移作本回后之总评,而且并为一批,作:"前回倪二紫英湘莲玉菡四样侠文,皆得传真写照之笔,惜卫若兰射圃文字,迷失无稿,叹叹。"文字既较洁,并将"紫"字补上,显系改文。因作总评,复将"丁亥夏,畸笏叟"诸字删去。回目则高鹗作"蜂腰桥设言传心事"与庚辰本同,而甲戌则作"蜂腰桥设言传蜜意"。此不足证庚辰之为较晚,盖高所据以"厘剔"补足者,固不必为最早本。然则,就此回而言,甲戌未必为最早本也甚明。

七六　脂砚斋所用砚

一九六三年二月十日访张伯驹先生于其什刹后海李广桥寓舍,承其见示近日以重金购得之脂砚斋所用砚一方。砚极小,长约二寸五,宽二寸许,厚约三分;端石,粗边,不甚精。背有行草题诗曰:"调研浮清影,咀毫玉露滋;芳心在一点,余润拂兰芝。"边署"素卿脂砚,王稺登题"。正面边题隶书字曰"脂研斋所珍之研其永保"。朱漆盒,背有"万历癸酉姑苏吴万有造"十字楷书。盒盖正面无字,盖内有刻划极细半身仕女图一,其一方题"红颜素心"四字篆文,另一方有篆文"江陵内史"四字。按明名妓薛素素名素,一字素卿,吴郡人,一说北京人。素素聪颖,有诗、画、乐、射、骑等项"十能"之誉。著有《南游草》,当时太原名士王穉登为之序。此砚盖即素素之故物。王穉登题砚诗中,上款"素卿"既系素素之字,而诗中"余润拂兰芝",似亦涉马湘兰,湘兰固称"润娘",故为素素砚无疑。入清,此砚为脂砚斋所获。裕意"脂研斋所珍之研其永保"十字,亦可有三解。一,脂砚斋所自镌者;二,脂砚斋在世而他人代镌者;三,脂砚斋已逝世他人所镌者。若第三解是,则当时藏者已非脂砚斋本人矣。

七七　陆绘雪芹先生像

一九六三年上海方行同志在郑州河南博物馆发现陆厚信绘"雪芹先生"像,系对开两叶,余于同年曾一见之。其右方之一页为陆所绘像。"雪芹"坐,无配景,面微向左,下身亦在左侧,长衣无领,草履;双手皆露于袖外,有指甲,颇长。面圆而胖,色黑,盖画时著铅粉,年既久,遂暗黑至不可辨识。眉目平正,鼻下端较阔。左上方有画者题词云:"雪芹先生洪才河泻,逸藻云翔。尹公望山时督两江,以通家之谊,罗致幕府。案牍之暇,诗酒赓和,铿锵隽永。余私忱钦慕,爰作小照,绘其风流儒雅之致,以志雪鸿之迹云尔。云间艮生陆厚信并识。"下有"艮生"阳文,"陆印厚信"阴文二印,均篆文。左方之一叶有尹继善诗二首,诗云:"万里天空气沉寥,白门云树望中遥;风流谁似题诗客,坐对青山想六朝。"又云:"久住江城别亦难,秋风送我整归鞍;他时光景如相忆,好把新图一借看。"下款署"望山尹继善",再下阴文"继善"、阳文"敬事慎言"二章。尹诗无上款,但此诗见于《尹文端公诗集》卷九,作"题俞楚江照",故又有人疑画像系楚江。此像究为曹耶俞耶?莫之能定。倘谓为俞也,至今无人知俞号雪芹。倘谓为曹也,何以尹诗见于集中竟为"题俞楚江照"?此外尚有疑莫能决之处,兹不具论。余于一九七六年八月初因事赴郑州。十四日去河南省博物馆,由傅月华、林治泰两同志,出示陆绘"雪芹先生"像。则见衣色为花青、淡青、淡蓝,裤及鞋均赭石,面色系用赭石为底,敷以胡粉。头部周围,有水渍。面色较余于一九六三年见该像时为淡,左手颜色亦淡,似有洗痕,右手全变为黑色。画面有二圆斑点,似油渍。该像系用有矾之熟宣所绘。余此次细察,审知画叶后面边沿有糨糊粘的四处点痕,可证此对开之两页,原为一大册许多开中之一开耳。又,此一开之正面有一粉色新虎皮宣签,题曰"清代学者曹雪芹先生小照",下署"藏园珍藏"。藏园即傅增湘,此题签非傅字,估计在此新虎皮宣签下被掩盖之旧笺,或即为藏园之自题签耳。余对此像殊不敢赞一词,唯在诸可疑之点未获完满解释之前,遽以之为曹雪芹像,恐亦未安。

七八　高鹗后人

高鹗有后人名高俊峯,一九六五年一月逝世,年六十余。闻高俊峯系气功专家,无甚文化,身后萧条,并无子嗣。言慧珠之母高逸安,即俊峯之堂侄女。

七九　庄子因

《红楼梦》庚辰本第二十一回,黛玉看宝玉所续《庄子》后,留诗云:"无端弄笔是何人?作践南华《庄子因》;不悔自家无见识,却将丑语诋他人!"脂批亦及"庄子因"一词,有正本同。俞平伯云"庄子因"当作"庄子文",实误。按"庄子因"书名,清初三山林云铭西仲撰。有康熙癸卯、戊辰两版。在癸卯版中,作者有对该书何以名"庄子'因'"之诠释。

八〇　灵坤与曹雪芹

据传乾隆时有满洲人名灵坤者,善书画,居香山正红旗。闻雪芹名而造其居,一见相契。其后并为雪芹借住玉皇顶庙内。

八一　史湘云海棠诗之脂批

史湘云居孀而非早逝,后又似与另一人偕老。《石头记》第三十七回湘云《海棠诗》中第一首"自是素娥偏爱冷"句下,脂批云"不脱自己将来形影",可证湘云居孀,意甚明显。余以为第二首中之"蘅芷阶通萝薜门,也宜墙角也宜盆"句下所批之"更妙"二字,尤足证湘云再嫁后,景况已非,亦终"随遇而安"生活下去耳。作者有成竹在胸,故能于诗中泄漏未来之遭遇。此即《红楼梦》中许多诗之所以被目为谶语之故,亦即脂批之所谓此"二首〔诗〕是奇怪之文,总令人想不到"之故也。倘非如是,读者试查阅此二诗,亦有何"奇"哉!据近年发现之夕葵书屋抄本批语,知此回保留一条较早之批语云:"观湘云作《海棠诗》如见其娇憨之态,是乃实有其事,非作者杜撰也。"然则书中之湘云实有一人为其原型,而书外之"湘云"亦不必名湘云耳。

八二　袁涤菴藏写本石头记

孔祥泽君见告:袁浙江剡溪人,张作霖时,任东北北票煤矿董事长,一九五四年病逝于北京。据云,该写本前八十回尚完整,字极佳,但大小不一律,且或写于账本之上。每一二回分订一册,有眉批、夹批,朱文、墨迹,亦不一律。正文中涂改之迹甚多。八十回后虽无完好之正文,但有备忘性质之纲要,有时用数语说明内容,或记某人与某人有何对话,等等。写本中多册均系竹纸,已呈黄褐色。孔君又言:该项写本虽颇破旧,然书套则系织锦所制,可见藏者之珍视。孔君在余处得睹甲戌、庚辰本之影印本后,告余云:彼所见之写本字迹,较甲戌、庚辰两本之字迹为佳,且无匠气。袁涤菴有一女在北京任职,其幼子在某中医医院工作。裕按:张永海及其他传说,亦有曹雪芹当日写《红楼梦》时以"账本"为稿纸之说。袁藏本无"匠气""字迹大小不一"诸点,皆袁藏可能为雪芹原稿之特征。至于"每一二回分订为一册"云者,则似为作者回顾已完之稿翻阅之便;而"正文中涂改之迹甚多"、"八十回后虽无完好之正文,但有备忘性质之简单纲要,有时用数语说明〔拟写之〕内容,或记某人与某人有何对话"诸端,则更非作者莫办矣。此外,收藏者之所以珍异视之,亦可供参考,唯不知此写本尚存于天壤间否耳。

八三　曹雪芹题自画石诗

一九六五年二月三日为旧历正月初二,刘培华偕沈信夫来访。据沈君言,其友人孔祥泽已故外祖父富竹泉字稚川,作画时署"金台三畏",生平写有札记多种,均系手稿。其中之一即《考槃室札记》,记中载曹雪芹诗画轶闻数条。其一条云:某年曾于某贝子家中见曹雪芹诗画笔记多种,其中有曹所绘巨石一幅,并自题诗云:"爱此一拳石,玲珑出自然。溯源应太古,堕世又何年?有志归完璞,无才去补天。不求邀众赏,潇洒做顽仙。"按富竹泉之"富"即富察氏,《子不语·遇鬼》篇中之盛紫川,即竹泉之先人。竹泉生前与某贝子有往还。所谓"某贝子"或云即礼亲王。竹泉所撰之各种札记,由其次子富亚铎带往哈尔滨,事隔二十年,恐已散失。竹泉又有《一岁货声》一稿,记北京四季担担叫卖所呼之词,亦佚。竹泉长女富瑾瑜字楚珩,即孔君之生母,著有未刊本之《楚珩诗草》,其中有《和大观园菊花诗原韵》十一首,余曾一度借观。

八四　籍痴嵇疯之目

《晋书》载,阮籍"当其得意,忽忘形骸,时人多谓之痴"。据张永海所述有关曹雪芹之传说,雪芹晚年因困居香山,着福字履,衣敝衣,容发不修;每因构思,尝徘徊于行人道上,欣然自得,旁若无人,人故以"疯子"目之。然则,雪芹亦几何非步兵耶?

八五　雪芹在蔚县授徒

有人谓曹雪芹困时,曾在河北省之蔚县设馆授徒。

八六　邓之诚见告有关雪芹书

邓文如(之诚)先生见告:燕京大学图书馆有一书,四字题名,乾隆时人撰,有谈及雪芹事迹之处,惜已忘其书名。燕京大学图书馆,今归北京大学,考曹之士,盍往一查!

八七　沈雁老谓王绘雪芹像不真

茅盾先生一九六二年函余:"……蒙惠赠大著《有关曹雪芹十种》一册,拜领谢谢。各篇论证精审,十分佩服。惟断定曹雪芹画像(王南石作)是真,则鄙见不敢苟同。此画可疑处甚多,兹仅就一点,以证其妄:据现有文献,曹雪芹当时交游不广。而且往来者非达官显宦,当时曹诗文虽为敦敏等所推重,而不是受当道者所知(更不用说重视),故四松堂赠雪芹诗有'何人肯与猪肝食'之句(此用闵仲叔事),今观题画人名,据李祖韩抄出者,非当朝大老,即并世名士,而此数人之诗集中又不见题像诗。张宜泉诗见《春柳堂集》，而李所抄出之人名中，却没有他。以此种种，故疑此像乃好事者作伪；何况今天除了李，你我都没有见过。总之，未见原画以前，此事只好存疑，不知您以为如何？（下略）"按一九七三年《废艺斋集稿》发现后，未知沈老仍持此论否？董邦达曾为雪芹之《南鹞北鸢考工志》撰序，董固当时"达官显宦"。又据敦敏之《瓶湖懋斋记盛》，知董对雪芹推重特甚。可知当时雪芹之社会关系，并不若设想之狭小。王南石既作客于董邦达之门，何遽不可为雪芹画像耶！

八八　伊藤漱平之红楼梦主章

日本伊藤漱平于昭和三十三年，即一九五八年许，翻译《红楼梦》三大册，曾以初版精装本寄余。其第一卷之版权页盖有篆文图章曰"红楼梦主"。伊藤于译本末页有小字附记一则，略云：读余《有关曹雪芹八种》（时《十种》尚未出版）中之《考稗小记》，知有人曾见盖有"红楼梦主"钤记之雪芹绘画一幅，实雪芹之章也。今彼亦自称"红楼梦主"，且有是章，可谓巧合之至云云。余读伊藤之附记，亦复称奇。

八九　鄂比赠雪芹一联

据张永海云，满人鄂比先雪芹居于香山正白旗，其地为四王府之所在，与雪芹移居香山时之地藏沟口旧居较近。传闻中之鄂比能诗画，并知雪芹所撰《红楼梦》中之故事情节甚悉，且时与雪芹论究其内容。鄂比同情雪芹之遭遇，欣赏雪芹之才能，而尤对雪芹之为人行事，备极钦重。曾有一联赠雪芹云："远富近贫以礼相交天下有，疏亲漫友因财绝义世间多。"结合《废艺斋集稿》之发现，则雪芹之"远富近贫"，诚为不诬。

九〇　曹雪芹在右翼宗学之职司

余于一九五七年考出曹雪芹曾供职于右翼宗学。至雪芹在宗学所司何事，则尚无确论。张永海传说，谓雪芹为"瑟夫"实即教员。然以敦氏弟兄对雪芹之情况以及其酬唱之词气观之，殊不类师弟关系。盖两人对雪芹，实钦敬而非尊崇也。余昔于《四松堂集集外诗辑跋》中推测雪芹系任辅助教学之类事，而亦苦无佐证。周汝昌以"瑟夫"为夫役者流，而雪芹之任斯职亦与其被籍家有关云云。今观董邦达于乾隆二十三年参与瓶湖之会及其为雪芹《南鹞北鸢考工志》所撰之序言，钦佩推重之意，溢于言表。且其与会也，观雪芹所放风筝之技术，食雪芹所做之佳肴，兴会之高，竟至谓"今日之集，固乃千载一遇，虽兰亭之会未足奇也"云云，此岂一当朝显宦与"夫役"者流之所宜出耶？故"夫役"之说似亦未妥。吴世昌据敦诚诗中之"司业青钱留客醉，步兵白眼向人斜"句，谓雪芹任宗学"司业"。按"司业"当时是国子监二等角色，殊与宗学无关；故不可能谓雪芹系任右翼宗学之"司业"。若此诗句中之"司业"与杜甫诗中之郑广文联系，亦难推出雪芹曾任右翼宗学"司业"之论断。

九一　宗学中之宗派与政治

《随园诗话》卷九有云："嘉禾征士曹廷枢古谦，与葛卜元同教习宗学。葛北方人，长于考据，自负博雅，而曹专工词章，二人不相能。虞山蒋公，满洲世公，各有所庇，遂相参劾。古人洛、蜀之分，皆由门下士起也。"余昔草《曹雪芹的故事》续编（约在一九六三年秋）之"寄居萧寺"一篇时，曾假定雪芹之离宗学与右翼宗学中教习间之矛盾有关。今读此条，益增前此假定近实之感。

九二 曹棠村

《红楼梦》中有"棠村"一名,吴世昌据书中"雪芹旧有《风月宝鉴》一书,乃其弟棠村序也"一语,谓"棠村"实系雪芹之弟。棠村一名,除此一条外,即不再现。今据夕葵书屋所藏《石头记》中之批语,有"九个字写尽天香楼事,是不写之写。常村"一批,系在"彼时阖家皆知,无不纳闷,都有些疑心"句下。按《诗》"棠棣"亦作"常棣",故"常村"即"棠村"。则棠村实有其人,又多一证。

九三 宝玉与可卿

第五回云:"却说秦氏……忽听宝玉在梦中唤他的小名,因纳闷道,我的小名这里从无人知道,他如何知道的,在梦里叫将出来?"按宝玉梦中呼:"可卿救我!"然而可卿小名固名兼美,何得谓之曰呼其小名耶?岂原本作"兼美救我"耶?又甲戌本批云:"此梦文情固佳,然必用秦氏引梦。又用秦氏出梦,竟不知立意何属?惟批书人知之!"可供读者猜想。又宝玉于第十三回中闻可卿之死,庚辰本眉批"只觉心中似戳了一刀的,不忍哇的一声,直奔出一口血来",此已足异矣,而又自解云"不相干,这是急火攻心,血不归经",则更奇。然而批者解之曰:"总是淡描轻写,全无痕迹,方见得有生以来天分中自然所赋之性如此,非因色所感也。"云云,实亦"此地无银"之类。甲戌本夹批:"如何自己说出来了?"盖谓"急火攻心"乃是自供耳。然则,宝玉与可卿之关系,果如何哉!

九四 石头记中之弘忍

《红楼梦》第二十二回宝钗说"闻五祖弘忍在黄梅(下略)",有正、庚辰本弘忍均作"弘忍",而所谓乾隆抄本《百廿回红楼梦稿》,弘忍则作"宏忍"。按"弘"作"宏"避乾隆讳也。此亦可证庚辰本有正本所据原本为乾隆抄本;而号称"乾隆抄本之《百廿回红楼梦稿》"则作"宏",虽弘、宏可通,终疑非当时之惯常写法。

九五　夕葵书屋抄本石头记

一九六五年六月中旬忽接南京毛国瑶先生来书,告以所见夕葵书屋抄本《石头记》及其中之脂批事。按夕葵书屋,清乾隆间全椒吴鼒山尊之堂名。鼒晚岁居扬州之西园。该抄本最后收藏者靖应鹍与毛国瑶相善,靖先人曾迁寓扬州,靖藏或当为吴抄之过录。毛于一九五九年春曾借读靖抄本,书共十厚册,八十回,内缺二十八、二十九两回及卅回之末数叶。由书中之蓝纸封皮及"拙生藏书""明远堂"二篆文图章之地位觇之,知为十九小册合订者。全书未标书名,亦无序,抄写颇精。书中批语甚多,大部与有正本同。计有眉批、行间批、回前批、回后批等。批语朱墨相杂,且多颠倒错乱。毛先生曾将批语抄录百五十条寄余。据毛先生云:"明远堂"为靖氏堂名,靖抄本已于数年前值靖他出时,为其家人售与鼓担不可复得。(参阅以下有关此本处。)按此本批语虽多错乱之处,然如"甲申八月泪笔"、"西帆楼"、"不数年芹溪、脂砚、杏斋相继别去"、"遗簪、更衣"诸文字,可供探幽索隐,则不待言。闻南京图书馆亦有一抄本《石头记》,与有正本大抵相同,唯有异文。

九六　余二人亦不曾有是气

《红楼梦》第二十四回贾芸向其舅父卜世仁借钱时,脂批云"余二人亦不曾有是气",有人解作"我们两个人也没有受过这个气",恰失原意。按六十一回:"平儿笑道:'这不是正经话'",其意即:"难道这不是正经话!"

亦即"这是正经话嘛"之意。因之,"余二人亦不曾有是气"似当解作:"我们两个人还不是受过这个气!"亦即"受过这个气"之意。如用新式标点,则以上两语,均应着感叹号(!),方能表出原文语义。

九七　遗簪更衣诸文字

《红楼梦》第十三回,甲戌本有回后总批云:"秦可卿淫丧天香楼,作者用史笔也。老朽因有魂托凤姐贾家后事二件,岂是安富尊荣坐享人能想得到者?其事虽未漏,其言其意则令人悲切感服,姑赦之,因命芹溪删去",末句"因命芹溪删去",意似未完。今据南京毛国瑶先生为余抄寄之夕葵书屋抄本《石头记》残批,此批是回前长批,作"因命芹溪删去'遗簪''更衣'诸文,是以此回只十页删去天香楼一节少去四五页也"。盖"遗簪"、"更衣"当系描绘可卿淫丧天香楼实况之文字,此批当系初文,而夕葵书屋抄本《石头记》当亦为较早之批本也。

九八　英莲抑菊英

《石头记》第四回初见香菱时,甲戌、有正各本均作"小名英莲",独庚辰本作"名唤菊英",殊不能得其解。岂庚辰本是初文耶?然据第五回宝玉看副册时,"只见画着一株桂花,下面有一池沼,其中水涸泥干,莲枯藕败,画后书云,'根并荷花一茎香(原注:却是咏菱妙句),平生遭际实堪伤;自从两地生孤木,致使香魂返故乡'"。按此诗明明咏香菱之一生遭遇,字里行间已暗示"香菱"一名;而其小名,则结合"莲枯藕败"推之,亦以"英莲"为是,不当作"菊英"也。

九九　俞平伯谈瓶湖懋斋记盛

敦敏之《瓶湖懋斋记盛》一文,俞平伯先生见之,函余曰:"懋斋一文,详尽生动,诚为佳作,若芹圃其人呼之欲出矣。"又对雪芹《题自画石》诗曰:"……题画石诗,颈腹两联与《石头记》互相映发,且为雪芹仅存完整之作。"又对风筝歌诀云:"歌诀词意并茂,惜用韵庞杂耳!"余亦以为然,惟歌诀非诗,未可以诗韵衡之。

一〇〇　曹寅之复社姓氏记

余曩于《考稗小记》中曾有记曹寅之《东皋草堂记》一条,又曾录其《咏红述事》一诗。今再摘录其《复社姓氏记》中句云:"合复社姓氏共二千二百五十人为一卷。竹垞太史曰:'是得之于檇李士人家知而记之者如此;其后附会增益与脱落者,不知凡几也。'丁亥十月退院考阅姓氏,知者什不能一,求其所以合立社之本意者,什一之中,又无几焉。呜呼,即二千二百五十人而明亡矣!"末一语出诸曹寅之口,且慨乎言之,果何谓耶? 此类资料与寅及其子侄辈之效忠清帝,密报舆情相比观,又当作何解? 亦大可剖析之问题也。

一〇一　曹寅与施世纶

据陈鹏年康熙六十年奏折,施世纶于六十年五月初三日病逝。施为楝亭夜话三人中之一。叶恭绰云,施即小说中之施不全。明亡后,红帮秘密结社复明,而施世纶为青帮之创始者,则助清镇压反清运动者也。又云,小说中之窦尔墩初为洪承畴部将,承畴降清,尔墩遂去之,之连环套,其地毗近热河。余因忆章炳麟在《华严庵记书后》一文中以为曾国藩"憔悴深矍,无所逃于天地间"。余则以为,若施世纶者,其亦斯之谓欤! 今观曹寅之与施则曰:"(上略)晚识施君通纻缟。多闻直谅复奚疑,此乐不殊鱼在藻。(下略)"倘谓曹寅有民族思想,又如何解释寅与施之密切关系?

一〇二　永瑢之诗及画

有人谓《红楼梦》中之北静王水溶影乾隆第六子质亲王永瑢,其说实不经;然雪芹之所"用意搜"(永忠语)者,固不排斥其所闻所见之永瑢其人其事也。按永瑢能诗画,其诗集曰《质庄郡王诗稿》,抄本。永瑢与永忠有过从,见两人诗集。一九五四年某君获一永瑢山水图卷,谓为西郊公园图云。余曾审视,以为非也。该卷卷首有"欣于所遇"四大字,末有"皇六子质郡王"阴文寸半方章。下有篆文章一。又下为画本身。开首下端有阴文"西园翰墨"印一方。画中有林丛、藤榭、小溪、木桥、竹、石、舟、亭、屋,并有游人,小山起伏,远塔耸立,且有围垣,一如今之西郊公园之墙垣焉。近尾有"信手拈来"阴文章,下有题云:"西郊二里许,有园一区,方广百余亩,灌木丛翳,间以修竹;亭馆悉已颓圮,而柱礎则犹有可辨者。暇日偶过其地,即嘿识其景象,归而为图以纪之。"末署"乾隆戊子嘉平皇六子",下"皇六子印"(阴文)又"皇田",又下阳文"辞翰升堂𬭚君埭"一方。某君谓此即乾隆时西郊公园之情状,并谓傅惜华亦谓为然。余按:以书、印、纸、印泥等项衡之,此图为永瑢所作,字亦为其所书,固无问题,然必非今之西郊公园。何则,今之公园,乾隆时初名隣善园,后名环溪别墅。永忠《延芬室集手稿》诗题及注云:"环溪别墅……旧名隣善园。按'隣善'者敬一贝子园名也。后与其外孙明义字我斋者,更今名。"永瑢与明义甚熟,过从亦多,尝邀永忠伴游该园。则题词中所谓"暇日偶过其地"并"嘿识其景象"者,其固非隣善园明矣。又其地在"西郊二里许"绝非环溪别墅,而应较别墅为远之某园。又其所绘景象,亦与永忠诗中所描绘者不同。今据永忠诗集:永瑢似曾绘《隣善园图》,永忠且为之记,则彼图非此图甚明。此无名园图果谁氏之废园耶? 余意永忠有过《王氏废园有感诗》,亦似与质王相偕。然则,斯园也,其王氏废园乎? 永瑢字学米,颇有肖处。手卷签署"惺斋"。永忠题诗下注云:"按即西园主人皇六子质王殿下号也。"

一〇三　香山正白旗之老屋壁上诗

一九七一年时因事居皖北,得京中友人函,谓最近北京西郊某处于修房拆墙时,发现题壁文句及诗句。函中所述甚简,故未能知其详况。一九七二年四月底,余回北京,他友亦时复道及。一九七三年五月胡文彬及周雷两同志初次相访,告以彼等在该地调查之经过及初步看法。五月六日又邀余同往香山卧佛寺沟口外之正白旗营三十八号,访该屋现在住户舒成勋君,并与附近住户七八人聚谈数小时。其详已由胡、周两同志另文记之。兹所记者一事,即昔年张永海传说鄂比赠曹雪芹之对联,竟见于舒君之西屋壁上,其词句与张永海所传,略有出入:"远富近贫以礼相交天下少,疏亲慢友因财而散世间多,真不错"。"少",张传作"有","而散",张传作"绝义";"真不错"三字,张传无之。余以为"少"及"而散"两处异文,均较胜于张传。"真不错",张传无。余意书鄂比诗于壁上,又系二百年前之古屋,其地或为鄂比正白旗之故居欤?

一〇四　影印戚蓼生本之原抄本

一九七三年四月十九日,毛国瑶同志由南京赐书,言南京图书馆藏一抄本《石头记》并述其情况颇详。亟著录之,以供治版本者之参考。据云:此本与有正本相近。经毛国瑶校勘,知有如下特点。抄本卷首有戚蓼生序,各回前后有总评,正文句下有双行小字批,款式悉如有正本。每页行数及起讫之处,均与有正本同。第五、六、七、八回末"正是"以下一联,第六十四、六十七两回文字亦与有正本同。十七、十八回分回亦均同。六十八回有正本在凤姐与尤三姐说话一段,先写作文言,后涂改为白话;抄本则全作文言,并无变动。有正本眉批,抄本全缺。第五十回末总评,抄本误在第四十九回前。第十三回末有正本将十五回的回末总评误入一页,抄本无此情况。抄本中有一标签云："泽存书库藏书,《石头记》,子部,小说家类,平话之属,清曹雪芹撰,八十回,二十册抄本。"由所抄笔迹觇之,抄者约有四五人,涂改甚少,书法工整。正文,有此抄本对而有正本错,另些,则反之。可注意者厥为第十三回、十四回秦可卿死,灵牌、榜文、铭旌,抄本三处都作"恭人",第二十五回抄本作"如来佛",第二十七回抄本作"并巧姐大姐香菱"。此诸处抄本与脂本同,而与有正本不同。又第五回:"恐哭损残年"抄本作"怨哭损残年"。第五回之"擅风情",抄本作"擅风",少一"情"字。第六回之"侍宝玉"抄本则作"待宝玉"等等。毛国瑶所志两本之异同,大略如此。

一〇五　白家疃之允祥祠

一九七三年五月同侯仁之、金涛、彭旭同志往访雪芹晚年故居遗址于北京西郊白家疃。其地有贤王祠,今做白家疃小学校址。院有残碑,弃置于地上。碑为"敕建白家疃和硕怡亲王祠碑记"。碑文残缺颇甚,此碑原立祠堂院内西侧,闻东侧尚有一碑,修建该校体育场时,埋藏地下。按允祥为康熙第十三子,康熙二十五年丙寅二月初一日生,母敬敏贵妃章佳氏,参领海宽女。康熙六十一年十一月封和硕怡亲王,总理事务。是年十二月管理户部事务。三年闰四月总管圆明园八旗兵丁。十一月管理四译馆事务,同月管理汉军侍卫。三年二月擢任议政。同年十二月管理水利、营田事务。八年庚戌五月初四日病逝,年四十五岁,谥曰"贤"。允祥曾于雍正初年,兴修水利。据上碑碑文,则允祥尝往来白家疃,喜其地"泉甘木茂,于是诛茅筑馆,置为别□（原残,裕按:当是"业"字）","以为憩息之所"。但"工土未毕",允祥即病逝,于是为其改建祠堂,即贤王祠也。白家疃有城子山亘连西山,北向蜿蜒,风景颇佳。允祥在时,尝因打猎,往来其地。乾隆二十三年,春夏之交,曹雪芹筑舍于村外小溪之西,去当时村舍半里许,张宜泉称雪芹"庐结西郊别样幽",非虚语也。余于一九七三年春曾与贺敬之、袁鹰、李希凡、周汝昌等同志再访其地。

一〇六　陈病树谈红楼梦掌故

一九六二年余曾函烦徐恭时同志,两访上海陈病树。时陈年七十四岁,江西黎川人,上海文史馆馆员。徐与陈所谈问题有二:一、曹雪芹创作《红楼梦》人物取材的传说;二、恭王府与小说中大观园的关系问题。兹略录徐函内容如下:"(一)关于曹雪芹创造《红楼梦》人物取材的传说。陈早年在北京,对当时的红学家大都认识,酒后茶余,经常听他们谈《红楼梦》,但当时这些人谈话的兴趣,集中在小说人物与故事上,没人注意对作者曹雪芹的考证。现在仅记得一事。当时北京有好几位红学家曾讲到(但记不起谁讲)曹雪芹写贾府中几百个女子,如何能对年少的姑娘、丫鬟,年老的太太、老妈子等人物的个性活动、声音笑貌,以及大家庭中这些人物平时的生活情况,写得那样具体深刻。据老一辈传说,当时曹雪芹在北京写这部小说时,常常去找曾在贵族大家做过事的老妈子,或访问亲戚中的一些女孩子,要她们谈这些人家中老的或少的种种生活情况。他听了就记下来,经年累月地积累材料,所以笔底下的女子,人人性格不同,描写得真实细腻。(二)恭王府与小说中大观园的关系问题。陈说,他早年在宗室兵部大臣铁良的家里教过他的两个儿子。与恭王后人也很熟悉,常常到恭王府去,恭王府的花园,也游览过十几次。有几次去赏海棠。他说当时(清末民初)去恭王府,叫车子去时,就叫到李广桥。恭王府的四周是河,府里的花园当时已是很破敝荒芜的了。园里有池塘、小河,河原是从园后通着外面的河道。他在恭王府花园时,池水及河水,已近干枯,但原迹尚存。他又说,恭王府花园在进门处并没有大假山,与大观园进门描写的不同,园子里面的假山,并不很高。又说恭王府园里有竹子,这在北方是比较少见,但稀稀疏疏,并没有《红楼梦》中描写潇湘馆那样的景色。园中海棠很有名,有一品种名'西府海棠',但这是品种名,并非指恭王府的那种海棠。我没听人称恭王府为'西府'。也没有人说过恭王府与曹家的关系。恭王府花园不是大观园。陈在南京住过一时,袁子才说随园即大观园,这是瞎说。袁枚得此园时,仅是一块荒园。大行宫地方曾走过,早变为道路,已无从辨认何处是织造府了。"一九七二年春,余由杭北返,中途小滞沪滨。与恭时初次相晤,则知陈已逝世。

一○七 瓶湖懋斋记盛阙文钩沉

敦敏之《瓶湖懋斋记盛》原稿缺后半部,赖有孔祥泽君之《懋斋记盛的故事》一稿,得保存敦敏若干原意原文。在"□□□□之□,□舅钮公,自闽返京"句上,原有眉批云:"十月赐第钮公,命余就过公求书。"批者当是敦敏。在"二十四日晨曦甫〔上〕"句前之"〔是〕以得快读〔其〕书"句上,有一眉批云:"子明,余意前段可略去!"所谓"前段"盖指敦敏历访雪芹不遇事。批者非雪芹即敦诚。雪芹鉴别"宋李龙眠"《如意平安图》,断为元人伪托之作,董邦达十分折服。雪芹云:"李公麟以白描人物著称,下笔挥毫,如铁线迂回,后人无其笔力。公麟不善写生花卉,且画中之胆瓶,是元代式样,宋人何能预知其式?"评画时雪芹又语敦敏云,只此商祚一幅,足资珍藏。其余几幅,惜皆伪作,此风明人实作俑于前。席间董邦达对雪芹之草《南鹞北鸢考工志》一稿,谓有济世活人之心,知芹圃者,能有几人云云。雪芹为董邦达释风筝之名云:风筝之名,由来已久,并非新称;惟旧时系因缚响器于纸鸢之背,迎风而发清商之音,有类筝鸣,故名"风筝"。今则京师悉名未带响器之纸鸢为风筝矣。董告雪芹云:数日前在东城曾听锣鼓之声来自天际,仰视之,则一风筝在焉。雪芹曰:此即愚为叔度所做之新样"半瘦燕"也,以其背缚锣鼓,故能作响。董对雪芹之烹调技术,备极赞扬。至云:"雪芹诚天下奇人,所娴绝技既多,又能举一反三,闻一知十。余南人也,其所做南菜亦千变万化,独出心裁。真是天下之才一石,子建独获八斗,其亦雪芹之谓乎!"雪芹又谈腊月二十四日瓶湖之会当日之风向云："今日略察，早间刮东北风，卯时过，风止。中午如此清爽无风，则未时末，必有和风自西而东。申时左右，则能转为西南风，刮向东北，势将变为清风。则先放软翅，后放硬膀即可，君等不必以此时无风而焦心也。"又曰："今晨劲风起于丑时，转于寅时，见和风，由西北转北，天明刮东北风。此京师风向之常律也。"至是，董邦达叹曰："杜少陵《赠曹将军》诗云：'试看古来盛名下，终日坎壈缠其身。'令人嗟叹！"敦敏看雪芹放风筝之绝技后云："余意风筝之事由雪芹苦心经营，此业（指扎、售风筝）必兴，但此艺（指放风筝）难传。能有几人可学到雪芹处？"董邦达云："若非目睹其技，其谁信之？今日之集，固千载一遇，虽兰亭之会，未足奇也！"雪芹又曾制"串鹭"，端隽赞之曰："雪芹以天为纸，真成'一行白鹭上青天'矣。"但风筝中尚有金鱼、螃蟹等水族，故董邦达云："以天为纸，已经绝妙；将云拟水，尤难设想。雪芹底是妙人！"董翻阅至《宓妃图》时，誉雪芹用色奇绝，其鲜明如曝照于阳光之下。雪芹答云："历代画家均以纯色为主，如需深浅，无非以白粉冲淡而已，其法虽繁实简。唐时王维曾有复色明暗之法，但真迹传世者极少，至难推求。实则物物有色，以其映于目中，受光所照，故有五色之多。余睹家中旧藏之《织造色谱》，略窥西洋染色之大要。夫人察万物之美，无光则晦而不鲜，有光则怡情悦目。旋悟：色自光来，若画色而忌光，岂非因噎而废食？故试以他色代主色，分阴阳，别深浅，画成'宓妃'脸庞之形象。此不成功之技法，实贻笑方家，幸即教之！"董邦达谓敦敏曰："懋斋，今日之盛会，诚恐千载一遇矣。余以为风筝虽属艺之小者，而其实极难。试思，若不通扎糊之理，即无由放起。不能绘而成形，又何以使人辨识。故必知塑形技法与夫脱胎工艺，并须精通机轴转动之巧，智巧并用，心手兼施，岂仅一能书能画者即能望其项背？余思之已久，雪芹所以如此苦心孤诣、惨淡经营者，实为有废疾而无告者，谋求自食其力之道也。雪芹自序，余已拜读，实嫌过谦。余拟将此卷书，借归舍下细读，并当为撰一序文，未知雪芹以为如何？"雪芹称谢允之。董邦达又嘱敦敏宜为文以纪当日之盛况，复勉于叔度以发扬光大雪芹之艺，不可使之失传,而于亦以雪芹之杰作《宓妃》赠之。董谦逊至再,称谢而受之。又谓叔度云:"君诚有心人,但若达雪芹之造诣,仍须下番功夫耳。"

一○八　茅盾朱光潜论曹雪芹传记故事写法

十年余前余所撰《曹雪芹的故事》,实为一尝试性的初稿。而师友知好,其所见亦各异。茅盾同志谓余:"(上略)下笔审慎,事事有来历。窃以为写历史小说,理应如此。鲁迅《故事新编》,非历史小说,都取材于传说,故虚构处可以不拘泥于史实。今人明明写历史小说,而欲以《故事新编》为例,骋其幻想,愚见以为未可也。"(一九六三年九月来书)朱光潜先生则谓:"(上略)《曹雪芹的故事》,叙述生动而简洁,虽是小说体,毕竟有原始资料佐证,所以难能可贵。近代西方有些传记家,也采用小说体裁。例如法国 André Maurois 写拜伦和雪莱,德国 Emile Ludwig 写贝多芬等人,都风行一时,可以参考。对于曹雪芹,我们现在掌握的资料究竟有限,想把他写活,恐怕非靠对于他的精神面貌的深刻理解,运用艺术的创作想象,把'应该如此'的形象刻画出来不行。'实际如此'是历史家的事,'应该如此'却是艺术家的事。如果改写长篇,是否还宜一方面结合《红楼梦》本身,另方面结合当时的社会背景,多加一些渲染?(下略)"(一九六四年三月二日来书)

一○九　右翼宗学总管内亨图

王宏钧同志见告,乾隆二十年(乙亥,一七五五)右翼宗学副管为宗室内亨图,八品官。按此实一重要线索,可以考知右翼宗学之情况。内亨图必见于《爱新觉罗宗谱》,倘能由《宗谱》查出其供职年代,如可上溯至乾隆十五六年,则正值曹雪芹任职于右翼宗学之时,其有裨于考订曹雪芹之生平,固不待言。

一一〇　曹、高写封肃之异趣

曹雪芹写《红楼梦》多用出人意料之笔,第二回写贾雨村"遣人送了两封银子,四匹锦缎,答谢甄家娘子,又寄一封密书与封肃,托他向甄家娘子,要那娇杏作二房。封肃喜的屁滚尿流,巴不得去奉承,便在女儿前一力撺掇成了"。此等处显系作者甚鄙封肃之为人,故作斯语。然高鹗续书,并此等处而亦改之,作"那封肃喜得眉开眼笑",则悖雪芹原意远甚。曹与高之高下,亦可于此觇之。

一一一　阮籍、雪芹高傲之政治内容

曩读敦氏兄弟诗,知雪芹亦狂亦傲,善画好饮,高谈雄辩。且喜为青白眼,故屡以阮籍喻之。余初以为狂也傲也,个性耳,何与于政治？迨深思之,则知嗣宗之所为无不与政治有关。《晋书》称籍"能为青白眼,见礼法之士以白眼,(中略)由是礼法之士,疾之若仇",则籍之狂、傲,实有反抗旧礼教之意义焉。盖所谓"礼法之士"者,旧礼教之主张者也。又籍好饮,《晋书》载:"文帝(司马昭)欲为武帝(司马炎)求婚,籍醉六十日,不得言而止。"盖籍雅不欲与司马氏媾婚,此"醉"也,讵可谓之无政治意义哉！故籍虽表则狂、傲、嗜饮,"傲然独得,任情不羁",实则凡此种种,均在当时政治斗争中起积极或消极反抗作用。雪芹亦狂、傲、好饮,又字"梦阮";其狂,其傲皆所以对汲汲于仕进之"禄蠹",所以对"非其人"之人也(《记盛》记白媪之言曰:"雪芹郊居鬻画维生,虽'饔飧有时不继,然非其人虽重酬不应也。'")。夫如是,则岂不傲然独得,如"野鹤"之"在鸡群"(敦敏赠雪芹诗中句)哉！

一一二　雪芹论纸鸢起源

《南鹞北鸢考工志》中讲风筝历史处，承孔君见告其残叶有云："观夫史籍所载，风鸢之由来久矣，可征者实寡，非所详也；惟墨子作木鸢三年而飞之说，或无疑焉。盖将用之负人载物，超险阻而飞达，越川泽而空递：所以辅舆马之不能，补舟楫之不逮者也。揆其初衷，殆欲利人，非以助暴；夫子非攻，故其法卒无所传（下缺）。"余于一九五六年顷曾在《曹雪芹的故事》注（见该书九四页二八注）中，即认为雪芹在《红楼梦》中对儒、释、道三者，均有微词；此处独称墨翟为"夫子"，美其"非攻"，并揆其制木鸢之初衷，谓为"非以助暴"，"殆欲利人"，其扬墨而抑孔，亦有说乎？曰：墨翟非攻，但非无原则地反战，观其救宋之举可知。木鸢之失传，以雪芹之意度之，盖亦恐暴君用以伐人之国，取人之城耳。然则，雪芹之多翟，岂无故哉！

一一三　曹雪芹之风筝歌诀

曹雪芹之风筝歌诀，论者所见不一。俞平伯先生函余时有云："歌诀词意并茂，惜用韵庞杂"，余亦云然。然亦有疑之者。湖南宋谋场同志七三年十二月二日函余云："（上略）昨得周振甫先生来书，言及中华书局中有人谓《集稿》歌诀，不词之甚，决非曹作。此……实有所见。歌诀不惟不词，且用韵夹杂，以入声押平声，虽《汤头歌诀》，亦不如此，而谓雪芹如此乎？然振甫先生据此定《集稿》为伪，则尚不谓然。窃意《集稿》盖雪芹'集前人之成'编纂者，歌诀固非雪芹作，以其为风筝行约定俗成之诀，不可复改，故遂因而不改耳。（下略）"余以为宋君之说甚是，且与余闻诸孔君所述之意略同。盖风筝有谱有歌诀，由来已久，非自雪芹始。《考工志》雪芹自序固已自云："旁搜远绍，以集前人之成。"董邦达序虽谓雪芹之作"意重发扬",旨在开"辟新途",然亦知其为"集前人之成",雪芹"不欲攘他人之功"也。故知雪芹之于风筝图式、风筝歌诀,既有创发,亦有因袭。其于风筝歌诀,尤重沿袭习用之格式及俗韵,而少所更张,盖其意在便于艺人之传习。歌诀本非诗,奈何以诗衡之?为使易懂,雪芹又有《此中人语》之作,其书以口语阐述风筝之作法及画法。此更可证雪芹之用心乃在利于无文化之"穷民"矣。雪芹晚年之思想境界,岂一般知识分子所能望其项背者!

一一四　武陵溪

曹雪芹在风筝歌诀中有句云:"卜居武陵溪,仙源靡赋役,(中略)锦衣纨裤者,尽是轻薄儿;耻与侪辈伍,联袂去云霓。"(《比翼燕歌诀》)又云:"邀集新雨觅仙境,会同故友访武陵。"(《半瘦燕歌诀》)可觇曹对靖节之景慕。今按《红楼梦》第三十八回黛玉《咏菊》诗云:"一从陶令平章后,千古高风说到今。"亦借陶以美菊,足见陶之地位甚高;而黛玉思想实为雪芹所首肯者。"武陵溪"可以代表作者之理想境界,《南鹞北鸢考工志》自序中所谓"古之世"者,庶几近之。免赋去役,鳏寡孤独有废疾而无告者皆有所"养"等等,即此理想境界之制度也。其亦几何不为一种之乌托邦耶?

一一五　贾宝玉说银钱吃穿都不是我的

《红楼梦》有正本第二十六回:"宝玉道:'我可有什么可送的,若论银钱吃穿等类的东西,究竟还不是我的;惟有我写一张字,画一张画,才算是我的。'"又第四十七回宝玉对柳湘莲云:"我只恨我天天圈在家里,一点儿作不得主,行动有人知道,不是这个拦,就是那个劝的,能说不能行;虽然有钱,又不能由我使!"有正本第四十五回林黛玉云:"(上略)我是一无所有,吃穿用度,一草一纸,皆是和他们家(指贾家)姑娘一样(下略)。"一则生于富贵家庭而经济尚未独立之真情,另一则寄人篱下一切仰给于人之实感也。然而即在封建社会中,处于黛玉地位者,易于有其实感,而处于宝玉地位者,则不易有此真情也。盖富家子弟,继承乃父乃兄之余荫,谁不安之若素耶?然贾宝玉乃能有上述感觉,此其所以能产生进步思想之故欤?

一一六　俞平伯点读甲戌本凡例之误

《红楼梦》甲戌本"凡例"俞平伯《辑评》点读云:"《红楼梦》旨义。是书题名极多,《□□红楼梦》,是总其全部之名也。又曰《风月宝鉴》,是戒妄动风月之情。又曰《石头记》,是自譬石头所记之事也。此三名皆书中曾已点睛矣。如宝玉作梦,梦中有曲,名曰《红楼梦十二支》,此则《红楼梦》之点睛。又如贾瑞病,跛道人持一镜来,上面即錾'风月宝鉴'四字,此则《风月宝鉴》之点睛。又如道人亲眼见石上大书一篇故事,则系石头所记之由来,此则《石头记》之点睛处。然此书又名曰《金陵十二钗》,审其名则必系金陵十二女子也。(下略)"按"是书题名极多,《□□红楼梦》"句中之"多"字、"红楼"二字,均系胡适所加,而"□□"则与下文"又曰"、"又曰"相比观,实当作"如曰"或"一曰"两字,即"如曰《红楼梦》"五字。俞氏《辑评》之标读,盖误。

一一七　蒙古王府本批语中之女子口吻

《红楼梦》有蒙古王府抄本,全一百二十回,今藏北京图书馆。此抄本有许多批语,观其词意文笔,绝类一女子所批。兹举一二显例如下。《石头记》庚辰本第三回,"黛玉(中略)方欲拜见时,早被他外祖母一把搂入怀中,心肝儿肉叫着,大哭起来!当下地下侍立之人,无不掩面涕泣",蒙古王府本在此句上有批云:"此段文字是天性中流出,我该时不觉泪盈双袖!"又在同回稍后"(上略)你我怎不伤心,说着搂了黛玉在怀呜咽起来"句下批云:"不禁我也跟他哭起来。"读此两批,殊觉不类一男人口吻。盖"我该时不觉泪盈双袖"固已酷似一女人,而"该时"者事情发生之当时也,则此批者为当时参加其场合者之一,殊为明显。再则此事发生于宝玉回来之前,彼时贾母房中尚无任何一男人在场也。

一一八　蒙古王府本批语中之个中人

《红楼梦》第三回谈至宝玉之玉的来历时,蒙古王府本有一批语云:"他天生带来的美玉。他自己不爱惜,遇知己替他爱惜,连我看书的人,也着实心疼不了,不觉背人一哭,以谢作者!""一哭"已奇矣,而又"背人",则其自己惭恨,不欲人知也,甚明。又以一哭"以谢作者",则更可见批者之为"个中人"矣。甲戌本夹批云:"不知谁是个中人。宝玉即个中人乎?然则石头亦个中人乎?"凡此皆批者脂砚故作迷离惝恍之语耳。实则此批者当即裕瑞《枣窗闲笔》所言雪芹之叔,亦即敦敏《瓶湖懋斋记盛》中之"寄居寺宇"雪芹之叔,恐亦即蒙古王府本在第一回所批"庙中安身,卖字为生"之同一人也。

一一九　曹雪芹之佚著

据孔祥泽君一九七三年四月间为余言,曹雪芹之遗著今尚可踪迹求之者,有以下诸项。一、《瓶湖懋斋记盛》后半部。二、风筝图式扎法约二百种,每种均有图例。三、风筝歌诀约二百种。四、沙燕部分绘诀。五、风筝沿革。六、金石图章样式、边款拓本。七、《鸳鸯戏水锦》及其他几种编织图案。八、脱胎(《考工志》中有句云:"仿真借助脱胎法,薄用纸浆肖容颜",句下有注文论及脱胎工艺程序)。九、菜谱抄件若干条。十、印染部分谈及多种颜色,其中数种至今不确知为何色,如玉色、沉香色等。十一、又《废艺斋集稿》八种每种前均有序,他人之序文在前,曹之自序在后。十二、其外祖父之《考槃室札记》关于曹雪芹之记载。

一二〇　赵雨山抄摹考工志

余草《曹雪芹佚著及其传记材料的发现》一文,其材料皆由孔祥泽君提供,然余对孔君等于一九四四年许摹抄《南鹞北鸢考工志》时之情况及背景,均不详悉,遂于行文时予人以当初描摹《考工志》时以孔君为主要抄录者之印象。拙文发表后,经孔君于一九七三年二月十五日函告实况,始知当日抄摹时,实以赵雨山同志为主,而孔君为襄赞其事者之一。赵于一九六三年参观曹雪芹逝世二百周年纪念展览会后,慨然约孔君作追忆《考工志》及《废艺斋集稿》中其他部分之工作;并于一九六四年着手进行,一九六七年赵已病逝。据孔君函,赵家中尚存有《南鹞北鸢考工志》中歌诀之注解本,即《此中人语》一书。按《此中人语》乃雪芹以白话文说明风筝制法及画法者。赵名锡霈,满族人,父奎绵号鹤延道人,在清末画家中,颇为知名。赵家世喜扎糊风筝,其家原藏之扎糊歌诀、尺寸注、《此中人语》等,至获见日人所购之《考工志》后,乃以之与后者互勘。赵语孔君,其原藏抄本之尺寸,较日人购得之《考工志》为详尽明确云。

一二一　曹雪芹谈风与风筝

孔祥泽君告以在《考工志》中,曹雪芹论风与风筝之关系云:北地多烈风,不似南方之多和风;北地干燥,南方阴湿。故在"架子"扎糊方法上,不能完全采用南方之"软翅法"。盖以其不禁烈风狂吹也。在曹雪芹助于叔度创造各类扎糊方法之前,北方只有几种简单扎糊方法,如硬拍子、软拍子等,或在风筝尾下坠穗子,其理仍同软拍子法。曹雪芹《考工志》中有云:北方"半日之间,风势时变,忽强忽缓,拍子之尾穗,亦必因之而易其轻重"。不便殊甚。雪芹有鉴于此，故据北方风势强弱变化之情况，创为"三停三泄"之硬膀扎法。由是知在乾隆中雪芹创此法前，北京无硬膀风筝。《考工志》说此法之便曰："以上下两主条对扎，存其形而变其格，使受风泄风三停之法，三分以衡之，所以保稳于急剧之变，不为风力所限，而轻巧远胜拍子。虽突遇急风，亦不致倾斜颠覆也。"熟知风筝业者，谓此为一大改革。

一二二　哈魁明

孔祥泽君见告：哈魁明从事斯业已有三世之久。其祖父始以风筝为业，兼做勤行；至其父而以风筝见称。洎乎其本人，则仍兼做勤行。哈弟兄五人，皆能做一般风筝，惟魁明能制精致风筝。哈魁明原有其祖父传下之抄本曹雪芹风筝谱，闻其祖父系得之于陈氏。其本虽无雪芹稿本之全，但歌诀、尺寸注以及图式，则均与原样无殊。哈氏风筝于辛亥革命后一九二〇年至一九三〇年间，曾获巴拿马博览会之奖状。其所制瘦扎燕及一部分软翅，完全保存雪芹原样。孔君又告：曩者彼曾将赵雨山摹本，与哈氏所用之竹条的"制子"核对，其事在一九六四年。哈氏本因年久纸脆，已不完整，而一说已于一九六六年迷失云。

一二三　曹氏风筝传人

孔君又谈，在曹氏风筝之传人中，应以于氏（即于叔度后人）为主。于氏所制各种风筝从不走板，画法亦从不走样。然于氏固早已改行矣。北京制风筝者均以"扎燕"、"硬膀"为主，此正为雪芹所亲自创制一反前此之缀穗风筝者也。其有基本上为"扎燕"及"硬膀"，但为各种变形，则亦皆为一源之支流。王四、王二弟兄之"瘦燕"与"细活"，宋四之"小硬膀"，善老台之"花风筝"，其较著者也。

一二四　杨凤亭曾见废艺斋集稿

孔祥泽云：日人所购之《废艺斋集稿》曾在敌伪时期之《武德报》报社存放过。杨凤亭曾于一九四四年在该社见此八册书。余于一九六五年许曾为此事访杨于其半壁街住所，证实此说。顷闻杨已迁乡多年。

一二五　范健君曾见石头记抄本

据毛国瑶同志一九七三年十月十一日函告，其友人王春芳谓安徽来安县有人藏旧本《红楼梦》。又其戚范健君早年亦曾见一抄本，据悉此本尚存于安徽水家湖。惜范年事已高，不克亲往访求。

一二六　白家疃之历史地理

余之《曹雪芹佚著及其传记材料的发现》一文发表后，承侯仁之同志函告白家疃之历史地理情况，可以补充拙文。一、余文中曾言"山下有人工修整的一道长河（下略）"，侯函云：此即密云水库修建后所凿的京、密引水渠，为现在北京市主要水源。二、又据六十年前旧图，贤王祠在白家疃村西头，东距村边尚有〔空地〕百余米。裕按：今之贤王祠旧址则东西皆有民居。曹雪芹之故居尚在贤王祠以西约百余米之石桥西南地带。然则其当时为"人到罕"（张宜泉诗句："寂寞西郊人到罕"）之地甚明。

一二七　曹雪芹在瓜洲

一九七三年五月六日，镇江江慰庐同志来书，告以读余之《曹雪芹佚著及其传记材料的发现》一文后，曾在镇江市探访耆旧，获知与曹雪芹有关传闻一则。据云,其友人某告以有沈君者,现年五十余岁,幼年读书于扬州,其先人则世居瓜洲镇。沈于两年前曾告其朋好,谓其家人存有世代珍藏《红楼梦》作者曹雪芹所绘之《天官图》一幅。据沈君云,乾隆某年,曹雪芹因事由北京去江宁,取道扬州、镇江。行至瓜洲,天气突变,封江停航。因之,曹被阻于北岸,滞留于瓜洲镇上。沈家当时为瓜洲之大姓,慕曹之名,延为上宾,热情款待。因宾主相得,雪芹遂留居一月有余,始渡江去江宁。行前,雪芹感主人盛情,遂作当时习见之《天官图》以贻之。沈家累世珍藏,视为瑰宝,并嘱后人妥为保存。沈幼年习闻此事,亲睹此图;年长仍不时取出展观。据云此画或尚在,惟不肯示人。按靖藏本《石头记》第四十一回有一眉批云:"妙玉偏僻处此所谓过洁世同嫌也瓜洲渡口劝惩不哀哉屈从红颜因不能枯骨□□□。"周汝昌同志校读此批后半为:"他日瓜洲渡口,各示劝惩,红颜固不能不屈从枯骨,岂不哀哉!"又《石头记》第五十四回庚辰本批语云:"细腻之极。一部大观园之文皆若食肥蟹,至此一句,则又三月于镇江上唊出网之鲜鲋矣。"然则,"瓜洲"、"镇江"固均见于批语。同年五月二十二日又得江慰庐同志函,谓沈君闻其先人历世口传,雪芹阻于瓜洲之年,系在曹北京老家"被抄"之后,"大火烧光"之前。又云:"封江"系因"秋霖连续"而非由于"风雪冰冻"。裕按:"北京老家被抄之后"云云,如指所谓"二次抄家",则其说迄今尚无实据。如指雍正年之抄家,则北京老家之被抄必在南京曹家被抄之同时,其时雪芹尚在稚年,何能有南京之行? 至于所谓"大火烧光之前"云云,甲戌本《石头记》在甄士隐屋舍被焚之处有眉批云"写出南直召祸之实病"一语。"南直"者,南直隶也,实谓南京。然则"大火烧光",其意谓南京有大火焚屋之事乎?惜又无从稽考。余谓雪芹南京之行,当在乾隆二十四年(一七五九年)。盖敦敏《芹圃曹君(霑)别来已一载余矣偶过明君(琳)养石轩隔院闻高谈声疑是曹君急就相访惊喜意外因呼酒话旧事感成长句》一诗,写于乾隆二十五年重九后,倘雪芹于二十四年夏末秋初去南京,恰为一年余,与瓜洲渡口因"秋霖连续"封江而不得渡之情况正相符合。又雪芹参与敦敏瓶湖懋斋之会，系在乾隆二十三年年尾。其时由香山迁往白家疃未及一载，而鬻画维生，饔飧已有时不继。虽尝协助其友人于叔度扎糊风筝于菜市口，然此实助人谋生，非救一己之窘况也。至翌年，经春、夏至秋，"困惫已久"；南京之行，或亦生计所迫耶？雪芹南行之目的，尚难断言。余以为，即使陆厚信"雪芹先生"之小像，一时不能确辨其为俞、为曹，然而雪芹之往晤尹继善固亦自有可能。盖尹继善、怡亲王允祥、弘晓既皆为雪芹先人遗留与彼之社会关系，而林孝箕、胡寿萱亦久有雪芹曾"巢幕侯门"之说。

一二八　曹雪芹富非所望不忧贫七字风筝

一九七四年十一月北京人民银行费同志以曹雪芹手书之"富非所望不忧贫"七字风筝摹本相示，余曾倩友拍照，存诸箧笥。按七字亦系《南鹞北鸢考工志》抄存者当日所描摹，盖《考工志》中物也。字迹风格与曹雪芹所书《考工志》自序略同。十余年前闻诸香山正红旗居民张永海传说，近年见于香山正白旗舒成勋壁上之一联云："远富近贫以礼相交天下少（张传作'有'），疏亲慢友因财而散（张传作'绝义'）世间多"，相传为鄂比赠雪芹者。其义与此七字风筝，适可互相发明。由此七字风筝之发现，可知董邦达《考工志》序所谓"以天为纸，书画琳琅于青笺"内中之"书"字，固非泛泛言之，乃真在天上写字也。曹雪芹以此种语句制为风筝，放诸天际，实表明其不求功名富贵、甘于贫困而不肯为封建统治者服务之政治态度。故此一风筝，实研究雪芹思想之有用材料，未可以其为"玩物"而忽之。

一二九　端方藏抄本石头记

王南石所绘曹雪芹小像，除乾隆时八人题句外，尚有近人褚德彝、叶恭绰等之题跋。近承魏绍昌同志抄示褚、叶及原像收藏者李祖韩所题三则。其中以褚跋较有助于考订《石头记》原本之故实。兹转录于后。"宣统纪元,余客京师,在端陶斋(方)处,见《红楼梦》手抄本,与近世印本颇不同。叙湘云与宝玉有染及碧痕同浴处,多媟亵语。八十回以后,黛玉逝世,宝、钗完婚,情节亦同,此后皆不相类矣。宝玉完婚后,家计日落,流荡益甚。逾年宝钗以娩难亡。宝玉更放纵,至贫不能自存。欲谋为拜堂阿,以年长格于例;至充拨什库以糊口。适湘云新寡,穷无所归,遂为宝玉胶续。时蒋玉菡已脱乐籍,拥巨资,在外城设质库。宝玉屡往称贷;旋不满,欲使铺兵往哄,为袭人所斥而罢。一日天雪,市苦酒羊胛,与湘云纵饮赋诗,强为欢乐。适九门提督经其地,以失仪为从者所执。视之,盖北靖王也。骇问颠末,慨然念旧,赒赠有加。越日,送入鸾仪卫,充云麾使,迄潦倒以终云。其大略如此。沧桑之后,不知此本尚在人间否?癸亥六月褚德彝。"按"癸亥"即一九二三年,所谓"沧桑之后",则指民国以后。脂批中早已明言:宝玉婚后弃宝钗之妻、麝月之婢而为僧。此本盖亦所谓"旧时真本"之属,其非雪芹原文之旧,甚为明显。然此本结末,以宝玉潦倒而终,非如高鹗续书之使宝玉考试中举,亦有足多者。

一三〇 孔梅溪实有其人

一九七五年六月得《文物》杂志社转来江苏盐城周梦庄先生函,承告以《红楼梦》第一回之东鲁孔梅溪实有其人。闻之殊为惊异。盖历来读者均以"孔梅溪"为雪芹假托之人物,并无其人。据周先生函称,其亡友李鹤仙旧藏孔继涵所书一联,上款书"南冈",下款署"梅溪孔继涵"。此联系周曾亲睹,虽未拍照,然随即记下,藏之箧笥,历有年所。余意既有目睹者当时之笔记,则殊少记忆错误之可能。周先生现年七十有五,少时即喜书画文物,其识别真伪,当亦可信。孔继涵字体生,号誧孟,又号荭谷,山东曲阜人,生于乾隆四年,死于四十八年,孔子六十九代孙,孔广森之叔。乾隆辛巳(二十六年)进士,官至户部郎中。孔深于三《礼》,尤精于天文算术及古文字之学。著有《红榈书屋诗集》四卷,《斸冰词》三卷,《微波榭遗书》六种,《算经十书》等。翁方纲曾撰孔继涵之墓志铭,见所著《复初斋文集》第十四;卢文弨有《孔葓谷户部哀辞(并序)》,见其《抱经堂文集》卷三十四。《国朝耆献类征》有传。周梦庄函云,李鹤仙藏孔所书一联上款之"南冈",即盐城徐铎。徐字令民,号南冈,乾隆元年(丙辰)进士。曾任山东按察使署布政使,提刑按察使。卒于乾隆二十三年。《济南府志》、《盐城县志》均载其事迹。邓石如有《徐南冈墓志》。徐之继妻薛氏所生之第三女许嫁孔继涵,未嫁而卒。孔继涵称徐南冈为外舅,故虽徐女早卒,而徐孔固翁婿之谊,李鹤仙所藏孔书一联似不伪。继涵号"梅溪",顷尚未见于他书,兹经粗检有关材料,有可资佐证者数事。一曰,孔继涵之别号不止"誧孟"及"葓谷"。卢文弨《答孔葓谷书》(壬寅,乾隆四十七年)首句称"日望"足下,是知此亦孔之别号,然非人所熟知。徐南冈既死于乾隆二十三年,其时继涵年二十岁,故"梅溪"当是其早年所用之别号,其后未必常用耳。其所以取此二字者,疑与其家山环境有关,盖"葓谷"、"梅溪"均可能为曲阜孔居之自然景物。二曰,"东鲁"一语,继涵亦尝用之。《鬵冰词》中《怀人词》十四首《稻广文葑溪綖》有云:"乌篷白发寒江渡,陡牵惹归与赋;廿年东鲁惜相于,冷落酒瓢诗庋。红亭阑外,乱山衰柳,是送君归路。(下略)"又曾用"齐鲁"一词。其《外舅徐方伯南冈铎》中有云:"(上略)年来齐鲁建旌旄,剩我伤心消息。(下略)"由是可知:"东鲁孔梅溪"之"东鲁"云云,其来有自。三曰,孔集中之杂文有与曹氏有关涉者。曹寅曾刻洪氏《隶续》。孔在其《杂体文稿》中,有《隶续跋》一文。又熊锡履于告后,居江宁,康熙曾屡嘱曹寅察其动静,并于其死后,命寅赠金。孔继涵为熊之外孙,曾撰《熊文端公年谱》。四曰,孔之相识,亦有与曹雪芹有关者,孔集中所提之周立崖,由敦诚之《寄大兄》书可知其与雪芹相识;钱大昕、钱载,则均曾为雪芹题像(王冈绘)。五曰,封建文人多持地主阶级人性论之观点读《红楼梦》,而喜其有关"风月"之描绘。此固不足以言知《红楼梦》,然事实则固如此。兹就孔之为人及其对某些事物之看法,证明梅溪可能即为继涵。(一)《鬵冰词》有《忆昔(点绛唇)》二首,系继涵追忆少时事,句云:"忆昔儿时,相看都带相怜意。人前蓦地,悄悄肩偷倚。到得而今,多少嫌疑避!隔帘觑,佯装没意,强捺盈盈泪。""绿暗平桥,个人家住垂杨下。双逢未知,曾绾秋罗帊。携手偎肩,姊妹都无价。今休也,姮娥新寡,怕记当年话。"此言情也。又有《蛩》云:"问王孙,有愁多少,向人狠叫何益!兼之断续迷离久,还有低低叹息。真不必,惹滴尽多情红泪相思汁。夜凉人寂,对篝影如秋,月轮似水,魂梦愁山驿。(下略)"此善感也。如此多情善感之孔继涵,其在十三回秦可卿赠凤姐"三春去后诸芳尽,各自须寻各自门"两句上端,眉批:"不必看完,见此二句,即欲堕泪!"(下署"梅溪",见庚辰本),又何可疑!余固曰,批此语之"梅溪"即东鲁孔梅溪,亦即孔继涵也。(二)孔继涵笃于友谊。《国朝耆献类征》称其"与人交,缓急补助无矜色"。卢文弨《孔葓谷户部哀辞》序云:"其厚于朋友也,不以死生易节。东原戴君既殁,为版行其遗书,无有散失,士林尤高其义。"(见《抱经堂文集》卷三十四)《哀辞》中有云:"美交道之不渝兮,信臭味之相投。"(同上)如此笃于友谊之孔继涵,其结识贫困落拓之曹雪芹,似无足异。(三)孔继涵论诗见解,亦与雪芹相近。《红楼梦》中黛玉论诗重"意趣真",宝钗谈诗亦主发抒性情,皆反对写诗为格律所束缚。此虽出诸书中人物之口,然皆雪芹之诗论也。孔继涵之《红榈书屋诗集》中有《论诗十首》,其第九首云:"风雅歌诗试再赓,何曾俳字复谐声?戏拈三百篇中句,不过讴吟见性情!"此与雪芹论诗,如出一辙。如此见解之孔继涵,其与雪芹"交道",讵能不"臭味相投"哉!或谓继涵年龄较雪芹小,何得为友乎?曰:继涵游京师甚早,且集中有十五岁时句,颇可观。其与雪芹结识,则当在乾隆十八年(癸酉,一七五三)至二十八年之间。孔继涵较明义大一岁,明义尚可结识雪芹,继涵有何不可?至于继涵如何与雪芹相识,则有二点,可资参考。一、陈迩冬先生昔年考得《红楼梦》五十三回书"贾氏宗祠"四字及"肝脑涂地兆姓赖保育之恩,功名贯天百代仰蒸尝之盛"一联之"衍圣公孔继宗"(见庚辰等早期抄本,程、高本改为"翰林院掌院事王希献书"),即继涵之兄孔继涑。(见一九六二年九月八日《光明日报》)周梦庄先生致余函中,亦及此意。

则雪芹与孔氏弟兄,似皆相识。继涑字体实,一字信夫,号谷园,又号葭谷,雪芦子,为当时名书法家张照之婿。继涑亦工书法,据周先生函称:"雪芹写《红楼梦》时,孔继涑的书法已经誉满齐鲁,声动京华。"乾隆二十年,继涑年约三十岁,雪芹四十一岁(照另一说,则三十二岁)。雪芹既与彼相识,则以"孔继宗"之假名,援之入书,亦意中事。而继涵之识雪芹,或即以其兄之故乎?二、孔继涵集中与其唱和者有吴揖峯其人,颇疑揖峯即"吴玉峯"。据孔集,揖峯能诗文、嗜酒,生活落拓,不拘形迹,又尝客居东鲁,与继涵为邻。试观继涵集中诗词可知。其《访吴揖峯》有云:"街头露雨泥滑滑,东舍西邻塌茆屋。冒雨敲门破清晓,来索先生新诗读。先生拥被门不开,苍苔一地无人来。阿谁搅乱蘧蘧梦,履齿丁丁上石阶?"《次韵答吴揖峯(一落索)》云:"莎根絮絮蛩声众,石棱砖缝。古今谁记酒人踪?城外双翁仲。荷插陶家可供。一生断送。同他厮趁蝶和蜂,作半窟、花中梦。"《答吴揖峯》云:"草杀秋芜百卉萎,旧怀新句脆玻璃。凉生客馆单衾下,梦到梁溪藕叶西。碧玉细倾杯底月,金虫编缀木中犀。同君共唱清秋曲,酒罢扶床一再稽。"又《中秋戏柬吴揖峯》云:"月明如水浸秋城,别馆新歌入破声。堂上卷帘弦索闹,筵前烧烬酒船行。不知夜急星河转,可似论文口舌争?怪煞闭门高独寐,西斋壶矢自铮铮。"吴揖峯"题曰'红楼梦'句",观其词气,盖系作者不便直书其名而以"玉峯"代"揖峯",则继涵因吴揖峯而识雪芹,固较揖峯因继涵而识雪芹之可能性为大。余以为第一回正文中之孔梅溪、吴玉峯、脂砚斋(吴、脂二人只见于甲戌本)、空空道人,批语中之棠村(见于甲戌本及靖藏本十三回批),皆实有其人。由此可知曹雪芹固有较多交游。此外,尤当重新考虑者为:甲戌本第一回"出则(此'则'字当是'处'字,因草书相似,为抄者误抄为'则'字)既明"以上之一大段文字,究系何人所写之问题。盖该段文字语气皆为第三身,谓为雪芹、为脂砚所写,似均未妥。且也,一则曰"至吴玉峯题曰",继又曰"至脂砚斋甲戌再评",时间线索殊为混乱,颇疑"至脂砚斋甲戌再评"为时较早,而"至吴玉峯题曰"、"东鲁孔梅溪题曰"、"后因曹雪芹于悼红轩中披阅十载"

等语均在后。否则，若据字面计算，则雪芹之撰《红楼梦》当在甲戌之前十年，此法固甚易易；然终疑乾隆八年雪芹即初草《红楼梦》(俞平伯说)，为时过早耳。

一三一　雪芹早年在苏州之见闻

余于一九七四年五月去沪，初识陈从周同志。从周告以吴中故老传说，谓曹雪芹曾游拙政、狮子林诸名园。未几余去苏作三日游，得参观苏州第十中学，盖该校址旧为苏州织造府。其地旧时庭院，固已无存，然院中有小池，池中立高丈余之花石纲，虽高大而玲珑，相传为宋代遗物。清初李煦居此时，此物应即在斯池。又有碑亭一，内有碑二，惟因十中以修建剩余之木板、木椽，填满该亭，以致一时无法得读其碑文。按清康熙间吴县孙珮曾编《苏州织造局志》一书，记该局之沿革、职员、官署、机张、工料、缎匹、宦绩、人役、祠庙等甚详。书尾殿以"杂记"。此书不惟与研究曹寅、李煦时之织造府有关，抑亦《红楼梦》一书之社会经济背景史料。其中载工人之分工、织品之精粗甚详。尤其"杂记"一项中所载工人因受重重剥削压迫，无所趁食，集众二千余人，推昆山之葛成为首，有组织地暴动，捶毙奸商污吏，实清初资本主义生产关系萌芽时期之市民运动材料也。又同年八月陈从周同志寄余顺治四年之《苏州织造局图》拓片一幅，其房屋图上端有题记，谓该局址原系明周戚畹所有，后改建为织造局衙宇及机房，由是知织造局亦附设机织工场之车间。余意苏州如此，南京亦必同之。然则，雪芹幼年有接触纺织、印染工业之机会，又何可疑？

一三二　辽东曹氏宗谱

数年以来多有以曹雪芹之家谱相询者。余所见曹氏家谱有二，然实为一谱。其一为一九六三年八月十九日在故宫博物院文华殿获见之《辽东曹氏宗谱》,乃曹氏家族送交有关部门者。其二为一九七二年余归自皖北,曹氏后人曹仪策同志见假者。前一谱即仪策之弟所献,此谱即前谱之底本也。余曾借阅此谱近月余,与一九六三年所见之本,大致相同。(裕按:该谱载曹氏数房世系,远溯宋代。曹寅一支为第四房,寅"生二子,长颙,次頫"。此则殊与由故宫发现之康熙手谕获知頫为"过继"之材料适相乖违。又颙子为"天佑",下注云:"官州同。")该谱至曹天佑而止,为十四世。谱中并无雪芹消息也。兹将底本自九世至十四世之世系抄录如下,以供参考:"九世:锡远。从龙入关,分入内务府正白旗,子贵。诰封中宪大夫,孙贵。晋赠光禄大夫,生子振彦。十世:振彦。锡远子,浙江盐法道。诰授中宪大夫,子贵晋赠光禄大夫,生二子,长玺,次尔正(原注:'一谱作鼎。')十一世:玺。振彦长子。康熙二年任江南织造,晋工部尚书,诰授光禄大夫。崇祀江南名宦祠,生二子,长寅,次荃。尔正(原注:'另谱名鼎')振彦次子,原任佐领,诰授武义都尉,生子宜。十二世:寅。玺长子,字子清,又字楝亭。康熙三十一年督理江宁织造。四十二年巡视两淮盐政,累官通政使司,通政使。诰授通政大夫。(裕按:中记曹寅著作从略)崇祀江南名宦祠,生二子,长颙,次頫。荃,玺次子,原任内务府司库,诰授奉直大夫。宜:尔正子,原任护军参领兼佐领。诰授武功将军,生子颀。十三世:颙。寅长子,内务府郎中,督理江南织造,诰授朝议大夫。颀:宜子。原任二等侍卫兼佐领,诰授武议都尉。十四世:天佑,颙子,官州同。"曹氏家谱,至是而止。曹仪策之先人与曹寅一支不同房,据云,此谱之外,尚有一类似表格之谱,其中某些加注,反较正谱之内容为多。惜已于一九六六年遗失。仪策精于工艺美术,所制面人,小者不盈寸,脸庞、衣着、姿态,栩栩如生。又长于制铁画,亦见巧思。历届全国工艺美术展览,均展出其作品。

一三三　东观阁新增批评绣像红楼梦

一粟《红楼梦书录》所著录之《红楼梦》东观阁刊本,始于《新镌全部绣像红楼梦》。其扉页背面题曰："《新镌全部绣像红楼梦》，东观阁梓行。"时在嘉庆何年，一粟未详。后又于嘉庆十六年重印，扉页题："嘉庆辛未重镌，文畲堂藏板，东观阁梓行，《新增批评绣像红楼梦》。"裕按：道光壬午东观阁又曾重镌此书，扉页云："道光壬午重镌，东观阁梓行，《新增批评绣像红楼梦》。"此则一粟之所未睹。余自皖北归来后，晤某旧友于其寓舍，乃以此书见贻，盖彼之友人某同志于一九五三年十一月五日购于朝鲜开城市军次者也。细审全书，错镌之字句甚多。然倘将错字改过，则大致为一程甲本，故亦可贵。

一三四　雪芹题程邃画

一九六三年至一九六四年间，北京荣宝斋举行画展，展出明清作品颇多。其中有署名"垢道人"所作画一幅。垢道人姓程名邃字穆倩，康熙时人。画为石，石上有一枯枝。题句者亦不少，有一单行题字，末署"曹霑"，朱文印一，亦如之。胡文彬同志获知此项消息于韩度权同志。当时韩同志正任职于荣宝斋，并曾参与展出事。据韩云：彼不知曹霑为何人，当时询诸顷已忘其谁氏之某人，其人以"曹霑乃曹雪芹之叔"相告。迨事过已久，韩君乃知霑即雪芹。据悉该画收藏者为章孝滨，曾在清末任大理寺平章，民国时任驻俄伊尔库斯克领事。回国后居北京，广搜古董古画，所得颇有珍品。曾自名其居曰"志仁博物馆"，以供参观。闻章已于前数年逝世，无嗣。据云，其所藏已于其生前捐赠国家，则雪芹所题此画应尚存于天壤间也。又闻人民美术出版社之萧君于上述展出时曾将其中作品选择摄影，特不知雪芹所题此画被拍照否耳。

一三五　崇外卧佛寺续闻

崇文门外卧佛寺在花市附近。卧佛长一丈二尺，又有十二小佛环立其背后。据传寺无碑记,仅有一廊一铁钟,明正德戊辰(三年,一五〇八年)铸,称妙音寺。其地虽稍偏僻,然究属闹市。雪芹居此未久即迁往香山,以其生活情况逐渐下降,无力城居故耳。

一三六　刚丙庙续闻

余于一九五四年许闻邓之诚先生言,刚丙庙在燕京大学东大地。兹据《北京指南》,明刚丙庙及其墓在颐和园东宫门南偏,古庙巍峨。殿二重,后殿三楹,中有尖顶圆封墓一座,周数十武。相传为明司礼监刚丙瘗骨之所。殿前悬墨迹"清水传真燕王遗像"广颡丰颐,髭长尺余。裕按:刚丙庙若在此地,则脂批中之批者畸笏住香山一带,似有可能。盖据批语中之"近闻刚丙庙(下略)"一语,殊不类近在咫尺之口吻。

一三七　传雪芹曾数度去苏州

徐恭时同志所撰《芹红新语》载,闻诸姑苏故老相传,曹寅、李煦先后任苏州织造时,正值拙政园散为民居。该园曾一度归曹寅,后为李煦家属居住。当时园中除少数"主人"外,尚有"仆妇、丫环"甚众。曹雪芹十岁前后,曾由南京随其家属数度去苏州,住拙政园。裕按:若此说果确,则雪芹屡去苏州之年纪,当在十二、十三岁时。然则,大观园之蓝图,如其求诸北京之恭王府,何如求之于苏州诸名园哉!

一三八　香山之一拳石与石上松

一九七五年一月画家张正宇与其友人冯其庸等去香山及白家疃访曹雪芹西郊之故居遗址,邀余偕往。至卧佛寺沟口之正白旗,晤舒成勋君,遂请其同往樱桃沟。舒君告余,沟之高处有"石上松",据传曹雪芹之写

"木石前盟"与此有关云。余初闻未甚置意。迨亲睹之，亦以为异。石高四米许，阔约两米许，略成圆形。石之中部有裂缝，由下至上，缝之宽处约半尺，窄处二三寸耳。有柏一株，视之似生于石上，实则其根贯通此石深植于石下土中。树虽为柏，而人呼之为"石上松"。松之切面直径约尺余。当地熟悉《红楼梦》故事者谓雪芹当时因睹此"石上松"而得启发，遂创为"木石前盟"之说云。余则以为此"石上松"始生于何年，顷尚不知；倘非二百余年前物，则此说固不经。即令其产生于雪芹迁居香山之前，而雪芹目睹此"石上松"否，亦无法获知。即曾睹之，然受否其"启发"，亦难臆断。三月间，吴德安同志来告，香山饭店之上，去森玉笏途中，有一石镌曰"一拳石"，并以为此词或与曹雪芹《题自画石》诗之首二句"爱此一拳石，玲珑出自然"有关。遂于三月二十五日与德安同志同赴香山。至半山，乃见此石，则"一拳石"三字，赫然在目。邻近诸石如"春雪秋鸿"等等，皆乾隆所题，或在甲子即九年，或在丙寅即十一年不一。惟"一拳石"三字既无题者，亦无年代；其字则颇肖弘历笔迹。或曰：若此三字果镌于乾隆九至十一年，无论其为弘历所书与否，亦均有可能成为雪芹写作之资料。余亦以为永忠所谓"都来眼底复心头，辛苦才人用意搜"，盖雪芹所"用意搜"者，固不限于社会事实而已；自然景物，亦必在其搜求之列。若青埂峰虽系设想之景物，然吾谓其"设想"亦自有真实景物为素材。由此推论，有人认为雪芹"木石前盟"之说与"石上松"有关，亦非绝无可能。至"一拳石"之称，则初非专指某石，故殊不易与《题自画石》诗相联系。余所闻所见如是，姑志于此。

一三九　席振瀛谈曹雪芹故居

一九七五年四月二日与吴德安同志往访香山正黄旗之席振瀛君。席年六十余，少时在香山读中学，毕业后，值白家疃之小学创始，彼即任教该校。据席君言，曹雪芹并非"拨营归旗"之人。又因抄家，亦绝无旗人例米例银之收入。此种人往居香山亦无公家之房屋可住,而须自己赁居。席君又云,雪芹初居镶黄旗西营上之公主坟一带。其地为通往玉皇顶庙必经之路。公主坟在各营之外,为一般居民所住之地。其后有可能移居正白旗。又云曹在香山屡次迁移,所以然者,即缘无自己之房屋。至二十三年雪芹始获白媪等人之助,在白家疃自己"结庐"。据席君所知:以前各旗均有小街道,小生意。雪芹初来时,识人不多,后因时去茶坊酒肆,相识始多。迁正白旗后常与其友人相聚于峒峪村关帝庙前之酒肆。席对近年传出正白旗舒成勋壁上诗中之"抗风轩"一词,则云其地确有一来自地藏沟之风口;但题诗不必即为曹手笔。盖当时不满之人,固非曹一人而已。且鄂比赠曹之联语"远富近贫以礼相交天下少,疏亲慢友因财而散世间多"写成棱形,固不足怪;而末加"真不错"三字,则可证其绝非曹之手笔。故谓舒屋为雪芹所居,似未可信。如谓雪芹住正白旗时,其居处毗近舒居,则有可能。舒之先人于乾隆间曾为瑟夫,或与曹等相识,故书鄂比赠雪芹联于其壁上,亦意中事。席与张永海亦熟,张逝世后,其子迁往门头村。

一四〇 清乾隆时国子监有助教

清代乾隆时国子监有助教之设。《清实录》乾隆四十三年夏四月:"国子监助教吴省兰,助教张义年,学问尚优,且在四库馆校刊群书,颇为得力。俱着加恩,准其与本科中试举人,一体殿试。"

一四一 曹寅女之生年

据康熙四十五年八月初四日、十二月初五日、四十七年七月初五日曹寅奏折,知曹寅之女嫁与镶红旗王子为福金。按此王子即纳尔苏。纳尔苏生于康熙二十九年九月十一日,死于乾隆五年九月,年五十一岁。康熙四十年袭多罗平郡王,时年十二岁。曹寅四十五年十二月折称:"前月二十六日,王子已经迎娶福金过门",则纳尔苏婚时为十七岁。论者每谓曹寅女年龄不易考,今以纳尔苏之婚年衡之,则曹女嫁时至多十七岁,不可能再多,少则十六、十五岁。再以福彭之生年证之,福彭生于康熙四十七年六月十六日,为寅女所生第一子,亦纳尔苏第一子也。曹寅于康熙四十七年七月初五日奏折云:"臣接家信,知镶红旗王子已育世子",年份亦相符。至于六月、七月之差,则北京与江宁通信周转较慢之故;且寅之京家对生世子事未必立函,寅得家书后亦未必即奏耳。纳尔苏之第三子福秀,雍正八年,为三等侍卫。第六子福靖,乾隆二年封奉国将军。第七子福瑞,均为寅女所生。福秀死于乾隆二十年,福靖死于乾隆二十四年。则曹雪芹与其姑丈家之关系,尚不能谓乾隆十三年福彭死后即断也。以上情节均符,故寅女之生年之推测,当无大误。

一四二　曹颙子生于苏州说

曹颙之遗腹子生于苏州之传说,系余于一九七四年在沪得闻于陈从周同志者,从周则闻之于吴中故老。今细读故宫博物院所刊之曹寅、曹颙、曹𫖯及李煦奏折,觉此传说,亦殊有据。曹颙于康熙五十四年死于北京,时曹𫖯、李煦均在京,并拟"将曹颙灵柩出城暂厝祖茔之侧"(据李煦康熙五十四年正月十八日及三月初十日折)。颙妻马氏则在江宁,已怀妊七月,恐长途劳顿,未能北上奔丧(据曹𫖯康熙五十四年三月初七日折)。李煦折中亦及此事,并称马氏亦"望阙叩头谢恩"云。按曹颙,李煦甥也,马氏倘生子,则其外孙也,关系极近。江宁织造府主人,既已非马氏之夫而为曹𫖯,则马氏以新遭夫丧,亦有所不欲居其故地耳。若此,则李煦接马氏去苏州织造府,亦意中事。

一四三　松枝茂夫教授晤高见嘉十

日本《读卖新闻》于一九七五年四月二十九日载:早稻田大学教育系

教授松枝茂夫曾于一九七三年冬晤一九四四年在北平主持抄摹《废艺斋集稿》中《南鹞北鸢考工志》之高见嘉十教授。高见住富山县上新川郡大泽野镇，年已八旬。据高见云，彼记得在北平时曾嘱一中国学生摹写该稿，并亲为修改其不准确处云。余于一九七三年冬，得《红楼梦》之日文译者伊藤漱平先生函，告以高见嘉十之住址。其后知高见已于一九七四年五月十五日逝世，年八十余岁。松枝茂夫访高见之消息，《参考资料》亦译载其事。即此一端，已足证明《集稿》之不伪。一九七八年余两次南行至南京、扬州、瓜洲、三汊河、镇江、无锡、苏州、上海、杭州各地，所获之口碑、文献及文物颇多，足证《废艺斋集稿》之为曹雪芹所著。此意大略见于余之《曹雪芹丛考》（上海古籍出版社）中，其详则均见于现正属稿之"南行访求曹氏逸事随记"。

一四四　野心应被白云留句所本

张宜泉有《题芹溪居士》一诗，诗云："爱将笔墨逞风流，庐结西郊别样幽；门外山川供绘画，堂前花鸟入吟讴。羹调未羡青莲宠，苑召难忘立本羞。借问古来谁得似？野心应被白云留。"评《红》以来，解此诗者颇多，惟末句"野心应被白云留"迄今无人指其出处，仅从字面诠释。按五代时之陈抟，入宋至太宗时，一再召之。抟隐居华山，终不肯仕。其再辞表中有云："九重仙诏休教丹凤衔来，一片野心已被白云留住。"张诗即源于此，义至明显。周汝昌谓"野心"之"野"，系指魏野，未安。宜泉终视雪芹为隐逸者流，此诚不足以言知雪芹；盖雪芹固非出世，观其晚岁与手工艺人相与，何尝有消极之想耶？

一四五　雪芹所见之如意平安图

一九七五年十月为友人董理古籍，见《大公报艺林副刊》数十份。偶于一九六五年二月十四日第三版之《艺林》获睹《元人如意平安》一幅,细审该刊并无文字涉及此画。"编者白"中,亦无一语及之。画为一胆瓶,瓶内插荷花两枝,含苞未放者一,衬以荷叶三。叶下有小竹数枝,亦插于瓶内。瓶旁有盆,盆内盛一灵芝。盆下一托盘,盛佛手等果。至"如意平安"小字则系编者所加,原画印迹模糊,不能辨其有无题字。右上方阳文印一小方,左上方圆形阴文印一方,左侧中阴文印一方,又下似有一椭圆阴文印一方,均不能辨识其文字。按此与曹雪芹于乾隆二十三年腊月二十四日在敦敏之懋斋所见署李龙眠绘之《如意平安》全同。当日雪芹与董邦达衡论时,已断为非李龙眠作,而为明人效元人之作。然则,此《元人如意平安图》也,其雪芹所见敦敏所藏《如意平安》之原画耶?若然,则此画亦可旁证抄存者所述之《瓶湖懋斋记盛》大致不妄。

一四六　孙悟空与贾宝玉

《西游记》第七回"八卦炉中逃大圣,五行山下定心猿"中述悟空对如来云:"他(按指玉帝)虽年幼修长,也不应久占在此地。常言道:'皇帝轮流做,明年到我家。'只教他搬出去,将天宫让与我,便罢了。若还不让,定要搅攘,永不清平!"按此实反映作者反对"君权神授"、皇帝世袭之思想。书中主要人物之悟空,其大闹天宫为行动,此则其政治思想也。悟空之行动为暴力的,其言论则为明朗的。《红楼梦》中之主角贾宝玉则不然。宝玉之言行不惟反对封建考试制度、婚姻制度,且亦反封建皇权,此则诸家言之甚详。然其行动固极委婉周旋,其言论亦隐晦曲折,粗心读者,未能一读即了然耳。

一四七　雪芹此中人语一书之用意

曹雪芹之《南鹞北鸢考工志》中有风筝歌诀,系以韵文为之。雪芹为便于"废疾无告"之"穷民"学习,尚有口语说明之书曰《此中人语》,闻此书顷尚藏于赵雨山后人处。据孔祥泽君言,《废艺斋集稿》八种中,除图章及烹调两种外,其余均有《此中人语》。今按"此中人语"一词,亦有所本。陶渊明之《桃花源记》中有云:"(上略)停数日辞去。此中人语云不足为外人道也。(下略)"意者雪芹亦以流寓荒村贫困无告之人为"此中人"乎?

一四八　上元县志中之曹玺传

一九七六年尾,冯其庸同志来访,以两《曹玺传》见示,意至可感。其一为唐开陶等修纂之《上元县志》。该志刊于康熙六十年。《传》云:"曹玺字完璧,其先出自宋枢密武惠王彬后,著籍襄平。大父世选,令沈阳,有声。世选生振彦,初扈从入关,累迁浙江盐法参议使,遂生玺。玺少好学,沉深有大志;及补侍卫,随王师征山右有功。康熙二年,特简督理江宁织造。织局繁剧,玺至积弊一清;干略为上所重。丁巳、戊午两年陛见,陈江南吏治,备极详剀,赐蟒服,加正一品。御书'敬慎'匾额。甲子卒于署,祀名宦。子寅字于(裕按:当作'子'字)清,号荔轩。七岁能辨四声。长偕弟子猷讲性命之学,尤工于诗,伯仲相济美。玺在殡,诏晋内少司寇,仍督织江宁,特敕加通政使持节,兼巡视两淮盐政。期年,疏贷内府金百万,有不能偿者,请豁免,商立祠以祀。奉命纂辑《全唐诗》、《佩文韵府》,著《练(裕按:当作'楝')亭诗文集》行世。孙颙,字孚若,嗣任三载,因赴都染疾,上日遣太医调治,寻卒。上叹惜不置,因命仲孙频复继织造使。频字昂友,好古嗜学,绍闻衣德。识者以为曹氏世有其人云。"

一四九　江宁府志所载雪芹家世

曹玺之另一传见于康熙二十三年于成龙修纂成书之《江宁府志》抄本。《传》云:"曹玺字完璧,其先出自宋枢密武惠王裔也。及王父宦沈阳,遂家焉。父振彦，从入关，仕至浙江盐法道，著惠政。公承其家学，读书洞彻古今，负经济才，兼艺能射，必贯札。补侍卫之秩，随王师征山右，建绩，世祖章皇帝拔入内廷二等侍卫，管銮仪事，升内工部。康熙二年，特简督理江宁织造。江宁局务重大，黼黻朝祭之章出焉，视苏、杭特为繁剧。往例收丝，则凭行侩，颜料则取铺户，至工匠缺则金送在城机户，有帮贴之累，众奸丛巧，莫可端倪，公大为厘剔。买丝必于所出地平价以市，应用物料，官自和买，市无追胥，列肆案（安）堵，创立储养幼匠法，训练程作，遇缺即遴以补，不金民户，而又朝夕循拊稍食，上下有经，赏赉以时，故工乐且奋。天府之供，不戒而办。岁比侵，公捐俸以赈，倡导协济，全活无算，郡人立生祠碑颂焉。丁巳、戊午两督运，陛见，天子面访江南吏治，乐其详剀，赐御筵，蟒服，加正一品，更赐御书匾额手卷。甲子六月，又督运，濒行，以积劳成疾，卒于署寝。遗诫训诸子图报国恩，毫不及私。江宁人氏，思公不忘，公请各台崇祀名宦。是年冬，天子东巡。抵江宁，特遣致祭。又奉旨以长子寅仍协理江宁织造事务，以缵公绪。寅敦敏渊博，工诗古文词。仲子宣，官荫生，殖学具异才，人谓盛德昌后，自公益验云。"此两稿系近日所发现，余以为其中有新材料可供考曹氏家乘者：一曰曹玺次子名宣；二曰曹颙字孚若，卒于京师，康熙日遣太医调治；三曰曹頫字昂友，"好古嗜学，绍闻衣德"。

一五〇　雪芹在宗学之一解

一九七六年三月初四日，石昕生同志由无锡来京，与谈《红楼梦》，彼对敦诚由喜峰口《寄怀曹雪芹》诗中之"且著临邛犊鼻裈"一词，别有新解曰：曹在右翼宗学系任厨师之类工作。余意以词义言，长卿当日固与文君操此业，然终觉不类雪芹之所司。姑志此一解，以供参考。

一五一　康熙自谈南巡

近见《康熙御制文集》第三集所载关于南巡事,颇有足资考订史实者。文曰:"朕每至南方,览景物雅趣,川泽秀丽者,靡不赏玩移时也。虽身居九五,乐佳山水之情与众何异。但不致旷日持久,有累居民耳。所以一日即过者,亦恐后人错借口实,而不知所以然也。至于茱萸湾之行宫,乃系盐商百姓感恩之诚而建起,虽不与地方官吏,但工价不下数千。尝览《汉书》,文帝惜露台百金,后世称之,况为三宿所费十倍于此乎!故作述怀近体诗一首以自警,又黏之壁间,以示维扬之众。"按此行宫在扬州江天寺,虽名为盐商捐资所建,实江南地方官集资为之。盖曹寅、李煦即各出两万金。然其向康熙上报则曰建费为数千金而已。张符骧有竹枝词言及此事云:"三汊河干筑帝家,金钱滥用比泥沙",可为写照。

一五二　薛素素自绘照

一九七六年夏,余获睹一薛素素自写小像。长不盈尺,阔六寸许,宣纸虽旧,而保存整洁。画中一长案,案上笔筒,内插笔三支,砚一,其旁有小笔山,亦置一笔,小水盂一,书卷三轴,有锦面。笔筒之旁一瓶,内插孔雀尾二只。素素坐于桌旁之瓷礅上,双手展一白卷,似构思拟即着笔制画者。其左方有"戊戌春日薛素素自写"九字极纤细之小楷。其下一阳文篆章曰"素心人"。"素心"二字与"人"字,各占印之半。画之上下有约二分之浅蓝淡红组纹之绢边。淡青色素绢裱。左右下三端均有题诗。有甲子六月丹徒丁传靖、甲子伏日汉阳周贞亮、甲子七月毕节路朝銮、甲子夏五萧方骏及甲子长夏张□□等诗。诗均封建文人题名妓照之老套,无关稽考史实。按各诗均写于甲子,即民国十三年(一九二四),盖此像收藏者于是岁出图乞题者也。邓之诚之《骨董琐记》亦载有"薛素素小像"一则,谓系绢本,高一尺八寸七分,宽七寸二分,画阑边,石竹下有钩叶兰,自题小楷云"玉箫堪弄处,人在凤凰楼"云云,显非此像。然则素素自绘小像非一,余所睹者,或其别本欤？抑好事者之戏笔耶？素素本一妓人,特其所用之脂砚与《红楼梦》作者有关,故草此则,以志故实耳。

一五三　出则既明

甲戌本《石头记》第一回,在"满纸荒唐言"一诗后,"至脂砚斋甲戌抄阅再评仍用'石头记'"句下云:"出则既明,且看石上是何故事。"按"出则既明"应作"出处既明"。盖上文交代一下《石头记》出处,以下即入正文,意极明显。即以书法证之,"则"字与"处"字草书形近,故抄者误"处"为"则",其后过录,遂相沿此误耳。近之校本或谓"出则既明"可通,余殊以为不然。

一五四　题王冈绘雪芹像诸人

近检乾隆时人杂记,知蔡以台与董邦达熟。《藤荫杂记》卷十页十载:己卯(裕按:乾隆二十四年)重阳前一日,董邦达曾邀蔡同游陶然亭。又清人笔记言:蔡微时"赤贫至孝,无以为养,将鬻妻。其夫人不忍拂,请行。抵富家白其故,乞改执爨役。主人感动,遂如请。一日,召墨客人书斋,适遇夫人,相对泣。主人骇诘之,知客即蔡也,乃送还夫人。未几,蔡联捷会状,屡典文衡。激励寒酸,现身说法,初不以此事为讳"。《国朝先正事略》称陈兆崙:"观政海疆,非其好也;益发为诗歌以自洒濯。及召试入词林,荐登卿寺,官至通政使,入直上书房,兼尹顺天,而意致萧散,有山泽间仪。"钱大昕"官侍读学士,特命入直上书房,授皇十二子书。(中略)上深知其学,行将大用。而先生淡于荣利,以识分知足为怀;慕邴曼容之为人,(中略)奉讳归里后,即引疾不出。嘉庆四年,仁宗亲政,垂询先生里居状,廷臣寓书劝还朝,皆婉言报谢"。(亦见上书)倪承宽有《赠方俊官》诗云:"落拓江湖鬓欲丝,红牙按曲记当时;庄生蝴蝶归何处?惆怅残花剩一枝!"俊官名兰如,吴人,为庄本淳所狎,有"状元夫人"之号。己卯入都,学士已殁;憔悴自伤,门前冷落。载此事之《藤荫杂记》谓:"承宽诗语无泛设云。"裕按:以蔡之少微,陈之萧散,钱之淡泊,倪之"解风月",其为曹雪芹画像题诗,为极自然之事;况即非与曹相识,亦可由董邦达之介而题曹像。御用文人胡适,妄自尊大,平时高据要津,罕与泉林之士相接,其所存之甲戌本《石头记》,尚须售者一再往洽,始行购置。至于深入民间,广搜雪芹佚著、遗墨及有关史料,则更非所望于胡者矣。故余谓:胡适当时未能广征与《红楼梦》及其作者有关之文献,以致此种重要材料,湮没无闻,彼不得辞其咎。王冈绘像出,胡适首唱反调,谓为赝品。其所持之理由则以为"钱大昕、钱载、陈兆崙几位大名士"绝不会为"晚年过那'蓬牖茅椽,绳床瓦灶'生活的《红楼梦》作者"题照。信乎崔东壁之言曰:"人之情好以今度古,以己度人。"若使胡适置身乾隆时诸"大名士"之列,其不能为雪芹题照固矣;惜上述之蔡、陈、钱、倪等在此等处,与胡适有殊耳。余意题像者共十人,有志研究此问题者,何妨遍查其余诸人之材料,以辟胡说。晚近治《红》学者仍有既无视新材料中所见曹雪芹之社会关系,又转从胡说而疑王绘之雪芹小像,其所持之理由则曰:"至于王绘,据传题跋者陈兆崙等十人,其大多数是上书房诸师傅,雪芹如作小照,何以找这些'翰林公'题诗,岂不令人诧异?"(见周汝昌《红楼梦新证》,一九七六年版七九四页)按此所谓"'找'这些'翰林公'"之"找"字,其实无据。余意自乾隆二十三年腊月二十四日董邦达与曹雪芹于懋斋会后,画像即可由董建议,题像亦可由彼代倩。盖董固与雪芹有旧,且伤其遭遇;而题像诸人,或与雪芹相识或不相识,钦其才调即可为其小像题句耳。

一五五　裕瑞之姜香轩文稿

裕瑞之《姜香轩文稿》近年由潘君重规得之,并影印于香港,其中附余昔年所睹瑛宝为裕瑞绘之《风雨游图》及《枣窗闲笔》原稿各一页。卷首有潘撰之《影印萎香轩文稿序》,序中颇及余之《考稗小记》。细审全书,觉有数端,可资商榷。一、潘君谓:"文学古籍社影印《枣窗闲笔》原稿,字体颇拙,且有怪谬笔误,如'服毒以狥'之'狥'误为'狗',显出于抄胥之手,谓为原稿,似尚可疑。读者试取二稿比对观之,当可得其真际也。余以为裕瑞文辞,出一时满人文士之上,今得其手稿(裕按:指《萎香轩文稿》),未忍任其湮没不彰,遂付影印(下略)。"然余之所见,适与潘君相反:盖《枣窗闲笔》实裕瑞之手稿,而《萎香轩文稿》则非其手迹。试言其故如下。(一)余于一九五四年获睹瑛宝为裕瑞所绘之《风雨游图》手卷时,图后即有裕瑞自书之《风雨游记》(亦见《文稿》),余当时即与《游图》一并拍照,今仍存于行箧。兹取而比观,辄觇《游记》与《闲笔》之字迹,虽稍有楷书与行书之不同,然显出一人之手。《游记》中不惟末署"思元裕瑞初稿",可证其为自书;即以常理言之,跋于《游图》之后之《游记》,亦似不可能倩人代书。(二)余于一九五四年受郑西谛之嘱,洽购恩华氏之藏书时,得睹裕瑞装订成册成套之手稿甚夥,其笔迹均与《闲笔》相同。此诸手稿现均藏于北京图书馆,可取鉴别印证。(三)至于误"狥"为"狗",似若可疑;然既有以上两则为确证,此误出之于作者本人,亦非不可能。故《枣窗闲笔》系裕瑞之亲笔手写本,绝无可疑。潘君重规因未获睹余所见之材料,其有前说,固意中事。余因亲睹裕瑞手稿甚多,又藏其跋《风雨游图》之《风雨游记》手迹照片,故谊当一辨,诚恐后之研讨裕瑞著述者无以明其真相也。二、《文钞》刊布前,一般但知裕瑞所谈曹雪芹及其《红楼梦》之见颇多;至其本人之思想,则所知甚少。恩华藏书中之裕瑞手稿,经余发现后,役于琐事,迄无暇得阅。二十年来,恐亦无人过目。《文钞》虽系史论,亦颇有足觇裕瑞之思想处。一曰:裕瑞有反对"华夷之辨"的思想。《文钞》中有《驳范氏胡氏通鉴纲目华夷论》一篇,以为持此义者,盖小儒"误解孔子尊周攘夷之意:横亘胸中,牢不可化。舜东夷,文王西夷,虽非绝域,究不外乎'夷'。天生圣人,何尝沾沾限以地哉!"彼斥华夷之论为狂妄,其言曰:"呜呼!中国之人视夷如鬼魅,自亦(裕按:当作'亦自')尊之至矣!"抑亦不智,其言曰:"必也叛而不征,顺而不抚,画疆为界,坚壁清野,日日屯兵而防御之,始无忝圣人华夷之辨;吾恐八方之夷,既不畏威,又不怀德,觊觎腹心,四面为敌,中原自此无宁日矣!"其结果必致"夷强则侵割中原郡县,夷弱则并入中原版图"。盖裕瑞满洲天潢,其在乾嘉之际,欲泯华夷之界,固无可疑。其又驳异风殊俗之论曰:"若谓风俗各殊,难于齐化,则九州风俗,又何尝一致?而必独以左衽文身者流为异属哉!"最后裕瑞认为:"自汉、唐以降,诸儒严华夷之辨者,乃至汗牛",但皆属"空言,实无补于当世";"而历代之明君良相,皆不能取空言以资实政"。故常"限于时势","而皆安于和好"。二曰:《文钞》中有关碍之论。雍正与诸弟兄争,以术得帝位,忌讳甚多。弘历即位,此风不歇。《文钞》中之《苻坚论》,斥"书生往往以成败论人,(中略)但鼓唇于事后"为最可鄙。此已与《石头记》中之"胜则王侯败则贼"之足触忌相埒;而《唐太宗论》中责世民杀兄为"不仁",尤可致祸也。三曰:裕瑞对名节、食色、男女的看法。《文钞》中又有《苏子卿纳妇异域论》,其中有云:"食色性也,设非有关名教者,亦不可须臾离也。"苏武"奉使敌国,不幸被羁,雪窖握节,不辱君命",可谓已全名节。既有生还之意,则不当死,"死伤勇"(《孟子》语,裕瑞引)。既生,则"匈奴之酥酪可餐,大漠之牛羊可牧",对其娶胡妇也,"穹庐之妾妇,亦可御也"。且谓武娶胡妇,非为无后,乃适性之常。裕瑞之言曰:"假令当时或问之(裕按:指武)曰'兹非为去家久,以风怀而行其常乎'?伊必笑而颔之也。如曰:'兹非为子孙计,以大义行其权乎?'伊必反默然不应也。"然其论男女则曰:"人伦之中,女无再适之行,男有再娶之道",而张问陶评此篇则曰:"菩萨语"。可见当时士大夫思想之一斑,张固高鹗之姻兄,亦"艳情人自说《红楼》"诗句之作者也。裕瑞遭受惩责,最后被送至沈阳永远圈禁时,有强逼居民徐某鬻妻与彼为妾事。此种人之侈谈《红楼梦》盖从封建地主阶级之人性论观点,喜其中之爱恋故事,乌足以知雪芹、亦何能解《红楼梦》哉!

一五六　弘晓过白家疃诗

弘晓于乾隆二十九年春日过其白家疃家祠（裕按：即允祥之贤王祠）有七律一首。诗云："笋舆停处雨潇潇，暝色苍茫路正遥。野鸟向人寻晚树，山僧劝我驻行镳。神凭秘殿思遗绪，字抚丰碑志两朝。只恐云深蹊径黑，马蹄蹴踏过山桥。"其时距曹雪芹死于白家疃之二十八年除夕，不过两三个月耳。

一五七　永瑢之重谒龙潭遂游大觉寺诗

永瑢《重谒龙潭遂游大觉寺》诗，五言，长数十韵。其中有云："高馆借榻仍，游踪数（原注：上声）络绎；草草一餐饭，驾言举轻策。朝光下层峰，初日照我脊。丛祠访泉温（原注：温泉），圆沙走滩白（原注：白家滩）。豀临广甸阡，溪雨将穗麦。（下略）"可见温泉、黑龙潭等处为诸皇子居常游赏之地，而白家滩即白家疃去温泉必经之路。雪芹所居，虽僻处溪旁山下，然距当时通行之大路不远。永瑢谓"泉温"，则温泉可上溯二百余年；又曰"滩白"，则知彼时白家滩已乏水矣。今温泉尚温，白滩仍白，而雪芹故居不可复睹矣。

一五八　麻廷惠传说之红楼梦夯歌

一九七六年六月七日余与吴德安同志去蓝靛厂、火器营访问八十一岁老人麻廷惠。麻廷惠，回民，早岁与其胞兄叔亮（已逝）共操打夯业。打夯之处所及，几遍于蓝靛厂及香山一带。今各村老人知麻叔亮其人者甚多。叔亮力大声宏，又领袖夯行，故易为人所知。打夯工人，为减轻疲劳，例唱夯歌。歌之内容颇多，有《红楼梦》一种，流行于蓝靛厂一带。麻叔亮、麻廷惠当日为人打夯时,均唱此夯歌。每值村中修建房屋,必首奠地基,辄打夯焉。唱夯歌由麻叔亮起唱,其余工人十余或二十余,应之,遂成一种之民间音乐。工人边劳动边唱夯歌,兴致勃勃,虽炎日汗流浃背,不以为苦,居民围观倾听,亦有乐趣。据麻廷惠老人谈,《红楼梦夯歌》由来已久,其长兄叔亮亦系学自世代相传之老人者。结合传说谓曹雪芹迁出北京,初居火器营所在地之蓝靛厂(参阅《曹雪芹丛考》中之《曹雪芹在北京西郊的居处》),则此歌或即出自蓝靛厂一带。盖雪芹曾居其地,当地劳动人民以《红楼梦》内容编制夯歌,固意中事;亦犹之雪芹之居香山,而香山之有《红楼梦莲花落》也。廷惠以八十余之高龄,尚能手自缝衣,曾以其自制之棉、夹衣示余等,颇为工细。尤可异者,彼只字不识,竟能记忆《红楼梦夯歌》数十句。歌云:"数九隆冬冷飕冰,滴水檐前挂冰凌。百草花开败树叶落地,松树开花万年青。有才子留下半本《红楼梦》,列位不知尊耳是听。贾公子正在此处观花逛景,忽听耳旁一里有了人声。贾公子扭过脸来抬头看,看见了紫鹃、雪雁丫鬟二名。开口便把丫鬟来叫,叫声紫鹃、雪雁你是听:你家姑娘在与不在?丫鬟说:我家的姑娘现在房中。姑娘连夜身乏要睡午觉,二爷进房莫高声。贾公子点头说我知道,不必你们细叮咛。贾公子一拉门帘走进去,一阵阵的清香是鼻孔里冲。又只见硬木八仙迎门摆放,(中略)紫条案上也有胆瓶、帽镜、玻璃灯。(中缺)果盘里面把木瓜、佛手、香橼盛,桌子上有座钟,墙上有挂钟。(中缺)那墙上挂的倒有屏儿八扇,有一张桃山立在当中。八扇屏四张山水,四张人物,上写着落款是□□公。(中缺)又只见床上躺着是得了病的林黛玉,(中缺)身上盖着半新半旧的红羊皮斗篷。发鬟儿一边儿蓬松一边儿紧,(中缺)眼似闭来又似睁(中缺)……贾公子坐在了床沿上,听了听天将午正十二点钟。那钟响惊醒了林姑娘的觉,揉了揉眉毛才把眼睛睁。开言又把丫鬟叫,叫声紫鹃、雪雁你是听:'快给你二爷放下了坐褥,酽酽的沏点浓茶放在当中。二哥哥贵客远来到我贱地,(中略)哪阵风把你刮到我病房中?''二妹妹午后发烧可曾见好?夜晚咳嗽轻未轻?我送来的人参吃了多少,捎来的燕窝用了几封？''那汤药丸药我都吃过，求来的神方也不灵。过午发烧是阵阵的汗，夜晚的咳嗽是直到天明。昨夜晚我是做了个梦，梦见了旷野荒郊黄沙土冢。并非是你二妹妹要辞了潇湘馆，二妹妹的小命是要归阴城。我死后你将我搭在荒郊野外，买上一口棺材你深挖一坑。有朝一日想起你至亲骨肉，手拍坟头你大哭几声'！"此歌似不全，中间节略处，皆词意不明之字句。或谓余曰："此歌文不雅驯，何以录之？"应之曰："为存史料耳，何有于士大夫之'雅驯'哉！"

一五九　红楼梦中之民主思想

《红楼梦》中有民主思想，即关于自由、平等之主张。此诸思想实为封建社会晚期资本主义生产关系萌芽在社会思想中之反映。揆诸西方社会，亦莫不如此。此种思想之局限性，东西方亦大致相似。法国卢梭，其在西方资产阶级革命中为激进之思想家，然其思想所代表之社会阶级不过为小资产者。《红楼梦》作者曹雪芹之在清朝乾隆时代，亦激进之民主思想家也，然亦自有其局限性。如言正邪两赋之人，或生而为帝王，如唐明皇、宋徽宗；或生而为文人学士，如秦少游、温飞卿；或生而为名艺人，如李龟年；或生而为名娼，如薛涛，然皆"一路而来之人"，"易地则同"。此不但否定社会、政治、阶级等级之差别，抑亦泯灭男女之差异矣。在封建社会中，竟谓学士文人与皇帝同，优人与皇帝同，甚至社会、经济、政治上地位卑微之妇女、之名娼，亦与皇帝同，何其激进之甚也！然而，雪芹又言曰：两赋之人"纵然生于薄祚寒门（中略），亦断不至为走卒健仆，甘遭庸夫驱制"。是则卒也、仆也，不足齿数明矣。岂得谓之彻底平等哉！又以其流露之嗜好言之，亦复可证雪芹之思想感情仍有其受局限之一面。《红楼梦》中黛玉喜"雅"，宝玉亦如之。探春函邀宝玉起诗社，宝玉誉之曰"雅"。宝玉之于大众化之锣鼓音乐、娱乐，与夫《孙行者大闹天宫》之类"个个都赞好热闹戏"之戏剧，则认为"繁华热闹到如此不堪的田地"，故"只略坐了坐便走开"了。此种思想感情实不能谓之为"彻底"民主的甚明。以新发现之材料证之,雪芹即在论画风筝时,亦主"力求淡雅,不宜过艳"(《比翼燕歌诀》见自注画法);又曰:"必使艳而不厌,繁而不烦。"(《瘦燕歌诀》)盖无论声也、色也,喜好与厌恶之差异,其嗜好皆有阶级性,丝毫不爽也。"雅"的嗜好,虽有其为民主思想局限性一面,然另方面亦自有其反封建的意义。盖"高"也、"雅"也,皆表明不与腐朽之封建政治同流合污,此则为进步的一面耳。"不求邀众赏,潇洒做顽仙"亦应做此解。

一六〇 曹雪芹的启蒙思想

《红楼梦》中有许多思想接近西方资产阶级革命前夕之思潮。一曰:趋乐避苦之快乐论(Hedonism)思想。第二十回宝玉箴贾环云:"大正月里哭什么,这里不好,你别处玩去。你天天念书,倒念糊涂了:比如这件东西不好,横竖那一件好,就弃了这件取那个。难道你守着这个东西哭一会子就好了不成?你原是来乐的,既不能取乐,就往别处去寻乐,玩一会子。你如今自招烦恼,难道就算取乐玩了不成?"此亦几何非边沁"趋乐避苦"之论耶?二曰:自然与人性观点。《红楼梦》作者崇尚自然,而薄雕饰。《红楼梦》第十七回论"天然"时,宝玉亦推重"自然"而反对"穿凿扭捏而成"之山水园林设计。黛玉论诗谓"若意趣真了,自是好诗"而主可以不顾韵律;宝钗论诗,亦曰:"我平生最不喜限韵,分明有好诗,何苦为韵所缚!"(第三十七回)此皆重个人感情之自然表达者也。总之,以自然概念为冲破各种"樊篱"之武器,固中西反封建时期思潮之特征。三曰此自然之概念与"人性"相混淆,而以所谓"人性"即自然。夫人诚为自然之一部分,然而大自然之自然与所谓"人性"之自然,固不可一例绳之。盖人性社会性也,唯然,故必有阶级性,而大自然则无之,义实有别。然西方资产阶级即以所谓"自然法"、"自然权利"、"人性"等概念,囫囵吞枣推出自由、平等之要求。虽其要求在当时为反封建的,但其借以推论之"理论武器"(如自然法等)实唯心的主张也。吾于曹雪芹之论人们间之平等(如第二回正邪两赋说)亦云然,盖正气、邪气,正邪两赋云云,究亦不经之谈。

一六一　曹雪芹谈飞鸢之起源

《南鹞北鸢考工志》通论部分有云:"(上略)墨子作木鸢,三年而飞之说,或无疑焉。"则雪芹实未尝作肯定语也。今按《墨子·鲁问》篇云:"(上略)公输子削竹木以为鹊,成而飞之,三日不下;公输子自以为至巧。子墨子谓公输子曰:子之为鹊也,不如匠之为车辖。须臾刘三寸之木,而任五十石之重,故所为功,利于人谓之巧,不利于人谓之拙。"此言公输般作竹木之鹊,未言其用;而墨子则作车辖运输之器,与雪芹之说有异。考雪芹盖据《韩非子·外储》篇云:"墨子为木鸢,三年而成;蜚一日而弟子曰:'先生之巧,至能使木鸢飞!'墨子曰:'不如为车輗之巧也:用咫尺之木,不费一朝之事,而引三十石之任。致远力多,久于岁数。今我为鸢,三年成,蜚一日而败。'惠子闻之曰:'墨子太巧:巧为輗,拙于鸢。'"则此说与公输般作鸢之说有异矣。又《列子·汤问》篇云:"墨翟之飞鸢,张注云:'墨子作木鸢,飞三日不集'。"《淮南子·齐俗训》云:"鲁般、墨子以木为鸢而飞之,三日不集。"据此,则曹雪芹谓墨子作木鸢旨在"辅舆马之不能,补舟楫之不逮"云者,盖雪芹"揆"墨子之"初衷",实在于利人,一如其作车辖然;而非如公输般之助人攻城夺地耳。雪芹又云:"夫子非攻,故其法卒无所传。"则更推崇墨翟矣。

一六二　杏斋非松斋

靖本《石头记》二十二回批语有云:"不数年芹溪、脂砚、杏斋诸子皆相继别去,今丁亥夏只剩朽物一枚,宁不痛杀!"周汝昌《脂靖本石头记残批选辑》中"周校"云:"我曾疑'杏'是'枀'('松'的异体)字抄误(别本批语中曾见松斋一名）。"又谓杨霁云、日本伊藤漱平两先生均有此看法。然据吾人所知，批语中之松斋乃敦诚《潞河游记》中之松斋。此松斋也，至乾隆四十余年仍在，而杏斋则死于乾隆二十九年至三十二年之间。故知杏斋绝非松斋。

一六三　斯园膏脂摘录

近知雪芹《废艺斋集稿》中讲烹调一册，原名"斯园膏脂摘录"。膏脂，民脂民膏也。斯园，思源也，饮水思源也。雪芹盖于此名中寓：饫甘餍肥之徒，当知其为民脂民膏，饮水思源也。由是知雪芹之撰此册，实亦授人以艺以自活，固非为豪奢之徒而作。又其所谓"摘录"，亦系实情。现在仅存之香露、糖糕、腌菜数条，多系略改文字，录自冒辟疆《影梅庵忆语》者；其技皆为小宛董氏所娴。

一六四　曹雪芹论光与画

雪芹有论光与画残文，其中，一、绘画以法自然为主，前人名作固可临摹，究属其次。此论甚佳，然前人已早有及之者。二、论光与画之关系，最为精到。言绘画中之山水人物，无不与光有关，有光无光，背光向光，在传统画中，甚少区别。雪芹殊不以为然。其理甚是，其言甚辩，余已于另文论之矣。

一六五　曹雪芹之两书箱

一九七七年余曾见雪芹之遗物两书箱。木质红松，两箱开合之一面，各刻兰一小丛，成对称状。第一箱兰下有石一块，兰上刻有以下文字："题芹溪处士句：并蒂花呈瑞，同心友谊真。一拳顽石下，时得露华新。"第二书箱刻有"拙笔写兰",其上方有小字两行:"清香沁诗脾,花国第一芳。"小字旁仍为较大之字,曰:"乾隆二十五年岁在庚辰上巳"。此第二书箱背面,有墨色较浓之楷书墨迹五条,云:"为芳卿编织纹样所拟诀语稿本;为芳卿所绘彩图稿本;芳卿自绘编织纹样草图稿本之一;芳卿自绘编织纹样草图稿本之二;芳卿自绘织锦纹样草图稿本。"在此墨迹之后,有娟秀且有涂改之行书七律一首,云:"不怨糟糠怨杜康,乩诼玄羊重克伤。(此句原作'丧明子夏又逝伤,地坼天崩人未亡',已涂抹。)睹物思情理陈箧,停君待殓鬻嫁裳。(此句下面原有'才非班女书难续,义重冒'十个字,已涂抹。)织锦意睥苏女(意字下跨加一'深'字),续书才浅愧班孃。谁识戏语终成谶,窀穸何处葬刘郎。"书箱收藏者姓张名行。据其早年藏书,多有"春柳堂藏书"字样,可能为雪芹好友张宜泉之六代玄孙。

一六六　曹雪芹题琵琶行传奇一折之全诗

曹雪芹题敦诚之《琵琶行传奇一折》诗,敦诚于其《鹪鹩庵笔麈》中谓为"新奇可诵",惜敦诚未引全诗,今只剩"白傅诗灵应喜甚,定教蛮、素鬼排场"两句耳。一九七五年上海人民出版社所印之《红楼梦研究资料》,载有补足此诗前六句之"全"诗。诗云:"唾壶崩剥慨当慷,月荻江枫满画堂。红粉真堪传栩栩,渌樽那靳感茫茫!西轩鼓板心犹壮,北浦琵琶韵未荒。白傅诗灵应喜甚,定教蛮、素鬼排场!""全"诗既出,士林竞相传诵,《红楼梦》资料书,几无不翻印、注解,且复为文考释。近日颇有谓前六句为伪补者,又有谓为确系曹作者,一时视听颇乱。余以曾先睹此"全诗"为快,故仅就所知,以告读者。一九七一年冬,余在皖北濉溪之五铺镇,得周汝昌同志函示全诗,并云:"此诗来历欠明,可靠与否,俱不可知。"(一九七一年十二月二十六日由北京所寄函)得周函后,余又函询该诗之所自来,据汝昌于一九七二年一月十四日复函云:"(上略)至其来源,系人投赠,原录一纸,无头无尾,转托人送到。弟不在寓,亦未留他语。使弟一直闷闷,设法探访奇人。事实如此,原诗已奉目,弟绝无珍秘'来路'之意,当荷见信。此与蜡石笔山照片之远投颁惠,同为异事,可为前后辉暎(裕按:原即作'暎')。(下略)"据此两函,则汝昌虽获此诗,固不知其来源也。一九七二年春,余自皖去沪转杭,由杭返京后,与汝昌相晤时,仍谓不知投诗者为谁氏。殆上海印布该"全"诗后,余始闻人言,汝昌曾告人,谓该诗系时人所补。斯时也,谈《红楼梦》者多以为异:盖以既知为时人所补,必知其为何人,何不明言其人耶? 又颇有人认为,前六句即出汝昌之手。他友之关心此问题者,知余与汝昌相善,时来相问,亦有外地不识之同志,投书见询。遂再度致函汝昌。得复云:"(上略)场韵七律,前六句确系时人之作,此诗当年唯写与二人,一为家兄,一即兄也。家兄一见,亦甚惊奇。后设法探询,知为时人试补。其人原非作伪之意;不过因苦爱芹诗,恨不得其全,聊复自试,看能补到何等水平耳。其诗笔尚可,但内容甚空泛,此其破绽矣(芹真诗必不如此!)(下略)"观此书词气,则前六句为汝昌所补之说,似非无据。盖其所云"其人原非作伪之意"、"苦爱芹诗"、"恨不得其全,聊复自试"诸语,已足使人疑为补者自解之词。然近见彼于新版《红楼梦新证》七五〇页已刊入"全"诗;据汝昌之附记所云:"按雪芹遗诗零落,仅存断句十四字。有拟补之者,去真远矣,附录于此,聊资想象。"则又并非自承。似此迷离惝恍之言,实令人难于判断此"拟补之者"之为谁。然余之所最不解者则为,倘系汝昌自补,何以一九七三年汝昌刊于《文物》第二期《红楼梦及曹雪芹有关文物叙录一束》一文之提纲初稿(该文系余代《文物》所约,提纲初稿均先交余处,后转《文物》)中,竟有解释该"全"诗一节? 以故余彼时认为,此六句诗当然非彼所补。虽其后汝昌又函余将该节取消(该提纲《文物》编辑部未看到),倘非出自曹氏而系彼自己所补,即提纲初稿亦不应写入也。余意汝昌考证《红》、曹,历有年所,辨伪析疑之不暇,讵可含糊其词,以滋世人之惑! 时至今日,何靳一言,以释众疑? (一九七二年余归自皖北,一日文学研究所三同志来访,见余案头册中录有"全"诗,要求抄去。余允则失汝昌"暂勿外传"之约,不允则有"自秘"之嫌。无已,允之。但请其亦暂勿外传,以无负汝昌之嘱。上人所刊,不知何来。)

一六七　书诫诗瓢之发现

书诫诗稿名《诗瓢》,永忠曾有文记其于北京琉璃厂巧遇该稿失而复得之经过,然其后《诗瓢》之所在即无所闻。余于一九七八年十月由杭州去上海后,徐恭时先生告以:余《考稗小记》中所载之《诗瓢》,有人谓在杭州大学图书馆善本室。时余既由杭至沪,且因事不能再赴杭州,遂函杭大刘操南先生代查该稿。承刘先生将余倩彼代录其中与永忠有关诗,悉为录下,唱和之多,居然成册。窥其内容,虽与考史无大关系,然可借知雍、乾之际失意天潢生活之一斑。余尚未获睹全稿,《诗瓢》价值如何,未能估定。

一六八　曹雪芹笔下之阊门

一九七八年十月,余在苏州访求与《红楼梦》作者及曹家有关之传说、文字及实物材料,颇有所获;对《红楼梦》及其作者之了解亦稍有进境。时余居于阊门饭店,距阊门甚近,故时漫步毗近各地。按《红楼梦》作者似对乾隆时阊门一带之景象,知之甚悉。其第一回曰:"(上略)阊门最是红尘中一二等富贵风流之地。这阊门外有个仁清巷,巷内有个古庙,因地方窄狭,皆呼作'葫芦庙'。"他姑不论,只就"阊门最是红尘中一二等富贵风流之地"及所谓"十里街"等语,似亦有两点可言。一曰:雪芹对阊门附近之景物,必有感性知识。所谓"富贵风流之地"、"十里街"云云,显系与由阊门至虎丘之七里山塘有关。盖由阊门至虎丘之城河,亘连七里,两岸巨商、货栈、酒楼、茶肆、剧馆、手工艺作坊林立,可称"富贵"。河内画舫相逐,笙歌不歇,有似江宁之秦淮,岂非"风流"?故《红楼梦》中所谓"富贵风流",实非泛泛言之。二曰:雪芹十三岁前,时往苏州,住织造府或拙政园,上引云云，盖其少年时有深刻印象之观感，故于撰《红楼梦》时，盛赞苏州之繁华若是。不然，即在当时，苏州阊门亦何得谓之为"最是红尘中一二等富贵风流之地"耶？

一六九　钱牧斋词中之十二金钗

余于一九七八年十月去杭州，居于西子湖畔之柏庐。一日偶于书肆杂志中，得睹陈寅恪先生遗稿《柳如是别传缘起》一文，知寅恪先生此书为最后遗作，长达五十万言。《缘起》中引牧斋《移居诗集永遇乐》词（崇祯十三年）《八月十六夜有感》中有句云："（上略）莫愁未老，嫦娥孤零，相向共嗟圆阙。长叹凭栏，低吟拥髻，暗与阴蛩切。单栖海燕，东流河水，十二金钗敲折。何日里，并肩携手，双双拜月？"意者《红楼梦》作者所"用意搜"（永忠语）之范围，固不限于人物之形象，景物之实况，抑亦有命名遣词之采择欤？余于三十年代初，曾从学于寅恪先生。先生讲中国中古哲学史时，除面向黑板写字外，当其面对学生讲课时，恒闭双目。先生非善于口才者，然其授课，不惟博洽，亦多创见。余承先生指导探究唐代儒家与佛教之关系，撰《韩愈李翱与佛教之关系》一文。先生函示，应以梁肃之《止观统例》为主要资料，故余该文，始得要旨，而获优等。时余年甫廿余，今先生已做古人，而余亦届耆年，追思前事，不禁怆然！忆当时先生尝于文中自谓：思想在于三唐两宋间，又读其挽王静安诗，亦令人觉先生有"发思古之幽情"之感。其后，虽有隋唐制度之论著，然亦每及诗人生活细节及小说家言之考证。而《柳如是别传》，竟达五十万言。噫，余实不足以窥先生思想之究竟也。

一七〇　曹雪芹与苏州之泥人工艺

《红楼梦》中曾及"惠泉酒"。惠泉酒今名二泉酒，无锡特产。雪芹曾去无锡否,不可知。然其居苏州,则似无可疑。按苏、锡两地,均有泥塑人物工艺,且由来已久。余在两地均曾见有清康熙时之泥塑人物保存至今者。戚本《石头记》第六十七回,写薛蟠归自南方带回"在虎丘山上作的薛蟠的像,泥捏成的,与薛蟠毫无相差。(下略)"此可说明雪芹少年在苏州时,曾目睹与生人毕肖之泥塑像。又四十三回写水仙庵中所供之洛神,"虽是泥塑的,却真有翩若惊鸿、婉若游龙之态。荷出绿波,日映朝霞之姿"。此则叙其当时泥塑工艺之精到。余于一九七八年十月赴苏州时,曾与谢老孝思同游虎丘,承其根据有关史乘、方志及传说,介绍虎丘情况甚详。据言:虎丘虎阜禅寺之山门内两侧,自昔即有摆设各种小手工艺品之摊贩,如风筝、泥人、竹制编织物、苏绣、占卜、食物等。雪芹既居苏州,常往来于阊门外之七里山塘,则在虎丘目睹泥塑人像,模拟而习其技艺,当系肇始于此。迨北上后,晚年之所以能撰《废艺斋集稿》中之脱胎泥塑一册,亦岂偶然?

第十二篇　曹雪芹佚著及其传记材料的发现（附录一）

从曹雪芹死直到现在，除《红楼梦》以外，我们连他一首完整的诗也没有发现。根据记载及传说，曹雪芹是会有些书画和诗文留传下来的。《红楼梦》的研究者，从书中涉及内容的广泛，如绘画、医学、建筑、烹调、小手工艺等等，也自然要推测作者是一个多才多艺的人，除了写小说，他还有其他方面的艺术才能。这次的发现证实了这种设想。

这次发现的材料，一部分是曹雪芹的佚著《废艺斋集稿》的大概内容；另一部分包括《集稿》中《南鹞北鸢考工志》的彩绘风筝图谱摹本、用类似诗的形式写的扎绘风筝的歌诀、《考工志》的自序、董邦达为《考工志》写的一篇序言，曹雪芹一首《题自画石》诗，以及敦敏的《瓶湖懋斋记盛》。这些材料都是《红楼梦》作者逝世二百多年来在国内的首次重要发现，无论对于考订曹雪芹的生平事迹，或研究他的思想变化，都有很大的帮助。

本文有如下内容：曹雪芹的佚著《废艺斋集稿》；现存曹雪芹、董邦达和敦敏三种材料的原文及校补；曹著董序和敦记考略。

第一部分　曹雪芹佚著废艺斋集稿的大概内容

这部分包括曹雪芹八种著作的孤本虽不可见,但我们得知它的大致内容,也是幸事。关于手稿怎样在抗日战争时期的沦陷区被发现,又怎样在抗战胜利以后被一个日本商人带走的经过,有亲见这部手稿的一些人知道一些情况。以下我根据部分手稿抄存者的追忆,把发现这部《集稿》的经过,略加说明。

抗日战争时期,大约在一九四三年,抄存者原在北京的北华美术学院读书,习绘画和雕塑。当时有个日本籍教雕塑的教师高见嘉十,抄存者是他的学生。他们偶然谈起中国的风筝,高见氏表示愿意与抄存者合作编印一部风筝谱,并由抄存者到各图书馆借这一类书籍。在他们研究的过程中,抄存者自己也向以制风筝著名的赵雨山、关广志、金锤年等人学习扎糊风筝。

不久,高见氏从另外一个日本商人金田氏那里,借到了一部手稿。据说,那个日本商人是从清皇族金鼎臣手里以重价买来的。这部手稿叫作《废艺斋集稿》,是《红楼梦》作者曹雪芹所著。由于抄存者当时不知道曹雪芹的遗著流传极少,故对这部遗稿也并未注意,仅仅根据高见氏的意见,把其中关于风筝的部分,描摹下来;其余的几种,都忽略过去了。

据说,那个日本商人金田氏很看重《集稿》。当他们描摹其中讲风筝的部分时,每天他都亲自把书送来,坐待描摹到一定时间,又拿回去。为了怕损伤原稿,他还限制用铅笔描。这项工作进行了一个多月。描摹的工作完了之后,金田氏就把《集稿》收回。一九四五年,日本帝国主义投降后,金田氏杳无消息,雪芹这部孤本遗稿,也就不知下落了。

《废艺斋集稿》包括八种曹雪芹的稿本,分订为八册,大小相当于现在的十六开本。据抄存者说,除讲做菜的一部分字迹是另一个人写的外,其余的七卷,都是一个人的笔迹;估计可能是雪芹的亲笔。首卷有不少旁人写的序,笔迹各不相同。他只记得并抄下了董邦达为《南鹞北鸢考工志》写的一篇序。各册书端还有不同笔迹的批语,其中也有董邦达的;旁人的,抄存者回忆不起来了。现将八册内容,略加说明。

第一册是关于金石的,讲怎样选石,怎样制纽,制印,刻边款;讲刻的技巧、章法、刀法等等。此外还有彩绘的图式,抄存者曾描下几个,惜已遗失。

第二册题笺为"南鹞北鸢考工志",是讲扎、糊、绘、放风筝的。其中有各式风筝的彩图,有用类似诗的形式写的扎、绘风筝的歌诀,还有雪芹一篇自序和董邦达一篇序。关于这一册,我将在本文第二部分中介绍。

第三册是讲编织工艺的。抄存者说,他还存有"鸳鸯戏水锦"的图案。据他的回忆,当时读了雪芹自序和其他人的序言的印象,这部手稿是曹雪芹为了盲人编写的,他还亲自教会了几个盲人,其中有的并以精于这种手艺见称于当时。

第四册讲脱胎手艺。把人物塑就,再制成阴阳模子,使盲人用纸浆做各种形态的脱胎,然后由有眼人来帮助彩绘,即为成品。现在抄存者还保存一个摹制的为做风筝用的脱胎鹰头。

以上三、四两册的工艺,都需要有正常眼睛的人帮助。

第五册是讲织补的。

第六册是讲印染的。

第七册是讲雕刻竹制器皿和扇股的。

第八册是讲烹调的。杨啸谷曾把这部分抄下若干条。

以上这八册稿本,除抄存者描绘、抄存《南鹞北鸢考工志》的风筝图式、歌诀和曹雪芹的自序、董邦达的序外,其余的七册都已不详知其内容。《南鹞北鸢考工志》写成的年代,将在本文第三部分中略考,其余七种则无法知道。讲烹调的一册,据抄存者说,原稿的笔迹显然不同,或非雪芹自抄。讲烹调和讲金石的两册,估计应该是他早年的作品。据敦敏在《瓶湖懋斋记盛》中说,至乾隆二十三年(戊寅,一七五八),曹雪芹已经穷到"饔飧有时不继"卖画维生的地步,他似乎不会讲求"钬甘餍肥"者流的那些闲事,也不会再搞士大夫那套玩艺儿了。此外,从他的思想变化过程来看,织补、印染、雕刻竹器、脱胎工艺等册,大概是在迁居西郊后写的,很可能是写《考工志》前后完成的。

曹雪芹这八册稿本,除烹调外,如制风筝、编织、脱胎等手艺,都可以说是十分有用的工艺美术。但他之所以写《南鹞北鸢考工志》则是由帮助瘸子于叔度而扩大到其他"废疾无告"的人们。他写编织、脱胎等工艺的书,也是为了盲人谋一生路免得使他们学那些算命、占卦之类骗人的把戏。这些行为及其意义,对研究曹雪芹思想的变化,是很重要的。

关于《废艺斋集稿》,我们所知道的,就是这些。

第二部分 现存曹雪芹董邦达和敦敏三种材料的原文及校补

这里包括现存这次发现的几种新材料的原文。其中曹雪芹的自序因当初抄存者是用薄纸双钩描摹的,年久纸脆,损失了许多字和个别句。风筝歌诀和《自题画石》诗是完整的。董邦达的序文有抄脱的字。敦敏的文章缺后半部分,现存部分也因虫蛀损失了许多字、句。

为了便利读者,我加上了一些校补。已损坏的字和句的校补用六角括号〔〕表明。补不出的,用□号表明,圆括号()里面的话是我加的注。如系原注,则用〔原注:……〕表明。有的地方,虽知其大意却不能随便加的,也用(此处似应作:……)表明。个别地方读者都可知其大意,也就不予校补了。我校补之处,很可能有错误,希望读者们指正。

一 曹雪芹南鹞北鸢考工志自序、歌诀和自题画石诗原文校补

先把曹雪芹的遗著抄录并校补如下:
(一)《南鹞北鸢考工志》自序

"玩物丧志",先〔哲〕斯语,非仅警世之意也。〔夫〕人为物欲所蔽,大则失其操守,小则丧其廉耻,岂有志进取之士所屑为者哉!

风筝于玩物中微且贱矣:比之书画无其雅,方之器物无其用;业此者岁闲太半,人皆鄙之。今乃哓喋不休,钩画不厌,以述斯篇者,实深有所触使然也。

曩岁年关将届,腊鼓频催,故人于景廉〔原注:字叔度,江宁人,从征伤足,旅居京师,家口繁多,生计艰难,鬻画为业。〕迂道来访。立谈之间,泫然涕下。自称"家中不举爨者三日矣。值此严冬,告贷无门。小儿女辈,牵衣绕膝,啼饥号寒,直令人求死不得者矣!"闻之怆恻于怀,相对哽咽者久之。

〔适值〕斯时,余之困惫久矣,虽倾囊以助,何异杯水车薪,无补于事,〔势〕不得不转谋〔他〕处,济其眉急。因挽〔其〕留居〔稍待〕,以期〔谋一脱其困境之术〕。夜间偶话京城近况,于称:"某〔邸〕公子购风筝,一掷数十金,不靳其值。似此可活我家数月矣。"言〔下〕慨然。适予身边竹纸皆备,戏为〔老于〕扎风筝数事,(据抄存者近告此处有"称贷两日,摒挡所有,仅得十金"十二字。)遗其一并携去。

是岁除夕,〔老〕于冒雪而来,鸭酒鲜蔬,满载驴背,喜极而告曰:"不想三五风筝,竟获重酬,所得当共享之;可以过一肥年矣。"

方〔其〕初来告急之际,正愁无力以助;其间奔走营谋,亦殊失望;愧〔谋求〕无功,不想风筝竟能解其急耶?〔因〕思古之世,鳏寡孤独废疾者有养也,今〔则〕如〔老〕于其人,一旦伤足,不能自活,其不转乎沟壑〔也〕几〔希〕。

风筝之为业,真足以养家乎?数年来老于业此已有微名矣〔原注:识者皆昵呼之以"于瘸子"〕。岁时所得,亦足赡家〔自给〕,〔因之老于〕时时促余为之谱定新样。此实触我〔怆感〕,于是援笔述此《南鹞北鸢考工志》,意将旁搜远绍,以集前人之成;实欲举一反三,而启后学之思。乃详察起放之理,细究扎糊之法,胪列分类之旨,缕陈彩绘之要;汇集成篇,〔将〕以为今之有废疾而无告者,谋其有以自养之道也。时丁丑清明前三日芹圃曹〔霑〕识。

(二)《南鹞北鸢考工志》里画风筝的歌诀共有四十余首,现仅在我所见到的十余首中选录两首。

1. 比翼燕歌诀:

比翼双燕子,同命相依依。
雄羽映青彩,雌衣耀紫晖。
相期白首约,互证丹心誓。
展眉喜兴发,顾眄神彩奕。
喁喁多深情,绵绵无尽意。
引领瞩遐观,襟怀犹坦适。
为筑双栖室,撷取连理枝。
卜居武陵溪,仙源靡赋役。
相敬诚如宾,真情非伪饰。
偕隐岂邀名,澹泊实素志。
连夜新春雨,花开不违时。
牡丹已葳蕤,红绿交相辉。
彩蝶翩翩来,迷花不知惜。
锦衣纨袴者,尽是轻薄儿。
耻与侪辈伍,联袂去云霓。

曹雪芹原在此歌诀题目下,自注画法云:

画时左青右紫以为地。色紫者在前,青者居后。青者眉作桃红,目润水绿。紫者眉做翠绿,目润桃红。余皆依此,互易其趣,不必拘泥。两翅内羽,不论画何花样,应以不违其时,尤须力求淡雅,不宜过艳。尾下各翎,乃交错笔法,前后深浅,亦须留意,不可倒置。

2.半瘦燕画诀云：

> 新燕至秋羽初丰，貌拟少年弱冠容。
> 黄口犹存童稚意，青衿已具成人形。
> 神凝两目澄秋水，气贯双眉耸剑峰。
> 世事未谙多棱角，胸怀坦荡喜争雄。
> 清晨戏蝶翻花圃，黄昏逐蝠入云层。
> 邀集新雨觅仙境，会同故友访武陵。
> 奋翼千仞冲霄汉，展翅万里乘长风。
> 宇内翱翔无所羁，明春北返忆归程。

曹雪芹在这首歌诀的题目下面，也有关于画法的自注云：

> 法以佛青为底，槐黄衬之，配以红绿、湖、紫色等，宜力求鲜明夺目。

(三)曹雪芹的《自题画石》诗：

> 爱此一拳石，玲珑出自然。
> 溯源应太古，堕世又何年？
> 有志归完璞，无才去补天。
> 不求邀众赏，潇洒做顽仙。

这是曹雪芹《红楼梦》之外的一首完整的诗。

二 董邦达为南鹞北鸢考工志写的序文校补

董邦达为《南鹞北鸢考工志》所写的序文如下：

尝闻教民养生之道，不论大术小术，均传盛德，因其旨在济世也。扶伤救死之行，不论有心无心，悉具阴功，以其志在活人也。曹子雪芹悯废疾无告之穷民，不忍坐视转乎沟壑之中，谋之以技艺自养之道；厥功之伟，曷可计量也哉！

观其名是书之为《南鹞北鸢考工志》也，不曰谱而曰志，曰考工，是则不欲攘他人之功，其自谦抑也，可谓至矣。称南北而略东西者何耶？寓纬于经也。盖扎、糊、绘、放四艺者，风筝之经。是书之作，意重发扬，故能集前人之成。撮要提纲，苦心孤诣，以辟新途，而立津梁，实欲启后学之思。诱导多方，惨淡经营，更变常法，而为意匠。所期者，举一反三，不使囿于篇章。其为人谋也，可谓忠矣。

斯书也，所论之术虽微，而格致之理颇奥。所状之形虽简，而神态之肖惟妙。观其以天为纸，书画琳琅于青笺；将云拟水，鱼蟹游行于碧波。传钲鼓丝竹之声于天外，效花雨红灯〔之趣〕于空中。其运智之巧也，可谓神矣。

愚以为济人以财，只能解其燃眉之急，济人以艺，斯足养其数口之家矣，是以知此书之必传也。与其谓之立言，何如谓之立德。己卯正月孚存董邦达序。

以上这两篇序言，大致完好，只是个别字、句残缺。

三　敦敏的瓶湖懋斋记盛残文校补

《瓶湖懋斋记盛》是敦敏的原题，署名作"懋斋敦敏记于瓶湖藕庐"。

《南鹞北鸢考工志》一书，为余友曹子芹圃所撰，窃幸邀先睹之快。初则惊其丹青之妙，而未解其构思之难也。既见实物，更讶其技艺之精。疑假为真，方拟按图索之，乃复顾此失彼。神迷机轴之巧，思昧格致之奥矣。于是废书而叹曰："斯术也，非余所能学而知之者也。"及观其御风施放之奇,心手相应,变化万千;风鸢听命乎百仞之上,游丝挥运于方寸之间,壁上观者,心为物役,乍惊乍喜,纯然童子之心,忘情忧乐,不复知老之将至矣。

芹圃引言曰:"玩物丧志",概(当作"盖")恐溺之者移易性情,而发此深虑之语也。

戊寅腊月廿四日,董公孚存亦莅斯会,感而为序。谓余曰:"今日之集,固乃千载一遇,虽兰亭之会,未足奇也。"嘱余制文记其盛况。〔嗟〕(左面剩一口字)余才疏学浅,谫陋无文,每有句读之失,难免鲁鱼之讹也。余尝与过〔公子〕龥曰:"若敬亭得与此会,而撰斯文,〔庶〕(剩左下角一二笔)不致挂一漏万矣。"兹勉述之于后。

接着的便是"记"的残文:

□□□之□(残划少许,似"秋"字)先是,□(似"母"字)舅钮公自闽返京[原注:七月会公初度,亲友多往贺者。世家子弟,〔鲜〕衣华服,与公酬酢,〔谄〕语佞色,公甚厌之;顾余曰:"富贵而骄奢,未有不败者;〔反〕不如布衣之足以傲王侯也"。]独以所得藏画出示;而真伪莫辨,嘱余择所善者,即以为〔贶〕(原残,有"贝"旁)。

爱思鉴别字画,当推芹圃;又且久未〔把〕晤[原注:春间芹圃曾过舍以告,将徙居白家疃,值余赴通州迂过公,未能相遇。],苦念綦切,乃往访其新居。几经〔询问〕("问"字有左下旁),始抵其家[原注:〔其地〕有小溪阻路,隔岸望之,土屋四〔间〕,斜向西南,筑〔石〕(经我实地调查后,其地旧屋,多垒石为壁。)为壁,断枝为椽("椽"字有"木"旁);垣堵不齐,户牖不全,而院落整洁,编篱成锦,蔓植杞藤□□□□□,有陋巷箪瓢〔之乐〕,得醉月迷花之趣。循溪北行,越〔石〕桥〔再南折〕。(有三个字的空,余"折"字中最后右下一直)]扣篱〔至再至三〕,俄顷一老媪出应曰:"〔客人〕(均有微痕可辨)其

〔访〕雪芹耶？"余曰："然。"媪曰："〔彼〕(有双人旁下面一直)为人邀去，多日未返家矣。"媪自称白姓，得雪芹顾恤，相处如一家人。〔原注：殷殷〔延余〕入，问所从来，余以情告。〕遂留名帖，请代致意，怅然而返。

又月余，芹圃〔未〕(有上端可辨)至。渴念不已，策马再访，遇白媪于门，而谓余曰："何不巧之甚耶！前数日，雪芹回，见君名帖，欣然谓老身曰：与君为知交，久拟谋面，因友人邀做臂助，未容抽身；事毕即将进城回〔拜〕也。想亦未料及君之再至。两日前又去其友人处矣。"〔稍坐后〕("后"字有左及右下残迹可辨)，假纸笔留书〔订〕("言"旁中间二横不可见，"口"字余第一笔)邀〔原注：时白媪煨芋以饷，并缅述徙此经过。初，媪有一子，襁褓失怙。夫家无恒产，依十(只存直下一小截)指为人做嫁衣。儿已弱冠，竟染疫死。〔彼遂〕("彼"字有第一笔及末笔，"遂"字只剩末笔之小截)佣于大姓，不复有家矣。去冬哭损双目，〔乃致〕被辞，暂依其甥。既〔无〕医药，又(有下半截)乏生资，已濒绝境。适遇雪芹过其甥处，〔助以〕药石，今春渐能视物矣。因闻雪芹又〔将远〕(此字有左边一半)徙，媪〔乃挽〕(此字有由左至右下半截)人〔告之〕：愿(此字存左侧大半及"页"字边之末一笔)以其〔茔〕(？"土"字余末二横之尾端)侧之〔树〕，供(此字只余下半)〔雪芹〕筑〔室〕。〔其〕工(余下半)既竣，〔雪芹〕以一室(余上面之"宀")安白媪。〔媪〕且泣(余"立"字下半)且言，复云："雪芹初移此间(余左边一半)，每有人自京城来〔求〕画。以是，里中巨室，亦多求购(余左边之半)者。雪芹(余'艹'上半)固贫，饔飧有时不继；然非其人虽重酬不应也。囊有余(余右边下半)资，常〔济〕孤寡。老身若不遇雪芹，岂望存活至今也！"闻白媪言，愈思与芹圃一面，以慰渴念；〔而〕动定参商，〔缘〕会不偶〕，久之亦无裁答。

入冬，雨雪频仍，郊行不便。适过公惠〔赐〕墨宝，〔悬之〕懋斋,以光〔蓬荜〕。〔又〕叙及藏画事,公曰:"既不得晤雪芹,何不求〔董公孚存〕鉴之?"余曰:"琐屑细事,未便渎(有右半边)神董公。"〔过公〕曰:"为汝家惠哥学画事,岂少烦董公耶?"余曰:"为此事久拟备筵谢董公。今者即烦吾叔代为邀请,敬俟孚翁休暇〔日以(余左半)〔莅〕;期〔于〕先时见告,容作筹〔备也〕。"过公曰:"何必令汝破费!"余曰:"非仅为鉴别字画也。"遂允为转请。

腊(余"月"字左下段)月二十日,得过公示,已代约于二十四日□时(余下半段),着余备帖往肃董公。翌日,晴暖如春,比年此月酷冷,而今岁独燠。〔晨起〕信步出城,拟购南酒,遴选数家,均未中意,复前行至菜市口,见纸店,遂购宣纸〔数张〕,方出肆门,忽闻喧笑声甚稔。寻声眺视,竟是芹圃,为人坚要小酌(此字缺右半边,但余"勹"下一钩),力辞不得。两相争议,路人为之驻足。乃趋前呼之,其围始解。芹圃〔不〕觉喜甚,谓余曰:"两承惠顾,失迎是歉。此番入城,已拟拜晤,不意邂逅于此,何遇之巧也!"邀饮者复与〔芹〕圃〔约期〕而别。

芹圃挽余行,且告曰:"往岁戏为于景廉扎风筝,后竟〔以〕为业。嗣复时时相要,创扎新样。年来又促我逐类定式,撰而为谱,欲我以艺活人也。前者同彼借家叔所寓寺宇,扎糊风筝,〔是以〕家居时少,以(余'人'字)致(余'夂'下端少许)枉顾失迓也。"余亦以前情告之。复将此来为选购南酒(余上半端)〔以备〕宴请董公事相〔告〕,芹(缺"艹"头)圃曰:"坊间无佳酿,友人〔馈〕(此字左边余半个'食'字)〔余〕远年贮酒数坛,现存叔度处,同往取之可也!"

言已,挽(余"扌"上端)我西行,至一旧裱糊(只余"米"字)〔铺前〕,芹圃方欲启门,而叔度已拄〔杖〕出迎矣。相见〔喜甚〕。芹圃以巧逢告之。叔度烹水瀹茗,以余属(只余上半"尸")芹(只余半个"艹"之第二笔上小截)圃而去。方拟挽之,去已远矣。

叔度寒士,贫而好客,芹圃出其所〔著之〕书示余,甫〔阅〕其〔图〕(只余左上方少许),〔便〕觉(缺上端)绚丽夺目,人物栩栩,光〔明〕曝照,曾所未睹。正惊诧(缺左半边)间,叔度已购来鲜鱼肴酒,欣然谓余曰:"君与芹圃交厚有年,亦知其擅南味否?今者不成(只余最后一二笔)敬意,实拟邀君之惠,烦芹圃做鱼下酒,藉(缺'艹'头)饱口福也。"余曰:"使君〔破费〕,〔我〕('我'字只余左边下半截)心何安?诚所谓却之不恭矣。"

叔度〔复〕将芹圃为其所扎风鸢取出,罗列一室,四隅皆满,致无隙地,五光十色,蔚为大观(此四字每字皆只残存一二笔)。〔因〕问(只存左右两直和中间"口"字末笔)何时设肆于此,叔度云此铺(缺左半边)系其友所遗,今者亡友物故,家人扶榇南返,嘱其代为照看也。更招(只余"扌"的下半边)余等至〔复室〕,移桌〔就座〕,置杯箸,具肴酒,〔盥〕手剖鱼,以供芹圃烹煎。〔其〕间(缺上半段)为余缕述昔年芹圃济〔彼〕之事,言下犹且〔咽哽〕(此字只余"更"字下半),〔唏嘘〕(此二字各剩一"口"字)不能自抑。〔复〕谓(缺左半)余曰:"当日若非芹圃救我,则('我'、'则'二字均缺右半边)贱躯膏野犬之腹也久矣!"芹圃亟止之曰:"适逢其会(此三字均只余一二笔),无足挂齿。何况朋友本有通财之义,后万勿逢人便道此事也。"叔度曰:"受其惠者,能不怀其〔德〕乎?如我之贫,更兼废疾,难(缺右半)〔于〕谋(左右各缺下半)生(缺二、三、四笔)矣。数年〔来〕,赖〔此〕为业,一家幸无冻馁。以是欲芹圃定式著谱,庶使有废疾類(缺右半)〔余〕者,藉以存活,免遭伸手告人之难也。"芹圃曰:"叔度推己及人之见,〔余深〕然之,非过来人讵能若此深切也?"

〔余忆〕前(缺上半段)时白媪之言,今者叔度之诉,则芹圃之□□□□(大致是"义行高矣"之意)。叔度(只剩右上角)趣而言曰:

"我得异味,不忍独享,愿与知友共之,是亦推〔己〕及(缺上半段)人之谓欤?"〔相与大〕笑。

移时,叔度将汤海来,芹圃启〔其〕覆碗(只余左上半),以南酒少许环浇之,顿时鲜味浓溢,惹□□□□,诚非言语所能〔形容万一〕也。鱼身觢痕,宛似蚌〔壳〕,佐(缺上半段)以脯笋,不复识其为鱼矣。叔度更以箸轻启鱼腹,曰:"请先进(缺上半)此奇味!"则〔一〕斛(此字只存"角"旁下端)明珠,璨然在目,莹润光洁,大如桐(此三字皆缺多笔)子,疑是(缺下半)雀(缺右上)卵(缺右半)。比(缺右上)入口中,□□□□。复(缺上半)顾余曰:"芹圃做鱼,与人迥异,不知北地亦有此烹法否?"余曰:"曾所未见,亦所未闻,□□□□也。第不知芹圃何(缺左半)从(只剩右上角一笔)设(只剩右半边一、二笔)想(缺'木')? 定有妙(缺左半边)传(只剩右边一二笔),愿闻其名。"叔度曰:"〔此〕为(缺左右上半)'老蚌怀珠',非鳜鱼不能□其变□□□(似'殊'字,但缺左边第一笔和右边一、二、三、六各笔)□若(缺上半)有鲈鱼,又(缺右半)当更胜一筹矣。"余曰:"江南佳味,想亦以此为最?"芹圃〔曰〕:"我谓江南好,恐难尽信。余岂善烹调者,亦只略窥他人些许门〔径〕,君即赞不绝口,他日若有江南之行,遍尝(缺右半)名(上、下均缺)〔馔〕,则今日之鱼,何啻〔小〕巫(缺上大半)见大巫矣。"余方默思〔其言〕,叔度曰:"莫使菜凉味变也。"相与大嚼,言笑(缺右半)〔欢甚〕。爰将(缺上半)邀请董公鉴画〔定〕于二十四日(缺半边)□〔时〕事(只余末一笔),告〔知〕叔度,并请过舍作陪。叔度固辞曰:"余今憔悴不如贩夫,〔若〕使(缺左右上端)我列〔君家〕盛(缺上半)宴,〔毋乃〕不(缺上大半)伦。"余曰:"董公高义,素重后学,〔奖〕披(斜缺上半边)提〔携〕,不以□□□□也。"叔度欲言,〔芹〕圃〔止之〕曰(缺左上端):"恭敬不如从命也。"

酒阑饭罢,已逾□〔时〕,〔遂〕挽芹圃〔过舍〕盘桓,携其贮酒同返。临行再邀叔度,更请以风鸢相假,欲得董公观赏之、并使家人同开眼界也。芹圃曰:"微末小技,何誉之甚耶。若以佐兴,或可博人一笑耳。"叔度曰:"芹圃所扎人物风筝,绘法奇绝,其中宓妃与双童两者,则为绝品之最,特什袭藏之,未敢轻〔出〕示人(此二字均只余一、二笔)。今已不及赶赴东城(缺左半),〔诘〕(只余右半边,似'吉'字缺左半边)朝往取,再行送上,定邀董公赞许也。"余(只剩最后一点)〔遂〕拜谢盛情,与芹圃赁舆(缺下半)载(斜缺右上半)风(余左上角)鸢(缺右上半)南酒而归。是(剩最后一笔)以得快读〔其〕书(缺上半)。

〔二十〕四日,晨曦甫(缺右下半)〔上〕,人(余下部少许)声已〔喧〕,〔忙〕(余下部几笔)于除旧迎新也。民谚曰:"二十三,赶小年;二十四,写大字",视为吉辰。万户千家,春联争奇句,桃符竞新文。此风尚自官掖间,每岁是日,诏善书者入值,为诸官所书楹联,以迎新春。供奉事毕,御〔赐〕(余右半边)有差,给假□□□,□(当是"若干日,归"四字)家(只余边及右下)理年事矣。夜来□闻禁中□□□□(末字余左下一二笔)早预遣人奉迓董公,命(缺上端)舆去讫,欲(只余左大半右少许)将所〔借〕风鸢,陈于中庭,苦无挂处。思之再三,未得其法。乃就芹圃而问之;如其教,以长绳三列,布于檐下而悬(余左上大半右一二笔)之,恰(缺左边)可尽陈无遗。[原注:"余遇此细事,竟为所困,则芹圃〔与我〕(余左下二三笔),智愚之间,真不可以道里计矣。"]时芹圃正忙于烹鱼,家人亦从而学焉。[原注:"固知今日(此四字各余左边少许)筵间之味,无一可与相比者。芹圃云:'将以助兴,盛情未可却也。'"]

约当辰正,过公〔至,问余曰:〕"孚翁已先至否?"余曰:"尚未,已命〔轿〕(剩左缺右)车往候矣。"过公将〔书〕画付余曰:"真伪未敢妄断,宜待董公鉴之。"

言已,入中〔庭〕,遽然而问曰:"何为购(缺右大半左下半)得(缺右上方)若许风鸢?"余曰:"此皆芹圃之作,借自于叔度处,为请董公赏(缺右少半边)〔鉴〕者(者字缺中间一大块)。"语未毕,过公指(缺下边)〔宓妃〕而诧曰:"〔前立〕者谁耶?"余应曰:"吾公视其为〔真〕人(只余下二笔少许)也乎?实亦风筝。"过公就前,审视良久,谓(缺左下少半右下多半)余(缺上半边)曰:"尝闻夫(缺上半)灵偶俑之属,与人逼(缺左半右下半)似(缺左半)者(缺下半),不可迩于寝室,防不祥也。倘系夜间,每能吓人致疾。"余曰:"敬闻命。愿俟董公审(只有上端一二笔)〔阅后〕,当(缺右上)即收之。"

过公问:"何时得晤芹圃?今日能来否?"〔余曰〕:"前(缺左右上)日巧遇,已邀同来舍;现于后(缺左大半右下半)室(缺左右上端)做(缺'夂'旁)鱼,将以助兴也。"遂肃过公入见。

芹圃方以莲心浸醉□,过(缺左多半右少半)公曰:"芹圃多才,素所闻矣;尚不知精于烹调也!"因以前日所食异味相告,过公欣然(只存上端少许)〔曰〕:"今(缺左半右上半)日可云幸会矣!"(下缺)

这是一篇很生动的记雪芹事迹的材料,可惜我们现在能看到的,只此而已。据抄存者说,此文下面还有叙述董邦达到懋斋后,同雪芹论画、看雪芹放风筝的技巧,当雪芹判断下午必有风而应了他的话时,董叹惜地对雪芹说:"杜少陵赠曹将军诗有句云:'试看古来盛名下,终日坎壈缠其身',令人嗟叹!"他又当场为《南鹞北鸢考工志》题签,并答允归后给它写一篇序言;以及他因对雪芹赞佩之至,竟说"今日之集,固乃千载一遇,虽兰亭之会,未足奇也"等等场面的文字。

第三部分　曹著董序敦记考略

一　关于曹雪芹的几种佚著

（一）关于《南鹞北鸢考工志》。曹雪芹这个名字同扎、糊、绘、放风筝联系起来，大家一定感到愕然。其实，我们只要细读一下《红楼梦》七十回描写放风筝的一大段文字，就不会觉得奇怪了。那段文字虽然没讲到扎糊、绘画风筝，但那里所谈的风筝种类，却是可以和《南鹞北鸢考工志》里的图谱印证的。我在得到这部分材料后，访问了北京的风筝专家，据他们说，《红楼梦》讲放风筝技术的那段文字，是十分内行的。放风筝不是简单地放起就了事的。复杂的风筝固然它本身有着精巧的结构，但让那些精巧结构起作用，还有待于放风筝人的技术。"风鸢听命乎百仞之上，游丝挥运于方寸之间"（敦敏语，见他的《瓶湖懋斋记盛》），风鸢的"听命"，完全在于放风筝人的"挥运"。据看过《记盛》已佚部分的那个抄存者说，曹雪芹的这种技术，曾于乾隆二十三年腊月二十四日在宣武门里结了冰的太平湖上当着董邦达、过子龢、端隽、于叔度、敦敏、敦惠表演过。

曹雪芹不但精于扎，而且善于放。自从乾隆二十年通过于叔度以扎绘风筝为业传播他的风筝样式以后，直到解放以前，北京著名扎风筝的几家用的都是他的图式。以前那些粗糙的旧式扎法和画法，就居于次要地位了。由于过去搞这一行业的人中，有的虽知曹雪芹之名而不知道他是什么人，有的后来已根本不知道图谱的创始人，有的则以曹雪芹的图谱为家传秘本而不肯示人，所以没有人知道北京的风筝业一直流行的是曹雪芹的风筝样式。据现在初步了解，除《南鹞北鸢考工志》可能是曹雪芹自己抄的定本已被金田氏买走以外，我们现在所知道的抄本有：(1)于叔度家传下的本子；(2)哈魁明家传下的本子；(3)敦惠的后人金福忠家传的本子;(4)赵雨山家传的本子;(5)陈氏本。据抄存者说,以上几种抄本中只有一种尚可踪迹求之,其余大都散佚。我们现在只有依靠一九四四年抄存者摹绘的这一部分材料,来考见《南鹞北鸢考工志》的面貌了。

《南鹞北鸢考工志》的内容大致是:董邦达的序,曹雪芹自序,关于扎、糊、绘、放风筝的一般理论,彩绘风筝图谱,关于扎、绘风筝的歌诀,最后还有一篇附录,即敦敏的《瓶湖懋斋记盛》。详细的目录和内容,都已无从知悉。

我们先谈《南鹞北鸢考工志》的成书年代。

《南鹞北鸢考工志》何时成书?按曹雪芹的自序写于乾隆二十二年(丁丑,一七五七)清明前三日;乾隆二十三年(戊寅,一七五八)腊月二十日,敦敏在于叔度处看到的风筝书,就是《考工志》;董邦达在二十四日之会,也看到了这部手稿。可见全稿在二十二年初,当已完成。

曹雪芹何时开始写《考工志》?写的过程大约多久?自序说:

> 曩岁……故人于景廉(裕按:即于叔度),迂道来访。
> 数年来,老于业此,已有微名矣。

敦敏乾隆二十三年的《记盛》说:

> 叔度……为余缕述昔年济彼之事。
> 叔度曰……数年来赖此为业,一家幸无冻馁。以是欲芹圃定式著谱,庶使有废疾类余者,藉以存活,免遭伸手告人之难也。

根据这些材料,可以得出下述近似的估计:

第一,雪芹初次以风筝的技术教于叔度,至迟当在乾隆十九年(甲戌,一七五四)。

理由一个是:乾隆二十二年雪芹说"曩岁",于叔度二十三年对敦敏说"昔年"。照一般用法,此二词都应该至少指两年以上。另一个理由是:雪芹二十三年所说"数年来,老于业此,已有微名矣",于叔度二十三年对敦敏说的"数年来赖此为业"。按取得"微名"的"数年",起码也得两三年。故雪芹初教于叔度以风筝的技术,至迟当在十九年或竟再早一两年。

第二,雪芹着手写《考工志》不可能是在乾隆十九年,而须在二十年(乙亥,一七五五)到二十一年(丙子,一七五六)之间。

理由一:据自序,于访雪芹是在腊月,倘是十九年腊月,则过几天后就是二十年。估计于叔度初学扎绘风筝,短期内不会要新的风筝图式。他要新的图式,当在二十年的下半年。据雪芹自序说:"老于……时时促余为之谱定新样……于是援笔述此《南鹞北鸢考工志》。"可知于叔度要图式,雪芹才开始写《考工志》。但于要时,雪芹不一定马上就写书,两者中间应当有一段时间。那么,雪芹开始写《考工志》的时间,应该是二十年下半年,甚至二十一年初。那就是说,雪芹从二十年下半年开始写《考工志》到二十二年的清明前三日完成,大约有一年到一年半的时间。从《考工志》中那许多复杂的风筝的扎糊、绘画的图式和有关的歌诀看来,这一工作是要较长时间的。董序中说雪芹"惨淡经营",不会是没有根据的。

理由二:《废艺斋集稿》中有另外七种手稿。其中除了关于金石图章和烹调的两种可能是早年所作,但也需誊清抄录到《集稿》里去之外,其余五种的编写,也完全有可能占十九年到二十二年这段时间。

我们还不要忘记,这段时间也是雪芹陆续写《石头记》的时间。十九年脂砚斋抄阅再评《石头记》,二十一年脂砚斋三评《石头记》。在庚辰本七十回末,有这样一条备忘式的记载:

乾隆二十一年五月初七日对清,缺中秋诗,俟雪芹。□□□,□□□。开夜宴,发悲音。赏中秋,得佳谶。

是否雪芹由于插进了《考工志》的写作,以及《集稿》的工作,而耽误了写《石头记》里的中秋诗?我看不但可能,而且必须这样估计。批语中的"□□□,□□□",也显然是由于雪芹忙得没有空写足这准备用到回目中的"备忘录"。

因此说,雪芹写《考工志》所用的时间,实际上并不多。

在从十九年到二十四年(己卯,一七五九)初(董邦达写序)这段期间,雪芹的生活怎样?他和朋友们交往的情况怎样?

关于雪芹这一时间的生活情况,我们首先谈他的居处问题。

雪芹大约于乾隆十五年左右,从北京城里迁至西郊香山键锐营。到乾隆十九年,他已乡居四五年。根据传说,他初住香山四王府和峒峪村中间一带地方,后来不知哪年又迁到香山脚下镶黄旗营的北上坡。于叔度的家据敦敏的《记盛》说在北京东城,他初次去找雪芹求助,应该是到雪芹在香山的居处——峒峪村附近或北上坡。

《记盛》说雪芹于乾隆二十三年春曾去玄武门里的槐园访过敦敏,时敦敏有事去通州,雪芹可能是告诉了敦敏的家人说他将迁居白家疃。敦敏在这年八九月间,曾两访雪芹于白家疃的新居,亦均不遇。据敦敏说,雪芹的新居,是新盖斜向西南的四间茅屋。

我得到敦敏《记盛》这部分材料后,曾于一九七二年十月二十四日访问这个地方。其地距西直门约五十里,属海淀分局温泉派出所。从颐和园乘汽车沿途经红山口、黑山扈、韩家川、亮甲店、太舟坞、黑龙潭等十几个站,即抵白家疃;再过苗圃一站,就是温泉。从颐和园出发后,这条路的左侧是延绵不断的山,至白家疃便由南向北伸展下去;白家疃西口正是由南向北转折的地方。山下有人工修整的一道长河。在汽车上看,沿途风景颇为秀丽。承当地有关同志的协助,我得与三四位八九十岁的老人谈话,他们提供了有用的材料。据老人说,村西有一河滩,春夏之际有水,是从南山流下来的。这大概就是敦敏《记盛》里所说的"有小溪阻路……循溪北行,越[石]桥[乃达]"中的所谓"小溪"。"循溪北行",大概乾隆间,从北京到这里的路,紧靠山根,故敦敏骑马,就必须沿"小溪"向北行才能走到桥这里。石桥仍在,据老人说,是二百多年前的遗物。雪芹的四间茅屋故址,恰在越过石桥后再向南些的地方。从雪芹的居处,西向五里许,有一突起的高山,树木青葱密茂,其上有娘娘庙。它的北侧,还有一座突起较低的山,也有树木。这两座山的背后,还有与南面的山连接着一直伸向温泉方面去的远山。据白家疃生产队大队长说,这条山才是真正的"西山"。

以白家疃村的实地情况印证雪芹朋友给他的诗,则知敦敏诗"日望西山餐暮霞"是乾隆二十六年(辛巳,一七六一)秋往访雪芹时写的,诗中的"西山"正是指的这个山,描绘的是这里的情景。张宜泉的《题芹溪居士》中说雪芹"庐结西郊别样幽",这个"结"字,过去"不求甚解",现在才知道是"自己盖房子"的意思。正因为这样,故知张诗也是在乾隆二十三年之后写的。同样,"门外山川供绘画",是描写这里而不是描写键锐营一带的景色。敦敏、敦诚在乾隆二十六年来这里访曹雪芹留诗中的"满径蓬蒿""薜萝门巷"等词句,都不是随便说的,由《记盛》中说"垣堵不齐,户牖不全,而院落整洁,编篱成锦,蔓植杞藤"这些话可证。雪芹在这里的住的地方是在白家疃村的最西头,根据八九十岁的老人所说早年河滩西面根本没有住户的情况来看,可知乾隆二十三年雪芹在这里"结庐"的时候,这个地方的荒凉确可用张宜泉所说"寂寞西郊人到罕"来形容;而雪芹居处之西的远山之下的一带,也确有一片丛林。则可见张宜泉《和曹雪芹西郊信步憩废寺原韵》中的"有谁曳杖过烟林"句,也是写的实况。特别是敦敏乾隆二十六年所作《访曹雪芹不值》一诗:"野浦冻云深,柴扉晚烟薄,山村不见人,夕阳寒欲落。"可以说完全写尽了雪芹白家疃这个居处的自然环境。

雪芹于二十三年盖的这所茅屋,除了给那个白媪一间居住外,他的前妻所生之子也应该在这里与雪芹同住,当时大概是五六岁。雪芹续娶,也是在这里。从二十三年起到二十八年(癸未,一七六四)他的死,他一直住在白家疃这里。

下面我再谈谈这一时期雪芹的生活以及他和朋友们接触的大致情况。

关于雪芹从乾隆十九年到二十四年的生活情况,我们所知极少。张宜泉给他的诗都不著年代,但可看出,有的显然是二十四年以后的作品。敦氏兄弟有关雪芹的诗,大都在二十五年(庚辰,一七六〇)以后。从乾隆十九年到二十四年这几年内,只有敦诚二十二年从喜峰口寄给曹雪芹的那首长诗中有些雪芹的传记材料。诗中追述他们多年前在右翼宗学里的旧事,我已在有关"虎门"的考证中叙述。这里只谈他劝勉雪芹坚持郊居著书的几句:

> 劝君莫弹食客铗,劝君莫叩富儿门。
> 残杯冷炙有德色,不如著书黄叶村。

这四句诗虽然足以说明雪芹在二十二年之前的生活是艰困的,却没有涉及具体的情况。现在赖有敦敏的《记盛》,我们才得知雪芹到了二十三年已经穷到卖画维生"饔飧有时不继"的地步。然而,他却不但坚持写《集稿》和写《石头记》,而且他还帮助白媪,给她医治失明的眼睛,让给她一间房子住,又整月地离开家帮助于叔度扎糊风筝,并帮助其他双目失明的人学习编织和脱胎的技术。他虽卖画,却是"非其人虽重酬不应"的。

又据《记盛》得知乾隆二十三年腊月二十四日有这么一次"盛会"。会上接触到的人们中,敦敏是老朋友,董邦达、过子龢、端隽等,大概都是初识的。敦敏的堂弟敦惠,应是早已见过了的。过子龢名叔平,是个老医生,大概是个常出入于权贵之门的人物。敦敏称他为"叔",他可能是瑚玥的朋友。据说他的字写得很好,曾给敦敏写"懋斋"两个大字,敦敏把它悬在堂上,颇得一些朋友的赞赏。据看到《记盛》已佚部分的人说,董邦达在二十四日的聚会里向大家说,他把过子龢给他的家人开的药方,因为字写得好,都一一保存着。端隽字颖夫,是个武人,二十四日那天的晚饭是他从外面叫的酒席在敦敏家请的客。敦惠是个瘸子,先学画,曾屡次向董邦达求教。在二十四日的聚会上,由过子龢提议董邦达赞助,让他跟雪芹和于叔度学做风筝,后来敦惠以此供奉内廷,他的后人就以风筝为业了。在北京风筝业著名的金福忠现已八十多岁,是敦惠的若干世孙,他家保存的风筝谱,就是敦惠得自曹雪芹的。

估计这些年间,同雪芹接触较多的,应该是脂砚、畸笏二人,但没有直接材料。脂砚斋已卯年有不少批语,这说明他们是有接触的。又丁丑年春,畸笏在《石头记》四十一回"妙玉送茶"一段上写了一条回忆他同雪芹在乾隆二年(丁巳,一七三七)往事的批语道:"尚记丁巳春日,谢园送茶乎?展眼二十年矣。丁丑仲春,畸笏。"此批只见于近年发现乾隆夕葵书屋抄本《石头记》(这个抄本应是靖应鹍的过录本,但为说明其来源是抄自乾隆吴藨的夕葵书屋原抄本的,故仍称"夕本")残存的批语中,而为甲戌、己卯、庚辰诸抄本所无。它说明这年的仲春,他们为了《石头记》的手稿或誊清稿本,是有接触的。

自序中提到的于叔度,是他较常接触的人之一。因在曹雪芹的序和敦敏的《记盛》中,对他的事情,已经讲得很清楚,这里无须多说。我只根据看过《记盛》阙文的人和北京世代以风筝为业的哈魁明同志所说:于家最后一代是个女的,已死,据说于家还有于叔度传下来的《南鹞北鸢考工志》的"于氏本"。估计此本若在,必有雪芹亲自修改的笔迹。

(二)《考工志》里的风筝歌诀,约有四十多首,我看到的有十几首。我只选了比较能看出雪芹有些寓意的两首。在风筝着色的歌诀中,有一语双关的地方,例如《比翼燕歌诀》中说:

　　相期白首约,互证丹心誓。

是说燕子的头是白色的,心是要用红色来画的,故曰"白"首,"丹"心。此类例子很多,不一一举。值得注意的是,雪芹在这种画诀中,也还有另外一种寓意,如:

　　卜居武陵溪,仙源靡赋役。

之例。结合他在自序中所说的"古之世鳏寡孤独废疾者有养也",今则这类人"不转乎沟壑也几希"等语,这些话就是与雪芹的政治思想有关的了。

最后还有一点应该说明的,即雪芹之所以用"歌诀"的方式来讲风筝的扎法和画法,据业此者说,乃是因为:一则,歌诀简短比文字说明容易记;二则,雪芹既以风筝为穷人的维生技艺,歌诀的奥义就必须口授,使"行"外的人不能随便仿制。故除歌诀外,还有用口语写的说明,即"此中人语"。则雪芹之为所谓"穷民"设想,可谓至矣。

（三）他的《自题画石》诗,不知写于何年;但据诗中的词意,可断此诗必写于他迁往西郊之后。这首诗是抄存者从他的外祖父富竹泉所著《考槃室札记》手稿中抄出来的。富竹泉因其祖父盛紫川是清朝恭王府的管家,故得由某贝子家中看到此诗。原诗可能是写在扇面上画的石的上端。竹泉字稚川,作画时署"金台三畏"。"富"是满洲富察氏。竹泉女即抄录这些材料的抄存者的生母,名富瑾瑜,字楚珩,著有《楚珩诗草》,未刊,中有《和大观园菊花诗原韵》十一首。当初富的家庭,可能是爱好《红楼梦》的。

曹雪芹喜欢画石,从敦敏乾隆二十五年《题芹圃画石》中"傲骨如君世已奇,嶙峋更见此支离;醉余奋扫如椽笔,写出胸中磈礧时"看来,他是借画石以抒胸中不平之气的。

雪芹不但喜欢画石,而且他以石自拟。知道这点的是脂砚斋。在《石头记》第五回第一支《红楼梦》引子"开辟鸿蒙,谁为情种"句旁,批云:

非作者为谁？余又曰:亦非作者,乃石头耳！

甲戌本在"乃石头耳"句下,有墨笔批语道:"石头即作者耳。"此批虽是墨笔,因而当是年代较后的批,但可谓已得脂批本意。脂批又在《石头记》第一回"无才补天,幻形入世"句旁,朱批云:

八字便是作者一生惭恨。

这都是在说明《石头记》的作者是以石自拟的。在这个意义上,谈石的遭际是同作者的思想有密切关系的。正因为这样,《石头记》第一回便有许多地方"交代"这石的来历。而"溯源应太古"、"堕世又何年"、"无材去补天"这些诗句,便都可以在下面这段话中,找到"来历":

> 原来女娲氏炼石补天之时……只用了三万六千五百块,只单单的剩了一块未用,便弃在此山青埂峰下。谁知此石……因见众石俱得补天,独自己无材,不堪入选,遂自怨自叹……
>
> ……茫茫大士,渺渺真人,携入红尘,历尽离合悲欢,炎凉世态……

由于这段话是写于较早的年代,而《自题画石》诗则写得较晚,故二者在思想内容上,有所不同。

二 关于董邦达给考工志写的序

董邦达给《考工志》写的序末署乾隆二十四年(己卯,一七五九)正月。他在二十三年的腊月二十四日同雪芹聚会时,不但看到雪芹的《考工志》并为它写了一个书签,而且还看到雪芹亲自在太平湖上放风筝,雪芹的技巧之高,使他大为惊异。雪芹论画,也有高见。雪芹又能做极好的菜,特别是烹鱼。因此,董曾兴奋地说:"今天的集会,真是千载一遇,就是兰亭之会,也没有什么了不起!"不但如此,他还让敦敏撰文以纪之,可见他对雪芹是十分钦佩的。

按董邦达乾隆二十三年正做吏部侍郎,可能已兼管皇帝画苑的事。他这时与敦敏这样的宗室们接触,并没什么奇怪。因为敦氏因其五世祖英亲王阿济格事受皇帝苛遇冷遇的时候,已经过去了。阿济格的坟墓,已于乾隆十一年(丙寅,一七四六)"特恩饬部,照亲王园寝式重修"。敦诚在二十年获笔帖式记名。据《记盛》,敦敏的堂弟敦惠为了习画,也曾多次请董指点门径。

董和雪芹当是初会,据《记盛》中记载,知董和过子龢都是闻雪芹名已久了的。

董虽是当时的显宦,过也是个走上层路线的人,但对雪芹则似乎并没摆什么架子。《记盛》中说过子龢听到雪芹在厨房做鱼,便立即同敦敏去厨房看他。董在论画时,也很尊重雪芹的意见。由此,似可推知雪芹当时在上层官场中是颇知名的,这一点同以前有些人的设想不同。

董的这篇序言是会后过了年就写的。在封建社会时代写序,有时只是应酬。但董给《考工志》写序,据那天会上的情况以及序言的内容来看,却绝非一篇应酬文字。他把雪芹看得很高,认为雪芹"悯废疾无告之穷民,不忍坐视转乎沟壑之中,谋之以技艺自养之道。厥功之伟,曷可计量也哉"!但他当然是听过雪芹帮助于叔度的故事之后,也可能是听到敦敏所讲他自己闻诸白媪的那些话之后,他才会感到:雪芹自己穷到卖画维生,却又拿卖画得来的余钱救济旁人;而他所周济的人,不仅仅是他的朋友于叔度,还有像白媪那样以及白媪所说那些同他不相干的人们——这就不仅是同情某一个人,而是同情某一类人的问题了。董邦达久在宦途,却能看出此点,因此才用他的话来称颂雪芹这种"意在活人"的著作是"与其谓之立言,何如谓之立德"的。作为一个所谓"读圣贤书"的封建士大夫,他知道"立德"一词的分量是很重的。

但是,在我们看来,对于一个具有反封建的叛逆思想的人的行动,用儒家这种旨在维护封建社会及其政治秩序的"美德"来赞誉,是很不恰当的。儒家仁义道德这些东西,根本上都是维护封建制度的;即使是"立德",那用意和后果也是维护封建制度,而不是反对它、破坏它。这就是为什么号称"立德"的"圣人"和"贤人"受到封建最高统治者的表扬和尊崇的缘故。而曹雪芹,当然不是立这种"德"。这一点是应该注意的。

董邦达经过了二十三年腊月二十四日之会以后,对雪芹当有较深刻的了解,因而二十四年或再迟,可能有请雪芹去皇帝的画苑任职的事,但被雪芹所谢绝。所以张宜泉《题芹溪居士》一诗中,才有"苑召难忘立本羞"这句诗。过去由于不知道雪芹与董相识,不好推断,对张诗也不得其解。现在有了《记盛》的记载,此一久悬的问题,遂可告解决。

关于王冈为雪芹画的小像问题,这里多说几句。胡适曾于一九六一年一月在香港出版的《海外论坛》第二卷第一期上有一篇《所谓"曹雪芹小像"之谜》的文章,驳我在《有关曹雪芹八种》中对小像的看法。一、他认为题像的人都是阔人,不见得是曹雪芹所能交往的;二、他认为那些题像诗的语气"绝不是那位'风尘碌碌,一事无成'晚年过那'蓬牖茅椽,绳床瓦灶'生活的《红楼梦》作者"。吴世昌同志已写一篇长文《论王冈绘曹雪芹小像——驳斥胡适谬论》。让我在这里再补充两点理由。第一,据考乾隆二十七年恰是王南石旅居北京在董邦达门下作客的时候,他为董代作了许多供奉内廷的画。现在既知道曹雪芹与董相识,则由董介绍而认识王南石,而王又在二十七年春为雪芹画一小像,这就都成为意想得到的事情了。第二,题像诗在一个意义上同碑文一样,大概总是要说些好听的话的;绝不会把人家穷得吃不上饭的情况,写在这种诗里。在不很熟的人们之间,就更是这样。试看即使熟到张宜泉那种程度,他的《题芹溪居士》(我已早在《有关曹雪芹十种》中,断此诗为题雪芹画像之作)一诗,也何尝不把雪芹描绘得像个"高人"、"隐士"样?又哪里看得出丝毫"蓬牖茅椽,绳床瓦灶"、"饔飧有时不继"的景况?

三 关于敦敏的瓶湖懋斋记盛残文

《瓶湖懋斋记盛》虽是金田氏买走的《南鹞北鸢考工志》的附录,但据抄存者说,一九四四年抄录时,他并没有注意这篇附录,也并不知道"敦敏"是什么人,因此,根本没有抄下来。抄存者于一九七二年给我看的《记盛》三页残文,据他说是他在一九七二年初借自敦惠的后人金福忠的。自敦惠于乾隆二十三年开始学制风筝后,他的后人即以此为业,直至金福忠仍以此知名。关于金福忠,本文前两部分,都已谈到,不再多说。

"懋斋"是敦敏的斋名。"瓶湖"其实就是北京宣武门里西南城角的太平湖。敦敏的家"槐园"就在太平湖畔。

二十二年敦敏在锦州管税务的事,到了二十三年的夏天,他从他父亲的任所山海关回到北京。他曾在《懋斋诗钞》的小序中叙述他这个时期的生活道：

> 〔戊寅夏〕（裕按：此三字是原稿本后贴上去的，不见于影印本），自山海归，谢客闭门。唯时时往来东皋间。盖东皋前临潞河，潞河南去数里许，先茔在也。渔罾钓渚，时绘目前，时或乘轻舠一樯，芦花深处，遇酒帘辄喜，喜或三五杯；随风所之，得柳荫，则维舟吟啸，往往睡去，至月上乃归。偶有所得，辄写数语以适情，率以为常。……

这是他在乾隆"庚辰"即乾隆二十五年（一七六〇年。又原本作"庚辰"二字。今影印本作"癸未"是后贴上去的）追忆二十三年的情况时所记。这个早已式微了的贵族，放弃了小税吏的职务，回到北京，仍然过着优哉游哉贵介公子的生活。

二十三年春天，雪芹去访他不遇，夏天他就往来于北京和东皋之间玩山游水吟风弄月去了。到了八九月，他才为了请雪芹鉴别书画的真伪，而去白家疃访雪芹。两访不遇后，遂改请董邦达。为了招待董邦达，他在腊月二十一日出宣武门，买酒不成，又在菜市口巧遇雪芹，并在于叔度处，吃雪芹做的鱼——"老蚌怀珠"之后，雇车载了雪芹送给他的南酒两坛和于叔度借给他的风筝，同雪芹回到他家。雪芹在他家一直住到二十四日参加那个聚会。

敦敏的《记盛》非常重要，它虽已残缺不完，但它却是二百多年来关于曹雪芹的很值得注意的重要而详细的史料。敦敏的文字不怎么高明，他自己也同过子稣说："若敬亭（裕按：即敦诚）得与此会，而撰斯文，庶不致挂一漏万矣。"敦诚的古文比他写得好；但如果敦诚写此文，他就可能为了求文章"典雅"而写得十分简古，那就反而会"挂一漏万"，雪芹的许多事迹也就会"漏"掉了。

据原抄者说，在《记盛》"二十四日晨曦甫〔上〕"前面一段的末句"〔是〕以得快读〔其〕书"句上，有这样一条眉批：

> 子明,余意前段可略去。

这句话可能是敦诚后来看到敦敏原稿时写的。因为在他看来,前段与聚会的本身关系不大,并且有些啰嗦。但也有可能是雪芹看过原稿后所写,因为他可能认为文章的前段对他自己赞扬的地方太多了。据抄存者说,在日本商人买走的那部雪芹自己誊清过的《南鹞北鸢考工志》中,果然虽有《记盛》作为附录,却将此段删去。

关于敦敏这篇《记盛》,我有如下的看法。

第一,《记盛》记的是乾隆二十三年腊月二十四日懋斋的聚会,本来是因为没有请到雪芹而改请董邦达来鉴别书画的。参加聚会的共七人,董邦达是主客,过子龢、端隽、于叔度都是陪客,敦敏、敦惠是主人。唯有曹雪芹地位特殊,如果先请到了他,他就是主客,就不会再请董邦达了。现在董邦达是主客,雪芹应该处于陪客的地位。可是我们读了《记盛》的残文,都会有个感觉,即敦敏描写的中心人物是曹雪芹,董邦达反而处于次要地位。据抄存者说,他所看到过并用口语写出已散失的那部分文字,记雪芹的事更多。可见敦敏是有意突出雪芹这样一个人物,而他之所以这样做,是由于雪芹的言行本来就突出。"接䍦倒着容君傲,高谈雄辩虱手扪"(乾隆二十二年敦诚《寄怀曹雪芹》),"可知野鹤在鸡群"(二十五年敦敏,《芹圃曹君霑别来已一载余矣……》),这些诗句,都可证敦氏兄弟一向认为雪芹的言行是突出的。

敦敏《记盛》中所要突出的究竟是什么呢?主要是这样一点:即他认为曹雪芹不但多才多艺,而且是一位有义行的人物。无疑地,敦敏对于雪芹的绘画、做菜、糊扎绘放风筝,以至写《石头记》等等,都十分赞赏。董邦达之赞扬雪芹,主要也是由于有雪芹的那些言谈和行动。但是最使敦敏钦佩的还是他所听到的(虽然有的事情发生在多年以前)关于雪芹怎样在贫困中,既以扎糊风筝的技艺救助于叔度,又撰写《南鹞北鸢考工志》一书,把风筝的手艺教给其他"鳏寡孤独,废疾无告"的人们以便使他们有一个自活之术;关于白媪所说雪芹怎样救她于双目失明饥寒交迫的绝境;尤其是,白媪讲的雪芹已到"鬻画维生,饔飧有时不继"的境地,他还每有余钱,就"常济孤寡",而卖画却又"非其人虽重酬不应"!对于这样一个人,不仅敦敏,就是久在宦途的老官僚董邦达,也不能不肃然起敬,推重备至了!

第二,《记盛》告诉我们许多新事实。除了由乾隆二十三年到乾隆二十八年雪芹是住在白家疃外,他还告诉我们他的叔父住在寺院里。为了放置较大风筝,他还给于叔度借过他叔父庙里的住处。这一事实是重要的。裕瑞说《红楼梦》中的贾宝玉原型是雪芹之叔脂砚斋,这话可信到什么程度,当做别论;但脂砚斋的生活相当落拓,则可无疑问。这些情况对我们今天研究脂评是很有帮助的。

第三,关于雪芹的其他技艺,《记盛》中提到了烹调的实践,可以同《红楼梦》中有关的记载,印证一下。关于扎绘风筝,《南鹞北鸢考工志》里面已经言之甚悉;可惜的是《记盛》中描绘雪芹放风筝许多技巧的部分,已经残缺。据现在北京会放风筝的人们说,放复杂的风筝,技术问题是很重要的。此外,《记盛》还提到了雪芹对于风的预测,亦即关于气象的知识,但也语焉不详。

第四,还有一个值得注意的问题是,敦敏于乾隆二十三年两次去白家疃访雪芹,只看到了白媪;既未提到雪芹那个"孤儿",也未提及所谓"新妇"。我的解释是:"孤儿"死于乾隆二十八年雪芹逝世"前数月",敦敏往访时,他还在同雪芹住在白家疃的新居。至于"新妇"就难于确切推测了。很有可能这位"新妇"是雪芹迁居白家疃村之后过了些时才娶的。那就是说,敦敏在初次二次往访时,雪芹家里还没有那位"新妇"。我们看敦诚甲申正月写的挽曹诗句——"新妇飘零目岂瞑"的口气,则雪芹之续娶,在二十五、二十六甚至二十七年,都是可能的。

在结束本文时,我说明一下:我这篇东西只是对这次发现的材料的初步介绍。鉴于这些材料关系到我们对曹雪芹的根本了解问题,我限于能力,只做了这样一些工作:介绍原稿内容,校补原文字句,以及略考曹雪芹、董邦达和敦敏写这些东西时的一些情况。对于意义较大的问题,我没有深入分析。希望在广大读者和研究者的共同努力之下,能够继续发现有关的新材料。同时也希望研究者们对已发现的材料做进一步的研究,以便对曹雪芹这个伟大的作家和《红楼梦》这部现实主义的巨著,有更深刻的了解。

一九七二年十一月,北京沙滩。

校后附记

第一,本文排好后,承抄存者又见示一项材料。即《南鹞北鸢考工志》中之关于扎、糊、绘、放风筝一般理论的残页,原文如下:

……观夫史籍所载,风鸢之由来久矣,可征者实寡,非所详也;惟墨子作木鸢,三年而飞之说,或无疑焉。盖将用之负人载物,超险阻而飞达,越川泽而空递,所以辅舆马之不能,补舟楫之不逮者也。揆其初衷,殆欲利人,非以助暴;夫子非攻,故其法卒无所传……

这些话基本上是讲风筝历史的。但它们却附在讲一般理论的部分中,而这几句话似乎还只是历史叙述的一个开头。估计下面还应该有风鸢真正起源的叙述,接着才能讲理论。那么《考工志》中讲风筝一般理论这部分,有历史的叙述,也有理论的阐释,应该是一篇相当长的文字。

由这短短的一段话,可知雪芹对先秦诸子涉猎亦广。尤其是他称墨翟为"夫子",也似可从侧面窥测他对儒家的态度。

第二,本文初稿曾打印分送一些同志请指正。许多同志希望把未经选抄在本文中的风筝歌诀全部抄出。现将我所见到的绘画歌诀(但不包括扎糊歌诀,因为不是内行人看不懂),补抄如下:

1. 瘦燕歌诀。雪芹自注画法云:"画以烟黑为底,衬以嫩黄,九幅作大红,配之以绿。腰间金环略以鹅色入黄,位于尾羽之端,和之以朱红、石绿、石青、湖蓝、浅紫等色,必使艳而不厌,繁而不烦。"

纤纤瘦燕舞临风,竟掠翩跹上九重。
天际频传钲鼓乐,云端隐闻丝竹声。
花雨阵洒仙凡路,红灯遥映碧霄宫。
为貌娇姿拟人态,须将意匠写神形。
金盘舞起羽衣飘,锦绣仙裙束细腰。
万缕情思双鬓上,一段风流两眉梢。
盈盈笑含樱口闭,脉脉情余比目意。
眉心夔纹翠点碧,眸补花颜红润玉。
鬓云覆颈衬玉领,细指捧心愈增妍。
红巾一幅缀素锦,酥胸双凸柳腰纤。
翡翠珊瑚镶宝带,雾縠冰绡束金环。
环带锦饰三元寿,裙绦彩多蓝紫绣。
福禄连绵绕仙桃,回纹万转玲珑透。
乐奏归风送远曲,秾歌艳舞凤笙倚。
锦瑟凝歇曲似终,绛幅缤纷舞又起。
仙袂拂云翾翾飞,珠袖临风飘飘举。
胭脂霞帔石榴裙,红映九霄晴空里。
尘缘未尽一线牵,瑶池罢宴返人间。
谁信无方能持后,应许掌上看留仙。

2. 肥燕扎画诀。雪芹自注画法云:"百福骈臻锦,彩蝶寻芳锦。法以靛青为底,嫩黄为衬,红花绿叶,和以蓝紫。"

大地春回景色妍,燕子报喜到人间。
画拟人态形神备,笔法意匠体势全。
广额丰发腮含笑,眉梢上轩见喜颜。
红润眉心花绽蕊,绿泛眼膜叶钩连。
两目凝神须下视,一时洪福到眼前。

颔如满弓承双颊,胸似银瓶气度轩。
蓄势待发权在握,肘根腋翎必相衔。
两笔皆寻膀线起,位在中央不可偏。
腰列纹锦即尾羽,上寿福禄在两端。
二尺一节尤须记,尾翎似盆节下悬。
立尾展开八字势,四翎适为一个宽。
两膀画作菱角形,肩领双钩月半圆。
铁肩高耸凌云志,一展遐龄可齐天,
翎如尺数各加十,上起中线下到弯。
羽内纹锦花一簇,红桃绿柳色最鲜。
五福捧寿桃花瓣,十绿全臻柳叶尖。
彩蝶双双飞上下,不负春光舞翩跹。

3. 雏燕画诀云:

雏燕如何来画? 拟人是胖娃娃。
肢短头宽且大,尾小羽稀有差。
双瞳澄似秋水,两颊艳若荷花。
眉开眼里含笑,黄口呢喃学话。
心头洁白天真,胸中坦率无瑕。
孺慕情意拳拳,除此那有牵挂?
春末习步花丛,夏初学飞林下。
时伴彩蝶翩跹,偶随鹡雀穿架。
捉捕螟螣蟊贼,巡田蔸苗护稼。

一九七三年三月

第十三篇 红楼梦的反儒和废艺斋集稿残篇中的近墨反儒思想（附录二）

一 红楼梦里的反儒家思想

以孔子为创始者的儒家思想，从西汉后期以来就逐步成为维护封建制度的正统思想。作为一部反封建的小说，《红楼梦》必不可免地有反儒家的思想。我在一九五六年曾举出，曹雪芹不仅有反儒家思想，而且他对儒、释、道都有微词。（见《曹雪芹的故事》中《传奇题句》一篇的注二十八和《宗黉夜话》。）但是，由于作者声明它是一部把"真事"隐去，用"假语村言"写出来的书，我们就必须在"假语村言"的背后，去探求它的"真事"和真实思想。研究《红楼梦》的主题思想要这样做，探求它的反儒家思想，也要这样做。

我们只有通过分析书中的主要人物的言论和行动，来判断他们是站在维护封建、维护儒家思想一边，还是站在反封建、反儒家思想一边。

(一)反忠孝

《红楼梦》的故事是以贾、史、王、薛四大家族为纲而展开的。全书反映了当时社会的各种阶级矛盾和斗争。这些矛盾和斗争基本上都是环绕着四大家族之一的贾家来安排的。小说故事中以贾政为首的维护封建、维护儒家思想同以贾宝玉为首的反封建、反儒家思想的矛盾,就是这些矛盾中的一种。《红楼梦》的反儒家思想,突出地表现在这一矛盾的主要反封建人物贾宝玉身上。

忠、孝是中国封建宗法社会的精神支柱。封建统治者需要他的臣民效忠,封建家长也需要他的子女尽孝。忠对于巩固君权是必要的,孝对于维护父权也是必要的。由于家庭是中国封建宗法社会的基本组织单位,所以,孝是忠的缩小,忠是孝的扩大。要求子在家庭里对父尽孝,是臣对君主尽忠的基础。

儒家孔子是首先提倡忠孝的。所谓"君君、臣臣、父父、子子",就是要求"臣事君以忠"、"子事父以孝"。同时,孔子及其门徒也清楚子孝和臣忠的密切关系。有子说:"其为人也孝悌而好犯上者,鲜矣;不好犯上而好作乱者,未之有也。"这就是说,在家庭里对父母能尽孝的人,是不会对君主"犯上"和"作乱"的,东汉儒者韦彪说"求忠臣必于孝子之门",可谓一语道破儒家提倡的孝和忠的关系的用意。

忠和孝是儒家一脉相承地维护封建统治的最基本的主张之一,而这也正是《红楼梦》通过贾宝玉这一小说人物来反儒家思想的重点。下面我们谈谈:第一,贾宝玉反对科举考试、反对做官的言行;第二,他的这些言行不是简单地意味着反对走儒家"学而优则仕"的道路,实质上乃是反对奉行儒家的忠孝之道,而这恰恰又反映了贾政的维护封建主义的政治态度同贾宝玉反对封建主义的政治态度的矛盾和斗争。

(1)关于贾宝玉这方面的言行,《红楼梦》里有不少,兹略举一二。

首先,贾政教贾宝玉:"什么《诗经》、古文,一概不用念。只是先把《四书》讲明背熟是要紧的。"但贾宝玉却绝不爱读《四书》,而是"素喜好些杂书"如传奇、小说、诗之类。其次,他对八股文,"平素深恶此道"。再次,他反对参加科举考试,认为那是"饵名钓禄之阶"。最后,他反对通过科举走上经济仕途——做官。他认为那些做官的人都是"国贼禄蠹"。

贾宝玉的态度是坚决的。第三十二回史湘云劝他:"还是这个情性不改!如今大了,你就不愿读书去考举人进士的,也该常常的会会这些为官做宰的人们,谈谈讲讲些仕途经济的学问,也好将来应酬世务,日后也有个朋友。"史湘云这些话已经是退一步地劝他了,然而贾宝玉却认为她这些话是"混账话",立刻给她一个难堪,说:"姑娘,请别的姊妹屋里坐坐,我这里仔细污了你知经济学问的!"不用说史湘云这般人劝不了他,就是贾政的严父之教,也终于无效。对读书,他始终是阳奉阴违地应付贾政。对科举,据前八十回的脂批("脂批"一词不限于脂砚斋的批,有许多是畸笏叟的批;脂、畸是两人,脂在曹雪芹死后不久就死了,畸死较晚)来看,贾宝玉是终于没有参加考试的。中举人是高鹗的安排。第二十一回有这样一条批语:"……宝玉有情极之毒,亦世人莫忍为者;看至后半部则洞明矣。……宝玉有(原作'看')此世人莫忍为之毒,故后文方能〔有〕《悬崖撒手》一回。若他人得宝钗之妻,麝月之婢,岂能弃而为僧哉!"可见贾宝玉结婚后并没有考试,也没有做官,而是不久就走入了"空门"。

(2)贾宝玉的这些言行意味着什么呢?乍一看来,这是一个反对科举、反对走儒家的"学而优则仕"的道路的问题。仔细分析,他的这些言行却还有更深远的意义。他不只是反对"学而优"则"仕",他根本就是反对"仕",不管用什么办法取士。换言之,他根本不想做封建统治下的官。正因为这样,所以他当然就反对当时取士手段的科举了。反对科举、反对做官总是有原因的。顾亭林在《寄友人书》中曾说:"郎君博探文籍,而不赴科场,此又今日教子者所当取法也。"这是反科举。朱舜水在寄他的儿子毓仁信中说,"农圃渔樵"、"百工技艺"、"佣工度日"都可以做,"惟有虏官不可为耳"。这是反对做满族贵族统治下的官。朱舜水、顾亭林反对科举、反对做官是以反对满族统治者为原因的。贾宝玉反对科举、反对做官是为了什么呢？

我认为，贾宝玉之所以反对通过科举而入仕途，实质上是在反儒家的忠孝之道；而他反儒家忠孝之道则是他反对当时封建君主专制统治的一种具体表现。贾政维护封建主义、奉行儒家的忠孝之道和贾宝玉反封建主义、反忠孝，正是他们父子所代表的两条道路斗争的焦点。

拥护封建主义、奉行儒家思想的贾政要求贾宝玉"克尽孝道"。这"孝"是有政治内容的，那就是通过读《四书》、作八股文、参加科举考试、考中举人进士，从而做封建政权下的官，亦即做皇帝的忠臣。在这里，开始的要求是尽孝，最后的目的是尽忠。忠孝两全：因为他今天是孝子，明天也会是忠臣。这是一条路线，一条要把贾宝玉培养成为封建主义接班人的道道地地的拥护封建主义的路线。贾宝玉却坚决反对走这条路，拒绝做封建主义的接班人。以致最后他宁肯出家做和尚，也不给封建统治者服务。因此，贾宝玉同他父亲贾政之间的矛盾和斗争，不只是父子之间的斗争，也是封建和反封建的斗争。

《红楼梦》里描写他们之间的矛盾和斗争的场面不少，但是最形象地、最能把贾政的教子目的揭露出来的，是"不肖种种大承笞挞"的第三十三回。在回答贾母的责问时，贾政说："为儿的教训儿子，也为的是光宗耀祖。""光宗耀祖"就得去做官，为了做官就得参加科举考试，中举人进士；而其准备工作就是要熟读当时科举考试的课本《四书》和作好八股文。当贾政一旦发现贾宝玉坚决不遵命、不走这条路时，他的失望和痛恨竟至要把贾宝玉用绳索勒死！因为他清楚地看到，像贾宝玉这样不忠不孝的行径，将来必会发展到"弑君杀父"的地步，而他自己这个封建主义的忠臣孝子，那时也"免不得作个罪人"，那就反而"上辱先人"了。贾政的这些想法，完全是儒家忠孝之道的逻辑，而贾宝玉的思想和行为则恰恰同贾政背道而驰。

只有认为这是贾宝玉的政治态度，我们才能理解为什么作者在第三回两首《西江月》中，郑重地使用那样的词句来形容《红楼梦》的主要人物贾宝玉："潦倒不通时务,愚顽怕读文章。"当时像他那样的贵介公子,哪个不是汲汲于仕进之不暇,而贾宝玉却怕读《四书》之类的书,不喜"经济仕途"的"时务","不希罕那功名"(七十八回)。在维护封建君权、父权的儒家看来,这样的人岂不是个"于国于家无望"的不忠不孝的人?这种人真是"天下无能第一,古今不肖无双"了!然而,贾宝玉却坚持这种"偏僻"的行为和"乖张"的性格,而"哪管世人诽谤"!在清代统治者自称以"仁孝"治天下、在统治者对那些"不孝"的人要"齐之以刑"的时代,作者塑造的这个主要小说人物却坚持不履行忠孝的道德,可见他的反封建、反儒家思想的立场是十分鲜明的。

(二)反"男尊女卑"、反封建婚姻、反守节

《红楼梦》里另一个反儒家思想的问题,是关于妇女的一些问题。

(1)首先是反儒家"男尊女卑"的思想。一般都认为《红楼梦》反对"男尊女卑"而主张"女尊男卑"。实际上,小说人物贾宝玉所说的"男人是泥做的骨肉,女人是水做的骨肉"两句话中的"泥做"、"水做",当然是不经之谈。针对中国封建社会重男轻女的事实和自孔子以来儒家的男尊女卑的谬论,这两句话的主要意思是看重和提高妇女的地位。

我们读了恩格斯《家庭、私有制和国家的起源》一书,可知母权制的崩溃,是由于社会经济的变化。母权制崩溃以后,妇女在社会中和家庭中的地位就急剧下降。妇女地位的低落这一事实,即在孔子当时的春秋末年,也是由来已久了的。但是,从理论上论证妇女地位应该低下的,却是从孔子的"唯女子与小人为难养也"这一谬论开始的。他把女子与当时社会中最受轻视的"小人"并举,这就使后来对妇女的"压迫有理"了。

从汉直到清朝乾隆时代,儒家不断地写出大量无理约束女子行为的书。在中国长期封建社会中,儒家和统治者结合在一起,造成了一种"男尊女卑"的"舆论"。

鲁迅曾说,中国"向来的男性作者,大抵将败亡的大罪,推在女性身上。""妲己亡殷,西施沼吴,杨妃乱唐",都是"男尊女卑"的"舆论"的必然结论。事实上,也正如鲁迅的论断:"我以为在男权社会里,女人是绝不会有这种大力量的,兴亡的责任,都应该男的负。"(见《且介亭杂文》中的《阿金》)至于被压在社会底层的女奴们,如《红楼梦》里的女奴晴雯、鸳鸯等人,她们因受压迫、被残害而失去了生命,其境遇就更悲惨了。作者通过无情的揭露,抨击了封建等级制和儒家礼教。这也是《红楼梦》里反儒家思想的重点之一。

《红楼梦》的作者在第一回就一再提出他所记的女子的"行止见识"都出于男子之上,"堂堂须眉",还不及"裙钗女子"。这些认为女子的才能根本不比男子低的看法,是和历来儒家认为男是乾是阳,女是坤是阴,男子能管国家大事,女子只能做家庭琐事,"女子无才便是德"等种种谬见,直接对立的。马克思在给库格曼的一封信上说过,一个社会的进步是要用妇女在这个社会所处的地位来衡量的。作者在《红楼梦》里描写大量女奴的被践踏、妇女被歧视,都是在谴责封建社会的落后和黑暗,同时也是在批判儒家男尊女卑的反动谬见。

(2)在恋爱和结婚的问题上,《红楼梦》尤其突出地表现了它的反儒家思想。自儒家搞出一些关于婚姻和限制妇女的礼仪,特别是自汉朝董仲舒提出了"君为臣纲,父为子纲,夫为妇纲"的三纲说以后,女子的行动就更加不自由了。男女结婚,完全由双方的家长所决定。他们的决定是以贫富和门第高下为标准,是有政治和阶级内容的。

《红楼梦》里的宝、黛婚姻问题只是贾政与贾宝玉的封建和反封建的政治态度在婚姻问题上的反映:政治态度决定婚姻对象的去取,而不是相反。贾宝玉不顾父母之命,对抗被指派的婚姻,既有反对封建婚姻制度也有反对儒家思想的重要意义。贾政、王夫人等要给贾宝玉娶薛宝钗,最主要的原因是,薛宝钗是一个儒家的"三从四德"等妇道封建教条的信奉者。特别是,在希望贾宝玉通过科举考试取得功名而效忠于封建统治者这一点上,她和贾政是完全同调的。而贾政等之所以讨厌林黛玉,也正是因为她是贾宝玉的同调——她是贾宝玉深恶八股时文、无意仕途经济的政治态度的支持者。贾宝玉坚持他和林黛玉的爱情的根本的原因是"独有林黛玉自幼不曾劝他去立身扬名等语,所以深敬黛玉"(三十六回)。而他对薛宝钗劝他注意"经济仕途",则认为:"好好的一个清净洁白女儿,也学的钓名沽誉,入了国贼禄儿之流。"(三十六回)可见贾宝玉和林黛玉之"情投意合,愿同生死"(六十四回),互相引为知己,是有这一政治态度上的相同为基础的,而不是无缘无故的。

(3)关于贞操和守节问题。汉朝刘向写了《列女传》,班昭写了《女诫》,从这以后,束缚限制妇女的教条和说教,就层出不穷。在这些说教中,妇女的贞操和守节,占首要地位。贞操和守节都是妇女的事,男子是不受约束的。男人死了妻子再娶是当然的事,而女人死了丈夫再嫁却要遭受歧视。儒家这种残害妇女的道德观念,发展到宋朝,朱熹引证程颐所说的"饿死事极小,失节事极大"达到了高峰。历朝的统治者在儒家的鼓吹下都奖励守节。汉朝的安帝就旌表过守节。直到清朝,统治者们还用树牌坊、立碑、送匾种种方式表彰烈女节妇。曹雪芹写《红楼梦》正是在这一封建道德推行最广泛的时代。他在《红楼梦》里用暴露的手法,描写了李纨的守寡生活,抨击了宋儒守节的谬见。且看他描写李纨说:"……这李纨虽青春丧偶,且居处于膏粱锦绣之中,竟如槁木死灰一般,一概无闻无见;惟知侍亲养子。外则陪侍小姑等针黹、诵读而已。"表面上这是白描,没有表示作者的什么看法。但实质上,正如马克思在《黑格尔法哲学批判导言》一文中所分析的,这是通过揭露来进行批判,从而表达作者愤怒的感情。

另一个例是尤三姐。作者对尤三姐言行的描写,尽管他用的是"谴责"的话语(仔细分析,那些话主要是骂贾珍和贾琏),我们仍可以看出他的同情。他对于尤三姐那狂放、大胆的行为并未苛责。而且根据六十六回"情小妹耻情归地府"的下场来看,与其说作者是责备尤三姐,毋宁说他所谴责的是那些加在女人颈项上的、体现儒家所宣扬的"男尊女卑"的道德枷锁。为什么男人婚前可以随便,而像尤三姐那种情况的人,就不见谅于柳湘莲？不见容于贾府的舆论？见嗤于当时的社会？作者能使读者对尤三姐的遭遇提出这些问题，就正是作者的成功。所以，我认为作者是同情尤三姐的，这是他对男女平等的看法的一部分——而且是触动了封建社会中的"夫为妇纲"的"夫权"的很重要的一部分。作者是大胆的，但他不能不用曲笔，含蓄和大胆是并不冲突的。

二　废艺斋集稿残篇里的反儒近墨思想

我们从曹雪芹的佚著《废艺斋集稿》中的《南鹞北鸢考工志》里，得知曹雪芹称墨翟为"夫子"，又对他的"非攻"表示赞扬之意，可见他对墨子是很尊敬的。经过初步的研究，证明他和墨子的某些方面的思想，甚至行动是很相近的。但这当然不是说曹雪芹是一个崇拜墨翟的"墨派"或"墨家者流"——后者自墨翟死后不久，就早已失传了。正因为这样，所以墨子讲的"天志"、"明鬼"等等，就应该是曹雪芹绝对不赞成的。曹雪芹之所以有近墨的思想，主要还是由于曹雪芹自己长于一些工艺美术，在晚年又接近了小手工业者们，又教了些这方面的徒弟，而墨子则也是自来就以娴于技艺见称于当时的。

以墨子为首的墨家思想和以孔子为首的儒家思想，在许多方面是对立的。曹雪芹和墨翟思想相近的几点，也恰恰都是同儒家思想对立的。曹雪芹的哪些思想近墨反儒？

（一）在对待劳动的态度上曹雪芹近墨反儒

儒、墨对劳动和劳动人民的态度是不同的。儒家从孔子起就看不起生产和技术劳动。他们认为从事这些劳动的人都是"野人"、"小人"。樊迟向孔子请教学稼和学圃时，孔子就骂他没出息，是个小人。孟轲也认为"百工之事"是"劳力"的"小人之事"。在儒家看来，农民和工人都是应该受"劳心"的"君子"、"大人"统治的。至于他们本人，正如荷蓧丈人骂孔子"四体不勤，五谷不分"，当然是不肯参加体力劳动的了。孔子以及儒家都是一些精神贵族,他们坐享劳动的成果,还要骂劳动人民为"野人"。

墨子反对儒家那种既"不劳而食",却又轻视生产劳动的态度。他也批判了儒家"君子循而不作"的主张,认为儒者一面使用那由旁人的劳力做成的器物,却又鄙视那种工艺劳动,说那也是"小人之事"。墨子说:"古者羿作弓,伃作甲,奚作车,巧垂作舟",儒家不是都在使用着它们么?羿、伃、奚、巧垂,难道都是"小人"吗?如果儒家认为他们是"小人",那么,儒家不是在行(循)小人之道么?可见墨子认为儒家这种轻视劳动的"理论"是不通的;他们轻视劳动而又坐享劳动成果的态度是可鄙的。

墨子本人就是个巧匠,他是不会轻视劳动的。他做过车辖,做过守城的工具,也做过木鸢。他做车辖是因为木鸢载重量小,车辖用三寸之木,就能载五十石之重,而造价又便宜。可见墨子既重视劳动,自己又参加技术改革,所以他才能发明创造一些有用的工具。他的态度同儒家是完全相反的。

从《废艺斋集稿》的残篇中,我们知道曹雪芹擅长多种工艺技术。如扎绘风筝、刻竹、脱胎、印染、织补、编织等。我们在《红楼梦》里都可以找到他会这些技艺的佐证。当作者在书中讲到小说人物长于这些技艺时,写的都很内行。例如写放风筝,写惜春画大观园,写莺儿编织用物和玩具,等等。从有关的材料看,有些技艺如印染、编织、风筝等,可能都是他在南方时亲见亲闻的。他出身于世官织造的曹家,接触纺织印染工业。据说《瓶湖懋斋记盛》的后一部分中,谈到曹雪芹直到乾隆二十三年,还收藏着《织造色谱》之类的书。最近由故宫满文档案译出的有关曹家的史料中,还有曹家向皇帝进送精刻的竹扇、编织巧致的用具等记载。可知曹雪芹在南方和北方的环境中,都有机会对这些技艺直接观察,而曹雪芹本人从少年时代就是喜欢这些工艺技术的。

可是,为什么他自称这些技艺为"废艺",又说搞这些技艺的人"微且贱矣","人皆鄙之"呢?我认为,他的这些用词都是在用"曲笔"陈述那些儒家士大夫的传统贱"工"的看法,也是《红楼梦》脂批所谓"自站地步"的话,并不是他自己的本意。不用说别人,即虽钦佩他却奉行儒家教义的董邦达,不是也还说这些技艺是"小术"么?

儒家也反对改进劳动技术。《礼记》中的《月令》就反对所谓"淫巧"。墨子对这种态度不以为然。他对技术工艺,力求尽巧之能事。所以他的学生称道他"巧"。敦敏在《瓶湖懋斋记盛》中也说:"……既见实物,更讶其技艺之精。……神迷机轴之巧,思昧格致之奥。"可见在曹雪芹,便没有什么"淫巧"的问题,而是要精益求精,巧而更巧的。例如,他对扎绘风筝,就时时"谱定新样",对放风筝也不断地"详察施放之理",对编织工艺的技术和图案,也力求精到。他在风筝的绘画上,创造了所谓"迷笔"。他教给双目失明的人编织有色图案的方法,更见巧思。

尤其重要的是,墨子认为"利于人谓之巧,不利于人谓之拙"(见《公输》)。可见他是从对人们有用的观点出发,来提倡讲求精巧技术的。

在中国历史上,儒家那种鄙视劳动和劳动人民、不主张发展工艺技术的反动态度,大大阻碍了技术革新和科学发明。三国时的马钧号称"天下之名巧",可是,由于当局者不予重视,"不典工官",他的"巧"遂"无益于世"(见傅玄:《马先生传》)。宋朝的科学家沈括创阳历,因不合儒家经义,未被采用。直到清朝,阮元还骂他"不合经义"。可见儒家在中国历史上竟同天主教在欧洲中世纪一样,都对科学发明创造起着阻碍作用。

(二)在"义"的问题上曹雪芹近墨反儒

墨子曾给"义"下过定义。他说无论在个人或在国家,"义"就是:一、"有财以分人。"二、"有力以劳人。"三、"有道以教人。"换一个说法就是,"有财相分","有力相劳"和"有道相教"。这是他在《鲁问》、《尚贤》、《天志》、《尚同》诸篇中屡次阐释过的。在墨子看来,一个人能做到上述三点,就是个能行"义"的人;一个国能做到上述三点,就是个能治理得好的国家。

"义"是有阶级内容的。墨子所讲的"义"同儒家的"义"大不相同。墨子自称出身于"贱民",他本人可能是个手工业者。他认为当时奴隶主贵族专政的根本问题是："有余力不能以相劳,腐朽余财,不以相分,隐匿良道,不以相教。"事实上,需要旁人劳力、金钱和知识帮助的,都是些缺乏或丧失劳动力、生活困难和缺乏知识的人们。这些人肯定是当时社会的下层人民。因此,墨子所主张的"相劳"、"相分"、"相教"乃是劳动人民之间的互相帮助。这就是墨子的"义"的阶级实质。

儒家,不但他们讲的"仁政"、"礼治"是剥削阶级的君子或贵族的事,就是他们所讲的"义",也被认为只有君子才能做到。孔子不是说过么："君子喻于义,小人喻于利。"在他看来,"小人",即劳动人民和奴隶,是不懂得"义"、不能行"义"的,他们只懂得利。可见儒家的"义",也同他们的"仁"、"礼"一样,都是只能行之于贵族之间,不及于下层人民的。过去,人们往往把程婴和杵臼一个舍命、另一个舍亲生的儿子救赵武的事,视为"义行"。我看这个"义行"就是统治阶级内部的所谓"义行"。统治阶级需要这种"义",否则他们就不能维持他们的内部关系,就会松弛涣散他们的统治。儒家所谓"义"的阶级性就是这样。

由此可见,虽然墨、儒都讲"义",但就其所包含的阶级内容和所代表的阶级利益而言,是全然不同的,而且还是对立的。

曹雪芹并没有直接讲"义"的东西留下来,但畸笏叟却说《红楼梦》佚目中有《芸哥仗义探庵》一回。此外据敦敏说,曹雪芹本人有"义行"。他的"义行"也是近墨反儒的。他虽出身于官僚地主家庭,但遭抄家之变后,迁居北京,物质生活已经大为下降。后来又因生计越发艰窘,遂不得不移居西郊,鬻画维生,还"饔飧有时不继"。在物质生活条件急剧改变的情况下,曹雪芹的思想也发生了变化。他有了观察和接触农民生活的机会。"谁知盘中餐,粒粒皆辛苦",可能就是他通过观察有了体会,才在《红楼梦》里引用的。根据新发现的材料,曹雪芹还同一些"有废疾而无告"的人们,如盲人、瘸子等,以及手工业者有接触。由于他自己也长于某些工艺技术,可能对他们也有了兴趣和感情。传说他住在香山的时候,一个镶白旗叫鄂比的朋友,曾赠他一副对子："远富近贫以礼相交天下少,疏亲慢友因财而散世间多。"他在香山和白家疃十多年的生活中,有些活动可以说是体现了墨家的"义"了的。他自己的生活本来就艰困,但他却能用卖画维生的钱救济孤儿寡妇。白老太太也是受他资助的人,他又给白老太太治病,给她一间房子住。对于瘸子于叔度,他既以金钱相助,并教他做风筝的技术,又整月地占用自己写《红楼梦》的时间离开家去帮助他扎绘风筝。他又教一些盲人学会编织工艺,其中有的还成了有名的编织手工业者。更重要的是,他有感于这些生活无着的人们的艰困,想"以艺济人",给他们编撰《废艺斋集稿》这部书,使他们掌握一些谋生的技艺。而他这些行为都是在他的物质生活下降、思想有所改变,因而有可能理解和同情下层人民的时候做的。而他在接触这些手工业者时,也不可能不多少受到他们的影响。我认为曹雪芹的上述行为是接近墨家的那种下层人民之间的同情和互相帮助的"义",而不同于儒家那种封建统治阶级之间的"义"的。如果曹雪芹还是公子哥儿的时候做这些帮助穷苦人们的事,那就只能是出自"恩赐"观点了。

　　此外,还有一点要谈。墨者原来是有集体行动的,"墨家之后为侠"(鲁迅语),就变成个人行动了。曹雪芹对儒家所痛恨的侠却是有好感的。儒家从孔子起就有实质上是在骂侠的话。孔子说:"小人有勇而无义为盗。"他说的"无义"就是不遵守统治阶级那样的"义"。那"以武犯禁"(《韩非子》语)的侠就正是孔子所认为"有勇而无义"的"小人"或"盗"的。实际上,也正是因为在封建政权下,一些被称为"游侠"的人常常因具有破坏封建统治秩序的性质,所以才为封建统治者所不容。西汉的皇帝杀了许多"游侠"。儒和侠的斗争通过郭解和公孙弘的事件,达到高潮。郭解的终于被"族",完全是由于公孙弘的主张。一个持儒家观点的历史家班固,在《汉书》的《游侠传》里,就持与公孙弘相同的看法。他说:"郭解之伦,以匹夫之细,窃杀生之权,其罪已不容于诛矣。"但是写《游侠列传》的司马迁对这种"专趋人之急,甚己之私"、"振人不赡,先从贫贱始"、"既已存亡死生矣,而不矜其能,羞伐其德"的侠,却十分同情,他说:"侠客之义,又曷可少哉!"儒和侠之间的矛盾就在于,儒家是封建统治者的直接爪牙,他们要维持统治阶级的法律秩序,而游侠有的行为则恰恰是破坏那个秩序。

曹雪芹还通过赞扬的口吻写倪二对贾芸慷慨解囊,他借贾芸之口说:"倪二虽然是泼皮无赖,却因人而使"。同曹雪芹的关系非常接近、深知曹雪芹对倪二的看法的畸笏叟在"因人而使"旁批道:"四字是评,难得!难得!非豪杰不可当。"(见庚辰本《石头记》二十四回)本回又有一回前批,大概也是畸笏叟批的:"今写在市井俗人身上,又加一'侠'字,则大有深意存焉!"(同上)此外,畸笏叟又指出,《红楼梦》里还有写柳湘莲(似指柳为尤三姐而"出家事")、冯紫英(只在二十六回说:"有一件大大要紧事",实未写出)、蒋玉菡(据二十八回回前批:"盖琪官虽系优人,后回与袭人供奉玉兄宝卿,得同始终者。"当是原稿佚文内容)等所谓"侠文",加上倪二,则是"四样侠文"。

由以上这些看来,曹雪芹是赞扬某种义侠行为的。他的这一态度,也是同墨接近同儒对立的。

三 对红楼梦和废艺斋集稿残篇中反儒近墨思想的几点看法

关于《红楼梦》和《废艺斋集稿》残篇中的近墨反儒思想,谈几点个人很不成熟的看法,希望得到指正。

第一,儒家思想是给封建政权服务的,所以反封建就必定反儒家思想。清朝乾隆时代中国仍然是个封建社会,但随着工场手工业和商品经济的进一步发展,在这个封建社会的内部已经有了一些资本主义生产关系的萌芽;同时也相应地有了新兴阶级——市民阶级的萌芽。我认为,《红楼梦》和《集稿》中的新思想或进步的思想就是以这种社会经济基础为背景,反映了萌芽中的市民阶级的要求的。但这不等于说当时已经有了资本主义和资本家阶级。

这种萌芽中的市民阶级是代表封建社会内部孕育着的一种新的生产

力。它要求突破封建生产关系的种种束缚，争取以平等地位自由发展工商业。《红楼梦》和《集稿》中的反封建和反儒家的新思想就是这种萌芽中的市民阶级的要求在意识形态领域的反映。这和曹雪芹在《红楼梦》里的反忠孝、反男尊女卑、反封建婚姻和反守节等思想具有同样重要意义。那些思想正是一方面反封建君权、父权、夫权，反封建等级，摆脱封建道德束缚；另方面，也有着某种自由和平等的要求。

必须看到，（一）正是由于市民阶级还处在尚未形成一个独立阶级的萌芽阶段，它就带有很大的软弱性。因此，《红楼梦》小说的主要人物贾宝玉虽然对于封建制度的不满是强烈的，但在行动上却不可能找到积极的出路，最后只有消极反抗，走入"空门"。（二）由于《红楼梦》里的自由和平等观是当时资本主义生产关系萌芽的反映，所以它们也带有这一剥削阶级的局限性。比如，作者虽然借书中人物之口，认为奇优名娼、文人学士和皇帝是"一路之人"，"易地则同"——这当然是一种打破封建等级和男女界限、男尊女卑的平等观，但是"走卒健仆"却不在这个平等的范围之内（二回）。至于"挑水的、挑粪的"（五十二回），"庸愚之辈"（五回），当然更排斥在这种平等的范围之外。可见作者头脑中还有剥削阶级所共有的那个把劳动人民视为"群氓"或"愚众"的阶级偏见。

第二，正因为作者处于封建社会，出身于封建贵族家庭，所以他虽然有上述那些进步的思想，但他所塑造的小说人物终于不免带有浓厚的封建思想。（一）贾宝玉对奴仆的态度据兴儿说是"没上没下"的，但他在一次晚归误踢袭人一脚发怒时说："下流东西们，我素日担待你们得了意，一点也不怕，越发拿我取笑儿！"（三十回）这些话，何尝不是俨然封建老爷的气势。贾宝玉不能料理自己的生活，连吃饭穿衣都要丫头服侍。他是个完全不肯劳动的公子哥儿。（二）他平时虽对女奴们很和善，但他对女奴的自由和解放，却很不感兴趣。他对袭人说："只求你们同看着我、守着我，等我有一天化成了飞灰——飞灰还不好，还有形迹，还有知识——等我化成一股轻烟风一吹便散了的时候，你们也管不得我，我也顾不得你们了。那时凭我去,我也凭你们爱哪里去就去了!"(十九回)在他那喜"聚"不喜"散"的习惯的深处,还隐藏着剥削阶级"人人为我"的自私本性。(三)他喜欢"雅",探春函邀起社作诗是"雅",香菱会作诗后也"雅"了、不俗了。(四十八回)在他的时代,这也只是封建士大夫和文人的积习。他对《孙行者大闹天宫》等"满街之人,各个都赞'好热闹戏'"的戏,却认为"繁华热闹到如此不堪的田地"。(十九回)可见他的思想感情仍然是与广大群众不同。(四)小说人物贾宝玉皈依了佛门,这也不能不说是作为封建意识形态之一的佛家思想在支配着贾宝玉的行动;同时,也是《红楼梦》作者的思想由于受到历史的和阶级的局限以及佛家思想的影响,才找不到旁的出路。

第三,作者在赞扬某种"义侠"的问题上,是近墨反儒的。作者从同情那些"有废疾而无告"的人们(主要是那些贫苦的小生产者)出发,又想到"古之世"和"今"之世的对比,认为那些因残废而无以维生的人们在"古之世"就会由公家供养;而在今之世则倘无个人的救助就得死于沟壑。根据风筝歌诀,他这个"古之世"是没有赋税和徭役的。虽然粗粗几笔,也可见他勾画的这个乌托邦的轮廓是个小生产者的理想国家。"古之世,鳏寡孤独废疾者,有养也"这句话虽见于《礼记》的《礼运》篇,但我同意张荫麟说的,这篇东西根本是墨家思想,不是儒家思想。

"侠"也有阶级性的问题,也要作具体分析。为统治阶级所收买,替他们服务的,如《七侠五义》和公案小说中描写的那些所谓"侠",同以"武"干犯剥削阶级政权之"禁"的那些侠是不同的,不可混为一谈。哪里有压迫哪里就有反抗。在被剥削阶级没有有组织地推翻剥削阶级的政权之前,后一种侠在封建社会里帮助被压迫者抗暴,是值得赞扬的。《红楼梦》作者同情的侠行,应该是属于后一种性质的侠。但侠行毕竟是个人的无组织的行动,带有一定的盲目性和冒险性,它只能解除个别人一时的困难,绝不是劳动人民摆脱压迫和剥削的正确道路。

在最后一个被剥削阶级掌握了政权、消灭了剥削和压迫之后,侠就失掉了存在的社会和政治基础。

　　第四，《红楼梦》和《集稿》作者继承了明末李贽，清初黄宗羲、顾炎武等人的反孔子、反封建君主专制、反科举的进步思想传统，到了清朝的乾隆时期，用小说形式形象地抨击了儒家维护封建主义的忠孝、男尊女卑和守节等思想，在当时意识形态领域封建与反封建的斗争中，显然是起了积极的、进步的作用。在这个意义上，可以说，曹雪芹不仅是一个文艺创作家，而且也是一个政治思想家。

一九七四年五月于北京。

第十四篇　论废艺斋集稿的真伪
——兼答陈毓罴、刘世德两同志　（附录三）

一　我对讨论废艺斋集稿真伪的态度

《废艺斋集稿》是曹雪芹《红楼梦》以外的一部佚著，它的内容我在一九七三年《文物》第二期《曹雪芹佚著及其传记材料的发现》一文中介绍过。关于《集稿》的八册内容，那篇文章中的"抄存者"当时和后来告诉我的有些小的出入，本文将在后面随时提到。

在我发表那篇文章以前，谁也不知道除《红楼梦》以外曹雪芹还有什么著作，但大家都相信一定会有些他的什么书画、图章、诗文之类的东西被人留存下来，尽管我们还没有机会看到。也许正因为这样，广大的读者才对近年发现的他的佚著的真伪，十分关切。

我在《文物》发表上述文章时，只是根据我当时有限的水平认为它们是真的，所以并未谈到其真伪问题。但这并不等于我对讨论曹雪芹的《集稿》及其传记材料的真伪有什么反感。

可以举一个例。陈、刘两同志早在一九七三年就到我家表示过他们对《集稿》怀疑。我说说这个经过,也能表明我对讨论《集稿》真伪的态度。

一九七三年大约五月间,我去北京建国门外看一位朋友,归途走到哲学社会科学学部的大门前,恰巧何其芳同志从里面走出来。我们谈了几句话以后,他问我能不能同他步行到东单牌楼,我回答说:"可以。"于是我们就边走边谈。谈话的内容涉及两个问题,其中之一就是,他告诉我,文学研究所有两位同志找到些与《废艺斋集稿》有关的材料,他曾让那两位同志给我送去看看。我告诉他,他们还没有去,我并没有问那两位同志是谁,也没问是什么性质的材料。

过了几天,陈毓罴、刘世德两同志来看我,谈了《废艺斋集稿》的真伪问题,却并未拿给我什么材料。我当时对他们说:当初我发表那篇文章时,只认为那些材料是真的,根本没有向它们是不是伪品上想。我表示,他们提出问题很好。我还同他们谈到,对"是岁除夕,〔老〕于冒雪而来"这句话可以查查那年除夕是否下雪,以及"钮公"到底有无其人等问题。但是,我那时也告诉了他们,我认为《集稿》是曹雪芹的作品,不怀疑它的真实性。

以后,他们就写了一篇"质疑"性质的文章,送给《文物》编辑部。《文物》派人来,希望我写答复,但未把陈、刘的文稿拿给我看。恰好文雷同志来看我,他们对这个问题也很有兴趣,遂由他们写了他们对《集稿》的看法,即《废艺斋集稿析疑》。不知为什么,后来听说陈、刘两同志又把他们的《质疑》从《文物》编辑部撤回,所以读者才在《文物》上只看到文雷同志那篇《析疑》,而没有看到陈、刘的《质疑》。事隔六年,陈、刘两位下了更多的工夫,读了更多的材料,文章也从"质疑"进而"辨伪"了。

直到今天,我还是认为《集稿》不伪,《瓶湖懋斋记盛》不伪,如果不把那包括所谓《自题画石》诗的富竹泉的《考槃室诗草》拿出来给我们看看,并且确有令人信服的证据能否定它的话,我认为《自题画石》诗也不伪。假如有,我有什么理由非说它真是曹雪芹的作品不可呢?

最后,我觉得对于这样一位伟大作家佚著的真伪,绝不是几个人写了几篇文章所能判定,而是要研究者们大家参加讨论的。据《中华文史论丛》的编者表示,他们也是希望引起大家的讨论。假如通过大家仔细研究和充分讨论,判定它们是真的,那当然会对研究曹雪芹和《红楼梦》有很大的帮助。如果判明它们是假的,那也应该早日让读者们知道,以明真相,而免赝品流传。

二 我在一九七三年前后所了解的抄存者孔祥泽同志以及他提供材料的情况

我和孔祥泽认识是在一九六五年,由现在北京大学法律系任教的刘培华同志的友人沈信夫介绍的。孔祥泽看过我写的关于曹雪芹的文章和书,愿意见见面。沈同志也告诉我说孔祥泽知道一些关于曹雪芹的掌故。我们见面后,有一段时间,他并未告诉我说他有曹雪芹的什么材料。直到一九六五年我去河北省香河县金庄搞四清之前,他才告诉我曹雪芹那首"题画石"的诗。当时,我就告诉了一些朋友。

曹雪芹的《南鹞北鸢考工志》自序和董邦达的序,大概是在一九七〇年我去安徽濉溪干校前他抄给我的,用的是二十行红色直格毛边纸的稿纸。他所抄曹的自序中有不少用省略号"……"表明阙文处,董序却只有一处。双钩的曹雪芹《考工志》手写自序,则是我在干校结束后去上海时,得到他由东北他的女儿家来信才知道的,他说要给我,但直到我回京后他才给了我那不全的一页。

从我在《文物》那篇文章发表以后,直到一九七八年我去南方之前,他又陆续给了我曹雪芹关于论光与画,讲织锦、印染,讲泥塑等残文以及《集稿》中有些册曹雪芹原来用的书名。如讲烹调的那部分残文以及原来的书名"斯园膏脂摘录",等等。关于这些,下面我再详述。

据我了解,他和他的某些朋友手里可能还有一些这类材料,但不愿全拿出来。在孔祥泽方面,我是知道一些原因的。我在一九七三年发表那篇文章之前,他就不主张发表,而想等待从日本访查到《集稿》的消息后和他所收存的残抄本核对一下。后来经我说服,他才同意我发表那篇文章,那时他仍然抱所谓"抛砖引玉"的希望。他认为日本金田氏买走的《集稿》是全的,而我们国内所有的只是他所抄存其中的某些部分的残文,以及其他搞风筝业的人们从不同来源保存下来曹雪芹的风筝谱的残稿。他认为日本人看见我那篇文章后,有可能把全稿公之于世。另外,孔祥泽也并不注意关于《考工志》中文字的传播;他所注意的乃是根据曹雪芹的风筝图式去扎绘风筝,他甚至想把曹雪芹那些主要的图式都扎绘成为实物的风筝。我们所注意的却正是他所不那么注意的那些与研究曹雪芹、《红楼梦》有关的文字材料。事实上,他的确也扎绘了许多精美的风筝,而且他还教给现在北京人民银行某办事处工作的费葆龄同志扎绘曹式风筝的技术。在过去几年的全国和北京工艺美术展览会上,都有他们的作品展出。今年春节,由北京市和西城区的有关机构在颐和园举行的放风筝表演,他们也参加了,观众之多,前所未有;他们持往放的风筝博得了观众的好评。

关于他一九四四年抄摹《考工志》的经过,他后来以至最近和我谈的也有详略的不同。我在《文物》上那篇文章给人一个印象,似乎抄摹《考工志》中的风筝是以孔祥泽为主的。实际上,我只是根据他最初对我所讲的简单情况记述的。后来他详细告诉我时说,那次事情的发动主要还是当时艺术专门学校的日籍教授高见嘉十,而参加者则有在该校教美术史的杨啸谷。另外还特地邀请了赵雨山、关广志、金锺年、金福忠。抄摹《集稿》中《考工志》的,主要是赵雨山和孔祥泽等人,但他们也抄了一些其他册的小序之类材料。杨啸谷则抄了《斯园膏脂摘录》的大部分内容。当时由高见嘉十出钱,每天请那个金田氏吃午、晚两顿饭,菜是按照《斯园膏脂摘录》所讲的做法做的。他们原定借期是一个月,可是到第二十八天,金田氏就要离北平回日本了,所以他们把《考工志》匆匆在第二十五天抄完就交还了。杨啸谷抄的菜谱部分可能是晚一两天交还的。

赵雨山家原藏《此中人语》六册，据说是解释《废艺斋集稿》中的隐语的。大概除了印章和菜谱两册外，都另外还有《此中人语》一册。《考工志》的《此中人语》是用口语说明扎绘风筝的方法的，其中也有些风筝歌诀，但和《集稿》歌诀有不同的地方。《集稿》是订正了的，而《此中人语》则是较早的未定稿。赵在一九四四年之所以对《考工志》有兴趣，就是要看看其中用歌诀形式说明风筝的扎法和绘法与他的《此中人语》中所讲的是否相同。这六册《此中人语》是赵雨山所保存曹雪芹用接近口语的文字说明《废艺斋集稿》中六种技艺的孤本，是《集稿》中所没有的。

金福忠也是一九四四年时被找去看看《考工志》的。金本人不识几个字，他保存的本子是他祖辈传下来的"宫式本"，其中没有彩图仅有尺寸图，但有风筝的做法、扎法、画法的歌诀，曹的自序、董序和《记盛》。这个本子比孔抄本全，其残缺处是由于年久磨损、保存不善所致，而孔的抄本则本来就不全。金本之所以叫作"宫式本"，是因为他的先人敦惠是天潢贵族，后来又供奉内廷。他所采用的风筝的某些做法、画法和用色等有些特点是为供宫廷专用，与民式的有别。而孔抄本、赵本、于叔度本和现在的哈魁明所保存的本子则称"民式本"。大概这宫式、民式之分都是曹雪芹死后于叔度和敦惠搞出来的名称。金福忠因为是敦家的后人，故在宫式本后面所附他的先人敦敏的《瓶湖懋斋记盛》是全文。

孔祥泽是在一九七二年从东北回京后为了核对某些风筝的尺寸，才在金家得睹《记盛》全文的，由于虫蛀和糨糊的粘连已经不甚好读了。孔祥泽借去后抄了一半就因自己发生事故很快就送还。孔祥泽是否只抄一半，我不能判断，但他给我的却只是发表的那么多。至于后一半的所谓"译文"，他早已向我声明：并非"译文"，而是有根据的"述"。其中讲放风筝部分，敦敏说的"神迷机轴之巧"，"观其御风施放之奇，心手相应，变化万千。风鸢听命乎百仞之上，游丝挥运于方寸之间"这些话已经可证曹雪芹放风筝的技术之高，孔后来也告诉过我，他在写《懋斋记盛的故事》时，基本上是把原文原意改成口语加以叙述而已，并没多增加什么。

他写"故事",当然看过《记盛》的下半部亦即全文。我也认为他也会将全文抄下来,然后才能写他的"故事"。他为什么没把《记盛》后半部分缺文也给我,那是他的想法问题。他保存的东西,他愿意拿给我就给我,愿意拿给我多少就给多少,我不能勉强他。但显然,这类"疑点",都不能构成《记盛》是伪品的证据。

由以上这些情况看来,孔祥泽并不是"求名",因为他并不愿意在金田氏拿出他那部清抄本《集稿》之前用他的名义发表这些东西。

至于我在《文物》发表那篇文章,在主观上我只是想把与我多年来要写的《曹雪芹传记故事》的新材料,公诸同好。后来引起广大读者的注意、传播,以至重印,甚至有人给我加上"红学家"的头衔,这显然是不恰当的。去年我去济南、南京、扬州、无锡、苏州、上海、杭州各地,应邀向读者汇报时,曾经声明:我不过是搞曹雪芹传记材料的一个业余资料员,别的什么都不是。说"业余",这是因为我的本行是外国政治思想史。

至于"逐利",大家知道,一九七三年发表文章并没有什么利可逐。《文物》杂志社虽然破例给了我五十多本杂志,但那时却没有稿费。不但如此,由于朋友和不相识的读者在外地买不到,我自己还花去三十多元购赠那期杂志。

孔祥泽是不是以此"逐利"呢?我只举一件事说明。大概是一九七四年,中国科学院图书馆的刘世凯同志跟我接洽多次,要我说服孔祥泽,把他的复制品再复制一份,重价让给该院图书馆,刘是经过和他们领导商定后才来和我说的。而孔则始终不愿意、实际上也并未为"重价"所动,没有出售该院所要买的材料。

我说以上这些话,只是就我所知道的有关情况向读者汇报,因为陈、刘文中的第一段很可能把读者的思路引到我认为与学术论辩无关的想法上去。

三　废艺斋集稿中的南鹞北鸢考工志不可能是假的

我认为《集稿》、《记盛》、《题自画石》诗三者的真伪问题应该分别对待。此真彼亦真、此假彼亦假的"连坐法"在这个问题上是不适用的。本节先谈《集稿》中《考工志》的真伪问题。

第一，于叔度在乾隆十九年去过西郊曹雪芹的住处，这乃是我在《文物》的文章中一个推断。我的推断可以是错的，但那并不意味着从乾隆十九年或向上追溯的某年中没有发生过于访曹的事实。由下面我对当时《晴雨录》的调查可知：乾隆十五年也是一个可能。那时敦诚十七岁，敦敏二十二岁。他们的年龄虽比在十九年小些，但也可以说明雪芹同他们在右翼宗学里的活动。例如"当时虎门数晨夕，西窗剪烛风雨昏。接䍦倒着容君傲，高谈雄辩虱手扪"之句，说明十七岁的敦诚，还是有可能欣赏曹雪芹狂、傲的风度的。特别是那年"入冬以来"和近除夕时的雪下得比十九年还多。关于曹雪芹《考工志》中"曩岁"于叔度往访（曹《自序》），"数年来老于业此已有微名"（敦敏《记盛》），"叔度……为余缕述昔年济彼之事"（同上），"叔度曰……数年来赖此为业，一家幸无冻馁"（同上）这些话中所表示的年代（即于叔度初学扎风筝年代），也可以比十九年还早几年。

总之，我们现在还不能确切断定到底是十九年还是十五年。本文还是就十九年的推断来讨论，不过读者要知道并不是只有这一个可能就是了。

第二，关于"是岁除夕，老于冒雪而来"中的"除夕"有没有下雪的问题。一九七八年陈、刘两同志文章刊出后，我因开会和调查外出时，得知山东大学、杭州大学、复旦大学、上海市文联和作家协会、南京大学、南京师院、南京博物院的许多同志，都很关切《集稿》的真伪问题。他们认为陈、刘文中所举否定《集稿》的证据，旁的都并不那么坚实，只是这下雪与否的问题是个科学问题。如果真像陈、刘文所说那样，那么《集稿》岂不成了问题?

我在一九七八年十一月患病后,在休养期间,于一九七九年二月十三日偕同中央气象局研究气象的骆继宾同志(现已奉派去瑞士担任中国驻联合国气象组织的工作)和中国社会科学院的魏晓岩同志前往水电科学院水利史研究室,由该室朱更翎等同志接待,看了乾隆时上述那些年代的《晴雨录》,并座谈了这个问题。

结果,我认为,天气下雪没下雪是科学的事实,但陈、刘使用这一科学事实做证的时候,他们的使用却是不科学或反科学的。因此,尽管他们的文章中举了那么多文字例证,却都不能帮助他们证明乾隆十九年除夕北京城外的西郊某处没有下雪。根据骆继宾同志的分析和竺可桢在《考古学报》一九七二年第一期《中国近五千年来气候变迁的初步研究》一文,乾隆十九年北京西郊雪芹居处飘雪的可能性很大。

按北京建国门现存的气象观测台是乾隆时北京唯一的观测晴雨的所在,其余北京各城门并无此项设置。至于西直门外的西郊,我们也没听说有这种设备。当时观测台所用的工具是很原始的,在中文本李约瑟《中国科学技术史》第四卷"天学"第二分册的讲气象学的七二五页上刊载了在朝鲜发现的"测雨器"照片。这个测雨器在朝鲜的年代约为一七七〇年,摄影者是日本人和田雄治。测雨器的形状是一个金属的雨量筒镶在一个方形的石礅中,下面还有混合土制的座。雨量筒露出石礅约有其全长的四分之一,筒的直径因未记载,未详。据说这种雨量筒是在一四四二年建制的,到了一七七〇年,朝鲜各主要城市就都有了。李约瑟还认为它不是朝鲜人的发明,而是在中国老早就有了的。所以他推断可能是由中国传去的。据朱更翎同志说,我们清代也就是用这种"测雨器",测雪也是用它。但现在在我国却还未发现这种"测雨器"实物。李约瑟说测雪可能还有用竹制的验雪器,但都是比较原始的。

据骆继宾同志讲,这种测量器只能较准确地测量直接从它上面落下来的雨、雪量的大小,环绕着测量器周围的面越扩大就越不准确。至于要知道较大范围降雨、雪的面积，它根本不能测出。如果要知道较远地方同时降雨、雪与否，那就必须依赖当地的汇报。我问他，建国门下雪，故宫、西直门也下雪，西直门以外的西郊下不下雪，它能不能测出来呢？他说，不但当时那种测雨器不能，就是有望远镜也看不到。他说自古至今的气象测量也只是测量降雨量，而不是测它的面积。直到现在，我们在许多地方都设有气象台，只能靠电报、电话通知气象总站，才能知道降雨雪的面积。他又说，现在倒是能测到了，但那是要用雷达来扫测的。别的国家可能已用了这种方法，我们国家现在还没有用雷达来测降雨雪面。

下雨下雪这个自然现象的具体情况是比较复杂的，有时大面积降雨、降雪，范围之广，遍及数省乃至南北几个大河流域，有时就小些。也有时一片云就会在一小块地方降为雨，这在夏天是很常见的。冬天下雪也有一种常见的现象，就是平原无雪时，山区往往有雪。这后一种现象的可能，我们是不能抹杀的。

根据这种可能，建国门下雪，西郊一带下不下雪，光靠建国门上的那一个观测台的观测，是不能判断的。反之，建国门一带不下雪，也不能证明西直门以外的西郊一带不下雪。据骆继宾同志讲，根据竺可桢那篇文章的数据来看，一七〇〇到一八〇〇期间，我国年平均气温要比现在低一度多，要以冬季温度来计算，那就比现在的冬季平均气温低三至五度。他说即使建国门以至西直门里一带不下雪，但西郊一带在前两三天下过雪和气候降温的条件下，也有飘雪的可能。凡是下雪都是先刮东风，遇到冷空气的地方就会降雪。当风由东向西吹去，经过都市上空时，由于都市上空较暖（因人口多，呼的气、燃料燃烧后放出的二氧化碳以及建筑物发散的热量），可以不下雪；而风吹到人烟稀少处，温度较低，又遇到高山的阻碍时，马上就可以飘雪。这就是在北京西山之下或西北山区常常多雨多雪的原因。这个飘雪面，即使由西山香山向北京的方向发展，但也可以延展不到西直门内，更不用说故宫、建国门外了。这样，陈、刘文中举了那么多乾隆御制诗证明乾隆十九年建国门无雪，故宫无雪，便都不能证明西直门以外直到香山一带无雪了。如果陈、刘文举出当时香山向建国门送致当地无雪的汇报,那就是另一回事了。

这样,则陈、刘文下面这段文字:

> 有的同志还提出,除夕那天,北京新霁,焉知西山无雪?并断言清代钦天监观测范围主要是北京城区,尤其是东城区,因此不足为凭。这就未免近于诡辩了。请问二十八日、二十九日都是天晴,怎么三十日倒变成了"新霁"?据吴文说,于景廉的家住在北京东城。他"冒雪而来",难道北京的东城区竟晴朗无雪?夏天的雷阵雨,偶尔还可以"东边日出西边雨,道是无晴却有晴"。冬天降雪则情况全然不同,方圆几十里之内总是一致的。至于把当时钦天监冬日观测下雪的纪录,缩小到只能适用于北京城区,尤其是东城区,而不适用于北京西郊,那更是二百年后的人的一种主观臆测了。

就都大值得商榷了。"有的同志"是指文雷同志《废艺斋集稿析疑》(见《文物》一九七四年第七期)一文中所提出的看法。据我在上面的分析、竺可桢的文章以及气象学者的意见,文雷的看法不但合乎常识,而且也有科学的根据。我认为这不是文雷同志的诡辩,而是陈、刘两同志既没有这方面亲身的经验,也没有广泛地征询有这方面经验的人的意见,更没有向搞气象研究的人员请教过。

至于上引陈、刘文中关于"据吴文说"后面那一段,他们无端地把下雨和下雪的情况截然分开,认为雷阵雨有那种这边下雨、那边还出着太阳的情况,而"冬天降雪的情况全然不同,方圆几十里以内总是一致的"。我不知道这"方圆几十里内"有什么科学的根据,是不是"当时钦天监冬日观测下雪的记录"明白宣布了这条规律?照一般经验和搞气象的科学家谈,不但不必在几十里内,就是在几里之内,也可以飘雪,而几里之外无雪。(当然,曹雪芹所说"是岁除夕,老于冒雪而来"并未说明是下了多么大的雪。)写到这里,正值今晨(七九年四月十二日)北京市气象台预报大风降温消息,说因西伯利亚寒流影响,本市今日有小到中雨,西部至北部山区将有小到中雪,并有六级大风。这不是一个活生生的例子么?其实,这对许多人来说,本来已是常识了。所以,我看相反,倒是上引陈、刘文的论据,有是"二百年后的人"坐在书斋里的"一种主观臆测"的可能。

乾隆十九年除夕下雪不下雪的问题,就到此为止吧。

我认为钦天监的观察记录是科学的记录,但是由于气象科学家告诉我们当时的观察仪器绝对不能测出降雪的确切面积,而乾隆的御制诗更不能帮助说明降雪面的问题,所以,陈、刘两同志根据乾隆十九年除夕建国门的观测台附近无雪,故宫、西直门无雪,因而断定西郊一带也无雪,便是没有科学根据的了。《晴雨录》虽然可以是科学记录,陈、刘的使用,却是不科学、反科学的。

第三,由所谓后增的"十二字的出入"而疑《考工志》序为伪。这里先说明一些前所未曾说过的情况。金田氏的《考工志》中有曹的亲笔序,就是孔祥泽双钩的那半页。据孔给我双钩的半页时说,他因离婚后,一部分材料被他的妻子拿走,拒不交还,故双钩的半页是他仅存的一九四四年双钩的曹自序的半页。但全文则另有抄件,而那抄件也有因用铅笔抄、年久而模糊不清以及虫蛀之处。他最初给我的曹序是用钢笔抄在毛边纸上的,其中有不少处都有"……",他曾在该抄件自注中说:

> 此序当日系从先生(裕按:指曹雪芹)墨迹章草体双钩而来,彼时余对章草认识不多,双钩有失真处,事隔多年,又被虫蛀蚀,因而有不少缺文。

果然,在他的抄件中就由我添补了不少处。在"相对哽咽者久之"句下,和"即为〔老于〕扎风筝数事"句下,孔祥泽都点了许多缺文点,并用括号加注说:"此处缺文较多。"这就说明:他的原抄件中本来有上述十二字,而是由于用铅笔所写、年久模糊和虫蛀的关系,分辨不出来了。直到我在《文物》发表的文章打印稿打出后,他才来告诉我上述那十二个字。他当时并未说明他从哪里得知那十二个字,后来才告诉我是从金福忠的本子核对出来的。因此,我在《文物》正式印出的文章中,才注明:"据抄存者近告,此处有'称贷两日,摒挡所有,仅得十金'。"陈、刘文说我那条附注"值得"他们的"注意"。但据我看,从这里是"注意"不出什么问题来的。上面已说明此十二字是由金福忠的本子核对出来的,再结合曹雪芹当时生活的困窘情况,难道他不"称贷"、不"摒挡所有"就能得到"十金"吗?难道孔祥泽较早期给我抄的原稿中那些"……"并用括号说明"此处缺文较多"的地方,原来就不可能有这些字吗?

第四,从新发现的书箱上曹雪芹的亲笔字证明《考工志》不伪。

关于这个问题,我在本书第二篇谈书箱上刻的、写的文字和书箱的情况及其收藏情况很详细,这里只能简单地介绍一下。一九七七年,在北京一个姓张的家里发现曹雪芹的遗物:两只书箱,木质是红松,两箱开合的一面,各刻兰一小丛,成对称状。第一只箱兰下有石一块,其上刻有文字:"题芹溪处士句","并蒂花呈瑞,同心友谊真,一拳顽石下,时得露华新"。第二只书箱上刻有"拙笔写兰",其上方有小字两行:"清香沁诗脾,花国第一芳。"小字旁仍为较大的字:"乾隆二十五年岁在庚辰上巳"。此第二只书箱箱盖背面,有五条墨色较浓的楷书笔迹,云:"为芳卿编织纹样所拟诀语稿本;为芳卿所绘彩图稿本;芳卿自绘编锦纹样草图稿本之一;芳卿自绘编锦纹样草图稿本之二;芳卿自绘织锦纹样草图稿本"。在此墨迹之后,是娟秀且有涂改的行书七律一首,云:"不怨糟糠怨杜康,乩诼玄羊重克伤。('玄'字缺最后一笔,此句原作'丧明子夏又逝伤,地坼天崩人未亡',后涂掉)睹物思情理陈箧,停君待殓鸎嫁裳。(此句下面原有'才非班女书难续,义重冒'十个字,后涂掉,改为:)织锦意婢苏女('意'字下跨加一'深'字),续书才浅愧班嬢。谁识戏语终成谶,窀穸何处葬刘郎。"书箱收藏者为张行同志。据告,其家中早年藏书,多写有"春柳堂藏书"字样或盖有此数字的藏书图章。张行同志可能是雪芹好友张宜泉的后人。

我们这里要提出的最重要一点是,曹雪芹那五条目录的笔迹和孔祥泽双钩的《南鹞北鸢考工志》曹的手书自序（原刊《文物》，今见本书附录一）完全是出自一个人的笔迹。两者中的"语"、"之"、"为"、"所"、"自"诸字，完全相同；而"艹"、"文"、"言"、"方"、"禾"、"扁"、"金"诸偏旁和字头也都相同。这就可以说，从新发现曹雪芹写在书箱木板上的亲笔字，证实了那页双钩之为真品。

其次，还有一点，即曹雪芹写在木板上的第一条目录中，有"为芳卿编织纹样所拟诀语稿本"，这里的"诀语"二字值得我们注意，它就正是《考工志》里面的那种"歌诀"。由此也可见曹雪芹在《废艺斋集稿》的许多册中都有这类诀语或歌诀。它们不是诗，而是指导做风筝、搞编织工作类似诗的口诀。这也可以佐证《考工志》不可能是伪品。我提醒读者看看一九七三年《文物》第七期所载文雷同志那篇《废艺斋集稿析疑》。其中所举由风筝歌诀而怀疑《考工志》为伪的看法之不能成立的理由甚详。我这里就不多说了。

四　新发觉"是岁除夕〔老〕于冒雪而来"原校补的一个问题

关于《考工志》，陈、刘两同志在《辨伪》一文中，还举出它与董邦达序和《瓶湖懋斋记盛》文字上的"相同"，因而用"连坐法"，宣判三者皆"伪"。对于这一点之不足据，我们留到后文谈到董序和《瓶湖懋斋记盛》时再说。这里先提出关于"是岁除夕，〔老〕于冒雪而来"这句话的一个关系全局而我在写这篇文章之前还未发觉我的原校补的问题。

前文已经说过，《南鹞北鸢考工志》的自序在孔祥泽给我的最早一份抄件中就有许多"……"符号表示缺文的地方。他在附注中说：缺一个字用六个点"……"表示，缺两个字的，则"六下中加一'、'于侧以别之"，超过三个字的则于括弧中说明。事实上，凡缺一个字的地方，他确是严格用了六个点，例如自序开头说：

……人为物欲所蔽，大则失其操守，小则丧失廉耻。

这里的六个点，我填上一个"夫"字，或者填一个"盖"字，是不会错的。又如：

言……慨然

这句话中的缺文六个点，填补为"下"或"之"，也是不会错的。但在孔的抄件中，也发觉了多于六个点，而又不够十二个点的地方，例如八个点，现在看来很可能不仅是缺一个字，而是缺两个字。例如：

是岁除夕………于冒雪而来

我原来只填了一个字，作：

是岁除夕，〔老〕于冒雪而来。

不但这八个点用一个字填补不符合孔祥泽原来缺一个字用六个虚点的规定，我自己和其他一些朋友们当时也发生过这样一个问题：怎么于叔度竟特地在除夕那一天跑到西郊给雪芹送"鸭酒鲜蔬"去呢？这是不大合乎送"鸭酒鲜蔬"这类年礼的习俗的，这些东西应该早两天就送到。难道他是打定主意不在自己北京东城的家里过年而去西郊和雪芹同过除夕吗？这也不合乎常情。在这次重新翻看孔祥泽的原抄件时，这些问题又回到了我的脑际。于是便发生"是岁除夕"句下这八个点假如表明缺两个字的话，那两个字究竟是什么呢？我认为有两个可能。一个是，仍是除夕那一天。另一个是，除夕以前。假如是前者，鉴于八个点下面是个"于"字，而"老"字照雪芹在该文中称"老于"的习惯，又是必须加的，剩下"老"字上面那空白的一个字就很难填。比如填为"是岁除夕〔日老〕于冒雪而来"，文章就不那么通：因为要是十九年最末一日，用"除夕"两个字就够了。

可是，如果把这两个字填补成为：

是岁除夕〔前，老〕于冒雪而来

那就不但文意通顺,而且也合乎除夕之前送年礼的通例;尤其是可以消除我们对于叔度"难道那天他竟抛弃了城里的家小而自己去西郊同雪芹过年不成"的疑问。如果是这样,那么这除夕"前",岂不既可以是十九年的廿九日(这年有三十),也可以是二十八日、二十七日?岂不也可以是十五年的二十八日(这一年的除夕是二十九日)二十七、二十六日?恰恰这两年的二十七都下了雪。根据北京城内和西郊的地理位置、气象的不同,城内有雪,西郊必然有雪,或有更大的雪。城内无雪,西郊山麓下也有下雪的可能。而十九年的腊月二十七日又恰恰是"未时至申时微雪"。城里既有微雪,西郊很可能下一场大雪;就算是微雪,也还是"冒雪"嘛!而且,即使据《晴雨录》所载,假定西郊也于未时才开始下雪,那么于叔度从城里出发,把"鸭酒鲜蔬"买到手又送到雪芹西郊的家,于未时到达,在时间上也是很合理的。

如果是这样,那么下雪的问题完全符合《考工志》自序所说的"老于冒雪而来"的情况。陈、刘这方面的论证,就完全不能成立了。

曹雪芹很不幸,完好的《集稿》流落到外国,它的某些部分的抄摹副本也多有因年久损伤涣漫不可卒读之处。我们今天加以填补、恢复它的原状,很不容易。上面所举固是一例;在《瓶湖懋斋记盛》残文的摹本中,这种地方更多。《记盛》中的问题,后面再说,这里只举其中的一个例。《记盛》中有云:

> 因闻雪芹又〔将远〕徙,媪〔乃挽〕人〔告之〕:愿以其〔茔〕侧之〔树〕,供〔雪芹〕筑〔室〕。

这里的"树"字,原来是一个残缺的空白,"树"字是我以意度之加上去的。但是后来南京大学的吴新雷同志认为,该处也可能是个"地"字。曹雪芹把白媪失明的双目给医治得恢复了视力,又用钱周济她,她把自己祖茔侧的树木或地皮给雪芹,供他"结庐"(用张宜泉诗中词)之用,按理两者都是可能的。我们很难判断哪个对,哪个错。因为盖房子固然需要木料,也需要地皮；而坟茔地既有树，也有空地。但我最后仍断定为"树"字，则是因为茔侧之"地"不会太大，容不下四间茅屋，而"树"则砍伐几棵助雪芹做栋梁之用是合乎常理的。

由此可见，填补雪芹《考工志》自序的工作尚有待于进一步改善和纠正。我们尤其希望保存《考工志》自序抄件的同志，能拿出来给我们看看，以便根据其中所缺文字的空隙或距离大小，来判断缺的字数，而予以可能的填补。

五　废艺斋集稿的存在在日本和中国的人证

关于《集稿》的真伪，如果完全是历史事实的问题，当事人均已不在，那就只好"考证"。可是参加借得《集稿》、抄摹《集稿》的人，有的还在，有的当他们在世时曾证明《集稿》的抄录实有其事。在调查研究工作中，人证是很重要的，当事人的证明更是头等重要的材料。

关于一九四四年在北平抄摹《集稿》的事，我们现有日本和中国两方面的材料。

第一，在日本，一九四四年向金田氏借《集稿》并主持抄录的北平国立艺术专门学校的日籍教雕塑的教授高见嘉十在日本证明实有其人其事。

日本的早稻田大学教育系研究中国学术的松枝茂夫教授，曾于一九七三年十月访问过高见嘉十。高见一九四五年从中国回日本后，居住富山县上新川郡大泽野镇。一九七四年五月十五日逝世，年八十余岁。据一九七五年四月二十九日日本《读卖新闻》所载，高见嘉十曾对为了《废艺斋集稿》访问他的松枝茂夫教授说，他还记得在北平时曾让一个中国学生摹写过《集稿》，并曾亲自修改过描摹不准确的地方。关于其他的细节，因年事已高，他的记忆就模糊了。

其后不久中国赴日展览出土文物的代表团，也曾在日本询及此事。他们谈的，据说都是如何去找那位《集稿》持有者金田氏的问题，而《集稿》

的存在及松枝茂夫的访问所得的结果，已经不成问题。金田氏因为只是姓而非名，在日本千千万万个姓金田的人中，查问哪个是《集稿》的持有者，几乎是不可能的事。即使日本动员了户籍警察的力量，也还是毫无结果。一九七三年秋，我在中国历史博物馆讲点东西，讲完后，参加上述那次赴日展览出土文物代表团的史树青先生在博物馆礼堂的讲台上，告诉我说，他们在日本参加的一个会中，有几位日本研究《红楼梦》的专家，日文的《红楼梦》译者伊藤漱平先生也参加了那次会。史树青同志说，他们都相信实有其书，实有其事；只是《集稿》这部书到底在哪里，却没办法发现。此外，伊藤漱平也于一九七四年一月给我来信，谈到高见嘉十的住址及健康情况。

这是当事的日本人证明在一定的时间和空间内他看见过、借过、主持抄摹过《集稿》这样一部书。

第二，人证还不限于日本。在中国参加抄摹的，我最先知道的是孔祥泽同志，这是他在一九七三年我发表那篇文章时告诉我的。当时他也说了别人，但我在《曹雪芹的佚著及其传记材料的发现》一文中，却没着重写旁人。我的文章发表后，孔又告诉我说，当时参加的还有赵雨山、关广志、金锺年、杨啸谷、金福忠诸位老先生。他们接触到的《集稿》，不限于《南鹞北鸢考工志》，比如菜谱，杨啸谷就抄了不少。孔祥泽描摹的和抄录的，也不限于《考工志》。所以后来孔祥泽自一九七三年到一九七八年又陆续告诉我一些曹雪芹的遗作，如图章、编织、泥塑、绘画的断简残篇。（本文以下各段中详及。）

以上那些当时参与者，虽然现在除孔祥泽外都已去世，但在一九六四年我却同赵雨山先生面谈过。赵曾在解放前的北京大学图书馆工作，那时我们并不相识。我们的谈话证实了他参加过一九四四年描摹抄录《考工志》，并知他自己家里除了有些曹雪芹的风筝图式、歌诀外，还收藏着曹雪芹的六册《此中人语》，每册都是用口语说明制造一种工艺的方法的。他告诉我说，他同孔祥泽参观了一九六三年在北京故宫文华殿举办的"曹雪芹逝世二百周年纪念展览"之后,慨然想把曹的风筝谱用他家藏的资料核对、整理出来,并扎糊一些难扎的风筝,如宓妃等。赵是放风筝的内行。每年到了适当的季节,他都在天安门广场放风筝。由于他的风筝既美观,放的技术又巧妙,博得观众的赞赏。

我曾访问过另外一位一九四四年抄摹时的目击者金福忠老先生两次,他已于一九七八年十二月逝世。

另外还有哈魁明先生,他家三世做风筝,兼做勤行——即卖回民小吃的行业。解放前,他家扎的风筝曾在巴拿马赛会上得过三次金质奖章。他亲口告诉我,他的风筝也是曹雪芹传下来的样式。他家本来藏有风筝做法的文字资料,惜于一九六六年遗失了。

总结以上,在日本有当事人高见嘉十教授证明一九四四年实有孔祥泽等抄摹《考工志》之事,访问高见嘉十的早稻田大学教授松枝茂夫,也向读者说明了上述事实。在中国除孔祥泽外,则有当事人赵雨山证明那次抄摹的事实,访问赵雨山的是我自己。日本、中国都有当事人证实看到或参加《废艺斋集稿》中《考工志》的抄摹。

这样,难道《考工志》还是一部虚构的东西吗?如果连这些当事人的话都不相信,那只有两个可能,一个是高见嘉十和赵雨山都是说谎话;另一个是怀疑者这样想:"只要我没亲眼看见,我就不相信!"这种看法岂不等于说:"只要我闭上双目,宇宙都不存在了!"这不是道地的唯心论吗?

六 有了人证后,仍可考察孔祥泽提供的废艺斋集稿的真伪问题

有一句俗话:"死人口,无对证。"意思是说,当事人死了,无法对质,事情就无法弄清楚了。这句话含有讽刺的意思,说:做坏事的人以为亲眼看见他做坏事时的某人或某些人既已死了,就无法判断他做过坏事与否了。这种态度当然是不科学的,因为它直接否认了调查研究,否定了考证。

《集稿》真伪的问题有两个:

一、一九四四年在北平有无当事人保存过、看到过和抄摹过《集稿》的问题。

二、即使有当事人证明有这样一部书,有抄摹这回事,孔祥泽提供的《集稿》内容是不是第一项中《集稿》内容?如果是,它就是真的;如果不是,那它就是假的。

关于第一项,我在前一节讲"人证"中,已加肯定。我们即使怀疑中国人自己的话,也总没有理由得出:高见嘉十不是一个实际存在的人,或者他的话是替我们圆谎;又或松枝茂夫实无其人,或者他也是在替我们说谎吧?

这个大前提肯定之后,为了对这一重要材料慎重地判别其真伪,人们还可以提出怀疑。那就是:松枝茂夫、赵雨山等人,或者光算松枝茂夫吧,亲自从高见嘉十那里得知《集稿》的确是存在的、抄摹也实有其事;但是,孔祥泽所提供的材料却是赝品。

提出了这个问题后,我们认为解决这一问题就需要考证,亦即需要有对过去事实的调查研究。

这里先谈谈有些什么方法来解决上述第二个问题,亦即孔祥泽提供的《集稿》内容是否是真的的问题。

第一,我们要用新发现《废艺斋集稿》中其他各册残文的内容和思想,来证明《集稿》是曹雪芹的作品。

第二,我们要用《红楼梦》中所涉及的工艺美术的内容来看曹雪芹有无能力和迁居西郊后有无那种思想情况,写出那样一部《废艺斋集稿》。

为避免篇幅冗长,对大家根据《红楼梦》内容就能判断的第二点,也就是说,从《红楼梦》中可以看出作者有那种能力,这里就不谈了,以下谈谈第一点。

七 据新发现集稿其他各册残文的内容和思想 证明废艺斋集稿是曹雪芹的著作

陈、刘文只是根据《集稿》中八册之一的《考工志》来断定《集稿》是伪品,他们这种违悖了逻辑起码常识的"以偏概全",并不能为他们的结论服务。上面已证明《考工志》不伪,他们更无权宣判整个《集稿》是假的。

据近年来我所得到的《集稿》中其他册的残文,以及我两次去南方与曹家和曹雪芹有关各地访查所得的资料,都可以说明《集稿》确是曹雪芹的著作。关于这个问题我在本书有关章节已有较详的叙述,这里只能略举数例。

第一,南京现存曹寅、曹颙、曹頫任织造时所用织机的发现,证明近获《集稿》中讲编织的一册的残文是雪芹之作。

一九七八年二月间,孔祥泽给我一段曹雪芹讲织锦的残文:

> 盖闻肖形而摹之不失其度者,传真之法也。拟神而律之不泥其状者,意匠之则也。传真求其形似,意匠贵乎神存。两者殊涂,其旨不易。是以金石造形,必以意匠;编织取式,不离纹锦。此固职其事者,不可不察究之者也。
>
> 编织之艺,其来有自。周秦以降,代有增益。汉之织工,巧运经纬;唐之篾匠,妙施纵横,非仅使诸机纺,亦且用于组编。宋锦明绣,号称神工……溯自蚕丝之用,网、罟、纽、结之艺,渐以精进,始有丝织之法。初则平织,进而纹织,其色也则由纯而杂,其纹也则由简而繁,愈衍愈妍,愈传愈巧。若以工贾之艺而鄙弃之,则其居心何所,可以想见矣。
>
> 今就织染两事而言之,织锦之要,在于组织经纬之丝,机上每以五枚至八枚而织多层之缎。排针挑花者,按所拟纹样,以丝质诸线经纬编成花本,以备牵花之用,然后可以之牵花。此道程序,乃运用诸

线编成花本与经丝之连系,织工蹲于提花架上,诸线牵提一次,经丝随而浮沉,循序以进。(下略)

对这段文字,有几个重要之点,应加注意。

(一)我在南京胭脂巷艺新丝织厂参观的那种木制的织机,是自明末直到清末以至现在没有什么改变的木制织机。曹寅、曹颙、曹頫任江南织造时,织造局里就是用的这种织机。但是,在操作上,乾隆以前和以后却有个重要的区别。在乾隆、雍正、康熙时期真正管织的人,是坐在地面下的坑内凳上,上面提花的人则是高高地蹲在提花板上。乾隆以后,提花的人就改为坐在提花板上了。上引雪芹那段残文,说"织工蹲于提花架上",恰好证明残文与乾隆的时代的操作方法符合,这足证残文是雪芹的作品。

(二)曹雪芹素来不同意儒家那种贱视工商业的看法,他赞成墨子重视技术工艺的思想和态度,而他自己又技艺娴熟。正是因为这样,他才在《红楼梦》里不厌其详地细写做菜、编织小玩艺、刻竹等工艺和技术。在上引残文中,他说,对于丝织在织法上的"愈衍愈妍,愈传愈巧"的情况,"若以工贾之艺而鄙弃之,则其居心何所,可以想见矣"。这种看重工商业的思想,完全和曹雪芹在旁的地方所表现的思想符合。

(三)这里,附带提一个可能与后文的讨论有关的问题,即曹雪芹十三岁以前都在南方,雍正六年他十四岁时才回北京。这个年龄问题与他少年在南方熟悉很多工艺美术(例如风筝、泥塑等)这些事实有密切关系——如果是五岁回北京,他就在南方什么都学不到了。

第二,《集稿》中有一册是菜谱,据孔祥泽后来告诉我,这一册原名《斯园膏脂摘录》,我们现在只知道菜谱中的几条。曹雪芹之能写这样一册东西并不奇怪,曹寅的《楝亭十二种》中,就有《糖霜谱》一卷。此外他还有自己的《居常饮馔录》。我们要注意的,一则是,他这《斯园膏脂摘录》实际上就是"思源膏脂"。他的用意乃是既教给那些贫废无告的人们一种谋生的手艺,也要那些"饫甘餍肥"之徒,知道他们都是在吃的"民脂民膏",他们应该饮水思源。这是曹雪芹的思想。二则是,书名上他用"摘录"二字,这说明其中做菜的方法不是或不全是他自己的创造,所以他才用"摘录"二字,表明有采自别人的东西。果然,我们就在冒辟疆《影梅庵忆语》中发现了他略改了文字抄录董小宛几种做菜的方法。上海的徐恭时同志去年在沪一见我就说:"啊呀,讲烹调的菜谱是假的,我发现了他抄录的来源。"我问他是不是在《影梅庵忆语》中发现的,他回答说:"是的。"我说:"那恰恰证明菜谱是曹雪芹的作品。因为雪芹自己早已经声明是'摘录'旁人的东西了。他搞的风筝谱也是如此,他不是在《考工志》自序中说:'集前人之成'了吗?"徐恭时同志完全同意我的看法。

第三,我们还得到了曹雪芹论绘画应取法自然以及论光与绘画的关系的残文。这部分残文,据孔祥泽说是属于画扇部分的;画扇部分是《集稿》原八册中哪一册,他记不清了。我在《曹雪芹佚著浅探》一书中对这一部分有详细的论述,这里为了避免重复,只举出以下几点。

一则,是他贯彻在许多作品中的"崇自然"、重写生,反对人为雕琢的观点。他说:

> 余以为作画初无定法,惟意之感受所适耳。前人佳作固多,何所师法?故凡诸家之长,尽吾师也。要在善于取舍耳。自应无所不师,而无所必师。何以为法?万物均宜为法。必也,取法自然,方是大法。

绘画要"法自然",是由宋朝以来就有的主张。曹雪芹推重自然,反对人为的堆砌、造作。这种思想,也贯穿于《红楼梦》里论大观园的建造一段。他主张园林建造不应用"人力穿凿扭捏而成","非其地而强为地,非其山而强为山,虽百般精〔巧〕而终不相宜"。他在《红楼梦》中借宝钗、黛玉之口论诗,也崇自然。他论园林建造、论画都尚自然,固然这"自然"二字是有歧义的,一个指大自然,一个指本性(即 nature),但这正是任何已有资本主义生产关系萌芽的封建社会中都有的思想。英国、法国资产阶级革命时期的思想家,大都如此。生在乾隆时代的曹雪芹,有这种思想是很"自然的"。

二则,他在论绘画这段文字中,认为过去的画家"不敢破除藩篱,革尽积弊,一洗陈俗之套,所以终难臻入妙境,不免淹滞于下乘"。这"积弊"、"陈俗之套"是什么呢? 就是过去画家不敢用光,所以他们画的人物才坐在屋里和站在外面都是一个样子;夜里的景色和白昼一样。他自己还画了一个《乌金翅图》,用黑色蜻蜓的双翼,在有光和无光时所呈现的颜色不同,来说明光对绘画的重要。他的一个叫"笃斋"的朋友,当初听到他的议论,还以为他是在唱高调。等到看了他的《乌金翅图》后,才在他的画的上端批道:"语云'百闻不如一见',信哉斯言。曩闻芹溪论画,窃疑其有过激之言。今睹此《乌金翅图》,光彩闪耀,能不令人心折耶?"(这批是在"乾隆庚辰荷月"批的。)据当代画家说,像他这种看重光与画的关系的论述,即在西方论画著述中也是晚近的事。他这种打破"藩篱"和他在写诗中、敦诚称他"直追昌谷破篱樊"的思想和精神,是完全一致的。

三则,《红楼梦》里,作者处处讲雅而反对俗。探春要立诗社,作者借宝玉之口说那是"雅"。宝玉听到"满街之人个个都赞'好热闹'戏"的"孙行者大闹天宫"、"姜子牙斩将封神"这些戏,他就认为不雅,就感到"热闹到如此不堪的田地"而走开了。在风筝画诀的自注中,他要求风筝要画得"繁而不烦,艳而不厌",这也是在要求"雅"。逸士雅人固然可以有不和封建统治者合作的反封建一面,但也有和群众脱离的一面。这正是中国乾隆时代已经有了资产阶级生产关系的萌芽的社会中代表新兴阶级的应有的思想——这都应该是曹雪芹的思想。

第四,曹雪芹讲刻图章的一册题名为"蔽芾馆鉴印章金石集"。"蔽芾"两字是"弼废"的谐音,是帮助有废疾的人之意。这个解释,见于该册的自序。自序中对有残疾无以为生的人说:

(上缺)人非草木,心非铁石,孰忍坐视? (中缺)正为其有废疾也,必宜辅之弼之,(中缺)如保赤子。(下缺)

可见，这一册也是为了教给无以为生的人一种手艺的。我们今天虽然看不到这一册中的印章，但我们还知道曹雪芹所刻两个图章的文字。一个是一九五四年魏宜之早就告诉过我，后来孔祥泽也告诉我的"燕市酒徒"一章。魏宜之是在曹雪芹画的一幅"抚松远眺"图上面看到的。孔却是一九四四年抄摹《考工志》时，那个日本人金田氏拿给他们看的实物。另外，孔还告诉我一九四四年同时，他还看到金田氏持去一个"画外人甑"的图章。两章都非佳石，且已残缺不堪，但《集稿》中许多册上都盖有此二章。孔祥泽在一九四四年曾用铅笔把这两个图章拓下来。

这里，我们要着重谈的只是这样一点："燕市酒徒"显然有佯狂反现状、不合作的意思。"画外人甑"一章是圆形的，可以读作"画外人甑"；对于画，当然是"画外人甑"赏了。但也可读作"画外甑人"。这就有"化外顽人"之意，表明曹雪芹对当时政治的态度。如果把"甑"字用"顽"字代替，"人"字用"民"字代替，则"顽人"即"顽民"，人们想到那"殷顽民"，再结合曹雪芹其他的作品中流露的思想感情，他不可能没有民族思想。这个看法，我在一九五四年八月十二日至三十一日香港《大公报》的《新野》上发表的《曹雪芹生平》一文中，就提出过。后来有些人认为曹雪芹不会有"民族"思想，因为曹家和清朝统治者有极密切的关系。殊不知曹玺、曹寅、曹颙、曹頫和康熙的关系，不等于曹頫和雍正的关系，更不等于曹雪芹和雍正、乾隆的关系。经过"抄家"以后，曹家的政治和经济情况一落千丈，到了雪芹竟至在生活上"饔飧有时不继"的时候，他还会那么样地"眷念皇恩"于永久吗？显然是不可能的。所以我认为《红楼梦》中骂芳官为"野驴雄奴"即"耶律匈奴"，尽管作者又用"大舜后裔"之类解释巧为弥缝。

总之，我认为这两个图章的文字所表示的思想，完全符合雪芹的思想情况。结合上引小序中的几句话来看，可以断定讲金石的一册确是曹雪芹的作品。

第五，一九七八年我们发现了曹雪芹在香山住时他的徒弟关德荣和关德诚给他用泥塑的彩像的照片。"关"是瓜尔佳氏改的汉姓，现在香山一带还有关德荣的后人。此塑像现由在美国的黄庚教授保存。据说原藏者是三十年代张学良的秘书朱光沐。该泥塑像的座下有"乾隆辛巳"年字样，当是雪芹在世时关德荣给他塑的。我只看到正面、左侧、右侧三面的照片，还有背面的照片我没看到。我所掌握的只有黄庚（据他自己给他父亲来信说，他是一九四八年我在北京大学教书时的学生）教授让他父亲转赠给我正面的原彩照一张和左侧翻拍的黑白照一张。

据孔祥泽一九四四年抄存《集稿》中讲脱胎、泥塑一册的小序残文，得知德荣共塑了七次才成功。小序中保存着曹雪芹对德荣第四和第七次塑像的评语。对第四次塑的，雪芹评道：

> 此次所塑，貌则似矣；但眉骨、眼窝、准头、法令、口角等处，虚实不当。盖塑人之要，首重神情。此塑面颊无皴纹，二目空凝，故神意迷惘，貌虽似而神殊。此则所以失也。
>
> 然冬衣之外，更着罩褂，其纹理本不易取巧，而塑时主次不紊，用环扣之法，故不觉繁缛，破叠绉之格，乃免于板滞，已脱出俗手多矣。勉之，勉之！

对德荣第七次也是最后成功的一次所塑，雪芹道：

> 此塑神情甚佳，大异往昔，非仅力求貌似矣。惜乎躯体失度，腿短臂长，故襟覆膝露，肘坠握强。衣纹则绸布不分，乃白璧之微瑕，留之以为鉴，不亦宜乎？辛巳孟夏七塑。

据孔祥泽说，这两条批语，都见于《此中人语》一书中第三卷《释塑章》。文字和《集稿》中讲脱胎、泥塑一册的小序，略有出入。又《释塑章》中《论四塑章》处还有雪芹这样一段话：

> 余之双眉尾散，故绘时宜前重后轻，以轻毫丝染眉梢，以示尾散之不聚资财也。

由美国黄庚教授处发现的德荣给雪芹塑像的照片与上引《集稿》中讲脱胎泥塑一册雪芹小序中的话印证一下，可见两个不同来源的材料，完全吻合，足证小序中的话是针对塑像说的。故讲脱胎的一册，绝对不假。

一九七八年我到苏州和无锡两地时，曾经访问过苏州了解泥塑历史的老艺人和无锡泥塑工厂的搞泥塑的老人。据他们说，苏州从阊门一带向虎丘去的七里山塘，水路旱路皆通。水路则画舫连绵，旱路则商店林立，其中各种小手工艺美术制造店也不少。特别是虎丘的山门之内直到剑池的路两侧布满了多种小商品的摊贩。雪芹十三岁以前，常去苏州他舅老爷家，对阊门一带甚熟，故《红楼梦》第一回称该处为"最是红尘中一二等富贵风流之地"。"富贵"是指大商林立，游客如云。"风流"是指那水路的七里山塘，画舫连绵，歌舞弹唱之声，不绝于耳。雪芹那时必定熟悉这一带的繁盛景况。特别是，他必定在虎丘山门之内看到过捏泥人艺人的操作，所以他才能够在《红楼梦》第六十七回中讲薛蟠从虎丘带回他自己的泥塑像。那像塑得和他自己一模一样，连薛宝钗都看得笑了，认为塑得与哥哥的面孔"毫无相差"。这种民间艺人的本事可大了。据《兰舫笔记》所载：

> 有苏捏者，住虎丘山塘，余尝以游山坐观之。泥细如面，颜色深浅不一。有求像者，照面色取一丸泥，手弄之，谈笑自若，如不介意。少焉而像成矣。坐视之，即其人也。其有皱纹、疤痣、桑子者，毫无差。惟须发另着焉。（中略）形神逼肖，即画手传神，无以过也，真绝技矣。

《红阑逸乘》也说：

> 虎丘捏相，老少男女，神气宛然，固绝技也。尝闻工人云：用井底金沙泥和蜜丸之，则肥瘠美丑，得心应手矣。

这些材料，可以证明曹雪芹在《红楼梦》中所说的"毫无相差"是有实际经验为根据的。正是由于我们这位天才作家,天赋既高,兴趣又多,所以对这类手艺,一看就会,他后来之能写这么一册讲脱胎泥塑的书,绝非偶然。

至于当时塑像,倒是有两派的。我去无锡的泥人厂时曾与老工人盛伟平、高盘宝、李仁荣、吕信捷等晤谈,得知泥塑的工艺来自苏州,清初即有两派。一派专塑剧人或想象中的任何样人的像,此派不怕夸张,例如塑丑则尽可能地丑,塑美则尽可能地美。我那次还把该厂保存的康熙、雍正、乾隆时塑的一般剧人像拍了几张彩照。另一派是像薛蟠带回家的塑得和他自己一模一样的那种塑法。两派起源都很古。中国的佛像,就是前者的例。后者如南宋雷潮夫妇所塑现存苏州紫金庵的罗汉像。《园林城——苏州》第一辑中《去东山欣赏古代彩塑》一章所说,和我亲见的形象神情,完全一样:"雷潮夫妇把'看门神'塑得栩栩如生。左边第二尊……望去……罗汉把头微微侧转,侧耳聆听门外的声音,凝眸注视远处的来人,一个形体,两个动作……真是'呼之欲活'……。雷潮夫妇的精湛技艺,至今还被人赞誉。"这种情况,有非目击所不能想象者。

曹雪芹教给德荣的手艺,应该就是雷潮夫妇这样与真人毕肖、与个别的人也能酷肖的塑法。在上引《此中人语》中的第三章《释塑章》中所说他的"双眉尾散"故"不聚资财"一点,也符合雪芹贫困而又不甚知节俭的实况。

第六,关于园林的一册,我们看到《红楼梦》中描写建筑和绘大观园处,就可以知道,曹雪芹十三岁以前往来于南京、苏州之间,当然遍览了苏州著名的园林。又有传说,苏州的拙政园曾一度散为民居,为曹寅所购得。但曹寅常在南京,所以让他的姻弟苏州织造李煦居住。雪芹既常去苏州,当然也住在那里。他对园林建筑的工巧,少时就有熟悉的机会。他写的大观园,我认为,如其求之于北京,不如求之于苏州。大观园本是《红楼梦》作者就自己在各地观察所得的艺术创造,而他在苏州等地的观察,尤其重要。他回北京后这种机会反而少了。他的姻戚平郡王的府第不见得那么宏壮富丽,雪芹也未必常往参观。至于有人说允禧书的"天香庭院"是雪芹写大观园的模特儿,恐怕也不免是推测之辞。若再只据什么"大观"楼之类一两个字句上的相同并以年代来附会、来探索大观园的所在地,那就更没有什么意义了。

综上所述,我们认为孔祥泽提供的《废艺斋集稿》中的零星文字,由于和《红楼梦》里的叙述完全相合,也由于和我两次到南方调查所得的材料符合,足证《集稿》的确是那位多才多艺的《红楼梦》作者的作品。他的"才"是天赋的,他的那些"艺"则是他少年时在南方就开始学习,到北京后据传他又两次到南方,也有经再度、三度重新观察学习的机会后,才娴熟了的。

可是,他之所以要写一部为了帮助穷人的这样一部《集稿》,却是当他贫居西郊,生活落拓,和那些穷人接触之后"不忍坐视"他们无以自活的情况,才决心撰写的。这部《集稿》,是一个在具有资本主义生产关系的萌芽的封建社会里,既有新的思想而又不能不受时代局限的作家的积极的救贫济困的著作。而《红楼梦》则是他用揭露的手法抨击那个社会的杰构。如果是从历史唯物主义的观点出发,我们今天当然不能把《集稿》视为一部与改良主义有关的著作,因为作者的思想是反对整个封建社会的。我们只能把它看成是一种"乌托邦"。《集稿》中的各种技艺,是我们从《红楼梦》中都能找出证据,在南方他所到过的地方都有传说、文字、实物资料可以印证的技艺。《集稿》之作是这位伟大作家的在那个时代难能可贵的思想。我们今天只凭几个有待于多读些书、多做点调查研究才能知道的未知之处,就遽下判决,说《集稿》是伪品,未免太武断了罢?并且以《集稿》的技术内容和思想内容而言,谁有"才能"造这样的伪?我看不但个人、几个人,就是一个专门研究的集体,也怕不那么容易"造"得出来这"伪"罢?

八 关于南鹞北鸢考工志董邦达序的真伪问题

关于陈、刘文从文字的风格上来证明《考工志》的董序、曹的自序以及敦敏的《瓶湖懋斋记盛》是同出一人的手笔，本来搞文学的朋友们要我无须回答，因为陈、刘举的理由似是而非，实在构不成宣判三文出于一手的证据。由于我担心读者和我一样，也不懂"文学发展的历史"，所以还是写了这一节回答。

陈、刘文中那个第三节"三篇文字的风格"似乎为了多举几条理由，故所分各点很乱，读者可自取他们的原文来看。我只把他们的论据归结如下。

第一，他们找到了一篇董邦达写的《静退斋集序》，认为在用虚字、惊叹词、连接词上，和他给《考工志》写的序不同，举出在后者中有五个"矣"字（而前者中也有个"矣"字，他们却未说明——裕注），曹的自序用了七个"矣"字，敦敏的《记盛》用了二十一个"矣"字。他们认为"作者对'矣'字有特别嗜好，凡是明明可以不用'矣'字的地方，都用了'矣'字"。

第二，董序中爱用偶句、排句，长句多，而他的《静退斋集序》则反是。（我在这里声明一下，陈、刘原文末段还有涉及敦敏的《记盛》之处，留待下节再说。）

由于上述陈、刘两位对于这几篇文中的字和句的推敲，于是宣判"把这三篇文字说成是乾隆年间曹雪芹、董邦达、敦敏的手笔，是难以令人信服的"；"除了这三篇文字出于一人之手以外，很难再有别的解释"。

第三，陈、刘文中还有个第九节"董邦达和曹雪芹"。（这里也涉及敦敏《记盛》、《诗抄》和敦诚的《四松堂集》，甚至张宜泉的《春柳堂诗稿》之提到董邦达与否的问题。此诸点也暂不说。这里先谈董和曹的关系。）陈、刘认为，董邦达是个"非同小可"的人物。总之，他历任大官，很受乾隆的赏识，不可能和曹雪芹相识，也不可能"受到曹雪芹特殊的礼遇"；否则，那就"是不合乎曹的性格和生平为人"，他们认为他在瓶湖之会中的某些行为，"是一个曲意逢迎的清客式的人物"的行为。

第四，陈、刘文认为，《富阳县志》所载董邦达早年娶婢女为侧室，乃是曹雪芹在《红楼梦》中塑造贾雨村这个反面人物的原型，而由此"也可看出他对董邦达这种人的态度"。

我对此不愿多费笔墨,只作下面的回答。

上述第一、第二两项都是属于文字上的问题,董序中用了四个"矣"字,我认为我们从文字的角度看,应该是只看他用得适当与否。那四个"矣"字是:

  其自谦抑也,可谓至矣。
  其为人谋也,可谓忠矣。
  其运智之巧也,可谓神矣。
  斯足养其数口之家矣。

请让除陈、刘两位以外懂文言文的人看看,这里四个"矣"字哪一个用得不当?如果把第一句改成"可谓自谦之至",第二句改成"其为人谋甚忠",固然也可通,但请问陈、刘两位有什么理由硬叫董邦达把它们改成回避"矣"字的句子?而且改了以后的语气显然就不对了。陈、刘文在下面说曹、董、敦三篇文中"明明可以不用或不必用'矣'字"那一段中,他们很聪明地没有举董序中这四个例。那大概就是承认董序中用的这四个"矣"字,"也还可以"的了。奇怪的是,此四例既不属于那"明明可以不用或不必用'矣'字"之列的,为什么陈、刘还把此四条突出地摆在那三篇文章中三十二个"矣"字例子之内?这就不能不令人认为是在"强拉证据"。据说,章太炎给人家改文章就好抹掉几个虚字,以为那样可以古奥。可惜董、章相距年代太远,董在泉下,也应恨不得就教于太炎先生,请他大杀大砍一番虚字眼儿也。退一步,就拿陈、刘所举的文学史来说,历代作家喜欢用虚字的人,也还不少吧?

至于长句、排句的问题,陈、刘两位怎么忘记了戚蓼生的《石头记》序?我想戚蓼生集子里的文章不会都是这种长句、排句吧?董邦达的集子我是没有看到,据我猜测,由于董集难找,陈、刘两位也未必看到过,否则他们两位是会尽可能地多举几篇董的其他序文以为"助"证的。他们只举了

董邦达给《静退斋集》写的那篇序。不巧董邦达积习不改,在该序中也用了一个"矣"字,如其中云:

> 君感激知己,不敢告劳,而疾已作矣!

我看这个表示慨叹的"矣"字,也还是不能取消的。我认为,假定董的文集里有五十篇给人写的序,其中都没有用过对偶句、排句,但这也绝不能"因而"证明他不收在集中的《南鹞北鸢考工志》序里不应该用这两种句子;也不能说,如果他用,它就是假的。周汝昌先生在一九七三年给我的信上说,董序是一篇小八股,并说他从来没有见过用这种文体写序言。这真奇怪。用偶句、排句的骈体和八股式的文字写序的人,像周先生那样熟悉旧文章的人,总应该知道不但有,而且还不少吧?

这里倒有一个问题,即董序中重复并且发挥了曹雪芹自序中的某些词句,如"集前人之成"、"欲举一反三而启后学之思",这是曹雪芹撰《考工志》以及整个"集稿"不欲攘他人之功的特点。曹雪芹不像有些人明明是抄袭或者是"抢"他人的东西而不说明出处。难道写序的人指出这一老老实实的美德加以表扬,没有必要吗?陈、刘两位就能用"重复"具有这样意义的两三句话来断定董、曹两序出于一人之手么?给人写序,大都是要举出书中的优缺点而特别是优点的。举优点的时候,用著者原书或原序中的三、五句话,这不是平常又平常的事么?

关于董邦达和曹雪芹、敦敏、敦诚、张宜泉等人的关系,我觉得他们举个张宜泉,简直是无理取闹。谁都知道,张是个穷教书的,他完全可以同董没有相遇和相识的机会。举了他,不是故意凑数,让读者感到"人多势众"是什么?至于敦敏、敦诚之和董有联系,而又不见于他们的集子,也没有什么奇怪。须知那时汉大臣,特别是较著名的显宦和天潢贵胄的接触是有的,但要有所顾忌。二敦集中没有关于董的诗文,当然不足怪,也并不意味着他们实际上没有接触、没有文字往还。

关于曹雪芹和董邦达,问题就大了。有的研究者认为曹雪芹既然是既狂又傲,又像阮籍一样地能施青白眼,那他就该看见不顺眼的人就"傲"起来、就以白眼相加,使人觉得他是一个不可接近的人;看到了达官阔人就避之唯恐不及,耻与共语。如果把活在十八世纪下半期乾隆时代的曹雪芹看成是这样一个人,那真是像陈、刘文章一再说的,他就是个"虚构"的人物了。如果仅仅根据敦氏弟兄几句诗来推论,只有曹雪芹必须持上述那样的态度对待人,才算合乎他的性格逻辑,我怀疑,那恐怕不免是形而上学的思维方法吧。须知敦氏兄弟笔下的"野鹤在鸡群"似的曹雪芹,就和张宜泉笔下"南人逸士"似的曹雪芹不一样。而他们三人笔下的曹雪芹和那接近穷人、积极帮助穷人的曹雪芹又不一样。最奇怪的是,陈、刘文中说他们三人,只提到曹雪芹的诗文,而没有提到他的小说《红楼梦》。难道陈、刘两位不知道《红楼梦》当时被视为禁书么?弘晓在乾隆二十四年过录《石头记》时,不但完全用家人偷偷地在家里抄,而且还把"胜则王侯败则贼"改为"胜则公侯败则贼",这不都是为了害怕受到政治迫害么?乾隆的堂弟弘旿到了乾隆三十三年对《红楼梦》闻名已久,却仍然不敢看它哩!难道张宜泉那句"爱将笔墨逞风流"只是指雪芹的诗吗?敦诚的"开箧犹存冰雪文"的"文"也只是诗吗?与雪芹同时虽然年纪稍小,而却是朋友的墨香和明义,不是都有过或看过《石头记》(或《红楼梦》)的过录本吗?曹雪芹当时就以多才多艺、诗文,特别是《红楼梦》见知,并不是大家所不知道的事,为什么陈、刘两位偏要说曹雪芹被人称道的只"是他的诗和画,而不是他的小说"呢?

  曹雪芹虽然是被抄了家的曹家成员,可是毫无疑问,他的祖父、父亲都不可避免地给他留下一系列亲戚和社会关系。董邦达很可能是曹頫当日做官时的相识,给曹雪芹题像的蔡以台、秦大士、钱载等都和董邦达相熟。董又是个贫寒出身而步上青云的人物,看那《富阳县志》所载他考中了功名做官之前的那段遭遇,一方面很苦,另方面也可见他还是个比较老实的人。既和曹頫或曹家有关系,而又先贫贱后富贵的董邦达之所以能同情一个"生于繁华,终于零落"的曹雪芹,难道是绝对不能想象的事么?

不敢同被抄了家的人接触的人,那当然是有不少的。可是,知道抄家是非正义的、而又敢于同被抄家者接触的,古人有,现在的人也还不少罢!陈、刘两位有什么理由认为董、曹不能有接触呢?至于说曹"当场请董邦达为《考工志》题签写序以抬高这部书的身价",不知这"当场请"三字是何所据而云然?如果没有根据,那么,说曹雪芹是"一个曲意逢迎的清客式的人物",那简直是对《红楼梦》作者的绝大污蔑。陈、刘文中还用"亲密无间"、"水乳交融"等词句来形容曹雪芹和董邦达的"关系",试问两位同志在什么版本的《记盛》阙文中(包括他们两位从我手里抄去的孔祥泽的《懋斋记盛的故事》在内)看到这样的文字?或给人以这种印象的叙述?如果没有,那就真令人不能不想到只以"舞"只字只句的"文"来企图打胜这场笔墨官司了。

至于陈、刘两位拿董娶婢为侧室同《红楼梦》里贾雨村纳娇杏为妾相比一点,就是陈、刘他们自己也认为"当然我们不能把小说中的人物和现实生活中的原型等同起来"。他们虽然似乎谨慎地说"不能等同起来",但这句话中的"原型"二字,我看也用得有些"冒失"吧?你们有什么证据证明贾雨村纳妾是以董娶婢事为原型的呢?如果没有真凭实据,这不完全是"主观臆断"吗?而且在广大的读者心目中,对贾是卑视的。反之,看了《富阳县志》中下面这些话后:

> 会中秋夜,侍郎与文恪宴饮,从容述婢语,愿奉为箕帚妾。文恪瞿然曰:"某落魄京都,遍都中无青眼者,不料婢子相知如此。虽正位可,况妾耶?"

读者能对董有像对贾雨村那样的感想么?像贾雨村那类事,那个时代是很多的,多到不可胜数,为什么要用这种例子来不伦地比拟呢?比拟的结果又是恰恰与陈、刘的结论相反:贾雨村是强索,董邦达是感纳,人们都是会分辨得很清楚的。这不适足以说明董的那个行为在当时还算是正派的么?

九　关于敦敏的瓶湖懋斋记盛

第一，我们必须开头就声明：《记盛》一词在文义上不等于"盛会"。陈、刘文中屡次提到"盛会"，我认为除了故意夸大，以便有利于他们自己的论点外，没有别的作用。试看当日情况，客人都是和主人相熟的人，吃的不外是敦敏的家人所做的菜，曹雪芹参加做了多种做法的鱼。请客的目的不过是鉴别一些"古画"。这能算是"盛"大的宴"会"吗？"盛"字在这里毋宁表示作者对那次会的高兴的心情。我们首先提出这点，希望广大的读者不要被陈、刘两位故意夸张事实的过甚之辞把思想引到不符合情况的路子上去。

第二，敦敏的散文，除了《懋斋诗钞》的小序外，我们只看到《记盛》和《敬亭小传》两篇。我认为《记盛》的文字虽不如敦诚的好，但也可谓很通顺。茅盾同志在他给我的一首诗上说：

> 浩气真传耀晚年，曹侯身世展新篇。
> 自称废艺非谦逊，鄙薄时文空纤妍。
> 莫怪爱憎今异昔，只缘顿悟后胜前。
> 《懋斋记盛》虽残缺，已证人生观变迁。

俞平伯先生也曾在给我的信上说：

> 《懋斋》一文，详尽生动，诚为佳作，若芹圃其人呼之欲出矣。

我们相信，这两位老先生对旧文章的造诣都是很深的。他们并未觉得《记盛》一文"在古文中，实可说是伤于纤弱"（引陈、刘文语）。

《敬亭小传》是付刻之作，当然作者要慎重将事，在付刻之前不免倩旁人加以润色。即使是这样，我们试把《记盛》和《小传》拿来比一比看，两者文字的水平，也并没什么差别，尽管叙述的内容完全不同。尤其值得重视

的是,敦敏自知古文写得不如他弟弟写得好,所以在两篇文章中,都做了谦虚语。他在《记盛》中说:

>   ……董公孚存……嘱余制文,记其盛况。〔嗟〕余才疏学浅,谫陋无文。每有句读之失,难免鲁鱼之讹也。余尝与过〔公子〕龢曰:"若敬亭得与此会(时敦诚在喜峰口司榷事——裕注),而撰斯文,〔庶〕不致挂一漏万矣。"兹勉述之于后。

由于敦敏知道自己的文章确不如敦诚,所以才说这些老实话。真是无巧不成书,在他写的《敬亭小传》里,也有与上引类似的自谦话:

>   乙卯秋,桂圃三弟将刻其(指敦诚——裕注)所遗诗文。谓余曰:"二兄斯文,既付梨枣,但其平生之做人行事,人无从而知,未免缺焉。大兄盍为立一传?"余闻之且泣、且感、且愧:自知不文,不足以传敬亭,但无词以谢,因退而回想其为人行事,聊书梗概,以质三弟。

难道《记盛》和《小传》中的这种谦虚自知的态度和文字,是偶然的相同吗?这不正说明两文是同出一人的手笔吗?如果这也是"做伪",那我们真的只有对他或他们的做伪技巧叹为"观止"了。

第三,再谈谈陈、刘认为是科学的、读者也十分关切的气象问题。陈、刘文中第五节有"'雨雪频仍'和雨雪缺乏"一节,指出《记盛》中"入冬,雨雪频仍,郊行不便"一语的"入冬,雨雪频仍"没有根据,因而断定《记盛》为伪。

按陈、刘文用了许多天气晴雨的记载(其中也包括乾隆的御制诗)、乾隆二十三年晴雨等论据。陈、刘文又据《东华录》说:"从乾隆二十三年冬到次年夏季,雨雪罕见,存在着极其严重的旱象。"按旱与不旱,应该是当年春季、夏季下雨与否的问题,至于冬季下雪与否,如果与旱象有关的话,那也是与翌年,即乾隆二十四年的旱与不旱有关,而与二十三年本年的旱否无关。这是常识,不必多说。

现在且看乾隆二十三年"入冬"到底能算是"雨雪频仍"与否。我在一九七九年在水电部水利电力科学院水利史研究室时，遗漏了查这一点。经去信询问后，于一九七九年四月十一日得该室朱更翎主任复函如下：

> 乾隆二十三年九月大，"初六日子时至寅时雨"，"初九日辰时微雨"，"十四日申时微雨，戌时至亥时微雨"。余日均为晴天。
> 十月大，"初五日酉时至初六日子时微雨"，"初六日子时至丑时微雨"，"初七日亥时微雨"。余日均为晴天。
> 十一月小，"二十九日辰时至巳时微雨，午时雪"，余日均为晴天。
> 十二月大，全月均为晴天。
> 二十四年正月小，"初十日卯时至辰时微雪"，"十二日卯时至亥时微雪"，"十八日寅时雪，卯时至未时微雪"，"二十三日子时至卯时微雪"。余日均为晴天。

我不知道为什么陈、刘两同志在他们的文章中竟把十一月二十九日辰时至巳时的"微雨"写成了"微雪"，而午时则如实地写成"雪"？是不是因为要如实地写成"微雨"，那就真的是"雨雪频仍"而不利于他们的论点了？这个问题需要陈、刘两同志向读者说明一下。

我认为，敦敏的《记盛》应该是写于乾隆二十三年的腊月二十四日之后到二十四年的正月底之间。不管写于哪月、哪天，"入冬，雨雪频仍"，都是回顾二十三年的过去。"入冬"照旧俗是指十月起到十二月底止。我们参看上引朱更翎同志给我抄的《晴雨录》，十月初五、初六、初七均有雨，十一月二十九先雨后雪的情况回顾一下，请问陈、刘两位同志，怎么不可以说"入冬，雨雪频仍"呢？

至于"郊行不便"的问题，这一方面说明敦敏二次去白家疃肯定是在十月之前，另方面也是结合当时交通的实际情况。须知那时没有柏油马路，雨后道路泥泞，行车骑马都不那么方便。这种情况在永忠、敦氏以及当时他人的诗文集中，都能找到有关的证据。我在一九二七年来北京的时候,太平仓即现在的平安里、琉璃厂的路,雨天都很难走。城外西郊,从西直门到颐和园,有皇帝往来,犹可说也;但由颐和园到白家疃一带,雨雪之日,道路难行,不言而喻。敦敏说"郊行不便"不是实况吗?至于天旱不旱的问题,如果是指乾隆二十三年,就北京来说,那是入冬以前的春、夏下雨不下雨的问题。老实说,秋雨都和本年的旱情无关了。所以,尽管陈、刘找出些二十三年天旱的证据,也丝毫不能证明二十三年的入冬,不是"雨雪频仍"。

因此,对读者最关切的这个气象问题的进一步探究,其结果是:二十三年的"旱情"与同年入冬的"雨雪频仍"无关,后者是《晴雨录》上明明记载着的实录。

第四,据孔祥泽的《懋斋记盛的故事》得知,在《瓶湖懋斋记盛》阙文中涉及的内容中有曹雪芹和董邦达共同鉴别的一张所谓"李龙眠绘"的《如意平安图》。这个图居然在香港《大公报》一九六五年二月十四日的《艺林》上,出现了它的照片。这就足证《记盛》不假。关于"李龙眠"的这幅画,孔祥泽的《故事》所述,大意如下:

> 署名李龙眠的《如意平安图》是一张工笔画。画中有一胆瓶,外边裹着一块锦料的包袱。胆瓶中插着两朵荷花,衬在三片荷叶之间。荷叶下面有几枝细竹,也插在瓶里。瓶的旁边还画了一盆灵芝草。盆下边放着一个托盘,盘内盛着佛手等果。画的右上角,写着"如意平安"四字,字的下方写着"李龙眠绘"。除名章外,还有两个闲章,盖在画的左下角。
>
> 董邦达先问:"这幅画确是下了一番功夫,色也用的不错。雪芹你看怎么样?"
>
> 雪芹看过了画后答道:"这幅画不逊于元人的写生上品,但是谈到真伪,我怎敢在几位前辈面前,妄加月旦?"
>
> 董邦达道:"雪芹不要太谦,你已经指出这是仿元人笔意的写生之作了,何不直说出这不是李公麟的真迹呢?"

> 过子猷忙问雪芹:"您怎么断定是仿元人笔法呢?"
>
> 雪芹道:"这不难看出。李公麟是以白描人物享名于当时的。他下笔挥毫,如铁线迂回,后人很少有偌大笔力。他不喜写生花卉。而且这画里的胆瓶,已是元代式样,宋朝人怎么能够预拟元人的样式呢? 这不是好的佐证吗?"
>
> 董邦达也接着说:"这幅荷花竹叶插在胆瓶里,固是实地写生;那盆灵芝和佛手,却是笔者虚拟。两者格调,并不相容。公麟为宋一代名手,何能出此? 雪芹卓识不差!"
>
> 曹雪芹便对敦敏说:"只这商祚一幅足资珍藏,其他几幅,画的并不错,可惜笔者偏偏要题上前人的名字,意图抬高身价。这种徒务虚名的风气,明朝人已开其端了。"

从香港《大公报》的这张图片上,看不出任何题字和图章,编者也没加什么按语,只在这张照片的旁边用铅字排了"元人如意平安图"七个字。这大概是因为曹雪芹当日断定该图非宋人李龙眠所作,后来敦敏也就根据雪芹的判断,把它叫作"元人如意平安图"了。至于敦敏收藏的这幅画为什么流传到香港,那并不奇怪。一九五四年我给文化部洽购杨氏两千数百册藏书(大部为满族人的著作),永忠的《延芬室集》手稿、敦敏的《懋斋诗钞》手稿、张宜泉的《春柳堂诗稿》刻本等等,都是在杨氏藏书中发现的。而藏书者恩华氏即现在香港大学杨宗翰教授的父亲。敦氏收藏的书画,流传到香港,有何可怪!

这幅画的发现,无可置疑地证明《记盛》的真实性。

第五,《记盛》原文中有两处有眉批,一处是在钮公的上面批了"十月赐第钮公,命余就过公乞书"。这显然是敦敏写完了《记盛》以后,自己写的批。若不了解情况,谁能写出这样的批语?

另一处批语,是在"入冬,雨雪频仍,郊行不便"之前的上端批"子明,余意宜将前段略去"。"子明"是敦敏的字。为什么这个批者建议删掉"前一段"呢? 前一段是什么呢? 前一段都是白媪对敦敏说雪芹如何在吃了早饭吃不上晚饭的情况下,还以卖画所得的余钱去救济孤寡那些义行的。这条批,我从前认为有两个可能,一个是敦诚从喜峰口回北京后,看了《记盛》,认为前一段琐屑,可以删去。另一个是曹雪芹自己看了,不愿旁人知道他所做的那些助人的行为,才写了主张删去那十个字的。结合《记盛》中所记于叔度对敦敏说:"'当日若非芹圃救我,则贱躯膏野犬之腹也久矣!'芹圃亟止之曰:'适逢其会,无足挂齿。何况朋友本应有通财之义,今后万勿逢人便道此事也!'"看来主张删去这眉批的人,还应该是曹雪芹自己。如果要谈"性格逻辑"的话,我看这一主张删去人家赞誉自己的眉批,倒是合于像曹雪芹那种对豪富狂傲却又能慷慨济贫,而不愿受惠者"逢人便道"的性格。这和那种媚上傲下以小惠沽名的人刚刚相反。很难设想作伪者能够想得这样周到、细致,来加上这样内容的眉批。故这条批语也可以证明《记盛》为敦敏所作。前一批是敦敏的亲笔,后一批则为雪芹亲笔也。

第六,张宜泉的《题芹溪居士》诗中说,曹雪芹"庐结西郊别样幽。门外山川共绘画,堂前花鸟入吟讴"。这个"结"字,研究者们以前都不求甚解地放过去了。现据《记盛》所云:"春间芹圃曾过舍以告,将徙居白家疃。"又记白媪"愿以其'茔'侧之'树',供〔雪芹〕筑〔室〕"。当敦敏往访雪芹于白家疃时,又亲见雪芹的新屋"筑〔石〕为壁,断枝为椽,垣堵不齐,户牖不全"的情况,这足证雪芹在白家疃是新建茅屋。俞平伯先生读到《记盛》后来函,对我根据张宜泉诗中"庐结"二字,断定是盖的新居,也认为"自无可疑"。

此外,实际的调查也与当时所述的情况符合。一九七二年,我和孔祥泽最初要去白家疃调查一下的时候,我们都不知道白家疃在北京郊区的哪个方向。我记得还是周汝昌先生来我家时,谈起这件事,他也不知道。但他告诉我,说他有一本郊区派出所管界的手册。隔了一天,周让他的儿子给我送来。我查了半天,才在海淀区派出所管界内找到了白家疃这个地名,原来是从北京海淀、颐和园到青龙桥便可岔往温泉以及去妙峰山的必经之路。"疃"字,我们最初也不会读,而是查字典才知道读"tuǎn"的。后来,到了白家疃,又知道该地俗名白家"tān"(滩)。弘晓的《明善堂诗集》里也有用"滩白"来代替白家疃处。我和孔祥泽第一次去调查,是在一九七二年十月乘公共汽车、拿了机关介绍信去的。承当地生产队党支部书记和大队长的帮助,请了四五位七八十岁的老人座谈。简单地说,我们那次得到以下重要的结果:

(一)白家疃村西头早年有水,并有一座用四块巨石搭成的小桥。世代相传桥的年代已有二百多年之久。桥的西面,在早年没有人居住。桥下的溪流是从村西、村东的山里流下来的水。据说早年山下还有一条河,流向石桥,过石桥转向西北流去。现在河早已改道,所以只有春末、夏日、秋日,有时有水了。这些情况与敦敏《记盛》所述都符合。

(二)白家疃和香山的居民交往时,走的是一条从黑龙潭附近翻山到卧佛寺的路。这条路全长不过七八里,据老人们说,从来两地的婚、丧、嫁、娶都走这条路。因为要是走大道,就得从白家疃先奔青龙桥,再转到香山,那大约四十多里了。这一点也说明曹雪芹由香山经山路迁居白家疃是并不难的。

(三)最重要的是,我和孔祥泽得到了这个线索,就遍走白家疃各处调查,发现了现在已改为白家疃小学的允祥贤王祠,旧的房舍骨架仍在使用。一个字迹可辨的石碑以及允祥未死之前建别墅时的戏楼,都还残存。我和孔祥泽最初是沿着汽车路找到石桥的。当时我们都奇怪,为什么敦敏《记盛》中说,"循溪北行,过石桥"才是雪芹的新居呢?不得其解。后来,我忽然想到,汽车路是近年来才修筑的,可以在石桥之北;而乾隆当时的人行、车马行路却是在村南的山根下,那就是石桥之南了。敦敏那时由山根的路骑马,当然得向北行才能达到小桥。有了这个理解,我和孔祥泽都非常高兴,这些实际情况与敦敏的记载也相合。

我最近详察孔祥泽描下的《记盛》残文的双行夹注所云"过〔石〕桥〔乃达〕"一语,也有添补的错误。因为"乃达"两字的原空,现在看来是三个字的空，而且最后还剩下了一个右边像"斤"字最后一笔的一竖。这次仔细推敲，结合当地的地形位置，该三空应该是"再南折"三字。那就是，敦敏沿小溪的东侧从山根向北走，看到但尚未到达石桥，在石桥之南某处看到雪芹的茅屋，正是"斜向西南"，而且他还得过了桥再南折，才能到达。我在一九七三年写那篇《曹雪芹佚著及其传记材料的发现》一文时，私下还怪敦敏怎么连方向都搞不清楚。我们现在虽然已经看不见雪芹的新居遗址，但可断言，他不会把房子建在面对西南的方向，而必定是建于正南的方向。经实地调查才明白，我们原来认为雪芹的新居和石桥是在一个直线上，过了石桥就是。现在看来并非如此。新居是在桥的西南。这"斜向西南"四字正是敦敏骑马到了近石桥、但还未过石桥，举目向西南看时的方向感。这一实际调查的情况与《记盛》的符合，强有力地说明《记盛》的可靠。

我看光坐在书斋里，仅从只字片言的文字上找出些可能是自己还没看过的书籍、没去过的地方的"漏洞"，是不能解决一件历史事实的真伪问题的。这和文字、文句的版本考订，完全是两回事。

如果再说几句，那就是敦诚《赠曹雪芹》诗中的"日望西山餐暮霞"、敦敏《赠曹雪芹》诗的"碧水青山曲径遐，薜萝门巷足烟霞"，又《访曹雪芹不值》诗的"野浦冻云深，柴扉晚烟薄，山村不见人，夕阳寒欲落"，张宜泉的《和曹雪芹西郊信步憩废寺原韵》中的"寂寞西郊人到罕"，这些写于乾隆二十六七年的诗句，都是描写曹雪芹白家疃这个新居而非香山故居的环境的。据白家疃大队长告诉我，香山虽然属于西山山脉，但没有人称之为西山。白家疃一带的山才是人们呼为"西山"的山。上引诸诗句中所述的荒凉、人稀的景象正是当日距白家疃村还有里许、位于小桥西南雪芹居处的景象，绝非人口既多，而又热闹的香山一带。这也可以证明《记盛》所述、敦敏目睹、宜泉到过的乾隆时的白家疃的实况。

第七，此外，我觉得根据上述一切证据，判断了《记盛》之不可能是赝品之后，关于有些问题当然还可能一时查不出来出处。但那是需要我们继续努力考证的问题,不能因为一个并不相同的人名查不到或年龄不对头,就否定已有许多可靠证据证明不可能伪的《记盛》全篇是假的;尤其是,因而便处处用连坐法断定《考工志》以至整个《废艺斋集稿》都是假的,那就更加讲不通。

有点历史知识的人都会知道,不但个人记一件私事的仅存记载的内容不易完全搞清楚,就是许多历史家记载的历史上重大政治、军事事件,也还有到现在还不能完全了解之处。马王堆出土的那个女尸到底是谁,不是到现在还有争论么?

《记盛》中的钮公原作"□舅钮公",陈、刘文因查不到出处而名之为"神秘的钮公",这是很武断的。须知□填为"母"字是我根据《记盛》残文填补的,而且我曾在附注里说:"□似母字,余划太少,看不清楚。"现在看来,母舅当然不可能。但在文字中称岳父为外舅,弟弟的外舅在文字上哥哥能不能也呼之为"外舅"呢?如果能,我们知道敦诚的岳父就是钮祜禄氏,这不是可以讲得通吗?如果《记盛》是赝品的话,伪造者的有关曹雪芹本人及其亲戚、交游的知识定会不少,他能那么傻气露出这样容易被人识破的"马脚"来吗?此外,那个□处也可能是个"姻"字,那就也可能是指敦诚的岳父了。

至于在地方志及其他有关书中查不到钮公这个人,因而钮公就变成了"神秘"人物,那不仅逻辑奇怪,常识就也缺乏了。一个北京贵族,为了某一件事被派到地方去,难道就一定要在地方志中有记载吗?或者有记载,我们就担保已经查遍了群书么?

关于敦惠,须知《爱新觉罗宗谱》上却是"敦慧"。陈、刘文又提年龄问题,但也须知《宗谱》的错落不堪有时超乎我们想象。例如,《宗谱》记敦敏"乾隆四十年十二月授宗学总管,四十七年十一月因病告退。乾隆三十七年壬辰四月初八日子时卒,年四十四岁"。四十七年因病告退,而三十七年就死掉了,你说怪不怪?实际上我们知道直到嘉庆元年他还给他的弟弟写《敬亭小传》哩。难道这样的材料不应该仔细审查么?难道仅仅用

"神秘的钮公"、不一定名为"敦慧"的敦惠就能否定《记盛》全文了么？我认为，这些问题只能算作存疑的问题，也就是有待再做些努力——再找出更"翔实"的材料、更"有据"的证据的问题。否则，即使缺席宣判《记盛》为"伪"，广大的读者也是要替《记盛》向"最高法院"上诉的。

十　关于所谓"自题画石诗"的问题

关于所谓"自题画石诗"，我本想作详确的答复，但因陈、刘文最后声明：

> 我们则有确凿的证据可以肯定抄存者是看过《诗草》的，而且可以肯定他就是从我们所见到的这部《诗草》抄本中抽出这首《自题画石诗》来的。

我遂决定想等看到他们掌握的《诗草》（即《考槃室诗草》——裕注），经《红楼梦》研究者们和讨论一方的我鉴定真伪后，再表示我的意见。我虽然要忠于我的看法，但我不能固执我的看法。重要的是，我们都得要向广大的读者负责。以下，我仅提出与将来解决这个问题不无关系的几条事实和看法。

第一条，陈、刘在《"自题画石诗"的作者是谁？》一节中，有这样的话：

> 读者不禁惊羡这位抄存者能够接触这么多曹雪芹的"佚著"！他不仅亲眼看到日本商人金田氏所藏的海内"孤本遗稿"——《废艺斋集稿》的"手稿"本，亲手"抄下了董邦达为《南鹞北鸢考工志》写的一篇序"，并"把其中关于风筝的部分，描摹下来"，而且他还从他外祖父的《考槃室札记》手稿中找出"曹雪芹《红楼梦》之外的一首完整的诗"。

"读者不禁惊羡"，旁的读者我不知道，至于陈、刘两同志"惊羡"，那并不奇怪。孔祥泽为什么有那么多机会接触这些珍贵材料,我认为是和他的年龄,特别是他的家世、家族关系和社会关系,有密切联系的。以陈、刘两同志的年龄和经历"惊羡"孔祥泽竟有看到那么多有关《红楼梦》作者材料的机会,是不奇怪的。但是,他们未经调查,就怀疑、甚至断定孔祥泽看到那些珍贵材料的事实是假的,那就奇怪了。

我以前也不详知孔祥泽的家世,他自己过去由于出身不好,也不详谈。这次陈、刘文刊出后,我特地把他请到家里来,他谈了三个小时有关他的家庭情况,我还把他的话录了音。现在只简单地说明他的父系、母系情况。我认为广大的读者看了之后,就不会对孔祥泽这个人有机会接触那些材料,觉得可"惊"了(陈、刘两位的态度,我不敢说)。至于"羡"有看到雪芹佚著遗墨的机会,说实话,连我这老头子也不免。

孔祥泽同志的父亲,名繁锦,字华清,安徽合肥人。北洋时任陕甘边防督办兼陇南镇守使,驻防地在天水。他父亲的表弟张广建,当时是甘肃督军。甘肃省长潘龄皋是孔繁锦的盟弟,冯玉祥、于右任都是他父亲拜盟的弟兄。孔繁锦是安福系中的人物,和段祺瑞关系甚深,孔祥泽呼段祺瑞之妹为十三姑。

孔祥泽之母,名瑾瑜,字楚珩,嫁孔繁锦前曾议婚于溥心畬,不果。有诗稿名《楚珩诗草》,曾在我家放存数月。她是孔外祖父富竹泉的长女。富竹泉是恭王府的总管,富的长子出继王姓,名王承荫,字诗樵,曾给溥儒做过伴读。孔祥泽少时,就曾看见过溥儒由礼王府借来的一批曹雪芹的书画,他的母亲还描摹下来曹雪芹画的一个墨蝶。《废艺斋集稿》就是礼王的后人金鼎臣卖给那个所谓金田氏,后来经孔祥泽回忆,叫作□信武夫的日本人。

我认为,出身于这样父系、母系家庭的孔祥泽,能够看到那些材料是不奇怪的。

第二条,陈、刘看到的《考槃室诗草》,是吴晓铃先生购藏的。有人看到过所谓"自题画石诗"的一页的照片,据说这首诗有剪贴的痕迹。据陈、刘文,他们似乎既看到了照片,也看到了吴晓铃藏的原稿。我至今还是两者都没看到。我和吴晓铃先生并不相识。经过一位朋友的介绍,我于一九七九年四月三日晚,带病同我的爱人去看过他,不巧他也在卧病。他说《诗草》不在手边,拿去复制了。我问他:"听说'自题画石诗'有剪贴的痕迹。"他说:"没有注意。"我又问:"诗的原题是'自题画石诗'五个字吗?"他稍想了想说:"是的,就是这个题目。"我说:"'自题画石诗'五个字,是我在一九七三年《文物》第二期上发表那篇文章时,给那首诗命的名;要是在其本人诗集中,不但那个'诗'字应该取消,而且'自题画石'也是应该作'题自画石'才妥啊。您以为呢?"他说:"啊,啊,我记不清楚了,等复印的本子拿回来再看吧。"我们的谈话基本上到此为止。最后,我向他道歉,在他病中来打扰。事后,我和同去者又核对一下当时我们的谈话,就是如此。我认为,要解决《题自画石》一诗到底是谁的诗,不让我们看到吴晓铃先生收藏的这个本子,无法解决。

第三条,关于这个我还没看到的《考槃室诗草》抄本,据陈、刘文中说:

> 是一种清钞本,共分六卷,装订为两册,作者署名为"宛平稚川居士"。(中略)《诗草》书前附有近人所写的一则题记,其中说:"稚川居士姓富,名竹泉,字稚川,别号稚川居士。"(中略)《诗草》卷五有《哭长女孔楚珩》五律两首及《再哭楚珩》七律一首,可知其女名叫楚珩,其婿姓孔。(中略)不难发现,这位抄存者即是富竹泉的外孙。(中略)《诗草》中所收的诗,都是按编年排列,约作于一九二四年至一九三三年之间。

有人说《诗草》是孔祥泽卖给书店的,孔还给书店写了该书的一个说明。关于这件事,一、我曾正式问过孔祥泽,是否他卖过这本《诗草》,是否写过那样一个说明?孔说:"绝无其事。将来您要到中国书店调查,我愿跟去看看到底是谁的手笔。"这说明孔个人敢于出面对证。二、我因病不能亲往中国书店,却曾让骆静兰同志代我同该店的副经理郑宝瑞同志仔细谈过,郑说:"一定给查,不过我也在业务部分待过,知道我们收购书,从来没有让人写过什么说明的事。"过了些时,他给骆静兰同志打电话,说没有查到这样一个"说明"。因此,我们只有希望掌握这个售书说明的人,连同原书拿出来给大家看看了。否则,《题自画石》诗的出处,是解决不了的。

富竹泉的第二个儿子名德荣,字亚铎,京师高等警官学堂毕业,解放前曾任北京内六区的署员,日伪时期调内五区。后因神经不时失常,被革职。解放后病死在哈尔滨他儿子的家里。他生时曾偷窃亲友家的财物、富竹泉的遗物出售,并尝把他父亲、姐姐和其他亲友的诗抄录在一起出售。据孔祥泽说,陈、刘文所谓《诗草》,很可能是他搞出来出售的。总之,既有这些情况,就必须公布以上这些材料,才能使真相大白。我们只有拭目以待了。

第四条,关于陈、刘在本节中的其他论据,我本不想说什么,但陈、刘文语言刻薄、气势凌人,而论据又实在薄弱得很,故不能已于言。例如"不求邀众赏,潇洒做顽仙"两句诗,本来是曹雪芹(在最后判决书下来之前,请允许我还是认为它是曹雪芹的诗吧)表示不阿封建之俗、不肯为封建统治者服务、不屑顾流俗的毁誉的态度,不知道为什么陈、刘两位竟以为写了这样两句诗的人"就不会倾毕生心血来写《红楼梦》了"、就必须"在北京西郊吟风弄月,自得闲适之乐"了。

至于陈、刘所举《考槃室诗草》中的其他诗里有"有才堪用世,无才做良民"(见《肥遯吟》)、"超然无所欲,潇洒出樊笼"(见《忘机》)几句诗,由于其中有了"无才"、有了"潇洒"诸字,就能证明包括"无才去补天"和"潇洒做顽仙"句子的《题自画石》诗必然出于同一个人的手笔吗?我不是搞文学的,写到这里,我不能不惊异两位文学研究者的推论胆量之大。如果用这种只字片言的相同就能证明两首诗出于一人的手笔,那恐怕崔颢和李白的诗句也有可能被认为同是一人的诗,杜甫和李白的诗句也有可能被认为同是一人的诗罢?因为他们也有用过两个相同的字"的诗",姑不论一个字的相同了。何况,陈、刘两位举的几句诗中的思想,一望而知与《题自画石》的思想毫无共同之处。读者试思,"无才做良民"这可能是《红楼梦》作者的思想吗?

陈、刘又认为《题自画石》诗"说句不客气的话,实在平庸得很,没有一点李贺的风格,也没有什么诗味"。我倒要问:"满纸荒唐言,一把辛酸泪。都云作者痴,谁解其中味?"不是曹雪芹的诗吗?难道也平庸吗?没有诗味吗?难道必须像李商隐写的那部分难懂的诗,才算是诗吗?而且就算是李商隐,他也还有林黛玉欣赏的"留得残荷听雨声"这种易懂的诗句啊!敦诚固然说过曹雪芹的诗像李贺,这本是他的一个印象,有对的地方,也有不对的地方。难道首首都必得像李贺的诗才算是曹雪芹的诗吗?俞平伯先生见到我介绍《废艺斋集稿》一文后,于一九七三年一月二十七日给我的信上有云:"(上略)《题自画石》诗,颈腹两联与《石头记》互相映发,且为雪芹仅存完整之作。"还有能诗的其他几位老先生(未征得同意,不便举名)也都认为《题自画石》的诗是雪芹之作。我说这些,当然不算什么论据,更不是拿他们来吓唬人。但我们总应该认为他们对于旧体诗的造诣比较深吧。

到此为止,关于《题自画石》诗的真伪,我没成见,但要等陈、刘两位拿出证据以后,再定是谁的诗。

十一　最后不能不说的话

我认为,许多同志看到我时也对我说,陈、刘两同志文章开头就谈捏造材料那一段话的用心是不恰当的。他们那段话表面上说的是过去某些事实,实际上会起着引导广大读者向当前的讨论上想的。在我们提倡守法的今天,"作伪"和"说人家作伪"都可以不仅是道德问题,而且是法律问题。孔祥泽同志已平反,他有权利说话了。

要谈"争鸣",我想陈、刘两同志那段话也是不利于争鸣的。我虽不倾向于认为、但那也可能是一种手法——一种使人不敢说话的手法。学术讨论应该这样么？

老实说，我得很努力压抑自己的感情才能读完陈、刘的文章。文中超乎辩论范围的用语是那样多，意气那样重，自信那样强！我本想心平气和地回答他们，但是做起来很困难。

今后，希望我自己和陈、刘两位，以及所有进行学术讨论的同志们，都应该以所讨论的问题为共同"攻克"的目标，把讨论的两方看成从左右两翼向难题进攻的力量。攻下了目标、解决了问题，才是胜利。不论是左翼或右翼攻下的"关"，两翼都是出了力的。

一九七九年六月二日作者于沙滩。

第十五篇　跋日本松枝茂夫教授关于访问高见嘉十教授的来信（附录四）

一九七九年五月我曾在复《红楼梦》日文译者伊藤漱平教授的信里，托他转给早稻田大学松枝茂夫教授一信，询问松枝茂夫教授访问一九四四年在北京参加抄摹曹雪芹佚著《废艺斋集稿》的高见嘉十先生的经过。同年六月九日得到松枝茂夫教授的回信并附高见嘉十先生本人及其他有关照片。由于高见先生是这件事在日本的主要证人，所以他的话有必要让读者们知道。虽然他已经逝世，幸而还有日本松枝茂夫教授因看到我在一九七三年二月的《文物》上那篇《曹雪芹佚著及其传记材料的发现》，在高见先生生前去访问了他，并且证明一九四四年高见先生在北平任教时参加了抄摹风筝图式，实有其事。我现在把松枝茂夫教授给我的信抄在下面。

以下是他用中文复我的信的全文。

　　吴恩裕教授：贵函早已奉收了。承您下问，把我曾跟高见嘉十先生会见的事情，略说一二吧。

　　一九七三年二月《文物》所载贵文，惊动一时，连我们海外的人也非常兴奋;何况说那八卷珍书可能流到日本。

同年十月初我的一个学生给我查到高见先生的住址,在东京美术学校(现改称为艺术大学)的毕业生名簿里。那地方由东京离着很不近,约六七百公里,叫作富山县上新川郡大泽野町(富士市南凡二十公里)。十月五日,我就跑到那地方,听得他还在此世,很高兴了。不过他们说,他现因老衰,在富山市的一个病院里疗养着。我就转到富山市,在一个中川精神病院里竟找得到他。据院长说,他的病名是老年性脑动脉硬化,恢复百分之九十不可能的。得院长的许可,看护妇立会之下,我跟他交谈了十分多钟。他是较短小身干,生白胡的,两脚瘦细得可怜。不过他那炯炯眼光,一见叫人觉得他为异人无疑。一交谈就晓得他已经太老衰的做了一个"恍惚之人"了。加之,这七十八岁的老人,所说的话,半懂不懂,听不明白的地方太多了。我翻开着《文物》杂志里的那几种风筝图,一一指着问他:"这些图样您记得不记得?"他就想了一想,略点一点头,回答说:"记得,我还替他改一改了。"我问:"《废艺斋集稿》您看过么?"他答:"不记得,我不知道。"我问:"姓金田的日本人,您记得么?"他答:"不记得。"我问:"那抄存学生姓什么?"他答:"不记得。"

一问一答,竟得不到要领。他还说,他在北京常常被中国人认错为一个蒙古人。牡丹花的名字,中国人不知道的,他都知道。他作的雕刻品,定购的人很多,赚了好多的钱。……都是不关紧要的事。看护妇说,这老人从八月入院以来,今天初次说了这么许多话哪。听说他在病院,老耄的昼夜不分,不摄常人食,这三天一粒也不入口,终日默默不语的。

那天我在大泽野町的老人健康中心(center)里投宿,离他常住的小屋逼近。这木造的小屋在一个小小的植物园里。高见先生平生精通花木,他从高山搜集来的亚热带植物,凡八百种,三千棵(或说是二千),大泽野町就给他筑造了一个植物园,又给他筑造了这个小屋,托他管理。町长要给他月钱,他说不要了,一文钱也不收。他很爱攀山,日本的 Alps 的高山,听说他无一座不攀登的。天晴了就登山,下雨了就雕佛像。不吃粒米,只吃麦粉,偏爱喝酒,那酒是他自酿的蝮蛇酒和松叶酒,无妻无子(他原来有离婚多年的妻子,还有四个儿子,就中一个现住在东京),真是一个神仙似的人(又有些人说是乞丐)!

十月六日的那天,我过访了他那小屋,点检一过(我得了他的许可),很期望着有什么证据物件。结果是,没有了,什么都没有了。只有的是:十几本笔记簿,都是关于花木的;几本水彩画帖,大概都是画山水花木的。就中有三本北京画帖最引我的注意。可是那风筝图,半个影儿都找不着了。(跟我一同去的公民馆长说,他曾看过风筝图在这里,现在可惜没有了。)至于书籍呢,一本日本书也没有,何况是中国书,何况是《红楼梦》什么的。其外有的是他刻的还没刻完的佛像,还有他从山里发掘来的许多石刀石斧之类而已!

回到东京次后,我要找那姓金田的人的下落。有人说,他可能是在北京收买古董的。我就跑到一个东京最有名的古董铺里,那铺帐柜(战事中在北京多年的人)说,那时在北京有好几个日本古董商人中,没有一个姓金田的。又有人说,姓金田的可能是个朝鲜人吧。当时日本政府强制朝鲜人改姓,朝鲜姓金(Kim)的,大都被改称了日本式的姓金田(Kaneda)。那么那八本书可能流落到朝鲜半岛去吧?我们越发没有法子,只得束手了。

关于高见先生和姓金田的人,我们所知道的事不过如此。

一九七八年九月香港《明报月刊》(第一五三期)上所载,黄庚先生和孔祥泽先生说及我跟高见先生会谈之事,他们说得差些。关于《集稿》等的话,老先生是一字不说的了。他什么都不记得。

附上几叶照片:

一、高见嘉十先生,一九七〇—七一年所照的。一九七三年五月十五日卒,年八十岁。他在燕七年多。

二、高见先生所住的小屋前。从左：公民馆长，我，小学教员，植物园看守的。名札写着"高味嘉十"。

三、小屋内部。木佛、石刀、石斧、几本笔记簿。

四、北京画帖之一，左上"北京白松"。

五、北京画帖之一，北京郊外。

六、北京画帖之一，上图是"校内宿舍"，就是国立北京艺术专科学校。他在那校担任雕塑科教授。宿舍在西四太平仓。

七、同上。画的年月是昭和十六年九月，就是一九四一年。

八、九，同上。

祝您健康！

七九、六、三　松枝茂夫叩

我很佩服松枝茂夫教授治学的热情和科学的态度。他看到我那篇文章后，真是"不远千里"地从东京跑到富山县去访问高见嘉十先生。他这封信涉及的事情很多，但我认为以下几点是重要的。

第一，高见嘉十先生虽然住的是中川精神病院里，但得的却是老年性脑动脉硬化症，不是精神病。这种病症会使患者遗忘许多事情，却不是神经错乱。这一点是不容忽视的。

第二，他们虽然只交谈了十多分钟，但当松枝茂夫教授翻开我在《文物》上那篇文章里的几种风筝图、一一指着问他记得不记得时，高见嘉十先生"就想了一想，略点一点头，回答说：'记得，我还替他改一改了。'"由于年久，且又脑动脉硬化了的八十高龄的高见嘉十先生，记不得《废艺斋集稿》、"姓金田的日本人"以及当年抄摹风筝图的中国学生的姓名，这都并不奇怪。可是他经过了"想了一想"之后，还能记得一九四四年那个中国学生抄摹的风筝图式，而且说"我还替他改一改了"，可见他对这件事的印象之深，足以证实当年抄摹《南鹞北鸢考工志》确有其事。

同松枝茂夫教授一起去看高见先生的小屋的公民馆长，说他曾经"看见过风筝图在那里，现在（裕按：指一九七三年）可惜没有了"。这也是一项强有力的佐证。

以上可以说是作为《废艺斋集稿》一部分的风筝图谱(即《南鹞北鸢考工志》)在日本方面的人证。

第三,松枝茂夫教授还指出香港《明报》所载黄庚和孔祥泽谈及的他和高见会见的情况"说得差些",说明松枝茂夫教授根据高见嘉十对他所谈,只肯定高见仅仅记得风筝图式。而其余书名、有关人名都已不记得了。我认为,松枝教授对待这件事的态度也是实事求是的。

第四,据孔祥泽回忆,金田氏的真姓名可能是□信武夫,希望日本的朋友们一方面再查访一下□信武夫这个人,另方面,也可以询问一下高见先生在东京的那个儿子,或者得到意外的收获,也未可知。

感谢松枝茂夫教授答复我的这封长信,它不但解决了最根本的风筝谱的存在问题,也使我们知道高见先生的生平和为人的不少事实。今后,还希望在《红楼梦》及其作者的研究上,我们能够继续互相协助。

一九七九年六月十六日。

后　记

这本书清样校完以后,陈毓罴、刘世德、邓绍基三位同志的《红楼梦论丛》由上海古籍出版社出版了。关于《废艺斋集稿》的问题,我在本书附录三中已经答复了。这里只声明几句关于《题自画石》诗的话。在《论废艺斋集稿的真伪》一文中,我曾说"……等看到他们掌握的《诗草》(即《考槃室诗草》——裕注),经《红楼梦》研究者们和讨论一方的我鉴定真伪后,再表示我的意见"。现在我们在《红楼梦论丛》的一○九页看到了《自题画石》诗的书影,我认为:

第一,该《考槃室诗草》抄本——当然包括《自题画石》诗——不是孔祥泽的字迹。

第二,细审书影,在《自题画石》诗前有剪贴痕迹,同页《新秋晚望》诗末也有剪贴痕迹。背面的一页《新秋四首》一题前,剪贴的痕迹更为明显,而且剪口不齐。

第三,同署有《考槃室诗草》的一一○页书影相比,更可见一○九页的剪贴痕迹十分显著。

因此,我认为陈、刘两同志用这一页剪贴痕迹显著的书影来要我们相信《自题画石》诗是宛平稚川居士的诗,而不是曹雪芹的诗,是不能说服人的。

我们一定得有看原稿而非书影的机会,才能做出有关的判断。看了书影,我想谁都不能不奇怪:为什么单单包括《自题画石》诗这一页有剪贴的痕迹呢? 所以,"此事殊未了"。

一九七九年十一月九日恩裕于西苑饭店。